致敬连云老街

——新亚欧大陆桥东方起点

杨红星 著

江苏人民出版社

图书在版编目（CIP）数据

致敬连云老街：新亚欧大陆桥东方起点 / 杨红星著.

南京 ：江苏人民出版社，2024. 12. -- ISBN 978-7-214-

29857-7

Ⅰ. Ⅰ25

中国国家版本馆 CIP 数据核字第 2024FM3612 号

书　　　名	致敬连云老街——新亚欧大陆桥东方起点	
著　　　者	杨红星	
责 任 编 辑	汤丹磊	
装 帧 设 计	许文菲	
责 任 监 制	王　娟	
出 版 发 行	江苏人民出版社	
地　　　址	南京市湖南路 1 号 A 楼，邮编：210009	
照　　　排	南京紫藤制版印务中心	
印　　　刷	南京艺中印务有限公司	
开　　　本	718 毫米×1000 毫米　1/16	
印　　　张	35.5	
字　　　数	540 千字	
版　　　次	2024 年 12 月第 1 版	
印　　　次	2024 年 12 月第 1 次印刷	
标 准 书 号	ISBN 978 - 7 - 214 - 29857 - 7	
定　　　价	98.00 元	

（江苏人民出版社图书凡印装错误可向承印厂调换）

谨以此书

献给生我养我的热土连云港

前　言

天若有情天亦老

铁路港口,商旅贸易,而城以初成。天地形胜,城以盛民,而文明兴焉。

近代,"铁路大臣"沈云沛力排众议,将陇海铁路东端终点定为老窑,自此有了老窑码头,有了一座城。她,就是今天的连云街道、连云区、连云港市。

是的,连云港市诞生于连云老街。

前人不见今人事,今事曾经印前人。

1933年建港的初始步伐,近百年的岁月尘烟,汩汩的冰轮辉光,记录了连云港人的生活背影和心灵世界,演绎着这方水土厚重的历史。

一座城市就是一幅磅礴的历史画卷,描绘着这片土地的风雨兴衰,见证着劳动人民是历史创造者的不朽诗篇。

在中国大地上,由于历史的沉积,出现了很多环境优美、古朴淳厚、文化底蕴深厚的古镇,如凤凰古城、丽江古城、乌镇、同里古镇、黄姚古镇、南浔古镇、青岩古镇等。在江苏省连云港市连云区,就有一座隐藏于黄海之滨,有着近百年峥嵘岁月,山海相拥、钟灵毓秀的历史古城——连云古镇。

如果单从古镇的词义来界定,连云这座城镇还称不上古镇,因为其建城史还不足百年。人们对她情至深、爱之切,才赋予此名。

连云古镇,原名老窑,因铁路而生,因港口而兴,向海而荣。

中国民主革命的伟大先驱孙中山先生,在《建国方略》中将"海州"港定为中国急需建设的4个二等海港中的第2位。历史上,海州就是今天连云港的旧称,一直是赣榆、东海、灌云、沭阳的行政中心。海、赣、沭、灌,俗称海属地区。

1932年,陇海铁路管理局(简称陇海铁路局)决定在老窑开筑新港,后经

1

人们反复斟酌确定港名为"连云"。

1933年,孙中山先生"在沿江北境二百五十英里海岸之中,只此一点,可以容航洋巨舶"的建二等海港的宏大设想开始实施,而实施之初的那片热土,就在昔日的老窑,今天的连云老街。

随着港口的建设,铁路、公路陆续通达老窑。昔日的小渔村逐渐变得热闹起来,并逐步形成今天的连云老街。鲜为人知的是,这条面积仅37万平方米的小街,却是连云港市的发源地。1935年11月,国民政府在此设立省辖连云市。

老街不大,方圆不过几里,贯穿其中的三纵两横5条路,构成了基本格局。

这条小小老街,历经荷兰(尼德兰王国的简称)人建港、民国时期建市、日本人占领和解放战争不同时期的风雨沧桑。

因此,研究连云港市的学者说"老街虽小,故事却多"。

毛泽东、周恩来、胡锦涛曾经关注她的发展;刘少奇、朱德曾经踏上她的热土;邓小平逝世后,他的骨灰在这里被撒向大海;江泽民、习近平等来过这里,指导她的发展。

抗日战争、解放战争时期,谷牧有"滨海十年"艰苦战斗经历,他成为连云港解放后第一任市委书记。

晚清重臣林则徐、张之洞、陶澍,晚清及北洋和国民政坛的风云人物、海州人沈云沛,革命先行者孙中山,民国历史人物宋子文、陈果夫、顾祝同、陈调元、刘峙、张振汉、曾锡珪、王公玙、白宝山等也与她有着千丝万缕的联系。

老街见证了连云港保卫战、黄安舰起义、伞兵三团起义等历史事件。老街有一所神秘小学,连云市第一任市长张振汉曾兼任这所小校的校长;老街有一所"江苏最高中学",连云市委书记李葵元曾兼任这所中学的校长。

1949年以后,老街发生了天翻地覆的变化,特别是改革开放后,她如凤凰涅槃般经历了从量变到质变的飞跃发展。这里不仅是横贯中国东西的陇海铁路的东端起点,也是中国首批沿海开放城市、"一带一路"交汇点城市连云港市的国际性港口所在地。

老街,曾经是连云市的建市发源地,是连云市的市政府所在地,是连云市的政治、行政、经济和文化中心。原连云港港务局、原连云港市对外贸易办公室、原中华人民共和国连云港卫生检验检疫所、连云港市水产局、连云港海事局、江苏省连云港渔业公司、中华人民共和国连云港海关、中华人民共和国连云港出入境边防检查站、连云港国际海员俱乐部等机构和企业都曾经集中落户于此。这里曾经也是连云区委、区政府的所在地。今天,依托东陇海线起点的特殊位置和得天独厚的自然条件,老街成为万里新亚欧大陆桥沿线的一个重镇。

老街,见证了中国人实现中山先生建"二等海港"的夙愿、东方大港的崛起!

如今的老街,保留着完整的民国时期街道、巷陌风格。建筑物多为石头加木材建造,建筑风格分为民国式、日本协和式以及中西合璧式。果城里、上海大旅社、连云火车站、十三道房建筑群,海峡巷朱氏民居、海军司令部、连云港人民影剧院、农业银行、日式小洋楼、八台、石板路、法桐树等建筑、构筑物及古树至今都保存完好。

连云老街是连云港市大社会的一个缩影。在近百年的历史岁月里,荷兰人在此修铁路、建码头;码头工人、铁路工人、老百姓在此辛苦谋生,艰难度日;共产党、国民党军队以及爱国民众在此与日军浴血奋战;共产党人带领人民在此建设美好家园;文人、学者、艺术家曾来此怀旧,孕育他们的作品。

20世纪70年代,连云老街进行了大规模的人防工程建设,老街所在山体下面的人防工程建设规模,在我国沿海城市也是挂上号的。

老街遗存的民国建筑极富中西合璧特色,依稀可见昔日风情万种的妖娆丰姿。尤其是与1933年荷兰人建港同期建设的"果城里""连云火车站及钟楼""上海大旅社""福利社""十三道房"五大经典建筑群,以及稍后建设的"同乐戏院""朱家大院",日本侵华时建设的"白云寮"等建筑群,无不充满着色彩浓郁的异域风情。

陇海铁路连云港火车站、二等海港的宏伟蓝图就在果城里诞生。果城里,还是建设陇海铁路连云港火车站和连云港码头时的指挥中心,是高管和工程技术专家办公和起居之地。

2013年,以"陆桥起点、老窑港埠、山海石城、中西杂糅"为特征定位的文物修缮、维护方案开始实施,连云区委、区政府启动了老街有史以来最大规模的保护性发掘、修缮、维护工程。

修缮维护后的连云老街,集民国神韵风情、传统民俗文明、滨水酒吧文明、时髦精品购物与海景休闲休假于一体,是一座别具山海港城人文特色的海边石城。与今天的上海石库门一样,老街成为人们节假日、休闲时旅游观光的"网红"打卡景点。

连云老街欢迎您

位于中国沿海中部的连云港,东濒黄海,其境内170多千米蜿蜒曲折的海岸线,使得这片海域形成了一个大港湾,那就是著名的海州湾。其中,仅其所辖的连云区,就拥有118.4千米海岸线、16个海岛、1600多平方千米海域。16个海岛似16颗翠绿的明珠,似串起来的一串闪耀着光芒的珍珠链,镶嵌在海州湾万顷碧波之中。

连云老街,正是连云区镶嵌在海州湾的16颗明珠之一,更是这串璀璨夺目的珍珠链中最耀眼的那一颗。

依山傍海临铁路的山海石城石街石房,具有独特的地理风貌和不同历史阶段留下的时代烙印,形成了极具当地自然特色和人文积淀的海滨风情小镇。

笔者就出生在仅一山之隔、位于山南面的一个小村庄。我对她的印象,源于少年时随妈妈一次走亲戚,亲戚家住在半山腰上的古镇。

走在长长的带坡度的石板路上,看到很多身着海军服装的解放军叔叔,古镇上到处是海军蓝。儿时的电影里人民解放军都是英雄,他们是我崇拜的人,小镇上有人数众多的英雄,自然也是我心仪的好地方。街上除了身穿军装的军人,还有身着统一工作服装的人。妈妈指着我们前面的行人告诉我"穿着这样工作服的人是在码头上班,穿那样工作服的人是在铁路上班"。无论男女老少的穿着都很光鲜亮丽。而当年,我们农村一个村子的人,不仅穿着打扮大相径庭,衣服上面打着补丁的那是比比皆是。

连云老街法桐树多,棵棵粗壮高大,枝繁叶茂,浓荫蔽日。

小街上川流不息,熙熙攘攘,南来北往的行人中,还有为数不少的外国人。那也是我在电影屏幕之外,现实生活中第一次看到活生生的外国人,外国人的头发和电影里一样,是黄色的。还有和电影里一模一样的是,人群里还出现了头发烫着卷的女人,满头的卷发像黑色的浪花包裹着脑袋。

身着一身绿色制服、头戴绿色大檐帽的人,骑着一辆绿色脚踏车,车后座两边对称挂着两只绿色大帆布包。大帆布包里,是永远塞得满满当当的信件和报纸杂志,是童年的我对于邮递员最初的印象。

小镇上,身着绿色邮政服装的邮递员,身上背着两个绿色的大邮递包,步履匆匆地走在行人之间。"妈妈,我们老家的邮递员叔叔都是骑着脚踏车送信,而这里的邮递员叔叔送信怎么不骑脚踏车,而是步行呢?"

方块石铺就的石板路上,还铺有黑得发亮、带字带孔的铁板。小学生认识一些字,可是铁板上的字我却多数不认识,后来才知道那是繁体字。

妈妈告诉我:"这是井盖。"

我很纳闷:井盖是盖在井口上的东西,为何要铺在路面上?难道是在街道的石板路上打了水井不成?

自小在农村长大的孩子,哪里见过如此的"花花世界",第一次去古镇,我就如同刘姥姥进了大观园,看着什么都新鲜。古镇在我的眼里,就似大人们口中的十里洋场大上海一般繁荣昌盛。古镇,在年少的我心里留下了挥之不去的烙印。

如今静静伫立在云台山北麓的连云老街已经风光不再,失去了昔日的辉煌。

夕阳下,挂在上海大旅社屋檐下的风铃,还奏着民国风韵的音乐,那一栋栋泛着发黄颜色的石头墙建筑,就像年迈的老人,向世人讲述她的旧日时光。

连云老街会焕发出第二春吗？

答案是肯定的！

随着她东南方向的邻居，江苏省唯一的国家级石化基地——国家东中西区域合作示范区（连云港徐圩新区）的发展，连云港高铁站从海州区东延至连云区的港口火车站，将指日可待。到那时，从连云港港口站下车的旅客，从海滨大道的过街天桥上到老街，在饱览连云老街民国风情的景点后，再经田湾跨海大桥游览全球在建、在运总装机容量最大的核电基地——田湾核电站，抵达徐圩新区。

研究近代历史的学者说，连云港市之所以成为一座海港之城，得益于铁路和港口的发展。如果不是老窑码头，连云老街可能还是存在于中国版图上一个寂寞不为人知的小渔村，而连云港市也许仅仅是一个大县城罢了。

铁路、港口开启了她作为东方大港的广阔前景，奠定了她在中国沿海城市的地位；一条横贯中国东西的陇海铁路蜿蜒向西延伸，把亚欧两个大陆板块紧紧连接在一起，才有了今天的中欧班列东端起点，奠定了连云港东方桥头堡、"一带一路"支点城市的地位。

如果把"一带一路"比作一条长长的丝绸带，那么，连云港就是这条长带上迎风绽放的海石花。

她，绚烂多姿，大美不言！

我在家乡参加工作，除了青少年时在外求学的几年里短暂离开她，便与她不曾分离。我爱家乡的每一寸土地，对她的一草一木用情至深。多少次，我徘徊在老街，感受她的民国风情和时代气息。多少次，"为家乡而歌"的念头在我心中荡漾，有感而发的"万丈豪情"从胸口喷涌而出。

"衰兰送客咸阳道，天若有情天亦老。""天若有情天亦老，人间正道是沧桑。"

《西游记》中"东胜神洲"位于须弥山东方的咸海中，是一个神秘大陆。古代，连云港这片土地就属于东胜神洲，也是《西游记》中的傲来国所在地区，其最大的区域特色就是神奇浪漫。

这座连着山、连着海、连着云朵，充满民国风情的山海石城，还是新亚欧大陆桥东方桥头堡、中欧班列始发点。

　　从民国走来的连云老街，书写城市的荣光，在连云港的历史地位不言而喻，见证了这座城市发展的沧海桑田。

　　今天，老街依然赓续属于她的传奇！她的成长与中华民族伟大复兴休戚相关！

　　这座城市凝聚着一个民族复兴的渴望，从她的身上我们能看到历史的所来、所在、所往！

　　这座城市所有的力量之源，都和一个民族复兴的渴望紧密相关！

　　连云老街，连云港人的骄傲，我们向她致敬！

目　录

第一章 她从 1933 年走来

第一节 城以初成

在中国历史上有这样的一座城,先以铁路,后因港口而诞生。她,就是江苏连云港。

行至连云港连云老街入口处,首先映入人们眼帘的是一扇黑色工业风铁门,门上方挂有"1933"的阿拉伯数字牌匾,昭示了老街的诞生时间。

"连云港老街 1933"牌匾

连云港这座城市,被人们称为"逐海之城"。它与海共生,时而海进陆淹,城湮人散;时而海退陆长,城兴人聚。城的历史,就是一部海陆变迁史。而海陆变迁的演义,也促进了铁路、港口等交通运输业的发展。翻开连云港史志,不尽往事如滚滚铁流,又似粼粼浪花扑面而来。

自 1912 年北洋政府成立之后,一直有将老窑作为陇海铁路出海港口选址的动议,但出于种种原因一直未能付诸实施。直到1925年,随着陇海铁路的东延,北洋政府终于痛下决心,拟在陇海铁路终点建设港口,初步选址在大浦,运行后才发现受其地理位置的影响,航道淤塞严重而无法使用。于是,陇海铁路终点海港建设最终定址于老窑,1933年春,由荷兰治港公司在小渔村——老窑建港筑码头。这个港口面朝连岛,背依云台山,故称"连云港",寓意"帆樯连云"。原有的小渔村老窑初现一埠,名为"连云",所以说先有连云后有了今天的连云港。

连云港是江苏省辖地级市,古称海州,也称港城。下辖东海、灌云、灌南、海州(原海州和新浦两个区合并而来)、赣榆、连云共6个县区。云台山是连云港主要山脉之一,其地理位置独特,形成了陆地上3条独立的山脉,当地人根据山脉所处的位置不同,习惯分别称为前云台山、中云台山、后云台山(也称南云台山、中云台山、北云台山)。

云台山,自古以来就长在大海里,是经历了亿万年的洪荒、千顷大海的冲刷磨砺而来。它是泰山山脉沂蒙山支脉的一个余脉,形成于16亿年前的震旦纪,是江苏省内乃至全国名山之一。山呈西南东北向分布,依次为锦屏山、前云台山、中云台山、后云台山、鹰游山(东西连岛)5条山系。中间有断层隔开,面积280平方千米。有大小山头236个,海拔400米以上的山峰29座,主峰玉女峰海拔624.4米,为江苏省最高山峰。

被誉为上古三大奇书之一的《山海经》称云台山为都州山,一名郁洲山、郁郁山。唐代称前云台山为苍梧山、后云台山为东海山,明代始称云台山。《尚书·禹贡》《山海经》《汉书·地理志》《水经注》《太平寰宇记》《梦溪笔谈》等古代典籍对它都有或多或少的记载。

云台山,自古以来就有"东海第一胜境"之称,宋代苏东坡曾经盛赞此山曰:

郁郁苍梧海上山,
蓬莱方丈有无间。
旧闻草木皆仙药,
欲弃妻孥守市阛。

雅志未成空自叹，

故人相对若为颜。

酒醒却忆儿童事，

长恨双凫去莫攀。

云台山区有着一个比较完整的暖温带森林生态系统，具有从暖温带向亚热带过渡的独特的气候环境，植物资源丰富，种类繁多，是江苏野生植物资源宝库之一。4000多年前，这里的气候更加温热湿润，处于南北分界线，所以南北方的果树及草本植物，大部分都适合在山上生长，即"百果所生"。加之周围大片区域为海滨滩涂、湿地和潮间带，云台山周围一年四季风景如画。中国四大名著之一《西游记》里的东胜神洲傲来国花果山，就是前云台山的一个山脉，也是大闹天宫的石猴孙悟空的故乡。小说里的故事是虚构的，但花果山却是有根有据、真实存在的。

连云老街，位于后云台山北麓的江苏省连云港市连云区连云街道境内。

依山傍海临铁路的连云老街，四季分明，风光旖旎，曲径通幽，民风淳朴。连云老街从民国走来，因港而生，向海而荣，以铁路而兴，连接亚欧大陆。

晨曦中，东方黄海第一缕阳光缓缓透出。旭日，越过港口有序进出的货轮、熙熙攘攘的码头、塔吊林立的作业区、立交如虹的快速疏港通道、川流不息的车辆、陇海铁路历史博物馆，洒向老街，老街沐浴在金色的朝霞里。

说起老街的由来，要追溯连云港市的前世今生。接下来，我们踏着时间的脚步，沿着连云港海岸变迁的历史轨迹，寻找岁月的沧桑，一起走进连云老街。

海岸的形成和迁徙，是地质基础、构造运动、世界性海面升降变化以及波浪等海水动力和河流等外力因素相互影响的结果。每个历史时期古海岸的位置都有不同的变化，与之相适应的就是港口的变化。

冰河期以来，人类进入全新世，约1万年前，巨大冰盖融化，形成滔滔洪水，迫使海平面迅速上升。研究资料表明，距今约7000年的连云港，上升的古海面达到目前平均的低潮面附近；距今五六千年，海平面已上升到比目前的低潮面还要高6—7米的位置。在那个时候，连云港就有人类活动的痕迹，

1949 年后在古游水、掘头河、龙王河,开发区朝阳、中云等地,陆续发现距今四五千年的原始部落遗址就是最有力的佐证。

距今三四千年,海岸线由羽山(位于现连云港市东海县与山东省临沂市临沭县交界处)移到锦屏山,按等高线间距推算,2000 多年时间里,海平面下降了 3 米。此时,从赣榆朱堵店果园到海州洪门果园间形成了一片浅海滩,是大海与陆地的交汇地带。这个时期的海岸走向是:北从赣榆县范口、九里七,海州城东经板浦东到伊庐山,而后经杨集、响水口、云梯关、羊寨至盐城和海安一线。云台山则是浩瀚黄海中的一座座孤岛。中华人民共和国成立后,地下考古挖掘的材料也证明这个古海岸线的存在。

从全新世开始到秦汉这一漫长的历史时期,连云港海岸基本上处于一个稳定的状态。但这一阶段的海平面也曾有小范围的变化,秦汉间的海面又有所增高。东海、赣榆所遗留下来的 4 道海岸沙堤,正反映了这个历史变化过程。最老的第 4 道沙堤以东,目前还未发现任何新石器时代的遗址或遗物存在,而在第 3、4 两道沙堤之间有西周末至西汉文化的遗存。《元和郡县图志》曾经记载的汉代盐仓旧城就埋没在这里,它的南端距海岸约 6 千米,北端距海岸约 3 千米。

自唐代起,海面又有增高,海线西进。就考古学家对近代海岸的钻孔取样分析,沿岸分布有 3 层到 4 层的全新世海相淤泥层,顶部有一层海淤,下有陆相沙层,在这个沙层中就出土过唐初铜币和晚唐玉器等。海岸线又推进到羽山附近,《唐音统》中崔辅国的诗“羽山一点青,海岸杂花碎”可以佐证,清《嘉庆海州直隶州志》引用《唐书》中的有关唐宪宗元年(公元 806 年)到唐宪宗十五年(公元 820 年)“大潮没岸”“毁坏田舍”的描述,应该是这个时期海水肆虐的历史例证。

唐开成四年(公元 839 年),日本高僧圆仁漂洋过海来到中国。他在海上漂来漂去,辗转来到连云港,就是从现在的连云港码头登陆上岸。圆仁和尚在《入唐求法巡礼行记》(简称《行记》)写道:“入澳停住……自此山头有陆路到东海县。”这至少证明在距今 1400 多年的唐朝,老窑就有人类活动的踪迹。

从南宋建炎元年(公元 1127 年)到明朝元年(公元 1368 年),海州湾地区由海侵转为海退。自公元 17 世纪起,再度海进。明顾乾所著的《云台山志》记述了两件史实:一是距海三四里的朱紫山被潮浸入海中;二是1368年设立的徐渎浦盐场因海潮浸灌,而移址于今连云港市海州区花果山街道大村。明末地处海州湾北端的古纪彰城被海水淹没,现已发现部分地下残址。

位于海州区锦屏镇的岗嘴、夹山口一带,在宋金对峙时期还是一处主要的军港所在地。

1982年,连云港市博物馆组织专家在岗嘴、夹山口、刘志洲山、哑巴山等处考古调查,发现两处宋代船刻岩画以及"招信军"石、船坞、城址、马道、古炮台等遗迹。800多年前,此地曾是南宋抗金名将岳飞的部下、浙西路马前军副总管李宝水师的屯兵港。

船刻岩画中船的形象与宋代用于海战的海船近似,其中有一处明显地看出是水军的"车轮舸"。南宋绍兴三十一年(公元1161年)十月,李宝率舟师奔袭陈家岛(今属日照),全歼金兵舰队,"延烧数百艘""甲器、粮斛以万计",陈家岛海战后,李宝水师又"还军驻东海(今岗嘴)"。考古进一步发现,自秦汉至唐宋时期,这里就是朐港所在。南宋以后由于黄河夺淮,挟带大量泥沙入海,海水逐渐东退。这个港口一直使用到元初。明末清初时,云台山与大陆联系的渡口,已移至今天的连云港经济技术开发区中云街道范庄一带。

唐宋至元朝期间,海平面虽有变化,但海岸线基本稳定。这时苏北的海岸线,在泰兴周家桥经盐城大纵湖入淮阴古淮口及板浦镇至临洪高桥一带,其板浦至临洪一线长期处于稳定状态。直至明代中叶,黄河夺淮入海,海岸仍在今涟水县甸湖集东北的云梯关。

云梯关在苏北的盐城市响水县黄圩镇境内,中国历史上第一个海关就设在此处。在元朝时期,这里是淮河的入海口。据史料记载,自唐代到清代的1000多年时间,黄圩镇是历代海防重镇、交通要道以及险要河防、宗教圣地和商贸集散地,有"东南沿海第一关""江淮平原第一关"之美誉。

南宋建炎二年(公元1128年),黄河改道南徙,夺淮入海,到清咸丰五年(公元1855年)黄河在铜瓦厢决口改由渤海湾从山东利津入海为止,在长达700余年的时间里,黄河改道从云梯关入海。这段时间的海岸经历了从量变到质变的飞跃。从南宋建炎二年到明万历六年(公元1578年),为缓慢的淤积时期,河口向海伸展缓慢。在450年时间里,从云梯关到四套附近只推进了

15 千米,平均每年只向东推进 33 米;板浦一带向东推进 5 千米到东辛一带;中部杨集向东推进约 10 千米到今灌云县图河镇的三舍附近,平均每年推进 10—20 米。此阶段的海岸线在荻水口、赣榆东、临洪口、海州东、板浦东、东辛、西陬山西、三舍、田楼、四套一线,较之宋代海岸线几无重大变化。

从明万历六年到清咸丰六年(公元 1856 年),共 278 年时间里,黄河全部从苏北入海,黄海挟带的大量泥沙使得苏北海岸发生巨变。明神宗万历十九年(公元 1591 年),黄河口已延伸至四套附近,短短 13 年时间就推进 20 千米,平均每年淤长近 1540 米;清康熙三十九年(公元 1700 年),河口扩展至今盐城市滨海县八滩以东,109 年时间里又推进 13 千米,平均每年淤长 119 米;清乾隆四十一年(公元 1776 年),河口移至滨海县海港镇的大淤尖,76 年时间里推进 20.5 千米,平均每年淤长 270 米。到了 1855 年,黄河入海口已延伸到今连云港市灌云县燕尾港的灌河口,79 年时间里推进 20.5 千米,平均每年淤长 259.5 米。至此,海岸线变化最大,云台诸峰由海中岛屿变成陆上高山。

海岸的变化带来了港口的迁移。在连云港的海港建设中,港址在不同的历史时期屡有转移:从新坝港废弃,到青口港兴盛;从大浦港衰落,到新港老窑崛起。自明代以来特别是清末至民国初年,随着海港港址的迁徙,地方政治、经济、文化中心的位置,也因港口的兴衰几次迁徙。

明代,海州海岸线在临洪口、海州、新坝、板浦、东辛一线。由于地处东南沿海,地理位置日渐重要。洪武年间,倭寇与海贼交讧,侵扰沿海。明廷于淮安卫八所内,分中所守御海东,于墟沟和宿城设营寨防营,并在海州滨海之口惠泽、高桥、荻水和临洪镇设 4 个巡检司,负责海上船舶的登记和税收。海上贸易、运输已经形成了一定的规模,于是,处于海河交汇、地扼南北的新坝港就应运而生。

新坝的地理位置十分重要,元明之际不仅成为海州南部的屏障,而且是海陆运输的中继站。明初在此先设巡检司,嘉靖年间在此改设权关。康熙中叶,天下大定,清廷一改原先厉行的海禁政策,于康熙二十四年(公元 1685 年)宣布"弛海禁",在全国范围内设立 4 座海关,由北往南依次为上海的江海关、宁波的浙海关、漳州的闽海关和广东的粤海关。由于这些海关是以所在省份简称来命名,故,江海关全称为"江苏省海关"(那时的上海隶属于江苏省管辖)。最早,江海关设在连云港云台山,后来迁移至上海松江。江海关征收新坝港往来船税,并进行商业贸易。由于海水东徙,河道淤塞,关隘于康熙四十九年(公元1710年)被裁撤。如此算来,新坝港只存在了百余年的历史。

新坝港衰落之后,赣榆县青口港开始兴起,乾隆十八年(公元1753年),在阜宁新河设立淮安关。由于江苏沿海仍实行海禁,故170余千米的海岸线上,作为通商口岸而明令开放的只有青口港。因而青口港一时成为商业繁荣、行栈甚多的海口港。

清光绪二十六年(公元1900年),与青口相距不远、位于东边的临洪口作为商埠自行对外开放,开始了中国早期的海港建设,这就是大浦港。清光绪三十一年(公元1905年),大浦港正式开埠,大清胶海关(亦称"大清胶澳海关",旧址位于山东省青岛市)海州分关即设于此。大浦港的兴起,促进了盐业运输与销售。实事求是讲,大浦港建设有海岸迁移的主观因素,更有陇海铁路东延的客观因素,那就是火车通到了大浦。按照那时高层的规划设计,陇海铁路终点是大浦,在大浦建设一座东方海港,可以实现"海铁"联运的宏大构想。令人遗憾的是由于航道淤塞,大浦港逐渐失去了进一步建设和使用的价值,最终于1935年被人们弃置。屈指数来,大浦港从开埠到完全弃置,只存在短短30余年时间。

大浦港的淤塞,主要是所处地理位置造成的。

《海州志》记载:

> 海州境内,滨临大海。潮汐往来,易于淤垫,潮带泥沙,涌入各河,水退沙停,蔷薇等河淤垫尤甚。

连云港市文史专家李洪甫在《少昊氏稽索》中介绍,4000年前,生活在大海中郁洲山的居民是以凤鸟作为图腾的东夷部落的一支。他们临海而居,以捕食野兽和捞取鱼虾为生,创造了较早的史前文化,在大村、朝阳等地留下了他们的遗迹。商代,这个"人方国"的部落接受了"东渐于海"的文明影响,云台山地区开发得很早,有了较为发达的原始农业。由于受商周文化的影响,东海之滨有了较早的青铜文化。

中国现代著名历史学家、古文字学家徐仲舒撰文认为,西周至春秋初,周人对郁洲几次用兵,对降而复叛的东夷进行讨伐。

1949年后,人们在郁洲岛上,不仅在大村发现了西周贵族的墓葬,而且中云华盖山还发现了春秋初期具有吴越文化特征的墓葬群。古墓葬的发现,间接佐证了周人对东夷人的讨伐。周人对徐夷、淮夷的不断讨伐,给徐淮地区的政治、经济、文化也带来了深刻的影响。

战国后期,古海州属吴,吴亡入越,越亡入楚。战国末年,楚人在徐淮地区的政权统治得到了巩固。

公元前221年,秦始皇统一中国,推行郡县制,连云地区属朐县。之后属郯郡朐县,汉属东海郡朐县,魏属东海国朐县,晋属东海郡朐县,南北朝时属东海郡东海县及赣榆县,隋、唐、宋时属东海县,元时属朐山县,明清时属海州。清代属海州东、西路镇,老窑、洞山、马腰、庙岭等地属东路镇。

连岛又名鹰游山,为古郁洲的一座山峰。连岛呈东南、西北走向,东西直线距离5.5千米,南北直线距离0.9千米,海岸线长17.66千米,面积7.57平方千米,最高峰大桅尖海拔357.8米,恰似一屏障屹立于海中,与南面的云台山相对峙,中间构成宽2千米的海峡。《云台山志》记录"群鹰常集其上",故名。北宋地理总志《太平寰宇记》载"其山周围浮海中,群鸟翔集,嘤嘤然自相喧聒",因而又叫嘤游山。

连岛是江苏省最大的海岛,与连云港隔海相望,通过长度6.7千米的、一度是中国最长的拦海大堤——西大堤,与连云港市东部城区相连。

1987年,连云港市文物工作者在东连岛灯塔山羊窝头北侧的海边发现了一处隶书石刻。石刻因海水侵蚀严重,已断成两截,从仅存的20多个残留的文字推析,将其定为"东海郡与琅琊郡的界域石刻",经专家鉴定,年代为西汉时期。

1998年,连云港市文物工作者在连岛苏马湾,又发现了一处与羊窝头石刻的时代相当、内容相近的界域石刻。这块石刻远离海边,没有受到海水的长期侵蚀,虽然风化严重,其上的文字仍基本可以清晰辨认:

东海郡朐与琅琊郡柜(音"巨")为界,因诸山以南属朐,水以北属柜,西直况其,朐与柜分高柜为界,东各承无极。始建国四年四月朔乙卯,以使者徐州牧治所书造。

这块刻石是我国迄今为止保存完好、碑文清晰、有确切纪年的唯一一块汉代界域刻石。从其内容分析,可以推定这两处石刻是东海郡与琅琊郡的分界石刻。

鹰游门

据《连岛街道志》记载,清康熙之前,云台山乃海中岛屿。锦屏山与南云台之间的海峡,称为"恬风渡",宽约 10 千米。前云台与中云台之间的海峡称"第一道鹰游门",宽约 2 千米。中云台与后云台之间的海峡称为"第二道鹰游门",亦称"五羊湖",宽约 3 千米。后云台与连岛之间的海峡称为"第三道鹰游门",亦称"大门渡""鹰游门海峡",宽 3—4 千米。

东西连岛与云台山之间隔一道海峡,古称"鹰游亹"。为什么叫鹰游亹呢?《晋书·音义》记载:"亹者,水流夹山,岸右门。"但老百姓嫌弃"亹"既生僻、不好认,又笔画多、不好写,遂改为"鹰游门",又称"应由门"。《山东通志》说:"东为鹰游山,西为孙家岛,两山对峙为门,船所必由,谓之'应由'门。"这形象地还原了鹰游门的由来,让人联想到从过去的"应由"到今天的"鹰游",

也可能是一个音变的结果。之后,《嘉庆海州直隶州志》一书"海防"章节中言:"云台山之东北有鹰游山,与西岸孙家山相对,夹峙如门,谓之鹰游门。鹰游之南有高公岛,皆海防要冲之地。"这进一步描绘了鹰游门附近岛屿之间的位置。

在连云港市民间一直流传着"三道鹰游门干两道,大门渡跑马,开山逢大集"的古话。

康熙四十年(公元 1701 年),"海涨沙淤,渡口淤塞",仅仅数十年间,锦屏山与前云台山之间的海水迅速退去,云台山与陆地相连,恬风渡渐成陆地,南城与大陆相连,应验了"三道鹰游门干两道"之谶语。

在古代,鹰游门是海上重要的交通门户,被世人称为"海道第一程",今天它已经成了进出连云港港区的一条重要水道。

第二节　徐福曾从这里出发

在连云区民间,一直流传着一个美丽的传说。

秦时,秦始皇派遣方士徐福东渡,寻求长生不老之药,其中一处出发点就是位于连云区西北的西墅,是今天连云区海州湾街道下辖的一个村。西墅,古代称"西市"(市,读 fú)。徐福,字君房,又名徐市。

在西墅村东边与之相邻的村叫东哨村,从西墅出发,必经鹰游门。大约在两汉时期,佛教从印度传入中国,这道鹰游门就是僧侣往来的重要通道。

连云区在海一方公园,是在原龙门湾海滨浴场的基础上兴建而来。1986年,在建设海滨浴场配套设施更衣房时,工地上发现了一大批瓷器及瓷器残片,经连云港市文管会文史专家鉴定,出自铜官窑、越窑、龙泉窑、邢窑和景德窑等,年份属于唐宋时期。

唐代中叶起,中国与丝路东端一些国家的交往达到了高潮,连云地区是海运的主要口岸,鹰游门是海上的重要通道。这条作为海上丝路主要组成部分的东海丝路,出口中国的丝绸、陶瓷、茶叶、铁器等商品,引进了多种农作物,如葡萄、苜蓿、石榴、胡豆、红薯等,带动了科学技术的传播。丝绸之路是一条贸易通道,它促进了东西方文明的交流融合。

同年,港务局在连岛上建一座疏通航道的吹淤站,将鹰游门航道千年沉积的淤泥吹送到连岛的后沙湾。在吹淤作业过程中,人们发现随着淤泥一起吹到岸边的,还有大量的古钱币和其他文物。经过省市文物专家鉴定,那些吹出来的钱币中,有上至汉代的五铢、下至明清的钱币,以唐宋、明清时期的为多,其中在唐代铸造的钱币背面,发现铸有新月纹的"开元通宝""天圣元宝""天禧通宝""至和通宝""熙宁通宝"等共计20多种。令文物专家惊奇的是,从淳化通宝开始,按照北宋的年号排下来,序列竟然基本完整:淳化元宝、至道元宝、咸平元宝、景德元宝、祥符元宝、天禧通宝……一直排到元祐通宝。人们推测,可能是那些装载钱币和文物的船只,在海上遇到不可抗力如恶劣天气等自然灾害,随即倾斜或者颠覆而沉没到海里。这些钱币的发现,有力地佐证了鹰游门航道悠久的历史和繁忙的航运业务。

自元、明两代起,鹰游门是海上漕运的必经之地,国家从水道运输粮食,供应京城或接济军需,大部分经过这里。明代,其运道从云梯关进入新坝,过鹰游山、安东卫、石臼所,再经过胶州东北转成山卫、刘公岛、威海卫、入直沽、抵天津,近1700千米。此时的鹰游山已经成为沿海运粮必经之处,并增设了航海标志"沿途立墩表识,使舟人知所避,而海险不为患",白天用标旗,晚上用灯光导航。

清朝兵部尚书、两江总督赵宏恩等监修的《江南通志》除了记载地理概貌和方位,还说鹰游山"元时海运之所经也",指出了鹰游山对于海运和军事的重要性。

清末,两江总督陶澍、林则徐、张之洞等朝廷要员都曾来到连岛查看地形、检阅水师。

在连云区宿城街道留云岭路西,东面与子午亭相对处有一方额抹角石碑,人称"留云岭碑"。此碑面朝东,楷书,刻面宽78厘米、高213厘米、厚18厘米,字径10厘米×12厘米,落款字径7厘米×8厘米,刻于清道光十五年(公元1835年)。刻文为"留云岭。虎口岭改名。为霖四海心,处处望云驻。仙山海气深,此是留云处。道光十五年岁次乙未孟夏月,太子少保、兵部尚书兼都察院右都御史、两江总督长沙陶澍题"。

直至今天,墟沟街道办事处西侧的平山一山峰上,还保存着当年用作航海标志的"旗杆夹",连云街道的东侧还保留着"旗台嘴"的地名。清代,曾经实行过一段时间的"海禁",原来漕运所经过的鹰游山、竹岛、庙前湾、南城等沿海停泊设施全部废弃。可见,这一地区的海口贸易在清朝时得到发展,直至近代不衰,促进了地区交通运输的发展。

笔者在连云港市档案馆馆藏资料里,查阅到一首《鹰游门海峡》诗,精辟地概括了彼时鹰游门的重要性和盛景:

> 鹰游门内泊巨轮,
> 内泊巨轮樯似林。
> 樯似林密连四海,
> 密连四海鹰游门。

通过鹰游门出海的那片海域,正是古海上丝绸之路的东延,无论是在统一的集权国家时期,还是在南北朝分裂时期,中国北方与朝鲜、日本的交通贸易往来,皆可通过鲁南、苏北沿海的海域来完成。鹰游山,是中外交通长期使用的海上门户。

连云港老港区、庙岭港区、陇海铁路东端终点站,就坐落在连云街道境内。连云街道,东起旗台嘴,西至墟沟火车站东侧的中煤连云港公司,南依后云台山,以万丈崖、围屏山、大桅尖、飞来石一线山脊为界,南边是宿城街道和高公岛街道,西与墟沟街道为邻,夹着鹰游门与东西连岛隔海相望。

连云街道面积15.57平方千米,辖胜利、临海、云台、荷花、庙岭、桃林、陶庵、砚航共8个社区。它恰巧处于中纬度,属于暖温带与亚热带过渡地带的南缘湿润性季风气候。这里太阳高度角的大小和冬季、夏季昼夜长短的变化都居于适中的位置,加之紧靠黄海,海洋对气候有着明显的影响,因此,这里的气候四季分明,温和湿润,光照充足,雨量适中,雨热同季,舒适宜人。

街道是一座山城,南面一线是后云台山的主要山脊,最高峰大桅尖,海拔605.4米,仅次于海拔624.4米的江苏省最高峰——花果山玉女峰。大桅尖向东依次是二桅尖、马腰、东岭、吕端山、旗台山,向西依次是三桅尖、梅岭、庙岭、围屏山、阎王鼻、万丈崖、丫髻山、野鸡山。这里山高林密,生态原始,终年水流潺潺。

在连云老街一直流传着丫髻山与吴承恩的一段故事。相传,500多年前吴承恩因创作《西游记》,驾一叶轻舟来到这里。他白天走访山民,钻山洞,过涧沟,攀树观花,寻异猎奇;夜晚便在油灯下苦心创作,灵感来了,往往奋笔疾书到下半夜。吴承恩身边跟着一个十一二岁的书童,头扎双髻,眉清目秀,唇红齿白,聪明伶俐,十分可爱。吴承恩创作时,书童在一边磨墨,但见砚台小而窄,他站着磨累了就跪下来磨,可是磨出的墨始终跟不上吴承恩所用。对此书童十分着急。

山里有一位年逾六旬的独居老石匠和吴承恩交往甚深。一天,老石匠来拜访吴承恩。他看到小书童磨墨的艰难,萌生了想帮吴承恩凿一块大砚台以解书童研磨之苦的念头。老石匠便对吴承恩说:"先生你这砚台也太小了吧!如此之小的砚台,无论你的书童怎么努力研磨,也赶不上你用的呀! 如此,书童这孩子就太累了。这样吧,我替你重新凿一块砚台吧。"吴承恩听了很高兴,连声道谢,站在一边的小书童问老石匠:"老爷爷,您刚刚说的话是真的吗?"老石匠怜爱地看着他,微笑着点点头说:"真的,真的呀!"小书童高兴地跳了起来,拍手叫好。

经验丰富的老石匠很快就在山坳中找到一块石质细腻的大方石。他用锤錾在方石上面凿了九天九夜,小书童也为他送了九天九夜的茶饭。新砚台终于成功凿出来了,小书童磨一次墨就够吴承恩写上九天九夜的文章。

一部《西游记》写成了,吴承恩将要离开云台山,老石匠前来送行。小书童望着这位和蔼可亲的石匠老人,再望着吴承恩,忽然朝着吴承恩双膝跪下,眼含泪花央求道:"先生,你就把我留在石匠老爷爷的身边吧,我为爷爷洗衣做饭,给爷爷养老送终!"吴承恩见书童一片真情真意,难得小小年纪,竟有如此孝心,甚为感动,便爽快答应:"好! 今天我就把你留下,给老爷爷做个干孙儿吧!"他转过身问老石匠:"老师傅,您意下如何呀?"老石匠听后,哈哈大笑道:"既然先生舍得,我就收下,想不到一块石头竟然还换了一个干孙儿!"

吴承恩离开后,书童一直守候在老石匠身边精心服侍,恪守孝道,直到老石匠去世。而这个头扎双髻、纯朴善良的小书童,最后化作人们今天看到的"丫髻山"。丫髻山的西边还有一块石头,为石砚台,老街人说那就是吴承恩创作《西游记》时润笔的大砚台。

百年前,后云台山北麓一直到连岛,除了露出水面的岛屿,大部分都是海水和潮间带滩涂。

1993年12月,总长6.7千米的中国最长拦海大堤建成通车。四面环水、宛立于海中央的连岛,才有陆路与墟沟相连通。

宿城境内有一座被人们称为"海内四大名灵"之一的法起寺。法起寺,又名法溪寺,亦名鹫峰寺,取"佛法起源"之意而命名。寺院始建于汉代,历经千载,佛灯不熄。如从"楚王崇佛"算起,迄今已有1900多年的历史。

古海州东有镇海寺、中有三元宫、西有海州"九庵十八庙",名气最大的还是被誉为"淮海第一丛林"的法起寺。

老街西面有一座山叫孙家山,又名桅尖山、庙岭山。孙家山旧时又称东山村。1924年,民国知名学者、常州武进人蒋维乔在其摄影集《中国名胜第二十种:云台山》一书中,收录了一张弥足珍贵的照片,照片可能是从孙家山东面拍摄,故取名为《孙家山东面》。这张照片给后人留下了孙家山筑港之前的原始面貌。蒋维乔在照片下方加注释:"山在墟沟东七里,元时孝子孙通居此,故名。"

明朝海州人顾乾《云台山志》记载:

> 元孙通,字世亨,居东海孙家山。性至孝,遭母丧,贫不能葬,号泣感天,忽夜闻钱声达旦,视之,钱壅户外。通取以葬母,余悉归官。官谓通曰:"此汝诚孝所感。"因奏闻,旌表其门。

这个故事讲的是在元朝时,庙岭东边孙家山有一个孝子名叫孙通,字世亨。孙通家境十分贫困,但他生性至孝,平时友亲睦邻,威信极高。后来母亲不幸去世了,因家里特别穷,无钱为母亲下葬,孙通无奈地伏在母亲尸体上痛哭不已。一天夜里,孙家门外突然响起钱币纷纷落地的声音,一直响到天蒙

《孙家山东面》(蒋维乔拍摄于 1924 年)

蒙亮。天光大亮时,孙通打开门,惊讶地发现门口堆满了铜钱。于是,孙通用这笔钱的一部分将母亲入殓下葬,余下的钱,他悉数交到官府去。地方官对孙通说:"这是你的孝心感动了苍天,这余下来的钱还应该归你所有。"地方官还将孙通的事迹整理上报,上级官府也被孙通的孝心感动,就做一块大匾悬挂在他家门前,旌表其孝。

清末民初,海属(那时的海属地区主要辖东海、赣榆、灌云、灌南、沭阳等地)著名学者张学瀚写了两首关于孙通的诗:

(其一)

灵萱已萎益凄然,死后谁怜葬九泉?

漫说昊天无报应,夜间门外雨金钱。

(其二)

哀哀孝子泣思亲,欲报亲恩独忧贫。

血泪滂沱唯夜哭,青天终不负斯人。

孝子孙通所住之处由此得名孙家山。孙通的故事在历代海州地方志书上

15

都有记载。孙通去世后，当地百姓为了纪念他，还在山上给他建了一座衣冠冢。

距离老街约10千米远，有一座山叫庙岭山，它是孙家山的一个小山头，原为后云台山山体一个叫梅岭的山脊向北延伸到海里的小山包，被现在的中山路隔断。

寺庙，是宗教活动的主要场所，更是包含宗教在内的政治、学术、文化活动的重要载体。云台山虽不大，山上寺庙却众多。

明清时期，后云台山一带就有三大丛林名天下，即法起寺、镇海寺和祇园寺。祇园寺坐落在庙岭上，它的前身是古观音堂，后来观音堂迁到墟沟去了。

乾隆二十七年（公元1762年），普受和尚在连岛建成了镇海寺。

《嘉庆海州直隶州志》记载：

> 僧普受修行勤苦，戒律精严，自积资财，不事募化，于乾隆二十七年重建殿宇，廊庑凡百余间，徒众日甚，遂为海内外丛林首创。

镇海寺供奉着地藏菩萨，庇护着当地渔民到海上捕鱼平平安安。镇海寺一度香火兴旺，信徒众多，在连云港一带影响很大。

令人们难以置信的是，普受和尚并没有一家一户地去化缘，却有充足的资金建成了一座颇具规模、在海属地区有一定影响力的寺院，真是奇迹！

相传，元惠宗至正二十六年（公元1366年），元末明初农民起义领袖张士诚委派亲信，将一批宝藏秘密从平江（今苏州）运送到尚且是海中孤岛的连岛藏匿。传说终归是传说，但我们从时间和之后发生的事件来推测，也不无可能，因为到了元朝至正二十七年（公元1367年）九月，张士诚兵败于朱元璋后被俘，自杀身亡。那么在一年前，张士诚是否预料到自己与朱元璋的博弈败多胜少，而提前藏宝于荒无人烟的孤岛，以谋求他日东山再起之时启用？巧合的是300多年后，普受和尚在苏马湾一带的山林里寻到了这批珍贵宝藏，将这些宝藏分批次经水路船运到江南，换取建寺庙的材料和银两，创建了这座海上丛林——镇海寺。在船运宝藏的过程中，为了避免运输途中遭受不必要的麻烦，普受还在存放宝藏的船舱上面堆放了大量的虾糠风蟹（打虾米留下来的碎壳和小螃蟹），对外则谎称是到江南卖海产品。因为有了这个传说，才有了现在连岛上了年纪的老渔民口中的"连岛有张士诚藏宝""镇海寺是连岛的虾糠风蟹建起来的"等说法。

当时,云台山的寺庙都统一归属法起寺管辖。法起寺坐落于后云台山的南麓,镇海寺又位于相距后云台山几里之遥的大海里,中间不仅隔着一座山,还隔着一条宽阔的海峡,俗话说"隔海、隔山千里远",来去很不方便。两座寺庙交流往来,僧人从镇海寺到法起寺有两条路径:一是乘舟渡过鹰游门到老窑上岸,再翻过后云台山抵达;二是乘舟渡海经鹰游门绕道高公岛海域至扒山头,由东崖屋再辗转到达。

镇海寺建成后,普受和尚手里还有余资,于是他就在庙岭山观音堂的旧址上重建了一座祗园寺,作为镇海寺的一个下院来管理。祗园寺建成,方便附近的信众到庙里敬香拜佛,免去了他们翻越山头及乘舟过海到镇海寺之劳顿。

第三节　朱元璋与"红蝇赶散"

连云港老街,原名"牢窑""老窑""北城",又称"连云老街""连云古镇""连云小镇""连云石城"。

老街原是黄海岸边、后云台山北麓的一个小渔村,属于自然村落。据当地史料记载,1000多年前就有人类在此活动。

古代,这里曾是死刑犯、重刑犯流放的地方,故称牢窑。《连云街道志》介绍,明朝时有人在此砍伐后云台山上的树木,烧制木炭,这里成了烧窑的地方,所以被人们称为"老窑"。

老窑,这一老旧的名字,对于今天的大部分老街人,都已经渐行渐远,慢慢淡出了人们的记忆。但老窑这个名字,还留在上了年纪的老街人的记忆里。

在连云老街,至今还流传一个有趣的民间传说。

话说东海龙王之女小白龙思念凡间,龙王恩准它到凡间生活一段时间。而到了凡间的小白龙却不守清规,做出许多与自己身份相悖之事。玉皇大帝知道后,勃然大怒,派清风大仙下到凡间捉拿这个大逆不道之徒。清风大仙捉到小白龙后,令手下得力干将白鹿小僧在后云台山掘土建窑,把小白龙困在土窑里,添柴烧窑,用大量浓烟来熏烤小白龙,以此惩罚。随后,清风大仙

老窑小渔村一景

奉命带走了小白龙，一座完好的土窑就留在了后云台山。当地人就用这座土窑烧炭谋生。时间流逝，烧窑的人渐渐老了，土窑也老了，人们就把这个地方称为老窑。

连云港市连云区港口一带，烧制木炭的历史较为久远。

今天，老街还在，老窑只属于过去。

老窑的历史，最早应追溯到唐朝，因用土窑烧制木炭而得名。《连云区志》对于老街土炉窑烧制木炭的时间、老窑名字的由来、不同时期连云区柴草销售的变化，有着详尽的介绍：

> 连云地区，自唐代已经烧制并从事木炭贸易。连云港镇（连云街道前身）原名老窑，也因建有烧炭土窑而得名。
>
> 解放前，墟沟、连云等地均有柴草交易市场，山民每日清晨将柴草运至交易市场出售。墟沟、连云设有草行、收取行佣。中华人民共和国成立初期，柴草生意仍较兴旺，随着燃料结构的变化，1955年以后，柴草销售才逐渐减少。

在老街石板小路,那曲径通幽处的窄窄小巷里,至今还流传着一个"红蝇赶散"的传说。

相传,明朝洪武年间,苏州一带有一种红头苍蝇,见人就叮咬,人若被叮咬上,则十之死八九。因此,当年的苏州人,尤其是居住在苏州阊门外的居民,纷纷逃离家园,逃往苏北的海边避难。今天连云港市的老住户中,十有八九都是从苏州阊门一带外逃到这里来的。这就是传说中的"红蝇赶散",也称为"红君赶散""红鹰赶散",仿佛有某种神秘又不可抗拒的力量在驱赶着人们迁移。

这到底是怎么一回事呢?

据学者考证,"红蝇赶散"只是一种形象的说法,其真实历史是和朱元璋、张士诚有关。

元朝末年,朝政腐败,财政入不敷出。统治者为了填补不断扩大的政府开销和军费支出,大量增发盐引,不断提高盐价,盐业成为国家财政最主要的收入来源。虽然盐价不断提高,但东南沿海的盐民依然生活穷苦。泰州地处东南沿海,每到盛夏都会遭遇台风侵袭,海潮倒灌。海水退去,原本千顷良田都变成盐碱地,当地人苦不堪言,民不聊生。

为了养家糊口,泰州白驹场亭(今盐城大丰区白驹镇)人张士诚从 10 岁开始就跟乡亲们一起,在白驹场的官盐船上"操舟运盐",依靠卖苦力赚来的微薄收入补贴家用。

元顺帝至正十三年(公元 1353 年),张士诚率盐民起义,之后,割据范围南到浙江绍兴,北到山东济宁,西到皖北,东到黄海。元顺帝至正二十三年(公元 1363 年),张士诚自立为吴王,定都平江(今苏州市),他曾多次与朱元璋激烈交锋。元朝至正二十七年(公元 1367 年),朱元璋率部攻破平江,张士诚被俘,自缢身亡。对平江一役,朱元璋特别恼火,认为他久攻不下平江城是当地百姓支持张士诚的结果。于是,他就把对张士诚的一腔怒火,迁到平江的百姓身上。他下令将平江阊门一带的住户全部赶往北方荒凉的海边,即今天的盐城、连云港一带熬盐,属于充军发配到偏远地区。

一时间,众多充军发配的人群出现在迁移的路上,朱家也是其中一员,最终他们来到了后云台山北麓一处靠海边的小山坳里住了下来。这个小山坳,人迹罕至,也没有名字。老朱夫妻俩领着 3 个儿子,就在荒山野岭落下了脚跟。迁移之前,老朱连大海都没有见过,更不会下海捕鱼。远眺山下茫茫大海,灰蒙蒙一片,老朱仰天长叹:"苍天啊! 难道我朱家命该绝于此?"

近观山上,森林茂密,浓荫遮蔽,老朱不禁眼前一亮,想到他曾经在土窑打过零工。真是天无绝人之路,于是老朱就带领 3 个儿子支起了土炉窑,就近砍伐树木,烧起了木炭,卖给过往的渔船。

朱家烧制的木炭不起烟雾,火力持久,质量上乘,远近闻名。

自那时起,朱家在此开枝散叶,世代繁衍。炉窑烧了一年又一年,在日久天长的口耳相传中,慢慢地人们就把这里叫老窑。

张学瀚在《磨刀塘》一文中写道:

老窑至磨刀塘三里,居户五六,以渔为业。

短短三句话,勾勒出了老窑与磨刀塘的距离、户数以及居民所从事的营生。

父亲去世以后,大儿子朱大子承父业,带领两个兄弟继续烧窑。一传十,十传百,附近和外地人听说老窑山上树木多又粗壮,是烧制木炭的上好原材料,纷纷来到山上搭起草棚,支起土炉窑烧制木炭。朱大见了,顿时慌了手脚。他登上高处,双手掐腰,大声喊道:"老窑是我老朱家的地盘,这里只有我们老朱家可以烧窑,其他人来烧窑可不行! 这山上的一草一木都姓朱!"接着,他指着山上的一块飞来石激动地喊道:"你们都看看这飞来石吧,那是从海上飞来的,它是从老鹰变来的神石,正好落在我家门前。"

众人赶去一看究竟,朱大家的门前确实有一块像大鸟一样的巨石。朱大得意扬扬地炫耀道:"飞来石,飞来石,猪(朱)吃飞来食(石),这是天意,是老天爷安排好的事,证明我朱家福大、命大、造化大,这片山林就是老天爷赐给我家的,老窑就是我老朱家天下!"

朱大还不许别人支炉烧窑,只许伐木卖给他家烧炭,以使他家能获得更大的经济效益。

畏惧于朱大的淫威,外姓人在老窑住不下去,被迫搬到相距不远的东边一个山坳里居住。为了讨生活,每天早晨,这个山坳里的人,都在天亮时分磨刀,上山砍柴,卖给朱家换钱。

一天黎明,朱大又赶早来到这个山坳,想催催这里的人早点上山砍柴,为的是自己能多烧制一些木炭。朱大一见这么多人都在磨刀,那阵势还比较大,众人磨刀霍霍的声音"沙沙"作响、整齐划一,大家似乎对朱大的到来不仅不欢迎,还比较敌视。

朱大上前一步,想开口催他们上山。一个粗壮的汉子举着手里刚刚磨好的大砍刀,对着朱大,又似对着众人,高声地说道:"飞来石(食),飞来石(食),猪吃飞来食,今天早上,我们大家伙把刀磨快点,准备杀猪吃肉!你们说是不是呀?"

众人齐声附和着,大声应道:"是呀,杀猪吃肉!杀猪吃肉……"一时间,满山谷都响起"杀猪吃肉"的声音。

壮汉手里明晃晃的砍刀,泛着寒光,众人磨刀霍霍的阵势,他们响彻山谷的附和声,吓得朱大心里直哆嗦,他连滚带爬地回到了老窑。从此,朱大再也不敢明目张胆欺负人了。住在老窑东边山坳里的人,就给自己住的地方取了个名字:磨刀塘。

明朝永乐十八年(公元1420年),明太宗朱棣迁都北京。北京的冬天气候寒冷,需要大量的木炭取暖,有人就推荐了老窑烧制的木炭。于是,老窑烧制的木炭就成了向朝廷进贡的地方贡品之一。

烧制木炭的炉窑,分水窑和焖窑两种。烧窑虽然没有太多的科技含量,但是工序也多,繁复得很。在过去,烧窑是个苦力活,当地有句俗话"最苦不过烧窑工",窑工必须是个肯吃苦的勤快人,才能烧得一口好窑。烧窑的经验,全凭代代窑工的口耳相传。

出生于1934年的朱炳美,是居住在老街最年长的朱姓族人,曾经担任临海路小学校长多年。井盛杰在连云街道工作多年,曾先后担任街道党工委副书记、人大工委主任,得知笔者欲采访朱炳美老人,她热心地说:"我与朱老相识多年,择日我陪你去采访他。"2023年盛夏的一天,我们一起到朱炳美府上拜访老人。朱炳美和爱人程彩娟热情地接待了我们。他说:"当年朱家祖上烧窑,从老窑的东山到西山共建了360座炉窑,烧制的成品木炭,大部分经京

从左至右依次是井盛杰、程彩娟、朱炳美

杭大运河运到京城供皇宫使用。到 20 世纪 80 年代,山上的灌木丛中还能看到倒塌的炉窑。"

360 座烧炭炉窑,数量自然不小。由此可见,当年用炉窑烧制木炭的手工作坊,已成规模化生产。

关于老街山上的炉窑,笔者曾采访老街多位老人,问他们山上是否如朱炳美所言建有 360 座炉窑,他们表示具体数字不清楚,但是他们也听老辈人讲过,山上的炉窑确实不少。朱炳美及受访的老人说,他们童年时随族人上山打柴、青少年时上山砍柴,都亲眼看过倒塌的炉窑遗迹,砌窑的耐火砖横七竖八地散落于草丛中。朱炳美还看到过完整的木炭炉窑。

《连云区非遗汇编》里"传统技艺——烧木炭"一章介绍道:

> 木炭,由木材或木质原料经过不完全燃烧,或者在隔绝空气的条件下热解,所残留的深褐色或黑色多孔固体燃料,是保持木材原来构造和孔内残留焦油的不纯的无定形碳。

"红蝇赶散"的传说也罢,充军发配的历史也罢,生长在云台山北麓山坡上的树木,确实没有南麓山坡上的树木高大粗壮,证明与当地烧窑不无关系。

《嘉庆海州直隶州志》记载:"顺治十八年(公元1661年),兵部尚书苏纳海(满州正白旗人)等,会阅江南省沿海地方,将各岛附近村庄,俱令迁移内境。云台山以向在海中,一并禁为界外。"史称"裁海"(也称迁海、禁海)。大清政府愚昧无知的裁海国策,强迫云台山区所有军民,一律无条件限期迁出。老百姓只得抛弃田园、屋舍及祖宗坟茔迁往内地,否则就被官府视为敌寇反民,予以镇压。

自此,云台山一带一直被禁为界外。彼时的云台山周边尚不见平地,山上居住有零星人家,人们主要从事打鱼、烧炭和渔船补给等营生。

多年的裁海,不但给海州地区黎民百姓的生产生活带来灾难性的后果,还严重影响了国家的经济及国防发展。康熙十二年(公元1673年),时任两江总督奏请云台山复海,但未获恩准。

康熙十五年(公元1676年)九月,海州生员江之茝等人呈状恳请云台山复海。江之茝等人的呈状,得到了州、府、道各级官员的广泛支持。自那时起,官绅士民共同呼吁云台山复海的局面形成,迫使朝廷加快了云台山复海的步伐。

康熙十六年(公元1677年)七月,漕运总督帅颜保向清廷上"复云台上助漕运下存子遗事"折,除陈述云台山物产丰富外,着重从治河、漕运的视角,分析了云台山复海的利弊。帅颜保的奏折很快引起清政府的重视,经九卿詹事府科道会议,吏部侍郎哲尔肯受命前往海州,会同地方官员到云台山实地考察调研。掌握了第一手资料的哲尔肯,不仅积极支持云台山复海,还从民事、军事等层面提出复海的具体举措:"将云台山作为内地,应令该管官将从前迁徙屯丁,灶户人民,招来复业,开垦地亩,限以三年起科。"

康熙十七年(公元1678年)闰二月初二日,两江总督阿席熙会同漕运总督帅颜保、江南巡抚慕天颜、江宁提督杨捷,按照清廷要求,将开复云台山的详细举措合题奏。两日后,清廷批准实施。在裁海17年后,海州云台山地区在全国范围内率先复海。

据说康熙七年(公元 1668 年),连云港曾发生 8 级地震。一夜之间,城崩,海水退后 30 里,出现了一块新大陆。

这块陆地形成于现在连云港市西部城区的海州洪门一带。笔者采访连云区史志学者,他们比较一致的观点是,东部城区即现在的连云港主港区到墟沟一带的陆地形成比较晚,应该是乾隆后期,现在的徐圩新区一带基本没有山,是潮间带滩涂,形成陆地时间还要迟。

乾隆后期,受黄海夺淮入海的影响,连云港主港区一带海水退去,陆地初形成,当年的陆地也就是山脚下依山的区域。这个时候,在山上居住的人开始"插草为界",自己中意一块地皮,就用芦苇、大荻草(类似于芦苇)、碱蒿间隔一定距离插上为界。此种圈地的方法,和跑马圈地的方法有相似之处,都是为了拥有地皮。

朱姓人家是老窑大家族,草地面积最大,共拥有 3 块地皮,号称第一大户,在此基础上建立日后的朱家 1、2、3 号大院。因此,最早的老街朱家大院共有 3 个院落,也直接印证了"红鹰赶散"的传说中朱家是大户人家之说。

在云台街道的西山上曾经有 3 座庙宇,一座是道教寺庙,一座是龙王庙,一座是佛教寺庙,都依山势而建。据传,佛教寺庙始建于宋代,清代时由地方朱姓家族出资重建,一时间香火旺盛。寺庙坐西朝东,三面有屋,山门开在东面。分上下两院,上院有大殿 3 间,位于最高处的西屋,供奉过去、现在、未来三世佛以及观世音菩萨、地藏王菩萨。配殿 3 间,殿内供奉三元大帝,即天官、地官、水官。南屋 2 间,为经堂、斋堂。殿里还有 18 尊罗汉塑像。

清光绪十一年(公元 1885 年),改为理教寺,即三教寺,又称礼教寺。1937 年,部分建筑毁于日军炮火,之后寺庙的僧人又修缮被毁部分。这座寺庙与孙家山的祇园寺都归宿城法起寺管理。

1949 年后,寺庙被改造成云台街小学,寺庙的山门就是学校大门。20 世纪 80 年代,因生源不足,云台街小学与临海路小学合并,师生全部搬到临海路小学。

2003 年,居士胡建霞率众捐资重建寺庙,命名东灵寺。笔者在老街采访时,热心的叔叔阿姨主动给我当向导,一进大门是下院,在下院的东南角有一棵柳树,树径之大,两个成年人手挽手都合围不过来。他们说:"东灵寺风水好,每天早上太阳首先照到的就是西面的正殿。"

叔叔阿姨指着上院的一口水井说:"这口井可有年代了,听老辈人讲宋代建寺庙时就有它呢,井里的水不仅特别甘甜,还终年不枯,就是最干旱的年份里,它也没有干过。水井的边上原来还有一口大钟,那口钟敲起来声音悠扬,人们在很远处都能听到。大殿前原来还有一鼎大香炉,那香炉可气派呢!'文革'刚开始时,信徒们担心大殿里的罗汉塑像被毁坏,一天夜里,他们偷偷把罗汉塑像掩埋于大殿最东头的地下保护起来。"

寺庙由朱姓家族捐资兴建,也间接印证了朱家是大户人家的说法。

朱家大户的历史,则是晚清时代社会进程的一个缩影,它反映的是某个区域的商业繁荣。

连云地区私人工商业的历史,要追溯到清朝,到了清末已具有一定规模。墟沟的王氏家族、邵氏家族和连云的朱氏家族,在海属地区都赫赫有名,他们经营的商业资本规模大、投资范围广。各家都在当地建设有较大的宅院,连云朱氏的宅院特点是依山势分散而建;墟沟王氏的宅院则是整片开发;墟沟邵家除了整片开发,还建有小洋楼,如恒立大楼等。

连云港市历史上,还有南城和北城之说。北城,顾名思义就是位于后云台山北麓的老窑,今天的连云老街。

南城,位于前云台山南麓的海州区南城街道,是一座历史名城。连云港有海州古城、民主路文化街、连云港老街、南城六朝一条街,共4条历史文化老街。南城街建于六朝时期,也称六朝一条街,因地理位置处于凤凰山与凤凰东山之间,故又名凤凰古城。据考证,远在5000年前,就有东夷部落在此活动,其中有文字记载的历史已有1600多年。千年古镇留下众多历史古迹,如古城门、匡衡井、六朝一条街、普照寺、玉皇宫、城隍庙、侯府等。

1958年,凤凰城被拆毁,仅南门留存下来,2006年连云港市文管会投资对其修缮保护,此门是目前苏北地区唯一保存完整的古城门。保存相对完好的东古街遗址,全长约3里又99步,故有"南头到北头,三里出点头"之说。其街面宽度为9尺9寸,用1399块青石铺砌而成。这条街还是远近闻名的"龙骨型"青石板路,石板路上一条清晰可见的古车辙痕迹,见证了过去车水马龙的繁荣景象。

历史上，南城的建设得到过朝廷拨付重金的支持，因而南城有了宏大的城池规模。北城较之就逊色了很多。在老街民间一直流传一个故事，明朝末年，海州府官员到京城上奏朝廷，欲为建设北城寻求中央政府的建城资金。皇帝就问上奏的地方官员："北城在什么地方？"上奏者回答说："在南城的北面。"皇帝又问："准备建多大的一座城？"上奏者不知道是一时紧张，还是听错了，以为皇帝问两城相距多远，于是回答道："北城到南城 80 有余里。"皇帝听后大吃一惊：好家伙，这要建一座 80 多里的城呀！我的皇城也没有如此大的规模呢。可以想象，这件事就黄了。

无论南城还是北城，在连云港市的历史上都起到过举足轻重的作用。相距 35 千米左右的两座城，一南一北的称谓区分，彰显了两座重镇在一定历史时期的重要性。

江姓、杨姓、武姓，是现在南城的三大姓。南城还有一句俗语"先有谭、皮、蓟，后有江、杨、武"，可知这座城里最早的居民姓氏变化。而北城老朱家，是一家独大。连岛的江、杨、武姓，则是从南城迁移而来。

第四节　北洋政府与老窑码头

1912 年春天，对于老街来说值得永远铭记。这一年，刚刚成立的北洋政府决定陇海铁路东延至老窑并在此修建码头，为此，还成立了陇海铁路总所来负责此项目。这个消息一出，把名不见经传的老窑推上历史的舞台，更多的人记住了在中国版图上有一个叫老窑的地方。

陇海铁路局委托比利时铁路合股公司聘请法国工程师格瑞奈为海港测量队队长。1913 年 3 月，格瑞奈（也有音译为格锐奈、克来纳、克来钠，下文统一用格瑞奈）、沙海昂、陶普斯等（简称格瑞奈团队）对江苏全省海岸进行测量后，给出了在西连岛建设陇海铁路终点码头的建议，这条建议基本得到北洋政府的认可。

沙海昂（1872—1930 年），字利农，法裔华人。他的法文名字是 Antoine Henry Joseph Charignon，沙海昂是他到中国后取的中文名字。沙氏的先祖

建港初期的老窑街景

是西班牙人,后来移居法国。他于1872年9月23日出生于法国南部城市里昂,少年时在圣路易高中肄业,后来进入巴黎中央艺术和制造学校学习,并于1894年毕业。

清光绪二十四年(公元1898年),时年26岁的沙海昂受法国利来公司之聘,担任滇越铁路工程师,后又任正太铁路、京汉铁路和陇海铁路工程师,参加了中国早期铁路建设的很多奠基工程,1908年任邮传部顾问。沈云沛对沙海昂在中国的工作很满意,积极上奏朝廷建议表彰,沙海昂受到清政府的嘉奖。沙海昂于1910年加入中国国籍,民国以后,他改任交通部顾问。

老窑要建设陇海线终点站和出海口码头的消息,引起了世人的广泛关注。一些有识之士、政要、商贾开始到老窑投资,使连云港(老窑)埠区的开发、建设掀起阵阵浪潮。一时间,购地兴业的各方人士纷至沓来。

从1913年到1920年的7年时间里,连云港埠区(老窑、墟沟一带)形成了第一波投资热潮。那个年代投资方式比较单一,就是购地。投资者先购买好一块地皮,等这地方的经济发展起来,土地就会有升值的空间,到时候或转手倒卖或在此兴办实体,都是投资的好方法。到底能否在老窑建港尚不明朗,投资者持观望态度,因此,墟沟、老窑一带的土地价格,似那黄海的潮水,起起落落。

综合分析连云港埠区之所以成为投资热土，其主要原因是 1914—1918 年正是第一次世界大战爆发期间，以德意志帝国、奥匈帝国和意大利为主的同盟国与以英国、法国和俄罗斯帝国为首的协约国忙于开战。他们无暇顾及东方这片热土，而暂时放松对中国的经济侵略与掠夺，仅仅几年的短暂窗口期，使得中国的民族工商业得到了快速发展。

到了 1922 年，荷兰、法国工程师确定西连岛海峡（老窑）适宜建设大型海港的消息传出后，来连云港埠区的投资者又一次增多，邻省的富商亦闻风而动，特别是陇海铁路沿线的山东、河南等地的商人大贾，如过江之鲫涌入，老窑的地皮成了"香饽饽"。一时间，购地之风甚嚣尘上，以至于距离 10 千米之远的墟沟的土地价格，也水涨船高。到了 1933 年，火车已通至孙家山，在老窑建港已经是"板上钉钉"之事，地价再次爆发式增长。以东窑乡为例，从 1925 年的平均每亩 78.8 元，上升到 1935 年的每亩 806.2 元，涨至 10 倍有余。一些富商巨贾、政界人物掀起了占地热潮，其中风头最劲的是白宝山。他在墟沟北固山占地 120 亩建造别墅，起名乐寿山庄；在吕端山的东南面购地 45 亩，建有带游泳池的别墅；在吕端山北面购地近 90 亩；在后云台山南麓的中云乡魏庵村（今连云港经济技术开发区中云街道魏庵村）购上百亩地，开辟为果园；在灌云县同兴置良田 300 亩，种植农作物；在新浦南面马艞一带购置土地几十亩。

大桅尖顶峰石壁上那描成红色的"白宝山"题刻，站在山下远远地就能望见。时至今日，虽然隐藏在灌木丛中的石刻上长满了爬山虎藤蔓，但字迹依旧清晰。

白宝山（1878—1941 年），河北宁河（今天津）人，行伍出身。北洋政府时期，1915 年 12 月 28 日，被任命为新设的"海州镇守使"，掌管海赣沭灌的军政事宜；南京国民政府时期，曾任国民党陆军中将等职务，是独霸一方的军阀。白宝山在海赣沭灌一带影响力比较大。他个头高，手里拥有的部队又多，被称为"海州王"，当年民间流传"白宝山，海州王，个子高，队伍一拉十里长"，可见一斑。

在今天的连云港市灌南县汤沟酒厂院内，存有一块"海州镇守使白公峻青"德政石刻碑，碑文为楷书：

民国八年清和月谷旦。勋四位陆军中将海州镇守使新编陆军总司令白公峻青德政。绅、商、学、农纪念。民国八年。

刻碑宽65厘米、高175厘米,碑文字径8厘米×10厘米,落款字径8厘米×9厘米。

北固山上的望海楼,依山望海,矗立在万株松海之中。望海楼所在的小山头,海拔仅仅98米,原叫西山。山不高,有建筑则名。自望海楼建成,此楼便成了西山的代名词,不知不觉中,西山的名称便逐渐淡出了百姓的记忆。

坐北朝南的望海楼建筑群,以3层为主,局部4层,大大小小房屋共计40余间,建筑面积5000余平方米,如果从空中瞭望,建筑物的造型呈L形交叉状。从南面的大门进入便是一楼大厅,从东面的大门进去则是二楼。顶部中间与两头均为4层,中间还建有一座琉璃瓦亭子,登上此亭可以瞭望四周。

别墅建有地下室;前有停车场、行车石路及石门;室外一楼正门两侧有石砌台阶盘旋而上,属于纯粹的中式风格;一楼和三楼设有拱形门窗,屋顶设有帽式天窗,属于典型的欧式风格;三楼建有露天大阳台,可凭栏远眺山下蔚蓝的大海,观海听涛,赏竹品花,尽情领略黄海的壮观和海滨的风情;楼内设有壁炉、烟道、木质楼梯,建有功能齐全的大小会议室、餐厅和休息室;外面种植松树、柏木、竹子、海棠、玉兰、菊花等,呈现了苍松翠柏环绕、花草点缀其间的别致院景。

整栋建筑造型别致,做工考究,特别是细节部分设计巧妙,体现设计师的匠心独运。

今天的人们看到的望海楼建筑群,是由规模一小一大两座望海楼组合而来的。人们将后建设的、规模大一些的别墅称为大望海楼,将先建的、规模小一些的别墅称为小望海楼。无论是大望海楼还是小望海楼,其最大的特色是全石建筑,墙基、立面、阳台、过梁、台阶均为石料砌成。这些石料或圆或方,或长或短,或粗糙或细腻,虽凹凸不平却又错落有致、严丝合缝、浑然一体,在充分体现了建筑材料本身自然之美的同时,将那个年代石工匠人的高超技艺展现得淋漓尽致。特别是融合了中西文化代表性元素的小望海楼,历经近一个世纪的岁月洗礼,愈发显得古朴、凝重和沉稳,向世人展现中欧古典建筑独特的艺术魅力。

先说一说小望海楼。

1926年,白宝山重金聘请德籍工程师设计,在北固山兴建了一栋中欧古典风格的别墅。整栋别墅依山势而建,全石结构,占地363平方米,顶部是带斜坡瓦屋面。建设之初,在室外北面一角还建了一座旱厕所。望海楼建好后,白宝山将此栋别墅赠予了陈调元,又名陈小楼、陈家小楼、雪轩别墅。

连云港解放后,望海楼即被驻军接管,之后是连云港警备区司令部所在地。

陈调元(1886—1943年),字雪暄,也作雪轩,河北安新人,国民党陆军上将,清光绪三十二年(公元1906年)入保定陆军军官学校学习。辛亥革命后,曾任南京宪兵营营长、江苏徐海镇守使。民国时期曾任安徽、山东两省主席,以及国民政府军事参议院院长等职务。陈调元育有五子一女,长子陈度、次子陈序、三子陈廉、四子陈广、五子陈康和幼女陈庚。

陈度,字伯权,是有名的花花公子。陈调元没少管教他,但效果不佳,就采取"易子而教"的办法,把儿子交给白宝山管。陈度先后在乐寿山庄的白大楼和陈小楼居住过,嫌弃那两处地方太吵闹,于是陈调元又在宿城乌龙沟建了第二栋别墅"陈小楼",是专供陈度读书的地方。说到陈度,知道的人可能不多,但要说到他的女儿章含之,知道的人就多了。章含之曾担任过毛泽东的英文教师,她是中华人民共和国成立后第4任外交部部长乔冠华的夫人。章含之之所以姓章,是随她养父、中国著名民主人士章士钊姓。

陈小楼的建设时间,在连云港史学界一直有争议。《连云港市志·第五十三卷·文物篇》中,对陈小楼作如下介绍:

> 陈小楼,位于连云区墟沟镇北固山上。民国十五年(公元1926年)白宝山建,后赠予陈调元,故名陈调元小楼。又因于此可凭窗观海故名望海楼。德籍工程师设计,全石结构。占地363平方米,为中欧古典别墅式建筑。前有停车场、行车石路及石门等附属建筑。至今保存完好。

上述资料是基于1979年连云港市第二次文物普查的结果。

2012年1月31日的《苍梧晚报》A3版有一篇《省级文保再添"港城十二钗"》的文章报道,陈小楼已经被报批为省级文物保护单位。

陈调元与白宝山于1914年相识。陈调元随直系军阀冯国璋到南京,任江苏宪兵司令,经常赴江苏各地视察公务,在此期间认识了白宝山是情理之中。李纯督苏时,陈调元与白宝山拜了把子,陈小白8岁,管白叫"大哥"。1920年,时任江苏督军李纯任命陈调元为徐海镇守使,为江苏收回了徐州。自那时起,白宝山就和他走得很近,这也是官场上的利益结盟。陈调元在接管徐州的过程中,得到了白宝山的鼎力相助,从此二人成为生死之交,终身互有影响。

为了笼络人心,凝聚苏北各支军事力量,共同抵御北伐军北上,1926年5月25日,五省联军总司令孙传芳来到墟沟,在白宝山的乐寿山庄召集驻扎江北的7个师的师长开会,共商对策。参会的师长分别是:陈调元、马玉仁、郑君彦、彭绍敏、白宝山、杨德昭、朱时。那日,是陈调元第一次抵达墟沟。陈调元当时正在安徽驻守,是国民革命军中一颗"前途无量"的"耀眼新星"。军阀起家,八面玲珑、"长袖善舞"的白宝山决定豪赌一把,在陈调元第一次来墟沟时,他就谋划建一栋别墅赠予陈调元。此举属于政治投机,也不难理解。

连云港市文史专家、地方志专家张树庄,却对陈小楼的建设时间提出了异议。

2008年3月12日下午,张树庄受连云区政协委托,以地方志学者、区政协文史委副主任的身份,接待了来自新加坡的一行10人的到访团。团长陈宗孟是陈调元次子陈序的女儿,她在新加坡的职业是医生,此次中国之旅主要是到老宅寻根。此行,她的外籍丈夫也一起前往。

陈宗孟自我介绍说,她是大楼建好的第二年出生的,童年时曾在墟沟度过一段美好时光。陈宗孟出生于1935年,依此时间推测,那么陈小楼的建成时间是1934年。在故居前,陈宗孟久久徘徊。她站在三楼向东的阳台上,远眺大海、港口,边看边疑惑地问道:"记得我小时候,大海就在我家前边不远处的山脚下呢,可是现在,这海怎么退得那么远呢?"

对于2008年接待陈宗孟的寻根之旅,张树庄在接受笔者采访时,还讲述了接待时的几则趣闻。

在望海楼前,当张树庄向客人介绍眼前的别墅叫"陈小楼",也叫"雪轩别墅"时,陈宗孟立刻接话说:"'雪轩'是我爷爷的字。"陈宗孟从楼上到楼下反复走了几趟,仿佛在寻找昔日生活中的某段光影。在望海楼里,张树庄讲解道,半个多世纪过去了,到了今天,这栋别墅已经是市级文物保护单位,外面的墙面还保持原来的样子,里面的走廊、地面等都经过多次改造,但建筑的结构没有破坏。张树庄指着房间的门说,大家请看,过去的门都比较窄、矮,没有现在的门那么高大。陈宗

陈宗孟与丈夫在望海楼前合影

孟随着张树庄手指的方向,默默地看了一会儿,还特意到门前留影。

在乐寿山庄遗址,张树庄向客人介绍向若亭北边的两根亭柱上原来刻有陈调元书写的一副对联:"陇汴西去三千里,淮海南来第一楼。"当张树庄指着仅剩的"陈调元"3个字给他们看时,陈宗孟瞬间泪流满面,激动地整个人伏在上面,身子颤抖着,双手一遍一遍地抚摸,喃喃自语道:"爷爷,孙女今天叩拜您来了,孙女没有忘记您!"张树庄对笔者说:"当时的陈宗孟已经是73岁的老人,看到这一幕,我禁不住也为之动容。"

陈宗孟的外籍丈夫是个汉学家,他不仅喜欢汉语文学,还对毛泽东主席的诗词情有独钟,更让人难以置信的是,他竟然能将《毛泽东选集》一至四册的内容全部背下来。

陈宗孟回新加坡后,于4月18日在给张树庄的信中还说,感谢连云区政协及张树庄对她在连云区考察期间的接待和陪同,她年纪也不小了,在有生之年能看到老宅,在儿时居住过的房子里看大海,还看到了爷爷亲笔题写的字,真是太高兴了。陈宗孟在信中还不无感慨道:"原来就在海边的房子,70

多年后竟然离海那么远了！"

张树庄回信附了一首自创的七律诗《望海楼寻根》赠陈宗孟，以纪念她的寻根之旅：

> 北固山中望海楼，
> 已经七十四春秋。
> 群峰推浪襟怀放，
> 大港连云蒿目收。
> 轩室聚谈文字在，
> 石亭联唱墨痕留。
> 寻根万里子孙愿，
> 雪后梅香壮此游。

在连云港史学界还有一种说法，这栋别墅系陈调元自己出资兴建。彼时，白宝山长驻连云港，陈调元则委托他"代为操劳"。

张树庄说："陈小楼是白宝山建好后赠予陈调元也好，陈调元自建也罢，都不重要，以他们当时的财力建设如此规模的别墅，自然是小菜一碟。但是，1925年开工到1926年竣工，却一直找不到权威的史料可以佐证，而且，从1926年开工建设到1934年竣工，历时8年，时间跨度也太长了！1933年连云港开埠，1934年陈小楼竣工，其开工时间与建港时间同步，用2年时间建好，这样的推理最站得住脚。陈宗孟来望海楼寻根时自我介绍中提及的出生时间，则是小望海楼竣工时间，是最有说服力的佐证。"

大望海楼的建设时间，则要追溯到20世纪50年代中后期。

1957年秋末，新海连市市委书记许耀林到省里开会，省里给他安排了一个任务，但只是告诉他，接下来的日子里新海连市会有一项重要的接待任务。具体是什么时间？接待谁？他不得而知。回到市里的许耀林立刻牵头召开市委常委会，在会上传达了这件事。与会的常委都以为是毛主席要来。那时的新海连市还没有一座像样的招待所能接待中央首长。出于稳妥起见，会上采取了一项应急措施，决定从部队的手中将墟沟北固山上的陈家小楼借过来,简单装修一下用于接待。

据连云区档案馆馆藏资料记载,1957—1958 年,新海连市连续两年取得盐业生产大丰收,完成销售任务后,市里有 600 万元的提成。这笔钱在当时可不是一笔小钱呢!新海连市决定在墟沟望海楼的基础上,建设一座新海连市招待所,会议一结束,就由市委向徐州地委打了一份关于"新海连市计划建设一座市委、市政府招待所"的报告,徐州地委很快就批准了这份报告。这份报告能取得徐州地委的支持,和时任徐州地委书记徐锡庚有很大关系。1958 年 3 月,徐锡庚任徐州地委书记,到任不久即到新海连市调研,彼时的新海连下辖新浦、海州、云台、连云港、盐区共 5 个区。在调研中,徐锡庚见整个新海连市没有一座像样的招待所,唯一勉强能够接待来宾的招待所是东边连云镇的上海大旅社。他希望新海连市能有一座拿得出手的市级机关招待所。

徐锡庚对连云港区很感兴趣,认为新海连市的发展应该依托连云港港口,当即指示将新海连市委、市政府搬到墟沟办公。追溯起来,徐锡庚是第一个提出"连云港市委、市政府东迁"的人,但之后出于种种原因东迁工作不了了之。徐锡庚离连后,在新海连市委的安排下,由时任市委副秘书长侯文泉带队,从新海连市建筑公司抽调 3 名工程技术人员组成考察队,专门到扬州市学习取经。考察队一行 4 人在扬州考察了七八天。

4 月,新海连市就拿出了招待所的图纸和建设方案,许耀林拿着建设招待所的相关材料赶到徐州地委汇报,地委当即开会研究给予了批准。徐锡庚书记还慷慨承诺,由地委下拨水泥以示支持。

许耀林从徐州赶回新海连,工程就开始动工,1959 年工程主体部分完工,恰逢三年困难时期,后续部分暂停。

1960 年,田诚任新海连市委第一书记。年底,江苏省委第二书记刘顺元在省委秘书长龚维桢的陪同下来连调研。因招待所还没有建好,刘书记一行人只能入住陈小楼。田诚指着近在咫尺的"半拉子"工程,向刘书记做了详细汇报。刘顺元对田诚说,新海连向省里打报告,争取省里资金支持,新海连市还真需要一座像模像样的招待所呢!新海连市的报告打到省里,时间不长,8 万元的专项资金就拨付下来。1961 年春,招待所后续工程全部完工。

建成后的大楼叫什么名字呢?尽管官方还没有给大楼命名,可老百姓早就给它起好了名字,"大望海楼"的名字已经在民间传了开来。1962年初,中共华东局副书记魏文伯来连云港,在望海楼主持召开华东地区渔业生产座谈会。酷爱书法的魏文伯很喜欢这座建在山坡上的招待所,即兴挥毫,题写了与小望海楼相区分的"观海楼"3字。田诚还给望海楼题写了多幅名字,其中就有"望海楼",这是当地百姓比较认可的称谓,于是大楼就定名望海楼,一直沿用至今。那个时期的望海楼主要用于接待中央和省领导。1964年1月6日,全国人大常委会委员长朱德来连云港视察工作,就和夫人康克清入住此楼。此外,望海楼还接待过彭德怀、杨得志、杨成武等军队将领。

1990年上映、由周玖主演的8集谍战电视连续剧《她的代号白牡丹》,剧中国民党军队"司令部"的取景地就是望海楼。

如今,陈小楼的遗址还在,那带院子的石头墙建筑群依然不失当年的气势。通往别墅的那条小路还在,只是在之前砂石路的基础上用混凝土做了硬化处理。

这栋保存完好的陈小楼遗址,已经成为国内外游客喜欢光顾的景点之一。游客们在饱览连云港山海相拥的风光之余,也喜欢到此观赏这座带有浓郁民国特色的建筑。它也是人们追溯民国历史之处,对学者研究近代建筑艺术和民国时期人物具有一定的参考价值。

时任两淮盐场盐运史缪秋杰,在北固山边的东哨村购买土地,建设了一座占地80亩的缪秋杰花园,园里广栽花草和果木。

两淮盐场,又称苏北盐场。它主要分布在江苏省境内长江以北的黄海沿岸。由于在淮河故道入海口的南北,故名两淮盐场。位于淮河以北的叫淮北盐场;位于淮河以南的称淮南盐场。实际上苏北盐场包括大大小小盐场19个,每年生产原盐近300万吨,是我国四大盐场之一。

海属著名学者张学翰在一首诗中赞叹曰:

占尽园林胜,

春光入望赊。

有山皆种树,

无地不栽花。

屋绕三分竹，

墙围半亩茶。

绿肥红瘦处，

看罢夕阳斜。

诗中写尽了花园里的一切，有树、有竹、有草、有花、有茶，凡是山坡都栽上树，凡是平地都栽上花；房屋边上栽有竹子，符合中国人"宁可食无肉，不可居无竹"的居住理念；休闲之时，赏春光，看夕阳。从中可以想象，缪秋杰花园充满着田园风光和诗情画意，这也许就是当年的达官贵人所追求享受的惬意生活。

西墅，是连云区靠近大海的一个地名，关于西墅的地名由来，坊间还有一个传说和宋子文的弟弟宋子安有关。在老窑码头开埠之初，宋子安曾经在埠区海边建有一座别墅，因别墅位于墟沟西面，故称"西墅"。

宋子安（1906—1969年），海南省文昌市人，出生于上海传教士及富商家庭，他是民国四大家族之一——宋氏家族的代表人物宋子文的幼弟。宋子安早年曾任松江盐务稽核所经理、松江运副（辅助盐运使掌管盐务行政事宜），曾先后就任中国国货公司董事、广州银行董事会主席、西南运输公司总经理等职，和其他5个兄姊不同，宋子安较少涉足政治，因此，人们对于他知之甚少。海州盛产海盐，因业务上的需要，他经常驻足于此。

据连云区相关档案记载，宋子文曾两次到老窑埠区考察。第一次是1931年3月，他任国民政府委员兼"行政院"副院长时；第二次是1935年夏天，此时陇海铁路和老窑港口的建设正如火如荼。是大建设期间呈现出一片欣欣向荣、蓬勃发展的兴旺景象感染了宋子文？是老窑埠区一带古朴、静谧、秀丽的海滨风光、丰富的物产深深地吸引了他的眼球？还是受胞弟宋子安的影响？因为没有留下佐证资料，我们不得而知。但宋子文在北固山北麓买下了一块地皮，建了一座30多亩的花园，美其名曰宋家花园，又名海棠花园，却是事实。宋子文在花园里面建有居住、生产用房和景观假山、水井、蓄水池等。花园里广植海棠、牡丹、月季、玉兰、桂花等花卉。后来，随着抗战形势越来越严峻，花园没有再继续建设。宋子文派来的管家回上海前,雇用北固山蒋氏看护园子。

1949年后,宋家花园被政府收回,归海头湾渔业生产队集体所有。始建于1986年的神州宾馆,就是在此花园的遗址上兴建的,1990年成为连云港市最早的三星级酒店。

今天,连云港市在海一方公园一隅,还有宋家花园遗址的部分残留,那口水井还在。偏居在海一方公园一隅的神州宾馆,就静静地伫立在海棠花海之中。

宋子文(1894年12月4日—1971年4月26日),祖籍海南文昌,出生于上海,早年毕业于上海圣约翰大学,曾先后在美国哈佛大学、哥伦比亚大学取得硕士、博士学位。宋子文是民国时期政治家、外交家、金融家,先后担任国民政府财政部部长、代理行政院院长、外交部长等要职。其兄弟姐妹分别是:宋霭龄、宋庆龄、宋美龄、宋子良、宋子安。

1949年后,宋子文经中国香港辗转到美国纽约定居。1971年4月26日,在旧金山去世。

"海棠珠缀一重重。清晓近帘栊。胭脂谁与匀淡,偏向脸边浓。看叶嫩,惜花红。意无穷。如花似叶,岁岁年年,共占春风。"晏殊笔下的海棠花,似那书香门第的大家闺秀。海棠花,素有"花中神仙""花贵妃""国艳"之美誉,自古以来是雅俗共赏的名花,常栽植于皇家园林。

连云区墟沟街道,就有与海棠有关的地名和路名,如海棠路、海棠巷、海棠社区等。地名、路名为什么和海棠相关联呢? 会不会与宋子文的海棠花园有关系? 带着此疑问,笔者查阅了地方志等资料,并克服了因近年来城市发展拆迁,当地老居民住所分散,不容易寻找的困难,走访了多位八九十岁的老人。走访获取的资料,印证了笔者的猜测。

接受采访的老人中,年纪最长的是90岁,看过海棠花园的人不多,其所述的一个共同点是此花园是依山势而建。据老人们回忆,他们听过父辈的讲述,宋子文的花园里花木很多,其中又以海棠最为甚之,四季海棠也多。如此,以海棠命名地名、路名也不难理解。也有部分老人说出了不同的看法,认为地名、路名和周总理有关系,周总理、邓大姐喜欢海棠,西花厅的海棠世人皆知,1976年周总理逝世,人们为了纪念他而取此名。

20世纪90年代海棠路道口

　　笔者对海棠路的印象，要回溯到20世纪90年代，当时的海棠路南起与中山路交会的红绿灯处，北至现在的在海一方公园。那时候的在海一方公园，还只是一个简陋的露天海水浴场，在浴场一角还有水产研究所、养貂场、造船厂。造船厂主要造木质渔船，船坞上停有木船，工人围着船敲敲打打。那段海棠路是沥青路面，窄窄的，仅为两车道。路两边栽植的法桐树高高的，很粗壮，每到盛夏季节，树冠相交于路中间的上空，浓荫遮蔽，把路面遮挡得严严实实。路边栽植的海棠多，是一大景观。

　　陇海铁路通向连云港港口火车站的铁轨，穿海棠路而过，铁轨两边还安装有一端可以升降的栏杆。遇有火车通过时，栏杆则放下，阻止行人擅自穿越铁路。在栏杆与沥青路面七八米远的位置，都是石块铺就的路面。

　　那个年代里，海棠路上最大的单位，就是中国人年解放军陆军第一四九医院。路东边靠近大海，基本没有人居住，路边的潮间带滩涂上，经常有小木船搁置。每逢阴雨天，那一带都是烟雨蒙蒙，海天一色，别有一番风景。

　　当年的宋家花园，与北固山西南麓舍利山下的墟沟天主教堂相距不远。该教堂系天主教上海教会徐州教区委派法国籍神职人员来墟沟选址所建，20世纪80年代，铁道部在此建疗养院时把教堂建在了院子里。

当年,在墟沟烟墩山下有一座经营煤炭业务的煤炭厂,叫聚安煤炭厂。这个煤炭厂一度生意兴隆,是时任国民党郑州绥靖公署主任刘峙在此购地开办,管理煤炭厂的人是他的亲戚。厂房由东西两个院落组成,西边的院子面积较大,用作生产车间,是工人干活劳动之处;东边的院子较小,用于管理者办公和居住。1945年9月,刘峙的亲戚离开后,就委托中云乡(即现在的中云街道)一个叫郑余轩的人代为管理。后来,这处厂房曾用作私立蔚云中学、墟沟小学的校舍。

河南商人刘世久来墟沟购地建厂。江南商人陈德陵在墟沟东门外买地,建有一座大楼,当年附近还都是矮小的土房子和小草棚子,这座大楼就显得鹤立鸡群,非常突兀,因此,当地百姓称之为陈大楼。此楼在1945年前,曾作为连云市政筹备处办公用房,1945年后,被当地驻军部队接管,现已被拆除。

陈果夫也曾在这里购地,开办大安公司;顾祝同,在此购地并开办蜀渝公司。

陈果夫(1892年10月27日—1951年8月25日),名祖焘,字果夫,浙江东林(今浙江省湖州市吴兴区东林镇)人,幼入浙江陆军小学,参加过辛亥革命、二次革命和讨袁之役。叔父是中国近代民主革命家、中国同盟会元老陈其美。陈果夫与蒋介石关系密切,为蒋所倚重,和其胞弟陈立夫在国民党内有"二陈"之称,曾经担任过国民党组织部部长、监察院副院长、中央政治学校教育长、江苏省主席、中国农民银行董事长等职务。

顾祝同(1893年1月9日—1987年1月17日),字墨三,江苏涟水(今江苏省淮安市涟水县)人,保定陆军军官学校第六期步兵科毕业,国民党陆军一级上将。1927年后,历任国民革命军第九军军长、第一军军长、第十六路军总指挥、国民政府警卫军军长、国民党四大中央执委、江苏省政府主席、五省"剿匪"北路军总司令、重庆行营主任、贵州绥靖主任、贵州省政府主席、西安行营主任等职。抗战胜利后任陆军总司令,"防务部门"参谋总长。去台湾后任防务事务主管部门代部长,台湾地区领导人办公室战略顾问等职。

随着码头的建成,火车抵达老窑后,连云港埠区一带服务行业也跟着兴旺起来,渐渐有了人气的聚集。

1934年，老窑至墟沟共有商店150余家，投资规模较大的为1万余元，小的四五百元不等；旅馆业甚为发达，计有20余家。有上海大旅社、花园饭店、丽华旅社和位于兴业商场（原连云百货公司处）内的东方旅社、东来旅社以及位于西山坡上的三益旅馆，房价分2元、1元、8角；饭馆则有鸿运楼、新雅酒家和春和楼，位于东大街的万家居和华洋两家比较出名；澡堂有位于大街口的连云池、位于中正街的陇海池、位于小南街的云台池，票价则分5角、3角、1角。

墟沟在清朝时，为了海防，由官府拨付专款修建城墙、城门以及护城河。受地理地形的限制，可用平地面积有限，当地人用"周围三五里，五十步即走完"来形容墟沟镇之小。俗话说"麻雀虽小，五脏俱全"，城虽小，却有5个城门；原规划街道，除东、南、西、北外，还有一条街，街在南面，又比较小，故称小南街。在两个街头各设有一道门，便于行人和车辆出入。

轻纺业和小型作坊共有5家，其中纺织工厂4家，小型作坊1家，在当地称铁厂，又称铸锅厂。位于墟沟小南街处的豫新织布工厂，为河南商人刘世久投资5万余元兴建，也叫豫新公司，是墟沟地区最大的一家，产品为各种花布、毛巾及毯子等。其余3家纺织厂，各有资本20元至3000元不等，其产品为花布及袜子等；位于北门外的同聚和铸锅厂，有资本千余元，产品为犁头、锄具、铸铁锅等农具及各种日用器具等。

民国初期，老窑建港口码头，全国各地资金在此聚集，带动了这里经济发展和人气兴旺，是老街历史上的首次繁荣时期。那段政商巨擘挥斥方遒的纷争往事，化作连云老街宝贵而独特的生长资源。

老窑，随着陇海铁路终点于此、港口码头的建设，开始变得兴旺、美丽起来。在1935年发表的《云台导游诗钞·老窑》一文中，张学瀚激情洋溢地写道：

> 老窑，深山陡涧，悬崖万仞。潮涨无路，潮落时通。人家三五，与木石居，与鹿豕游。游人罕到，落叶知秋，此所谓遗世而独立也。昔日寂寞之乡，一变而为四达之衢。昔时宽闲之野，一变而为舟车之会。人物盛丽，都邑亦雄。富矣，老窑之地！不但山中有海，而海中亦有山，独立波

心,名曰鹰游。此实上海商埠之所未有,亦为天津、广州所不及。老窑东接扶桑,西连秦陇,南达申沪,北连青岛,前绕大海,后依高山。地既辽远,僻处海隅,四山环抱,苍翠万状。愈转愈深,亦愈幽秀,可谓美矣! 乃四方之所聚,百货之所交,物盛人众,为一都会。火车直达,黑烟西沉;轮船往来,泊于海港;货物如山,人烟万家。方见绿杨垂岸,丹阁凌云。东望沧溟,极目千里。盐商海贾,连轴接舻。风帆浪舶,出入于波涛浩渺、烟云杳霭之间,可谓水陆辐辏之所矣! 他日商埠成立之后,欧美数万吨之海轮,均得驶入鹰游湾中,则老窑可望为世界一大商埠,恐上海、香港对之有愧色矣!

文章是表达作者情感的载体,从文中特别是最后一句可以看出,张学翰对家乡老窑港口的期望值之高。

到了1935年后,随着抗战形势的愈发严峻,来连云港埠区的投资者开始减少。仅仅两年后,连云港便遭遇劫难。老窑的一切美好、人们对它寄予的所有期望,都止于1937年9月17日。这一天,日军的战机首次轰炸距离老窑港口50千米之遥的海州,海州城内大型建筑无一完整,江苏省立东海师范学校(海州师范学校的前身,后并入连云港师范高等专科学校),是该地区比较完好的建筑,被炸得只剩下一些断壁残垣,多座民房被摧毁,炸死居民两人、炸伤居民多人。海州城大小商铺统统关门,人们纷纷跑路避难,有的甚至举家跑往南京、上海等地。

与此同时,日军军舰开进连云港近海,对连云港埠区实施炮火打击,炸毁了陇海铁路、铁路上的机车及附近的多处民房等。自此,连云港埠区进入"千户人家炊烟少,昼夜不闻鸡犬声"的萧条期。

此后,老街经历了连云港保卫战、连云设市、淮海战役解放、黄安舰起义、伞兵三团起义、中华人民共和国成立、港口建设、获批沿海对外开放城市……

连云老街,正是这波澜壮阔的伟大历史和翻天覆地大变化的亲历者。

她,从1933年走来。

第二章 "铁路大臣"沈云沛

第一节 徐世昌为他"点主"

1918 年 8 月 12 日,北京下着蒙蒙细雨,中华民国第二届国会在 108 响礼炮声中缓缓拉开了序幕。

此时此刻,远在 100 千米之外天津医院的一间病房里,沈云沛两眼望着家乡海州的方向与世长辞,享年 64 岁。随后,沈云沛长孙沈东生在《大公报》《北京日报》发布"民国七年(公元 1918 年)8 月 12 日沈云沛逝世讣告"。

社会各界惊悉实业巨子、"铁路大臣"、宪政改革领袖沈云沛于天津逝世的消息,各省唁电雪片似的飞到天津沈宅。到了 18 日,沈云沛逝世第 6 天,国务总理钱能训,北京、天津政商两界、社会名士贤达段祺瑞、梁启超、汤化龙、朱启钤、叶恭绰、孙宝琦、曹汝霖、周自齐、徐树铮、吴廷燮、梁士诒、水钧韶、关冕钧、汪大燮、张国淦、梁敦彦、赵世骏、那桐、荫昌等 200 多人相继到天津沈宅吊唁。一时间人们哀思如潮。

沈云沛辞世后,国会选举王揖唐为国会众议院议长、徐世昌为中华民国大总统。随后,冯国璋通电全国宣布辞去副总统职务,冯国璋、段祺瑞同时下野,钱能训取代段祺瑞为国务总理。

徐世昌(1855 年 10 月 23 日—1939 年 6 月 6 日),早年中举人,后中进士,河南省卫辉府(今卫辉市)人。晚清时期曾任商部左丞、兵部左侍郎、兵部侍郎、军机大臣、督办政务大臣、巡警部尚书、民政部尚书、东三省总督、邮传部尚书兼津浦铁路督办大臣等职务。1914 年 5 月被袁世凯任命为内阁总理大臣。

1918 年 9 月 16 日,徐世昌接受国会总统当选证书,正式就任中华民国大总统后,决定以民国总统身份为沈云沛主持"点主"仪式,以慰藉、褒扬这位被世人赞誉为"人曰无双"的国之英杰的在天之灵。

徐世昌带领民国政要肃立于沈云沛棺椁前。黑漆棺椁头前,立着黑漆神位(木牌),白字楷书"清授光禄大夫沈公雨人王位"。在全体人员默哀之后,徐世昌拿起朱笔,在"王"字头上点上一红点为"主"字,神位书字即为"清授光禄大夫沈公雨人主位"。"点主"者必定是身居官职或有一定的社会地位、德高望重之人,这样才能显示出被"点主"的逝者的地位和身份。

据张树庄介绍,"点主"仪式乃旧时丧葬习俗,旧社会在北方,包括海属地区早就存在,上至官僚士大夫,下至平民百姓都奉行此习俗。在今天看来,这一仪式系生者给逝者盖棺定论,"点主"的仪式、流程和现在的追悼会有些相似。

贵为一国大总统的徐世昌亲自主持沈云沛"点主"仪式,并提笔为他"点主",足见沈云沛生前地位之高、逝后影响之大!

那么,沈云沛到底是何方神圣? 他生前到底有什么惊天动地的丰功伟业呢? 这要从中国的近代史说起,从中国铁路建设史说起。

有学者说中国近代史是一部凝重的历史,无数仁人志士为了追求光明和信仰,为了救国存亡而投身到探索发现、艰苦卓绝的英雄史诗般的斗争中去。

中国铁路建设史,只是近代史的一个缩影。在中国早期的铁路建设史上涌现许许多多可歌可泣的英雄人物,沈云沛就是他们中的一员。中国人建设铁路的艰辛历程应该被后人铭记,那些为中国铁路建设呕心沥血、跋涉不止的仁人志士也应该被后人铭记。

拨开时光的遮蔽,让我们一起走进那成功与失败同在、艰难与曲折并存、屈辱与信仰交织的中国铁路建设史,会发现中国人在反对内外敌人、争取民族独立和人民自由幸福的奋斗之路上,走得是多么不屈不挠,他们的步伐坚定又有力量!

一座外形带有明显铁路烙印的高大的白色建筑物,静静地伫立在连云港海滨大道临海路的八台口下面,它就是陇海铁路历史博物馆。从老街的过街天桥走过,有专用通道可步行而至。该馆是在连云港老火车站的遗址上规划兴建的,博物馆的最上方就是陇海铁路连云港火车站钟楼。

此处八台口,是连云港老火车站通向老街的八台。它始建于 1935 年,是连云港建港初期的一个市政项目。八台系混凝土结构,踏步呈倒"八"字形,上下两口距离 60 米,底口宽 5 米,垂直高度 12 米,设有登阶和两级休息台,下部还设有转岔阶。

今天的八台,是连接老街与博物馆及连云老火车站距离较短的通道。

陇海铁路历史博物馆,不仅展现了铁路历史,还展现了港口文化。这座铁路博物馆的建设,借鉴了国内外同类博物馆的成功经验,凸显鲜明的连云港地方特色。整个展馆设计匠心巧妙、布局合理、气势恢宏,在世界铁路和中国铁路发展的大背景下,以时间为轴线,展示了陇海铁路曲折的建设史、铁路与连云港的历史渊源以及在中国交通运输方面发挥的重大作用。从陇海铁路连云港段开工到建成投入使用,整个过程中值得铭记的大事件、发挥重大作用的人物,在博物馆都一一得以展现。陇海铁路的未来也正厚积薄发,展翅飞翔。正如这里的讲解员李静雯所言,"陇海铁路历史博物馆,浓缩了陇海铁路的前世今生,展现了它的未来"。

博物馆室内展区共分 7 个部分:

第一部分,陇海概貌。这部分介绍了陇海铁路的起源、沿线重要站点和车站站名来历。

第二部分,陇海肇始。这部分用珍贵的图片史料,简略介绍了陇海铁路历尽艰辛、逐段修筑的过程。从 1905 年的汴洛段开始,连云港至天水段全长 1380.6 千米,旧中国用了 37 年时间,平均每年修建 49.7 千米。铁路设备中,有美、英、法、日货和国产汉阳造,宛如万国博览会。旧中国之国力衰弱、艰辛与无奈,从中可见一斑。

第三部分,沧桑纪事。铁路是世事变化的舞台,1921 年陇海铁路大罢工、1923 年"二七"大罢工、1942 年灾民迁移、1938 年徐州会战、1948 年淮海战役,多少重大历史故事在这条铁道线上演。

第四部分,陇海扩建。西北解放后,1950 年 4 月,铁道部就在"局部改线,重点开工"的工作方针指导下,重新修建天水至兰州的这段未竟铁路。1952 年 9 月,全长 1759 千米的陇海铁路始告全线通车,成为唯一一条横贯中国东西的铁路交通大动脉。在激情岁月里,陇海机车厂工人业余抢修"青年号",1000多名民工修复云台山隧道护坡,关内第一个女子包乘组值乘徐州至连云港区间的列车,《人民铁道》报特派记者罗朝清、杨剑波徒步采访亚欧大陆桥,"硬汉子"精神在这里深深扎根,东陇海火车站花草繁茂,一站一景,看了令人热血沸腾。

第五部分,陇海腾飞。这部分介绍了陇海铁路复线建设、电气化改造和高铁的发展。

第六部分,陇海连云。这部分展示了海陆联运、沿东陇海经济带和新亚欧大陆桥运输的美好前景。

第七部分,驶向未来。坐在动感影院里,乘上时速300千米的动车组列车,沿着陇海线旅行,尽情欣赏窗外的美景。以"火车改变世界"为主题的科普知识很是吸引眼球:最早的火车时速只有5千米,还没有马匹跑得快;未来的星际列车将超过音速两倍,来往北京、上海只在弹指一挥间。模拟火车风驰电掣,场景扑面而来。机车模型展室陈列了中国最早的"0号""龙号""毛泽东号""周恩来号"及各国机车30多台。火车、站台、行车室、工棚场景逼真,蜡像人物栩栩如生,人们驻足拍照留念。一张张发黄的老照片让你感叹运输方式给生活带来的各种变化,不由想起小站上、绿皮车厢里曾经拥挤的温馨。

步出展厅,来到3楼楼顶,高高的塔楼上新安装了电子钟。每过一个小时,海港上空都会回荡嘹亮的钟声。

位于博物馆东部的室外展区靠近码头,面积较大,主要是在连云火车站站前广场以实物展示、公园景点的形式,原汁原味地呈现了连云港老火车站当年站外的面貌。博物馆具有鲜明的民国风和时代特色,已被打造成影视、婚纱拍摄基地。

清光绪二年(公元1876年)——中国铁路史上一个有分量的年头,中国大地上出现了第一条营业性铁路。说起来令人难以置信,这条铁路竟然是英国商人于1876年在上海偷偷修建的,取名淞沪铁路。

受洋务运动的影响,在"师夷长技以制夷"思想的主导下,5年后,中国人自己出资、出劳力,在自己的土地上自行建造了一条铁路,史称唐胥铁路。它起自唐山,止于胥各庄(今河北省唐山市丰南区),全长 9.3 千米,现为北京至沈阳铁路的一段。唐胥铁路于 1881 年 5 月开工兴建,11 月完工通车。铁路起初为开平煤矿的煤运而建,采用分段逐步建设而成。在建设之初,建设之艰难可以用"费尽周折,历尽千难万阻"来形容。洋务派与顽固派纷争不断。虽然经历了一波三折,但是铁路最终还是伸向了远方。

唐胥铁路建成伊始,清政府以机车行驶引起的震动会影响到皇帝陵园为由,下令只准许以骡、马牵引车厢,所以被世人称为"马车铁路"。后来,胥各庄铁路修理厂的技术人员自己动手,利用废弃锅炉和矿山专用机械零部件大胆进行改造,拼装成一台简易蒸汽机,中国第一台铁路蒸汽机车终于在开平矿务局诞生,名曰"中国火箭号"。中国工人在机车车身两侧各镶嵌一条金属龙,这台机车被中国铁路员工称为"龙号",史称"龙号"机车。到了 1882 年,改用蒸汽机车牵引车厢,乘客的车厢也由几节平板车厢改造而成,简陋得很,但好歹有中国人自己建造的火车在铁轨上跑了。鸣着长长的汽笛隆隆行驶在唐胥铁路上的"龙号"机车,拉响了中国铁路史上的第一声汽笛,划破了中华大地几千年的沉寂。

唐胥铁路采用每米重 15 千克的钢轨铺设,轨距为 1.435 米,虽然全长只有短短的 9.7 千米,但是在中国铁路史上却意义非凡。这是中国第一条标准轨距的铁路,被后人称为中国铁路"零的起点"。

清光绪十三年(公元 1887 年),唐胥铁路延修至芦台,清光绪十四年(公元 1888 年)延修至天津,全长 130 千米,命名为津唐铁路。

如果从实际运行的意义上来说,唐胥铁路应该算是中国最早的标准轨道铁路。1949 年后,《中华人民共和国铁路法》第三十八条规定的铁路的标准轨,就是以此为标准制定的。因此,研究中国铁路史的学者说"唐胥铁路在中国铁路史上具有里程碑意义"。

8 日,唐胥铁路举行通车典礼,还组织了试运行仪式,应邀前来观礼的地方官吏、绅商登车试乘。到了 1885 年,晚清政府为了方便"调兵运械",将唐胥铁路伸延至天津,称之津沽铁路。

在今天的唐山机务段火车头纪念碑上还镌刻着一行文字:

中华铁路,师夷之技,源唐胥始,于龙号起,几多艰难,历经风雨。

时代在发展,历史的车轮滚滚向前。

博物馆收藏的文物,向人们展现的仅仅是陇海铁路的过去。今天的老街,成了东起中国连云港、西至荷兰鹿特丹,全长 10900 千米的国际化铁路干线新亚欧大陆桥的一个重镇。

新亚欧大陆桥又名"第二亚欧大陆桥",其中国境内部分为陇海兰新线。陇海铁路作为陇海兰新线的重要组成部分,是连接中国东西部最重要的铁路干线,一直对华东、华中、西北的交通运输发挥着至关重要的作用,对我国与境外的物流合作也起着桥梁作用。

连云港,地处中国海岸线的脐部,是江苏省东北部城市。它经济腹地广阔,水陆交通便捷,是中国的中原、西北地区最短路径的出海口岸,也是连接亚、欧两大洲铁路大动脉的东端起点。

说起这个铁路东端起点,还有一段曲折的故事。它的修建是波澜壮阔的中国交通建设史的一个缩影,跌宕起伏,一波三折。

第二节 陇海铁路,诞生于耻辱年代

在连云港,如果你和上了年纪的人说起陇海铁路,他们一定会拉着你的手不放,要继续与你谈谈陇海铁路东端终点站,还要与你谈谈沈云沛。在他们那一代人的心中,沈云沛是对连云港有着特殊贡献的人。

今天的连云港坊间,对沈云沛的评价极高:"沈云沛是个对连云港有大贡献的人,表现在铁路和港口建设方面。如果不是他的据理力争,连云港的铁路史将被改写,陇海铁路终点站早修到南通去了;连云港也许仅仅是个大一些的渔港,更不会有今天的规模以及在国际航运界的地位。"

沈云沛(1854 年—1918 年 8 月 12 日),字雨辰,号雨人,江苏省海州直隶州(今江苏省连云港市)人。光绪甲午年中进士,授翰林院编修,历任农工商部右侍郎、邮传部右侍郎、邮传部署理尚书、吏部右侍郎等职。1916 年,北洋政府授予他最高勋章,大绶一等嘉禾章。中国近代实业家、政治家、教育家,中国沿海滩涂开发领域早期的开拓者、东陇海铁路的奠基人、海州师范学校创始人。沈云沛"专司推演实业，以厚民生"，掌管大型工程、水利、交通等方面的政令。他前后致力于中国铁路事业近 10 年，被人们称为"铁路大臣"。

清光绪三年（1877 年）六月，沈云沛就在海州中大街开办"甡银当铺"。起初，甡银当铺为纯粹的典当兼理存款、贷款业务的传统经营模式。凡以物品为当物，客户以解决

沈云沛

燃眉之急的，当铺以不亏损本为宗旨。对"死当"的物品当价公道，不诓人，取信于人；对取赎当物，则按通行本金 5 分月息计算，超过协议规定 3 个月未能取赎的拮据者，不视为流当，不自行处理，仍按原协议本金 5 分月息计算而重人性化。存款与贷款之利息额均按行规严格执行，自此沈云沛"诚实守信，公道担当"的声誉开始鹊起，当铺业务范围逐渐扩大到周边邻县。沈云沛开办当铺的目的并非开展普通意义上的典当、存贷业务，而是通过当铺兼理的存款、贷款业务扩大至汇兑，使"甡银当铺"具有钱庄的功能。

沈云沛一生致力于实业救国，他组建中华实业总会并任会长，创办 30 余个经济实体，实业投资占全国九分之一，为全国排名第二的实业巨子。他被誉为苏北沿海开发的"第一人"，曾在海州创办了种植试验场、果木试验场、海州面粉厂、肥皂厂、云台茶叶树艺公司等企业；在海州、赣榆两地联办"海赣垦牧公司"，开发滩涂垦牧；兴办了海州面粉公司、赣丰机器油饼厂；兴办学校，连云港历史上知名的"海州师范学校"就是他出资创办的；与当地士绅及时任海州镇守使白宝山合股创办"锦屏公司"，在锦屏开采赤铁矿。在开采赤铁矿的过程中，锦屏公司意外发现了磷灰石矿，遂改开采磷灰石，成为中国历史上第一家开采磷矿的公司，后更名为锦屏磷矿。中华人民共和国成立后，锦屏磷矿被列为国家"一五"计划 156 项重点建设工程之一，是那个时期亚洲一流的高度机械化的集采矿、选矿、精加工、配套化工于一体的综合性大型联合企业。它援建了全国所有的化学矿山，被称为"中国化学矿山的摇篮""江苏省

化学矿山的鼻祖",为国家和地方经济发展做出巨大贡献。

如此功绩体现了这位实业巨子的精明与远见,同样的精明与远见更体现在他对中国铁路的建设事业上。

在中国晚清的官制序列中,本来是没有"铁路大臣"一职的,但在海属地区老百姓的口中,却一直流传着沈云沛是"铁路大臣"的说法,坊间百姓对他有着近乎感恩的情感。

今天的连云港人没有忘记这位清末民初实业家。他致力于家乡苏北的沿海开发,为连云港市的经济发展做出了不可磨灭的贡献。最令人敬仰的是,他以个人影响力竭力争取,使陇海铁路从徐州修至海州,东端终点站定为老窑,最终在老窑建成火车站和码头,成就了连云港的未来!

回望那风云变幻的晚清时代,沈云沛走的是一条充满荆棘和坎坷的道路。就让我们随着时间节点,追溯到 20 世纪初,一起感受中国人建设陇海铁路的艰难曲折,感受一个中国人对中国铁路建设的一腔热血!

第一次鸦片战争,晚清政府封闭的国门被英国人用大舰巨炮加鸦片打开后,中国从此进入了半殖民地半封建社会,成了西方列强竞相鲸吞的对象。英国人对中国发动的战争,史称"鸦片战争",它的爆发标志着中国近代史的开始。以"师夷长技以自强"为主要宗旨的洋务运动在中国掀起。

从中日甲午战争爆发,到北洋水师全军覆没,历时 30 余年的洋务运动宣告失败。洋务派发动洋务运动的根本目的是拯救危如累卵的晚清王朝,维护地主阶级的统治。洋务运动走的是一条"实业兴国"之路,虽然客观上一定程度刺激了中国资本主义发展,但事实上并没有使中国走向富强之路。

鸦片战争撕下了大清王朝最后一块遮羞布,暴露了大清帝国愚昧、腐败、软弱的本质。到了 55 年后,日本用微弱的优势就把大清这只"纸老虎"踏在脚下彻底蹂躏。

梦,无论做多长时间,总有醒来的那一刻。直到此时,慈禧太后才强烈地意识到铁路对于一个国家增强国力、发展经济、振兴实业的重要性。在屈辱与血的教训面前,猛醒后的慈禧对国家的铁路建设日趋积极。

1885 年,从睡梦中惊醒的晚清政府成立了中国最早的铁路管理机关——矿务铁路总公司,盛宣怀以四品京堂候补大员身份,就任铁路总公司督办大臣,主管全国铁路建设事务。

在 1895 年 4 月 17 日《马关条约》签订之后,慈禧太后连发上谕"力行新政",要求各省将军、督抚上奏议论铁路事宜,指出铁路为全国通商惠工要务,"朝廷已经定议,必欲举行"。

1897 年甲午战争后,朝野普遍认为缺乏铁路是中国战败的重要原因之一,越发感到铁路对增强国力、发展与振兴实业的重要性,举全国之力兴建铁路一事刻不容缓。

洋务运动的代表人物李鸿章、张之洞,在联名上奏朝廷《历陈筹办情形折》中开门见山地说:"铁路为自强第一要端,铁路不成,其他无论矣。"足以见得铁路对国民经济的重要性。

张之洞(1837 年 9 月 2 日—1909 年 10 月 4 日),贵州兴义府(今安龙县)人,晚清重臣,历任内阁学士、山西巡抚、两广总督、湖广总督、军机大臣等职,并多次署理两江总督,是洋务派代表人物。

在此大背景下,建设卢汉铁路被提上议事日程。受资金、技术等掣肘,清政府决定采用分段修建的步骤,先修建津卢(即天津至卢沟桥)、卢汉(即卢沟桥至汉口)两线。其中卢汉线工程较大,清政府原拟向富商招股,实行官督商办,但商人对官府疑虑很深,不愿投资,遂采纳盛宣怀提出的借洋款修建铁路的建议。

1898 年,卢汉铁路开工兴建,历时 8 年,于 1906 年全线完工。

卢汉铁路是从北京卢沟桥到河南郑州至湖北汉口的铁路,它是现在京汉铁路的旧称,在国民政府时期,北京称北平,所以又叫平汉铁路。卢汉铁路是中国第一条南北干线铁路。京汉铁路是当今中国最重要的南北铁路交通大动脉——京广铁路的组成部分。

这一年里,中国铁路史上发生一件大事:5 月,中国铁路督办盛宣怀与英国怡和洋行签订《沪宁铁路借款草合同》。

清光绪二十五年(公元 1899 年)1 月 6 日,盛宣怀与英国怡和洋行、汇丰银行和英国银行公司代表签订《浦信铁路借款草约》,清光绪三十四年(公元 1908 年)1 月 13 日,外务部右侍郎梁敦彦与中英公司、德华银行代表在北京签订《天津浦口铁路借款合同》。

晚清政府"力行新政",把修建铁路放在首要位置,这恰恰中了西方列强的下怀。中国巨大的铁路建设市场使他们垂涎欲滴。鸦片战争后,西方列强对中国经济侵略开始从商品输出转向资本输出,意欲通过攫夺中国的铁路建设权,进而控制经营管理权,向国民经济领域渗透,掌握中国的交通命脉,为他们攫取矿产开采权和投资设厂打下基础。

西方列强看准了清政府不仅拿不出修建铁路的钱,更没有技术、设备、管理等支撑。于是,居心叵测的列强开始极力鼓动清政府修建铁路,还主动表示提供资金和技术上的帮助,表面上是自愿借钱给清政府,实际上则是威逼着清政府拿某个领域的管理或经营权限与其交换,以达到他们肆意搜刮中国民脂民膏的目的。

对于西方列强打的算盘,中国人同样一清二楚。刚开始时,张之洞就极力主张拒绝西方资本进入中国铁路建设领域,而由国内采取官、商投资合办,官方监督的方法。即筑路资金一半由官方出资,一半以招商入股的形式从民间筹集,由自己修建铁路,这样路权可以掌握在自己手中。张之洞构想的是官、商投资合办铁路计划,虽然可以消除清政府害怕因借外债、洋人介入而丢失铁路权益的隐忧,但在中国的现实面前,他的计划显然不可能行得通。

晚清政府为力行新政而厘定官制,于清光绪二十九年(公元1903年)撤销工部设立商部,将铁路归商部主管。旋即改商部为农工商部,故铁路先由商部,后由农工商部主管。随着国民经济发展与铁路修筑的迫切需要,1906年9月20日特设邮传部,主管路、船、邮、电4个领域,把以前农工商部管辖的铁路权力和地方各督办大臣管辖的铁路权力全部收归邮传部。不难看出,邮传部所主管的领域是中国近代化建设最基础的,也是最关乎民生保障的产业。邮传部一跃成为朝廷第一大部,设尚书(后期改为大臣)1人,左右侍郎各1人。左右侍郎的主要职责是协助尚书工作,类似于副手,铁路无疑成为该部第一大板块。因为是头等大部,所以尚书、左右侍郎位高权重,职位之争甚为激烈。从1906年至1911年,成立尚不足6年的邮传部,就在辛亥革命的讨伐中灰飞烟散。邮传部虽然存在时间短暂,但尚书先后更换13任,任期最短者吴郁生仅仅在任15天;左右侍郎更像走马灯似的"你方唱罢我登场",沈云沛在邮传部先后任右、左侍郎,曾两次署理尚书一职,是该部任职时间最长的官员。

虽然晚清政府决策者意识到铁路在国家发展和国民经济中的重要性，但是对于风雨飘摇的清政府来说，修建一条铁路谈何容易，需要巨额投资以及世界最先进的筑路技术。于是乎，各省开始商办铁路公司，并大张旗鼓地开展招股集资活动。然而小农经济占主导地位的中国，工商经济和技术力量极为薄弱，加之《马关条约》的巨额赔款，所增加的赋税已经严重超出了百姓的承受力，导致老百姓怨声载道，民众不堪重负。老百姓的生活水准是吃饭都难以保证，手里哪还有钱用于集资呢？尽管商办铁路公司对民众的集资利息是对外借款的数倍，但百姓根本拿不出钱来投资铁路建设，各省士绅自身的资金也非常有限。

国内筹集不到建设铁路的资金，迫不得已的晚清政府只能向外国公司及财团借款。

1903年11月12日，督办铁路事务大臣盛宣怀和比利时铁路电车合股公司特派全权代理、董事卢法尔，在上海签订开封至洛阳之《汴洛铁路借款合同》。计划修建从河南开封（汴）至洛阳（洛）铁路线及和铁路相关的基础设施，借款总额2500万法郎，后来又追加了1600万法郎，以汴洛铁路路产为担保，年息为5厘，10年后还本，按年付息，以营业余利的二成作为回报。这是陇海铁路第一份向外国公司借款合同，盛宣怀签订此借款合同，是沿袭了卢汉铁路支线指导思想，许多条款极不合理，是一份丧权辱国、受外商剥削的合同。

在汴洛铁路的借款合同中，有这样一条规定："如由国家准由河南府接长至西安府时，应允先尽比公司按照本合同本章程妥商协办。"这就为比利时取得横贯中国腹地东西的陇海铁路修筑权埋下了伏笔。

汴洛铁路，即陇秦豫海铁路的中部，自汴梁（今开封）至洛阳的汴洛铁路是依照卢汉铁路的支线修建的。初系商办，自河南开封县起，至洛阳县止。清光绪三十年（公元1904年）10月，汴洛铁路开工，系从郑州起向开封和洛阳东西两端同时修筑。鉴于汴洛铁路业已兴办，沈云沛面呈载振，恳请部议，将其与盛宣怀商谋的汴洛铁路由支线升级为干线：西段由洛阳展筑至潼关、兰州，东段由开封向东展筑经徐州、邳州而至海州。横贯中国东西的交通大干线开始形成。清宣统元年(公元1909年)12月竣工,全长183.8千米。

此时,沈云沛就职于商部,主管全国垦牧种植,与铁路事务没有什么干系,但是沈云沛却大有"蝗虫吃过界",管别人家"瓦上霜"之嫌,就《汴洛铁路借款合同》在部议会上与盛宣怀争得面红耳赤。沈云沛说以铁路路产为担保,借款利息5厘已经高出欧美市场3厘的上限,他愤而指责盛宣怀在谈判桌上一味退让。从中也可以看出沈云沛率真的一面。

汴洛铁路从支线到干线,就是后来陇海铁路的一部分,当然这是后话。

自此,陇海铁路的建设迈出了实质性的一步。

陇海铁路,原名陇秦豫海铁路,又名海兰铁路,简称陇海线,是中国甘肃兰州(陇)通往江苏连云港(海)的铁路干线,也是中国境内一条连接甘肃省兰州市与江苏省连云港市的国铁一级客货共线铁路;线路呈东西走向,串联中国西北、华中和华东地区,为中国三横五纵干线铁路网的"一横",为中国铁路交通大动脉,也是连接太平洋边的中国连云港至大西洋边的荷兰鹿特丹的新亚欧大陆桥的重要组成部分。铁路沿线主要有连云港、徐州、商丘、郑州、洛阳、西安、宝鸡、天水、兰州等9个城市。

1905年1月上旬,沈云沛鉴于汴洛铁路业已兴办,便将之前与盛宣怀商议的汴洛铁路由支线升级为干线的建议,当面呈交商部尚书载振,并恳请部议尽快上奏朝廷。

载振(1876年3月31日—1947年12月31日),姓爱新觉罗,字育周,满洲镶蓝旗人,清朝宗室、末代庆亲王。其父爱新觉罗·奕劻系晚清宗室重臣,清朝首任内阁总理大臣。

沈云沛建议:

> 汴洛铁路西段由洛阳延伸至潼关、兰州,东段由开封向东展筑经徐州、邳州而至海州,形成横贯中国东西的交通干线。

沈云沛的建议,从大的方面说是从国民经济建设的角度出发,有利于国家发展,从小的方面说是有助于家乡的建设。沈云沛的建议成就了日后横贯中国东西的铁路大动脉陇海铁路,令他没有想到的是116年后,当年的建议成就了中国"八纵八横"高速铁路网最长的横向通道——连云港至乌鲁木齐的高速铁路的全线贯通,为新亚欧大陆桥经济走廊发展提供有力支撑,更为日后中欧班列的开通运营埋下了伏笔。

载振对沈云沛的建议大为赞赏,认为是从国情、国计民生出发的好建议,部议后,载振立即上奏朝廷:

> ……据汴洛线向东,经徐州、邳州,至海州建成铁路,可形成东西一大干线……

从奏文中可以看出,东端以海州为终点的陇海铁路的建议由沈云沛提出,并与盛宣怀达成共识。载振组织部议后,马上上奏备案,可见沈云沛在朝廷的影响力。

1905年4月起,中国铁路建设捷报频传:4月25日,沪宁铁路动工;9月,京汉铁路南北两端线路建成,在詹店车站附近接轨;是年,津镇铁路黄河铁桥动工修建。

然而仅仅过了不长时间,直隶河北、山东、江苏三省就修建天津至镇江的津镇铁路而兴起"保路运动",反对借款修筑而主张收回自办。在留日学生反对下,江苏铁路公司张謇及山东保路人士散发《敬告三省父老书》呼吁:"此路而存,直隶、江苏、山东三省,将借以俱存;此路而亡,直隶、江苏、山东三省将因以俱亡矣!……此某等所为痛哭流涕,而不能不为我三省父老一述此路之得失也。"又散发《直、鲁、苏三省京官为筹款自办津镇铁路致商部呈文》道:"此路为南北枢纽,贯我腹心……今直隶、江苏、山东三省绅商,因此路关系太重,愿集款自行修筑,人情甚为踊跃,巨款不给立筹。"一时间,三省士绅发动的拒绝借债而自办铁路的运动声势浩大。清廷迫于压力,指定由袁世凯、张之洞协商办理。

张謇(1853年7月1日—1926年8月24日),江苏南通人,中国棉纺织领域早期的开拓者,主张"实业救国",中国近代实业家,是通州师范学校、中国第一家博物馆——南通博物馆创办者,曾任北洋政府农商总长兼全国水利总长职务。他还曾是袁世凯的老师。

沈云沛对直隶、江苏、山东三省士绅以拒绝外债、维护路权而自办铁路，阻挠津镇铁路顺利修建的行为特别震惊，他努力想改变此种行为。但多年的官宦生涯令沈云沛深知，仅仅一己之力难以改变此种不利于中国铁路建设的局面。为此，沈云沛恼火、愤慨、忧郁，压抑已久的愤怒终于爆发出来，他大声疾呼："三省士绅们仅以一己之私，利而摇唇鼓舌，搅乱人心，是成事不足、败事有余之举，到最后受伤害的是自己、是老百姓。你们开展保路运动，意图是自己修路，可是，你们能筹集到资金，来修建津镇铁路吗？利用外国的技术和资金修筑中国的铁路，别忘了，津镇铁路是修在中国土地上，外国人能把铁路搬走吗？怎么就成了卖国呢？向外国借债修铁路怎么就会亡国？嘴上风云、口头爱国是中国人的通病，如此闹下去，津镇铁路怕难以修成，自己酿造的苦酒，最终还得自己喝下去啊！"

沈云沛的一番话"火力"很猛，无疑是放了一通大炮，自然得罪了不少士绅。不幸的是，他"自己酿造的苦酒，最终还得自己喝下去啊"的话，却一语成谶。津镇铁路的修筑权，终于被直隶、江苏、山东三省争回，但却又一无资金，二无技术，根本无法修建铁路，原本纵贯山东、江苏的津镇铁路至此流产。津浦铁路于1912年通车，而张謇的江苏商办铁路公司计划的清徐、清镇等铁路到了今天依然没有进展，更令世人惋惜，甚至愤慨的是，百年之后，津镇铁路仍然停留在泛黄的图纸上。

津镇铁路遭到抵制后，铁路规划者被迫将津镇铁路改线，由天津经徐州绕道安徽而至南京浦口。其后，朝廷任命沈云沛为津浦铁路帮办，全盘负责这条铁路的建设。这条举世公认的中国南北交通大动脉，像修建陇海铁路一样，倾注了沈云沛的心血。

在席卷全国的保路运动中，由川汉铁路引起的"四川保路运动"影响力最大、涉及面最广、造成的后果最严重。以其为导火索，辛亥革命爆发，大清王朝走向了灭亡，被世人称为"一条铁路搞垮了一个王朝"。

5月，沈云沛就汴洛铁路向东延伸经过徐州至海州规划一事，亲赴海州实地考察。他在听取海州各方人士意见后，拟在海州北门外、海州城东部马簖、大浦三处择其一，为陇海铁路东部终端，并绘制了详尽的规划图纸。

不仅是汴洛铁路的建设牵动着沈云沛的心,全国各地的铁路建设都在他心里装着。在风云变幻的旧中国,沈云沛为中国铁路建设沐雨栉风,呕心沥血,夜不能寐。

京张铁路,是中国第一条不使用外国资金及技术人员,完全由中国人自主设计并且建造的铁路。这条铁路的起点是北京丰台柳村,终点是河北张家口,詹天佑是这条铁路的设计者、建设者。

京张铁路施工难度之大,为世界罕见。外国铁路工程师对詹天佑主持建设该路,多持怀疑态度,他们不相信中国人能以自己的力量建设这样一条地理状况复杂的高难度铁路,都在等着看中国人的笑话。

9月4日,右参议沈云沛、商部尚书载振、唐绍仪等官员一起到北京丰台,参加京张铁路插标动工仪式,为中国铁路建设摇旗呐喊。仪式结束后,沈云沛约见詹天佑及其团队主要成员沈琪、关冕钧、俞人凤等人,沈云沛充满信任地对詹天佑说:"我和商部同仁完全相信眷诚(詹天佑字)一定能修好这条铁路。"詹天佑回答:"这条路是我身家性命,一定不负大人厚望!"沈琪、关冕钧、俞人凤等人也纷纷向沈云沛承诺,一定协助詹天佑把京张铁路修建好,为中国人大大争口气。詹天佑视京张铁路建设为自己身家性命的决心和志气,引起沈云沛深深的共鸣,望着这支都是由年轻的中国人组成的筑路团队,他心里充满着自豪,禁不住热血沸腾,感到中国铁路大有希望!

詹天佑(1861年4月26日—1919年4月24日),字眷诚,号达朝,祖籍徽州婺源(今江西上饶市婺源县),生于广东省广州府南海县(现广州市荔湾区)。詹天佑12岁留学美国,1878年考入耶鲁大学土木工程系,主修铁路工程,回国后于1905—1909年主持修建中国自主设计并建造的第一条铁路——京张铁路。在铁路施工中,他发明的"竖井开凿法"和设计的"人"字形线路工程方案,震惊中外。詹天佑相继筹划修建了沪嘉、洛潼、津卢、锦州、萍醴、新易、潮汕、粤汉等铁路,是中国近代铁路工程专家,是中国首位铁路总工程师,被后人称为"中国铁路之父""中国近代工程之父"。

沈琪(1871—1930年),铁路工程师、建筑学家。青年时入北洋武备学堂攻读铁路工程专业,之后历任山东、京奉、京张铁路技师,奉天工程局总办,盛京铁工局总办,津浦铁路南北段总稽查,交通部技正、技监等职。

俞人凤(1872—1945 年),曾任京汉铁路管理局局长,中东铁路局督办,1917 年 7 月任铁道管理学校(北京交通大学前身)校长。

1906 年 2 月,商部章京(是清朝官名)阮唯和首先提议修建开(封)海(州)一路,得到众多江苏籍官绅的支持。4 月,苏籍官绅 256 人共同呈请清廷允许苏路商办。5 月 25 日,"商办苏省铁路股份有限公司"(简称苏路公司)上奏朝廷后成立。选举王清穆为总理,张謇为协理。

苏路公司计划分筑南北两线,其中北线以清江浦(今淮安市清江浦区)为中心,先后规划由清江浦经徐州进入河南的清徐线、至海州的海清线、至瓜州的瓜清线以及至通州的清通线等。

9 月中旬,沈云沛分别拜访时任邮传部第一任尚书张百熙、左侍郎兼任铁路总公司督办大臣唐绍仪,呈述汴洛铁路向东延伸经过徐州、以海州为终点之战略,还向邮传部两位主要领导汇报了一年前商部尚书载振的奏请之情节。沈云沛的呈述,得到了张百熙和唐绍仪的支持。

张百熙(1847—1907 年),湖南长沙人,清末大臣,历任工部、刑部、吏部、户部、邮传部尚书等职。

唐绍仪早年曾留学美国,可谓年少得志,朝廷上下都知道他待人接物比较傲慢,与同僚讨论问题时"气焰颇盛",少有人在其眼中。但唐绍仪对沈云沛却尊重有加,他对沈云沛关于汴洛铁路东部终点设在海州的建议深表赞同。唐绍仪和张百熙磋商后,统一了看法,再次上奏朝廷,恳请批准汴洛铁路向东修筑的计划。这是继 1905 年载振向朝廷奏请之后的第二次上奏。

陇海铁路过徐州后,在终端港口地址的选择问题上,张謇与沈云沛的意见不一致。沈云沛积极推动终点为海州,而张謇则积极主张终点为南通,沈云沛是海州人,张謇是南通人,从出生的地理位置上看,沈云沛在北方,张謇在南方。两人主张的线路也是一条在北方,一条在南方。也许是两种因素都有,世人称他们"南张北沈"。

同年 9 月中旬,以张謇为首的江苏士绅,向邮传部呈书,建议以清江为中心,修筑清徐(淮安至徐州)、清海(淮安至海州)、清镇(淮安至镇江)等数条铁路,张謇还建议修建清江至南通的清通支线。下旬,张謇得知邮传部已上奏朝廷,汴洛铁路向东经过徐州延伸至海州为终点的消息后,特别着急。他马上上书邮传部,提出汴洛铁路向东修建经过徐州后,不应以海州为终点,而应该向东南延伸,经清江浦直达通州,并详尽分析两者之利弊。

张謇认为:

——国家修筑铁路无非是方便交通。"交通利则商农从事、文化灌输无一不利。筑路必经人口繁密、物产丰盛之区,将来农工商之为衰为旺,当然视以路线所经为转移。"因此,连岛不过是立在海中的一座孤岛,屏蔽临洪口应是军港所在。海州仅有东海、沭阳、灌云 3 个县,加上赣榆不过 4 个县而已,当地除了淮盐一项,就没有向外运输的大宗物品,其他如豆、麦农产品,一直以来都是辗转经过水路,从大运河转运出去的。而从徐州往东南则情况迥异,沿途经宿迁、泗阳、淮阴、涟水、淮安、阜宁、盐城、东台、如皋、南通、海门,直达崇明,纵横 12 个县。铁路所经地区约 10 万平方千米,居民 500 万家,规模相当于海属的 10 倍之多,在这么大的范围内迫切需要交通干线。

——从投资和施工方面比较,尽管从徐州往长江路程比海州远,但徐州和淮阴(今淮安市)之间有 200 里的老黄河堤可资利用;从淮阴经过阜宁到东台有 300 里将要新筑河堤,正好作为路基,加上其他可用河堤计 700 余里。至于桥梁,南线架桥长度总和仅 600 余米,不及北线沂、沭运河桥梁的五分之二。终端定为崇明也比连岛要花的代价小。这样算起来,南线距离是北线的三分之一,而效益却要高出 10 倍。

——海州产盐,每年花运费 40 万,可从淮阴到海州另筑支线,以利盐、粮运输,可以利用盐河堤或者另行修建一条方便路线,既照顾到上述 12 个县,也能兼顾海属的 3 个县。

就苏北地区的经济状况而言,张謇的观点不无道理,然而陇海铁路是借用外资修筑,在地理位置上老窑较南通、海门占有优势。陇海铁路自然希望选择一个途径最短的出海口。

陇海铁路局徐协华在《中国港务问题》手稿中阐述了自己的观点:

陇海铁路,原定西起兰州,东至海边为止,最初曾有以扬子江右岸之海门或通州为尾闾,后以徐州为陇海与津浦交接之点,必为商务荟萃之区,如在海州沿岸建设码头与徐州相距,只二百五十公里,而海门、通州,距徐州均约五百公里,路线延长几及一倍……

以距海州三十五公里之西连岛海峡筑港为最相宜……

同时,清江、海门南通一带河道纵横交错,低洼卑湿,于筑路工程十分不利。如果按照张謇的设想,铁路建在运河堤或旧黄河堤上,虽可降低筑路造价,然集中火车、船舶于同一条路线上运输货物,以当时苏北的物产来计算,是极不经济的。而老窑距运河不过 100 多千米,通过火车或开挖运河,尽可利用运河实现河海联运,也必有利于苏北诸县。

从物产情况看,老窑附近的海州、赣榆、沭阳、灌云几县虽经济比较贫困,然而徐海一带有着较为丰富的盐、磷、煤、铁等资源。《南宁书·州群志》曰:"郁洲在海州……有田畴渔盐之利。"明清时期,淮北盐业已替代了淮南盐业,民国初年,淮北地区盐业又有了较快的发展。灌河沿岸及临洪河附近成为新的产盐基地,位于大浦和板浦之间的新浦,集水路、陆路都便利的优势,逐渐形成了盐业集散中心。1914 年,由海州、新浦集散的盐有 36 万多吨,收入达 40 万银圆。老窑正处于灌河、临洪河这两个盐业生产基地的中心,很适于淮盐的运输。新浦一带的产盐,可由铁路输运到港,转装轮船出海。灌河口一带的盛产的海盐,可用小驳船装运到老窑转载于大轮船出海,均很方便。尤其是徐州、枣庄一带蕴藏着大量的煤炭资源,仅枣庄一地蕴藏量就高达 1.2 亿万吨。这两种被称为"一白一黑"的货物,运输方便,装卸方法简单,经济收益较高,"与(于)路务港务两有裨益",陇海铁路局当然愿意筹办。特别是陇海路铁路局一些有识之士,更希望建设一条"独立"的铁路吞吐海港。

当时,青岛是日本人的势力范围,而上海则是洋人的世界,崇明、南通等地离上海很近,极易被外国势力侵吞。老窑正处于青岛、上海这两个大港之间,是一块尚未被外国势力染指的"处女地"。选定老窑为陇海铁路出海口,符合陇海铁路局的心意。而且,法国、比利时等国从掠夺中原地区富饶物产的战略观点出发,也希望寻求一个"外国火轮可以随便出入"的港口,因此,也赞同在老窑筑港。所以陇海铁路局终于弃置南通为终点的设想。

火轮,是轮船的旧称,吨位大的轮船称大火轮,反之则称小火轮。

张謇和沈云沛都在家乡兴办实业方面有所成就,而被誉为"江北名流",尤其是张謇在江苏的影响比较大。沈、张二人关于陇海铁路终点选择的争论,从某种程度上说,都带有为各自家乡或私人实业谋利益的性质。但是,他们的观点都是经过比较认真的调查思考得出的,其中某些见解还颇具匠心。例如,沈云沛关于三港并建的设想,早已经成为现实。今天的连云港、日照港都是深水大港,而灌河口的燕尾港、陈家港一直作为淮北地区出口的重要港口,随着海河联运事业的发展,还将成为上海港和连云港的分流港,对加快苏北发展、振兴苏北经济起到重要作用。张謇所推崇的南通港,已是中国长江下游处于苏中、苏北地区的大型港口,为国家一类对外开放口岸、国家主枢纽港,也是上海国际航运中心组合港的主要成员。

这是沈、张二人在当时所不能想象的。

仔细研究陇海铁路修建始末,客观地说,陇海铁路东部终点设在海州,与沈云沛个人的影响力是有很大关系的,也和张謇的做法有关系。首先,修建铁路是一门科学,张謇设计的路线被科学勘测否定;其次,债权国对张謇在津镇铁路、沽淮铁路、沪杭甬铁路建设时一贯高举"拒款""废约"的保路大旗,导致上述铁路流产,一直心存芥蒂。反对借款修建商办铁路、反对铁路国有之纷争,无形中把陇海铁路置于借款官办国有与维护路权、反对借款的悖论中去。此外,还有一个现实对张謇也极为不利,那就是他负责的江苏民营铁路,从 1908 年至 1911 年,近 4 年中修筑上海至枫泾、清江浦至杨庄两条线路总计78.5 千米,其中臧家庄码头至杨庄的 17.3 千米铁路,因路款无着落已经半途而废,清徐、清海、清镇、清通等铁路因筹不到款项而无法动工,一切都是纸上谈兵。

因此,各种因素的权衡与两方势力的博弈,致使陇海铁路东部终点的选择只能是海州,而绝不可能是其他地方。尽管张謇等人呼声高涨,陇海铁路还是按照原来直线计划将终点定为海州。因为不管谁主持陇海铁路修建,都不会漠视前车之鉴,都不愿承担川汉铁路惨烈之后果。这也许是张謇所没有想到的。

今天我们在论证这个问题时,不应忽视这个极为敏感的因素,而这恰恰是整个事件的症结之所在。民国时期,虽然铁路国有化,但张謇负责的臧家庄码头至杨庄的 17.3 千米铁路,修筑起来耗资巨大,这是任何一个债权国都不愿意收拾的烂摊子。

第三节 非"沈君戋戋之村气"

陇海铁路是我国早期铁路建设中最为复杂的铁路之一,其命运一波三折,甚至几次面临夭折的危险。对这条铁路建设最不放弃的人,沈云沛应该是其中之一,从 1903 年盛宣怀上奏朝廷建设汴洛铁路为卢汉铁路的支路开始,沈云沛已经在心里孕育着将汴洛铁路向东部延伸,并终至海州的大计划。

为此,他利用自己在政商两界的人脉多次运作,以一己之力,甚至不惜搭上身家性命也要极力促成。

长江从南京以下至入海口的下游河段,流经江苏省、上海市,被人们称为扬子江。20 世纪初,晚清政府以及之后的北洋政府一直谋划在扬子江以北、青岛以南的沿海岸线上建设陇海铁路的出海口。可是腐朽的晚清政府在政治、经济、科学技术和社会等多方面力不从心,使得这一计划一拖再拖。

当陇海铁路的修建有了明确轮廓时,在铁路的最东端修建一个与之配套的出海口这一需求变得越来越迫切。比较统一的意见是在铁路终端的苏北修建一个现代化的出海口。出海口的位置设在苏北,已经是众望所归,但港址究竟选在何处呢?两股力量的博弈开始了。以张謇为代表的一方坚持把铁路终点站修到通州、崇明;以沈云沛为代表的一方坚持把铁路终点站修到连云港。

历史给了沈云沛一个机遇,也注定了他的一生和旧中国的铁路建设事业紧紧捆绑在一起。

清光绪三十三年(公元 1907 年)10 月上旬,沈云沛奉光绪之旨,考察河北、山东、河南、江苏等地区农工商实业情况。他以此为契机,在考察河北,山东渤海、沂州,河南周家口,安徽寿州、信阳后,经南京、镇江到达扬州会见当地盐商巨头、总商汪鲁门,准备回海州。沈云沛慎重思考邮传部尚书陈璧的意见,认为将陇海铁路东部海州终点移至海边具有重要意义。于是,他在从扬州回海州时,沿途重点考察了灌河口、陈家港、徐圩、东陬山、板浦、前云台、五羊湖、老窑、东西连岛、青口、海头、岚山头等地,酝酿制定陇海铁路终点海州具体港址方案。

历时一个月的考察结束,沈云沛回京后立刻着手整理考察资料,撰写此次考察的报告。

之后,沈云沛把他呕心沥血整理出来的"汴洛铁路延展经过徐州,在东部终点海州建设三个港口的方案"上报邮传部。

沈云沛的方案是:其一,在山东和江苏交接的岚山头筑一深水港;其二,在东西连岛建一港;其三,在灌河口的燕尾港建一内河港。沈云沛的这一建港方案,推翻了自己于两年前做出的拟在海州北门外、城东马艐和大浦三处择一设港口建码头的计划。

实事求是地讲,沈云沛在海州建设三个终点港口的规划很宏伟,从他制定的规划图说中阐述的理由,可见其用心良苦:一是岚山头为深水港,可停泊各类大型火轮;二是东西连岛风平浪静,可在此建造转运海港,等于将陇海铁路修筑到上海、大连;三是灌河口燕尾港的内河港口,水深不亚于上海黄浦江,由燕尾港上溯可通里下河水系,并沟通盐河、运河水系,这样长江以北的全境都可以通达,所以铁路延伸的东西干线终点定在海州并修建三个港口,所发挥的航运、经济作用巨大。沈云沛信心满满,志在必得。他认为自己精心制定的规划是从实际出发,无懈可击,一定会被各方人士接受。

方案上呈到邮传部后,结果却大大出乎沈云沛的意料。履任的邮传部尚书徐世昌表示异议,认为一条铁路的一端共建三个终点港址,很不合情理,难为人接受。邮传部的其他同僚也有反对之声,外国工程师格瑞奈、沙海昂、陶普斯等亦否定沈云沛的规划。沈云沛感到很纳闷,这些人均是他平时信得过,进而上奏嘉奖之人,于情于理,他们都不应该难为他。这使得沈云沛的陇海铁路终点定于海州及具体港址的规划,陷入困境之中。

从当时所处的环境出发,客观地说,徐世昌等人对沈云沛制定陇海铁路终点为海州的规划表示异议是正确的。因为一条铁路并筑三个终点港口,一是投资加大,二是管理、调度、运营困难。这显然和实际不相符合。但是,沈云沛规划在东西连岛修建港口码头,提出:"西连岛风平浪静,虽不甚深,但于此稍加疏浚,便可与黄浦江深度相同,可以在此建造转运海港,便等于将陇海铁路修筑到上海……"

沈云沛始终坚持并建三港的主张,虽然未被北洋政府交通部采纳,但其主张之一,即筑西连岛海港与上海港联运这一点,则与法、比工程师的意见相一致。因而,北洋政府交通部和陇海铁路当局对沈云沛的意见很重视。

随后,测绘队长格瑞奈、技正沙海昂、总工程师薛玛和席拉、荷兰公司代表陶普斯等,出具报告、说帖、意见书、图说,说明西连岛作为陇海铁路终点港为最优。

格瑞奈团队的意见是,鹰游门海水深度平均在 2 米,海域海底都是细沙,疏浚比较容易,向下挖到 12 米甚至更深都很容易;遇到大风浪可以以西连岛为屏障;拟建港口的海岸比较巩固,没有变迁的隐患;外国火轮可以很方便出入;日后商业航运的发展前景较大;港口码头的日常维护费用不大;港口位居盐港之中心,适宜直线通航到终点;建筑成本约 4800 万法郎,可以采取分期建造的办法,第一期需 1300 万法郎,后续工程视情而定,在此建港切实可行。

1908 年,光绪几次召见沈云沛,在养心殿、书房听取沈云沛的奏折,细听他对国家铁路规划建设方面的良策。

沈云沛言辞恳切地向光绪建言献策:

——铁路是一个国家的经济命脉,朝廷当奉行铁路国有政策,这也是西方国家的通行国策。目前为止,世界上还没有哪个国家的铁路干线允许民营,故实行铁路国有化,乃重中之重,势在必行,只有这样,中国铁路才有希望。

——修建铁路需要巨大的资金投入,朝廷又缺乏资金,少得可怜的民间资金不可能集中起来为朝廷所用。但是,朝廷可以借鸡生蛋,借西方列强的钱修建中国铁路,列强的钱专款专用修建中国铁路,铁路建在中国土地上,他们是拿不走的。至于所借的款项,朝廷可以从铁路营业利润中逐年还返,收益的乃大清子民,这是智者之举,利国利民之策。

——组织学者翻译西方铁路修建的历程、经验,并广泛宣传,让各省士绅及民众知道修建一条铁路的难度,不仅需要巨额资金投入,而且需要技术力量的支撑。此外，还要算细账，投资、建设与回报周期，都要测算好，不能盲目为之，要量力而行。

光绪听了沈云沛对修建中国铁路的分析和策略，深以为然，越发感到沈云沛是朝廷中难得的人才。朝野上下也盛赞沈云沛才华横溢、政绩卓著，加之他为人厚道谦逊，左右逢源，深得人心。光绪决定在农工商部任职右侍郎的沈云沛转署第一大部邮传部任职，沈云沛欣然受命，遂到邮传部供职。彼时，恰逢邮传部右侍郎盛宣怀赴上海处理铁路纠纷之契机，3月11日，邮传部尚书陈璧秉承光绪皇帝旨意，正式奏请沈云沛转任邮传部署理右侍郎。光绪立即恩准，随之内阁奉上谕旨："盛宣怀现在出差上海，邮传部右侍郎着沈云沛署理。"那时沈云沛身兼资政院帮办、农事试验场督办、邮传部右侍郎3个要职，可谓走向人生巅峰，一时风光无二。沈云沛直接主管全国铁路修筑，他把中国的铁路建设与自己的生命紧紧连在一起，直到1918年辞世。

1909年3月19日，沈云沛派路政司郎中阮唯和、铁路总局顾问官沙海昂履勘陇海铁路东段之开封至徐州南、北两线以及终点海州、徐清海3条路线。其后，张謇表示不再坚持干线东部终点为通州、崇明，请求由徐州经清江而终至海州。苏路公司接受阮、沙等中外工程师对清徐、清海线路勘测、设计后，沈云沛与徐世昌又于7月补充奏准修筑干线东部之徐清海铁路，得到了朝廷的准奏。

汴洛铁路东西干线东段业经路政司郎中阮唯和、铁路总局顾问官沙海昂勘测结束，对于线路履勘等相关事宜各方达成共识。

1910年1月1日，经过中外建设者几年时间的施工，汴洛铁路终于正式建成通车。从时间节点上可以看出，汴洛铁路建成通车时间比京张铁路晚一些，是中国第3条投入运营的铁路。

1月27日，沈云沛与履任尚书的徐世昌署名上奏《勘明开徐海清路线情形筹拟及时兴办折》（简称《办折》）：

……奏为勘明开徐海清路线情形，筹拟及时兴办恭折，仰祈圣鉴事。窃臣部前因开徐海清路线关系重要，于宣统元年三月十九日奏派臣部路政司郎中阮唯和、铁路总局顾问官沙海昂前往履勘,奉旨允准在案。兹据该员等禀称,开徐海清路线利赖宏多,亟应兴办。

唯自开封达徐州,其线有二:一由陈留、杞县、睢州、宁陵、归德、砀山,循大道赴徐是为南线;一由兰封、考城、刘口,循黄河故道赴徐是为北线。经行之地高旷平衍,工费省。南线所经城市繁盛,商货较多,且近傍城池,于行政用军均有裨益。

自徐州达海州,其线有三:一由徐州经邳州境以达海州是为直线;一由徐州顺黄河故道东南至宿迁折向东北以达海州,是为弧线;一由徐州经宿迁以抵清江折向北行以达海州,是为句(勾)弦线。三线互教(交),直线径捷,但清徐一段业经奏准江苏铁路公司承筑,则为联络该路起见,自以徐清海一线为便等情前来。

从沈云沛的《办折》中不难看出,陇海东段,即自开封达徐州南北两条线路,以及徐州至海州之直线、弧线、句弦线三条线路,阐述得非常清楚。最后经勘测选择开封至徐州之北线、徐州至海州之直线都很有条理,也非常清晰。

张謇之所以认可开封至海州线路,不仅仅是因为苏路北线是江苏官绅共同提议的,呼声很高,还有一个关键原因是海州在战略上起到制衡青岛的作用,同是苏北人的他心里清楚得很。

3月,沈云沛札准"开徐海清"(开封、徐州、海州、清江)铁路总办阮维和,拟定在海州西大厅设立"开徐海清铁路"之海州分局(海局)之报告,并公告全国。

开徐海清铁路总局设在开封,全面规划全路建设及管理事务,凡属本路各局厂、处、所,需统一归口管辖。分局设在海州,专任海清铁路线的建设、管理等具体事务。

7月13日,原邮传部尚书徐世昌升任军机大臣。朝廷任命沈云沛以右侍郎身份署理邮传部尚书,并兼任邮传部左侍郎。此举引起国内外瞩目,朝野震惊。朝廷第一大部邮传部的重任全部担在他一人肩上,而且由一人统揽头等大部的3个职务,这实属罕见。

此时,沈云沛全力推动汴路东段开海铁路筹筑。8月,沈云沛下令全文刊发正在施行的《开徐海清铁路章程》,以昭告朝野:横贯中国东西之交通大动脉陇海铁路,东部终点海州之方案正在实施中。

在外籍工程师到连岛勘测海港码头的工作中,中国有一位叫武同举的水利专家也参与其中。

武同举,生于1871年,今连云港市海州区南城人。清光绪年间中秀才,是我国最早研究沂、沭、泗水利领域的专家,一生致力于水利事业,精研水利学术研究,著述颇丰。其水利专著《淮系年表全编》堪称代表之作,在中华人民共和国成立后的治淮工程中起到了重要作用;《江苏水利全书》堪称"华东水利资料之宝库",内容包括淮水、江北运河、江南运河、太湖流域、江南海塘里下河及盐垦区水利,淮北沂沭流域水利等,是江苏省水利史上一部空前的专业全书,为江苏的水利建设做出了很大贡献;《江北行水今昔观》《江北运河为水道系统论》等著作,也对后人的水利建设事业起到了不可多得的指导作用。清末年间,武同举曾任海州直隶州通判,民国初年担任海州劝学所主任,兼业务主管。他还担任《江苏水利协会》主编、国民政府江苏水利署主任等职务。

武同举不仅测量了长江、淮河、运河、太湖、江南海塘及淮北沂水流域水利,而且对于灌河口、临洪口、连云港港口、海门、山东日照岚山口等都进行了系统的实地勘察测量,对中国水利工程做出了不可磨灭的贡献,为现在的连云港人建设亿吨大港,留下最原始的水利文献资料。

中外专家一起工作期间,外国人对中国人态度傲慢,瞧不起中国人;对中国人搞技术封锁,把连岛、灌河口、岚山头等地的勘测资料都锁了起来,不让中国人看,还说"中国人,不行"等打击中国人自尊心的话。面对外国专家藐视我们的种种行为和语言,武同举的身心受到了很大打击,他终于想明白了:外国专家靠不住,中国人不能处处受洋人掣肘,更不能把国运押在他们身上,中国人的命运必须牢牢抓在中国人手中!

武同举从当初的怒不可遏到痛定思痛,决定自己动手。他通过私人关系借用水师巡检船,自带仪器,动手测量。从南测到灌河口,从北测到临洪边,武同举白天颠簸于风口浪尖之上,测量水深、流速、地形,晚上于灯下精心整理测绘资料。"竟夜经营图稿,虽极困惫,不以为苦",功夫不负有心人,他终于完成测量任务,全部手工绘制成图,写出了测量报告《勘察海州港口响导记》。

9月,开徐海清铁路总办阮唯和、顾问沙海昂、总工程师邝孙谋通过线路实地勘测,结合法国工程师格锐奈与武同举的勘测成果,得出陇海铁路终点港口的权威勘测结论:

> ⋯⋯西连岛、临洪口、大潮河口等三处可建汴路终点海港,以西连岛为最佳。

此勘测和结论,与沈云沛先前的西连岛处筑港设想相吻合,也为交通部与债权国代表陶普施所认可。于是,借款签约双方明确借款合同中"东至江苏省扬子江北滨海之区",其"滨海"之具体终点为海州。债权方比利时代表陶普施当即表示赞赏。陶普施是一个治学严谨的工程师,他从沙海昂处得到确切的清徐等线路勘测与结论后,认为直线终点海州乃中国人的最佳选择。陶普施对经过科学论证过的结果很执着,事后,他说过这样的话:"即便中方确定'江北滨海之区'的'滨海'是他处,而非海州,那么作为债权国的全权代表,我亦将予以否定,维持原测路线而终点海州。"

1912年11月20日,执政不久的北洋政府成立陇海铁路总公所。

1913年1月13日,北洋政府任命沈云沛为浦信铁路督办,全权筹筑浦信铁路事宜。

1月下旬,沈云沛与徐世昌、杨士琦、唐文治、詹天佑、唐绍仪、关冕钧等商讨落实全国工商会议精神,组建以"振兴中国实业"为宗旨的实业团体。议定由沈云沛、唐文治等筹建"中国实业会""中国实业会上海分会",杨士琦组建"上海中华实业联合会",唐绍仪组建"中国铁路协会",徐世昌组建"中国农业促进会"。

杨士琦(1862—1918年),字杏城,安徽泗州(今江苏盱眙)人,1882年中举人,是清末直隶总督、北洋大臣杨士骧的胞弟。他曾担任李鸿章与八国联军议和的联络员,投靠袁世凯后,任洋务总文案献,为李鸿章、袁世凯的重要部属,且被袁世凯视为心腹,有"智囊"之称。

唐文治(1865 年 12 月 3 日—1954 年 4 月),字颖侯,号蔚芝,江苏太仓人,1883 年中举人,1892 年中进士,是民国时期著名教育家、工学先驱和国学大师。其父亲唐若钦是清朝贡生,以教书为业。唐文治曾官至农工商部左侍郎兼任署理尚书,后退出政坛,专心从事教育事业。他曾任上海高等实业学堂(现上海交通大学前身)和邮传部高等商船学堂(现大连海事大学、上海海事大学前身)的监督(校长)。此外,唐文治还创办了私立无锡中学(现无锡市第三高级中学前身)和无锡国专(现苏州大学前身)。

唐绍仪(1862 年 1 月 2 日—1938 年 9 月 30 日),字少川,广州府香山县(今珠海唐家湾镇唐家村)人,年幼即到上海读书,是中国第 3 批留美幼童,后进入哥伦比亚大学学习。清末民初的政治活动家、外交家,曾担任北洋大学(现天津大学)、山东大学校长。

关冕钧(1871—1933 年),晚清进士,曾任邮传部总务,民国初期,历任参政院参政、参议院议员、晋北榷运局局长等职。

是年 1 月,汴洛铁路改由北洋政府交通部陇海铁路总公所管辖,汴洛铁路正式并入陇海铁路,与京汉铁路分治。

汴洛铁路的建设,让一条东西走向、贯穿中国的铁路的雏形呈现在世人眼前,为接下来陇海铁路的构思和规划迈出了极为重要的一步。在汴洛铁路的基础上,断断续续地向东西两端拓展,陇海铁路越来越长,跨越的城市越来越多,建设者最终修通了东起连云港、西至西安(当时还未修到甘肃境内)的铁路线。

中国版图上一条横贯东西的铁路大动脉越来越清晰,正由纸上蓝图逐步变为现实。

3 月,陇海铁路总公所聘请法国工程师格瑞奈团队,其重要任务有二:一是负责陇海铁路向东延伸的勘测;二是对江苏海岸进行测量,选址出海港口,为陇海铁路终端港口建设做好准备。

是年,格瑞奈团队又经过测量,再次确定在西连岛、临洪口、大潮河口等 3 处可建海港,其中又以西连岛为最佳。

连云区档案馆有一段当年的文字记载:

格瑞奈认为——

在江苏北部海州湾南岸有个西连岛海峡（指当时的老窑）的地方适宜筑大型海港。该海港规划时，可以充分利用当地的自然地理条件，将港口筑于海峡之内，而港区主体则坐南朝北，背依云台山，可用对面的东西连岛作为港口的天然屏障，发挥其阻风挡浪之作用，是一个较为理想的建港地址。

格瑞奈的观点与沈云沛先前考察提出的拟建三个海港，其中一个在西连岛建港设想不谋而合。

我们仔细梳理格瑞奈团队的建议，无论是宏观出发还是从客观考虑都非常务实。首先，耸立于海中的西连岛，是青岛至上海之间漫长的海岸线上唯一一处天然屏障，这就使它具有先声夺人之处。主张在西连岛湾内建成一个近代大海港，关键是老窑具有建筑优良海港的自然地理条件。其二，以该地作为陇海铁路终点，由徐州直达老窑的路程仅 200 多千米，陆路交通也较浦口为近。其三，从三处的避风条件和航道情况分析，老窑又明显优胜于临洪河口、大潮河口两处。

北洋政府第一届内阁成立后，张謇任农林总长，可谓位高权重。他分别于 1912 年 4 月呈文交通总长朱启钤、1913 年 9 月呈文交通总长周自齐，周自齐因故暂未能履任，由叶恭绰代理，复又呈文代总长叶恭绰，3 次反对陇海铁路终点为海州，而力主终点为通州，可见张謇的决心之大。1915 年，张謇根据沙海昂勘测崇明之"最终比较，以南线崇明大港最优，而临洪口、西连岛次之"的报告，第 4 次呈文交通总长周自齐，要求汴洛铁路向东修建经过徐州后，应转而向东南经清江浦（淮安），沿运河河堤至崇明，并详尽分析了两地投资之利弊，似乎理由充足不可辩驳，但最终均被邮传部、交通部与债权国一致否决。张謇之所以紧紧抓住沙海昂的报告不放，还有一个原因是这个法裔华人自 1898 年就受法国利来公司之聘，来中国担任滇越铁路工程师，后又任正太铁路、京汉铁路和陇海铁路工程师，参加了中国早期多条铁路的建设工程。此人资格很老，在当时的中国高层很有话语权。

朱启钤(1872—1964年),字桂辛、桂莘,号蠖公、蠖园,祖籍贵州开州(贵州开阳),中国政治家、实业家、古建筑学家、工艺美术家,曾任北洋政府代理国务总理。

周自齐(1869年11月17日—1923年10月21日),字子廙,出生于单县(今山东省菏泽市单县),祖籍浙江秀水,曾任北洋政府第5位国家元首以及北洋政府国务总理、教育总长。

叶恭绰(1881年—1968年9月16日),字裕甫,号遐庵,晚年别署矩园,室名"宣室"。广州府番禺县(今广东省广州市番禺区)人,祖籍浙江余姚,生于广东番禺书香门第。清末举人,京师大学堂化学馆毕业,曾留学日本。1912年后任交通部总长,兼理交通银行、交通大学。1920年,任交通大学校长。1923年应孙中山之邀,任广东军政府财政部部长。1927年后,历任关税特别委员会委员、国学馆馆长等职。新中国成立后,历任中国文字改革委员会常委、中央文史馆馆长、全国政协常委、北京中国画院院长。

令张謇万万没有想到的是各方态度十分鲜明,陇海铁路绝不可能选择通州抑或崇明为终点港口。面对如此一边倒的局面,张謇也一直没有放弃铁路终点定为通州的希望,直到陇海铁路东段修到徐州塘庄,海州段已经勘测完毕,一切均尘埃落定之时,张謇依然大声疾呼"陇海铁路改道,终点通州",试图让陇海铁路终点弃海州而至通州。他强烈呼吁:"宁可蹈'沈君戈戈之村气',也要陇海铁路终点通州。"足见张謇的决心。即便在1918年沈云沛辞世后,张謇依然没有放弃最后努力。

陇海铁路东部终点定为海州势在必行,张謇的意见终究不可能如愿。为什么这样断言呢?

回顾历史,综合分析,主要因素与彼时的国家政治、经济等大气候紧密相关;个人的努力争取仅仅是主观的一方面。

其一,张謇在大格局上就输了沈云沛一筹。《办折》中"自徐州达海州,其线有三":一由徐州经邳州境以达海州,是为直线;二由徐州沿着黄河故道东南至宿迁折向东北以达海州,是一条弧线;三由徐州经宿迁以抵清江再折向北行以达海州,也是一条弧线。会几何算术的人都知道"两点之间的距离,以直线为最短",因此,由"徐州经邳州境以达海州"是最好的线路设计方案。

其二,川汉铁路的惨烈教训非常深刻,人们记忆犹新。

其三,线路长、基础设施投资大的线路,债权国不会接手。

其四,徐世昌、沈云沛等在邮传部形成的交通系牢牢把持了中国铁路建设的决定权。之后的民国交通部总长朱启钤、叶恭绰、周自齐等人,以及陇海铁路局的主政者施肇曾、卢学孟、水钧韶、邝孙谋等人,都是沈云沛在交通铁路系统极力提携的骨干。沈云沛处事中庸,为人厚道,人缘极好,再加上他身处邮传部署理尚书与侍郎的高位,故陇海铁路东端终点位于海州,于情于理,于公于私,都是最佳的、必然的选择。这就是为什么在沈云沛逝世多年之后,张謇发动南方士绅强烈呼吁反对陇海铁路终点定为海州而应该改道通州,尽管他使尽了浑身解数,还是终难奏效。

施肇曾(1867年—1945年10月24日),苏州吴江震泽人。曾任陇海铁路局局长、国内公债局董事、漕运局总办等职务。

卢学孟,福建福州人,早年留学法国,曾任中国自己修建的第一条铁路——京汉铁路行车总管,1912年后,历任陇海铁路东路工程局局长、陇海铁路局局长、交通部参事。他是中国科学院院士、土力学及基础工程专家卢肇钧的父亲。

水钧韶,字梦庚,江苏阜宁人。旧交通系成员。曾留学法国,是晚清洋务派领袖张之洞的女婿。水钧韶曾在中国驻列宁格勒总领事馆工作,后来任天津市长。

邝孙谋(1863年—?),一名邝景扬,字星池,广东南海人。早期留美幼童,1882年回国,入开平铁路公司任总经理助理,1886年到京奉铁路任助理工程师,1901年到萍醴(萍乡至醴陵)铁路任助理工程师。1903年回京奉铁路任工程师,1906年任粤汉铁路总工程师,1911年任京绥铁路总工程师,1917年任津浦铁路总工程师,1920年任京绥铁路和京汉铁路主管,1921年任平绥铁路总工程师兼平汉铁路顾问工程师,同时为中美工程师协会会长、中华工程师学会会长。邝孙谋对中国铁路建设事业的一大贡献,就是举荐了詹天佑从事铁路工程工作。如果不是他当年的极力推荐,詹天佑这个铁路建设英才就有可能就被埋没了。

1914年,格瑞奈团队再次到老窑海港勘测,并进行了钻探,勘测后返回了郑州,绘出海港规划图,于11月20日写出了《对于西连岛建设陇海铁路口岸说帖》(简称《说帖》),继续阐明他们的观点。

说起格瑞奈这位建港专家,他的思路比较超前,在港口建设上确实有比较高深的见解。他在《说帖》中提出几条建议,其中的一条在今天的人们看来,确实有超越常人的眼光:

一、堵西口。即由连岛的西端,筑一长3600米的止浪坝,将连岛与陆地衔接起来,以屏障港区,免受波浪袭击,尤其是可截断途岛以北20千米外临洪河水所挟带的泥沙,"既可除淤塞之患,复可省疏导之功"。

二、留东口。从连岛东面和老窑各向海内建筑堤坝和码头,共长3185米,中间留有300米的口门,以便船只出入。

三、将14平方千米的港区疏浚至最低潮水下6—9米,并疏浚一条长6000米、宽300米、深9米的航道。

四、建筑码头12座。工程分两步进行。第一步可先筑长500米、宽100米的平行式突堤5座,可同时停泊6000—8000吨轮船40艘。每座突堤上筑轨道两条以通火车,并安装起重机4台,供装卸货物用。第二步再添筑7座码头和1座船坞,并在连岛东南筑一专供装卸危险货物(火油等)的小港。

五、在连岛东南的山头上建筑一座能照30英里的灯塔,并在航路中分设标灯、浮筒等,以利航行。

六、估计总预算约6900万法郎。为减轻经济负担,可按商务的进展情况分年准备。第一期工程费用1300万法郎,可先筑码头2座,以停泊6000—8000吨巨轮13艘;建筑东西口堤坝开挖航道和港区;建设灯塔和航标。为了陇海铁路营运利益,宜自新浦起,筑长25千米的铁道,以便加快海路盐运,增加陇海路盐务进款。

按照这个计划,12座码头完成后,共可停靠6000—8000吨级的轮船96艘,并且港区内还能停泊40艘轮船,可借拖驳起卸货物。该港将成为中国沿海首屈一指的大港。

1986年9月10日,连云港拦海大堤(简称西大堤)工程正式开工建设,历时8年,于1993年12月8日合龙。如果从西大堤开工之日算起,那么距离1914年格瑞奈的设想,时间已整整过去了72年。

百年后,人们再回顾那段历史,可以认识到,沈云沛谋划修建陇海铁路,并且在老窑建港,是从当时中国经济建设、国家长治久安的高起点通盘考虑。将东部终点定在海州,不可能是为了"海州一城一邑对外开放联络"这点蝇头小利。陇海铁路运行后的一切证明,这条横贯中国东西的交通大动脉,对中原、腹部地区经济发展所产生的巨大拉动作用,可谓"前无古人",绝不是张謇狭隘地理解为"沈君戈戈之村气"。

第四节 "我等着坐着火车回海州!"

1915年,北洋政府一度将老窑作为陇海铁路出海港口的选址来建设。然而,这一建港计划却出于政治、经济等诸多方面的因素而被·再耽搁,迟迟不能启动。

12月底,沈云沛陪伴妻子及嫂子回到老家海州。他到了海州即约见格瑞奈和武同举,听取两人对港口勘测与建港意见。格瑞奈汇报说,经对墟沟、西连岛、高公岛、秦山岛等处的水深、沙淤等水文地质勘测结果可知,"老窑具有修建天然良港的自然条件,为它处不可媲美"。武同举也补充认为,"陇海线终端直通老窑、在老窑修建码头,附近不可有二"。

沈云沛对他们的汇报深表赞同,感到十分欣慰。陇海铁路东部终点设在西连岛的方案,沈云沛在心中筹谋多年,现在经过测量后科学确定,了却了他的一大心愿。沈云沛嘱托格瑞奈制定老窑港口规划方案,争取早日报陇海铁路总公所与东路工程局核准,以便筹谋建设港口在前,希望能与陇海线修到终端一起竣工相接通车。沈云沛站在锦屏山指着山下,对众人说:"山下岗嘴一带,在700多年前还是港口呢,当年,李宝的水师就驻扎于此,现在开徐段(开封到徐州段铁路)完工指日可待,一路向东通向海州的铁轨,即将从这里铺过……"

修筑开徐铁路的情景

1916年1月初,沈云沛回京中途于徐州会见施肇曾、卢学孟,就徐海铁路选定终点老窑港址及筹划建港相关问题共商大计。施肇曾、卢学孟对确立西连岛老窑港址一致赞同。自此,对于老窑建港口的百年大计,中国铁路的主管高层达成了共识。

虽然施、卢二人对于沈云沛提出筹谋老窑建港表示难以赞同,但政局动荡,人心惶惶,致使开徐铁路营业每况愈下,不仅无法偿还所借路款和利息,就连小小的铜质路牌、路签都没有钱置办。在此窘迫情况下,徐州筑向海州铁路等同于纸上谈兵,又怎能奢望筹筑老窑港口!

沈云沛知道国内局势的严重。他督办的浦信铁路就是在这种情况下被迫停止的,虽然北洋政府于年初重新启动浦信铁路修筑,但浦信铁路地处南方,股民担心股金安全性,故很少有人投股。徐海铁路地处北方,其建设中的具体事宜与浦信铁路有所不同。沈云沛返京后,以参政院参政身份向内阁总理段祺瑞呈述,请求内阁研究解决陇海铁路总公所面临的困难,筹款续筑徐海铁路。但全国狼烟四起,段祺瑞内阁穷于应付、焦头烂额,交通部、财政部等各部无暇顾及铁路修筑。沈云沛求助无门,施肇曾、卢学孟虽是交通界精英干将,然巧媳妇难做无米之炊。

心急如焚的沈云沛,于4月5日在北京中央公园主持召开了15000多人的义赈大会,邀请内阁前任总理熊希龄、司法总长梁启超、内务总长朱启钤、教育总长汤化龙等出席。著名女性活动家潘连璧、沈佩贞、朱松筠以及艺人刘宝全等助阵。会上汤化龙、梁启超分别讲话,沈云沛做了演说,他呼吁北京各界为铁路建设捐款。当时国内影响巨大的《余兴》杂志刊文说:

> 主人沈雨人先生也。其演说亦颇能刺激精神,提倡社会,婆心苦口,造福灾黎。江皖人民,同深庆幸。

义赈募捐而来的"数万金"之款,对于徐海铁路及老窑港口实乃杯水车薪。在复杂多变的特殊形势下,寄希望于交通部、财政部向外国谈判借款如水中捞月,而徐海铁路修筑则时不我待。经过深思熟虑的沈云沛,提议由施肇曾、卢学孟以陇海铁路督办、东路工程局局长的身份,直接出面游说债权方比利时电车铁路公司借款。他认为,这是解决徐海铁路续筑资金困难的唯一捷径。沈云沛向施肇曾、卢学孟承诺所产生的一切后果,均由他一人承担。

是啊,只要对东西大干线陇海铁路有利,对大局有利,个人荣辱得失又算得了什么呢!

沈云沛不仅在陇海铁路建设的关键时刻组织义赈募捐,还把沈家经营的实业公司资产捐献筑路。他曾立下家规:不准任何沈氏族人参与陇海铁路的修建;不准沈氏亲属为铁路承包商做说客。可见沈云沛耿直的人格。

义赈大会过后,铁路东延的步伐加快了。沈云沛指示施肇曾、卢学孟马上约见陶普施。他们分析认为,一旦徐海铁路中断修建,东段不能与西段汴洛、开徐铁路连接,西部则失去出海口,如此,不仅对汴洛、开徐铁路营运效益造成巨大威胁,而且对东西干线造成严重的后果。这对双方的利益都是极大的损害。施肇曾建议陶普施加快工作节奏,早日争取到荷兰建港公司以及安士第银行团的贷款,用于徐海段筑路并筹建西连岛老窑港。

陶普施与荷兰建港公司和安士第银行团协商后,认为此种借贷手法,虽然未经两国外交部签署文件,属违规操作,但为官方陇海铁路总公所与东段工程局主官所定,在某种意义上具有一定的可行性与法律依据。而且,续借的款项是经中国交通界德高望重的元老级人物沈云沛授意,又以徐海铁路为保。荷兰建港公司、安士第银行团犹豫再三、权衡利弊,得出的结论是"债权国的资金安全不存在风险",于是同意借贷。双方遂商定借款5000万弗罗令,专供徐海铁路与老窑建港前期费用,但是,利息由 5 厘提高到 8 厘。

沈云沛反复斟酌,认为 8 厘利息也仅国内借贷利息的三分之一,且较之停工的损失,完全可以忽略不计。在别无它法的无奈情况下,沈云沛与施肇曾被迫接受这种乘人之危的敲诈。借款手续完成之后,沈云沛的脸上没有大事落定的兴奋,连一丝笑容也没有,而是坐在木椅上,手持茶盏呆呆地出神。一会儿,他走出房间站在室外望着远方,继而仰天长叹道:"此举,别无它法,实属无奈,实属无奈啊!"回到屋里,他表情凝重地紧紧握着施肇曾、卢学孟的手说:"这是徐海铁路的救命款,尔等务必专款专用,拜托一定要把徐海铁路修到老窑。我,沈云沛等着坐着火车回海州!"

沈云沛说:"借款修筑的铁路是筑在中国土地上,不是筑在大不列颠的岛屿上!"

铁路,乃一个国家国民经济发展的命脉之一。

沈云沛瞄准西方科技文明,发展中国交通运输,擘画中国铁路的宏伟大计。他为中国铁路建设呕心沥血、披肝沥胆、鞠躬尽瘁、反复擘画,特别是他倾尽一生心血筹谋陇海铁路建设,更是感人肺腑。在积贫积弱的晚清政府,沈云沛极力主张借用外国人的钱修中国铁路,为中国铁路建设四处奔走。他在中国铁路建设上留下成功的经验和失败的教训,在今天看来都显得弥足珍贵。

沈云沛被后人誉为"中国铁路建设的拓荒者",今天的人们会站在历史的高处,辩证地、客观地、实事求是地评价他。

令沈云沛欣慰的是,格瑞奈没有忘记他的嘱托。后来,格瑞奈于 1917 年、1924 年先后 3 次到西连岛一带测量。特别是在通车海州前一年的 1924 年,格瑞奈受王敦伯洛克之请,第三次勘测西连岛之老窑。沙海昂、薛玛、席拉等工程师先后对老窑进行勘测,勘测后一致结论是:老窑具有无可替代的地理优势,为天然良港的最佳之地。

1918 年 8 月 1 日,自知来日无多的沈云沛躺在病榻上,对次子沈蒨(字仲长)、五子沈芷(字黍黎、黍农)、六子沈蕃(字稚有)及孙辈、长子沈葵(字伯阳)的遗腹子沈东生留下遗言,以下是摘录部分:

——日本侵占中国是必然的,炎黄子孙必受其害。凡沈氏子孙后裔当抗击之,不能为虎作伥抑或同流合污,否则逐出家门,永不得入沈氏祖坟和列名沈氏祠堂。

——尔等要与朱启钤、施肇曾、卢学孟、关冕钧、叶恭绰等老交通系人员密切联络,一定要将陇海铁路修筑到海州,徐海东段万不可改线。这是业经反复论证的线路,于全局意义重大。

——次子沈蕃与五子沈芃留居海州,领导发展海州实业,巩固海州基础以期与交通部配合修筑陇海铁路徐海段;六子沈蕃当继续留任交通部,统筹铁路修筑并运作海州自开商埠,大浦码头疏浚运营。

——由次子沈蕃主持沈氏家政。树大分枝,沈氏大家族该予以分解,将沈氏家产分为三块,其中一块分给沈云沛兄长沈云见后人。沈云沛还叮嘱沈蕃把沈氏的基地南乡小圩堆房及码头分给其兄长后人,另两块如何分割由沈蕃主持议分。

——死后落叶归根。

4月,沈云沛的生命已经进入倒计时,他惦记着倾注毕生心血而未完成的大业,充满深情又万般不舍地反复叮咛前往天津看望他的施肇曾、卢学孟道:"一定要把徐海铁路修到老窑,我等着坐着火车回海州!"

8月,沈云沛在天津临终前,还依然惦念徐海铁路建设与老窑港口码头建设以及海州自开商埠大浦码头的疏浚运营。他嘱托儿子沈蕃、沈芃、沈蕃:"孩儿们要为陇海铁路东段徐海路的修筑与老窑建港竭尽全力!"彼时,沈蕃已涉足民国政坛,为国会议员。沈芃、沈蕃兄弟二人均为京师大学堂(北京大学)政治经济本科毕业,后供职于国民政府交通部。沈蕃、沈芃留居海州,配合沈蕃、施肇曾、卢学孟等,与交通部、债权国代表陶普施等各方联络。他们遵循父亲的遗志,为恢复徐海铁路、老窑码头建设事宜多方奔走。沈芃与沈蕃先后担任海州商会会长,致力于海州自开商埠的实施、完善,以及大浦港的疏浚、营运,为海州创造良好的商埠条件。

沈蕃回京后依然供职北洋政府交通部,在参事厅、路政司直接主管铁路事业一直到抗战爆发,并担任国务院财政善后委员会专员重职,与其父属僚等一起为修筑徐海铁路和老窑建港排除干扰、出谋划策，竭尽全力。

历史进程果然如沈云沛所料，日军占领东北三省，继而向华东展开了猛烈攻势。1939年，日军占领海州后，将沈氏鸿门西大厅整体建筑群以及藏书阁等强行占有。无奈之下，沈氏后人只能避难灌云小圩等比较偏远的地方。他们均牢记沈云沛的遗训，清白做人：沈东生母亲在逃难途中责骂日军侵略中国，致老百姓于水深火热，在东海县被丧心病狂的日军刺杀。日军上门面见沈蓉，"请"他出山担任东海县伪县长，被沈蓉严词拒绝。日军还不放过他，沈蓉只好四处躲藏，拒不上任。沈芄、沈蕃加入抗日行列一直到抗战胜利。身为大夫的沈东生在日军明晃晃的刺刀下，大义凛然地拒绝为日军医治疾病。三孙沈颐生是北大学生抗日运动的领袖，曾大声疾呼"日军滚出中国"！后遭到日军逮捕关进牢狱，时间长达3年多，经家人及反战人士多方施救出狱后，继续走向抗日救亡之路。日军轰炸重庆期间，孙女沈又南积极参加到救助难民的队伍中去。

上述只是一个插曲。作为一名晚清高官，沈云沛是政治人物也是实业家，他能精准地预料到日后日本侵华，并不足为奇。特别令后人敬仰万分的是他临终前留下的遗言，第一句就是叮咛儿孙"日本侵占中国是必然的，炎黄子孙必受其害。凡沈氏子孙后裔当抗击之，不能为虎作伥抑或同流合污，否则逐出家门，永不得入沈氏祖坟和列名沈氏祠堂"！其言辞令人动容，中国人"誓死不当亡国奴"的铮铮铁骨和民族气节跃然于纸上。

沈云沛辞世后，次子沈蓉即向内务部呈报，欲于1918年10月16日将其父遗体运回故里海州。呈报中还一同附上沈云沛生前遗愿：厝葬于天津南郊的长子沈蓘、三子沈芩（字祖欢）之棺起枢，随同沈云沛灵柩由天津总站发车，沿津浦铁路南下至徐州北站，转入京杭大运河，经邳州入骆马湖入蔷薇河而回籍海州安葬。

看到国务院、内务部转呈国会议员沈蓉的呈报后，徐世昌对沈云沛移葬故里海州的线路做出调整：沈云沛灵柩由天津西站专列发车，沿津浦铁路全线至南京浦口，轮渡下关至南京穿城而过，再改用火轮渡江经由镇江、扬州、盐河回原籍海州。对于沈蓘、沈芩的灵柩，其原有线路不改，同车至徐州北站时转入运河,再从骆马湖辗转进入蔷薇河进而到海州。

内阁总理钱能训立即召集财政部、交通部、内政部会议,落实大总统徐世昌的命令,为沈云沛善后出台了3条举措:

一、国务院唁告各省沈云沛逝世。

二、由财政部拨专款厚葬沈云沛。

三、由交通部调拨专列,配备警察等护送沈云沛灵柩沿津浦铁路全线回海州。徐世昌还批准钱能训内阁关于筹备沈云沛丧葬之决定与筹备细则。内务部据此遂向直隶(河北)、山东、安徽、江苏发出《咨前参政院参政沈云沛灵柩回籍日期请饬属照料》文,令上述诸省沿途妥善安排,照料沈云沛灵柩专列。

江苏省接国务院唁告以及内务部咨文后进行专题研究,鉴于沈云沛灵柩专列于浦口以下路线涉及江陵、徐海、淮扬各道,以及江浦、江宁、铜山、丹徒、江都、淮阴、东海等地,1918年10月,江苏省省长齐耀琳向全省转发内务部饬令全文,同时一并发出训令,进行详尽部署:

训令

江苏省省长公署训令:第四千九十三号(内务部咨前参政院参政沈云沛灵柩回籍日期请饬属照料)(不另行文)。

令:江陵、徐海、淮扬各道尹;江浦、江宁、铜山、丹徒、江都、淮阴、东海各县知事:

案准内务部咨开。查已故前参政院参政、浦信铁路督办沈云沛灵柩回籍,由沿途地方官妥为照料一事,前准国务院函知,业经分行在案。兹据议员沈蕃(沈仲长)报告,择定于十月十六日,由津浦铁路扶柩回江苏东海县原籍(海州,时称东海县)安葬。所过程途:由天津至浦口,渡江改用小火轮,经由镇江、扬州至清江浦(淮安),再由盐河小轮赴东海县。所有回籍日期及经过直隶、山东、安徽、江苏等省地点,仅先呈报。请转知各该省长官,通知沿途所属,届时照料等情到部。除分行外,相应咨请查照办理可也等因,准此。查此案,前准内务部来咨,业经令行徐海道尹,转饬东海县查照在案。咨准前因,除分省外合行,令仰该即便遵照,转饬经过各县,一体妥为照料。

　　此令

中华民国七年十月

江苏省省长齐耀琳

　　壮志未酬,客死异乡。落叶归根,魂归故里。

　　16日,沈云沛的棺椁由16人从天津沈宅抬出,穿城而过。次子沈蒨怀抱由大总统徐世昌点主的"清授光禄大夫沈公雨人主位"的神位走在送葬队伍前面,后面跟着百十孝子贤孙与亲眷。沿途白幡飘扬,长号悲鸣,哀乐声咽。路两旁站满天津市民,驻足默哀。

　　沈云沛棺椁抬至津浦铁路天津总站,北洋政府调配的送葬专列停靠在第一站台。专列车头、车厢裹着白布,臂佩黑纱的几十个警察整齐地排列在月牙站台上。在沈云沛棺椁抬上车厢后,厝葬于天津南郊的长子沈葵、三子沈芩之棺,此时已抬至总站,随同其父沈云沛棺椁一同抬上南下的专列。

　　随着专列汽笛发出一声低沉的悲鸣,清授光禄大夫、邮传部侍郎、署理尚书、吏部右侍郎、津浦铁路帮办大臣、参政院参政、浦信铁路督办大臣沈云沛,其呕心沥血修筑的纵贯中国南北的交通大动脉津浦铁路,载着他与他的两个爱子,一路悲鸣向南驶去。沈云沛灵柩在浦口以轮渡过江,至下关后,依然由16人抬棺椁穿南京城而过后至渡口。按照部署,改用小火轮,由镇江、扬州、淮安,经过盐河抵达海州。

　　一路上搭满灵棚,白幡飘扬,哀乐奏鸣。沈云沛之棺椁由海州东门入城,从东门至西门的路两侧肃立着迎殡队伍。近万人手持白幡,肩抬纸轿,低沉的哀乐响彻整个海州城。沈云沛棺椁穿过城中鼓楼至西门沈宅前,停顿一个时辰后,出西门过蔷薇河浮桥至鸿门,棺椁置西大厅吊唁3天。从海州西门至鸿门西大厅,一路上灵棚座座,白幡条条,哀乐声声。蔷薇河临时用秫秸、门板垫起浮桥,方便来往吊唁之人。海州、巴山、山东等地沈氏,以及东海、灌云、沭阳亲朋、犁户(旧指无土地者种植有土地者的户,也称佃户)近3万人吊唁。

吊唁之后,按照官宦士大夫丧葬习俗,沈云沛棺椁停放于鸿门沈宅西大厅安厝。安厝,是指将棺椁在房间悬起离地,采取措施保证遗体不腐,待正式安葬时则"入土为安"。

1919 年 10 月,沈云沛棺椁安葬于锦屏山东路岗嘴台沈氏祖坟墓地。墓志和墓志铭都为青灰色石灰岩。墓志两块,高 60 厘米,宽 105 厘米,厚 19 厘米。一块篆书 6 个字,"沈光禄公墓志";一块为志文,字体为楷书,由北洋军阀政府国务院统计局局长吴廷燮撰文,江西南丰人、书法家赵世骏书。

墓志铭也是两块,高 60 厘米,宽 109 厘米,厚 18 厘米。一块篆书 7 个字;另一块为志人墓志铭文,字体为楷书,971 字,清晰可辨,为清邮传部员外郎朱路撰文,历任淮北三场总长、两浙横浦盐场大使、大源制盐公司经理的江都人(今属扬州)李鼎书。

徐世昌感慨道:沈云沛作为清光禄大夫、弼德院顾问、资政院帮办、邮传部右侍郎、署理尚书,对中国的宪政改革与铁路建设做出了重大贡献;沈云沛具体筹办的津浦铁路,倾注了他的全部心血,在他的积极运作下,津浦铁路创造了近代中国铁路修筑时间最短、用费最少、效益最佳的不斐成绩,并且还是中国人自主管理的铁路;他还积极推动津浦铁路与沪宁铁路在南京下关轮渡接轨,而"收三关之直道,利八路之商车",其功"可歌于八极"。因此,这位"铁路大臣"身后理当最后"巡视"他亲手修筑的津浦铁路。

可见,徐世昌对沈云沛评价之高。

沈云沛一生"最努力之事",是中国铁路建设事业。为此,他栉风沐雨、殚精竭虑、鞠躬尽瘁、竭力图成。沈云沛没有实现他生前坐着火车回海州的夙愿,但是,火车载着他的棺椁从津浦铁路再经水路抵达了家乡海州,以告慰这位被中外赞誉为"人曰无双"、被当地百姓称为"铁路大臣"的国之英杰在天之灵!

第三章 "二等海港",孙中山的设想

第一节 孙中山的夙愿

古海州,又称郁州。连云港港口所倚的后云台山,只是黄海中的一个海岛,虽位于茫茫大海中,海水下面的部分却与大陆上的海州城部分相连,为历代军事要地。古志称:"实为海防重地,南北咽喉。"由于古游水、古沭河均经过云台山西汇入黄海,山环水绕,因此海州地区成为通达四海的交通门户。

诸多河流由此入海,造就了许多濒临河口的自然港口,例如岚山头、荻水口、柘汪口、青口、胸山口、岗嘴、大伊山等都是可供船只停泊的天然港口。

秦朝时,海州就是天然的避风良港,称为古胸港。后来,海岸线东移,海港港址也随之迁徙。两汉时期,海港迁至灌云县的茏苴。南北朝时,茏苴成为海道要津,一度作为海州州治,领六郡十九县。在其东北,曾挖出人工修建的古海港的挡浪堤坝。坝内坝外,均有古海船沉没的遗迹。

《连云港年鉴》记载:

> 连云港在秦汉时称东海郡,那时郡内胸县港常有舟船进出。至南北朝东魏时称海州,以后各朝代基本上延续称海州。唐宋时期,海州胸县港航线北通青岛、烟台,南达上海、浙江,对外与东北亚沿海国家也有航运贸易往来。

由此可证,连云港有着漫长的航运历史。

清雍正年间,海州脱离了淮安府管辖,升格为海州府,辖区范围包括今连云港市区及县。到了清朝后期,海州府的新浦、大浦地区作为商埠口岸对外开放,设立了海州海关,征收海船货税,管理航运贸易业务。那时,海州地区商贸繁盛,海船往来频繁,各种货物先由内河船运至大浦港,再通过海轮出港交易;新浦镇上南北商品交杂,品种丰富,交易频繁,集市兴隆,素有"淮口巨镇"和"东海名郡"之称。

自古以来连云港的港口是随着海岸线的变化而变化的,陇海铁路东端出海口向东迁移,铁路也不断向东延展。

明末清初,苏北海岸变迁加剧,云台山迅速成陆。海岸东移,形成了大片荒滩,给海盐生产创造了条件,也给海港的建设带来了契机。清朝末年,随着淮北盐业的迅猛发展,海州地区的海港又北移至临洪河口的大浦,灌河流域诸港也因而兴起。而地处大浦港和灌河流域众多港口中心位置连云港(港口,有别于现在的行政区名连云港市)的建设却姗姗来迟。

连云港作为近代的海港,其建设时间是 20 世纪 30 年代,最早提出建港动议的时间则应该追溯到 1903 年。陇海铁路的修建与通车,对于连云港的兴起有着决定性的作用,也是连云港成为诸港中心的主要因素。连云港因为是陇海铁路的附属港口,所以从一开始就命运多舛,它的建港筹议随着陇海铁路的分段修筑几经沉浮,甚至几次面临着夭折的危险。

连云老街,这个名不见经传、沉睡多年的小渔村,因为孙中山"二等海港"设想的实现而家喻户晓。

那么,孙中山与连云港有什么关系呢? 说起来,他和连云港还颇有渊源呢!

1885 年 4 月,孙中山经日本抵达上海,面对在黄浦江上横行霸道的列强军舰,深感国家软弱,社会黑暗。他辗转来到连云港,并对云台山、鹰游门的海口形势进行细致周密的考察。根据珍藏于中国社会科学院近代史研究所的孙中山《与宫崎寅藏等笔谈》原稿缩微底片记载,孙中山曾北赴江苏海州考察,在这里盘桓了七八天,查看山海形势,了解社会民情。从此,海州与孙中山结下了不解之缘。对于连云港在军事上和经济上的重要战略地位,孙中山给予了充分肯定。

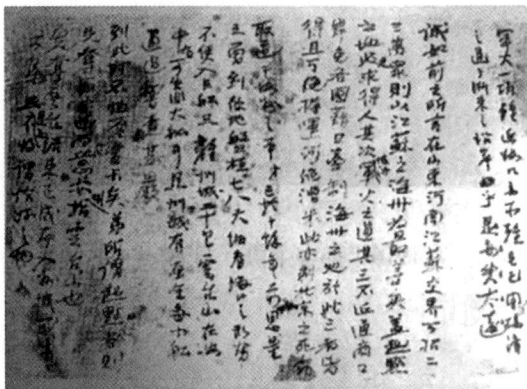

1897—1898 年间,孙中山与宫崎寅藏笔谈连云港(时称海州)的手迹

1897—1898 年间,孙中山在和日本朋友宫崎寅藏等人多次商谈起义地点时,把连云港和四川作为起义地之一。孙中山总结 1895 年广州起义失败的教训,考虑四川因地理之故,在军火接济、后勤补给方面有诸多不便。如此,连云港成了他们心中理想的起义地点。孙中山还回忆了他在连云港考察时的情况:

> 取道于海州之事,弟已于十余年前思量之。曾到彼地盘桓七八天,细看海口之形势,不便入巨船。只离州城二十里,云台山在海中有可靠大船耳。且城有匣金,每小船通过稽查甚严。

对于海州攻守,宫崎寅藏认为,可以占领海州和云台山。

孙中山深表赞同:"若先夺云台山结束,已成而入州城,或事可集。然是亦不得谓恰好之地。"接着孙中山分析了海州的战略地位:"盖海州既有两便,又有其人,则北可进据山东以窥北京,南可夺取淮扬以通大江……有人,有粮,有器,则成败在乎运筹指挥之策耳。"

后来,虽然因形势变化,孙中山发动起义的地点不在连云港,但是他对海州地位的精辟阐释,为连云港未来的发展埋下了伏笔。

中国长安出版社于 2011 年 3 月出版《建国方略》,第二部分"实业计划(物质建设)"之"商港之开辟"中指出:

子：于中国中部、北部、南部各建一大洋港口，如纽约港者。

丑：沿海岸建种种之商业港及渔业港。

寅：于通航河流沿岸建商场船埠。

根据书中的描述，中部的东方大港在钱塘江入海口，北部的北方大港在渤海湾，南部的南方大港在珠江口。这3个大港口，在孙中山的设想里都是按照世界级大港来建设。接着，第二部分"实业计划（物质建设）"的"第三计划"之"第四部建设沿海商埠及渔业港"中指出：

既于中国海岸为此三世界大港之计划，今则已至进而说及发展二、三等海港及渔业港于沿中国全海岸，以完成中国之海港系统之机会矣。近日以吾北方大港计划为直隶省人民所热心容纳，于是省议会赞同此计划，而决定作为省营事业立即举办，以此目的，经已票决募债四千万元。此为一种猛进之征兆。而其它规划，亦必或早或晚，或由省营，或由国营，随于民心感其必要，次第采用。吾意则须建四个二等海港、九个三等海港及十五个渔业港。

此四个二等海港，应以下列之情形配置之，即一在北极端，一在南极端，其他之港则间在此三世界大港之间。

此项港口，按其将来重要之程度，排列如下：

甲：营口

乙：海州

丙：福州

丁：钦州

......

海州位于中国中部平原东陲。此平原者，世界最广最大肥沃地区之一也。海州以为海港，则刚在北方大港和东方大港二大世界港之间，今已定为东西横贯中国中部大干线海兰铁路之终点。海州又有内地水运交通之利便。如使改良大运河其他水路系统已毕，则将北通黄河流域南通西江流域，中通扬子江流域海州之通海深水路，可称较善。在沿江北境二百五十英里海岸之中,只此一点,可以容航洋巨舶逼近岸边数英里内而已。欲使海州成为吃水二十英尺之船之海港,须先浚深其通路至离河口数英里外,然后可得四寻深之水。海州之比营口少去结冰,大为优越。然仍不能甘居营口之下者,以其所经腹地不如营口之宏大,亦不如彼在内地水运上有独占之位置也。

孙中山关于在海州建二等港的论述,指出了陇海铁路终点海港的优点,也指出了海港的不足之处,并针对性地给出了改良方案。尽管时间已经过去了一个世纪之久,但对于今天连云港港的建设,仍然有着重要的指导意义。

在连云港人的心中,连云港港不仅将建设为二等海港,而且要建设为一座枢纽性的国际大港。孙中山满心期待的一句"在沿江北境二百五十英里海岸之中,只此一点,可以容航洋巨舶逼近岸边数英里内而已",为后人描绘了连云港港的发展方向,点燃了连云港人建设东方大港的梦想!

历经近百年的发展,由铁路、港口发展起来的连云港,是"一带一路"支点城市,陆上丝绸之路与海上丝绸之路在此交汇,也是海上丝绸之路申遗城市。独特的地理位置、特殊的气候环境,造就了这座城市山海相拥、钟灵毓秀的海滨特色。

第二节　陇海铁路终点老窑

历史仿佛与中国人开了个玩笑,陇海铁路全面开工后不久,第一次世界大战爆发。受战争影响,法国、比利时两国计划对陇海铁路建设发行的第二批债券没有继续发行,筑路工程陷于停顿。但不得不说,第一次世界大战也给中国带来了难得的发展机遇。一战期间,西方列强暂时放松了对中国的侵略。趁着这个时机,中国的民族工业曾一度发展,出现了短期的繁荣景象。

1915 年,施肇曾呈准北洋政府交通部发行短期陇海公债 500 万元,由国内银行经募,为开徐段施工专款专用。此次国内融资的成功,给陇海铁路的修筑带来一线生机。

1916 年 1 月,开徐段和洛观段(洛阳至观音堂)正式通车。这以后,陇海铁路局又两次发行陇秦豫海铁路 7 厘国库券，共 3000 万法郎，用以支付购买的国外建路材料、设备等费用和偿付到期的外债利息。这种债上加债、举借新债还旧债的方法，使陇海铁路局负债累累，近乎无力于铁路修筑工程。

1918 年 11 月 11 日，第一次世界大战宣告结束。战后，西方列强卷土重来，中国民族工业的发展雪上加霜。随着民族工业的萧条，陇海铁路当局在国内筹款筑路已无可能，不得不再次寻求外国资本。

1920 年初，北洋政府派施肇曾等人赴比利时、荷兰，就陇海铁路东西展筑等事项寻找资金支持。在陶普施斡旋下，施肇曾与荷兰建港公司达成 3 项协议：由荷兰公司发售债票 500 万荷兰币，建设徐海段及海港工程；由荷兰派出工程师对徐州至海州之徐海线路重新勘测；由荷兰工程师王敦伯洛克复测法国工程师格瑞奈之前测量的西连岛

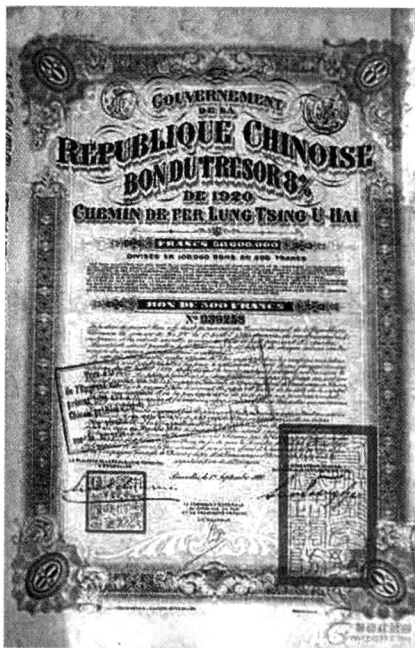

秦豫海铁路债券

海港位置。5 月 1 日，北洋政府交通部、比利时银行团、荷兰建港公司三方代表在布鲁塞尔签订《布鲁塞尔新约》。

《布鲁塞尔新约》签订后，北洋政府交通部加快了陇海铁路东延、拟于老窑建港的步伐。同年 8 月，施肇曾决定在陇海铁路总公所下设立海港会办，并任命程源深为会办，具体筹划在西连岛的建港事宜。

徐州至海州线路经过王敦伯洛克勘测后，确认了沈云沛安排阮维和、沙海昂、邝孙谋勘测设计"由徐州经邳州终点海州直线方案"的科学性、适用性、可操作性。于是，1921 年 3 月，也就是《布鲁塞尔新约》签订 10 个月后，在时任陇海东路工程局局长卢学孟主持下，陇海铁路徐州东段徐州至海州（史称徐海铁路）东延工程开工建设。这个时间，沈云沛的六子沈蕃在交通部路政司任职，直接主管铁路事务，可谓子承父业。

徐海铁路自徐州向东开筑后,东端终点之争开始风起云涌。据现存的大量史料记载,徐海铁路自徐州向东开工修建到运河(今邳州市站)、新沂期间,张謇等南方士绅不断上书呈文,反对终点定在海州,呼吁改道海口。即便在铁路建设工程已完成近三分之二,铁轨已经铺设到徐州塘庄,到达东海境内时,耄耋之年的张謇仍然呼吁从徐州塘庄改道南下海口。

事实上,徐海铁路自1912年9月24日,北洋政府财政总长周学熙、交通总长朱启钤与比利时代表陶普施签订《1912年中华民国五厘利息陇秦豫海铁路借款合同》(简称《五厘息借款》)起,东部终点海州已经不可动摇了。即便到了1924年,沈云沛已经辞世6年,但其生前所勘定的徐海铁路由徐州经邳州至海州直线方案,无论陇海铁路总公所、东路工程局,还是陶普施所代表的债权国,都不会同意任何一派士绅试图否定它。

《五厘息借款》规定,由比利时公司发行25000万法郎(11月25日修订的原合同债券数目,按当年同比英镑汇率换算为1000万英镑),债务年息5厘。合同议定此借款用于建设西至兰州、东至海边的干线,至此,陇海铁路得以全面开工建设。

历史的选择,最终使陇海铁路的东端终点定为老窑。

从1921年3月,徐海铁路自徐州向海州修建,到1922年上半年,荷兰工程师王敦伯洛克复测西连岛港位完成,确认了法国工程师格瑞奈勘测的结论,在西连岛于老窑处设港建码头达成了共识,而且修路与建码头同时进行,并不相悖。实现码头与铁路同步接轨迫在眉睫。

20世纪20年代,中国动荡不安的政局严重阻碍了徐海铁路的建设进度,直至两年后的1923年2月1日,铁路才通车运河站(今邳州市)。陇海西段于1924年5月,完成徐州观音堂至陕州57千米,并交付营运。

1925年7月1日,历时4年多铁路才通车至新浦。这个月里,陇海铁路督办施肇曾、东路工程局局长卢学孟等人赶赴海州沈云沛墓地祭拜,以此告慰这位为中国铁路建设事业做出杰出贡献的人士。

清末民初,国内军阀连年混战,战火燃烧至大半个中国,其中多半是在中原大地上。战争期间,出于军事上的需要,各路军阀都极力控制陇海铁路,致使郑州至徐州间的铁路段从1927年到1930年,只能时断时续通行。铁路建设工程也深受影响，到了 1932 年 8 月，西段才通车至潼关。

截至 1932 年，陇海铁路总债务已高达 2.45 亿元，而总资产不过 1 亿元，实际上已到了资不抵债的破产程度。从 1905 年汴洛铁路开始修建，到 1930 年"统一全路"这 25 年间，陇海铁路的建设经历了艰难曲折的路程。举债修路，修修停停，半殖民地气息浓厚，是这条铁路的重要特点。

陇海铁路，既遭受外国侵略资本压迫，又饱受官僚买办、新旧军阀摧残，实际上是一条千疮百孔、支离破碎的铁路。综合分析，陇海铁路发展的不利因素有四：一是汴洛铁路原为卢汉铁路的支线；二是货源本来就不很充足；三是开徐、洛观等路段设备简陋，只能勉强满足营运条件；四是陇海铁路致命的短板就是没有自己的出海港口，沿线农产品及西部东运物资都要从徐州转津湘线周转才能抵达浦口、上海，如此就大大限制了陇海铁路的营运。因此，筹资展筑铁路、建造终端港口，一直是陇海铁路局顾虑的大事。

清初，大浦还是海州的一片海滩。1755 年起，始有居民以晒盐为生。大浦港随着新浦的发展而兴起，1798 年，与大浦相距 7 千米的新浦因"海道东迁，河流环绕"，出现了集散原盐、小麦和杂粮等货物的商家。1900 年后，沈云沛在新浦创办了牲泉糟坊、牲泰油坊、牲茂杂货店等商业，"渤海商舶因是翔集"，说的就是新浦最初的繁荣。1905 年后，新浦已成为"商业日新"的集镇。在新浦大开发热潮的影响下，开辟通商口岸的呼声渐渐高涨，海州地区绅商更是多次陈请。1905 年 9 月 22 日，时任两江总督周馥向清廷奏请海州为自开商埠。

奏折云：

> 海州居胶州上海之中，为航路往来必经之道。本地商人早欲自雇商轮试行服运，唯筑坝疏河需费甚巨，应俊部议准作为自开商埠后，将应办各项工程料理粗妥，再行奏明订期设关收税。现在各工未兴，关员未设，尚无开关之期，该州绅商迭来陈请，拟自雇小轮装运货物来往行驶。查与内港行轮章程相符，自应照准。

新浦和大浦都是新兴陆地,海水东退后方成为市镇,其历史至今不过百余年。

大浦,位于现在的海州区猴嘴街道境内,旧称大浦港,兼有海、河联运之便,是淮盐集散地之一。1905 年,大浦港作为海州的商埠开放。1921 年 2 月,大浦以"胶海关海州分关"的名称正式对外开放,是民国期间连云港早期的出海口之一。

1923 年,陇海铁路东延,先修到新浦,全长 191.7 千米。1925 年 7 月,陇海铁路延伸到大浦,全长 198.3 千米,陇海铁路徐连段全线贯通,并在新浦东南角建了一座火车站。该火车站就位于现在的海州区和平桥东南处,如今的龙尾河上还保留了一截三四十米长的铁轨遗迹。

铁路的开通、车站的建设,为新浦带来新的生机和希望,水路交通的便捷使得新浦后河码头日渐繁荣。苏北鲁南地区的大批货物从此进出港,渔船、木船、小火轮昼夜川流不息进港装卸货物,一派繁荣景象。各地商人也云集新浦,投资开店做生意,商业、餐饮、旅馆

徐连段通车时老百姓在车站围观

相应发展。前大街逐渐繁华起来,商户店面百家之多,临街排列,成为有名的商业一条街。出名的老字号有:玉纶行布店、三和兴药店、生庆公茶叶店、馨祥酱园店、味芳楼、六和春饭店、第一池洗澡堂、万康祥食品店、大华百货商店、陇海公寓、刘和米行等。这时的洋桥巷、大庙巷、海昌巷等已成为新浦最热闹的地段,路上行人熙熙攘攘,络绎不绝。随后,南马路(现在的解放路)也逐渐发展和热闹起来,标志性建筑是中央银行大楼,雄伟壮丽,引人注目。人们说这里是苏北"小上海"。

新浦站毕竟远离大海,充其量只是一个陆路中转车站,唯一的一条内河却不能满足货运需求,更不能解决陆海联运的问题。铁路终端出海口的建

设，再次被提上议事日程。经过一番实地规划、测量，新浦东北方向 7 千米远的大浦，进入了人们的视线。当年的决策者之所以选址大浦，一个最大的因素是资金缺乏，受工程款不足以及国内军阀混战的影响，铁路已经无力继续向东展筑。陇海铁路局为了应对铁路运营的需要，于 1926 年将线路延长到大浦，大浦港的兴起，促进了连云港盐业运销和销售的发展。自新公司、公益公司建成大浦盐坨之后，福泰、聚安、大陆聚兴等制盐公司先后涌入新浦和大浦，在码头建设仓库。随着豫海、大振、大久等仓库建成使用，以盐制品、磷矿粉为主的仓储、中转、运输初具规模。据国民党盐务署出版的《中国盐政实录》记载，这些公司共建有码头 9 座，其中，聚兴公司除承运淮盐外，还兼运当地土特产。当时的徐州、蚌埠等地的商人，在大浦设立各种土产专运公司共41 家。兴建的港口大浦港达到了同时停靠 14 艘千吨级轮船的规模，贸易转运公司 80 余家，其中锦屏磷矿生产的磷矿粉从码头出口，占了业务量的大头，大浦港初步具备临时港口功能，进入鼎盛时期。如果大浦港堪当"大任"，则为终点港，铁路就没有进一步向东延展的必要。

1928 年前后，大宗花生、黄豆、豆饼、棉花、粮食、糖以及本地家畜猪（被称为淮猪、帮猪）等，从大浦装船转运青岛和上海等地。那时，大浦码头上和仓库内，布匹、食盐、棉花、粮食、杂货、土特产等堆积如山。轮船、火车进出频繁，呈现出一派兴旺景象。

1929 年到 1930 年的两年里，海州绅商杨景衢、上海大振航业公司又相继在大浦修建裕兴永码头和大振码头，对于大浦港口的发展也起了一定促进作用。

从 1926 年到 1933 年的 7 年时间里，大浦港区人口急剧增加，除大批流动人口外，固定住户有千户之多。自 1926 年至 1934 年，陇海铁路东段以大浦港为出海口。

1928 年，陇海铁路局废除海港会办制，成立海州港务工程局，是陇海铁路工程局的下设单位，该局的主要任务是筹划在老窑建设港口码头。

对于陇海铁路修到大浦，并在此建设海港码头，中国早期的民族企业中兴公司功不可没。

中兴煤矿公司，即山东省枣庄煤矿，全称商办山东峄县（今属枣庄市）中兴煤矿股份有限公司（简称中兴公司）。1878 年，由直隶总督李鸿章招商开办峄县中兴矿局，是第一家完全由中国人自办的民族工矿企业，也是近代以来中国较早的民族资本煤矿企业。煤田东起郭里集，西至微山湖畔，煤炭蕴藏量达 1.2 亿吨。20 世纪 30 年代，中兴公司与开滦、抚顺齐名，是中国三大煤矿之一，开滦为中英合办，抚顺是日资经营，只有中兴是国内资本，而且是其中唯一的"民族股份制企业"。

中兴公司

中兴公司在生产发展过程中，始终坚持"师夷长技以制夷"的方略，采用"中西兼用、土洋结合，逐步变革"的原则，大胆吸收和借鉴国外先进的开矿技术和管理方法。

中兴公司创建伊始，于 1881 年即从上海购进必需的锅炉、绞车、铁轨、矿车、提水机和卷扬机等设备，并从广东、上海聘来技师建起机器房，修理、制造采矿机械。中兴公司是清末民初以来中国第一家实现机械化生产的采煤企业。

1911 年，中兴建成机修厂。同年，购进西门子公司发电设备，建起了电机厂，开始发电。到 1934 年，年发电量达 1500 万度，成为鲁南地区首座大型发电厂。

当年《中国矿业报告》曾刊文指出："能与外煤竞争者，唯山东中兴煤矿公司。"足见，中兴公司在中国工矿企业举足轻重的地位。历史上，中兴公司不仅为中国早期工矿企业的发展做出很大贡献，还鼎力支持中国早期的交通运输业。

1930 年 2 月，中兴公司董事会研究认为，台儿庄与陇海铁路相距仅 35 千米左右,于是计划将中兴煤矿自用铁路、台儿庄至枣庄线(简称台枣线)与陇海线接通。经与陇海铁路局多次接洽,达成了运煤至大浦码头装载出海的协议。陇海铁路局同意将临洪河畔陇海铁路局所属的第1码头及其后面的场地租给中兴公司使用。与此同时,中兴公司又与海州绅商杨景衢洽谈,双方达成了租用裕兴永码头及其货栈的意向。

6月,中兴公司决定在大浦设立分厂,并委派浦云为分厂经理,全权负责分厂的煤炭运输业务。

29日,第一艘来大浦装运煤炭的"源安"轮抵港。7月3日上午10时,装载1050吨煤炭离港去沪。7月5日,"同华"轮又在大浦港装载400吨煤炭再赴上海。据当年媒体报道,"两批煤炭运抵上海市场'极受欢迎'"。后来,中兴公司在运河车站附近设立运河堆煤专用栈道,中兴煤源源不断地运往大浦港,保证了大浦港的煤炭出口。

浦云(1899—1956年),字禹峤,祖籍江苏吴县(今属江苏省苏州市),出生于上海,1918年毕业于上海中法学校,后入正太铁路石家庄总会计处任职,兼任铁路学校法文教习。1920年,任北京陇海铁路总工程师办公秘书处秘书。1922年,任陇海铁路郑州营业管理处秘书室秘书。1928年,任求新造船厂法文秘书。1929年,任中兴公司秘书。1930年,任中兴公司江苏省海州大浦分厂经理。1934年3月,任连云港分厂经理。

是年,中兴公司在现在的胜利社区东首、十三道房东南方向,依山势建了一处集办公、居住于一体的院落。其主体建筑是一栋南北长12.9米、东西长24.2米,建筑面积560平方米的两层石木结构楼房。石墙面增加了平砌、立砌、方条、过墙等组合工艺,既保证构造牢固,又优化图案效果。职工家属住房建在南面的山坡上,与主办公楼隔着一个大花园。此院落依山傍海,环境优美,无论是办公还是居住都很宜人。近百年时间过去,当人们站在后开的东门朝里面望去,依然能感受到当年院里主人的风光无限和高雅富贵。

因南面是山,越往南,山越高,故院子的大门开在北面,临公路、朝大海方向。大门两侧是块石砌成的门垛,高大气派,中间是粗钢筋制作的上下两道铁艺拱形门楼,上面镶嵌有写在铁皮上的"中兴公司"4个大字。院内高低错落、绿草如茵、鸟语花香,从石头铺成的台阶走上去,两边是花园,里面长着各种各样的花卉,特别像有钱人家的别墅。浦云全家迁居连云港时,就定居于此,后来又搬到果城里居住。

日军占领连云港期间,曾在此驻扎所谓的"中日海军"。抗战胜利后,中兴公司派人收回此处资产。1955年,中兴公司撤销,所有人员回到了枣庄,该资产移交给部队使用,故称陆军招待所。1976年7月25日,粟裕大将来连视察时,曾在此下榻。

中兴公司连云港分厂是兴建之初的名称,后来的名称是中兴公司连云办事处,连云港当地人一直称为中兴公司。这是否和门楼上那4个字有关系呢?真正的中兴公司总部还在枣庄呢!

浦云在任职连云港分厂经理期间,力促中兴煤矿与陇海铁路局合作建造连云港第2码头。他在解决中兴煤矿海运事宜,促进中兴煤矿铁、水路运输的过程中,发挥了积极作用。浦云对20世纪三四十年代中国的海运事业做出了应有的贡献。

1930年8月22日,中兴公司代表章枯与杨景衢签订了《中兴租用大浦河边裕兴永空地合同》,中兴公司租用裕兴永货栈和边上的场地,在此修筑自用码头和码头的配套设施。合同还规定在未筑码头之前,中兴公司可优先使用裕兴永原有码头靠船装煤,而码头费用只按"付给半价"结算。

大浦港的发展,一边是码头建设如火如荼,一边是航道通行事故频发。

1930年"英发号"和日本"白鹤丸号"货轮在临洪河口触礁沉没,加速了大浦港的淤塞。11月21日早晨,装运中兴煤炭的"通和号"货轮第二次来大浦轮,航行至距大浦陇海路第2码头约1千米处搁浅,22日凌晨趁着潮水才靠上码头。27日,装载了700吨煤炭的"通和号"离港时又搁浅,等到夜半涨潮时才再次起航。临洪河道淤塞严重时,大浦港第2、第3码头航道的淤泥,居然高出了最低潮水线,因此,进港船只能集中在第1码头停靠,严重影响了港口运营。

"英发号"和"白鹤丸号"的触礁沉没,特别是"通和号"的搁浅,引起了国民政府铁道部门的重视。1931年,铁道部政务次长钱宗泽亲临规划建设中的老窑港埠视察。

1931年，铁道部政务次长钱宗泽视察连云港

为了解决大浦港淤塞、航道搁浅问题，早在1931年初，陇海铁路工务段总段长何显华就亲临大浦港，指挥航道疏浚工程。他们租用当地商人马玉卿一艘木船，在船上安装简易的挖泥机设备，于3月开始疏浚航道，到6月底共挖出淤泥1.54万立方米，"英发号"和"白鹤丸号"被打捞出来，终于使航行恢复了正常。

何显华，中国早期的铁路建设专家。1940年，南京国民政府决定修建綦江铁路。据《抗战綦江》一书记载，1942年5月，国民政府交通部在原江津县仁沱乡袁家祠堂挂牌成立了交通部綦江铁路工程处，下设3个工务总段，处机关设总务、工务、会计3个科室，何显华任处长兼总工程师。

1931年，长江沿岸发生煤荒，中兴煤矿公司"乘时而起，将浦口、瓜州、海州存煤订定大轮源源下运"。可见生意之红火。

可是好景不长，1932年以后，临洪河淤塞越来越严重，"数百吨商船亦需利用潮水方能出入"。如此局面，正印证了格瑞奈当年的担心。

1913年，格瑞奈测量江苏沿海后，提出在西连岛修筑海港的观点，也有人提出在临洪口建海港，但遭到了格瑞奈的强烈反对。对于临洪河口，格瑞奈对在临洪口建海港并不抱有殷切的希望，坚持认为此处只适宜造一内河港。

格瑞奈分析认为：

> 临洪河一带,并无庇荫之港可为船舶暂驻之地,倘遇大风,仍须驶入
> 海面,费时实多……尤其可虑的是,临洪口海浪滔天之日,接近海面之航
> 路,既易为汛涛所损,亦易为沙土所塞。

到了 22 年后的 1935 年,大浦终因淤塞严重而废止,证实了格瑞奈的这种忧虑是有道理的。而且,陇海铁路当时处于开创阶段,经济上很困难,根本无法筹款筑港。因此在大浦筑港的设想也只是空谈。在此后相当长的一段时间内,大浦港只能作为民用帆船和小吨位货轮往来的民船贸易内港,缓慢发展着。

顺应大趋势,中兴公司将大浦分厂裁拆,着手筹建连云分厂和修筑台赵支线,将希望寄托于老窑码头的建设。

当年的货商无奈地用"大路小港",来形容大浦港口的窘境。大路小港显然满足不了逐渐增大的货运业务。权衡之后,南京国民政府终于于 1932 年 2月,批准了陇海铁路新浦至老窑全长 27.8 千米的铁路建设计划。

8 月 5 日,陇海铁路新浦至老窑段开工建设,筑路用的铁轨等材料主要来自 1932 年拆除的清扬段。这段铁路施工难度最大、最棘手的路段就是墟沟至老窑段。此路段要沿后云台山的北麓,再向东经过海头湾沿海岸线而行,而经孙家山到老窑则需要开凿隧道。是否要开凿这条隧道,各方面意见不一:一种意见是铁路从北固山下的海头湾沿着海岸线建到老窑,如此可以绕过孙家山;另一种意见是必须在孙家山打通一条隧道直通老窑。

陇海铁路建设者经过实地调研后,还是选择开凿孙家山隧道。

为什么放弃绕过孙家山的方案呢?因为海头湾沿海岸线这套方案需要大规模开山填海,工程量浩大,施工工期长,铁路路基受潮汐影响也很大。

孙家山山体的隧道,于 1933 年 7 月 1 日全部凿通,隧道长 295.4 米,宽4.35 米,高 5.78 米,是陇海东端唯一的山洞,史称"云台山隧道",是陇海铁路的 1 号隧道。铁路从陶庵与连云港相连接的孙家山山体通过,也被当地人习惯称为"孙家山隧道"。云台山隧道的开凿,由于当年机械设备和工程技术的落后,其挑战之大与工程之难可想而知。

《济南铁路局史志资料选编》曾有一段"墟沟至连云港间除孙家山隧道外,余几全属路整。孙家山西口一段,需开挖深度达二十七八公尺,施工较为困难"的文字,描述云台山隧道开凿面临的挑战。

随着孙家山隧道凿通,1933年秋天,新浦至老窑段铁路修到孙家山临时车站,开始了试运行。至老窑终点的铁路于1934年底修筑完成,该路段设盐坨、新村(云台)、墟沟、孙家山、老窑共5个车站。

1933年,正在建设中的云台山隧道

在云台山隧道开凿施工期间,时任国民政府铁道部政务次长的钱宗泽,多次来到施工现场检查指导、慰问建设者,他勉励大家保质保量凿通陇海铁路东端最后一条隧道。云台山隧道开通时,钱宗泽挥毫为隧道题下"中华民国二十二年云台山洞——钱宗泽"的题字石刻(简称题刻)。题刻位于隧道西出口上方的岩壁上,长1.5米,宽0.6米,题刻上面是铁路路徽,路徽两边是两盆万年青,象征着陇海铁路和孙家山隧道万古长青。

钱宗泽(1891年10月—1940年7月),字慕霖,浙江杭县(今属浙江省杭州市)人,毕业于保定陆军军官学校和北京陆军大学。历任浙江省会警察厅厅长、南京中央陆军军官学校军事指导委员,其中,1928年1月,任国民革命军总司令部后方勤务部军车管理处处长,兼任津浦铁路局副局长,负责第二期北伐期间北方军事运输事宜。1928年12月,被军事委员会指定为南京中央陆军军官学校军事指导委员等职。1929年10月,兼任国军编遣委员会(主任委员何应钦)中央编遣区办事处委员兼遣置局局长,兼任南京国民政府参谋本部(代理总长朱培德)第二厅厅长,同年12月,任军事委员会开封行营(主任刘峙)参谋处处长等职。1930年12月,再兼任津浦铁路管理局副局长,兼护路司令部司令,后任陆海空军副司令长官(张学良)部参谋处长。1931年6月至1934年12月任国民政府铁道部政务次长,兼任北宁铁路局局长及华北救济委员会委员等职。1935年3月任军事委员会武汉行营(主任何成浚)参谋处处长。1936年4月,任陇海铁路局局长,兼津浦陇海两路护路司令部司令,津浦、陇海、平汉、道清四路运输司令部司令等职。1937年抗日战争爆发后,任军事委员会后方勤务部运输司令部司令,参谋本部运输监部副监、运输监,兼任运输总司令部总司令等职,统辖全国铁路、公路、内河航运战时运输事宜。

随着钱宗泽的题刻"横空出世",云台山洞也一度冲上了当年的媒体"热搜",被世人称为陇海铁路东端"第一洞"。当年,在孙家山有一条街叫洞山街,还有一所洞山小学,就是纪念云台山洞的开通。

云台山隧道在连云港人的口中有多个名称:"云台山洞""孙家山隧道""庙岭山隧道"。1985年我上初中时的一个春天,和几个同学一起骑脚踏车,环绕云台山一日游。至今我还记得很清楚,当年隧道两头还有专人看护,遇有火车进隧道时,不容许我们小孩骑车进入,那是我第一次领略云台山隧道的风采。此后,在连云港没有开通高铁之前,连云港火车站还是旅客列车终点站,我无论是出差还是旅游乘火车出行,都会遇到这个"老伙计"。

连云港火车站(简称连云港站),前身是老窑火车站,民国年间,在它的西面依次还有孙家山、墟沟火车站。云台山火车站是孙家山火车站的另一个称呼,其称呼与钱宗泽题写的云台山洞有关。它存在的时间很短,随着1935年6月陇海铁路新浦至老窑段通车,老窑码头也投入使用,云台山火车站就完成了它的历史使命。

1932年4月7日,新浦至老窑地铁路线勘测完成后即申办开工,海州港务工程局成立购地委员会办理购地事宜。8月,新浦至老窑段铁路开工建设。

10月，海州港务工程局立即呈文陇海铁路局："在老窑筑港，港名拟称'云台海港'抑或'西连岛海港'。"时任国民政府铁道部政务次长的钱宗泽表示赞同："所有海港名称关系地理、商业，颇形重要，亟应即时拟定，以免日久沿用俗名。"如此，钱宗泽在向铁道部呈文中，就建议在"云台海港"或"西连岛海港"中，择一"以正名义，而新观听"。

陇海铁路为中国东西干线，东部终点港口称谓确实"颇形重要"，但钱宗泽电文所拟二名中"海"字并非地名，而是出于陇海铁路之名谓的考虑，故两港名均似觉欠佳。时任铁道部长顾孟余指令业务司拟定回复。业务司司长俞棪在征求沈蕃以及各方人士意见后，随即给钱宗泽复电："云台、连云（以云台山、西连岛两名各择一字，假定所有民帆舰舶连云，言航交盛也）、临洪3个港名供斟酌。"钱宗泽接到俞棪电报后，马上征求海州港务工程局等意见，一致择"连云"为所建港口之名。

顾孟余（1888年—1972年6月），河北宛平（今北京市）人，毕业于柏林工业大学，曾任国民政府铁道部长、交通部长等职务。

在老窑港口命名为连云港的问题上，钱宗泽认为"港名涉及地理与商业的重要，港址要有一个好的名字"。原来众多函电称呼拟建中的老窑海港为"陇海铁路终端海港——西连岛港"，冗长，又不雅致，而老窑这一称呼又嫌俗气。为此，开港之初，钱宗泽发动陇海局管理机关和铁道部领导机关有关人士议论老窑的港名，在"西连岛""临洪""云台"以及"连云"众多港名方案中，准备选择"连云"，致电铁道部征求意见。1932年11月14日，钱宗泽正式致电铁道部："连云涵义较广，似为合宜。"

1933年2月，经过时任铁道部顾孟余部长的核准同意后，官方即颁布连云港港名。自此，陇海铁路东端终点海州港"连云港"之名诞生。

铁路和港口是两种比较重要的运输渠道，甚至有人说是一对"孪生兄弟"，这句话不无道理。从港口进出口货物要靠铁路从国内运输来衔接，因此铁路终端和港口码头的建设是配套的关系。铁路从大浦港向老窑方向延伸，就有了后来在老窑建码头。但是，人们不要忘了今天已经不存在的大浦港口，才是陇海铁路修到连云港东端最早的码头。

是年4月2日《申报》发布一条消息：比利时新驻华公使纪佑穆将携随员

乘坐"鹿路莎号"轮船来华,预计4月3日下午5时抵沪。

"鹿路莎号"轮船停泊在上海港十六浮筒(即简易码头),外交部驻上海办事处赵铁章科长等人赶到码头迎接纪佑穆公使一行。纪佑穆一行抵达上海后,下榻于上海汾阳路比利时驻沪领馆(现为汾阳路20号的上海音乐学院)。4月15日,纪佑穆赴南京向国民政府主席林森递交国书,这是外交使臣的例行程序。接下来,纪佑穆将带着债权公司代表等随行人员,一起前往陇海铁路参观考察,了解项目进展、资金使用以及其他未知事项。

国民政府外交部通知铁道部做好纪佑穆公使一行的陪同接待工作。时任国民政府铁道部政务次长钱宗泽专程从郑州赶赴徐州迎候,并为纪佑穆备专列,方便他沿线考察。

纪佑穆随行人员有夫人、比国公使代表郎伯、秘书罗伯及债权公司代表。他们于18日晚抵达徐州。钱宗泽在徐州火车站主持仪式,欢迎纪佑穆一行。然后,在陇海路总段段长何显华、处长董耀堂的陪同下,他们一起乘车赴连云港参观考察。19日早晨,纪佑穆一行抵达孙家山临时车站,参观了临时码头,接着步行至不远处老窑码头工地继续参观。

参观老窑港口时由浦云当翻译,浦云向纪佑穆介绍了白宝山此人,还郑重其事地对纪佑穆说:"白宝山对陇海路建设很热心,也关注老窑建港。"纪佑穆听了很感兴趣,决定前往乐寿山庄登门拜访。不巧的是,白宝山因事外出,当得知纪佑穆到他家的消息后,白宝山特别嘱托家人一定要热情接待。纪佑穆一行参观了乐寿山庄,到里面的白大楼做客,还来到向若亭抚栏观看山庄下面的黄海,连连称奇,赞叹不已。纪佑穆告辞时,白家人遵照白宝山吩咐,赠送两盆名贵佳卉,纪佑穆欣然接受,并请白家人将他的谢意代转告白宝山。

纪佑穆一行前往大浦港参观后,当晚乘车返回徐州。20日早,从徐州站乘车赴开封,于晚上抵达郑州。

随行《申报》记者报道:

> 孙家山山洞已完成,长300公尺,工程甚伟大。由孙家山至老窑约2千米许,劈山为路,正在敷轨。老窑港口正对东西连岛,为天然掩蔽,形势绝胜,由荷兰公司承筑,正建码头,预算年底完成。

在徐州，纪佑穆接受了《申报》记者采访，以书面形式回答记者提问，由浦云译成中文：

一、敝公使深爱中国，极望其能尽量发展，陇海路为敝国投资建筑，今得参观其发展，尤为欣幸。

二、敝公使对于连云港之印象极佳，据技术专家言，港口将成为中国唯一良港。

三、陇海横贯四省，地势冲要，前途发展未可限量。

四、中国政府与敝国所订投资合同，仍继续生效，希望环境日佳，敝国当继续相助，敝公使私人也当尽力赞襄。

比利时王国与中国建交时间，最早要追溯到1863年同治时期，辛亥革命后北洋政府继续保留外交关系，为公使级，纪佑穆为新任驻华公使。北伐革命后，1928年国民政府定都南京，比利时就承认中华民国的合法性，直至1937年才升格为大使级外交关系。

纪佑穆4月3日到达中国，递交国书、参观考察陇海路，其行程安排都是经过缜密计划。比利时是个欧洲小国，借巨款给中国建设陇海铁路，对他们国家来讲可谓是件大事，纪佑穆到华后不顾旅途疲劳，就马不停蹄地参观考察，可见比利时国对此项工程的重视程度。

铁轨铺设一刻不停，铁路继续向东修，边修铁路边完善隧道里的附属设施。隧道两侧建有2条人行道、10个避车洞以及横向和纵向排水暗沟。1934年5月，孙家山隧道全部完工。9月，新浦至老窑铁路全线贯通，孙家山车站和临时码头也结束了它的历史使命。

1935年出版的《陇海铁路旅游指南·孙家山车站》（简称《旅游指南》）写道：

自连云站至此二里许。山上有孙孝子冢，故名。属灌云县辖，距县治（板浦）六十里。连云港未完工时，先建临时码头于此，以利货运。其山洞工程为本路重之建筑。但市面尚无发展，所有商店、旅馆、饭馆各业设备均极简陋,未脱村落景象。将来海港整个完成与老窑将连成一片,市面繁荣可预期也。

《旅游指南》的描述展现了人们对即将建成的港区最美好的憧憬,老窑港区未来可期。

《旅游指南》还介绍当时驻连云的机关,有位于后山大街的公安分局,位于大街的邮政代办所,位于车站的税警团,位于大街的电报、电话代办所和《连云报》分销处。旅馆有位于兴业商场的东方旅社、东来旅社,位于西山坡的三益旅社。饭馆有位于兴业商场的鸿宴楼,位于大街的新罗酒家、春和楼。澡堂有位于大街口的连云池。

随着孙家山隧道、火车站的建设,陇海铁路终端锚定老窑。老窑建设铁路终点站、码头,给连云老街带来了空前的繁荣昌盛。

1937 年,在浦云的努力下,中兴轮船公司成立。

1939 年,由中兴、通运、通城 3 家公司成立联合海运公司,经营国外运输。1945 年后,浦云任连云港公司经理期间,针对中兴煤矿短期不能恢复生产的困境,建议公司开辟青岛、连云港、上海定期客货运输,他还兼任中兴轮船公司青岛经理一职。1949 年春,他因心脏病赴香港治病休养。中华人民共和国成立后,浦云随同中兴轮船公司常务董事黎绍基夫妇,从香港乘船经天津转赴北京,应邀列席了全国交通运输会议,受到周恩来总理的亲切接见。黎绍基(1903 年 7 月—1983 年 12 月),号重光,湖北黄陂人,中华民国第二任大总统黎元洪长子,青年时留学日本,1928 年开始在中兴煤矿公司工作,从基层做起,后任总经理。在中兴公司任职期间,他支持连云港码头建设,一手创办中兴轮船公司。日本侵华期间,面对日方提出让他到日本三井株式会社参与经营管理的要求,黎绍基立场坚定,态度鲜明,表示"决不与日伪合作"。1950 年初,黎绍基积极协调中兴轮船公司从香港调回内地轮船 5 艘,参加祖国建设。

同年夏天,浦云任中兴轮船公司总经理。

1952 年枣庄煤矿公私合营后,黎绍基以私方代表身份担任公私合营枣庄煤矿董事会副董事长。1953 年公私合营后,浦云被任命为中兴海运公司副总经理。

第三节 连云港开埠

在老窑筑港建码头，是陇海铁路一项重大工程。因此，陇海铁路局除了要求工务处详细设计测绘图样、钻探海底地质，还审慎议定工程投标章程及承办工程说明书，并且在北京、上海、天津、武汉等城市报纸上刊登招标启事。招标启事不仅对投标人的资格有详细规定，而且要求投标者必须出具曾经建设过海港码头的证书，才能参加投标。

1932 年 11 月 11 日，陇海铁路局在郑州举行开标仪式，参加投标的公司有利源、康益、方记等 3 家承包商。这 3 家承包商公司的包工标价均超过陇海铁路局内定的预算，国民政府铁道部遂宣布均为无效标。次年 4 月，荷兰治港公司凭借该公司多年来勘测鹰游门海域的数据、经验，拟定出详细的筑港计划投标书。陇海铁路局组织专家会审后认为，该公司无论是标书还是资质都优于其他投标公司。

荷兰治港承包合价为 300 万元，低于陇海铁路局 312 万元预算。特别是该公司提出可分期支付工程款的付款方式，为经济拮据的陇海铁路局解了燃眉之急。同年 4 月，国民政府铁道部批准荷兰治港公司以 300 万元承包建筑连云港海港工程。5 月 3 日，钱宗泽以国民政府铁道部政务次长兼北宁铁路局局长的身份与荷兰治港公司代表陶普斯在郑州签订《建筑陇海铁路线终点海港码头合同》（以下简称《海港码头合同》）。

《海港码头合同》包括以下 3 项内容：

一、建筑长 450 米（自海端起长度 350 米）、宽 60 米的钢板码头 1 座。该码头高度为海平面上 7 米，吃水深度为海平面下 6 米。

二、建筑 1 座长度 600 米（连同码头长度共 1050 米）、顶面宽 3 米的止浪坝。

三、疏浚港池。港池长 1050 米，宽 260 米，需挖至海平面下 5 米。靠近第 1 码头墙附近的深水区挖至海平面下 6 米，其宽度为 40 米。

为了确保连云港建港工程进展顺利,陇海铁路局成立了一个专门机构,委派一名副局长牵头,在港口成立办事处,为的是靠前指挥,统筹协调管理,加快推进项目工程进度。在铁路最后东延修建和老窑港口码头建设期间,身为国民政府铁道部政务次长的钱宗泽,多次到施工现场调研,了解工程进展。1936年4月后,任陇海铁路局局长的他,还念念不忘此项工程的建设,几次亲临施工建设一线。

1933年秋天,陇海铁路向东一直修到孙家山。管理局决定先在隧道东面的孙家山建造一座临时性杂货码头,这是一个过渡性措施,以解决铁路和码头之间货物中转的问题,也是为了保证陇海铁路的货运业务正常运行。

11月,港口建设者在孙家山海域边上的临时码头打下了第一根沉桩,拉开了码头建设的序幕。孙家山简易车站和临时木制码头,紧锣密鼓,加班加点施工。

从南京国民政府批准陇海铁路新浦至老窑段的铁路延展计划起,中国的铁路建设者就谋划铁路、港口的建设。修路、建码头一起抓,齐头并进,在孙家山隧道打通之前,人们就着手择地修建一处用于中转煤炭的场地。

孙家山临时码头启用之初,货物以煤炭为主,装卸全靠人力完成,因此效率不高,而一个临时性码头受场地限制,不适宜建大型中转场地。最终,距离孙家山三四千米远的墟沟烟墩山下面向北的一块地皮,进入了规划者的视线。这块地皮,北侧紧邻东延铁轨,向南延展200余米,西面与海棠路相邻,东面越过从石门桥向北的墟沟涧沟延伸约1千米,与农田相邻,具体位置西起今天的丽景广场与海棠路交会处,东至海滨大道跨铁路高架桥,呈东西长、南北窄的带状。这块中转场地叫北碳场,是那个时候最重要的一处煤炭中转场。一条涧沟从南向北而下,将中转场分成两大块,两道铁轨从涧沟穿越。老窑码头建成后,北碳场还一直使用。

北碳场中间有一条涧沟,建设之初的陇海铁路东延到墟沟时,轨线是现在的墟沟街道西小山北面的院前农贸市场处,今天的人们看到的铁路轨线,则向北移动了许多。

那个时候的北碳场铁轨,是从现在的墟沟火车站折回头,再向西铺设铁轨通向北碳场。火车头将一节节满载煤炭的车厢牵引到北碳场,根据孙家山临时码头煤炭装卸所需的数量来机动调节,通过云台山洞将一节或两节车厢运到码头,行业俗语叫"场地倒短、站台倒短、码头倒短"。

1932年4月投入使用的墟沟火车站,是连云地区最早的火车站,还是客货两用车站,当年主要承担货运业务。由吴铁秋所著、出版于1920年的《苍梧片影》一书中《墟沟市》一诗云:

又是山限又水限,
北城遗址尚崔鬼。
晨光乍起日初卜,
一哄人声入市来。

这首诗不仅点明了北城上墟沟小镇的位置,还生动地描绘了清晨小镇上,人们熙熙攘攘、争相购物的热闹景象。

2009年11月,墟沟站停办客运业务。2019年2月,墟沟站改造工程随着连云港市郊铁路工程同步开工建设,12月30日,改造后的墟沟站投入使用,重新开办客运业务。

北碳场使用的时间近20年,不仅日军占领连云港期间使用过,日军投降后,一直到1948年连云港解放后还在使用。随着连云港码头铁路装卸配套逐步完善,1949年后北碳场被才拆除。

1933年11月21日,投入5万元建设的孙家山临时码头竣工。码头是低桩框架木质结构,长118米,宽6.6米,后方有专用铁路线与之连接。码头两边可以同时停靠4艘驳船,货物可直接运至码头进行水陆互换。码头运行之初,还没有机械装卸设备,船舶货物装卸全靠人力来完成。到了第二年2月11日,陇海铁路局工务处第一总段修理厂组织技术人员,将原来在大浦港的挖泥机改装而成的起重机,装配在孙家山临时码头上,以起卸大件货物。该起重机吊架长8.5米,吊钩垂直旋转直径为12米,可是没有自动升降和伸缩功能。后来,经过司机戈银春等人不断调试,达到了每三四分钟上下一次频率、每次起吊重量1吨左右的效果。起重机的动力依靠锅炉以煤炭作为燃料提供,每月约需煤炭 12 吨。这是孙家山临时码头最早使用的起重机。

仅仅是临时码头,也带来了一方经济繁荣,聚集了人气。孙家山的商铺、旅社渐渐多了起来,旅社有金城旅馆、中亚客栈、长春客栈等。饭馆有豫顺楼、豫香春、小东方等。不仅本地商行所出的钞票可以流通,国家和上海的银行及金融机构如中国银行、交通银行、上海银行公会等发行的钞票均可通用,金融业的发展程度可见一斑。

21 日,专程从上海赶来、隶属于中国招商局的千吨级货轮"同华号",在一阵阵鞭炮声和敲锣打鼓声中,鸣着汽笛缓缓驶入孙家山港口。几日后,在人们的一片欢呼声中,装载了 1176 吨货物的"同华号"货轮,徐徐地驶离孙家山临时码头。

"同华号"货轮成为第一艘停靠孙家山临时码头的货运商船,商船当年进港、停靠码头装煤、离港的历史画面,将永远留在连云港海运史上。

在第 1 码头动工半年后,中兴公司为陇海铁路局借垫工程款 200 万元,建一座煤炭专用码头(以下称第 2 码头)。1934 年,陇海局与荷兰公司签订了工程造价 75 万元的第 2 码头合同。

该合同涉及主要项目有:

1. 在第 1 码头西 260 米处,建造 1 座长 450 米、宽 55 米、标高为零上 7 米的煤炭专用码头。码头内堤用大块混凝土砌成 1∶15 坡;外墙用石块砌成,水平零上 3 米以上坡度为 1∶1.5,以下坡度为 1∶2;内堤与外墙之间用砂、石分层填筑。码头内堤前 40 米宽的港池应挖至零下 6 米。

2. 沿着码头内堤设置 12 个系船墩,每个系船墩由 6 个箱形断面组成。系船墩和岸壁之间由平台和舷板连接。码头上还应设立 9 个系船柱。

3. 挖深进港航道。航道底宽 80 米,进港航道保持 1∶4 坡降,挖泥量近 100 万立方米。

合同要求,全部工程必须于 1935 年 4 月 20 日完成,如果延误 1 天,荷兰公司则要赔偿100元。其中，通向煤码头的航道和煤码头200米长的泊位，应于1934年12月31日前交付使用，如有延误则按每天150元标准赔偿。合同中除了没有规定提前完工给予奖励的条款，其余条款和第1码头的合同大体相同。

第2码头的建设，既解了陇海铁路局建码头的燃眉之急，也解决了中兴煤炭海运的难题，实现了双赢。为了改变人力装卸费时费力的情况，加快码头煤炭的装卸速度，浦云建议中兴公司帮助陇海铁路局安装煤炭装卸车、装船机械。在他的努力下，码头新添置了进口翻车机、装船机和皮带运输机等设备。

连云港码头初建时，浦云受中兴煤矿董事会与陇海铁路局的委托，为建造黄窝水库、码头灯塔、航标及信号旗台等做了大量工作。

1934年底，第1码头建成后，安装3座3吨、2座2吨的柴油起重机，并配置4台堆包机、2台起货机和20辆搬运小平车。第2码头配备一套煤炭装卸专用机械设备，这套机械设备是由中兴公司协助安装的，包括翻煤车机、皮带输送机、装船机、桥式皮带运输机。这套设备每小时可装600吨煤炭入仓，是当时世界上港口装卸设备中最先进的装煤设备。《连云港市文史资料》介绍道："据说是世界上最新的，那时只有英国有一套，已投产使用，这是第二套。"

1933年7月1日开工建设的第1码头，是杂货码头，长450米，宽60米，可同时停靠3000吨级货轮3艘。

整个1933年，连云港建设呈现出井喷态势。7月4日，陇海铁路于郑州和连云港两地首次设立无线电台，除负责路方及招商局往来电报外，兼收沪、青气象预报；8月2日，青岛海军造船厂为连云港港口营造的两艘铁驳船，在大浦港正式验交；9月，因连云港务工程已经正式开工，为便于管理港务，工程段事务所由墟沟迁至连云；10月1日，连云港第1码头钢板桩，打下了第一根桩；10月，陇海铁路局警察署成立第五中队，担任港务工程及孙家山码头装卸的监护，中队驻扎在孙家山；11月15日，陇海铁路局与国营招商局签订水陆联运合同，在上海招商局内设立驻沪联运事务所，试办孙家山临时码头与上海之间的海陆联运业务。

1934年2月开工建设的第2码头，为煤炭装船码头，长450米，宽55米，可同时停靠3000吨级海轮3艘。码头于1936年5月竣工。

建港初期抛石机抛石填海

建港初期的第 1 码头

与之同时开工建设的,是位于第 1 码头的东侧的东防波堤,长 1050 米,宽 260 米,设计水深为负 5 米。为了保证 3000 吨级船舶的全天候进出港,首期 工程中还新辟了一条 4900 米长的港口外航道。这条外航道的开通,印证了格 瑞奈在 1914 年所写的《说帖》中第三条观点,更是连云港建港史上的里程碑, 为之后的港口建设中外航道的开辟,积累了经验、打下了基础。

第 1 码头、第 2 码头、东防波堤、新开辟的航道,组成了连云港港早期的基本框架。工程于 1936 年 6 月基本建成，此项工程被后人称为"连云港港建港一期工程"。

连云港港口码头建设、新航线的开辟和未来的城市框架谋划同步进行。

1934 年 2 月 27 日，陇海铁路局公布连云港至广州水陆联运办法；6 月 4 日，陇海铁路局裁撤筹备连云港务委员会（即港务管理委员会），设立驻港办事处筹备处；7 月 27 日，陇海铁路局通电各处、科、段，自 8 月 1 日起实行连云港《水陆联运暂行办法》（共计 17 条）；9 月，全长 28 千米、造价 300 万元的新浦至连云港段铁路通车；10 月 2 日，第 1 码头第 1 泊位（由南向北第 1 位）竣工。5 日，招商局所属的"海瑞号"货轮，停靠在第 1 码头，是连云港第 1 码头第 1 泊位首次靠船；11 月，陇海铁路初设在墟沟的医院移至老窑；12 月 5 日，增开青岛为水陆联运口岸，陇海铁路局各站联运业务由孙家山码头移交招商局承运。7 日，确定连云港第 1 码头、第 2 码头名称，时任国民政府铁道部政务次长钱宗泽、陇海铁路局副局长周啸潮联名签署文件，电令陇海铁路局各处、科、段，署"按开工之先后，称为第 1 码头、第 2 码头，以正名义，而示区别"。10 日，开辟青岛水陆联运业务后的第一艘船舶"同华号"货轮抵达连云港。11 日，离连赴青。23 日，连云港第 1 码头的第 2 泊位竣工；27 日，开辟广州水陆联运，第一艘商船"公平号"货轮抵达连云港；次年 1 月 1 日，离港赴粤。是年，陇海铁路局设连云港码头管理员。

1934 年夏天，"胡焕庸线"提出者、著名地理学家胡焕庸教授带着学生，从南京到连云港考察。胡焕庸一行学者认为，连云港是陇海路沿线省份的"总门户"。"陇海路实为我国中部唯一东西向之铁道。""深愿国人对此港之将来，予以极大之注意与努力。"可见，胡焕庸师生对这个投资 300 万元建设的港口充满着期待。

胡焕庸（1901—1998 年），生于江苏宜兴县（今江苏省宜兴市），中国地理学家。1921 年，胡焕庸在东南大学就读期间，受恩师竺可桢的影响很大。1923 年从南京高等师范学校毕业，1926 年赴巴黎大学进修。1928 年回国后，历任中央大学地理系教授、系主任，中国地理学会理事长，华东师范大学地理系（今华东师范大学地球科学学部）教授，兼任华东师范大学人口研究所所长等职务。

1935 年 1 月 29 日，《连云港码头暂行规则》修订，但未公布，第 2 码头第 4

泊位启用。1月,国民江苏省政府第718次会议决议:连云港埠设置普通市,定名为连云市。3月1日,全长31千米的陇海铁路线台赵支线(即中兴煤矿公司运煤专线)通车。3月,连云港第2码头堆煤场竣工,并交付使用。4月1日,第1码头钢板桩围墙打桩完成,陇海铁路局正式成立驻连云港办事处。23日,国民江苏省政府第737次委员会决议成立连云市政筹备处。5月15日,连云车站正式建成,并开始营业。12月3日,陇海铁路局驻港办事处与荷兰治港公司签订承办连云港第1码头钢质仓库工程合同。

1936年1月15日,连云港第1码头工程竣工。码头全长450米,宽60米,泊位长度350米(东防波堤长1050米)。3月2日,连云港第2码头打木桩、造承台工程告竣。4月13日,交通部令准《陇海铁路连云港暂行规则》《陇海铁路连云港领港暂行规则》《驻港办事处管理码头暂行章程》3项颁布执行,原定《陇海铁路连云港码头规则》同时废止。5月,连云港第2码头全部竣工,第5、6两泊位同时启用。码头全长450米,宽55米,距第1码头260米,泊位长度350米。8月,驻连云港办事处成立"运输队临时工福利金保管委员会"。

《陇海铁路连云港暂行规则》显示,自防波堤北端引一条直线至水岛,又从该堤北端引一条直线至桃连嘴,在此两线东北区域的港区为东外港;自石岛外角引一条直线至孙家山,在此直线以西之港区为西外港;自防波堤北端引一条直线至孙家山,在此直线以北及东西两外港之间为内港;在东外港及内港以南,与码头沿岸以北之间为码头区。如此,就形成了东西外港、内港和码头区,面积约14平方千米的连云港港区,从而结束了连云港有海无港的历史。

连云港虽然有了港口,海港码头的建设给埠区带来了一定的繁荣,但在国家政局不稳、战事不断的年代里,并没有给那一方水土带来老百姓想要的福泽。

1936年3月21日,《新海报》第4版头条上刊登一篇署名"海林"的文章《东方大港的老窑人民生活》,真实地记述了建港之初连云市政的建设情况和人民的生活状况:

> 提起老窑,人们总会连带想出连云港来。老窑是连云港的所在地,是个新兴的商埠,开关已有三四年了,照理讲来,应该蒸蒸日上。人民生活是不成问题的,但事实上,并不如此。

老窑在江苏省的极东北，也就是陇海铁路的终点，旧属灌云县管辖，稍微明白一点地理的人，大概都知道，在没有开关以前，为一荒野村落，人家也不过百十户，其中姓朱的倒占了大部，其余也都和朱姓是亲戚或朋友。据说，最初只有朱姓一户，后来就愈来愈多了。庄前面紧靠着黄海，向北有鹰游山矗立，当中距离八九里，叫做罾渡。东西南三面都是山，山很肥富，森木长得很密密，内中多松树。本地很多人依赖采樵度活。从前因为交通不便，运输较为麻烦，并又不值多钱，于是筑起多量的窑来，山上山下，随在都是。老窑之名，及由此而起。把树木砍倒，烧成木炭，以后挑到他处去卖，换些粮食回来。田地是没有的，有点也只能栽些番薯或芋头等类。还有一部分人，营取渔业，他们买了些罗网曳索，合伙租只舢板，有钱的，就自己买一只小船。有些船的名称，很有些特别，如：小花鞋、小飞等，不知究竟何所取义。下网地点，大都在罾渡里，稍远也有到潮河垾子(在老窑东面应隔有二三百里远)去的，张(捕的意思)上来的鱼虾等海货，多运往青口(赣榆境内)销售，每年年底总结算的时候，生意好点，一人要摊二三百元不等。次为点，也还有一二百元，这样一来，一家几口，也就得以维持过去了。

民国二十二年(公元1933年)，陇海铁路展筑至老窑，接着，海港又开工，人民的生活即大大改变，慢慢地走上了没落的途径。

原来，老窑人民，一向依赖渔和樵为生，前此能够安心就业的原因，是有固定地址居住。自从铁路延及以后，每人所有点茅屋，都被收为国有，填平作路基用，起初他们听了这个消息，非常惊恐，决议据理力争，因而拦停路工进行，结果还好，一间房子，由八元增至十五元，并有白氏(白宝山)出来做好人，许诺在老窑山上，施舍一块殖民地，籍作房基。老窑人民，终年手足胼胝的辛苦劳作，但也仅够维持生活，根本谈不到余积。这次铁路上，以极低微的十五元代价，把屋收买过来，房子虽然破烂不堪，然藏身还满可以，而用这些微几钱，再去重新建房，抛开别的不论，就连人工吃食也不够。旧桁条上盖，因为年代太多，也不就什么用，这怎么办呢？而铁路上又跟后催的很紧，急急要房子，于是索性去拖账，大概每年利息有五六分，就是一百元在一年中要涨利息五六十元，到期倘没有钱还时，再换手条，把利息也加上算本，本再生利，来回滚着，成了复利息。这样，过了几年，就很可观了。

渔业在老窑人的心目中，无异第一生命，虽然几年来稍形减色，然究不失为生活是赖，但自连云港兴工以来，整个亶渡，差不多都为砂石填满了，轮船浚泥机等，整日在里面喊，加之岸上又时时轰炸着，震得耳聋，因而渔业便宣告了破产，再也取不着鱼虾了。东西潮河坝子等处，连年闹匪荒，也不敢去，怕的是绑票。老窑庄上些人，穷得日不聊生，但声名却非常宏响，远近都说是发洋财了，实质倒不是这样，并且名不符实的程度，也距离得太远了。不错，从前有一极短期间，每亩山地，曾由几元涨至千元以外，这不过是昙花一现，不久就有南昌行营，来了一道命令，禁止私相买卖，如违者，定从严处罚，这把他们吓慌了，以后就决不敢再买。当没有命令禁止的时候，幸运者买了一点，虽暂时成了富翁，当百孔千疮，需用钱地方太多了，穷亲戚或朋友，也都齐围，告帮借贷，纷至沓来，甚至加以压迫手段者，必至得钱为止，结果自己还弄了一肚子懊恼，空担一场声名，还不知又得罪多少人。

因为是新兴的商埠，许多人都有眩惑着从事商业，以为可立致富。因此，有些人加一八分的拖钱（高利贷的意思）来做生意，但不景气得很，虽开关有几年了，人还很少，就在这很少的当中，大部分又是工人。这些工人，是依工程有无为定的，工程完了他们就全部离开，而市场上就受很大影响。做生意的嫌太多，有人曾作过估算，生产者比消费者多得好几倍，且他们多不善经商，往往把货物赊出去，顶到须款时候，再向人讨要，你想，人又哪能有钱代还！这样生意怎会做好呢！结果，也只有走闭歇一门。同时，债台也就高筑起来了。

云台山虽很肥沃，究竟经不起大量的采伐，树木日渐其少了。好多年前，就没有烧炭，长得好些的树木，就卖给人做房柱用，但这也成过去的事实。这种树木很笨拙，价钱又很昂贵，现在人多不用它，就当草卖人也不要，因为烧煤来得便宜。

起初，他们拦停路工进行的时候，何以又会缓和下来，原因，固不在房子每间增几元，而在铁路当局允许将来给予他们一条生路。所谓的生路,系指劳力工作而言,他们也很信以为真,一向觉着有所仗倚的就因为这,但至现在,并没有成为事实,他们这才着急找人作了几篇呈子,分呈铁路当局,希望实践前言。结局如何,不敢断定,以我想来,恐怕不生什么效力,这是因为官家老虎皮,那时说的些话,不过是种权宜之计,时过境迁,岂有承认之理。或者,当局能够发点慈心,准如所请,也未可知,这就是他们唯一的想头。

1937年连云港一景

自1934年到1937年6月,连云港出口货物120万吨,进口货物25万吨,总计145万吨,确立了"国有铁路港口"的地位,促进了陇海沿线与海州的经济发展。

历尽艰难曲折,千呼万唤,东方天然良港方展雏形。

"二等海港"是孙中山的设想,但连云港人的心中一直有一个东方大港梦。尽管此时的连云港港,距离中山先生的期待还有很长一段路要走,但连云港人走在"东方大港梦"征途上的步伐,一刻也没有停止过!

梦想有多大,伟业就能做成多大。劳动创造幸福,奋斗成就伟业。总有一天,连云港人会把连云港港建成超越孙中山设想的国际性枢纽大港,世人期待着!

第四章　靠不住的"邻居"

第一节　不怕贼偷，就怕贼惦记

打开世界地图，从陆地上看，江苏不与任何国家相邻，从海上看，地处黄海的连云港正好和韩国、日本隔海相望。

连云港与韩国和日本的直线距离分别是 748 千米、950 千米，这两个国家是中国的邻国，也是与连云港直线距离最近的国家。日本距离连云港虽然不是最近的，但在连云港当地有句俗话"山的背面是海，海的背面就是日本"，可见，日本是连云港的邻居。

当中国的有识之士为国家发展的需要，从民生福祉出发，千方百计统筹规划建设自己的铁路、码头、工矿企业等民生工程时，居心叵测的侵略者自然对此垂涎三尺。特别是连云港，地处黄海之滨，既是陇海铁路东端终点，又是我国中原和西北地区物资进出口距离最短的优良海港，所以，备受外国侵略者"关注"，其中又以日本对连云港的关注表现得最为明显。

1917 年，日本出版《支那省别全志》一书，详细介绍了海州（连云港）的地理位置及政治、军事、经济等方面的情况。

有直达中原及西北地区便捷的铁路线，其港口码头又是距离日本较近的出海口，因此，出于地理位置、陆路交通、海路交通等综合考虑，连云港是日本侵略中国最理想的海上登陆点和极具战略位置的要塞。日本的部队可以通过船运到连云港，再经过陇海线输送到中原及西北地区。日军从东部沿海掠夺的物资，可以经过陇海线补给中原及西北作战的部队，或者直接从老窑码头海运回国；从中原及西北等地区掠夺来的物资，从陇海线运到老窑码头，再装船出海，即直达日本。

日本对中国的窥探一刻没有停止过。从 1933 年到 1937 年,日本青岛东公司、青岛商工视察团、日本陆军运输部大连代表处、大连汽船株式会社青岛支店、"满铁"(南满洲铁道株式会社的简称,是日本在大连设立的对中国实行侵略活动的机构)经济调查部、天津事务所和日本司令部港湾班等组织,先后派出经济和军事专家,来到新浦、海州、连云港等地进行所谓的"调查"或"视察"。4 年的时间里,日本人完成了数百万字的调查报告,事无巨细地记载了连云港自然地理概貌,包括水文、地质、气象,陇海铁路的沿革、经营机构、货运情况,连云港建港沿革、港口设备、经济贸易状况、管理体制,连云港及腹地的物产、经济、水陆运输状况等项内容。他们对调查报告进行了综合分析,特别是对经过老窑码头输出的中兴公司煤炭一项尤为重视。日本人把中兴公司的位置、生产方式、日产量、煤炭品质等相关情况窥探得清清楚楚,最后的结论是:中兴公司蕴藏的煤炭丰富、质地好,最适合用来炼焦,对日本的钢铁产业和兵器制造将"大有用场"。

日本派人到连云港调查,主要是给高层制定军事入侵和资源掠夺计划提供参考。连云区档案馆馆藏有日本人当年对连云港的部分调查日志,时间显示是 1936 年。

调查日志记载:

　　2 月 20 日(晴),午前 9 点在民团商讨关于连云港调查事项,参加人员有驱逐队司令官、齐舰舰长、陆军小仓大尉、鹤野大气支店长……

　　2 月 23 日(阴),午前 6 点 15 分起锚,午前 8 点 45 分到达海州港(即连云港)外。9 点 20 分乘税关汽艇东川号上陆,视察连云港之后归舰。在此中间,由海军进行了港内外的测深,午后 2 点由海州出发返航。

　　……

日本海军、陆军侵华军官,先后乘坐军舰登上陆地,对连云港港口内外的水深、潮流等展开调查,其赤裸裸的挑衅行为,已经到了肆无忌惮的地步。

到了 3 月,日本人写出了《青岛、连云港出张(出差)视察报告》,其内容之细腻缜密令人瞠目结舌,由此可见,日本人的情报工作已经做到了无孔不入、

事无巨细的程度。连云港港口的海防,在他们面前完全是透明的,已经毫无秘密可言:

> 根据海军方面的意见:上陆地点从水深情况和后续上陆地来看,东侧入口较为适当。从第 1 码头往东 1200 米,从第 2 码头往西至孙家山 1200 米的海面,这一带可以登陆,但后者在低潮时不适当。再有孙家山至墟沟间的海面,上陆后行动方便,但在低潮时,上陆不可能。一般来讲,连云港的登陆,要考虑潮汐关系。
>
> 根据陆军方面的意见:向陆海路沿线派兵时,直接从连云港登陆不如在其南或北侧选择适当地点较为妥当。但不论上陆地点如何,因连云为陇海线的终端港,因而以它作为上陆的根据地则很有必要。

俗话说"不怕贼偷,就怕贼惦记",有了"邻居"的虎视眈眈,终究没有好事。两年后,这个隔海相望的邻居侵略连云港时,正是按照上述确定的方案,从海上在孙家山一带海滩实施登陆,先占领了连云港港口一带,进而向西面的海州推进。

1937 年 12 月,日军的铁蹄已践踏山东、江苏。13 日,南京失守。27 日,国民江苏省政府撤退到苏北。国民党军第五战区副司令长官、第三集团军总司令韩复榘擅自撤逃。一时间,日军藐视中国人的气焰更加嚣张。

日军为了迅速实现灭亡中国的侵略计划,连贯华北与华中战场,决定以南京、济南为基地,从南北两端沿津浦铁路夹击徐州。

1938 年 2 月 5 日,日军命令侵华的第二军第十师团沿津浦铁路线上的汶口、济宁向南推进;命令第五师团沿胶济铁路东进,占领潍县、青岛后南下,向沂蒙山区进攻。两支队伍两条线作战,齐头并进,企图会师台儿庄(今属山东省枣庄市),进而策应津浦铁路南段北上的第十三师团,在徐州地区与国民党第五战区军队主力决战。由于连云港是陇海铁路的东端起点、海陆交通的枢纽,距日本本土较近,是日本的重要补给线,因而受到了日军的"特别关注"。早在 1937 年 8 月 25 日,日本发表"遮断航行"的宣言,将我国北方各港至上海的航路全部封锁。同年 9 月,又宣布封锁我国全部领海。13 日,又侵占了连云港东北方向 24 海里的车牛山岛。日本海军在连云港海面集结多艘战舰,企图以海军陆战队强行登陆,以策应徐州会战。

当年,日本海军发布的《海军总战果》写道:

> 一方面海军部队经过全中国沿海,继续封锁了航运。另一方面继续作扬子江水路打通作业,毁灭了沿岸敌阵地(指国民党军队阵地)。一边于 1938 年 1 月 16 日进驻大通附近,另一方面于 1 月 10 日在青岛强行登陆。接着 2 月 3 日登陆芝罘(烟台)、3 月 7 日登陆威海卫、3 月 18 日登陆崇明岛、5 月 10 日登陆厦门、20 日对连云港进行敌前登陆。6 月 20 日和陆军合作占领了安庆……

驻扎在前三岛一带的日军部队,是日本海军第四舰队陆战队的 3 个大队,有 2000 余人、21 艘军舰,其中有小型航空母舰 1 艘。一时间,连云港老窑海域大有"黑云压城城欲摧"之势,日军侵略部队重兵压境,战舰已开到中国近海,飞机时常到空中骚扰。白日里炮火、炸弹轰轰,震天动地,人死屋塌;夜晚间,照明弹、探照灯照得人心惊胆寒,老百姓生活在水深火热之中。

日军登陆连云港的步伐,已不可阻止!

第二节　"沉船封港"

日本侵略军炮击轰炸连云港以后,陇海铁路局一方面将翻车机、发电机等设备全部拆除运往西安,另一方面协助国民党陇海东段警备司令部和第五十七军第一一二师不仅炸毁停靠在港口的船只,还把码头以及码头上的设备也一起破坏。

1938 年 4 月,中兴公司董事会在汉口召开会议,做出了"绝不与日本人合作"的决议。会议还决定责令连云港分厂经理浦云迅速炸毁轮船、码头和装煤机等设备,将中兴轮船公司的"中兴号""大宝号""盖苏号"3 艘轮船炸沉后,封锁住进港航道,以阻止日军的军舰靠泊连云港码头。后人称之为"沉船封港"之举。说白了这种"自废武功"的无奈之举,实属别无选择的选择。1949

年10月,周总理亲切接见了朱启钤和黎绍基,详细询问了中兴煤矿公司和中兴轮船公司的情况后,说了一句"中兴公司的资本家是爱国的"的话。

1938年5月2日到4日,连云港第1、第2码头在爆炸声中被毁。20日,日军从孙家山海滩登陆后,遭到国民党军队爱国将士的顽强抵抗。最终国民党军队因孤立无援、寡不敌众而被迫撤退。

9月13日,日本海军占领车牛山岛前哨阵地后,对连云港实施了严密的封锁。

9月20日,日军十几架飞机从车牛山方向飞过,向南直插灌云后转向北,避开连云港旗台山瞭望哨,由后云台山飞来石上空向下俯冲投弹,轰炸连云港码头、车站、仓库、民房。与此同时,日军军舰游弋在海头湾北面和西连岛之间的海面上,向连云港码头及连云港至墟沟间的铁路、公共设施炮击,炸毁了陇海铁路的机车和车辆,连云港的连云火车站办公大楼东北墙也被炮弹击中,连云市区一片火海,港口设施多处遭毁,一条码头铁路专用线被炸毁300余米,铁架结构的货物仓库被炸毁倒塌,第3股道的两端道岔均被炸毁,另有两节车辆脱轨。9月23日再次轰炸,港区内又有10节车厢被炸毁燃烧,墟沟火车站7节车厢被炸毁。

自1933年兴建到1936年建成的连云港港口,只使用了短短3年时间就全部瘫痪。位于今大港路北、海滨公园南侧的原江苏省连云初级水产科职业学校校舍被炸毁。

江苏省连云初级水产科职业学校的前身是海州渔业技术传习所,1919年由农商部与江苏省联合创办,创办之初,即建造一艘木壳重油引擎的船只,取名表海,作为教学实习船之用。1921年,海州渔业技术传习所呈准农商部,建造钢壳渔轮一艘,用于海洋调查,定名海鹰。1924年,传习所停办。1931年,江苏沿海渔业保护会议决定,在原海州渔业技术传习所的校址上成立江苏省立东海师范学校(今连云港师范高等专科学校前身),开设渔村师范科,用于培养渔村小学师资力量。1932年,江苏教育厅决定将渔村师范科划出,单独建校,定名为江苏省立简易渔村师范学校,专重于水产专业的课程。1934年7月,学校更名为江苏省连云初级水产科职业学校。1964年初,更名为江苏省连云港水产学校,现已整建制并入江苏海洋大学。

1937年9月20日,日军向北固山上的白宝山大楼投下了燃烧弹,后又投下炸弹,把一座共3层71间房屋的德式建筑风格的大楼炸得面目全非。这座白宝山大楼并不是位于北固山上的陈小楼,而是位于北固山南麓小山坡上的乐寿山庄里的一栋别墅,就是位于现在的北固山森林公园(连云区原海滨公园)里。当地民间流传着"王家瓦房,董家楼,不如老白大丁头"的俗话,足以显示在当年的连云港埠区墟沟一带王家、董家家大业大,但是与白宝山比起来,还是逊色了许多。"大丁头"是当地俗话,指的是房屋呈丁字形结构、高高大大、比较引人注目的豪宅。实际上,白宝山是在山上建了一个石城庄园。

笔者与连云区地方志学者一起考察过白宝山庄园遗址。建在山坡的最高处的庄园已经荡然无存。前后两道大门,后门已不见踪影。前门的外门即第一道大门因修路遭拆除,其具体位置就在公园最南边的大港路上。第二道门的门楼还在,古色古香的门楼牌匾里外分别写着"乐寿山庄""海疆磐石"8个繁体字。门楼里面两侧分别生长着高大挺拔的法桐树,一位老者指着法桐树边上的一棵槐树说:"小杨,你看这棵槐树,自打我记事起就有呢,七八十年过去了,树木越长越茂盛。"

我们可以细想,该楼坐落在小山腰的树丛中,都能让空中的日军战机、海上的军舰发现,肯定是一栋体量不小、高度不低的建筑。

当年,这座建筑就位于庄园八角水池的西边,这个八角池现在还在使用,中间有一个喷泉。大丁头别墅是一幢门朝东的建筑,该别墅还是从青岛调来的工匠建设的,由于建筑太显眼,不仅日军的战机在空中容易发现,就是涨潮时,日军的军舰开到近海,其指挥官从望远镜里,也能看得很清楚。据笔者采访当地的老年人,他们说老白的大丁头,不仅遭受日军飞机轰炸,还遭受过日军军舰的炮击。日军战机轰炸和军舰炮击过后,附近的居民到被炸毁后的残垣断壁处围观,还从废墟中扒拉出许多白瓷碗和白瓷盘子、杯子等器皿。衣服、被褥等都被烧得只剩下一堆灰烬。烧得只剩下残骸的桌椅板凳,被附近的居民拿回家当柴火用,十足可惜,那可是楠木制作的家具呢!

今天,位于北固山森林公园乐寿山庄遗址附近的林间小径,就是人们就近取材,用被炸毁的别墅的石头铺设的;小径两侧一个用两块块石支起来的简易条石凳子,就是用被炸毁的别墅的过门石、过窗石搭起来的。

原中国人民解放军陆军第一四九医院,位于现连云港市连云区海棠北路127号,现已改名为中国人民解放军东部战区总医院第一四九医院(简称一四九医院)。1949年出生的黄仁是这所部队医院的退休老军医,据他介绍,该院建于1958年,建院时归属海军管理,对外代号也不是"一四九",而是"四一五",到了60年代才改由陆军管理。

王世杭,1941年出生,是墟沟街道大巷社区有名的老石匠,是连云石工技艺的传承者,也是弘扬地方历史文化的热心人。

1958年,他随一批当地石匠在一四九医院干活,该医院位于北固山南麓,依山势而建。那年春,医院正在建设中,他们一行人到医院后面一个名叫双井沟的地方打石头,用于建设医院的一处营房。双井沟,距离白宝山被日军炸毁的别墅很近,别墅还残留着地下室。夏天,中午吃完饭后,王世杭就与工友三三两两来到不远处的别墅地下室休息。2023年春天,笔者采访王世杭,82岁的老人朗声笑着说:"那年,我刚刚17岁呢。"接着他不无感慨地说道:"这一晃呀,60多年过去了,当年,我们一起去双井沟打石头的几十口人都相继离世,如今就剩下我一人了。"

现在的北固山森林公园,位于原白宝山庄园一带的树木最多,最为高大,都是白宝山当年栽植下的,以松树、柏树、法桐树为甚,其中在原庄园入口处的一棵倒槐树,已有一百多年历史。

日军的狂轰滥炸从1937年9月持续到1939年5月。1935年5月25日《大众日报》转载了日军"满铁调查部"写在报告里的一段文字:

> 半月来,我英勇空军数次结队猛袭连云港之敌(指中国军队),敌,受创至巨。尤以本月13日,我重轰炸机多架,飞该港轰炸,一时声震山岳,烟火弥天,炸毙敌寇数百名,敌弹药粮秣多已焚毁。

宿城街道境内的法起寺和悟道庵(俗称悟正庵),是日军轰炸机摧毁的定点目标之一。法起寺,位于今宿城万寿山下面,是一座拥有2000多年历史的名寺古刹。该寺有24进家院,屋宇相连,古树翁郁,佛像众多,文物丰富。日军航空兵轰炸机中队在连云港上空盘旋,狂轰滥炸成了常态,法起寺是他们返航的必经之处,日军把每天完成轰炸目标之后剩下来的炸弹,在返航途中一股脑儿都投到法起寺,先后投下 100 多枚炸弹。因遭受连续轰炸,规模宏大的法起寺到处是残垣断壁,一片狼藉,最后只剩下一座南大楼没被炸倒塌,但也千疮百孔。直到中华人民共和国成立后,大庙后边荷花塘的边上还有一枚没有爆炸的炸弹。

第三节　日军登陆连云港

在中国军史上有一支特殊的部队,它就是税警总团。这支队伍是宋子文于 1932 年任财政部长期间建立的用于缉私征税的非正规部队,说白了就是他的私人武装。在宋子文的悉心经营下,这支私人武装却变成了连国民党甲级正规军都无法比拟的精锐部队。

宋子文占着"天时、地利、人和"的优势,用每年返还给八国银行团借款的盐税剩余款项供养部队,因此税警总团在军饷、武器装备以及后勤保障上财大气粗。税警总团一切编制、装备、人事全凭宋子文意愿行事,别人无权过问。令人们没有想到的是,宋子文竟然把一个看起来微不足道的税警总团,愣是搞成一支战斗力精悍的武装部队。

税警总团建成后下辖 5 个团,加总团直属部队,实际上就拥有了 6 个团。团的编制相当庞大,每班有士兵 14 人、配备轻机枪 1 挺,6 个班为 1 个排,3 个排为 1 个连,如此,每个连就共计 252 人,相当于甲级正规军 2 个连。1 个营下辖 4 个连,每个连装备"六〇炮"2 门。一个团统辖 3 个营,另配特种兵连 7 个,每团战斗兵员共 5000 余人。总团部直辖特务营、高炮营、炮兵营、通信营等 7 个营,共拥有兵力 3 万余人,成了整建制部队,一时间兵强马壮,其战斗力不容小觑。这是一个什么样的概念呢? 抗战期间,国民党曾组建了 38 个集团军,其中第三十一集团军人数最多,约 7.5 万人,第二十四集团军人数最少,仅 2 万人,第二十三集团军也是 3 万余人。

成立之初,宋子文本想用税警总团作为自己的军事资本,没想到的是它后来变成了一支抗战劲旅。这支部队在抗日战场上屡建功勋,还培养出有

"东方隆美尔"之称的一代抗日名将孙立人。

1936年底,鉴于对日作战的需要,国民党将税警总团划归中央军。宋子文深知兵荒马乱年代里,手里没有部队则无法保护自己的利益,于是国民党财政部就在两淮盐区另建税警总团。此税警总团高峰时拥有盐警万余人,其中淮北盐场有5000多人驻扎,由曾锡珪任团长,驻地在江苏省灌云县板浦镇(现属于海州区),隶属管理的范围包括从山东日照到上海以南的18个盐场。

游击第八军的前身是隶属于淮北盐场、负责各盐区盐务秩序的地方税警武装。1937年11月,淮北税警武装与在淞沪会战中损失过半的税警总团精锐合并,成立游击第八军,由淮北税警主任曾锡珪任军长,李志亲任副军长,下辖6个团(总队),各总队又下设大队、中队,共10000多人。经短暂整训后,游击第八军奉命接守云台山地区。驻守在连云港的守军是由黄杰的税警团改编的游击第八军的曾锡珪部,简称第八军。

曾锡珪(1901—1966年),字伯庭,号玠甫,1901年2月18日生于湖北沔阳县袁家口曾家石桥(今属仙桃市干河办事处西河村一组)。1916年考入清华大学,1922年毕业后公费留美,在诺威奇大学学习军事。1925年赴美国长岛学习飞机驾驶技术,同年秋,入哥伦比亚大学研究院专攻历史,主修近代战史,获硕士学位。他于1940年任中国远征军总部主任联络官,兼美国驻华美军司令史迪威将军的军务秘书,从事翻译官事务,辅助史迪威将军做中、印、美三国军队的协调工作,随史迪威将军督战前方。曾锡珪在历次战斗中有勇有谋,获得了美国总统授予的一枚"美国军团功勋勋章"和一册"功勋荣誉状"。1948年,任盐务总局盐警处处长。1957年,应爱国华侨陈嘉庚之邀赴新加坡,任南洋大学历史系教授。1966年5月17日,病逝于马来西亚。

李志亲(1901—1955年),原名兴荣,四川合川响水乡团坝人。1927年留学法国,加入中国共产主义青年团。先后毕业于法国柯密尔高级工业学校机电科与法国圣希尔陆军军官学校。1929年2月任黄埔军校俄炮教官,1931年任交通宪兵团副团长,1932年任江西省保安团副团长,后至淮北税警队曾锡珪部下任职。抗战开始后,淮北税警改编为游击第八军,李志亲任第八军副军长,负责连云港一带的防务。1938年5月20日傍晚,日军登陆部队以优势火力对连云港、孙家山等各处实施攻击,李志亲率领第八军将士在丫髻山奋勇抵抗,浴血奋战。1938年9月,李志亲跟随曾锡珪到四川,任自流井川康盐务税局税警训练所所长,抗战胜利后转入商界,任重庆大昌矿冶公司、渝鑫钢铁公司总经理。1949年后,任重庆市政府委员、重庆工商联副主委。

1938年1月,日本陆军板垣师团在青岛强行登陆,并顺胶济铁路西进,沿高密、诸城、莒县一线直扑鲁南。时任国民党第五战区司令长官的李宗仁即调遣兵力,以阻击日军西进。他命令曾锡珪统率3个旅进驻连云港,拼死阻止日军。于是,曾锡珪带领将士日夜构筑防御工事,积极备战。

1938年3月初,第八军第一总队、第二总队到达连云港防地,担任云台山防务,在港口至墟沟一线布防,第一总队李浩大队驻老窑、孙家山、墟沟火车站一线,黄登大队部署在黄窝,并有一个中队进驻东西连岛,王天瑞大队驻墟沟整训。

3月,守卫连云港的国民革命军第五十七军被调至赣榆北部剿灭刘桂堂匪军,第八军奉命镇守云台山地区。

5月20日凌晨,连云港码头海面上传来"突突"的机船声响,接着连岛方向响起阵阵枪弹声。

"莫非日军到连云港了?日军真的要上岸了?"连云镇的老百姓中,有人惊恐地嘀咕着。

近6时,天已大亮,人们争相向海面上张望,隐约地看到日军舰船向荷花池村(今荷花社区)方向驶来。不知谁惊恐地大喊了一声:"鬼子要上岸屠城了!"喊声过后,人们纷纷向山上树林中跑去,躲藏在山林里、山洞里、岩石后面。7时左右,600余名日军登陆上岸,驻守在这里的第八军的一个大队经过一阵抵抗,终因实力差距太大而撤出战斗。

日军登陆后,见人就杀,留守在家的老人及跑不动的残疾人无一幸免,无人可杀就点火烧房子。理发匠彭玉澄被日军抓住后绑在一棵树上,用刺刀割他身上肉,疼得他破口大骂日军丧尽天良,两个日军指着满身流血的彭玉澄叽里呱啦地说了一通话,再次用刺刀割破他的喉咙,望着彭玉澄脖子朝外冒血,发出阵阵大笑。

渔民李加友因妻子临产,全家6口人没有逃走,当婴儿呱呱坠地后,日军破门进屋,先用刺刀挑起婴儿,一个红殷殷的肉团,在刺刀上挣扎。日军把李加友一家 6 口人——杀死后,又点起多支火把,点燃了他家房屋。当年的人家住的都是草棚房子,特别易燃,一烧一大片。

日军把村内没有逃走的渔民杀死后,转身又去山上搜寻,他们发现山上有一山洞,先是用机枪向洞内射击,接着逼近洞口,把藏匿于洞内的 41 人全部赶了出来,用绳子把他们绑在树上,绳子不够用,就把毛巾撕成布条当绳子用。青年李小毛已经跑到山上,发现姐姐还没有跟出来,就折回村里找姐姐,刚到村头就被日军发现,一枪打死。

仅仅两个小时,荷花池村 188 间民房化为灰烬,81 名无辜平民百姓惨遭杀害。

亲历者、家住庙岭的刘德华老人,满怀悲愤地诉说他的父亲、母亲、弟弟、姐姐和姐夫惨死在日本侵略者屠刀下的情景——

墟沟、连云两地民居遭惨烈的轰炸,80% 的房屋被炸毁。为了躲避轰炸,老百姓白天到深山中或北固山的天主教堂避难,因为那座天主教堂打着国际旗号,那时日本尚未对西方宣战,日军轰炸机对打着国际旗号的天主教堂不敢轰炸,附近很多居民都躲到里面避难。

当地群众把这种跑出去躲飞机的行为叫作"跑反"。有的老人跑不动或舍不得离开祖辈居住的地方,就只能被炸死、炸伤;有的人家因人去屋空而遭洗劫;有的人家在"跑反"途中亲人走散或丢失财产。总之,老百姓苦不堪言。

上午 8 时许,日军占领了庙岭山头,开始由东向西进行烧杀抢掠,村里的青壮年都躲进了山林,剩下部分老弱病残的人待在家中。年仅 13 岁的刘德华也随学校师生躲进了山洞中,他眼睛瞪得大大地望着山下的家园,到处是火光一片和浓烟滚滚,他听见断断续续的枪炮和撕心裂肺的哭喊声。

事后,他才得知母亲重病在身,父亲、三叔、姐姐和姐夫为了照料母亲没有躲进山里。母亲在病床上用颤抖的声音催促父亲、三叔、姐姐和姐夫快找地方躲起来,不要再管她了,在母亲的再三催促下,父亲和三叔躲进离家不远的一座小桥洞下,姐姐和姐夫沿着涧沟,一路往山上跑。

不一会儿,父亲见家中的房子着火了,不顾一切地向家中跑去救母亲,刚把母亲抱到家院里,母亲就在他怀里含恨而死。还没等父亲冲出家院,一群丧心病狂、满脸杀气的日本士兵就端着刺刀冲了进来,他们把父亲绑在院子里的一棵石榴树上。义愤填膺的父亲对着日军破口大骂,丧心病狂的日军残忍地将刺刀刺进了父亲的腹部……

姐姐和姐夫在逃往山上的途中,被日军抓住后活活殴打致死。被日军杀害的还有年逾八旬的邻居夏田双夫妇。

日军在连云港选定的另一登陆地点是凰窝,登陆后与孙家山一样,立即实施疯狂的"三光政策",村庄房屋被烧毁,连70多岁的卧病在床不能动的老人也当场被砍杀。

旅居中国台湾的张亦萍老人是高公岛乡凰窝村(又名黄窝村)人,他曾经撰文回忆:

1938年四五月间一个天气晴好的日子,9岁的我和往常一样背着书包到村里私塾学堂上学。上午约9时,忽然听到枪声,老师马上宣布停课,要学生赶快回家。当我回到家中时,不仅枪声加剧,日军飞机还在空中盘旋。全村人都空着手携家带小逃往附近的山洞里避难。站在山洞口就能看见日军行驶在海面上的七八艘军舰,还有一艘小型航空母舰,隐约可见停放在舰上的舰载飞机。在空中飞机、海上军舰大炮的掩护下,日军登陆部队一波接着一波冲向码头,于黄昏时全部登陆上岸。

到了晚上,村民在黑夜的掩护下返回家取点粮食,在山洞里煮点粥充饥。担心被日军搜到,就拖家带口连夜翻越山岭,逃到山上较高的山洞里。日军军舰上的探照灯不停地照射,怕暴露目标,大家只能弓着腰登山,有时甚至在地上爬。

日军在空中飞机、海上军舰大炮的配合下,按1936年2月23日侦察的登陆点在孙家山登陆,遭到驻军——东北军第五十七军第一一二师第六六七团的顽强抵抗,经过一昼夜的浴血奋战,登陆的日军被赶下海去。日军在孙家山登陆时,也同时实施"三光政策",烧毁民房数十间,杀死居民多人,第六六七团抗日勇士与日军展开肉搏战。是役,第六六七团多人为国捐躯。

5月20日9时日军占领港口,5月21日占领了西连岛。

孙家山是后云台山北麓一条向下的山体,因山上曾建有祇园寺而得名。连云港建港前,孙家山北侧山体陡峭,险峻巍峨,西面延伸入海,山上有一天然平台,距海面高约两米,相传西汉名士萧望之曾垂钓于此,故名钓鱼台。云台三十六景中的"钓台夜月"即此处。在钓鱼台崖壁上,曾留有隋代王谟、宋代赵东、金代宋蟠、明代郭鉉等人的摩崖刻石。其中,以海州刺史王谟的"钓鱼矶"3 个大字最为著名,并且他还赋诗一首:"因巡来到此,瞩海看波流。自兹一度往,何时更回眸。"

一座寺庙坐落于山上,使得此山充满了佛教的禅意,历代名家题刻的加持,成就了这座山的诗意境界。没承想,信徒日众,香火鼎盛,诵经余音绕梁,浸透着文人墨客之题刻集大成者的孙家山,成了日军侵略连云港的登陆点。

见天色渐晚,日军指挥官下令部队停止搜捕,集中到一处休息。

第二天拂晓,日军再次进入孙家山东侧的凰窝村展开逐户搜查,并放火烧屋。凰窝村顿时成了一片火海,除私塾学堂外,无一家幸免。村民们祖祖辈辈用血汗建立起的家产化为灰烬。当年,张亦萍的堂叔伯祖父张步湘的父亲张锡广已是七旬老人,他看到日军烧他家的房子,心疼地冲上去救火,被恼羞成怒的日军先用刺刀刺伤,再抛入火海里活活烧死。

1938 年 7 月 14 日夜间,日军得知第五十七军驻扎在新县(今连云港市经济技术开发区朝阳街道)的情报,便先投放照明弹,接着扔炸弹,对新县实施全方位轰炸。那天晚上,整个新县火光冲天,爆炸之声不绝于耳。

遭此厄运的还有一座位于宿城张楼西黄毛顶上的悟道庵,悟道庵的残垣断壁一直保存到现在。今天,那里已经成为连云港市一处爱国主义教育基地。

1939 年 5 月 26 日,日海军部发言人宣称:"第三国在中国沿海之航行,一律实行封锁。"

1940 年 7 月,日本内阁铁道省线路科长渡边隆一在《北支经济开发论》一书中,记载了日军轰炸连云港埠区后的情景:

> 孙家山的隧道只在东侧入口处堆砌石块进行了封锁,但未遭到破坏,至墟沟间的桥梁全部遭到破坏。散居于至墟沟沿线西侧的民房全部被烧毁,只剩下一垛垛残垣断壁。雄伟的陈调元别墅(实际上是白宝山

大楼)、水产讲习所(即墟沟渔村师范校舍)等遭到炮弹的洗礼。连云港由于战争的灾祸,陷入完全的昏睡绝望状态。

一时间,美丽的连云港狼烟四起,生灵涂炭,民不聊生!

第四节 屠刀下的人间炼狱

日军侵占连云港以后,即实行法西斯军事统治。为了满足其经济掠夺的需要,他们强化了港口的管理统治机构,建立了所谓的为侵华战争服务的"路港一元化"管理体制。

1939年9月4日,日军在连云港设立日本海军港务部、陆军停泊场司令部,共同管理海港码头。

日军还针对码头和泊位进行了划分:第1码头第1泊位为煤炭专用,后改为磷矿石、铁矿石装船专用;第2泊位为东亚海运会社青岛班船专用;第3泊位为海军炮艇及小艇停靠专用,以上第2、3泊位为陆海军共用,在海军许可的情况下,可供运盐帆船停靠。第2码头第1、2泊位为煤炭装卸专用;第3泊位为陆军专用。

军事管制下的连云港,港口的使用要经过日军陆军停泊场司令部的批准,他们对港口的控制十分严格。船舶停靠码头,由船舶公司(或船主)向海军港务部提出,由该部根据码头的情况与陆军停泊场司令部交涉后决定。煤炭船停靠第2码头,向陆军停泊场司令部提出申请,由该司令部与海军港务部交涉后决定。日军海军港务部还代替了海关的职能,从连云港码头进出口的货物都要向该部提出申请,得到许可后才能通行。客轮的行李也要履行同样手续。陆地上的货物则由陆军宪兵队进行检查。进港前的外轮,需要在港外指定的抛锚地区停泊,由海军军医登船执行强制性船泊检疫,再由海军港务部派出小汽艇领航进港停靠码头。

1939年12月1日,日军将连云港码头的管理正式从军方移交给华北交通株式会社。该社开设连云码头事务所,同时办理连云港码头业务和铁路业务。

华北交通株式会社(简称华交社),1939年4月17日成立于北京,是日军为掠夺华北、内蒙古、新疆地区丰富资源而建立的交通机构。注册资本3亿元,其中北支开发株式会社出资1.5亿元,"满铁"出资1.2亿元,伪华北临时政府出资3000万元。该社的业务是经营华北、内蒙古、新疆的铁路、汽车、水运以及附带的各种业务。华交社和一般的所谓日华合办的株式会社的意义和本质完全不同,它不是单纯以营利为目的一所会社,而是在日本所谓"大东亚共荣圈"目标下合办组织的特殊会社,它作为华北交通的侵略中枢而特殊存在,担负着天皇赋予的侵略亚洲的"神圣使命"。

天津塘沽新港和连云港是华交社控制下的两个重要港口。按照华交社1939年11月26日发布的《连云港码头事务所规程》,连云港码头事务所属于该社济南铁路局,负责"码头及铁路营业并其附带业务",并负责连云港对外联络事项。自此,"路港一元化"管理体制开始成型。

日军占领连云港后,为了利用陇海铁路线这条东西大动脉帮助他们运输物资和军队,达到进一步侵略中国的目的,开始对战争期间受损的铁路、车站进行修缮改造。他们将荷兰人建设的车站线路相应缩短,并增铺三角转头线、防空线、机厂线共3股,修建机车车库1座。道岔为带柄标志,转辙装置为重锤式、弹簧式两种。1939年10月,日军完成了站场设施、设备的改造。

改造后的站场还修缮了荷兰人建设的车站站棚。位于铁路终端东侧的站棚,面积有七八百平方米,下有红砖砌成的方柱支撑,棚面系带有坡度的黑瓦铺面。在车棚下还建了一个钢筋水泥混凝土的圆形水塘,此水塘直径大约有20米,水塘上口有两个台阶、约50厘米高的部分露出地面,水塘呈漏斗形状,越往下,直径越小,深度越深,中间最深处有五六米。在地下铺设专用管道,以引取南侧山上的泉水至水塘,水塘里面的蓄水主要供火车补给之用。

车站站棚在当地人口中叫大车棚,那口圆形的蓄水塘,当地人叫大团塘。1949年以后,车站站棚就被拆除了,蓄水塘还继续使用了一段时间,后来也荒废了。20世纪六七十年代,老街的居民到海里赶海,上岸后都会到大团塘里洗一下身上的海水。特别是到了夏天,到海里游泳的人们上岸后,都喜欢到大团塘里再游泳一遍,以洗去身上的海水。由此,不止一次发生过溺水事件,于是人们就把大团塘填平。

　　令人发指的是,可恶的日军占领老窑时,为了奴役码头上干活的中国劳工,竟然在钟楼东侧的铁路"零千米"标志处、靠近站棚的八台下面,建设了一座水牢。日军投降后,共产党人就把水牢填平了。现在,人们在大团塘和水牢的位置,看到的是一片面积较大的混凝土硬化场地。

　　日军占领连云港期间,对当地百姓残酷压榨,无恶不作,犯下血债累累。日军在各交通要道均设有岗哨,站岗的哨兵携带狼犬吓唬中国人,中国人通行必须检查"良民证"。有时,日军牵着狼犬在道路上行走,故意纵犬咬路上的中国人。日军对于中国人随时以莫须有的罪名抓捕、拷打,不走司法程序审判,随时随地处决人。

　　在连云老街胜利社区一处临海的山坡上,有一座依次建有13排石头房子的建筑群,人们形象地称它为"十三道房"。这处建筑在全国第三次文物普查中被列入普查名录。

　　十三道房,是连云港码头开埠时所建,为建设码头的工人们居家生活的劳工房。但是,在老街人的集体记忆里,十三道房却是当年日军利用陇海铁路和港口疯狂掠夺中国资源,强迫中国人为其做苦役,敲骨吸髓,残酷摧残中国劳工的一座人间地狱。

十三道房旧址

　　十三道房,每一排房子东西长约30米,南北宽约4米,高约3.5米,灰沙石头墙顶上灰瓦铺面,是典型的中国平房。经过数十年寒来暑往,风吹雨打,它依然还保存着原来的样子,仿佛在向世人述说那段令人心酸的历史。

　　为了住进更多的中国劳工,日军把高度仅为 3 米多的房子分隔成上下两层,人在房间里不能直立行走。每一层又被分割成若干格子,一个格子里住 5 个人,人躺在里面就是人挨着人,人们称之为"格子间"。每幢房子的下檐口,建有通风的烟囱,用于排气,400 多人住一排房子,十三道房居然住着 4500—5000 名工人,其拥挤状况可想而知。十三道房内空气混浊,卫生条件极差,排气又不畅,里面气味很难闻。

　　日军从当地诱骗或强抓青壮年,还从山东、河南等省骗来青壮年劳工,都放在码头上干苦力活,主要是往船上挑运煤炭。转运煤炭都是劳工用筐往船上挑,日军要求工人不仅一天劳动时间长达 13 个小时,每个星期还必须干两个通宵夜班。日军惩罚中国人的歹毒之心比蝎子还毒,日军小头目站在中国劳工面前恶狠狠地说道:"你们中国人不是在我们日本人登陆前,就将码头上的翻车机、发电机等设备全部拆除运往西安,还搞什么沉船封港,炸毁船只、码头的诡计吗? 好呀! 现在码头上什么机械设备都没有,我就让你们中国劳工干苦力活!"

　　装卸作业全部是靠体力劳动完成。日军为强化运输能力,就加大对码头工人的榨取力度。他们人少,管不过来众多的中国劳工,就发展把头(指旧时把持某一个地方或某种行业,如车站码头搬运、装卸等,从中剥削人的行帮头目)来管理劳工,给把头好处让中国人管中国人。码头工人直接受把头的控制,工人们称这些把头为"大老板"。码头工人分住 33 个号房,每个号房有一个"大老板"、一名监督和一名"坐堂先生",即账房先生。每个号房下设五六个班,每班再安插一两个把头,又叫"二头",各班人数不等,大多在十几个人到二十几个人之间。

　　日军占领码头期间,为了迫使中国劳工干活,建立了刑堂和各种迫害工人的刑具,如九股皮鞭、脚镣、手铐、老虎凳、水牢等。中华人民共和国成立后,曾经担任过码头一大队党支部书记的张茂金,就是从水牢里侥幸活着出来的人。

　　1942 年三伏天的一个中午,日军小队长林布就命人把张茂金铐了起来,又五花大绑把他绑在了柱子上。林布端着明晃晃的东洋刀在张茂金的眼前晃来晃去,起因是有人举报张茂金偷了日军的柴油。翻译王超说:"你要拿出

5 匹洋布,皇军就能放你出去。"张茂金说:"我没有偷柴油,再说了,就是砸碎我全家骨头,也拿不出一匹洋布来呀!"王超说:"皇军说了,你拿不出洋布来,可就要吃苦头了。"

因为拿不出洋布,张茂金被日军打得皮开肉绽、遍体鳞伤、死去活来,丧心病狂的日军竟然打折了 3 根扁担,把张茂金打昏过去 3 次。这还不算,日军又把张茂金拖到水牢外的空地上,脱下他的裤子,令他跪在碎玻璃碴上。刚跪上去,张茂金两个膝盖就鲜血直流,他眼前一黑,昏死了过去。

等到张茂金醒来时,才知道自己被关进了水牢。他试着走几步,一脚踏在了人的腿上,又摸到了人的手。原来,这座水牢里已经关着十几个人了。水牢里臭气熏天,浑浊的水面上漂浮着一层大便,寸把长的秃尾巴蛆,在水面上肆虐地蠕动着。张茂金感觉后背阵阵发痒、发痛,他伸手抓去,竟然抓了一团蛆虫来。

被关押在水牢里的人,每天的伙食只是两个黑窝窝头,连水都没有,实在渴极了,就喝连尿带大便的臭水。就是这样的环境里,每天还有人被拖出去打个半死,再关进来。张茂金在水牢里泡了 13 天,他母亲把家里的衣服都拿出来卖了,又高利贷借了几块银圆,到处求人托关系,给人磕头,好歹才把他"赎"了出来。

张茂金从水牢里出来时,整个人臭不可闻,全身的伤口都化脓了,人虚弱得只剩下一丝游气。刚刚过去了两三天,王超又来到他家,阴阳怪气地说:"你也出来这么多天了,该干活去了,明天就给皇军挑水去。"

这座水牢里,被折磨致死的人是数不清的。

在旧社会,码头工人被叫作"码头夫""煤炭鬼""脚力""奴行""扛大包"等。大老板、二老板、监工为了便于压榨工人,制定了许多残酷的规章制度,如搬运行李的工人戴"小红帽子",挑煤工人穿一件缝上号码的对襟短衫,对襟短衫中分成多种颜色。穿上这种短衫,远望去活活像一个囚犯,工人们管它叫"号衣"。此外,每个工人还发一个铜质的腰牌和一张纸质的"身份证",这张"身份证"就是码头夫证。老板说腰牌是"狗牌",腰牌上号码要和"号衣"以及"身份证"上号码一样,这叫"三仙对"。要是有工人掉了腰牌,轻者罚一个月工钱,重者打个半死后,再开除。更野蛮的是,每天上下午只允许工人两次小便，上工时一律不许大便，要是多一次小便，就扣一天工钱，谁要是大便给监工看见了，马上就被推到工人面前处罚“示众”。

他们往船上装煤时，每人挑一副竹筐，每个竹筐能装煤炭 50 多斤，每个筐有 5 根筐系(绳子)，4 根对称从底部到筐边上，1 根就在筐底不穿到筐边，这根绳子拿在手上。装卸工排成队从艞板上走，走到艞板的尽头就是船舱，到船舱边两手用力拽第 5 根，筐口朝下倾斜，煤就沿着筐口倒进船舱里，然后从另一块艞板走下来，再去装煤往船上挑。一个人跟着一个人，循环跟进。有时装煤用大柳条筐，一筐能装二三百斤煤炭，要靠两人用杠子抬上船。那个年代装煤炭全靠工人肩挑背扛，是个妥妥的苦力活。

码头夫出大力、流大汗不说，住宿也没有好地方。由于十三道房住的人太多，卫生条件又差，疾病流行很厉害，特别是传染病，更是无法控制。得了病的工人根本得不到治疗，很多工人忍受着多种疾病的折磨。病重的工人往往就被毫无人性的日军往“隔离间”一抬了事，“人一旦进了隔离间，就等于进了阎王殿”。隔离间是一间不大的小屋，里面阴暗潮湿。每天的伙食是早上一个黑窝窝头、一碗水，因此，每天都会有三五个人被折磨致死。特别是伤寒病大流行的 1942 年，病死的人更多，最多一天，竟然从十三道房里抬出 27 具尸体。刚开始时，日军还弄个“小木盒”装上，后来死的人实在太多了，日军就命令中国劳工用芦席一卷，再使唤两个人用箩筐一抬，往马腰、庙岭上一丢了事。他们有的人还活着，气若游丝地喊着要水喝，发出呻吟。日军强迫中国劳工把生病的工友抬到乱葬坑喂野狗。那几年夏天，马腰、庙岭一带的山上尸骨成堆。

有个从山东被骗来的工人，得了传染病后，身体很虚弱，日军不仅不给医治，反而因为害怕被传染，人还没死就要抬出去埋。这个山东青年苦苦哀求：“求求你们了，我还没有死，我想活着，不能就这样把我扔到乱人坑喂狗啊！我还要回山东老家啊……”丧心病狂的日军哪里听他哭诉，还是用席子一卷，抬出去活埋了。

1942 年夏天，工人张开山患上了疟疾，他偷偷爬到码头外面解大便，被日军看见了，马上叫监工的把张开山衣服剥光，把他吊在号房前那根专门打工人的旗杆上，等下工时，3 个日军还不许工人走，他们用碗口粗的木棍轮流击打张开山,"杀鸡儆猴"给工人看。张开山就这样活活地被打死了。

同年秋天,孔大孩的父亲累倒在码头上,大孩的母亲跪在大老板面前苦苦哀求:"行行好,借点钱吧!"大老板却奸笑着说:"哼!借钱,钱借给你,你拿什么还我呢?你不干,这臭苦力活有的是人干!哼!"

迫不得已,大孩母亲托人说情,把年仅16岁的大孩送进码头挑煤。孔大孩身体很弱,每天还得干十五六个小时的苦力活。一天,孔大孩为了多挣几个钱养家活糊口,接连干了3个白班,两个夜班,结果劳累得一头昏倒在了铁轨上。

"啊,呀……救人呀!"正干活中的工友突然惊叫了起来。

"呜呜……"装煤的火车一路拉着长长的汽笛,一路鬼哭狼嚎地开了过去。可怜的孔大孩就这样被火车碾压而死。

也是那年冬天,老窑码头发生了一件惨绝人寰的事情。有一个名叫尹学明的工人,家里已经断粮3天了,他只靠喝水熬日子。一天黎明时分,外号叫"土霸王"的谭二老板带着4个工人抬着一副门板,来到他家,对尹学明恶狠狠地说:"皇军说了,你已经感染上了伤寒病,现在就请你到皇军为你准备的隔离间去,治疗你的病。"尹学明知道大难临头,跪了下来,苦苦哀求道:"谭老板,我没有得病,只是没有饭吃,饿得没有力气。我,没有病啊!"尹学明的哀求在人面兽心的谭二老板面前一点作用也不起。

被抬进隔离间的尹学明,3天只给了一个冷窝窝头吃,连一口水都没有喝到。又冷又饿又渴的尹学明没有一丝力气了,只能趴在地上呻吟。到了第4天半夜里,被折磨得只剩下半口气的尹学明,嘴唇干得起了一层"血锅巴"。求生的欲望迫使他爬出了隔离间,到外面的洞沟里找些水喝,当他爬到洞沟上面伪保长胡明德家后面的猪圈里时,居然活活被冻死了。

日军占领期间,可怜的工人穿麻袋片,吃稀汤薄粥,糠菜半年粮,哪里还能养家糊口。为了把活干下来,顶多就是吃一点棒糕(玉米)和棒饼,工人叹道:"吃棒糕上马腰,吃棒饼上庙岭。"马腰和庙岭都有乱葬坑。距离码头西边不到10里路的马腰还有一处白骨滩,那个时候,工人买不起棺材,死了用芦席卷一卷,芦席用两块石头压一压。

毫无人性、无恶不作的伪保长杨殿奎还规定,在他的地盘上要收取"地皮捐"，要掩埋尸体必须交钱才行，每埋葬一具尸体，要缴纳给他两块大洋。

一个家住东海的叫张小年的工人死后，老板连一个铜板都没给。最后，还是工友凑了3张芦席钱，把他抬到了马腰。谁知，因为交不起"地皮捐"，只能把尸体放在露天地，等到第三天，在东海的家人赶来收尸，原地只留下了几片血迹斑斑的芦席。

日军占领连云港期间，开封人朱克明拖着一家老小6口人，沿着陇海线从开封一路向东流浪了4个多月，来到了老窑码头。在热心老乡的介绍下，他好不容易在5号老板"黑心狼"的名下挂了牌。工人们挑煤上船时，要走过5块仅有一脚宽的木舣板，才能爬上20米高的大货船。监工还站在码头上、船上，手拿皮鞭、粗木棍，工人稍微慢一点，就挨皮鞭、木棍"伺候"。一个下小雨的傍晚，又累又饿的朱克明被码头上的监工"伺候"过，他的腿和胳膊都被木棍打得肿了起来。被小雨打湿的窄窄木舣板再染上煤灰，特别容易打滑，朱克明挑着一担煤，好不容易支撑到船上，船上的监工又嫌弃他动作慢了，便厉声呵斥道："快点!"朱克明被吓得腿上一软、脚下一滑，"哎哟"一声惨叫，连人带煤摔进了十几米深的船舱里，生死未卜。后面的工人紧张地向舱里张望，监工舞动着手里的木棍，大声吆喝道："看什么看! 有什么好看的，这不用你们管，快点倒煤，一个接着一个倒，动作快点，倒完就赶快走……"

煤炭装船，全凭劳工们肩挑人抬，每个舱口都有两道舣板，一道挑进，一道挑出，如此循环。劳工每人挑着100多斤煤炭，一个挨一个，行进在窄窄舣板上，显得那么单薄弱小。涨潮时船舱距离海面有五六层楼高，要搭上至少5节舣板，工人才能走上去，就是空身走在摇摇悠悠的舣板上，也会觉得胆战心惊。可是，狠心的监工还强迫工人上舣板要"跑起来"，有速度才行，工人脚步稍一放慢，监工手里的棍棒就狠狠地砸在工人的腿上。饥饿又疲惫不堪的工人经常失足掉进大海或船舱里，摔伤甚至丧命。营养不良，劳动负荷太大，码头工人死亡率比较高。长年累月的超负荷劳动、遭受日军非人的折磨，他们中的人即使健在，几乎都是弯腰驼背。

老窑码头还流行一首打油诗：

十三道房是地狱，

芦席铺地盖稻草。

吃窝窝头喝冷水，

个个瘦得似豺狼。

生病要进隔离间，

死后丢在乱葬坑。

可见，日军对中国劳工的残酷压榨到了何种程度。

往船上挑运煤炭的这项工作，就叫"挑大煤"。连云港码头流传一句话："挑大煤，挑大煤，世上活计最苦不过挑大煤。"从此句话里就能想象到挑大煤这个活计到底有多么苦。

笔者老舅太（我母亲的外公）胡佃强就是在1941年前后，从老家朝阳到老窑码头挑大煤。老舅太生养了5个儿子，2个女儿。2023年，笔者外婆94岁，除了耳朵背，别的身体指标都还好。外婆说老舅太之所以吃那样的苦去挑大煤，是因为他们家里孩子多，朝阳老家又在山上，仅凭几亩林地养不活一家老小。

1945年日本投降、离开中国后，码头挑大煤的情况有了转变，码头工会下面有一支专业装卸队，从各处雇用来的或者是自愿找上门的民工就在队里挑大煤。码头有货船靠泊，由船主或者代理人与装卸队谈好价格后，装卸队就组织民工上船作业，类似于今天的承包活计。虽然辛苦，但工钱都是干完活后就可以兑现，好歹能不让孩子饿死。因为到码头挑大煤有现钱赚，能勉强养活一家人，所以到老窑码头挑大煤还是个抢手的活，身强力壮的人都抢着去干。到了1948年连云港解放后，老舅太把他的大女婿、小女婿（笔者外公），还有大儿子胡希山，都召集到码头一起挑大煤。1949年新中国成立后，笔者大舅爷胡希山参军入伍，1950年他随部队入朝参战，生命永远留在了朝鲜战场。

李宏雨，退休前是临海路小学校长，现在是《连云街道志》主要编著人之一。据他讲述，他的父亲李干良拖家带口从灌云老家来到老窑码头挑大煤，刚来码头时一家人就住在十三道房。李干良进出码头挑大煤，要凭借码头夫证才行。

日军还在连云港码头设立"奴工营"。连云港码头靠近淮北盐场，盐场所产的盐和大宗的煤炭均由连云港出口，由火车运至连云港码头，再由人力肩挑转运到轮船。工人都是强行征用，按人头编队编组。营房外建有高高的围墙，围墙上方装有铁丝网，以防止工人逃跑，如有冒险逃跑被抓回者，就施以酷刑拷打，使其求生不能求死不得。工人每天早上 4 点多钟就上工，晚上 10 点多才收工，黑进黑出，两头不见天。码头劳动条件十分恶劣，灰尘弥漫，工人们除了眼睛和牙齿，其余都是黑的。因长期挑煤又无法洗澡，都已变成黑人，他们以"炭鬼子"自嘲。

1947 年，李干良的码头夫证

一年四季，劳累一天的工人吃的是发霉的玉米面，喝的水就是附近洞沟里的冷水。

十三道房，表面上是给工人居住的地方，其实就是一座关押工人的牢房。里面的日军对中国劳工非打即骂，稍不高兴就放狼狗咬人。几年时间里，被日军狼狗咬死、咬伤了近千人。在十三道房里，中国工人的命还不如一条狗，他们随时都有被日军打死、被狼狗咬死、被疾病折磨致死的可能。

日军除利用汉奸监工、把头，对工人进行残酷压榨外，还多次实行所谓"战时输送强化期"运动。1942 年 11 月 27 日、28 日两天，日本驻华大使馆召开港湾装卸力紧急增强对策会议，会议要求连云港码头在原有装卸能力的基础上，再提高三成，实际上却足足提高了五成。劳工们如此艰辛的劳动付出，得到的报酬却少得可怜，码头工人日均工资只有 1.5 元，最高时也只有 1.82 元，而工人每天最低生活费则需要 2.2 元。这组数据是日军在《连云港湾营业收支预算说明·昭和 18 年（1943 年）》中列举出来的。

日本内阁铁道省线路科科长渡边在《北支港湾视察报告概略》中记录：

华北四大港湾(秦皇岛、天津、青岛、连云港)码头工人的劳动时间以连云港为最长,每天平均达 13 个小时,有时是连续夜班,一条船不装满不准下班。装船全靠肩膀扛和挑,平均每天每人作业量达 10.5 吨,几乎赶上"机械化",其艰难程度是可想而知的。

连云港变成了日军屠刀下的人间炼狱。侵略者肆意摧残和屠戮,其凶残程度令人发指!

第五节 残酷剥削,罄竹难书

海州湾沿岸水浅、泥多,洋流交汇,浮游生物多,适合鱼类繁殖,渔场盛产鲷鱼、鳝鱼、海刀鱼、黄花鱼、带鱼、墨鱼等。俗话说"靠海吃海",渔业是连云港地区的传统产业,特别是经济结构远没有今天多样化的传统社会,渔业更是连云港沿海群众重要的谋生手段。日军在占领连云港地区期间,对盐、磷等战略物资大肆掠夺的同时,不忘对连云港的渔业资源进行掠夺。

连云区是连云港地区重要的渔业生产销售集散地,日军占领时期,仅海州湾的鱼行就有 10 余家,其中规模较大的有公兴、都兴、华大、兴裕等。每年三五月间,连云区的高公岛、西墅、连岛及附近的临洪口、青口、沙河口乃至远一点的岚山、陈家港、涛锥、刘公岛,各处渔船将捕获来的海产品集中运到此处,再进行二次分销。但是这些中国人开的鱼行并没有进行独立销售货物的权利,而是要将货物统一交由海州水产组合,由他们整理加工(该组合有专门的市场,现场交易必须在其市场内进行),分箱包装(每箱 100 斤),近的销售到附近市场,远的则以徐州地区为中心,通过陇海铁路向西运输销售。

日军占领时期,连云港地区的渔业组织,除海州水产组合外,还有日华兴业株式会社水产课连云出张所、日本国水产统治株社会社经营的墟沟冷藏库以及田中水产。海州水产组合由伪东海县政府、伪东海县渔会、日华兴业株式会社(海州)、山东渔业统治株式会社(青岛)、帝国水产统治株式会社、华北水产株式会社下属林兼商店 6 家单位组合而成。理事长为黄绶之(伪东海县政府知事),专务理事为花岛年安,理事有佑藤信、黄绶之、川上高市、朱广山

(伪东海县渔会会长)等,另有日本籍、中国籍主事、职员若干。

海州水产组合,业务范围涵盖山东省全境、苏北大部直至射阳河口区域,墟沟、海州、青口、连云码头西墅等处还设有办事处。该组合除设有专门的交易市场外,各项鱼类交易一定要在指定市场内进行,还设立仓库、干制盐加工设备及相关的管理机构。日本人成立海州水产组合,表面上是为了改良连云港地区的渔业,并为市场提供中、低端的水产品,其真正的目的是掠夺和剥削。海州水产组合归日华兴业株式会社水产课连云出张所领导,这个机构实际上控制连云港地区渔业捕捞、销售等。

日本投降后的 1946 年 2 月,国民政府军政部派出接收组,由开封特派员办公处董鸣岐为接受组长,全面接收海州水产组合。

本部设在青岛的日华兴业株式会社,在连云港设立了水产课连云出张所,由日本人白石寅吉担任主任,下面的部门负责人都是中国人。这是类似于今天的一个办事处,具体管理连云港的渔业生产、销售。日本华兴业株式会社组织严密、管理严格、分工明确,其内设有:总部、常务理事、水产课长、水产课次长。水产课次长直接管理渔捞系、集买系、现场系、庶务系,这 4 个系的办事机构就设在连云港,负责人由中国人担任。与海州水产组合里有中国人参与管理的不同,日华兴业株式会社的部门负责人均为日本人,他们是:常务理事铃木三郎、水产课长藤井真徵、水产课次长小林春、渔捞系主任辻富信(秋元勉、斋藤八太郎也先后任过职)、集买主任川崎米丸、现场系主任山田次势、庶务会计学主任川口正芳。

日华兴业株式会社实力雄厚,拥有大功率柴油发动机渔轮 3 艘,分别是"天津锦洋 1 号""天津锦洋 2 号""天津锦洋 3 号",其中,最大一艘渔轮的动力达到 60 千瓦。株式会社另有小型改良木船 10 余艘,均配有 6 千瓦左右的汽油发动机。

日军水产统治株式会社墟沟冷藏库,位于墟沟火车站前,是一个叫渡的日本人于 1939 年投资 25 伪联券兴建。由于资金问题,工程仅经营了 2 个多月便停业,至 1944 年转让给上海日东产业株式会社,后租赁给上海帝国水产统治株式会社,经营渔业冷藏业务。该冷库有冷冻室 4 间,2.6 千瓦汽油发动机 1 台,冷藏能力 200 吨左右。冷库的产品主要供给部队,少量供给平民。日本投降后,冷库被日本驻军第七十二旅团破坏严重,机器零件残缺不全,修复较难。1946 年 1 月,徐州铁路局墟沟农场接收墟沟冷藏库。

1940 年,日本商人田中金四郎投资 35 万元伪联银券,在东连岛成立一个水产所,叫田中水产所。成立之初,该水产所主要从事本地水产品研究,后来逐渐从事海洋捕捞及水产加工业,它是日本在连云港设立的渔业机构中规模较小的一个。抗战胜利后,田中水产所被国民革命军陆军第九十八军接收。

日军占领连云港期间,采用配给制来剥削连云港渔业生产。日军将连云港的渔民船只登记造册,划出捕捞区域,严加控制渔民的出海时间、距离、范围;同时,将桐油、重油、粮食、汽油、棉花、盐等作为战略物资严格控制,这些都是渔民出海所必备的物品。渔民只有将海产品在日军指定的市场内进行销售,才能得到日军配给的上述物资。这些物资的配给量也是经过日军严格的核准,1945 年《海州水产组合预计配给物资明细表》(以每船 10 人为单位计算)中显示:

> 每人配给玉米 6 斤,绿豆 2 斤,火柴每船 20 包,桐油每船 40 斤,麻每船 60 斤,棉线每船 1 捆……

这些东西根本不是日军所说的"配给",实质是中国渔民向他们支付一定的"手续费"。"手续费"是他们设置的名目,就是为了变相收钱。当年,海州水产组合配给渔民各项物资折合约 0.75 亿(伪元),而收取渔民的手续费竟达约 17.9 亿(伪元),高出约 17.2 亿(伪元),当年渔业收入约 33 亿(伪元),而付给侵华日军的慰劳金为 15.9 亿(伪元),离谱的是居然达到了渔业总收入的一半。渔业合作组织是日军对中国人渔业生产的剥削机构,每户渔民要缴纳"保证金"两千元,遇有他们认为的"不法经营",即从保证金中扣除。渔民生产的咸鱼要缴纳 5% 的税收,鲜鱼则是 8% 的税收。

在日军的压榨下,连云港地区的渔民生活极端困难,渔民流离失所,三成以上渔船遭到损坏,部分渔民被迫到附近的农村打短工养家糊口。

淮盐,因淮河横贯江苏盐场而得名,有"色白、粒大、干"的特点。自古以来,就有"煮海之利,两淮为最"之说,在吴王阖闾(公元前 514—公元前 496 年在位)时代,江苏沿海就开始煮海为盐。

沿海州湾海岸线有广阔的沿海滩涂,江苏各大盐场分布在北起苏鲁交界的绣针河口、南至长江口这一斜形狭长的海岸带上,地域上跨越连云港、盐城、淮安、南通 4 市的 13 个县、区,占地 653 平方千米。四季分明的气候条件,尤其适宜于海盐生产,因此,淮盐产区是中国四大海盐产区之一。

日本是个海岛国家,缺少晒盐滩涂,工业生产用盐一直靠进口。为了实现掠夺淮盐的目的,徐州会战枪声刚停,日军便攻占灌河,南北分割,实施包围占领苏北的作战计划。日军占领苏北就是为了资源,不仅是海盐,徐州地区以东枣庄的煤矿、利国的铁矿、锦屏的磷矿都令贪婪的日军垂涎三尺。当年连云港境内的台北盐场、台南盐场、徐圩盐场、青口盐场,都是淮盐的主要原产地。

盐,不仅是百姓生活中无法代替的必需品,也是一个国家化学工业、国防工业中的重要原料。日本生产盐的能力较低,仅仅是满足国民日常生活之用,都很困难。大量的工业生产用盐必须从国外输入。连云港久负盛名的海盐正是他们准备掠夺的资源之一。

日本侵略中国,目的之一就是掠夺资源,他们对中国的资源分布、蕴藏、年产量等相关信息更是做足了功课。这一步怎么走,下一步怎么走,每走一步都有缜密周到的计划。1936 年 10 月,日本大藏省专卖局在一份会议纪要中就明确提出:

鉴于碱和其他化学工业用盐之需将达 179 万吨,其中八成(135 万吨)之供给须由外地及邻邦设法保证。

会议纪要中提到的"邻邦",不言而喻肯定就是中国。这份《会议纪要》也充分暴露了日本侵略中国的狼子野心,其掠夺中国碱、盐等资源的迫切心情,可见一斑。随着日军部队向中国东部沿海推进,1938 年 10 月,日本大藏省又拿出一套掠夺中国海盐的完整计划,这个计划就赤裸裸地写道:

1942 年,中国沿海产盐区要保证供给日本 200 万吨盐,到 1945 年,要保证具有 350 万吨的对日供给能力。

他们所言的"供给",说白了就是掠夺,为了实现掠夺最大化,还强调了必须保证"供给"计划。

据史料记载,1915—1924 年,淮北盐区平均年产量占两淮盐产量的 70％。1924 年,仅淮北盐区的产量就占全国盐产量的五分之一。当时,淮北盐产号称"馈食偏六省,税课甲宇内"。所以,日军把针对淮盐的掠夺置于整个掠夺中国盐业计划的重中之重。

日军从连云港登陆后,立刻展开对淮盐的掠夺。1939 年 3 月后,淮北盐场所辖的板浦、中正、临兴、济南等盐场相继沦陷。

日军在沦陷区强制推行民食用盐的配给制度,以压低中国居民食用盐量的手段,确保不断增加淮盐向日本的输出量。在受到天气等自然因素影响,盐产量不足,运输工具缺乏,食盐供需矛盾紧张时,日军便以牺牲中国人食用盐保障,来满足其发展军事工业、扩大侵略战争的需求。从 1941 年开始,日军在华中、华北占领区域内强制实行民食用盐统制和配给政策,最初规定每人每月配给食盐仅 500 克,实际上配给的食用盐指标,远远达不到这个标准。这一年里,华中辖区共有 3630 万人,而日军规定的定量为每年只有 9 万吨,每人每月食盐量仅为 200 克。而对居住在南京市内 1 万多名的日本人,日军规定其每人每月确保 750 克精盐。

日军还采取低价低税,甚至免税等卑劣手段,对淮盐和盐业生产进行大肆掠夺与野蛮摧残。

当时的淮盐市场价,1940 年为 16 元/吨,1941 年为 26 元/吨,1942 年为 38 元/吨,1943 年为 54 元/吨,1944 年为 178 元/吨。除了 1940 年和市场价相同,后 4 年均规定为 24 元/吨。仅 1941 年到 1943 年,日军向日本输入淮盐共约 18 万吨。

日军在从中国掠夺低价淮盐运往日本的同时,大力强索免税的"军用盐",所谓的军用盐就是专供侵华的日军食用的淮盐。据江苏盐业史志相关的文件介绍,日军侵华期间,强索的"军用盐"数量逐年上升,1939 年为 1100

吨,1940年为3600吨,1941年为4580吨,1944年为10.3万吨,1945年为16.5万吨,总计达27.7万吨(后两年中有部分浙盐)。日军军官还大发"侵华财",将部分"军用盐"走私牟利,中饱私囊。

日军将掠夺的淮盐源源不断地运往日本,据日伪时期的《华北交通月报》记载,"从1941年4月至1942年9月,共8个月时间,就日本通过连云港港口运往国内的淮盐共达11.1万吨"。这个数据与"满铁"经济调查部的岗崎弘文在同时期撰写的《连云港经营现状的概况及改善经营的措施》中"中支(中国支那的简称)向外输出盐,是用船进行输送的,平均每月向日本输出1万吨左右",从数字上分析基本吻合。那个时期,日本海船频繁进出码头,一般船的载重在3000吨左右,其中最大的一艘轮船"瑞康丸号",载重量5000吨左右,在彼时算得上大吨位货船了。

俗话说"祸不单行",就在日军的铁蹄于1939年3月踏上淮北盐场以及连云港海州地区以后,当年农历七月十六日,淮北盐场遭受前所未有的大海啸袭击。那次海啸共淹死了1600多名盐工及其亲属,灾后的盐场,断墙残垣、尸横遍野,惨不忍睹,盐田设备等生产资料遭受严重破坏。日军乘机采用卑劣手段,加紧掠夺淮盐。他们打着修复盐田设备、恢复生产的幌子,在销盐中加征所谓"复兴费"。那么,何为"复兴费"呢?说白了就是向盐产区分摊费用,从1941年每吨盐2元到1944年的18元不等。此举无异于雪上加霜,盐工的日子更难了。

日军用极短的时间就恢复了陇海铁路东段的交通,到1939年12月,老窑码头就投入了使用。日军《港湾能力调查表》记载:

> 从1939年12月起,到1940年5月的半年时间里,连云港码头共停靠145艘船只,已基本达到1937年上半年连云港码头的靠船数。从吞吐量看,1939年12月仅为4327吨,1940年12月则为62234吨,已经达到战前水平。

日军统治连云港期间,以同时经营铁路和港口的优势,大肆侵吞中国的资源。那时,进出连云港的船舶数急剧增加,港口的吞吐量逐年增长。其中

1940年4月至1941年3月,连云港码头的输出量为139.12万吨。这个数字,在还是小吨位船只运输的年代里,确实是惊人的,从中也不难分析出船运频率之高。

日军登陆连云港后,不仅抢占了广阔的淮盐盐场,还抢占了中国东部沿海唯一一座磷矿山——锦屏磷矿。他们把抢占来的煤炭、淮盐、磷矿石等物资通过陇海铁路运到连云港码头,再装船运回日本。

1946年国民政府发布的《陇海铁路连海段、港务处路务概要报告》记载:

> 1939年12月至1945年8月,日军共从连云港运出煤炭约441万吨、盐约562万吨、铁矿石约20万吨、磷矿石约33万吨。

从虎视眈眈地惦记,到从连云港登陆侵略中国,对中国大地上的资源展开惨无人道的掠夺,这个"邻居"简直就是彻头彻尾的豺狼。

豺狼披着人皮,是想伪装成羊,但是无论怎么伪装,豺狼终归是豺狼。俗话说"狐狸尾巴总有一天会露出来",因为,豺狼总是要吃人的。

豺狼来了,我们怎么办?

"朋友来了有好酒,若是那豺狼来了,迎接它的只有猎枪。"这是中国人民的举国意志。

风在吼,马在叫,黄河在咆哮! 炎黄子孙在呐喊、咆哮!

中国人不当亡国奴,华夏儿女同仇敌忾,拯救民族危亡,誓把日军赶出中国疆土!

第五章 连云港保卫战

第一节 万毅秘密入党

1931 年 9 月 18 日,日军进攻沈阳,制造了震惊中外的九一八事变。次日,日军侵占沈阳,由于当局的不抵抗,日军迅速占领中国东北。日本为了转移国际视线,并图谋侵占中国东部沿海富庶区域,于 1932 年 1 月 28 日蓄意发动侵略,进攻上海,淞沪抗战爆发,中日军队第一次全面对抗和较量。

1932 年 2 月,东北全境沦陷。家仇国恨使得东北军将领张学良发誓要把日军赶出中国,他劝谏蒋介石改变"攘外必先安内"的既定国策,停止内战,国共两党联手加上他的东北军组成统一战线,一致抗日。可是蒋介石消极抗日的态度,令张学良失望至极。无奈之下,张学良、杨虎城毅然于 1936 年 12 月 12 日,在临潼对蒋介石实行"兵谏",扣留了来陕督战的蒋介石,发动了震惊中外的"西安事变",亦称"双十二事变",提出抗日救国八项政治主张,逼迫蒋介石抗日。

拨开历史的迷雾,会发现早在 1936 年 4 月,周恩来与张学良在洛川会谈时,张学良就请求共产党给他派干部,这就不难理解张学良对蒋介石的失望、对共产党的信任。周恩来建议他接收知识青年开办学兵队,将其作为军官学校来办,培养人才,壮大队伍。

对张学良办学兵队这件事,共产党负责领导东北军兵运工作的北方局给予了大力支持,先后介绍了 3 批抗日爱国青年、民先队员和地下党员到西安参加学兵队。

谷牧是第一批学兵队"学兵"。8 月初,谷牧和一批平津的中共地下党员、民先队员和进步学生,乘坐东北军军车从北平到达西安,参加东北军第六十七军第一〇七师学兵队,在东北军中搞了 5 年兵运工作。

学兵队是一支既学武又习文的队伍,队员的文化素质普遍比较高,经常大唱进步爱国歌曲。经常传唱的有歌曲《中国人不打中国人》,这首歌在抗战时期曾唱遍了全中国。学兵队注重文艺宣传,成立了话剧组,他们在用床板搭建的简易舞台上演出话剧《中华的母亲》《回春之曲》《苏州夜话》《喇叭》《压迫》《打回老家去》等。学兵队的演出特别受到东北军官兵的欢迎,有些剧目在他们的要求下还加场演出,其中《打回老家去》创下了连续演出 3 场的记录。演出到了高潮时,台下的东北军官兵泪流满面,泣不成声,士兵自发地站起来,高举钢枪,激动地喊着"打回老家去""还我大东北"的口号!

谷牧(1914 年 9 月—2009 年 11 月 6 日),原名刘家语,山东荣成人,1931年加入共青团,翌年转为中共党员。1936 年,谷牧受组织委派到东北军参加学兵连,搞兵运工作,任东北军第一一二师中共工作委员会书记。抗日战争爆发后,他历任八路军第一一五师参议、中共中央山东分局主任秘书、统战部部长,八路军第一一五师兼山东军区政治部统战部部长、中共滨海区第二地委书记兼滨海军区第二军分区政治委员。抗战胜利后,谷牧历任中共中央华东局秘书长、中共中央华东局直属滨海地委书记兼滨海军分区政治委员。1948 年 11 月连云港解放后,任中共新海连(原新浦、海州、连云港三地之简称)特委书记兼新海连警备区政治委员、鲁中南区党委副书记兼鲁中南军区副政治委员。

谷牧是我国经济建设战线的杰出领导人,中华人民共和国成立后,谷牧任国务院副总理、全国政协副主席等职,在十一届五中全会上当选为中央书记处书记。

谷牧与连云港的渊源就从"西安事变"开始。

"西安事变"和平解决后,由于蒋介石背信弃义扣押张学良,西安形势急剧逆转。1937 年 2 月中旬,学兵队被改编为青年训练班,谷牧随之西开邠州。3 月底,又再次被编为军官差遣二队的学兵队,与东北军一起东调至安徽怀远县。5 月,蒋介石下令解散了学兵队,只留下了约 30 人,中共地下组织决定谷牧和一部分学员留在东北军中继续搞兵运。他被派到驻河南信阳的第六十七军第一〇七师。工作期间,谷牧的好文笔受到了师长金奎璧的赞赏,师长任命他为师部司书(指在官署或军队中从事文书工作的人员),负责起草文稿,掌管师部关防(印章)和机要文件。

谷牧和留下来的同志们一道组织了抗日读书同志会,学习党的抗日理论、宣传党的抗日主张。学兵队为民族的独立和人民解放发挥了重要作用。

1937年7月7日后,谷牧随第一〇七师开赴河北霸县(今河北霸州)一带阻击日本侵略军。10月,又随部参加淞沪会战,进驻青浦,抵挡在金山卫登陆的日军,那一仗打得很艰苦,将士们拼上了身家性命,第六十七军军长吴克仁等高级军官阵亡。到了11月初,整个战局失利,开始全线溃退。谷牧与师部失联,他集结本师散兵百余人,带着他们经江西浮梁、九江辗转行军,于12月底回到信阳。谷牧向先行撤回的金奎璧师长报告说师部关防、师长的印章和个人自卫的手枪全部都在,还带回一批弟兄。金师长对谷牧大加称赞,许诺以日后重用他。

谷牧在撤退途中经过了一番思考:国民党政府腐败无能,兵败如山倒,而东北军党的地下组织与地方组织没有联系,孤军奋战,起不了多大作用。他决定离队找党组织。于是,他便编造一通理由请长假,被再三挽留,仍执意要走。金奎璧师长说:"既然你一定要另谋高就,我也不强留,送你80块大洋作路费。"

1938年元旦刚过,谷牧从信阳到了武汉。在汉口一家旅馆住下后,他就给八路军驻武汉办事处写报告,报告在淞沪会战中目睹的国民党军队指挥混乱、仓皇溃退的实情,特别写了溃兵丢弃大量武器的情况,建议由地方党组织设法收集起这些武器,用来武装抗日游击队,还提出自己想去延安的愿望。那是谷牧第一次与周恩来副主席(1931年12月,周恩来先后任中央苏区中央局书记、中国工农红军总政治委员兼第一方面军总政治委员、中央革命军事委员会副主席。整个抗日战争、解放战争期间,人们都习惯称他周副主席)见面。

对于此段经历,谷牧在1976年写的回忆周总理的文章《不忘38年间他给我的教诲》中有着详细的描述:

我初次见到恩来同志,是1938年初在武汉八路军办事处。

此前,我在东北军中做党的地下工作,曾随军开赴上海前线,参加了"淞沪会战"。"淞沪会战"失败后,我所在的师伤亡惨重,在辗转撤到河南信阳时,我决定到武汉找党。一到武汉,我就给八路军办事处写了一份报告,叙述了我经历的"淞沪战役"经过,目睹的国民党军队指挥混乱、仓皇溃退的情况,着重反映了有大量武器被丢弃,建议通知地方党组织设法收集起来,武装抗日游击队,以免落入敌顽手中。并提出要见见办事处负责同志,面报我的一些想法。

不久,即接到约我去谈话的通知,办事处负责人李涛同志接待了我。他说:"你写的报告,我们收到了,恩来同志也看了,很感兴趣,我们约你今天来详细谈谈!"

我听说恩来同志也看了我的报告,心里很高兴。对周副主席,我景仰已久,今天能不能在这里见到他呢?我企盼着,但没有把握。我坐了下来,向李涛同志汇报。当我们正谈得热火时,恩来同志走了进来。因为我曾在报纸上看过他的照片,所以一眼就认出了他。没等李涛同志介绍,我立即站了起来,向他行了一个军礼。恩来同志说:"你就是谷牧啊!"我说:"是!"他握住我的手,既没有叫我坐下,自己也没有坐下,大家都站着谈了一番话……

"你和李涛同志谈得怎么样啊?"他问。

"我们谈得很好,还没有谈完。"我说。

"继续谈吧! 李涛同志大概已给你讲了,我们看了你的报告,觉得很有参考价值。至于你提出的要到延安去的问题,我们可以考虑,但你不要急。听说你现在住在一家旅馆里,不太方便,还是让李涛同志给你安排一个住处,找一批书给你看看。几个月没有看到党的文件了吧?"

"是的!"我回答。

"先看看文件,然后再谈你去延安还是继续留在敌后工作的问题。"

"周副主席! 我真想去延安学习。"

恩来同志停顿了一会儿,用那双睿智的眼睛看了看我,接着说出了一句意味深长的话:"不过,据我看,可能是敌后工作更需要你!"说完,他让我和李涛同志继续谈,有事离开了。

当天,我就被李涛同志接到一个地方住下,认真阅读他送来的一批文件和书籍。几天后,我即得到通知,到驻在苏北新浦的东北军万毅同志那里,继续搞敌后工作。

半个月后,党组织又派谷牧和张学思去豫北组织抗日游击队。他俩刚开始筹备,又因情况变化而作罢。

张学思(1916年1月6日—1970年5月29日),奉天海城(今辽宁海城)人,生于奉天(今辽宁沈阳)。奉系军阀首领张作霖第4子,张学良胞弟,曾任辽宁省政府主席、辽宁省军区司令员、东北行政委员会副主席、辽东办事处主任,参加了创建巩固南满根据地的斗争和四保临江等战役。1955年被授予少将军衔,任海军参谋长,曾获二级独立自由勋章、一级解放勋章。

1938年初,谷牧、张文海(新中国成立后曾任吉林省副省长)受周恩来的指示,以中共中央长江局(简称长江局)特派员的身份,到东北军第五十七军第一一二师第三三四旅万毅任团长的第六六七团,开展第一一二师的统战工作,重点是做万毅团长的思想政治工作。

在中国共产党的历史上,曾经两次成立长江局,一次是1927年9月,中央临时政治局常委会会议决定,由罗亦农、陈乔年、任旭、王一飞、毛泽东组成中共中央长江局,长江局下辖湖北、湖南、河南、江西、四川、安徽、陕西7省(后增加甘肃省)。1930年底,根据中央决定,长江局工作人员大部撤回,仅保留了外交科、军委办事处和交通站。至此,第一次成立的长江局工作基本结束。第二次是随着抗日战争全面爆发,中共中央决定于1937年8月,成立长江沿岸委员会,由周恩来担任书记。在此基础上,到了12月,中央政治局会议决定重新成立长江局,由王明任书记、周恩来任副书记,领导南方各省党的工作。1938年10月,党的六届六中全会决定撤销长江局。

万毅(1907年8月8日—1997年10月31日),原名万允和,字倾波,辽宁大连人。1925年春,考入东北军陆军军士教导队第4期步兵科(队长是张学良)学习,张学良偕夫人于凤至到校奖授他指挥刀和手表。1926年起任张学良副官处少尉副官,1938年3月在谷牧、张文海的介绍下,秘密加入中国共产党,被吸收为中国共产党特别党员。1938 年参加了连云港保卫战,1955 年 9 月被授予中将军衔,获得一级独立自由勋章、一级解放勋章。1956 年被选为中央候补委员。1988 年 7 月,被中央军委授予中国人民解放军一级红星功勋荣誉章。他还是第一届全国人民代表大会代表,中华人民共和国第一、第二届国防委员会委员。

身为东北军一员的万毅,有了张学良的信任,可谓是前程似锦。可是一次偶然的相遇,却改变了他的人生轨迹。

1935 年 9 月,万毅在甘肃省庆阳县西峰镇结识了深入东北军骑兵军军部做地下工作的中共党员刘澜波。万毅对东北的形势忧心忡忡,他对刘澜波的工作很感兴趣。物以类聚人以群分,有着共同革命理想的两个人相见恨晚,彻夜畅谈。刘澜波将共产党的一些状况向万毅做了详细介绍,并且认真分析时局,解说革命的重要性,万毅听了感同身受,频频点头。万毅表示非常赞同共产党的革命方针,会利用自己的特殊身份帮助刘澜波做地下革命工作。刘澜波说万毅的身份特殊,对党的革命工作很重要,还勉励万毅要相信共产党。

1936 年 1 月,万毅任东北军新组建的第一〇九师第六二七团中校团长。他请刘澜波帮忙召集、动员了于克、胡超等一批以共产党员、民先队员为骨干的思想进步又有文化的青年入伍。他们入伍后成立了党的秘密小组,还成立了党的外围组织"抗日青年团",由万毅担任名誉团长,积极宣传抗日救亡主张,提高该团官兵的政治觉悟。

刘澜波(1904 年 10 月 1 日—1982 年 3 月 5 日),原名刘玉田,辽宁凤城人。早年就读于天津南开中学,后在北京大学肄业。1926 年参加革命工作,1928 年加入中国共产党。参加过抗日战争、解放战争和抗美援朝战争,是中国电力工业主要领导者,曾担任电力工业部部长兼党组书记。在主持中国电力工业的近 20 年期间,他提出了"水火并举、因地制宜"的方针,正确处理了火电与水电的关系,为中国电力工业的发展做出重要贡献。1981 年后,任国务院顾问。

2014 年 4 月,刘澜波之子,曾任国家邮政局局长、党组书记,中国邮政集团公司党组书记、总经理,中国邮政储蓄银行董事长的刘安东参观连云港市革命纪念馆。

在国民革命军第五十七军第一一二师师长霍守义的展柜前，看到霍守义将军回忆"西安事变"的手稿，刘安东掩饰不住内心的兴奋，一再强调，这是极其珍贵的历史资料，很有收藏价值。展柜里，一张 20 世纪 50 年代在北京召开的纪念"西安事变"大会参会人员的合影照片，引起了刘安东的注意。他问起了照片的来源，得知是霍守义捐赠后，非常高兴地说："这张照片很珍贵，周总理应该就在其中。"

1936 年 1 月，万毅担任东北军第一〇九师第六二七团团长。此时，年仅 29 岁的万毅是东北军中最年轻的团长，在东北的一定区域内可以说是位高权重。6 月，张学良联合时任西北军司令的杨虎城共同组建抗日军官训练班，计划办一个培训班，把一批有能力的爱国军官培训出来，希望日后能让他们带队抗日。

万毅作为年轻有为的军官，被选入培训班，其间，他的思想境界得到进一步提升，对革命更加肯定。

不久，万毅主动联系上刘澜波，志同道合的两个人再次相谈甚欢。刘澜波把共产党一些负责学生运动的核心干部和爱国学生介绍给万毅认识。于是万毅就着手安排这些东北文化青年秘密组建了党小组，实行革命。这个组织便是第五十七军第一个党的秘密组织。

万毅是东北军中的进步军官。"西安事变"前，他就与中共东北军党工委负责人刘澜波建立了联系。"西安事变"中，万毅坚决支持张、杨联共抗日，驻守渭南，抵御蒋系部队进攻，被东北军中右派势力视为"思想不轨"，之后遭到投靠蒋介石的第五十七军军长缪澂流扣押。1937 年 10 月，缪澂流迫于社会舆论的压力，不得已才任命万毅为团长。万毅遂率部参加了保卫江阴、南京的战役。是年底，部队开进连云港一带整训。

抗日期间，万毅同志的政见和革命决心，时刻被我党关注。

1937 年冬，周恩来先是在武汉联系上谷牧，嘱托他和东北老乡张文海进入东北军，目的就是考察万毅，看他是否适合入党。周恩来在临走时，还特意吩咐两人，称如果万毅条件符合，马上发展他入党，并且依靠他的队伍，对第五十七军展开革命工作。

1938 年元旦，万毅被任命为第五十七军第一〇二师第三三四旅第六六七团团长。不久，万毅就接到命令，率军驻守新浦、连云港，以阻截日军从海上抢滩登陆。

1938 年 2 月 14 日，谷牧和张文海到达新浦，他们以走亲戚的名义住在民主路上的陇海公寓。谷牧和张文海此行的主要任务是考察万毅团长，发展他入党，然后依托第六六七团，在第五十七军中开展党的工作。

陇海公寓，原址位于现在的海州区民主路东首，是北洋政府海州镇守使白宝山手下一名叫雷鹤亭的营长，于 1925 年投资兴建的一座旅社。旅社落成的时候，陇海铁路正好修到新浦，所以雷鹤亭就给旅社起名陇海公寓。1949 年后，陇海公寓一度改名为新城旅社。1987 年 6 月，连云港市委、市政府予以修缮，恢复了陇海公寓的旧貌，并且辟为连云港市革命纪念馆。2011 年 7 月 1 日，纪念馆的新馆在市政府南侧落成。因为彼时正在搞旧城改造工程，部分老建筑需要统一规划，陇海公寓就迁建于新落成的纪念馆馆区内。复建后的陇海公寓基本保持了原来的历史风貌，室内陈设也按照当年的原样恢复，成为市革命纪念馆具有厚重历史的标志性建筑物和展览、展示的重要组成部分。

陇海公寓，是连云港市有重大影响力的历史建筑和革命活动的红色教育基地，留下了老一辈革命家刘少奇、谷牧、万毅、张文海等人光辉的足迹。

如今，走进陇海公寓，一幅幅生动再现当时场景的油画，一件件富有纪念意义的实物，一张张展示刘少奇、谷牧、万毅等领导人以及第一一二师师部在连云港活动的照片，仿佛把我们带回到了那个热血激昂的时代……

"无论我们走得多远，都不能忘记来时的路。"这是笔者参观纪念馆时听到的一句解说词。

1938 年 2 月 15 日，谷牧和张文海就找到了万毅，万毅曾到东北军学兵队做过讲演，因此谷牧认识万毅，但是万毅却不认识谷牧，更未见过张文海。乍一见面，万毅感到很突兀，满脸疑虑地望着两个陌生的来访者。

见到万毅的表情，谷牧和张文海对视了一下，然后自我介绍说，他们是从刘澜波那里来的。听到两人提到刘澜波，刹那间，万毅就什么都明白了。

谷牧接着说是周恩来副主席让他们专程来看看他。听到谷牧的一番话，万毅就完全放下了戒心，话匣子就敞开了，与谷牧和张文海谈了自己被东北军的部分反派军官扣押、获释和参加抗战的情况。万毅还谈了他对抗战的想法，表达了自己要积极抗日救国、誓把日军赶出中国的坚定决心。

谷牧、张文海和万毅完全没有了一见面时的陌生感，当前形势等共同话题的交流，形成统一抗日战线、誓死抗日的伟大理想，使得3人交谈甚欢，大有相见恨晚、一见如故之感。交谈的氛围越来越好，话越说越投机，见时机比较成熟，谷牧和张文海交流了一下眼神，谷牧问道："万团长对参加共产党有什么考虑？"

万毅沉默了片刻说："抗日救国，我义无反顾，打日军我誓无二心，我这个团请共产党放心。但我的理论不行，看过几本书，学得很不够。再说共产党讲铁的纪律，在纪律上我觉得自己还不够条件。"

谷牧看他思想上有些犹豫，就接着说："万团长，你先想一想，改日我们再谈。理论修养不是一朝一夕的事，入了党还可以继续学习。"

谷牧还给万毅详细地讲解了党的政策。

仅仅过了一个晚上，第二天，万毅就找到谷牧、张文海，他郑重地说："我想通了，如果组织上认为我还够格，我愿意加入共产党。"

谷牧听完万毅的话禁不住热泪盈眶，紧紧握住万毅的手说："好同志，我党欢迎你的加入。"

后人评价万毅是个眼里有光、笑容里有坦荡、心里装着太阳的人。

谷牧和张文海当即代表党组织口头接受了万毅的申请，并且表示他们两人愿意做他的介绍人，还研究了在该团如何开展工作。

后来，万毅还告诉谷牧，回去后他一夜没有睡觉，思前想后得出结论：要打败日军，靠国民党没希望，得靠共产党，下决心跟着共产党干一场。

万毅在《忆澜波同志》中回忆道：

> 长江局驻武汉，负责人是周恩来同志。谷牧同志告诉我："离开武汉时，周恩来同志交代说，你们去看看万毅，如果能发展就发展他，并依托万毅这个团来开展五十七军的工作。"

刘澜波是万毅走向光明的领路人。是刘澜波解开了他内心埋藏许久的迷惑，使他在苦闷中看到出路，开始对于中国的命运和东北军的前途有了新的理解与认识。

后来，经中共中央长江局批准，由伍志刚、谷牧、李欣组成的中共东北军第一一二师党工委成立，伍志刚任书记。党工委第一次会议讨论通过吸收万毅为单线联系的特别党员，决定把来团的青年知识分子编为新兵队，进行军事政治训练。这个新兵队的队部就设在陇海公寓。按东北军的规定，万毅作为团长无权任命军官，于是伍志刚当了"文书上士"，谷牧和李欣等人都是"二等兵"。

伍志刚（1909—1939 年），原名伍世英，化名吴山、伍志刚、吴志刚，笔名伍石夫、石甫，四川省仁寿县人。

李欣（1917 年 6 月—2017 年 5 月 9 日），原名李鸿模，福建省长汀县人，1935 年在上海同济大学求学期间参与创建了同济大学共青团支部，1936 年 3 月加入共青团，1937 年 9 月在上海秘密加入中国共产党，后被派往青岛组织青岛中华民族解放先锋队。1937 年 9 月任中共青岛特别支部书记，组织筹划了青岛崂山起义。1938 年 2 月任中共鲁东南党工委委员，奉命往东北军万毅部做友军工作，后任中共东北军第五十七军第一一二师党工委委员。

抗战时期，李欣曾担任中共青岛特支书记、八路军支队政委，参加过连云港保卫战、保卫武汉的外围战以及山东敌后抗日游击战。解放战争时期，任解放军师政委，参加过辽沈、平津、渡江等著名战役。1949 年后历任中华人民共和国驻德意志民主共和国政务参赞兼文化参赞、军事科学院外军部副部长、政治学院一系政委等。1984 年离休后享受副兵团职待遇。1988 年 7 月，被中央军委授予二级红星功勋荣誉章。

第一一二师党工委成立后，形成了内有党的秘密组织，外有公开的宣传队和下营、连搞政宣、文教工作的同志，共产党在第一一二师建立了党的工作阵地。师党工委又续办了两期学兵队，那时，东北军在苏鲁战区有几支部队，包括第五十一军、第五十七军第一一二师里都开辟了党的秘密战线。这不但扩大了我党的工作阵地，推动东北军广大官兵积极投入抗日战争起了很大的作用,而且为党培养了一批骨干。

1938年3月11日,由谷牧、张文海为介绍人,在新浦陇海公寓举行了入党仪式,正式吸收万毅为中共特别党员。万毅不参加组织生活,只与党工委书记保持单线联系。张文海立即返回武汉,向长江局汇报工作。

万毅秘密加入共产党后,由他在东北军、国民党军队中起里应外合作用,使我党的革命工作进行得更加顺利。

共产党在第一一二师建立了工作阵地,落实了周副主席"依托万毅这个团来开展五十七军工作"的指示。

1939年9月,第一一二师驻守山东费县关阳司一带,刚刚驻定,就与出兵扫荡鲁南的日军遭遇。16日,第六六七团在费县寄宝山遭遇日军合击。在突围中,伍志刚为了掩护14岁的小战士安凤楠和伤病员丁履析,不幸被敌人的炮弹击中,壮烈牺牲。

伍志刚不幸牺牲后,为加强党的力量,经上级党组织同意谷牧担任第一一二师党工委书记,增补吕志先、郭宏隽、王羽中、朱长禄为委员。这期间党的第一一二师工委做了大量的工作,党的抗日救亡工作取得了显著的成绩。

学兵队是一支既学武又习文的队伍,此时的学兵队工作,谷牧做得可谓风生水起,这主要得益于他1936年在东北军学兵队时的工作经验。队员通过军事训练提高了战斗力,以后在华北阻击战和淞沪会战中,经历了大规模战役和敌我短兵相接的锻炼,为后来参加连云港保卫战、坚持敌后游击战争奠定了基础。学兵队队员的文化素质普遍比较高,更为重要的是,他们思想素质有了很大的提升。学兵队为东北军培养了一批爱国爱民、忠诚勇敢的战士,后来都成为战斗中的骨干,不少人还成为将领,为中国人民的解放事业做出了巨大贡献。

谷牧在《谷牧回忆录·五年东北军工作》回忆道:

> 学兵队不仅让学员在政治上、军事上得到培养,而且经历了"西安事变"的惊涛骇浪,使这批文化水平比较高、洋溢着革命热情的青年军人得到了一次难得的站在历史大舞台上应对复杂局面的锻炼机会。

中共第一一二师工委,首先在思想宣传上打开局面。谷牧到万毅的第六六七团之初,就创办了名为《火线下》的军中小报,自任主编(后由郭虹俊接任),辟有"抗战新闻""连队通讯""学文化辅导教材"和"文艺"等栏目,前后共出版了300多期,生动活泼,很受欢迎。受此影响,师部和师内其他3个团也都分别办起了名为《火把》《火炬》《火光》《火焰》的小报。

在师党工委的领导下,谷牧与万毅团长商议,成立各团战地宣传队,党内有工委秘密组织,党外有战地宣传队,在党工委领导下开展抗日救亡行动,宣传共产党的抗日政治主张,并支持创办了《涟水日报》《动员朝报》等报纸,散发抗日救亡纲领传单,传唱抗日救亡歌曲。

苏北抗日同盟是党的外围组织,按照党的抗日政治主张,培养抗日青年,建立起苏北抗日统一阵线。李干成等同志在涟水灰墩、金城庵举办了两期青年干部培训班,组织学习党的抗日统一战线主张,学习如何开展抗日游击战、如何发动群众抗日等。学习班的培训,提高了青年干部的思想水平,吸引了更多有志青年保家卫国。抗日同盟发展至200多人,这些人后来成了八路军山东纵队的骨干力量。

第一一二师党工委注意培养骨干队伍。谷牧同志以万毅的第六六七团为基地,带领党员积极分子开办文化课,教唱进步歌曲,进行抗日宣传,从中发现积极分子,加以培训辅导,使之成为政治骨干,发展为党员,带动更多的人提高保家卫国的意识。

在党工委成员负责制下,谷牧与同志们分头到各营、连开展工作,宣传党的抗日主张,鼓励英勇杀敌。他们以官兵喜闻乐见的方式,排练演出了《放下你的鞭子》《东北一角》《流寇队长》等戏剧,有流行的抗日剧本,也有自己编写的本师、本团抗战事迹的剧本,还有描写第一一二师在连云港实行军民合作、抗击日军登陆的故事编写的剧本《连云港暴风雨》等。谷牧积极参与剧本创作,很受官兵的喜欢。

在戏剧演出时,万毅也化妆亲自上场,扮演剧中人物,他的出场将演出推向高潮,引起在场官兵的阵阵掌声。他不仅在部队演出,还组织到连云港及周边地区演出,受到了群众的热烈欢迎。老百姓高兴地说:"万毅团长能武能文,打得鬼子'不怕一万,就怕万一(毅)'。"这是当地群众对万毅最好的褒奖,今天,这句话还被人们刻在国家 4A 级风景区、国家级风景名胜区、国家森林公园——海上云台山景区一处岩石上。

由新兵队学员组成的第六六七团宣传队,下连队教唱革命歌曲,上文化课,定期举行文艺演出,开展形式多样的抗日宣传工作。

为了鼓励青年学员积极投身到革命工作中去,谷牧作词,创作了《战地工作团团歌》,在营、连中广为传唱:

> 新青年不避艰险,新青年勇敢向前,新时代诞生了我们,新时代又把我们锻炼。我们生活在前线,我们工作在火线,展开斗争吧,战地工作团! 前进,同志们! 努力走向前!
>
> 不怕死不畏难,旧血债今朝还,抗战责任在青年。用戏剧去宣传,用歌声去动员,战斗到明天,努力吧! 前进,战地工作团!

随着政治工作的加强、文化生活的活跃,万毅的第六六七团成了东北军中最有战斗力的队伍之一。万毅的团于 1938 年四五月,在日照碑廓痛击日伪军刘桂堂部,粉碎日伪妄图打通海(州)青(岛)公路的计划;七八月在连云港英勇抗敌,多次击退登陆的日军;10 月参加武汉会战,开赴皖北打外围,在合肥袭击日军机场,炸毁 6 架敌机和飞行跑道;1939 年春转战鲁南,在藤县津浦路上打伏击战,生擒日军华北经济考察团团长远山方雄少将。

万毅在担任第六六七团团长期间,还十分喜欢宣传思想教育,为了让官兵打仗有冲劲,广读群书、博学多闻的万毅特意借鉴法国人鲁热·德·利尔作词、作曲的《马赛曲》,改编了一首团歌。

这首鼓舞斗志的战斗歌曲,歌词大意是:

> 大家向前! 倭奴逞强权夺我东北,又无厌踏进长城关。寇已深,国将亡,家已破,我们要誓死收复旧山河。遵守团体铁纪律,组织成救亡铁阵线,统一意志,集中一切力量,为争生存而战,为复失土而战,勇敢前进,到东北去,青年的六六七团!

歌曲唱起来铿锵有力,气势如虹;听起来气势磅礴,慷慨激昂。信仰与信心交织的《六六七团团歌》,到底是巧合还是有意而为之? 歌词加上标点符号,共有 108 个字,恰似水泊梁山好汉一百单八将。

如今的和平年代里,那笼罩着硝烟的第六六七团已经远去,战场上那铿锵有力、令人热血沸腾的嘹亮团歌也已经远去。在充满死亡和硝烟的战场上,英雄永远被后人铭记,那慷慨激昂的歌声永远响彻中国人的耳畔!

"西安事变"后东北军大部分开赴正面战场,这支部队对抗日战争做出了积极贡献,其中的部分将士经过血与火的考验后,对投身革命的理想有了新的认识,他们积极加入了人民军队。对于这个在剧烈动荡、复杂斗争的局势下的转变过程,谷牧与党派出的同志们一道,从中做了大量积极有益的工作,包括之后的连云港保卫战,打破了东北军不抗日的"魔咒"。

连云港保卫战前后,驻守连云港的中国守军共有 6 支队伍,分别来自国民党的正规部队和地方改编的武装。它们分别是:国民革命军第七军、第三十一军、第四十军、第五十七军、游击第八军和第九十八军。

国民革命军第七军,是国民党桂系嫡系部队,全国抗战之前曾参加过统一广西、滇桂战争、北伐战争、宁汉战争、蒋桂战争、中原大战等战争,是桂系军阀的起家部队,有"钢军"之誉。七七事变后,桂系首领李宗仁与白崇禧将所部桂系部队改编为 3 个军,除了原有的第七军,又将第十五军改编为第四十八军,加上新组建的第三十一军,组成第十一集团军,由李品仙任总司令,率军北上参战。

1937 年 8 月初,廖磊的第七军前往海州驻守,同年 10 月中旬,廖磊升任第二十一集团军总司令,所部调往上海参加淞沪会战,由周祖晃接任第七军军长,在淞沪会战中给日军以重创。而廖磊部的副师长夏国璋、旅长秦霖、庞汉桢等将领也相继英勇殉国,付出惨重的代价。第七军,军长廖磊,副军长周祖晃,参谋长刘清凡,参谋处长杨赞谟,下辖 3 个师:第一七〇师师长徐启明,副师长罗活,参谋长陆廷选;第一七一师师长杨俊昌,副师长漆道征,参谋长方钦;第一七二师师长程树芬,副师长张光玮(留在广西),参谋长陈大敦。

日军登陆连云港前,海州地区的唯一驻军是财政部的税警总团,但税警总团已在海州集结待命,准备参加淞沪会战。1937 年 8 月 1 日,桂系的第七军接到命令,在军长廖磊的带领下从广西柳州步行到衡阳,转乘火车至海州,担任守卫连云港沿海之责,军部驻海州车站,共辖 3 个师:第一七〇师驻新浦、第一七一师驻连云港、第一七二师驻赣榆。9 月 9 日,连云港外发现日军一艘巡洋舰在海面上来往如梭。10 日,连云港外 60 里海面,敌航母以探照灯向我海面扫射,东连岛守军以望远镜发现敌机 6 架。9 月 11 日,敌侦察机一架飞临东海、新浦、墟沟上空盘旋。此时,连云港外共有敌航空母舰 1 艘、驱逐舰 3 艘、巡洋舰 2 艘,肆意在鹰游门海域游弋,迫使国民党当局封锁港口。9 月 12 日,石臼所(今日照港)海面停泊日军航母 1 艘,舰艇 4 艘,以车牛山岛为根据地,搜查焚毁我民船,无恶不作,海州青岛间航路遂告中断。9 月 13 日,距连云港 35 千米发现敌鱼雷艇 1 艘。与此同时,停泊在车牛山岛之敌方巡洋舰进至距连云港 10 千米处试探,国民革命军第七军也进一步加强防范。15 日,日军军舰停泊车牛山岛,并修复距离车牛山岛不远的平山岛上的灯塔,夜间,利用军舰上的探照灯向海岸照射。20 日,日军组织 10 架飞机对连云港上方发动空袭。21 日午后 1 时许,12 架敌机又飞至连云港上空,投下炸弹 20 余枚,连云港港口码头、货场、车站悉数被炸,10 余名铁路工受伤,多名士兵和百姓遇难。22 日,敌舰向连云港海岸发射多枚炮弹,并派陆战队分乘数 10 艘登陆艇,企图强行登陆,被我守军击退。23 日,日军陆战队分乘多艘登陆艇,在军舰炮火的掩护下欲从墟沟海岸登陆,驻守部队第一七一师以炮火予以反击。在此期间,日军尚未大规模登陆,双方基本维持小规模战事。10 月中旬,第七军开往上海参战。

国民革命军第三十一军,系桂系新组建的部队,于七七事变后,为北上抗日之需要,国民政府以第一七三师、第一七四师与第一三五师,在南宁合编为第三十一军,军长刘士毅,副军长覃连芳,参谋长韦布。下辖 3 个师:第一三一师,师长覃连芳;第一三五师,师长苏祖馨;第一三八师,师长莫德宏。

1937 年 8 月,该军由南宁会师北上进驻徐州,隶属李品仙第十一集团军,10 月,第七军南下上海参战。第三十一军移防海州,并纳入第五战区序列。12 月中旬,南京沦陷,第五战区司令长官李宗仁组织津浦路防御战,第三十一军被调往津浦路南段明光一带据险防守。刘士毅率部与日军激战月余,未分胜负,又在明光设计将日军横切成数段,围歼孤立之敌。

1938年2月,刘士毅军长调任国民党军事委员会军训部次长,由韦云淞接任第三十一军军长。5月,第三十一军参加徐州会战,担任淮河北岸布防,抗击北进日军。徐州会战后,又奉命移师武汉,隶属第五战区第二十一集团军廖磊部。8月,第三十一军参加了武汉会战,武汉会战结束后,该军调往广西桂林进行整训。后陆续参加桂南会战、第二次长沙会战、桂柳会战等战役,第三十一军于1945年4月被裁撤。

国民革命军第三十一军于1937年10月中旬移防海州。10月15日,日军在舰艇、飞机掩护下,欲登陆海防重镇墟沟,被第三十一军炮火击退。10月22日,日军飞机再次飞临连云港上空,轰炸码头、仓库及陇海火车站大楼。11月21日,日军强行在连云港登陆,形势一度紧张,第三十一军立即赶到,奋力还击,击退日军的登陆部队。25日,又有敌舰在连云港海域放下三四艘登陆艇,在西连岛附近游弋,窥视连云港海岸上的情况。12月3日晚,日军向岸上开炮,企图掩护陆战队登陆,在第三十一军猛烈还击后,狼狈退去。此时,日军已经占领连云港外围的车牛山岛与平山岛,以这两个岛为据点,强行登陆东西连岛,如此离海岸更近了一些。日军在东西连岛上修筑工事,派出舰艇在墟沟、大浦一带海域窥视,对连云港海岸沿线虎视眈眈。

南京沦陷后,第三十一军离开连云港,奉调津浦路南段,连云港的守备任务交给国民革命军第四十军庞炳勋部。

国民革命军第四十军,是西北军旧部,军长庞炳勋曾经是冯玉祥爱将。1930年中原大战后,西北军被张学良改编,庞炳勋被编为步兵第一师。次年秋,扩编为第四十军,名义上是军,实际上参战的只有一个第三十九师,辖第一一五、第一一六两个旅,每旅各辖两个团,另外有一个补充团直属师部。一个军仅有5个团的兵力,且装备落后,这种高编制、低人数的部队建制配备是国民党对待杂牌军队惯用的伎俩,其目的就是收买军队高官的人心。

庞炳勋部北上支援平津抗战。1937年9月,在守卫沧州的战役中,虽给日军以重大伤亡,但自身伤亡也非常惨重,被迫撤出战斗,并移师砀山休整。

10月,划归第五战区。同年12月中旬,移师海州接防。

1938年2月初,第四十军调防鲁南,陆续参加了莒县保卫战与临沂保卫战。直到1939年3月,第一〇六师划归第四十军,至此第四十军才结束长期以来仅辖一个师的局面。同年9月扩编为第二十四集团军,庞炳勋为总司令。1943年4月,在太行山区被伪军孙殿英包围,第四十军军长马法五成功突围,总司令庞炳勋却降敌。

国民革命军第四十军的序列为:军长庞炳勋,下辖第三十九师,师长马法五。下辖两个旅,其中第一一五旅,旅长朱家麟,副旅长黄书勋。第一一五旅辖两个团:第二二九团,团长邵恩三;第二三〇团,团长赵天兴。第一一六旅,旅长李运通,第一一六旅辖一个团,即第二三一团,团长崔玉海。

四十军驻守连云港后,军部驻海州,第一一五旅驻连云港、第一一六旅驻新浦。第一一五旅朱家麟旅长率领第二二九团与第二三〇团对连云港港口实行严密的封锁。是时,日舰在海面上肆意游弋,并经常派遣飞机轰炸地面目标,只作试探性骚扰,始终未敢轻易登陆。第五战区及时补足第四十军的军械,使军队士气大振。12月25日,日军悍然向插着荷兰国旗的荷兰治港公司办公楼投弹3枚,致该公司办公楼全部被毁。次年2月初,第四十军奉令撤离连云港调往鲁南,守备任务交于第五十七军第一一二师。

1938年2月初,由于战争局势的需要,第五战区将第四十军,由连云港调驻莒县(今属山东省日照市)。22日,日军板垣师团由诸城南侵,直扑莒县。23日,日军精锐机械化部队3000余人,各种战车40余辆,包围莒城东、北、西三面。而守城部队仅2000余人,无论是部队人数,还是武器装备,敌我双方实力悬殊。第二二九团团长邵恩三亲率士兵,利用地形优势,以手榴弹齐掷日军阵地,终于击退日军疯狂的进攻。从24日晨4时开始,日军在增援部队的加持下,组织兵力强行攻城3次,邵恩三左臂受伤,但他仍坚持与朱家麟旅长一起战斗在一线,战斗到最后,朱家麟、邵恩三带头和日军拼刺刀、近身肉搏。战场上,喊杀声震天,血肉横飞,血流成河。此战,共毙日军400多人,沉重打击了日本侵略者的嚣张气焰。这次战役也称莒县保卫战。

莒县保卫战,是国民革命军四十军的辉煌之战,以至于日军指挥官板垣征四郎将此战视为他从军生涯的巨大耻辱,感慨道:"大日本帝国最优秀的部队竟然败于中国杂牌军之手!"之后,板垣征四郎欲剖腹自杀,被下属发现而未遂。这场战役阻挡了日军南下的步伐,给中国军队下一步的军事部署争取了时间。之后,临沂大战、台儿庄战役的胜利,莒县保卫战有着不可磨灭的贡献。

第一一五旅突围后又被调驻临沂,邵恩三的第二二九团又参加了临沂保卫战。

1943年4月11日,第四十军扩编为第二十四集团军,邵恩三升任集团军少将处长,部队在太行山与日军激战中损失4000余人,并在山西垣曲被日伪部队包围,日伪军包围庞部所驻山洞后,即向洞口猛扑过来,几名抵抗的士兵被当场打死。伪军还在洞口向里面喊话,让洞里的人投降。这时,洞里传来一声枪响,原来是邵恩三不甘做敌人的俘虏,在山洞内悲愤自戕,壮烈殉国,享年40岁。

国民革命军第五十七军,也是守卫连云港的一支部队,前身是张学良东北军旧部,在东北易帜后改编而成,军长何柱国。这是一支英勇善战的部队,1933年曾在长城抗战中与日本混成第三十三旅团激战。"西安事变"后东北军被缩编,第五十七军辖第一一一师、第一一二师,由缪澂流任军长,移驻苏北淮阴。1938年2月,由于战局的需要,守卫连云港的第四十军庞炳勋部移师莒县,第五十七军也移师北上,第一一一师常恩多部驻守临沂、日照一带,第一一二师霍守义部则驻守海州、连云港一带,以接替第四十军的防务。1938年10月,五十七军赴武汉参战,行至合肥,由于武汉失守,又退回苏北。

在连云港保卫战中立下战功的缪澂流,两年后公然与共产党对立。1940年初,国民党掀起第二次反共高潮,第五十七军军长缪澂流竭力推行国民党所谓的"全军皆党"计划,规定无论军官士兵一律加入国民党。此时,恰逢在第一一二师工作的中共党员王武修叛变,谷牧和师党工委立即采取特殊措施处置。之后,万毅又被调到东北军第一一一师任第三三三旅旅长。在形势逆转的严重情况下,谷牧等人于是年夏天撤出一一二师,转而进入山东抗日根据地开展工作。他先后任中共中央山东分局秘书主任、统战部部长等职,1941年11月在同日军作战中负伤,1943年任第一一五师暨山东军区统战部部长,1944年10月调任中共滨海区第二地委书记兼第二军分区政委,参加巩固和发展滨海抗日根据地的斗争。他积极发展地方武装力量,壮大民兵队伍,率领滨海军民与日伪军浴血奋战,采取分散游击战与适时集中兵力作战相结合、武力攻击与政治瓦解相结合的办法,机动灵活地打击敌人,取得了一次又一次战斗胜利。

曾任党的东北军第一一二师党工委委员的李欣,于 1996 年创作了一首诗《贺万毅米寿》。

> 记得在抗日战争中,
> 在徐州会战那场大战中,
> 你奉命保卫连云港。
> 你先是打退了陆上来犯之敌,
> 继而又顶住了来自海上的进攻。
> 一守就是半年,
> 创造了战略防御阶段积极防御的典范。
> 连云港的人民说:
> "鬼子不怕一万怕的是那个万毅。"
> 人们想念你,
> 把你入党宣誓的那间小屋,
> 陇海大旅社二楼上,
> 那个不起眼的小房间,
> 保留下来作为纪念。
> ……

万毅晚年时回忆起他加入中国共产党,还满怀深情地说:"我是 1938 年 3 月 11 日那天,在连云港的陇海公寓加入了中国共产党,明确是由单线联系的特别党员。在那个特别时期,是秘密入的党。"

万毅这位贫苦农家子弟,早年参加东北军,在党的引导和谷牧等同志的帮助下,不仅在连云港加入了共产党,参加了连云港保卫战,还逐步成长为开国中将。但是每当谈到连云港保卫战，谈到那句"不怕一万，就怕万一"时，万毅都说："我只起了一点微小的作用，打了几次胜仗，都是党的领导，党组织的力量。"

1987 年，世界人民反法西斯战争胜利暨中国人民抗日战争胜利 42 周年之际，已 80 岁高龄的万毅将军作了一首七律，以纪念 49 年前抗击日军的连云港保卫战。

> 大桅凌霄连岛横，
> 朝阳出海水云彤。
> 万人登垒御强虏，
> 六月鏖兵屠孽龙。
> 仇寇舰机飞火雨，
> 军民血肉筑长城。
> 一挥五十春秋逝，
> 天外黑风可结绳。

连云港保卫战，弹指一挥已过去了 49 年，万毅对当年经历的一幕还念念不忘。可见，万毅对连云港的感情之深。

1936 年 8 月，谷牧受党的委派到东北，在东北军第六十七军第一〇七师学兵队开展兵运工作；1938 年 2 月到连云港，依托第六六七团开展兵运工作，继而在第五十七军中开展党的工作，直到 1939 年 3 月 4 日连云港保卫战取得胜利。在此期间，谷牧做了大量艰苦、细致的工作，可谓功不可没。

《谷牧回忆录·滨海十年》一书记录了抗日战争、解放战争时期，谷牧在滨海大地工作学习的生活。书中提到的"滨海"，是个历史地理概念，它是抗日战争和人民解放战争时期中国共产党领导广大军民在山东东南和江苏东北沿海一带建立的革命根据地。起初的范围包括莒县、日照、莒南、临沭、郯城等县，到抗战胜利时，根据地范围逐步扩展为南陇（陇海铁路）、北胶（胶济铁路）、东海（黄海）、西河（沂河，也指运河）的广大地区，还包括江苏的新浦、海州、连云港、赣榆、东海等地。滨海区曾分设滨南、滨中、滨北3个地委,当时拥有面积3000平方千米,人口500多万。

这个地区,西依沂蒙山脉,有五莲、甲子、马陵、苍山等山区,可与敌军周旋;东临大海,海岸线长700余里,可开辟海上交通线,与苏北和华北革命根据地及上海、东北地下党组织联系,而开展海上贸易也成为根据地打破敌人封锁、发展经济的有效手段。共产党领导的主力部队、地方部队和省、地、县各级人民政权以及广大人民群众,曾在这里前仆后继,英勇奋战,迎来了抗日民族解放战争和新民主主义革命的伟大胜利。

1948年谷牧受命在东线率滨海部队,进取新浦、海州、连云港。11月初,淮海战役刚要打响,国民党驻海州李延年部即仓皇撤退,被紧紧追歼。7日,谷牧率部队进入海州、新浦。8日,滨海部队与华中解放区的淮海部队协同,一举歼灭连云港之残敌3000余人。9日,中国人民解放军新海连军事管制委员会宣布成立,谷牧任主任。1949年6月初,谷牧离开新海连到鲁中南区党委(时驻临近,不久移驻曲,后又移回临沂)任副书记。鲁中南区党委是1948年冬鲁中、鲁南两个区党委和滨海地委合并组成的。1949年11月,谷牧又由鲁中南调往济南市工作,从此离开了鲁南、滨海地区,开始了新的工作里程。在那个血与火交织的时代,谷牧同这里的广大人民一起,度过了战斗的岁月。

在《谷牧回忆录·滨海十年》中,谷牧写道:

> 这里的人民用高粱、玉米养育了我;人民用汗水、鲜血和生命支持革命战争的实践教育了我;严酷炽热的斗争也锻炼了我;我对这里的人民和土地怀有深厚的感情。

谷牧在滨海地区前后有12个年头,其中2年零7个月在东北军工作的经历,已写入《谷牧回忆录·五年东北军工作》。这一部分回忆,从谷牧到山东分局开始,至1949年底,时间跨越10个年头。因此,他以《滨海十年》为题。

1985年6月,谷牧到连云港调研对外开放工作时,顺道去原滨海区的几个县市走了一趟,还特地到赣榆抗日山革命烈士陵园瞻仰了抗日战争期间在滨海地区牺牲的符竹庭、希伯等烈士的陵墓。

谷牧在《谷牧回忆录·滨海十年》中饱含深情地写道:"滨海十年的战斗生涯,我永远不会忘怀!"

第二节 孙家山肉搏战

风云突变,战火纷飞。抗战救亡,云台喋血。

在狼烟四起的苏北大地上,中国共产党组织军民与日军展开了殊死搏斗,抒写了一曲曲可歌可泣的反法西斯赞歌!

打开连云港地图,蜿蜒起伏的云台山三道山脉特别引人注目,其中后云台山的北麓有一座叫孙家山的小山,却发生了在连云港抗战史上赫赫有名的孙家山肉搏战。

孙家山,并非名山大川,只是云台山中临海的一座山,千百年来,它就静静地立在那里,不争不抢,山下码头的车水马龙、一派繁忙热闹之景仿佛和它无关。人们顺着步道登山而上,会发现山上醒目的岩石上有与抗日相关的题刻,仔细观看这些凿在石头上的文字,蓦然发现这里就是抗日战争时著名战役连云港保卫战的主战场。

连云港保卫战,是86年前中国铁血军人在那段悲壮岁月里,用热血和豪情书写的一首赞歌!

站在云台山上,向山下望去,铁路码头一览无余,远方的黄海烟波浩渺。眼前的一切,确实让人们很难想象这里是著名的抗日前哨。在这片热土上,中国军民团结一心,浴血奋战,与来犯的日军拼个你死我活!

2023年,可能是农历闰二月的原因,苏北大地的天气有些偏冷,春天姗姗来迟。

清明前一个天气有些阴暗的周末,笔者登上孙家山凭吊抗日先烈,追忆抗日勇士们与日军浴血奋战的丰功伟业。山上早已不见当年的金戈铁马、战火硝烟,但当年中国军人留下的石砌战壕还在。已经坍塌的战壕里外长满了青草,它据守一座山头,是一夫当关万夫莫开的位置。耳畔仿佛有一个声音在说,这里有不同寻常的过去,曾经是敌我双方交火的主战场之一。站在山上,看着眼前的一朵朵迎春花,仿佛是一颗颗抗日忠烈的魂魄;耳畔响起的松涛阵阵声,感觉是抗日将士的怒吼;那飞流直下的瀑布,宛若是中国将士身上奔腾不息的抗日热血;那被炸崩裂的岩石,恰恰是中国人宁为玉碎不为瓦全的民族气节。

临近晌午,风停了,天气转晴了,阳光普照的孙家山,山无言,树无语,只有脚下的涓涓细流潺潺而过。终年不息的流水仿佛在记录着那段不屈的历史……

中华人民共和国成立前,连云港市曾分为东海县(辖新浦、海州等)和连云市(连云港、城沟等)两部分。自抗战以后到新中国成立前夕,国民革命军整编第五十七师、第二十八师和第四十四师相继在这里驻守,管理海赣沭灌等县的伪江苏省第八区专员公署也设在这里。国民党党、政、军、警、特各种机关林立。

1927年至1949年期间,国民党反动派为了扩大内战,对人民进行层层盘剥,苛捐杂税多如牛毛:有伪县、市政府税,捐稽征处的所谓"国"税;有地方附加税,含房屋产税、田赋税、屠宰税、烟酒税等;有伪警察局的花捐、门牌捐、户口捐等;有伪乡、镇、保甲的壮丁费、乡丁费;有乡、镇公所的经常费;还有补贴国民党军队的火草费、副食品差价费等。残酷的压榨与掠夺,使社会经济遭到极大破坏,工人失业、农民破产、市场萧条、物价飞涨。新海连地区仅有的一家发电厂于1946年7月停产。海州面粉厂在1948年前竟成了难民收容所。其他的企业如锦屏磷矿、自来水厂、酒厂、油坊等厂矿企业,也都处于停产状态。人民在苦难中挣扎,盼望着早日驱散乌云见太阳。

1937年9月,日军侵占了有"连云港海上门户"之称的前三岛,开始在岛上及周边部署兵力,对连云港实行严格的海上封锁。1937年12月,日军占领南京、济南后,分别从南北两面沿津浦铁路进犯徐州,国民政府调动兵力于1938年3月至5月,与日军在台儿庄、徐州作战。日军为了牵制中国军队在徐州以东地区的兵力,配合台儿庄战役、徐州会战,实现两面夹击,企图在短期内打通东陇海线。至此,日军从海上正面登陆连云港的计划进入了倒计时。

1938年5月上旬,日军一艘军舰又"例行公事"地开到连云港近海"散步",他们在舰上时刻窥探海面上和岸上的动静。如果发现他们认为的可疑船只,哪怕是打鱼的船都要上前盘查。对于岸上的"可疑分子",他们通过广播喊话给予警告。5月中旬,日军两艘军舰泊在东西连岛一侧,之后,陆续增加至4艘、6艘、9艘、11艘,其中的8艘分列在连岛东西两端,舰上炮口一律指向码头方向。

盘踞在连云港海域的日本海军,是一支武装到牙齿的精锐部队,其目的就是从连云港登陆上岸,实现"快、准、狠"一战解决的侵略。

1938年5月19日夜,日军在海面上投入了3个大队2000余人,军舰21艘,含航空母舰1艘。以7艘军舰载登陆士兵600余人的兵力,部署在连岛以西,以7艘军舰载登陆士兵1000余人的兵力,部署在连岛以东,作为第一梯队;以6艘军舰配合航空母舰上的十几架战机,分别部署在连岛以东和车牛山的附近海面,准备给登陆部队以海上、空中的火力支持。是夜,日军部署完成了登陆作战前的全部准备工作。

20日,日军百余人企图在东连岛登陆。据当地相关资料记载,"岛上500名守军大部分壮烈牺牲"。部分岛上守军从西连岛乘船撤离,因遇海浪,船翻落水后,又游回连岛。第二天,日军占领连岛后,要西连岛渔民交出驻兵。这些驻兵都被当地群众作为自己亲人藏起来了,没有一个人肯说出守军的下落。

另一路日军于5月20日拂晓登陆。在登陆前,日军先对连云港、孙家山的守军位置实施精确火力打击。日军舰艇上的火炮密集扫射,空中9架战机轮番轰炸,连云港码头及附近的孙家山等地顿时陷入一片火海之中。7时许,日军组织了数十只登陆艇,艇上满载600多名全副武装的登陆士兵,从连岛海域全速驶出,气势汹汹地向孙家山滩头开进。驻守在孙家山山头的守军,是李浩总队的第一中队,在这里有两个机枪排,4挺重机枪架设在主阵地上。一个中队面对庞大的日军登陆部队,在人数上明显处于下风,在武器配备及气势上也处于下风。交战中,守军的机枪因射击时间过长,枪管发红,热得烫手,又难以降温,不能继续射击,只能处于瘫痪状态。三中队还在赶往增援的途中,阵地已经失守。

9时左右,日军的先头登陆部队和后续部队1000多人,终于在孙家山登陆。

　　眼见孙家山失守，曾锡珪心急如焚。李浩命令总队的三中队协助二中队移守丫髻山。

　　李浩给三中队的电文命令道：

　　　　敌必将沿路西进，威胁徐州，眼下唯有前面丫髻山控制公路咽喉，你先率队抢占固守。

　　此时，敌机在三中队将士们的头顶上盘旋，还利用机载机枪扫射，以此控制公路上急行军的将士。三中队的勇士们冒着枪林弹雨，向丫髻山猛冲。

　　丫髻山，位于连云老街西侧的陶庵西南侧，海拔 242 米，山头上两块突出的岩崖，就像古代少女的两根丫髻。《连云街道志》描述这座山说："峰高如美女梳髻，因名丫髻山。"丫髻山上有一座大墓，经考古学家证实是明代开国名将东川侯武德将军胡海的墓葬，此墓葬于 2011 年入选江苏省第七批文物保护单位名单。此山紧邻公路，山虽然不高，地势却险要。丫髻山顶是个制高点，从云台山的云霞岭半腰向北突出，在公路南侧，山顶高度垂直距离有 100 多米。东北一面坡度较大，狭窄的山路从东北斜插丫髻顶，北麓沿陡坡西行，二中队的阵地就设在陡坡下方的西北处，火力可覆盖公路及公路下面的铁路。这个制高点的位置很重要。

　　此时，日军一个中队从孙家山东侧迅速聚集到丫髻山脚下。日军仅依靠飞机空中的侦察，就自信地认为他们已夺取了孙家山主阵地，从而盲目地判断丫髻顶是一个真空制高点，上面没有守军，便放心地向此集兵。为首的日军举着日本军旗，领着一队人马，毫无顾忌地往上冲。二中队官兵在阵地里全神贯注地看着爬上来的敌军。在日军进入百米射程内时，二中队队长田有祚大声命令："打！"官兵们手中的枪，一起向日军开火，顷刻间倒下了十几个人。枪声引来了山下日军的增援部队，狡猾的日军增援部队兵分两路，一路和二中队继续交火，一路向最高峰攀登，意在将日军的军旗插在上面。

　　中队长田有祚立即组织战士全力阻击，打得日军不能前进一步。双方僵持到下午 4 时，日军率先挑起战火，他们的意图很明显，就是想抢在天黑前登上山顶，在上面插上军旗。敌人的阴谋再一次被英勇的二中队挫败了，日军的残兵在天黑前狼狈地向山下撤退。

田有祚心里明白，日军是不会把即将到嘴的肥肉吐出来的，他们撤退时的速度太快了，很不符合常理。田有祚把大家召集到一起，大声说道："兄弟们，大家都看到了，日军匆忙撤退下山，说明什么呢?"战士们你望我，我望你，都没有人说话。田有祚声音急促地说："接下来，日军肯定要炮火覆盖丫髻山，我们赶快离开这里。"二中队的勇士前脚刚刚撤出丫髻山，日军密集的炮火就向山上砸了过来。

21日黎明前，田有祚带领二中队的兄弟悄悄地来到丫髻山埋伏下来，他算准了，天亮时日军一定回来。果不其然，天光大亮后，日军一支30多人的队伍在一个肩扛军旗的"带头大哥"的带领下，大摇大摆，毫无顾忌地向丫髻山攀登而上。日军认为，昨晚天黑后的炮火覆盖，让丫髻山不会再有一个活着的中国军人。

日军还是失算了，他们小觑了中国军人。此时，二中队将士紧握手里的钢枪，子弹已经上膛，他们静等"猎物"上钩。待日军进入伏击圈，田有祚暴喊了一句："给我打!"上百发子弹齐发，一阵枪声过后，日军倒下了大半，余下的七八个人哭爹喊娘，连滚带爬地逃下山。

丫髻山上基本全歼日军的消息，就像长了翅膀一样迅速飞了出去。坚守在其他阵地上的官兵深受鼓舞，抗击日军的信心满满。海州、新浦等地的后方各界人士纷纷前来慰问连云港港区守军。

经过丫髻山一战，日军终于尝到了中国军人的厉害，不敢向西面墟沟一带前进一步。他们白天到连云港港区的岸上晃悠，晚上就龟缩在舰艇上。

5月22日，国民革命军第五十七军第一一二师由赣榆、日照地区赶到连云港港区，接替了税警团第一总队的防务，万毅率领的第六六七团驻守在孙家山。孙家山东为马腰、荷花街，西为庙岭，庙岭的钓鱼台伸入海中，形成一个半圆形海湾，地势险要，战略地位突出。第六六七团所辖的3个营分别把守3个制高点。第一营调防到孙家山时，尚无坚固的阵地，全营官兵就一同行动，用洋镐、铁锹等工具挖了一个个野战工事。第二营、第三营都控制住各自的阵地，严阵以待。10多天过去了，日军在岸上没有一点动静，海面上日军的舰艇来回巡逻，空中有战机在盘旋。万毅预料到敌人必定会有一次大的行动。

6月初的一天黎明，海面上尚有雾气笼罩着。哨兵从朦胧中观察到近处海面上有舰艇在向岸边移动。万毅接到报告后，命令大家按原作战计划投入到战斗中去。

这时，只见日军几艘登陆艇急速向岸边驶来。日军见岸上静悄悄的，迅速地从汽艇上跳上岸，100多人或抬着重机枪或端着枪杀气腾腾地直向孙家山扑来。从海面上飞来的几架战机向孙家山的第一营阵地投弹过后，日军登陆部队开始向山上猛冲。担负正面狙击任务的第一营官兵，随即向日军开火，他们一边要对付向山上冲来的敌人，一边要防止头顶上日军战机的机枪扫射。

日军的第一波冲锋被打退了，第二波、第三波……日军疯狂的冲锋一波接着一波。第一营一连、二连牺牲了一些战士，万毅迅速把团预备队拉了上去。战斗持续到傍晚，中国军人始终坚守自己的阵地，日军也没有撤退。

英勇的第六六七团打出了中国军人的威风。战场上，他们不怕死、不要命的强硬作风，令日军闻风丧胆。万毅也打出了沉着冷静、善于指挥、勇打胜仗的威名。

天渐渐黑了，日军收缩队伍，由主动进攻改为防守，战机不再继续轰炸，炮火打击也停了下来。海面上一片灰蒙蒙，士兵们听到的是海浪撞击礁岩的响声。万毅决定当夜实施夜袭行动。23时，第三营悄悄地摸进了敌营，迅速分散开来，见到人影，就扔出手榴弹，随即冲上去拼上刺刀，打得毫无防备的日军一个措手不及，哪里还有招架之功。日军有的被炸得血肉横飞，有的被刺刀刺死，在负隅顽抗一阵后，就向停靠在海边的登陆艇撤退，在撤退途中伤亡了一部分。那一仗歼灭日军40多人，第三营的战士也牺牲了六七个人。此后的一段时间，日军不再发动登陆部队上岸，只在白天用军舰上的炮火和空中战机打击陆地上的目标。

日军攻打孙家山惨遭失败后，计划于6月18日沿陇海铁路西进，再迂回后云台山，向中云台山、前云台山开进。第一一二师获取情报后，认为这是一次阻击敌人的好机会，连夜部署了3个营的兵力，在孙家山西及西面的庙岭山布下了口袋阵。日军1000余人浩浩荡荡行军至此，遭到了中国军人的痛击。那一战，共击毙击伤日军300余人，硬是将日军打了回去。

西墅村老住户王学友生前回忆,1938年日军侵犯连云港时,首先打的不是连云港老窑、孙家山一带,而是西墅。老人说,一天早上,母亲让他先上山看看海上的动静,再回家吃早饭。王学友到了山上,发现海中停泊着几艘日军军舰,还没等他反应过来,军舰上的舰载炮就向陆上开火。王学友急忙回家,举家赶紧"跑反"。西墅西头炮台嘴的山坡上有一座规模较大的龙王庙,里面仅房屋就有24间,李浩总队的一个中队就驻扎在龙王庙里。当年,王家就住在龙王庙下面。王家刚离开家院,日军战机就飞了过来,向龙王庙投放炸弹,龙王庙顿时瓦石乱飞,一片火海。日军战机炸塌山上的一处岩石,一块大石头从上边滚了下来,正好滚到王家院子里,房子全部被砸毁。王学友说幸好家人都已逃出,才没有造成人员伤亡。中队的官兵也不在龙王庙里,而是早早就埋伏在西墅海边大礁石后边。这时,恰逢涨潮时间,海水渐渐上涨,潜伏在此处的战士被浸在海水中。日军一个劲地向西墅山坡上投弹、扫射,竟没有发现海边的守军,等到七八艘日军登陆艇接近西墅海岸时,中队的战士一齐开火。第一艘登陆艇上的日军有七八个人,被打得只剩下两个人,余下的几艘登陆艇上的日军,也被打得死伤过半。日军见势不妙,加足马力开着登陆艇掉头逃窜。

1938年7月8日,日军以军舰5艘,载登陆艇20艘、登陆部队100余人,在舰炮、航空火力的掩护下,准备从墟沟海头湾登陆。游击五十七军第一一二师部分将士出战阻击,共打死、打伤日军30余人,击毁登陆艇两艘,取得墟沟反击战的胜利。

时任中共第一一二师党工委委员李欣和曾任第五十七军政治工作队队员的海州籍人李建生回忆,1938年7月,由第一一二师的崔锡璋率第六六八团防守前沿阵地,万毅率第六六七团作为二线增援部队。七八月间的一天,日军300余人分乘登陆艇从孙家山、墟沟沿岸又一次强行登陆。日军登陆部队在空中战机、海上舰载火炮的支援下,与我军展开激战。在步枪、机枪、手榴弹密集的爆炸声中,随军战斗宣传员向将士喊话:"弟兄们!我军官兵献身报国的时候到了,大家准备冲锋战!"冲锋号吹响了,战士们个个身先士卒,奋不顾身地用大刀和刺刀向敌人杀去。关键时刻,第六六七团一路疾行军赶了过来,在陶庵的五条沟与日军相遇,双方展开了肉搏战。

墟沟、陶庵一些老人回忆五条沟的肉搏战时说,五条沟是乱石沟,地形复杂,乱石头特别多,不便于人行走,这也是中国守军的优势。那一战,中国守军杀得日军鬼哭狼嚎,无心恋战,转身就跑,边逃跑,边还击。这时,随军宣传员用日语喊话道:"缴枪不杀!"敌人逃到海边沙滩上,一时间潮水还没有涨上来,登陆艇还搁在沙滩上,日军军舰因吃水,只能后退到比较远的海面上,日军眼睁睁地看着舰艇,却不能登上,有些日军被砍死在海水中。是役,日军死伤20多人,被活捉3人。我军伤亡10余人。经过这次战斗,日军被再一次赶到海里去。

第六六八团接防不久的一天,在一营驻守的防区,日军组织了一个登陆小分队,趁着雨夜的掩护登陆。中国守军发现后,立刻与日军展开肉搏战。据见证过那场夜战的老战士对他的儿女讲述,那次战斗打到后半夜,日军最终被赶下大海,乘坐小汽艇(登陆艇)落荒而逃,战场上尸横遍野,血水伴着雨水朝海里流,雨天的空气中弥漫着一股血腥味。老战士还说,记忆最深的是两名中国军人,牺牲后还端着枪背靠背站立着,刺刀还深深刺在敌人的心脏中。后来经过辨认,人们才知道他们是亲弟兄,从东北跟随部队一路南下,参加连云港保卫战。

9月到12月,日军又多次从孙家山、陶庵、海头湾、西墅、黄窝等处沙滩登陆,均被中国军人赶回海上。

第三节　大桅尖争夺战

大桅尖,高耸突兀,屹立在浩瀚的黄海之滨,雄踞于连云港港区之南。它北边是连云港、荷花街、孙家山、庙岭;东边是黄窝、高公岛;南边是宿城;西边与云山、墟沟的群山相连,形成了一个制高点。大桅尖居高临下,是一处咽喉要地,守住这个制高点要塞,便可以掌握主动权,战旗可以插上后云台山的最高峰。因此,大桅尖成为中日双方军队争夺的焦点。驻守大桅尖的部队,先是游击第八军第一总队李浩大队的一支中队,后改为第五十七军第一一二师第三三六旅第六七二团。

第三三六旅第六七二团肩负着守卫大桅尖的重任,日军军舰白天朝岸上打炮,飞机狂轰滥炸;晚上探照灯不断照射,在空中监视,给中国军民的心理造成阴影。第六七二团的战士利用海滩沟壑构筑营造战壕,白天待在里边不动,到了夜晚充分利用地形优势阻击日军。夜幕下,战士们格外警惕,一双双眼睛紧紧盯着东西连岛敌舰的活动。一次大雾笼罩海面,日军趁机偷偷爬上岸来,先把前方军士哨打掉,继而成连的整建制兵力在军舰和空中火力的掩护下,向大桅尖主阵地发起猛烈强攻。第六七二团团长白喜禄率部奋勇抵抗,终因伤亡过重,大桅尖阵地失守。第一一二师师部立即命令预备队第六六七团迅速增援,并责令万毅、白喜禄两团长协力作战,一定要把阵地从日军的手里夺回来。

黄昏,白喜禄率第六七二团从正面猛攻,万毅率第六六七团从两翼迂回包抄。刹那间,大桅尖上爆炸声、枪炮声、喊杀声交织成一片。此战激烈异常,敌人三面受击,难以招架,最终惊慌失措,弃阵地向下山逃命。大桅尖阵地完全恢复。

自 1938 年 5 月底以来,日军多次向大桅尖发起进攻,有时在攻至半山腰即被击退,有时在占领大桅尖制高点后又被中国守军赶到海里。日军登陆部队在航空兵支援下,不断展开争夺,形成拉锯式的战斗。

1938 年 6 月中旬的一天早上,日军在航空兵、舰载火炮的火力掩护下强行登陆,向大桅尖进攻,意在抢占大桅尖制高点。日军从孙家山东侧向大桅尖迂回进攻,那里正处于一个山坳里,草深石乱,便于部队隐蔽。当他们先头部队到达大桅尖西侧山腰时,埋伏在大桅尖西部的白喜禄第六七二团某营士兵从敌人的右侧发动猛攻,一举把日军后续部队截断,与大桅尖上的守军配合形成了对日军的包围圈。日军行进到上方的部队下不来,下面的增援部队也上不来。战斗形成胶着状态,从早上打到傍晚,日军心里开始发慌了:一是经过一天时断时续的战斗,他们的弹药已经所剩无几,供应线又被中国守军切断;二是客场作战,地形不熟是他们的软肋。天黑之前,日军集中所有弹药与守军交火,开始拼命突围,向山下夺路狂奔,逃回了海上。

此后,这样的战役在大桅尖反复出现过多次,最大规模的是 8 月 2 日凌晨。三伏天天气炎热,夜间山上蚊虫嗡嗡乱飞,叮咬得人难以入睡。第三三六旅第六七二团白喜禄团长率部队驻守在大桅尖上,第三三四旅第六六七团万毅团长率部队作为预备队在附近待命。

黄海海面上大雾笼罩,下半夜日军就将军舰开到近海,企图向大桅尖发动正面进攻,抢夺后云台山的最高点,把军旗插在上面。趁着涨潮,日军出动登陆艇40余艘,登陆士兵1000多人悄无声息地登陆。日军杀害了山下哨兵后,就待在山下不动。一会儿,航空兵和舰载火炮出动,对大桅尖守军阵地实施定点轰炸。轰炸过后,日军成排成连的兵力潮水般地向山上冲去。第六七二团的官兵拼死还击,日军在武器装备明显好于第六七二团的优势下,发动一波又一波冲锋,大有不占领大桅尖誓不罢休之势。经过一天的激烈交战,第六七二团寡不敌众,临近傍晚,大桅尖阵地失守了。

大桅尖制高点决不能落入日军手中!

第一一二师命令万毅的第六六七团立刻和第六七二团一起从日军手中夺回阵地。万毅在战斗前的誓师大会上语气坚定地说:"兄弟们,日军是不见棺材不落泪,我们必须狠狠地打,不惜一切代价,今夜一定要把大桅尖夺回来!"

傍晚,第六六七团和第六七二团合成一支部队,兵分两路,向日军控制的大桅尖发动强攻,刚刚争夺到制高点的日军猛烈还击。

天渐渐地黑了下来,中国军队指挥官抓住日军畏惧夜间作战的心理,及时调整了攻打战术。"两勇相遇智者胜!"万毅和白喜禄决定,夜间偷袭山顶的日军,誓死夺回大桅尖。第六六七团悄悄地朝日军右翼转移,官兵们杜绝火星,在暮色里隐蔽前进,才卜半夜3时,部队到达距离大桅尖顶峰50米处的预定位置,这个位置几乎到了日军的脖子下面,扼住了日军的咽喉。此时,一枚信号弹划破寂静的夜空,第六七二团从正面佯攻拖住日军的火力。第六六七团则集中火力打日军的右后翼,从后面猛袭。两面受击的日军伤亡很大,眼看有被中国军人全歼的可能,他们再也无心恋战,慌忙夺路狂奔下山。第六六七、第六七二团乘胜追击,一路猛打猛追,日军突围途中又死伤30余人,武器、给养携带包、帐篷、油桶等都丢弃在山野间。我方伤亡20余人,其中还有几名自愿抗日的青年学生。

此次战斗后,第一一二师奉命撤出连云港,准备参加武汉会战。连云港的防务交给游击第八军。游击第八军第一总队、第二总队担任守卫云台山的重任。

第一一二师离开连云港后,一直驻守东陬山的游击第八军第三总队胡文臣队长奉命率队驻守大桅尖,担负起保卫云台山的重任。

东陬山,位于今天的连云港市徐圩新区(中国东中西合作示范区)徐圩街道东陬山村,属于中云台山的一支余脉,东陬山村就是因这座山而得名。徐圩街道,隶属于江苏省连云港市连云区管辖。

1938 年 9 月 24 日这一天,一支日军小分队,在空中 4 架飞机的掩护下,从高公岛的大龙顶、狼窝顶、吕端山兵分三路,向大桅尖发起猛烈进攻。从日军杀气腾腾的气势来看,这次进攻是志在必得。

胡文臣队长指挥部队沉着应战,誓死守住大桅尖这个制高点,与日军形成拉锯战。经过一番激烈枪战后,子弹打光了。胡文臣亲率队伍与日军展开肉搏战,他挥舞着大刀砍死 3 名日军。看到队长都将生死置之度外,冲在前头,战士们个个斗志昂扬,猛虎下山似的与日军展开厮杀,战斗趋于白热化。

日军再一次被赶回大海里,大桅尖制高点保住了。

大桅尖争夺战,重创了日军在中国国土上的侵略意志。

据参战的中国守军军官回忆,当年与训练有素、装备精良的日军作战,处于劣势的中国军人只能靠夜战和近战。而这种战斗,面对面,刀对刀,因此肉搏战成为连云港保卫战常见的作战形式。在孙家山、丫髻山、大桅尖,中国守军取得了一个又一个胜利,靠的是将士们的血肉之躯。

自 1938 年 5 月 20 日,日军向连云港港区一带发起地面进攻起,至 1939 年 2 月止,在云台山(含前、中云台山)周围发生了大大小小 30 余次战斗,中国军民的顽强抵抗,日军始料未及。四川人民出版社 1987 年出版的《日本军国主义侵华资料长编》记载:

进攻连云港使海军吃尽苦头。

连云港保卫战振奋了军心民心,坚定了国人抗战必胜的信心,挫败了日军从海上增兵的企图,有力地支持了第五战区在徐州战场的对日作战。

现存于大连图书馆,由日本人渡边隆一于 1940 年 7 月编印的《北支经济开发论》记载：

> 北云台山海拔 624 米，全山都为花岗岩组成，被炮弹硝烟熏烤的荒山，叙述激战的痕迹。敌人（中国军队）于此山配有 5000 大兵，虽然号称难攻不落，但背面受到从南面射阳河方向、从北面安东卫方向的日本陆军攻击的威胁，海上不堪日本海军的猛烈攻击，于是败退。于今年（1939年）2 月 28 日将全山占领，在山顶由警备队长叙述海军从去年 5 月开始策划作战行动，直到现在占领的 10 个月中的艰辛情况时，几乎使我们不无惊叹之感！

《中央日报》曾在头版报道说："守卫云台山部队，坚如钢铁，固若金汤。"连云港保卫战的胜利，延迟了海属的沦陷时间，减少了海属人民的灾难，使日军把连云港作为徐州会战的补给线的计划没有得逞，从而支援了国民革命军第五战区在徐州的作战，显示了中国人民百折不挠的反侵略意志。

连云港抗击日军侵略的每一次胜利，都极大地鼓舞了淮海人民抗击日军的信心，各界人士纷纷前来云台山劳军。劳军的内容丰富，形式多样，有的慰问演出，有的与战士联欢交友，有的给将士们披红戴花，有的捐钱赠物……

第四节　高鸣岐的回忆

高鸣岐是河北省赵县人，连云港保卫战的幸存者。

1937 年 8 月的一天，一队日军冲进村子，村里的人们纷纷出逃。逃亡的途中父母叮嘱他说："儿子，你腿脚好，赶快逃命吧，不要管我们，逃出去后你要当兵，记住了你一定要当中国兵，打日本鬼子！"

荒郊野外，一群群逃难的人奋不顾身地跑着。突然，他们的头顶上空出现了日军的轰炸机，盘旋的飞机顷刻间投下了多枚炸弹，大地上顿时火光冲天，硝烟四起。逃难的人们立刻趴在地上、小树下。日军的轰炸机一阵狂轰滥炸后离去，地面上到处是倒在血泊里的死伤难民。活着的人们纷纷爬起来继续向前跑着。

日军侵华期间陇海线上的难民潮（拍摄于 1938 年）

　　高鸣岐从地面上爬起来，还没跑上几步，却被脚下的一只鲜血淋淋的胳膊绊倒了。一具满是鲜血的身躯横在他眼前，那血肉模糊的脖子上，却没了头，高鸣岐惊恐地张大了嘴。他顾不上害怕，爬起来继续随着人群跑。

　　不知逃了多久，不知跑了多远，也不知道跑到了哪里，高鸣岐遇到了一列京汉线南进的难民火车，他拼命地挤了上去。整整一列火车，每节车厢里都挤满了人，车厢外的顶盖上也坐满了人。高鸣岐为了给老人和孩子在车厢里多留一些地方，就爬到车厢外面的顶盖上，他坐在两节车厢相连接的地方，身子一半坐在一节车厢上，两条腿搭在另外一节车厢上。

　　正在行驶的火车，忽然遭到日军轰炸机的轰炸，刹那间，空中响起了震耳欲聋的爆炸声，地面上火光冲天。列车不得不停止前进，车上的难民们纷纷跳下车，跑到附近的小树林中隐蔽。日军轰炸机一阵狂轰滥炸后，飞走了，地面上的难民们死伤无数。

　　火车又缓缓启动，活着的难民们又蜂拥着扒上了火车。再次爬上火车的难民们惊恐万状，有一个母亲，刚刚坐上火车，突然发现紧抱着的不是孩子而是一个包裹，顿时无助地抱着头大哭："我的孩子……我的孩子……"

　　火车在途中多次遭到日军飞机的轰炸，只能无奈多次停车。车一停，难民们慌忙下车，跑到附近寻找隐蔽之处，待敌机飞走后，再慌忙登车，火车继续前行。三天三夜后，火车终于开到了河南开封。在开封下车后，高鸣岐在人群里找到了 17 个同乡青年，志同道合的热血男儿决定"一起去找抗日的队伍，当中国兵，坚决把日本鬼子赶出中国"！

在开封，高鸣岐等 18 人找到了正准备开往抗日前线的江苏两淮盐务税警总团，该团是李宗仁的 6 个团之一，他们被编在第二营五连。18 人把自己的名字、住址写在各自衣服领子的背面，并相互嘱托"如果有人在战场上牺牲了，活着的人就掀起衣领，按照衣服领子背面上的地址，给家人报个信"。几天后，又有赵县老家邻村的十几个青年，找到了这支队伍，他们被编在该团的二营四连。当他们知道高鸣岐是邻村老乡时，便不约而同地找到他，还效仿他们在衣服领子的背面写上姓名和住址，一前一后入伍报国打日军的三十几个河北老乡留下了生死之约。

几天后，他们随部队来到了江苏北部的灌云县。

1938 年夏的一天，高鸣岐所在团接到命令，配合第五十七军（军长缪澂流）以杨开多、杨开太为团长的两个团，到后云台山共同防守，对日作战。他们团的任务是防守后云台山大桅尖以西一带，部队刚刚驻扎好，战斗就开始了。高鸣岐生前对女儿高凤荣讲述过他参加连云港保卫战的第一场战斗：

> 山下连云港港口的海面上，一艘我们从未见过的大船上飞起了十几架飞机，在战士们的头顶上、云台山上的上空形成一个庞大的机群，冒着黑烟，盘旋着。慢慢地，飞机越飞越低，瞬间投下了数百枚炸弹。顿时山崩地裂，爆炸声震耳欲聋。山上的石头被炸成碎块、粉末，整个云台山面目全非，变成了一座火山。
>
> 空中的机群，海面上的军舰，轮番向我军阵地轰炸、攻击。敌机、军舰离去后，山坡上的几千名日军端着机枪、步枪冲上来。战士们居高临下，无数颗手榴弹飞向鬼子。一瞬间，阵地上机枪、步枪扫射声响成一片。几个小时的激战后，鬼子被打退了，战斗结束后，很多战士疑惑地问道："连云港海面上，那艘大船怎么能装下十多架飞机呢？那是一艘什么船呢？飞机怎么会飞到船上呢？飞机在船上是怎么起飞的呢？"这些疑问一直到持续几个月的战斗结束，也没有得到解答。

战斗进行了两个月后,就到了秋天。一天深夜,战士们都在山洞里休息,高鸣岐在外面站岗。忽然间,天空中狂风大作,电闪雷鸣。顷刻间,倾盆大雨直泻头顶,云台山呼啸的狂风似乎要把高鸣岐卷起。人根本无法在地面上站稳,情急之中,高鸣岐一把抱住了一棵松树,才没被狂风卷起。在轰隆隆的电闪雷鸣中,借着一道道闪电的光亮,高鸣岐努力睁大双眼向四周警惕地查看。他边查看边心里边嘀咕着:"山下的日军会不会趁着大雨滂沱之际摸上山来呢? 如果日军真的摸上山来,身后山洞里正在熟睡的战士们就危险了!"狂风夹杂着暴雨,打在脸上很疼,眼睛都无法睁开,秋夜里的云台山气温比较低,高鸣岐打起十二分精神坚持着。直到黎明时分,战友来接替他站岗,高鸣岐才进了山洞休息。

第二天,高鸣岐就患上了疾病,一会儿冷得不得了,一会儿又热得不得了。他浑身无力,头抬不起来,眼睛也睁不开,就连说话的力气也没有,只能躺在山洞里。到夜里,他突然两腿抽筋、疼痛难忍,第三天,两眼就什么也看不见。第四天被担架队抬到了山下的山洞里,经过队医的治疗,高鸣岐终于抬起了头,有了力气说话。可是他还是什么也看不见,也没有力气站起来,依旧是躺着。

经过20多天的治疗,高鸣岐有力气走路了,眼睛也能看清东西了。恢复了几天后,高鸣岐重新回到了阵地上,然而有很多战友已经不见了,他们都牺牲了。

高鸣岐的口述如下:

战斗进行了几个月后,我军伤亡过半。在这几个月里,驻扎在连云港港口的日军,每天都从海面上的那艘大船上飞起十几架飞机,海上的军舰开到码头附近对对我军阵地进行轮番轰炸。山下的日军每天都对我军阵地发起数次冲锋。然而,我们"誓死与阵地共存亡",用生命保卫着云台山,击退了日军的一次次进攻。

为了尽早攻下云台山,穷凶极恶的日军又开来十几艘军舰,这样海面上共有21艘军舰。一天,从大船上又飞起了十几架飞机,飞到云台山上空,对我军阵地进行一番轰炸。海面上的21艘军舰,拉开一定的距离,摆开阵势向我军阵地展开猛烈炮击。炮火打击过后,山下的日军又端着机枪、步枪向山上冲来。我们的子弹、手榴弹都剩下不多了,连续几个月的作战,战士们早已是疲惫不堪,再加上后勤补给不足,战场形势对我们十分不利。日军对我军阵地第二次进攻进行到第9天的时候,我们连的子弹、手榴弹都已用光了。这时,连长率领战士们如猛虎一般冲向日军场地,与他们展开肉搏。几个小时的拼杀后,我只觉得眼前发花,但是双臂还是抡着枪托,向左右上来的日军砸去。两个日军倒地后,我眼前发黑,就在人刚要倒下的瞬间,忽然听见东南方传来一阵喊杀声……关键时刻,四连的援兵到了,我顿时热血沸腾,力量倍增,高举着枪托向冲上来的日军头上狠狠砸去。

一场你死我活的拼杀持续到了黄昏,我们再一次击退日军,然而我方阵地上的战士只剩下三分之一。战斗持续到第11天,日军的轰炸机加大了轰炸频次和力度,我们伤亡很大,山顶阵地上我们这个团,仅剩下的几十名战士中,只有我和战士李振铎还活着。眼前的云台山,满是烧焦的树木燃着火焰,日军的尸体、战士们的尸体横卧在阵地上。

我和李振铎(河南开封人)从牺牲的战友身上取出他们事先写好的遗书,准备抗战胜利后到他们家乡去,亲手交给他们的亲人,那一张张遗书还染着他们的鲜血。在这些牺牲的战友中,我们找到了17个衣服领子的背面写着自己名字和地址的战士,他们是我的同乡。还找到了十几个衣袋里的遗书上写着自己的名字和地址的战士,他们是我邻村的老乡。这30多名老乡,是两年前一同从家乡逃难出来的我家乡的同伴,此时,他们全都牺牲在云台山上。这时,从山下传来了日军的嚎叫声。我抬头向山下望去,看见一众日军端着步枪、机枪,从我们兄弟两个团的阵地和山北坡冲上来。我明白了,他们都壮烈牺牲了。

我们的枪里已经没有一粒子弹。我和李振铎把刺刀上膛,两个人默默地对望了一眼,一起跳出战壕怒吼着向山下的日军冲去……

第五节　日军眼皮下的地下党

从 1938 年 5 月 20 日到 1945 年 8 月 25 日，日军占领连云港长达 6 年又 174 天。在如此长的时间里，除了中国军人与来犯的日军正面较量，连云港军民还在这片热土上与日军展开形式多样的战斗。在他们中，普通百姓自发加入抗日队伍中去，他们在党的地下组织的领导下开展敌后斗争，与日军斗智斗勇的英雄事迹同样可歌可泣！

1942 年 4 月，鲁中五地委和鲁南四地委合并成立滨海地委后，滨海军分区成立。1943 年 4 月，滨海军区成立。滨海军区地处山东东南部，北起胶济铁路，南至陇海铁路，包括青岛到连云港绵亘数百里的广大沿海地区。滨海军区是抗日战争胜利前后山东军区的 5 个二级军区之一，司令员陈士榘，政治委员符竹庭，参谋长何以祥，政治部主任刘兴元。符竹庭牺牲后，唐亮任政治委员。

1943 年，滨海军区先后派出吕连义、朱士坦、孙子光等具有丰富斗争经验的同志来连云港、新浦、海州地区，组织敌后斗争。

有陇海铁路这条中国东西大动脉、连云港这个便捷的出海口，连云港成了日军眼中举足轻重的军事要塞。日军对港口非常重视，一度将这里发展成政治、经济、文化中心，在老街设有日伪军司令部、敌海军陆战队、日本宪兵队、海军情报部、警察局等。多家助纣为虐、为侵华服务的日伪企业也设在老街。

在连云老街山下面的采石场里，一部分工人是当地人。朱士坦以记账员的身份和他们住在一起。一段时间后，他发展了杨汝昌、杨汝昆兄弟，通过杨家兄弟俩争取了在日军企业福昌当职员的谭吉功等人。当地进步居民胡长荣、黄廷松等人也和朱士坦取得联系。在当地老百姓的帮助下，朱士坦经过侦查后，对敌伪组织、武器配备、活动情况等一一掌握。朱士坦还在连岛乡的水岛、大路口等地发展进步渔民，开辟海上交通线，利用渔民的船只既能了解海面上的日军舰艇情况，又能及时把情报从海上送到滨海军区。

采石场开山采石需要的炸药，就由福昌公司提供，公司有一个存放炸药的仓库,平时有士兵和公司职员把守。彼时,中国守军的武器弹药极度匮乏,滨海军区指示朱士坦想办法搞一些。谭吉功是朱士坦信任的人,他又负责看管炸药库,有了如此的组合,可以说是占了地利、人和的优势,一切只待天时,等老天爷给机会。

一个大兴潮的午夜,在谭吉功的配合下,朱士坦组织了杨汝昌、杨汝昆、胡长荣、黄廷松和几个采石场的工人,偷偷地将炸药运到停靠在码头的渔船上,运往解放区。那一次搞出来的弹药比较多,其中有炸药200多箱、雷管数百盒、导火索2000多米。

日军在老街的山坡上还有一座专供部队打仗的弹药库,朱士坦决定炸毁它。弹药库由石头建成,仅厚厚的大铁门就有三四吨重,坚固得很,而且不留一扇窗户,只在沿口处留有两个成人拳头粗的排气孔,排气孔两边又镶嵌有细密的钢筋网。

朱士坦、谭吉功商定成立一支破袭弹药库的小分队,从正门突破显然不可行。夏天马上到来,就在夜晚雷雨时行动,在雷雨声的掩盖下,破墙而入,石头砌的墙体容易破坏。

一个电闪雷鸣、倾盆大雨的夏夜里,朱士坦、谭吉功、胡长荣、杨汝昆和他的一个孙姓亲戚等人组成突袭小队,带上武器和工具,冒着大雨来到炸药库。不出所料,看守弹药库的日军早已回去休息了。按照之前的分工,小分队队员快速投入破墙作业,石头墙体很快被破坏了,借着闪电的亮光,人们看到破坏的墙体里面还有一层厚厚的钢筋混凝土墙体。时间太紧张了,如果大雨停了下来,不但凿墙的声音会传得很远,而且负责当晚值守的士兵也会重新到岗。情急之下,朱士坦说:"我们从房顶上下手,把上面的瓦撤除,从上面突破,动作要快,抓紧时间!"房顶上的瓦石很快被揭了下来,令众人失望的是,瓦下面是和墙体一样的钢筋混凝土。日军准备得很充分,他们担心日后有人盗窃或是破坏,硬是把弹药库做成钢筋混凝土结构,墙体的石头和屋顶的瓦只不过是装饰物罢了。

时不我待,如果日军担心长时间无人值守的弹药库而返回来,可就麻烦了。大雨中,朱士坦从身上掏出用油麻布包裹着的怀表,盯怀表看了一会又抬头望了望夜幕后,他无奈地下达了撤退的命令。突袭小队刚撤回到半路,雨就停了。

那次突袭日军弹药库以失败告终。

第二天，日军就把炸药移到山洞中去了，还增加了值班守卫的人数。

屡遭连云港抗日军民打击的日军，也变得谨慎起来，每次出动队伍攻打中国守军或袭击平民之前，都提前一两天把准备工作做得万无一失。摸透了日军这个习惯后，朱士坦利用晚上时间召集大家开会，说："兄弟们，陈士榘司令员要我多看书多学习，特别是要多看毛主席的著作，毛主席在《论持久战》里就指明了我们与日军斗争的方法。现在我们面临的情况是敌强我弱，敌众我寡，如果我们要和日军硬碰硬，无异于鸡蛋朝石头上碰。"

"那我们怎么办？"杨汝昌、杨汝昆、谭吉功、胡长荣等人焦虑地望着他，异口同声地问道。

朱士坦缓缓地把大家看了一遍，语气坚定地说："兄弟们，同志们，硬的不行，我们来软的。"

"来软的？怎么干？快说说，我们听你的。"与会同志们的积极性被调了起来，大家显得很激动。

此后的一段时间里，日军的照明电线经常莫名其妙地被人为切断了；照明的灯泡在夜间被弹弓打碎了；电话打不通了，话机里的电池被人偷换了；码头上的汽油发电机被破坏了；铁桶里装的汽油被倒入海里了。党的地下组织紧密依靠群众、发动群众，给日军造成许多麻烦。

福昌公司有两艘轮船常年在黄海航行，两艘船的吨位都不大，可以在满潮时间乘着潮汐开进内河。朱士坦通过地下党了解到两艘船上的大部分船员来自山东胶东、文登一带，都是来自贫苦农民家庭。胶东、文登是解放区，经过地下党组织多次做工作，两艘船上的船员统一了思想，听从安排，择日起义。一个月黑风高、伸手不见五指的夜晚，朱士坦在日军的眼皮底下，组织两艘船同时起义，一起经内河河道开赴解放区。两艘轮船起义成功的消息，连夜传到了滨海军区司令员陈士榘的耳朵里。陈司令员特别高兴，为这两艘船分别命名为"民主号""解放号"，后来这两艘船便成了解放区内河运行的主要船只。

谭吉功还在值班时间计算好海潮的流向，把停泊在孙家山的一艘隶属于日军海军情报部的木船缆绳砍断。木船随着涌流在海上漂来漂去,被地下党组织的渔船截留,还成功地从内河开到了解放区。这些船只都成了日后解放区内河与海上运输的重要力量。

滨海军区领导的共产党地下组织,在日军的眼皮底下摸岗哨、偷炸药、搞侦察、取情报。在夜幕的掩护下,地下党在港口埠区有计划地组织破坏活动,以分散日军的注意力,达到麻痹、牵制日军的目的。日军的精神时常处于高度紧张状态,他们自乱了阵脚,开始频繁拉响警报、搞戒严、调动军队,再也不敢轻举妄动,随意离开老巢半步。

地下组织有计划有步骤的活动,不但有效地打击了日军嚣张的气焰,还取得了意想不到的收获。在日军严密封锁的黄海海域,他们竟然开辟出了一条从连云港通往赣榆柘柱、东台弶港的海上抗日运输线。在这条运输线上,连岛、陶庵、墟沟等地的爱国船民积极参与。他们护送革命同志、输运战略物资、转移伤员,为抗日战争的胜利做出了贡献,谱写了一曲曲可歌可泣的军民抗日的英雄战歌!

第六节　黄海交通线

柘汪,位于赣榆县(今连云港市赣榆区)的东北部,东临海州湾,北以绣针河与山东省日照市为界。抗日战争时期,柘汪小鱼港是滨海抗日根据地的唯一出海港口,是山东抗日根据地的重要门户。驻扎于此的八路军主力部队和地方武装日夜守卫,保证港口货物的正常进出。

弶港,位于东台县(今盐城市东台市)东部沿海中心港口的南面,三仓河从这里入海,是彼时苏中抗日根据地一处重要的出海港口。东台北面是大丰,南边是如东,是江苏省内重要的抗日根据地。连云港是敌占区,日军屯下重兵,控制得很严。在我国东部沿海地区,日军主要控制连云港和青岛两大港口,以此来切断中国与海外的联系。但在中国共产党的领导下,经过中国抗日军民的齐心协力,实际上存在着连云港至柘汪、弶港这一条黄海抗日运输线。

据中共山东分局工作的张洪树回忆,1941年"皖南事变"后,中共山东分局就委派张洪树、史屏两人到苏中与华中局书记刘少奇取得联系,计划是通过华中局动员上海的知识分子到山东根据地工作。之后,华中局在上海、苏州、杭州等地动员了大批知识分子到苏中来参加抗日工作,其中一部分人要送到山东抗日根据地参加建设。

1941年底,正值日军鲁南大"扫荡",未能成行,其他几条陆路交通线也难通行,后来,苏中区党委书记陈丕显提醒张洪树,可以从海上走,到䃋港看看能否找到一条出路。

陈丕显(1916年3月20日—1995年8月23日),又名家煜,福建上杭人,中国无产阶级革命家。1929年加入中国共产主义青年团,1931年转为中国共产党党员。曾任共青团中央儿童局书记、少共赣南省委书记。中央红军主力长征后,参加南方三年游击战争。抗战时期任中共苏中区委书记兼苏中军区政委。解放战争时期任华中野战军第七纵队政委、苏北军区政委。中华人民共和国成立后,历任中共苏南区委书记,苏南军区政委,中共上海市委第四书记、第二书记、书记处书记、第一书记,中共中央华东局书记处书记。1977年起任中共云南省委书记、湖北省委第一书记兼武汉军区政委、湖北省革命委员会主任、湖北省人大常委会主任。1982年起任第十二届中共中央书记处书记、中央政法委员会书记,第六届全国人大常委会副委员长。中共第八届中央候补委员,第十一、十二届中央委员。1987年当选中共中央顾问委员会常委。

张洪树和史屏便来到了䃋港。在䃋港,张洪树、史屏经过扮成船民的地下党牵头,联系上了连云港籍船主陶廷瑛。陶廷瑛是连云港港区附近的陶庵人,早在抗战初期,他就有一条载重200多担(一担等于100斤)的私人木船,主要做捕鱼生意。陶廷瑛在海上捕鱼,受尽了日军剥削打压,他又是一个有觉悟的渔民,就一口答应送两人回柘汪港。

见陶廷瑛答应下来,张洪树接着又说:"这真是太感谢你了,但我要告诉你,还要等两天才能走。"

陶廷瑛问:"为什么要等两天?"

张洪树望着陶廷瑛犹豫了一下,才小声说道:"我们还要等后面的同志,怕人多,你愿不愿意送我们?"

陶廷瑛问道:"你们还有多少人?"

张洪树不再言语,而是再次望着陶廷瑛,朝着他竖起了一只紧紧握住的拳头。看着张洪树紧握的右拳,陶廷瑛明白了,还有 10 个人。

沉默了一会儿,陶廷瑛说道:"船小,人是有点多,怕日军的小汽艇在海上盘查,问起话来,口音也不对就麻烦了。这样吧,出发的时间由我来定,必须赶着捕鱼的潮水,你们每人准备一身渔民的衣服,万一遇到日军盘查,你们尽量不要说话,我来应付。"

张洪树说:"准备衣服没有问题,上船后,我们随身携带的短枪、手榴弹怎么办? 武器可不能不带啊! 难道要放船舱底吗?"

陶廷瑛略沉思了一下说:"不能放船舱里,日军会登船检查的,这样吧,到时候我会提前准备一筐烂鱼烂虾(当地方言,指变质的鱼虾,此鱼虾臭味较大),把你们的武器就藏在烂鱼下面,这样就不会引起日军的怀疑。人多也不要紧,万一遇上了,我就说这些日子正赶上渔汛,请家里亲戚来帮忙的。"

一天拂晓,陶廷瑛那只小小木船载着张洪树、史屏、张守宽、陶廷波、陶廷珠、陶文海、张家良、朱洪喜、夏田诗、程复昌、陶廷阶、吴学田等十几个人安全到达柘汪。陶廷瑛这艘小木船,成了进入苏北鲁南根据地的第一条船,正是这艘小木船开辟了一条海上交通线,史称黄海交通线。

张洪树向时任中共山东分局负责人朱瑞建议,开辟海上"金三角"(连云港、柘汪、弶港)的运输线。得到批准后,就把交通总站设在柘汪的"海燕书店"里。书店老板李子厚表面上是个读书卖报的生意人,其真实的身份是共产党员。他负责敌占区公文、信函、情报传递,属于军区敌工部单线联系的地下党。总站下设数个交通分站,保持柘汪与山东军区的联系。陶廷瑛的接头人就是李子厚。陶廷瑛的船由张洪树调度,表面上是一艘渔船,实际上是解放区通往敌占区的交通船。

朱瑞(1905—1948 年),江苏宿迁人。1924 年考入广东大学。1925 年赴苏联,先后在莫斯科中山大学、克拉辛炮兵学校学习。1928 年加入中国共产党。1930 年任中共中央特派员、长江局军委参谋长兼秘书长。1932 年 1 月到中央苏区,历任中国工农红军总司令部二科科长、红军学校教员、红三军政治委员、红五军团政治委员。1934 年 1 月被选为中华苏维埃共和国中央政府执行委员会委员。同年夏天,任红一军团政治部主任,10月参加长征。第一、四方面军会师后,任第一方面军政治部主任。1936年12月任第二方面军政治部主任。抗日战争时期,历任中共北方局军委书记、北方局组织部部长、八路军第一纵队政治委员,后兼任山东军政委员会书记、中共中央山东分局书记。1945年任延安炮兵学校代理校长。1946年起先后任东北民主联军和东北军区炮兵司令员。1948年不幸壮烈牺牲。

陶廷瑛那一艘出没风波里的小小渔船,打通了解放区到敌占区的海上重要交通线。1942年至1944年,他驾驶着小船多次往返于柘汪、弶港、连云港之间,除负责交通联络工作外,还专门为华中军工部运送战略物资,如山东临沂出产的天然焦炭,是炼铁、钢,制造手榴弹、炮弹不可或缺的原材料。陶廷瑛还南来北往地运送洋细布、棉花、硫黄、黄磷等紧俏物资,有力地协助共产党保障了根据地军民生产、生活所需。

时任华中军工部部长程望、政委罗湘涛曾高兴地赞许陶廷瑛:"这真是雪中送炭!"

在黄海运输线上,陶廷瑛还多次冒着生命危险承担特殊物资的秘密运输任务。抗战期间,山东根据地共向延安上交了13万两黄金,为抗日战争做出了特殊的贡献。这些黄金大多产自山东招远,一般由胶东军区派出一个营的兵力,护送到驻滨海的中共山东分局,再设法转送往延安去。

1942年秋,由于日军对胶东抗日根据地进行大"扫荡",胶济铁路遭到严密封锁,为了确保黄金运输安全,减少不必要的牺牲,山东分局决定委托陶廷瑛从海上运回一批黄金。接受任务后,陶廷瑛驾驶船只与张洪树、孔培生等人赶到胶东五里岛,从海阳县大队政委季铁生手中接收了3600两黄金。他一刻不敢停留,冒着生命危险驾驶帆船,避开日军的巡逻艇,一路劈波斩浪,将这批黄金安全运到柘汪。上岸后,为了确保万无一失,陶廷瑛、张洪树、孔培生3人又亲自将黄金送到山东战时工作推进委员会(简称战工会,相当于现在的省政府),交到财经处处长艾楚南手中。艾处长兴奋地握着陶廷瑛的手说:"陶廷瑛同志,今天最应该感谢的人就是你,是你冒险出航,迂回日军,迎风逐浪,光荣地完成了这次特殊的海上运输任务,战工会感谢你,山东分局感谢你,延安感谢你!"

电影《51号兵站》由上海海燕电影制片厂出品，于1961年上映，讲述抗日战争时期地下党运送军需物资支援苏中根据地的故事。影片结尾的一段情节是最后一批重要的军需物资从上海偷运到崇明岛，以后的接力运输又是谁来完成的呢？这正是陶廷瑛驾驶他的渔船完成的。

文艺作品往往来源于生活，但是经过艺术加工的作品又高于生活。

在那个战火纷飞的年代里，真实的革命故事是这样的：

1944年4月，按照山东省工商局局长薛志（暮桥）给的任务，张洪树从苏中带了一船货物，其中有张渭清、汤纪宏和驻苏中办事处3家的东西，主要是作为到上海提货的经费。需要张洪树运回去的有鲁南行署委托购买的钞票机、石印机，有山东军区卫生部委托购买的X光机，还有山东日报社、山东画报社委托购买的铸字炉、字模、照相用的材料等。

张渭清，早年在上海参加过中共领导的抗日救亡工作。1941年到新四军一师工作，任新四军一师后勤部军需科科长，任内奉粟裕之命，到上海长期开展新四军军需物资采办运输工作。1949年，参与创建华东军区海军，任华东军区海军供给部长，负责从香港采购海军设备。后任海军东海舰队后勤部副部长、顾问，享受军级干部离休待遇。他是电影文学剧本《51号兵站》的编剧之一。

张洪树到了上海后，就遇到了滨海工商局的武明甫。武明甫在上海通过地下党组织为山东军区购买了86台手摇发报机，由于他没有办法将这些物资运输出去，就找了罗荣桓想办法，于是罗荣桓给粟裕（时任新四军一师师长）发去了电报。粟裕见到电报后，立刻做出了如下安排：一、张渭清马上找到张洪树，请张洪树把武明甫的这批机器设备运出上海。二、具体工作由张渭清直接负责。三、张洪树在张渭清、武明甫给出的时间节点安排运输工作。

张洪树通过上海伪海防司令部的关系搞到了一张通行证和一辆军用卡车，几经周折，于6月11日将这批物资秘密运出上海，暂时存放在崇明岛一个小渔港的仓库里。这时，因叛徒出卖，张洪树在上海遭到日军的疯狂追捕，组织批准张洪树先行撤离上海，避一避风头，再想办法。张洪树辗转经南京、徐州返回连云港。

事隔半年之后，这一批从敌人"虎口"里抢运出来的发报机等物资，由滨海区工商局干部白光华接头,交给陶廷瑛运回连云港。陶廷瑛请了张永良等人帮忙,在上海地下党的配合下,历经艰险,终于在日军的眼皮子底下,把这些物资从崇明岛的小渔港仓库里运出来,经他的船辗转运到了连云港墟沟。船在墟沟一个小码头靠岸后,敌战经验丰富的陶廷瑛见岸上有国民革命党士兵和便衣警察,就立马折回头,又把物资送到了柘汪港,由山东军区后勤部董金良接收了下来,后又转到了山东军区。

海上交通线开通之后,滨海抗日根据地组织了规模较大的运输船队,利用柘汪港口优势,通过这条黄金通道,加强了与敌占大城市的进出口商品贸易。根据地出产的农副产品源源不断地从柘汪港出口,从敌占大城市换回军工、民需物资。

据不完全统计,自1942年起,山东抗日根据地每年通过柘汪港口运出的生猪有4.5万头,花生米600万斤,生油81万斤,尤其是食用盐,每年出口量为100余万担,转口岸后再行销上海、武汉等大城市,仅盐税收入每年就有80多万元(法币),为山东抗日根据地的建设和发展提供了强有力的财政保障。根据地军民利用农副产品从上海、青岛等敌占大城市换回棉花、白布、线纱、板纸、洋火(火柴)、洋油(煤油)、白糖、药品等民需用品,改善了人民的生活;换回缝纫机,建起了被服厂;换回罗纹纸和香料,建起了卷烟厂;换回机床、钢材和火药,建起了兵工厂;换回医疗器械和药品,建起了后方医院。甚至延安广播电台使用的大功率电子管,也是用山东的农副产品从上海换回,经柘汪转送到延安革命根据的。

从1942年到1945年抗日战争胜利,陶廷瑛和他船上的伙伴们为了抗日武装运输物资,长期漂泊在波涛汹涌的黄海上。他们不顾生命安危,一次次地承担着风险。在那个年代里,帆船在海上航行,既要凭"船老大"的经验,看天时识海况,更要防备日军的舰艇盘问以及猖獗的海盗偷袭。

陶廷瑛的船有几次行至连云港外海时,风平浪静,帆船无风就没有动力,只好任其漂泊海面上,时刻都有被日军的巡逻艇拉走的危险。

1944年底,陶廷瑛从崇明岛送回那批发报机等物资,回墟沟后,即被日军逮捕,罪名是"私通八路"。在监狱里,陶廷瑛遭到严刑拷打,后经保释出狱。就在他被关在狱中的时间里,党组织又来了两批要经过连云港港到柘汪港的同志。陶廷瑛的妻子吴学英,人称陶大嫂,也是深明大义的人,找族人陶廷培、陶殿满、陶廷好等人帮忙。后来,陶廷好用他的船把第一批五六个同志送到柘汪。第二批又来了白光华等6人,陶大嫂又去找了张家良,请他把半埋在沙滩上的小船整理修好后,陶大嫂又请一起弄船的伙伴杨以仁、杨小伍驾驶她家的船,把同志们送到了柘汪。

在这条黄海抗日运输线上,像陶廷瑛这样热心助力抗战事业的船民还有很多,根据地和敌占区的同志都亲切地称他们是"抗日运输员"。为了伟大的抗战事业,他们驾驶帆船义无反顾地往返于根据地、敌占区,为中国人民的抗日战争做出了积极贡献。

陶廷勤,1913年出身于陶庵一个贫苦渔民的家庭。1938年,日军从连云港登陆,烧杀抢掠,无恶不作,陶廷勤看在眼里,记在心中。为支援抗日,陶廷勤凭借一艘打渔的小船,不分白天黑夜,冒着风险为滨海抗日根据地送去粮食、医药等物资。1940年的一天,当地乡邻程复全从连云港码头买来一批废钢材,委托他用小船运到根据地。由于海上风向不对,不能马上运走,陶廷勤就将钢材埋藏起来。不知何故,此事被日军知道,陶廷勤和程复全都被墟沟日本维持会抓去,严加审问,但他们始终没有承认。敌人没有抓到什么把柄,后来两人经取保释放。

一个夜晚,海面刮起了东南风,潮水涌流适合帆船行驶。陶廷勤和程复全抓住这个契机,驾起帆船连夜将这批钢材送到了柘汪,由八路军商行收下。商行领导赞扬他们为支援抗日做了一件好事。1946年秋,根据地领导委托他用小船,把许伯明等5位同志送到连云港敌占区。

陈同生,1917年出身于陶庵一个普通渔民家庭。1938年日军侵占连云港,陈同生家的房屋被烧光了,家产被抢光了,陈同生流浪在外,只得靠弄船捕鱼来维持生计。他对日军在连云港港区的行径深恶痛绝,也知道一起弄船的陶廷瑛、陶廷勤等人暗中帮助共产党做事,他们的船时常往解放区去,陈同生也想为共产党做事。1942年秋季的一天,在陶廷瑛的介绍下,在海门县三门闸一带活动的地下党和陈同生接上头,委托他把一批布匹、书籍等军需物资船运到琼港。陈同生高兴地接受任务,找来了信得过的王双喜,一起把这批军需物资安全地送到了目的地。

以陶廷瑛为代表的连云港籍船员,在抗日战争的艰苦年代里,用他们手里的小渔船,风里来,雨里去,舍生忘死地护送革命同志,运输大批军用物资,有力地支持了抗日救亡的大业。历史不会忘记他们,人民不会忘记他们,中国人民14年的伟大抗日史上,将永远留下他们的丰功伟绩!

第七节　"大褂队"智斗日军

"宁做枪下鬼,不当亡国奴!"这是每个中国人从内心发出的誓言。在连云港港区一带,不仅有陶廷瑛这样的渔民,以一艘小小渔船风里来雨里去,助力伟大的抗日战争,还有民间孤胆英雄陈三爷、程善军、张小三等"大褂队"英勇抗敌、智袭日军的故事。在抗日战争、解放战争时期,敌军后方活跃着一支有组织或单打独斗的民间反抗力量,他们手里没有配备武器,身上也没有统一服装,人们称这些民间勇士为"大褂队"。

陈三爷原名陈山,1894年出身于连岛乡一个贫苦渔民的家庭,排行老三。1934年,迁到陶庵西南山居住,过着上山打柴下海捕鱼,偶尔也上山打猎的穷苦日子。因平时嫉恶如仇,爱打抱不平,被人尊称为"陈三爷"。日军侵略下连云港港区一带老百姓水深火热的生活,激起他的民族仇恨,他发誓要狠狠惩罚日军。

1938年6月的一天,陈三爷从一个被打死在山上的日军身上弄到一支长枪和部分子弹,便隐蔽在深山密林中的山洞里静待时机。日军小分队搜山了,他瞄准时机冷枪袭击。他依靠熟悉地形的优势,打一枪换一个地点,神出鬼没地骚扰日军,弄得小分队摸不着头脑,时不时挨冷枪,不知山上到底潜伏了多少冷枪手。

8月的一天,日军步兵在多辆坦克开路下,沿着公路向陶庵推进,最前头的坦克上面露出一个身着黄衣的日军,他趾高气扬、目空一切的样子,令人愤慨。潜伏在路边草丛中的陈三爷,决心要打击日军嚣张的气焰。等日军的坦克到了长枪的射程范围,陈三爷胸有成竹地扣动扳机,一枪击中日军的脑袋。日军部队停止了推进。他们望着满山遍野的茂密的森林、草丛,却找不到狙击手的位置,想派人上山搜索,又不知道山上到底潜伏了多少狙击手,坦克也上不了山。气急败坏的日军用坦克上的大炮向山上猛轰一阵,见没有什么反应,只得原路返回。

夏天到了,细心的陈三爷发现,每到傍晚,庙岭山上大部分日军都回到海上的军舰上,山上只有几个日军留守。留守的日军怕挨黑枪,都畏缩在碉堡里,只搬一个橡皮人儿放在碉堡前站岗。用橡皮人代替哨兵站岗,原来是个假哨兵。陈三爷摸清敌人情况后,下半夜,他悄悄地爬过铁丝网,再悄无声息地把"哨兵"搬走。天亮后,日军发现碉堡前的假哨兵不见了。日军很纳闷:明明是昨晚放的"哨兵",怎么一夜间就不见了呢?他们武装好自己后,就荷枪实弹开始满山寻找,最后,在距离碉堡不远处的一个山洞口发现了"哨兵"。大为恼火的日军拿起机枪、步枪,向着山洞开火。

一天,陈三爷从大桅尖南麓的宿城攀岩到大桅尖顶峰,发现插在山顶的日本军旗无人看守。日军都盘踞在山北麓半山腰处的临时营地,上山的路口都设有日军的岗哨。望着眼前的一切,陈三爷心里有数了。他点了点头,盘算着下一步该如何将计就计,戏弄日军。

一个月黑风高的夜晚,陈三爷从宿城登上了大桅尖,又从大桅尖潜入半山腰日军临时营地上方,把八一军旗插在上面。盘踞在大桅尖上,日军的生活给养都是用飞机空投。那天早晨,又到了空投给养的时间,日军飞行员按照插旗的标志,空投了大批牛奶、面包、巧克力、罐头和弹药等生活、军用补给。

第一波运输机空投后,第二波轰炸机又来了,炸弹一股脑儿朝着插中国军旗地方扔了下去。尽管半山腰的日军一个劲地向轰炸机发信号,但还是迟了一步。日军发现上当后,又朝大桅尖顶猛轰炸一番。这时,陈三爷早已把落地的补给迅速搬到附近的山洞里。坐在山洞里的陈三爷,边品尝着日军"送来"的食物,边听洞外此起彼伏的爆炸声,哈哈大笑。

1938年5月24日晚上8时许,程善军从五条沟"摸山"回来。摸山,是当地一句土话,意思是赶在战役结束,到战场上找一些能用的枪支弹药等战利品。此次摸山,收获可不小,有长枪、子弹,还有一枚手榴弹。黑夜中,程善军抚摸着手里的长枪自言自语地说:"这家伙真好,射程远,杀伤力又大,把鬼子打走后,我就用它秋冬两季到山上打猎。要是能摸到一支短枪就更好了。"

拂晓,正熟睡的程善军被一声枪声惊醒。他翻身下床,穿好衣服,打好绑腿。程善军来到屋外,向北下方望去,隐隐约约看到一支日军队伍,正浩浩荡荡向西面墟沟方向开进。

日军海军近海舰艇上的炮火,覆盖云台山北麓。航空兵的轰炸机从庙岭向西一路投弹轰炸。

山下的一条路上都是日军,近海上又有军舰把守,那明晃晃的探照灯,把码头照得如同白昼。程善军带着武器,以山下的农作物、灌木丛作掩护,顺着山边一路向西奔去。慌不择路的他跑进了一个山洞里。

东方露出了鱼肚白,外面的坦克、汽车发动机的轰鸣声,队伍行军的脚步声越来越大。程善军顺着洞口向外望去,不禁大吃一惊,距离他仅仅百十米的一块石头前,就是日军山田大佐的指挥所。

山田是日军侵华部队在连云地区的最高指挥官。4月20日,日军拿下连云港港口的那场登陆战,就是他指挥的。山田指挥作战有个习惯,喜欢把所有力量都派到一线去,后方不但不留后备力量,经常连警卫人员都不留,只留4个旗语兵,以方便传令。日军训练有素、装备先进,很快就打到了墟沟东大门。指挥所偌大一块地方,只有山田和旗语兵等几个人。

这是一个绝杀山田的好机会,机不可失,时不再来。程善军举枪瞄准,屏住呼吸,稳神定气,果断扣动扳机,一颗反侵略的正义子弹从枪管迸发而出,愤怒地射进了山田罪恶的头颅里。

日军震惊了:"一定是中国军队的狙击手埋伏在附近!"令他们做梦也想不到的是,这个"狙击手"居然是渔民出身的猎人程善军,他只是个"大褂队"呢。此后再逢战事,"吃一堑长一智"的日军,加强了对最高指挥官的保卫。

为了阻止中国抗日军民的反击,日军从庙岭山到海边挖了壕沟,相隔不远就修一个碉堡,准备严防死守。

8月的一天夜里,程善军又出动了,沿着庙岭山迂回行动。忽然,他发现前方有一个正站岗的日本哨兵,相距只有十几米。此时,程善军进退两难:前进了,会和日军越来越近;后退了,怕弄出动静,引起日军注意。他匍匐在地上一动也不敢动,眼睛死死地盯住前方站岗的日军。观察了一会儿,程善军感觉有些不对劲,眼前的日军保持一个姿势,长时间不动。难道是自己眼睛看花了？程善军揉了揉发涩的眼睛，继续观察，日军哨兵还是不动。他抛出一块小石头，想试探一下。奇怪的是，石头砸到了哨兵身上，竟然一点回应都没有。程善军再投一块稍大一些的石头，只听"砰"的一声响。石头好像是砸在了橡皮上发出的响声，难道又是一个传说中的橡皮人假哨兵？程善军心里有底了。他松了一口气，从地上爬了起来，上前一看，还真是绑在一棵枯树干上、穿军装、戴军帽、腰挂一支三八大盖的假哨兵。那天夜里，程善军不但收获了一支三八大盖，有了他朝思暮想的短枪，还扛回了一个 13 斤重的日本"哨兵"。

一个橡皮做的假哨兵，虽然不是什么重要的装备，对于日军意义却不一样。想一想，程善军在日军的眼皮底下，把他们站岗的"哨兵"扛走，这对于在中国国土上不可一世、趾高气扬的日军来讲，简直就是奇耻大辱。日军扬言要不惜一切代价抓住偷走假哨兵的人，几天之后，人没有抓住，也就不了了之。程善军的举动在云台山地区家喻户晓，极大地鼓舞了抗日军民的士气。

消停了几天之后，程善军决定再扛回第二个、第三个"哨兵"。一天三更后，他提着刚缴获的三八大盖，带上几枚手榴弹，再一次向日军前沿阵地进发。摸进阵地，程善军发现两个"哨兵"在一棵树下站岗。机智的程善军猜测，事情没有那么简单，日本人奸诈得很，里面肯定有圈套。程善军仔细观察起"哨兵"来，他小心翼翼地从"哨兵"后面绕到前面，发现每个"哨兵"的脚下都系着拉雷线。原来，狡猾的日军在假哨兵周围隐蔽地布下了 12 颗连环地雷，程善军如果稍有大意，肯定难逃一劫。

程善军看着眼前的一切，倒吸一口凉气，后背嗖嗖直冒冷汗。缓过神来后，一个大胆的计划在他的心中酝酿完成。

第二天午夜，程善军带上毛笔、墨汁和绳索，再次轻车熟路地来到了假哨兵前。他在一个"哨兵"脸上画了一面日本国旗，胸部写上"我投降"3 个大字，拆下另一个"哨兵"脚下的拉雷线，又用绳索把它吊在树枝上，再爬上树，把延长的拉雷线连接到"哨兵"脖子上。一切都忙完后，程善军得意地笑了笑，然后迅速消失在夜色里。

"哨兵"脸上的画、胸口上的字，还有那个吊在树上像受绞刑一样的"哨兵"，都是对日军极大的侮辱。

天亮了,几支日军小分队例行查岗,看到眼前的一幕,都气坏了。日军恼羞成怒,其中两个人上前去拉扯吊在树上的橡皮人,结果触动了地上的连环雷,查岗的日军被炸得一个不剩。

程善军巧用两个橡皮人,不费吹灰之力,就炸死了一小队日军的英雄事迹,再次被连云港港区一带的老百姓津津乐道地传颂。

与陈三、程善军一样和日军斗智斗勇的"大褂队"张小三,率领众人在新村火车站巧夺日军枪械的故事,同样扣人心弦,令人解气。

1940年,连云港、墟沟、猴嘴(当年叫盐坨)、新浦、海州,都驻着日本兵。铁路线都在日军手里。日军在城镇里无恶不作,坏事干尽,丧尽天良,铁路沿线的人民群众生活在水深火热之中。但广大农村山区却仍是国民党政府的控制区域。

那时,整个云台山区除了连云港埠区部分移交给连云市政筹备处管理,大部分都属灌云县第七区管理,县长叫谢廷琛,湖南人。县政府有一支队伍叫县常备队,属于地方武装。这支队伍经常骚扰铁路线上的日军。张小三就是县常备队中的一员,他年龄不大,人长得机灵,擅长双手用两把驳壳枪左右开弓,且百步之内百发百中,是个有胆略的神枪手。足智多谋的张小三,经常一个人打进日军的"心脏"里活动,打一枪换一个地方,神出鬼没,搞得日军很紧张。

云台山北面的新村火车站里,驻着一小队伪军,队长姓陈。新村火车站是东陇海铁路新浦到连云港港口段的一个小火车站,位于现在的朝阳街道马山北面、沙集以西,中华人民共和国成立后一度叫云台火车站,现已拆除。陈队长手下有12个人,用的武器是清一色日式三八大盖,有一杆枪是德国造的格韦尔九八式步枪,他们的炮楼上还有一挺轻机枪。伪军小队由两个日军指挥,人们都说两个日军十分凶恶,杀人不眨眼,特别是其中一个叫敖野的日军,对中国人特别凶狠。可是,张小三偏就不信这个邪,非要去碰碰这颗"钉子"。他几次乔装成赶火车的乘客,在车站里假装找火吸烟、要口水喝喝、上厕所方便一下、迷路了等,把火车站的地形、火力配置、武器弹药数量搞得一清二楚。

张小三在和陈队长几次接触中发现，他是一个有良心的中国人，迫不得已才跟随日军干活。时间长了，张小三和他竟然成了朋友，陈队长表示他很愿为抗日出点力。可能是经常到火车站去找陈队长，就连敖野也放松了对张小三的警惕。

张小三回队对大家讲起新村火车站的装备，大家伙都馋得干咂嘴。县常备队的武器装备里，驳壳枪占的比例很小，"汉阳造"的步枪有一些，至于轻机枪，连做梦也别想有，他们的主要装备还是土枪呢。张小三对大家说他想干一票大买卖，把自己的计划和盘托出，大家听了都说是个妙主意，个个赞成，还表态道一定听从张小三的安排，齐心协力把这票大买卖干好。

张小三去火车站，悄悄地和陈队长计划一番，让陈队长做内应，设法迷惑住敖野。陈队长说火车站里一切工作由他安排，一旦时机成熟会派人送出情报，到时候，按时间节点里应外合，一战完成夺枪任务。

1940年农历八月初九晚上，陈队长派心腹孙守伦送情报给张小三，决定初十清晨动手，新村站夺枪行动要"快、准、狠"，争取以最短的时间结束战斗，拖久了，日军驻扎在东面的援兵赶来就麻烦了。队伍马上要有机枪了，想到这里，人人劲头十足。个个都化了装，挎提篮的、拎包袱的、提菜干的、扛小布袋的，清一色农民打扮，混在车站乘客中，分不出谁是乘客，谁是"大褂队"的人。可他们或身上或提篮或腰间或布袋里，都藏着一把子弹上膛的驳壳枪。

张克岐带几个人的小分队留在马山后面的半山腰，如果夺枪行动拖延了时间，连云港墟沟、港口的日本驻军扑过来增援，则居高临下予以狙击；如果夺枪行动按计划顺利进行，隐藏在此的小分队正好接应。张克岐伏在一块崖石下，注视着四周的动静和车站的变化。6时许，新村火车站除值班的工作人员外，站上的日军和伪军都去食堂吃饭了。张小三按照预案，指挥队伍把战内值班的、扳道岔的、管扬旗的人一一盯紧，又布置陈开庭、薛佃才两人把食堂的屋门守住。但见拎包袱化装成农民的张小三，一个闪身进了炮楼门口，准备夺机枪。

站在炮楼上的陈队长见乔装打扮的张小三进入他们之前计划的点位，暗暗高兴。他在炮楼上把着轻机枪，等下面的张小三发信号。只见张小三把手里拎着的包袱朝头顶上方举了3次，战斗的信号发出后，大家一齐行动起来。

张小三转身把炮楼门堵住,陈开庭、薛佃才从腰里拔出驳壳枪,对准正在吃饭的伪军大喝一声"不许动",伪军乖乖举起了双手。此时,站房里也动了手,面对黑洞洞的枪口,伪军像小绵羊一样站着原地不敢动弹一下。可是日军敖野却大声喊叫着,不要命地往外冲,陈开庭、姚道生紧随其后,一左一右把枪口抵在敖野胁下,扳机一扣只听"砰,砰"的两声,敖野一头倒在了地上,但还未死,倒在血泊中的敖野还不要命地嚎叫、挣扎,姚道生又给他头上补了一枪,他才气绝身亡。另一个日军似一头受惊的疯狗,一下子向值班室冲去,想打电话叫援军,可电话线早已被切断。狗急跳墙的日军拼命往西北方向跑,张小三不慌不忙地举起驳壳枪,枪声过后,奔跑中的日军一头倒了下去。

这时候,火车开了过来,司机见扬旗迟迟不落,绿灯迟迟不亮,就停在虎山东头,鸣着长笛"呜呜"叫着。司机等扬旗落下,才能驾驶火车进站,谁知管扬旗的人已经被"大褂队"的人控制起来。火车鸣笛了好长时间,也没人理会,司机知道可能是站里出事,但又不敢贸然进站。站里的"大褂队"队员把伪军的手脚捆绑起来,分别关在不同的房间里,再把门窗封死。站在炮楼上的陈队长把下面的一切看得清清楚楚,见机把一挺轻机枪从楼上送了下来,和"大褂队"一起把11支三八大盖、1支九八式步枪扛着出了火车站,一路向马山方向撤退。

张小三率领的"大褂队"在新村夺枪后,撤退到马山后与张克岐的小分队汇合,一起由朝阳东山小牛栏翻过山去渔湾。"大褂队"夺枪时,那些赶火车的群众早跑得无影无踪。火车鸣笛了一会儿后,见仍没动静,司机才试着将火车开进站。车上军警一看枪被夺了,敖野等两个日军也死了,连忙打电话向10千米之外墟沟的日本驻军求援,发现电话打不通后,就拼了命朝天上射击。驻墟沟港口的日军迅速组织队伍,开着汽车杀气腾腾地朝新村火车站而来,可是到了车站后,连"大褂队"的影子也不见了,只得气急败坏地朝天空中放了一阵空枪。

张小三率领的"大褂队"一举夺了12支枪,真是了不起的壮举!是役,大大地鼓舞了当地抗日军民的士气,更增强了群众抗日的信心和决心,狠狠打击了日军的嚣张气焰。

谢廷琛县长把"大褂队"抢枪的事报告给了省长韩德勤。韩德勤听后很高兴,想看望这支队伍,还要发他们一批弹药以示鼓励。这个消息传到"大褂队",大家高兴极了。此时江苏省政府已撤离镇江,搬到淮安。

农历九月中旬,张小三带领"大褂队"步行去淮安。一行人长途跋涉,边行边休整,于十月初的一个夜晚到达了淮安,先在一个大庙里住下,休息了3天。第4天韩德勤省长要见他们,还要对队伍进行检阅。众人虽没有整齐的军装,也各自把衣服整理一下,把手里的武器都擦拭一新。

早晨,"大褂队"和韩德勤的卫队列队站在一个大操场上,等候省长的检阅。韩德勤登上检阅台,向士兵挥手致意,士兵则报以掌声。接着队伍听从口令,扛枪从省长面前走过,接受检阅。

最后是韩德勤讲话了,他说:"现在国难当头,老百姓受苦了,责任在我,各位勇敢地从日军手中夺枪,可真是了不起,今天大家辛苦到这儿,我们每人奖国币100元,希望大家今后勇敢杀敌……现在给你们每人发猪肉5斤、大米30斤、菜金20元……每人发给子弹120排(600发),手榴弹4枚。"

大家当场就把子弹背上,600发子弹把携带的两付子弹袋装得满满的,连枪带手榴弹,每人身上负重百十斤。重是重了些,但大伙都特别高兴。

陈山、程善军、张小三是老百姓心目中的抗日英雄。抗日战争时期,在连云港民间,像他们这样的民间抗日英雄还有很多。

中华人民共和国成立后,连云港港区的连云老街、孙家山、陶庵、墟沟、连岛、高公岛、黄窝、宿城一带的老人,还时常讲述他们的故事。讲到他们时,人们纷纷竖起大拇指。

人们还编了一段顺口溜赞扬程善军:"日本兵,胆子小,晚上站岗怕挨枪,用橡皮人,来站岗。程善军,胆子大,摸进日军阵地,扛回假哨兵,缴获三八盖。还巧用两个橡皮人,炸死一队小鬼子。程善军,抗日英雄好样的!"

"陈三爷,真大胆。爬庙岭,战敌顽。背皮人,射黑弹。打得鬼子心胆寒。大桅尖,换红旗,鬼子飞机瞎猜疑,自炸自打,笑破人肚皮!"这是当年港区一带民间流传的赞颂陈三爷的一首民谣。

"那个竹板一响,各位听俺来表一表,张小三本领大,手里那驳壳枪,百步能穿杨。话说那么一天一大早,张小三双手拎着驳壳枪,带领'大褂队'直奔新村火车站去夺枪。要说夺枪,还是张小三,他人机灵、点子多,陈队长来'扒沟'（做内应）打死日军两个人,12支大家伙搬回来,省长都要给奖励……"这是褒扬张小三的一段山东快板。

今天,赞颂程善军的顺口溜、陈山的民谣、张小三的山东快板,还在老街传诵着,人们没有忘记这些舍生忘死、投身抗日大战场,到日军嘴里拔牙的"大褂队",他们是虎胆英雄!

打开中国人民14年的抗日战争史,为了保家卫国,中国军队和中国人民奋勇反抗,与来犯的日军殊死搏斗,打下了一场场赫赫有名的保卫战,连云港保卫战就是其中之一。

1938年5月20日至1939年3月4日,历时289天的连云港保卫战,创造了对日防守作战的奇迹,使连云港成为抗战时期全国最后一个沦陷的沿海重要港口城市,破坏了日军企图把连云港作为"徐州会战"补给线的计划,对徐州会战起到了很大的作用。

连云港保卫战是在1937年12月13日南京沦陷、1937年12月27日济南沦陷、1938年5月19日徐州失陷的严峻形势下发起的保卫战,不仅大长中华民族抗击侵略者的志气,大灭日军侵华的威风,而且打破了所谓日军不可战胜的神话。

连云港保卫战创造了对日防守作战以弱战强的奇迹。中国守军凭借落后的常规武器装备和拥有航母、军舰、飞机、坦克的日本海军陆战队作战。

连云港保卫战取得的胜利,反映了中国人民视死如归、浴血奋战、宁死不屈的民族气节,展现了中国人民不畏强暴、血战到底、保证国家领土完整的决心,谱写了一曲中华民族不屈不挠、抵抗外来侵略的壮丽史诗!

中国人民在历次抗击日军的战役战斗中的光辉事迹和伟大精神,在世界人民反法西斯斗争史上永不磨灭!

第六章　以石为纸，以血为墨

第一节　抗日石刻，云台山上显忠魂

石刻，就是刻录在石头上的浮雕、图案、文字，属于雕塑艺术。它以石为载体，用雕刻的方法记录知识，史前时代就已出现，旧、新石器时代石刻为数不少，文字产生以后，世界范围内石刻风气更盛。

石刻在中国有着悠久的历史。连云港境内的岩画是我国东南地区岩画带中岩画点最多、画面面积最大、内涵最为丰富的岩画群，引起了国内外相关专家学者及联合国教科文组织的关注。

连云港享有中国东部沿海"石刻之乡"的美誉，无论是在群山逶迤、层峦叠翠、千峰竞秀的峰岭，还是在孤高突兀、平坦如砥的山岗，都能发现石刻这种古老的造型艺术。

在江苏连云港，人们提到刻在石头上的岩画，首先想到的是位于锦屏山上的被誉为"东方天书"的将军崖岩画。这组岩画无疑是连云港人的骄傲，因为它是我国迄今发现的最古老，而且是唯一反映古中国农业部落原始崇拜内容的岩画。

岩画、摩崖造像、摩崖题刻、碑刻、石雕、祭祀石刻，是连云港市已知的 6 类石刻，据统计，连云港至今保存下的石刻共计 932 处。连云港石刻荟萃，从新石器时代到两汉，从隋唐到民国，从不同的角度为研究连云港市的地理变迁、建置沿革、城市发展、佛道历史、地方经济、文化教育、军备海防、民俗风情等提供了重要的实物资料。

连云古镇的云台山是一方具有光辉革命历史的热土。无数革命先烈在这片热土为中国之崛起而奋斗，在这里留下了无数红色的印记，留下了众多的抗日石刻，云台山上显忠魂！

云台山的抗日摩崖石刻，有万寿山、飞来石、东陬山、围屏山、东磊、鹿场、徒然洞等多处。石刻虽散布各山，但时间上却是同一时期，所刻画的内容向世人强烈地展现了中国人的铮铮铁骨和众志成城、抗击外来侵略者的民族精神。

连云区宿城街道万寿山南坡的一处石壁上，有一组万寿山抗日石刻群。来到石壁前，"殷忧启圣""多难兴邦""保卫疆土""复兴中华""保我山河"等多个红色大字映入眼帘，这是中国军人曾锡珪、李志亲、冯岳在抗击日军期间，为了共同勉励而刻下的石刻。还有"保卫疆土复兴中华""国难当头，吾辈军人当以死赴之，得不死，则亦得后天下之乐而乐也""云台山上雾茫茫，此是抗日大战场。百日争夺暂归去，可恨倭儿未斩光"等石刻，并有题记。其中位于前云台山的南城东山摩崖题刻上面的时间、人物、姓名等都镌刻得十分清晰，是一处珍贵的以爱国主义为题的生动教材。

后云台山大桅尖下宿城山上的抗日石刻，是目前我国保存最完好、数量最多的抗日石刻群。这些刻在石头上的誓言无情地鞭挞了日军的侵略罪行，歌颂了中国抗日军民誓死保家卫国的英雄气概！

1937年9月，日军开始对连云港进行封锁、轰炸、进攻。先后驻守在这里的是国民革命军第七军、第三十一军、第五十七军、游击第八军和第八十九军。将士们在这里与日军浴血奋战，先后取得了丫髻山阻击战、孙家山肉搏战、墟沟反击战、海头湾反击战、大桅尖争夺战的胜利，保卫了连云港。将士们在战斗前后及战斗间隙刻在云台山上的抗日石刻，经过了近90年的风风雨雨，居然完好地保存了下来。

前、中、后云台山共有抗日石刻11处，其中又以游击第八军将士留下的最多，共有6处。这些石刻，以石为纸，以血为墨，记录下了当年抗日战场发生的一幕幕，给今天的这座城市留下记忆。

请读者跟随笔者的笔尖一起走近这些抗日石刻，走进那段峥嵘岁月。

1938年5月20日，日军进犯连云港，遭到了驻守在这里的国民革命军游击第八军曾锡珪部队的坚决抵抗。5月22日，东北军第五十七军第一一二师赶来增援,英勇机智地与日军激战,保卫了连云港。这一段史实被驻军刻在了连云港的山石上。这些题刻言简意赅,表达了中国军人誓死保卫家园的决心。其中,位于宿城万寿山南坡有曾锡珪的楷书题刻,正文 8 个字,落款 4 个字,后钤刻印章 2 方。跋文共 162 个字,后面亦钤刻 4 字方印。

正文:殷忧启圣,多难兴邦。

落款:曾锡珪题。

跋文:溯自抗日战起,敌军恃其海陆空军,联合火力,破我要塞,肆行无忌。本年五月廿日,敌又施其故技,进犯我连云港,经我官兵奋勇抗战,时逾匝月,敌终未能越雷池一步。斯则差堪告慰者,而我守备东西连岛将士,又复慷慨赴义,竟作壮烈牺牲,比古之田横五百蹈海壮士固无逊色焉!国家兴亡,匹夫有责。追往思来,怅怀无已。爰镌八字于石,勖我袍泽,留作纪念云尔。公历一九三八年六月廿八日,湖北沔阳曾锡珪识。

正文刻面宽 188 厘米、高 417 厘米,字径 88 厘米×78 厘米;落款刻面宽 33 厘米、高 142 厘米,字径 19 厘米×22 厘米;跋文刻面宽 128 厘米、高 33 厘米,字径 18 厘米×20 厘米。

"殷忧启圣,多难兴邦"出自晋代刘琨《劝进表》"或多难以固邦国,或殷忧以启圣明"。曾锡珪的一腔爱国之心,昭然于石上。他在战斗间隙留下的题刻大字和 162 字的跋文,记述了与日军作战的经过,给后人留下十分重要的抗战史料。

在云台山上,李志亲的题刻有 3 处。

第一处是位于宿城万寿山南坡的"保卫疆土,复兴中华"。刻面宽 126 厘米、高 128 厘米,字径 18 厘米×21 厘米。下署"六月下旬合川李志亲题字"。刻石序文"民国念七年五月,倭寇大举侵进犯连云港,余奉命指挥守军与血敌战月余,赖我将士忠勇抵抗,誓保河山,顽敌迄未得逞。爰题数字,共相奋勉",字径 3 厘米。

第二处石刻位于万寿山曾锡珪石刻东 50 米处,内容是"保卫疆土,复兴中华"。刻面宽 372 厘米、高 424 厘米,字径 76 厘米×70 厘米。落款"民国七年六月十日,四川合川李志亲题"。落款刻面宽 71 厘米、高 219 厘米,字径 19 厘米×20 厘米。序文"本年五月廿日,倭寇借海陆空联合火力,由孙家山强行登陆，其时连云港势甚危迫，余受命指挥守军及援军作战，赖我将士忠勇抵御，得挽颓势为盘安，我部被困东西连岛之中队，虽弹尽粮绝，矢志不屈，视死如归，全部殉国，足表民族之忠魂，其为复兴之光荣。爰题数字，以志不忘焉"。

第三处是位于东磊龙王庙下方岩壁上的"血战连云"，4 个大字。刻面宽 67 厘米、高 103 厘米，字径 16 厘米×18 厘米。后面的跋文是"余率所部守备连云，与倭寇血战数昼夜，奉命将墟沟阵地移交某旅。转战老窑，途经东磊，题书数字，以应父老，而为纪念。李志亲志"。落款"民国念七年五月"，字径 6 厘米。

在万寿山南坡，曾锡珪题刻的东侧有冯岳的楷书题刻"保我山河"，字径 38 厘米，下署"粤东冯岳"。前有序文"民国二十七年五月，倭寇由老窑、孙家山强行登陆，余奉令率游击第二总队向后云台山堵

李志亲题刻

击，苦战经月，幸赖官兵用命，顽寇迄未得逞，爰勒石志念"，为魏碑体，字径 6 厘米。刻面宽 246 厘米、高 66 厘米，字径 46 厘米×41 厘米。落款宽 8 厘米、高 9 厘米。序文刻面宽 90 厘米、高 110 厘米，字径 9 厘米。

冯岳，广东人，时任游击第八军第二总队总队长。1938 年 5 月，日军大举登陆，冯岳所部奋勇抵御，伤亡惨重，被迫退至山后休整。同年秋，随曾锡珪离开淮北，转赴四川。1949 年任广东省恩平县县长。

东陬山的藏军洞，是当年胡文臣率将士在这里驻守时，为了与日军斗争而修筑的防空工事。洞壁上刻着胡文臣的诗刻："倭寇犯我海疆，飞机到处逞强。为免轰炸殃及，依山筑室避将。"落款为"上校总队长胡文臣题"。

胡文臣（1889—1938 年），字相卿，天津市杨柳青人，出身于一个武林世家，自幼习武。从戎后曾经担任淮北税警第三区区长，带兵驻守东陬山一带多年，剿匪安民，保一方平安，深得当地百姓拥护。1938 年春，任游击第八军第三总队总队长，同年夏天，游击第八军军长曾锡珪离职南下，军长一职由第

八十九军副军长李守维兼任。9月,李守维派胡文臣率部到连云港前线阻击敌军,他离开了驻守多年的东陬山地区。9月24日,日军从高公岛方向兵分三路向胡文臣部进攻。战斗中,胡文臣身先士卒,与敌军浴血奋战,击退日军数次冲锋,坚守阵地不失,日军伤亡惨重,亦未能越雷池一步。胡文臣由此获得国防部嘉奖,晋升为陆军少将。1938年11月,他奉第八十九军军长韩德勤命令,率部转宿迁的途中遭到日军伏击,不幸壮烈牺牲。1982年,胡文臣被中华人民共和国民政部追认为革命烈士。

在朝阳街道原田横祠山门前有两块"有道碑",是当地百姓为了纪念驻扎在原新县巨平村税警团的王敦训和胡鹿萍两位连长,而于1937年立的碑。

有道,是指有道德有才艺的人。《论语·学而》云:"敏于事而慎于言,就有道而正焉。"有道碑,则是用碑刻的形式对这种人物和事迹进行记述和颂扬。有道碑和功德碑的共同点,都是对碑主进行歌功颂德。不同的是,功德碑主要记述碑主的功德,一般都是对为官者的一种颂扬;有道碑,则主要是对人品才艺出众之人的赞颂。

提到田横祠,那就说来话长了,其中还有一段离奇故事。由于时间久远,现在的人们已经不记得朝阳街道曾经有一座田横祠存在。

2023年端午节,笔者辗转拜访了连云港市地方志学者、有连云区"活字典"之称、已82岁高龄的张树庄。他告诉我说,过去在老新县的田横祠,也叫三将军庙、将军庙,就坐落在今天的朝阳街道西庄村北、沙河口南、前进路北侧。

笔者问:"张老师,那座庙规模大吗?"

张树庄说:"庙宇规模不大,是四合院布局,坐北朝南,古朴庄重。前门有3间,石卷单门,内敞廊,东侧有一株合抱银杏古树,东西厢房为僧侣生活用房,正殿廊下左右各有一株巨柏,殿内神龛顶悬挂一块'北极星辉'匾额,故亦有'玄天宫'之称。"

张树庄边说边比划着:"将军庙大殿东首的神坛上供奉着地藏菩萨;大殿西首的神坛上供奉着阎王判官。西山墙上彩绘着地狱中的酷刑式样,什么磨拐、锯解、下油锅、挖人心、牛头马面、黑白无常、阴司解差,不一而足,看了使人毛骨悚然。东山墙上还彩绘着十殿轮回图像，一轮红日在茫茫大海中冉冉升起，使人压抑之情得以缓解，仿佛冥冥之中灵魂得到升华。东西山墙的这两幅彩绘，浓墨重彩，使人过目难忘。

"大殿内还有一左一右两员武将立于神龛前，威武雄壮。东侧一个红面髯须，金盔金甲，手执令牌；西侧一个白面无须，银盔银甲，手执令旗；正中神龛内端坐一尊鎏金神像，光头跣足，金甲披风，手执长剑，怒目圆睁，威风凛凛，令人望而生畏。也许这就是人们想象中的三位将军的威武雄壮之形象。

"史称'三将军庙'，据明、清《云台山志》记载，'三将军庙在巨平村陇口岗上，俗传田横裨将避兵于此'。"

笔者问："张老师，那座将军庙还在吗？"

张树庄摇了摇头，惋惜地说："早就不存在了，'文革'初，还是人为破坏的，很可惜呀！

"民国初年，将军庙的建筑尚完整，五四运动后，一些青年学生认为将军庙的封建迷信色彩太浓，欲将其毁去，地方士绅、文人张百川等人极力阻拦，最终达成了双方都能接受的方案，将其更名为田横祠，并镌刻'田横祠'三字镶于庙门额头，以篆书石刻一副楹联'赤手难回齐社稷，丹心耻作汉公侯'，镶砌在庙门两侧。

"古代义士，受人崇敬，田横祠的香火从而得以延续。20世纪三四十年代，将军庙改由道士主持，五六十年代又由佛教徒主持。不论主持庙宇的教徒如何变化，人们对田横的敬仰之情是不变的，田横祠对后人的积极影响是深远的。

"朝阳的老人还能记得，将军庙门前檐墙东边曾竖立着两块石碑，东边一块上书'缉匪安民'，上款'胡连长有道'；西边一块上书'造福万民'，上款'王连长有道'。两块碑落款皆为'尹巨乡公立'字样。民国年间，朝阳镇西部几个村庄皆属尹巨乡。"

"将军庙是建于什么时间呢？"

"至于庙宇的建设时间，历史上没有具体记载，庙里也没有记载的碑文留下，仅从明代顾乾的《云台山志》得知，在明朝就有这座将军庙。据民间的传说，庙宇的存在时间应该还要早。"

田横是何许人也？何为"裨将"？他们又为什么要"避兵"？又是避谁的兵？

田横，乃秦末的齐王，是春秋战国时期齐王后裔。所谓"裨将"就是副将，至于"避兵"，自然是避刘邦的汉兵。公元前206年，秦朝灭亡后，项羽自立为西楚霸王，封刘邦为汉王，田横在博阳自立为齐王。后刘邦乘项羽东归，攻占关中，与项羽争夺天下，田横也欲称雄。公元前202年，项羽兵败，自刎于乌江。刘邦称帝，建立西汉王朝。这时田横心里害怕，就带领自己的部下500多人，一直往东来到海边的云台山。当年，整个云台山都在海中，就因为田横来到云台山，中云台山被世人称为"田横岛"。唐代张守节在《史记正义》中，明确指出田横当年所屯的海岛就是海州东的云台山。田横来云台山，无法一步到达今人所称的"田横冈"（在中云大青涧顶）。他们在今朝阳西山的陇口（今沙河口一带）下船，其裨将（副将）在陇口驻下，目的是拦截追兵，保证田横大队人马到达"避兵"之目的地。裨将心中之"忠"，自然令人钦佩。田横带着一队人马，经朝阳大东山，驻扎中云隔峰山顶，后人称此为田横冈。

刘邦得知后，派使者召其归汉，田横行至偃师（河南洛阳附近）自杀。部下500多人在田横冈闻之皆自尽，西山陇口冈之裨将自不会偷生，后人钦其铁血丹心，在陇口建纪念田横及二位裨将的"三将军庙"，供人瞻仰。

一块碑面首行写着"敦训王连长先生有道"。中间题写有大字"缉匪安民"。落款是"中华民国二十六年一月谷旦连云市士农工商敬立"。碑阴写有"王连长字海宗，湖南湘阴人也。性慈善，敦诗书。从税警团镇守连云港，驻扎巨平村。解囊捐助，复修田横祠。屡缉盗匪，民得安枕。大有赋诗唱和之乐，如祭遵之儒雅投壶，梭伦之诗歌激发。庶乎近之，人民感其恩德，勒石以颂其功"。碑高190厘米、宽80厘米、厚15厘米；碑面文字高40厘米、宽35厘米，字径8厘米；碑阴字共5行，每行18个字，共计88个字，字径9厘米。

1932年至1937年，税警团一部驻防朝阳，王敦训连长率通信连驻扎在巨平村曹巷，连部设在曹巷西堆房大院内。胡连长率步兵连驻扎在巨平村西庄，连部设在西山堆房大院内。1937年7月，两支连队随税警团一起开赴上海，参加淞沪会战。

王敦训在朝阳一带做了很多好事，和地方士绅交往亦深厚，威望比较高。

他的一些故事，在民间广为流传。

1936年春，朝阳一带蝗虫遍野，稼禾歉收，春荒严重。一时间，盗贼四起，民不聊生。巨平村曹巷一户农家耕牛深夜被盗，王连长得知后，立刻指派一姓石的排长，带兵骑马侦缉，经过一番寻找，终于在南城将盗贼及赃物缉回。

王敦训是武将，也是一位有才华、重民生的儒官。闲暇时，他和张百川等人经常在一起吟诗作画。当地百姓复修田横祠时，王连长不仅慷慨解囊，还为田横祠撰写一副对联："青史有声兼有色，黄沙埋骨不埋名。"张百川也撰写了一副对联："赤手难回齐社稷，丹心耻作汉公侯。"这两副对联被拼成了一副，雕成了刻石，镶砌在庙门两侧。

第二块碑的碑面首行写着"胡连长鹿萍先生有道"。中间题有大字"造福万民"。落款是："中华民国二十六年七月谷旦连云市士农工商敬立"。碑后面的碑文是："胡连长剑刚字鹿萍，江苏无锡人也。性慈善，好施舍。镇守连云港，驻扎巨平村。穷民困乏，饥寒交迫，朝夕赈济，活人无数。加之蝗蝻遍地，率队扑灭，不辞劳苦。士卒训练，纪律精严，有戚继光之风。万民感其恩德，为之勒石，以颂其功。"该碑高190厘米、宽80厘米、厚14厘米；碑文字径35厘米×40厘米；碑阴共6行字，每行15个字，共计88个字，字径10厘米。

胡连长在灾民饥寒交迫之际，用自己的俸银购粮千斤，救济巨平村穷困之家，救民于水火之中，还积极参与地方灭蝗工作。民众感其恩德，遂在境内田横祠前，以连云市士农工商名义，为两位连长恭立两块有道碑，颂其才德。

20世纪60年代，原朝阳乡在修筑前进路时，两块碑石被当成舱板石深埋路基下。到了2014年，原云台区（2001年因区划调整被撤区）政府组织修筑环前云台山大道，在工程施工时，意外地挖出了两块碑石。这两块石碑的重新面世，给连云港人留下了一段宝贵的抗日记忆。

位于高公岛街道吕端山顶飞来石南侧石壁上的刻石，字体为草书，宽80厘米、高128厘米。正文"国难当头，吾辈军人当以死赴之；得不死，则亦得后天下之乐而乐也"，字径11厘米×19厘米。历经多年风吹雨打，有些字已经模糊不清，但依稀可以辨认。落款为"邵恩三"，字径10厘米×22厘米。款下钤印两方，已经基本难辨字样。

这个石刻是第四十军将士在云台山地区留下的唯一一块石刻。在守卫云台山期间,对日军进犯连云港的嚣张跋扈,邵恩三将军义愤填膺,以一腔热血在云台山上留下了这方爱国石刻。

宿城街道围屏山石刻在南坡的一个小石棚的内壁上,刻文"云台山顶雾苍茫,此是抗日大战场。百日争夺暂归去,可恨倭儿未斩光! 一九三八年八月沈阳周从权题"。刻文为正楷,刻面宽 108 厘米、高 66 厘米,字径 11 厘米×15 厘米。落款字径 7 厘米。周从权,辽宁省沈阳人,是第五十七军中的一名营长,这小石棚就是当年作战时的营指挥部。

宿城上洞石刻位于上洞鹿场旁。刻文"人心不死,国必不亡"。署名"岐山"。刻面宽 92 厘米、高 81 厘米,字径 18 厘米×20 厘米;落款字径 14 厘米×15 厘米。

杨凤鸣(1891—1959 年),字岐山,东海县石榴乡东安村人。当云台山抗战捷报传到东海石榴树时,任职东海县石榴区区长的杨凤鸣激动不已,率队前来云台山前线,慰劳抗日将士,并在战场上留下这处石刻。

第二节　留言云台,与山河并存

全国抗战周年殉难诸先烈纪念碑,原立于新县狮子山下的娘娘庙(即今天的建国寺)前,碑文为"大中华民国二十七年七月七日,追悼全国抗战周年殉难诸先烈纪念碑,陆军第一一二师第三三四旅第六六八团团长崔锡璋率全体官兵挽"。碑高 212 厘米、宽 83 厘米、厚 15 厘米;碑文为魏体,字径 10 厘米×12 厘米;落款字径 5 厘米×4 厘米。

有别于其他碑石的是,这块碑石直接把年、月、日放在碑文的开头部分,也是人们常说的上款。

日军占领连云港地区后,将此碑推倒,埋于稻田中,抗战胜利后被重新竖起,现收藏于连云港市革命纪念馆。

崔锡璋,曾任第五十七军第一一二师第三三四旅第六六八团团长,与第三三四旅第六六七团万毅部队共同保卫连云港,于 1938 年 6 月到 8 月的 3 个月中打退了日军多次从连云港登陆的企图,保卫了连云港。1938 年 9 月,第五十七军第一一二师的两个团撤出连云港,参加武汉会战。后来,崔锡璋在战斗中壮烈牺牲。

云台山上的这些抗日石刻真实地记录了连云港保卫战的这段历史,生动地反映了中华儿女在抗击日军侵略时,为保我大好河山不遭践踏,前仆后继,不怕牺牲,不让日军"越雷池半步"的英勇气概和坚不可摧的民族气节。这些镌刻在云台山上的抗日石刻,将留在云台,与山河并存,成为永远的历史见证!

为了追悼前方牺牲将士,1938 年 8 月 10 日,第一一二师第六六八团在新县小学操场上举行"周纪念大会"。团长崔锡璋主持大会,参会的既有第六六八团的官兵,也有地方上的士绅和百姓代表,围观的群众把整个操场都站满了。会场庄严肃穆,挂满了挽联。一幅幅挽联写得很生动,充满了对牺牲将士的追思、对日军的仇恨之情。

第八军军官李杰元,字冠英,河南阳武人,他写的挽联是:

> 烈士殉边陲,怅渺渺云台,忍见雨淋侠骨,月冷孤磷,黑海永沉千古恨。
>
> 藐躬家阳武,忆茫茫博浪,只惭奇计无传,阴符未获,黄泉那赎百人身。

上联直接写出了为抗战而牺牲的烈士将长眠在这里。凄凄风雨,渺渺云台,埋其忠骨。冷月清辉,幽幽磷火,永伴忠魂。"黑海永沉千古恨",把大海比喻为黑海,寓意很昏暗。"千古恨",千古恨事,指日军侵华,人民为保卫美好家园,献出了自己宝贵的生命,此恨永难忘却。下联主要交代了他的老家在何处以及家乡的典故。他家住河南阳武,古时曾有勇士敢于刺杀秦始皇,可惜的是,那时刺秦的计谋没有传下来。这些年轻的战士,一个个都像当年刺杀秦始皇的勇士,可惜的是,他们的生命无法再获重生,令人心碎,更增添了人们对侵略者的仇恨!下联开头的"藐躬"是自谦之词。这副挽联,读来无不让人们为牺牲者默哀、对侵略者仇恨。

一名当地文人写的挽联是:

> 驻扎在云台,每看家室流离,其没其存,积怨岂为暑雨。
>
> 招魂临海徼,倘获英灵拮抗,再接再厉,相期无犯秋毫。

上联写这些战士就驻扎在云台山里，看到老百姓流离失所，都把恨记在心里。"积怨岂为暑雨"，就是聚集起来的恨，变成了潇潇淫雨，下个不停。下联写在海边悼念亡者，假如这些英灵能聚在一起抗战，继续努力，就会迎来胜利。

时任新县乡乡长张若伯写的挽联是：

连云港创办几何时，拭泪看河山，毁铁路，拆码头，烧民房，到此已成焦土。

中国魂永遗千古恨，纪功垂笔墨，吊沙场，勒姓名，立碑碣，吾侪聊泄愚忱。

张若伯的这副长联，多用排比句，深刻揭露了侵华日军在中国土地上犯下的罪行，表达了中国人民抗战到底的决心，写得如泣如诉，气壮山河，扣人心弦，荡气回肠。上联写连云港刚建起来没有几年，就遭到日军侵略。侵略者犯下了滔天罪行，铁路被炸毁，码头被破坏，民房被焚烧，到处都是焦土一片。下联写中国人不会屈服，将把这千年不忘的仇恨永远记在心里，把抗战英雄的功劳刻在岩石上，立碑纪念，让我们这些老百姓尽心尽力，献出我们的拳拳爱国之心。

红云映照看劲松，

越岭驱车上九重。

抗日英雄流血地，

桅尖顶上慰忠魂。

从海上向北望去，耸立在黄海岸边的云台山，巍峨雄壮，最高峰大桅尖像一把利剑直刺蓝天。

2007年4月5日清明节这天，4位北京客人到访连云港，他们是万毅将军的小儿子万明明与夫人张海萍、李欣的妹妹李洪简与丈夫刘麟。张海萍是张文海之女。

万明明一行人先来到后云台山，瞻仰了万寿山的抗日石刻，再驱车上大椭尖祭奠英灵。

向山而行，山路曲曲弯弯，大有"山路十八弯""跃上葱茏四百旋"的感觉。汽车沿着陡峭的盘山公路盘旋而上，望着车窗外的山景，万明明感慨地说："真的难以想象，老爷子当年是怎么上去的！"他们被当年的抗日将士在极为艰苦的条件下英勇杀敌的精神感动！

到达大椭尖山顶上，放眼远眺，大海苍茫，群山逶迤，山下繁忙的连云港码头，船来车往，东方大港、新亚欧大陆桥东桥头堡的画卷，展现在人们的视野中。眼前的一切，令北京来的客人感慨万千。万明明百感交集地说："昔日的抗日大战场，今天的东方大港！"随行的讲解员介绍了当年3次大椭尖争夺战的英勇故事，详细地讲解了敌我双方军力的部署、兵运的路线、进攻的方向、补给的情况、战斗的经过等。万明明一行人都沉浸在往事的追忆中，为他们的亲人当年在脚下的这片热土上和日军英勇战斗而感到骄傲、光荣！

是的，这里正是他们的亲人当年与日军血战的地方，和日军血战的将士中，有的人就永远地倒在了这里。

他们把带来的鲜花，一束束摆放在大椭尖的最高处——山顶西边的围栏前。

2008年，是连云港解放60周年、连云港保卫战70周年。谷牧长子刘念远将军代表谷牧来连云港参加"改革开放30周年暨连云港解放60周纪念大会"。12月6日下午，受父亲谷牧的委托，刘念远专程来到大椭尖，凭吊在连云港保卫战中逝去的先烈。

在万寿山抗日石刻前，刘念远一行人来不及欣赏宿城世外桃源的风光，他们远眺大椭尖的雄姿，感受着云台山险要的地形，体会先辈们当年拒敌于海上的意义。他们聆听现场讲解员关于石刻内容、时间、作者、背景等情况的介绍，细细品读"殷忧启圣，多难兴邦""保卫疆土，复兴中华""保我山河"等石刻，感慨万千。刘念远满怀深情地说："这些石刻能完整地保存到现在，实在是很了不起的！这些石刻把作战的时间、地点、部队的番号，作战的过程都写得非常清楚，是研究连云港保卫战极其重要的资料。这地方的石头也很好，不容易被风化。我们要对这些石刻加强保护、利用和研究，充分发挥这些石刻对于开展爱国主义教育的作用!"

谷牧委托刘念远给在连云港保卫战中牺牲的烈士,代送一只花篮。在花篮两端的缎带上,谷牧写道:"抗战英雄永垂不朽! 谷牧携子女凭吊——2008年12月。"

2008年12月24日,谷牧次子刘会远为规划"连云港红色旅游"也来到连云港。他上午参观了花果山的三元宫,接着又参观了"义僧亭",从花果山下来后来到了连岛,参观了东连岛"邓小平和人民在一起"的群雕。下午从宿城街道虎口岭经仙人屋来到万寿山抗日石刻瞻仰,后又登上了大桅尖,细致地了解了抗战的过程,实地参观了当年的战场,为红色旅游的规划做准备。返程时,刘会远还搬了一块山石带回家。

2014年4月14日,刘安东来连云港瞻仰抗日石刻、凭吊先烈。站在万寿山冯岳的楷书题刻"保我山河"的石刻下面,刘安东动情地说,一组组石刻,生动地见证了连云港人的抗战史,这是一笔在炮火中诞生的宝贵财富。他还建议政府对这些石刻加强保护,加强宣传,利用这些在非常时期诞生的石刻,对青少年进行爱国主义教育。

2023年4月,刘会远应连云港市新四军八路军研究会的邀请,再度来到连云港。在连期间,刘会远仍专程到云台山抗日石刻前怀旧,凭吊先烈。

第三节　保护好石刻,不忘连云港保卫战!

1987年,70岁高龄的李欣将军以"连云港保卫战亲历者"的身份,重返连云港。在连期间,李欣沿着他49年前的战斗轨迹,追溯连云港保卫战。在抗日山石刻前,他双手抚摸着岩石,久久不愿离去。站在石刻前的李欣情绪激动地说,那年他就在万毅的第六六七团第一营,与日军在大桅尖、孙家山展开肉搏战。战争是惨烈的,虽然近半个世纪过去了,当看到云台山上一组组石刻,他一下子忆起了连云港保卫战。石刻记录了战争,也是对战争中牺牲的烈士最好的缅怀。李欣叮嘱陪同的连云港市领导同志说:"保护好石刻,不忘连云港保卫战!"

缓步走近石刻,让我们随着将士的文字,一起读,一起悟,一起怀念那一个个从历史硝烟中走来的惊心动魄的故事。

连云港云台山上的抗日石刻，记录了当年连云港军民共同抗日、坚守国土，不怕牺牲、奋勇杀敌的英勇事迹。

这批石刻有几个特点，就是放在全国也是数一数二的：

一是数量多，在前、中、后云台山上竟有 11 处抗日石刻，前云台山 3 处、中云台山 1 处、后云台山 7 处。比较集中的是位于宿城万寿山南坡的一处山崖上的石刻。

二是非常珍贵，好多石刻不光有豪言壮语，还有大量的序或跋刻在题字前后，详细地记述了日军对连云港的进犯过程，真实地记述了守军英勇战斗，誓死保卫云台山，不让侵略者"越雷池半步"的历史画面。因而，这些石刻就显得弥足珍贵！

三是时间上比较统一，都是刻于 1938 年前后。

四是保存完好，除飞来石抗日石刻略有损毁以外，其余的石刻保存相对完好。尤其难能可贵的是，在日军占领连云港期间，当地群众想方设法保护这些石刻，不让日军发现。

云台山，不屈的山，你象征着中国人的不屈意志，永不向侵略者低下的高傲头颅！

连云港云台山在抗战期间，能够保存下来这么多的抗日石刻，在全国都很少见。它自豪地告诉世人"这里是抗日大战场"，连云港军民为了保卫家园，曾经在此和日军浴血奋战！

目前，这些抗日石刻已经作为省级文物保护单位得到保护。石刻成为研究连云港乃至全国抗战史的珍贵史料，被称为"石头上的证言""石头上的誓言"。

知所何来，方明所去，欲知大道，必先为史。

历史，不仅会在不经意的时候给人以启迪，更会将昔日的"抗日大战场"演变成今日的"爱国主义红色大讲堂"。

为了再现光辉历史、续写时代精神，连云港市将抗日战场的红色石刻与爱国主义教育有机结合，把弘扬革命传统、赓续红色血脉作为青少年教育的重点内容，持续加大对红色精神文化的弘扬力度。

今天的文化大讲堂,内蕴丰富、形式生动,用质朴的原貌,还原真实的历史,记录抗日先辈艰苦朴素的优良作风,诉说一个个感人肺腑的抗日故事、一段段刻骨铭心的奋斗历程。这不仅仅是历史的钩沉,更是精神的对接与鼓舞。

由中国音乐家协会会员、连云区文化馆馆长李清波谱曲,以云台山抗日石刻组诗为内容的《云台抗战忠魂赞歌》,是一首旋律优美、铿锵有力,满怀激情、激励人心的红色歌曲,唱出了连云港人誓死抗日的决心、意志——

（引子）国难当头,吾辈军人当以死赴之得不死,则亦得后天下之乐而乐也!

云台山顶雾苍茫,

此是抗日大战场。

百日争夺暂归去,

可恨倭儿未斩光。

保卫疆土,复兴中华。

血战连云,保我山河。

殷忧启圣,多难兴邦。

人心不死,国必不亡!

1997年3月2日上午11时25分,一架飞机高高盘旋在海州湾上空的蓝天白云之上。遵从邓小平的遗愿,81岁高龄的卓琳怀着哀痛将丈夫的骨灰撒向了大海。为缅怀这位伟大的马克思主义者、中国社会主义改革开放和现代化建设的总设计师,连云港人在东连岛建设了一座"邓小平和人民群众在一起"雕像群公园。

连云街道党工委宣传委员许婷信心满满地说:"近年来,连云区人大、政协的代表和委员,陆续提出保护石刻,将石刻列入爱国主义教育基地、红色旅游景点建设的提案、建议等。他们提出将云台山抗日石刻群打造成和东连岛上的'邓小平和人民群众在一起'雕像群一样的爱国主义教育基地,并以此为载体推出红色旅游。作为海滨地区的连云区,正积极发展山海相拥的全域旅游,大力推进文旅项目建设,必将进一步丰富文旅产品供给和游客体验。云台山抗日石刻红色旅游,已经成为我区全域旅游的一大特色。"

云台山的抗日石刻,从历史深处走来、从烽火记忆中走来,放射着感人肺腑的时代光芒,镌刻着几代人的集体记忆,澎湃着英雄儿女的凛然豪气,重现着光辉征程的星火荣光,舒展着峥嵘岁月的恢宏气象,荡涤着中国人的伟大情怀与光荣梦想!

"同学们,今天,我们在这里上一堂爱国主义教育红色微党课。1938 年,日本侵略军为了实现徐州会战,侵占津浦路的计划,企图从我们连云港登陆。在东北军第五十七军第一一二师第六六七团、第六七二团以及国民革命军第八军和游击第二纵队的配合下,多次打退了登陆的日军,誓死保卫了祖国山河。

"我们眼前的这组石刻,就是 85 年前的抗日将士们在战争的空隙时间亲手刻下的'战争日记',这样的'日记'在云台山还有多处。它真实地再现了抗日战争时期,英勇的连云港守军顽强阻敌的战斗过程,抒发了铁血男儿保我河山的豪情壮志。如今,战争的硝烟已经散去,烈士的鲜血也已浸入我们脚下的这片土地,但他们奋勇抗击日军的精神永远留在石崖上、留在人们心间,这是曾经发生在连云港大地上的一部荡气回肠的抗日历史。

"同学们,英雄们亲手刻下的'战争日记',真实反映了中国将士在连云港保卫战中的悲壮历史。这些刻在岩石上的'日记',已经成为今天连云港人的城市记忆。

"同学们,我们脖子上系的红领巾,就是烈士的鲜血染红的。我们到这里瞻仰石刻,就是要在你们的心灵里,植入中国人抗日故事,激活每个人身上的红色基因。

"同学们,红色基因中有信仰,能够使我们'不畏浮云遮望眼';红色基因中有定力,能够使我们'咬定青山不放松';红色基因中有成功之道,能够使我们从看似'山重水复疑无路'中,领略'柳暗花明又一村'的意境。红色基因植根于革命先烈用鲜血染红的泥土中,传承于一代一代人不懈奋斗的事业中,与我们每一个人情感相连、命运相系,是我们精神的归宿、初心的原点。云台山抗日石刻是爱国主义红色大讲堂,我们要经常到这里来上爱国主义教育红色微党课,通过拜谒、瞻仰、学习,能使我们的心灵得以滋养、灵魂得以净化、境界得以提升，从爱国主义红色大讲堂中汲取前进的力量，铭记历史，不忘初心，踔厉奋进！"

这是 2023 年"六一"儿童节到来之前，连云区院前小学组织 600 多名学生来到大桅尖下面的云台山红色石刻爱国主义教育基地，开展的爱国主义教育红色微党课上，校长王新军的讲话。

云台山抗日石刻，真实地反映了抗日战争时期中国守军在连云港保卫战中的悲壮历史，具有鲜明的爱国主义教育意义。这里已经由昔日的大战场转变为今天的爱国主义教育红色大讲堂，不仅是全市机关企事业单位的微党课课堂，也成为全市中小学、大中专院校开展爱国主义教育的课堂。

在云台山石刻前上爱国主义教育党课，已经成为连云港市爱国主义教育的传统，而延续下来。一年 365 天，云台山爱国主义红色大讲堂的课程安排得很紧凑，有时还出现"扎堆"上党课现象。院前小学组织的爱国主义教育微党课，就是一个缩影。

作为连云地方志研究者，张华南对老街的修缮保护方案提出了一些有价值的建议。出于兴趣爱好，他走过了全国许多石刻地点。如果从抗日石刻来说，那么老街的云台山石刻无疑是为数最多的。把抗日石刻说成"刻在石头的誓言"也好，"石头上的日记"也好，把石刻所在地变成红色教育基地也好，红色大讲堂也好，城市记忆也好，必须认识到这些都是前人给我们留下来的宝贵遗产，将之保护好，是我们义不容辞的责任。

张华南的老家就住在吕端山顶飞来石石刻下面，对云台山上的石刻从小就熟悉得很。他讲述这些石刻可谓如数家珍。

石刻档案，是以石为载体的人们有意识保存起来的人类活动的原始性文字记录，具有重要的史料价值。城市发展不能以毁坏有历史文化价值的遗址、遗迹为代价，这已是当下城市建设的决策者和规划者们的共识。这样的共识使得连云港红色文化得以激活，抗日历史的记忆得以保存。

然而，随着自然的变迁和经济社会的发展，城市建设和旅游发展突飞猛进，对连云港的石刻造成了不同程度的自然毁损和人为破坏。连云港石刻迫切需要采取措施进行保护。

为保证云台山抗日石刻群文物本体的安全性和稳定性，减缓石刻风化速度,延长石刻保存时间,2019 年,连云港市重点文物保护研究所在省级专项资金的扶持下,实施了云台山抗日石刻群防风化和环境整治工程。

按照尽可能减少干预的维修保护原则,以缓解损伤为主要目标,市重点文物保护研究所严格按照《石刻维修保护设计方案》,采取相应的保护措施,对石刻表面的微生物、植物、污物等污染物进行了清洗,对石刻表面裂隙进行注浆填缝,对脆弱石刻表面进行了加固,对石刻表面进行了防风化处理,并对石刻周边的环境进行了整治。

连云港市石刻众多,由于所承载的历史文化内涵不同,历史文化价值不同,石刻存在不同层级。为了保护好石刻,准确掌握石刻保护现状,让历史记忆得以保存,2019 年后,连云港市文保部门组织专家学者,多次深入山林、海滩、寺庙,对石刻遗存展开调研,对石刻的保护情况进行摸底排查。

2021 年 10 月 26 日,连云港市第十四届人民代表大会常务委员会第四十次会议通过《连云港市石刻保护条例》。2021 年 12 月 2 日,江苏省第十三届人民代表大会常务委员会第二十七次会议批准该条例。2022 年 3 月 1 日,江苏首部石刻文物保护地方性法规《连云港市石刻保护条例》实施。该条例也是中国第 5 部石刻保护条例,从法治层面建立起石刻文物保护、利用工作新机制,增强了石刻保护的可操作性和针对性。

自此,连云港市通过行使地方立法权为石刻文物穿上"防护服",系上"安全带"。该条例按照分级保护与重点保护相结合的原则,对已经被认定为国家、省、市以及市以下的重点文物保护单位,划定保护范围和建设控制地带,并有区别地规定了相应的保护措施。

"多年来,连云港市虽然采取了一系列保护措施,但随着自然的变迁和全市经济社会的发展,有些石刻遭遇了不同程度的自然毁损和人为破坏。在这样的背景下,将连云港石刻保护工作以地方性法规的形式固定下来,其意义尤其重大。"这是条例实施后,时任连云港市文化广电旅游局文物处处长武依林说的一番话。

2024 年 1 月 12 日,江苏省第十四届人民代表大会常务委员会第七次会议通过《江苏省红色资源保护利用条例》。连云区作为江苏省重要的红色石刻革命基地,拥有丰富的红色文化资源,这个条例的通过从法律法规上给抗日石刻提供保护。

连云区政府对云台山上的部分红色石刻,着重规定要采取建设隔离护栏、安防系统等物防、技防设施,定期整治石刻周边环境,节假日控制参观人流等,禁止游客携带易燃、易爆物品接近石刻;针对后云台山上的石刻靠近大海的实际情况,完善相关的物防措施,减少由海水、海潮、海风侵蚀造成石刻开裂、脱落、风化、渗水等损害;在开发建设过程中,要按照石刻保护规划要求,合理适度利用石刻,保护好石刻,让红色石刻得以长久保留,光照后人。

东陬山村是一个自然村,因东陬山得名。东陬山呈西北至东南走向,山不大也不高,周长 3.5 千米,海拔仅 86.4 米,占地面积 1.75 平方千米,最宽处只有 0.7 千米,距离最近的海岸线不足 10 千米。

在东陬山的西北坡,有一个山洞叫藏军洞,当地妇孺皆知的胡文臣抗日石刻就在藏军洞里。依山而建的藏军洞,利用原本天然洞穴结合人工石墙而成。洞深有 20 多米,顶盖用钢筋混凝土浇筑,虽然已经过去 85 年,整个工事依旧完好如初,刻字清晰可见。

在中国人民抗日战争暨世界人民反法西斯战争胜利 78 周年纪念日前夕,连云区委政法委副书记李成军一行,在徐圩新区徐圩街道一名工作同志的陪同下,到东陬山抗日石刻瞻仰,笔者有幸一同前往。

车离开市区一直向东而行,经过徐圩新区标志性建筑"大火炬",蓝天白云下的徐圩新区高楼林立,鳞次栉比,路网、河网延伸到各个角落,绿树水景交相辉映,连成一片。226 国道两边是连绵延展的厂房、塔吊、井架,火热的新区建设正在如火如荼地进行,与滔滔黄海咫尺相望的一座新城正在崛起。

李成军望着车窗外的新区,感叹道:"变化真大啊!2009 年以前,这里还是一片低产盐田和成片成片的芦苇荡呢!"

东陬山村的土地已经被香河公司流转。昔日偏居黄海一隅、名不见经传的小村庄,如今变成了风景如画、绿树成荫、鸟语花香、生机勃勃的集现代农业生产、观光、旅游于一体的香河生态产业园。

80 多年过去了,徐圩新区这片热土,从过去的抗日大战场一角,脱胎换骨，成了今天的国家东中西区域合作示范先导区。而静静隐藏于东陬山的藏军洞，一直默默地关注着这天翻地覆的变化。

它是历史的亲历者，也是见证者。

据石刻前面立着的一块石碑上的文字显示，这处石刻已于 2002 年被江苏省政府列为省级文物保护单位。

站在石刻前，李成军满怀深情地说："1996 年，我调到徐圩镇（后撤镇设街道）工作时，老党员、原东陬山大队大队长赵永田就带着我来这里瞻仰。弹指一挥，时间已过去整整 27 年。在中国人民纪念抗日战争暨世界人民反法西斯战争胜利 78 周年之际，我们来到这里，瞻仰石刻，缅怀先烈，追思过去的连云港保卫战，意义特别重大。连云港保卫战，创造了对日军防守作战的奇迹。参战将士和爱国民众利用战斗间隙，镌刻在岩石上的'日记'，是一段血与火凝成的史实，是一首可歌可泣的民族抗战进行曲！"

街道陪同的同志介绍："区里和街道对这处抗日石刻很重视，在徐圩新区大规划方案中，已将此处文物永久保留。"

云台山上的一组组抗日石刻，是历史留给后人的文化瑰宝，对弘扬革命传统和革命文化、加强社会主义精神文明建设、激发爱国热情、振奋民族精神具有特殊的意义。

近年来，连云区各界热心石刻保护的人士周永刚、张华南、殷胜理、杨尧悦、王继澍、周长岭等人呼吁，把石刻文化继承好，发扬好。连云区政协委员陈根颜提交建议：在老街选择一处合适的地点，建设一座云台山红色抗日石刻主题公园。在公园里竖立谷牧、万毅、李欣、曾锡珪、李志亲、邵恩三等抗日名将的雕像；把云台山 11 处抗日石刻用最新的扫描技术，将石刻完美复制出来，集中放在一起；运用 5G＋VR、声光电等实现时间与空间的立体交换；寻找一处适宜的岩石，把《六六七团团歌》镌刻在上面。游客行走在老街，品味"青山蓝海"，走进硝烟弥漫的抗日大战场，感受 85 年前中国军民团结一致、誓死保家卫国的热血豪情，将红色基因融入血脉。

重温历史，血脉偾张，缅怀先烈，肝胆震撼！

写在云台山岩石上的"日记"，已经成为连云港人的城市记忆、永久记忆。

——历时 289 天的连云港保卫战,有效阻击了从海上登陆的日军、成功打乱了日军侵华的节奏、拖延了日军从陇海线西进的时间,打断了日军企图把连云港作为徐州会战补给线的计划,对徐州会战、台儿庄大捷等战役取得的胜利起到了很大的作用。

——一寸山河一寸热血,万里山河皆为华夏。连云港保卫战大长了中华民族抗击侵略者的志气,大灭了日本帝国主义的威风,打破了所谓日军不可战胜的神话。连云港保卫战取得的胜利,不仅是中国军民的光荣,也是连云港人民的光荣!

这是镌刻在连云港人城市记忆中最光荣、豪迈、铿锵有力的一段话语。

历史书很小,装不下当年参战军民的伟大,但今天的我们随手一翻,每一页都是他们平凡而又伟大的人生!

刀笔刻石见铁骨,云台巍巍万年长!

云台山上的石刻啊,您记录了抗日官兵浴血奋战、顽强阻敌的战斗过程。您刻在石头上的傲骨啊,留下了铁血男儿保我河山的豪情壮志!

为什么战地黄花分外香?因为红色战旗永远不倒,烈士永远活在人民的心中,抗日的将士永远不朽。英雄们亲手刻下的战争日记,是连云港大地上一部可歌可泣、催人泪下、荡气回肠的抗战史记!

连云港人有理由相信,在不远的将来,这些石刻遗迹在城市发展的蓝图中,将呈现出更加不一样的精彩,人们期待着!

第七章　连云人王公玙

第一节　年少志高,求知若渴

历史上,连云港港区到墟沟一带有三大名门望族,分别是王氏、邵氏、朱氏家族。其中朱氏家族在连云老街,而王、邵两家在墟沟。王公玙家的大宅院,就坐落于今天的墟沟街道中华东路墟沟电影院西南角、地处原小南街的一大片区域。王公玙家这一支王姓家族,是东海当路王氏五十九世祖王鸣鹤的后裔。史料记载,连云港地区属于古郯郡、胸阳郡或东海郡的一部分。东海当路,也称当路村,隶属于汉胸阳郡或后东海郡内,位于前云台山西麓,是一个古老的自然村落,居明代云台 18 个村落之首,是全世界千千万万三槐堂东海当路王氏宗亲魂牵梦绕之地。

王鸣鹤(1550—1617 年),字羽卿,明朝嘉靖万历年间,世袭海州守御所正千户,后官至广西广东总兵、骠骑将军、南京右府都督金事,代表作有《登坛必究》,被万历帝誉为“天下将才第一”。先祖乃汉哀帝时京兆尹王净。

王公玙家族谱显示,清顺治实行“裁海”国策时,王氏家族迁至东海境的石榴村,在此安居乐业,兴建祠堂。康熙实行“复海”(史志也称“复山”)国策,为了有效推进此项政策,官府先行明确两点:一是增配兵力,确定边界,并设立烽墩,俾能相互策应,借期收复之云台防务巩固;二是将以前迁出的老户,招来复业,开垦地亩。查有余地无人居住,则令他处失所人民,以其自愿,予以填补安插。在此政策的感召之下,王家第 70 代传人又迁回了云台山北麓的墟沟居住,他们主要居住在墟沟的小南街一带。

王广生就是由墟沟迁出后,又迁回原住址居住的王氏后裔。

王广生,字庸卿,自幼聪颖,饱读诗书,年少时就显示出做生意的天赋。

他在墟沟同兴店里当小伙计,后来自己开设了一家"恒大"杂货铺,寓意"恒则能久,大乃益昌"。店铺向墟沟镇上30多条渔船供应修船材料,还赊予出海的粮食,因其家里有大量的良田和山地(山上林地)。他带着大儿子同城、二儿子同厚、四儿子同登、五儿子同显,推着人力车,赶着毛驴,到周边各地进货。唯有三儿同甫,王广生不让他经商,正准备访个名师教导,只让他在书本上用功,将来博取功名,暗想那"龙凤呈祥"的风水,走上仕途之路,也好光宗耀祖。

王同甫与妻子朱氏夫妻恩爱,相敬如宾。让老先生没有想到的是,他一直看好的三儿子没有按照自己所愿,做个"朝中大员",但是三儿子王同甫之子王公玗,却如爷爷所愿。

1903年除夕夜半三更,已到预产期的朱氏出现了生产前症状,腹部出现阵痛,惊动了家里的老爷王广生等一众人。穿戴整齐的男人来到客厅陪着老爷抽着水烟、喝着茶;装扮一新的女人都拥到朱氏的厢房里陪伴,她们充满喜悦的脸上带着丝丝的担心。王家是大户人家,自然提前为儿媳妇分娩准备好一切,提前三四天就花了重金把名闻十里八乡的接生婆请到家里,吃了年夜饭后,接生婆就待在朱氏的厢房没有出门。

冬天日出时间迟,外面还一片漆黑,此起彼伏的鞭炮声就响了起来,卯时,王广生在儿子们的陪同下步出客厅。来到院子里刚站稳,一只喜鹊就飞落在院子中的树梢头,它伸着脑袋,朝着树下的老太爷连连点头,并连叫了3声,然后展开翅膀,朝着东方黄海海面上冉冉升起的旭日飞去。

看着眼前的一幕,王广生心中不由得高兴起来。喜鹊是吉祥之物,鹊雀登枝乃吉兆,朝着人鸣叫是报喜之举。可他转念一想,又觉得似乎蹊跷。因为时值冬天,喜鹊很少,况且,过年的爆竹声也会把它们惊走,此时,偏偏有鹊雀"不请自来"登枝、唱歌。正思考间,忽听三儿同甫的房里传出"呱呱"的婴儿啼哭声,声音特别响亮,有穿透力。

王广生心里暗喜:"定是男儿无疑。"

王广生惊喜交加,他想起来年幼时听父母讲过"龙凤呈祥"风水宝地的故事。如果把鹊雀比作"凤",把蛇比作"龙",那么今早这蹊跷事便可以解释了,树枝上的鹊雀便是"凤",自古有"鸾凤和鸣,必出贵子"之语,大孙子在"凤"鸣声中出世,或许那"龙凤呈祥"的风水就应在这孙子身上呢!

这时候，大儿媳妇从朱氏屋里出来，一眼看见院子中站立的公公，便急切地跑了过去，笑嘻嘻地报喜说："大大（当地方言，父亲的意思），您老今日里添了个孙子，落地时，还听到树上的鹊雀叫了几声呢。大大，这时辰是卯时还是寅时呢？反正是好时辰，真是太好了！"

这个孩子取名王公玙。说来奇怪，自从王公玙出生后，王家的生意越做越大，不仅商铺越开越大，广置良田和山地，还开办学校。王同甫和白宝山私交甚好，王同甫想在墟沟办一所小学，白宝山慷慨赞助6间教室。学校先取名经正小学，后改名崇正小学。

依山而建、北面临海的墟沟镇，居住有上千户人家。在墟沟这座城镇的中间，有一条山涧穿过小南街的西面，人们就在西街的涧沟上建一座石头桥，名曰"石门桥"。王家的宅基就延伸到桥头和涧边，小南街的南头，就是设在王家大宅中的崇正小学。年少的王公玙和族里的几个兄弟就在此读书学习。他聪明伶俐，乖巧懂事，学习又好，深得学校老师和族里长辈的喜欢。

1906年春，清廷取消科举考试，要求各州书院改为中学堂，海州知州张景祜将石室书院改为海州官立中学堂，聘请沈云沛为堂监（校长）、黄道传为舍监（总务主任），海属知名学者江恒源、杨友熙、谢希愚、吴铁秋等人被相继聘为各科教师。

1913年，白宝山进驻海属地区后，在原海州中学堂设立司令部。江苏省立第十一中学（简称省立第十一中学）的筹办者武同举、杨懋卿等人，深知白宝山的为人，学堂被他占据，根本无法要回，无奈之下，只能临时租用民房办学。

1914年，江苏省政府颁布命令：各地中学堂改为中学校，自南京、苏州、松江、太仓、常州、镇江、南通、扬州、淮安、徐州、海州，依次改为省立第一至第十一中学，海州中学堂改名为江苏省立第十一中学。

随着历史的变迁，省立第十一中学相继更名为：江苏省第八师范学校、江苏大学区立东海中学、国立第四中山大学区东海中学、中央大学区立东海中学、江苏省立东海中学、东海师范、苏北第二师范、苏淮特别区东海师范、淮海省立东海师范、江苏省东海师范学校等。1959年6月6日，江苏省东海师范学校更名为江苏省海州师范学校。1998年，经江苏省人民政府批准，江苏省海州师范学校、江苏省连云港师范学校、连云港教育学院三校合并，组建连云港师范专科学校。

1917 年春,省立第十一中学在海州西门外丁氏大院开学上课,首批招生 48 人,王公玙是其中之一。

求知若渴的王公玙学习很刻苦,对自己的要求也高,成绩总是名列前茅。在校园里王公玙与同学们朝夕相处,关系融洽,他与徐州丰县籍同学逯剑华、程厚之等人,不仅是要好的学友,还是学习中的佼佼者。

第一学期结束,王公玙手捧奖状,回到墟沟家里,给爷爷报喜。王广生看到半年没见面的孙子又长高了,还带回一张奖状,非常高兴。他摸着孙子的头连连说道:"如此最好,如此最好,如此难能可贵……"

王公玙兴奋地告诉爷爷,校长丁荫东毕业于南京两江师范,又在日本留过学,得见孙中山先生,加入了同盟会,参加过 1911 年 10 月 10 日孙中山领导的国民革命军的武昌起义。11 月 11 日,17 个省的革命代表在南京召开选举大会,孙中山被推选为临时大总统,丁荫东就是参会代表之一。会议结束后,黄兴找到丁荫东,告诉他大总统有意让他去香山任县长。

香山可是中山先生的家乡啊!

后来世事多变,丁校长死里逃生,辗转来海州创办省立中学。听完孙子的一番话后,王广生既赞叹又感慨地说道:"古话说'近朱者赤,近墨者黑',孙儿还不曾涉世,还不懂许多做人的道理。还有一句古话'人往高处走,水往低处流',我希望孙儿在学校里好好学习文化知识,要向丁校长这样的人好好学习做人,日后必成国家栋梁!"

王公玙说:"爷爷,请您放心,我一定要以丁校长为榜样,做一个像丁校长那样的人。"

后来的事实证明,王公玙确实是这样做的,丁荫东校长也特别喜欢王公玙这个学生。用逯剑华的话说,丁校长平时看王公玙的眼神都和别的学生不一样。他还和王公玙开玩笑说:"瞧瞧,丁校长对你,比对我这个小老乡还好呢,是不是有意让你当女婿呢? 丁校长在南京求学的女儿丁少兰,可是个大美人呀!"

谁也想不到的是,逯剑华无意间的一句玩笑,竟然成真。多年后,王公玙和丁少兰结为夫妻。

第二节 连岛上的海港测量处

在江苏省立第十一中学上学期间,王公玙就与逯剑华、程厚之约定,放暑假时二人先到他家里。王公玙陪同他们欣赏云台山的云雾缭绕、体验黄海的烟波浩渺,游玩几日再回丰县老家。

一年暑假第一天的黄昏,3 人来到了墟沟镇,进了王家大宅院,王公玙边走边指点着介绍道:"看,从那儿,到那儿,再到海边,都是我家的宅基。"

"啧啧……"逯剑华随着王公玙的手,望着指点之处惊叹不已,咂着嘴说:"好气派的一座豪门大院呀! 公玙,你家在海边的一个小镇上有如此大的宅院,真出乎我的意料啊!"

程厚之也笑着说:"确实出乎我的意料,剑华,公玙家的深宅大院,肯定有闲置的房间,至少咱们来到公玙家,晚上住宿不用愁了。"

王公玙指着前边的楼房说:"我爷爷的房间在楼下,楼上是书房、账房,很少有人上去,那边的一溜儿正房,是我父母住的。"接着他手向边上一指,继续说道:"看,我的房间在那边,紧靠边角的那间小平房。我住在房间里就能'上依山闻鸟叫,下临海听涛声'呢,今晚我们兄弟三人就住在这里,一边听着山上竹林幽幽瑟瑟声和声如海啸的阵阵松涛声,一边听着黄海涛声阵阵和海浪拍打礁石的惊涛拍岸声,在一山一海鸣奏出的丝竹笛箫之乐声中,彻夜长谈,怎么样?"

"妙极啦,妙极啦!"逯剑华带头鼓起掌来,高兴地说。程厚之也笑着说:"公玙,有这如此仙境般的地方住着,只怕我和剑华不愿意离开了呢。"

王公玙笑着说:"程兄,那就在我家住到秋季开学,我们一块来,一块走,如何?"

逯剑华、程厚之都笑了。

当时的墟沟一带,绝大部分是低矮泥土墙草房子。能有如此的一座石墙瓦屋面建筑群,里面的部分建筑还是两层楼房的私人院落,是非常罕见的,用"一时无二""超群绝伦"形容也不为过。

晚霞染红了大桅尖,王公玙站在小楼的窗户前,指着海中的岛屿,向逯剑华和程厚之介绍说："这个岛屿,是东西横列,长约 10 千米,与后云台山平行,距离海岸约 7 千米。该岛东端,名东连岛,西端名西连岛,岛上均住有渔户。但住在西连岛上的渔户较多,虽然从名称上讲有东西连岛之分,实际上就是一个大岛,所以,有人以地名作一副对联'东连岛连西连岛,南通州通北通州'。"

程厚之激动地说"好一个'东连岛连西连岛,南通州通北通州',有趣、有趣。公玙,若不是现在天色已晚,我现在就想奔到岛上去,看个究竟,这东连岛、西连岛是如何的连法? 明日里去南通州……"

"不急,我们今晚先住下来,明天去岛上一探究竟。"王公玙笑着说。

第二天早上,匆匆吃了早饭,王公玙约了族里一个擅长弄船的兄弟,4 个人乘舟向连岛驶去。一路上,海风习习,蓝天白云,青山绿水,海鸥盘旋,帆船点点,好不惬意。

坐在船头的王公玙介绍说:"墟沟这个小小的城镇,出于地理位置的原因,一向和内陆的交通很少。这里海面宽阔,帆船较多,大部分贸易都由水路和外埠来往,所以与上海、杭州、青岛、大连等大城市的联系较多。这里山清水秀,民风淳朴,乡村风气浓郁,人们安居乐业,热情好客。你们看,这山海之间,农田虽不甚多,但土壤肥沃,山泉水充沛,适宜种稻,米的质量特好,远近驰名;海鲜非常丰富,价格也很便宜。因此,墟沟堪称鱼米之乡。你们再回头看云台山上,多松树,亦有不少银杏和楸树,山上地产的云雾茶,自古就是朝廷的贡品;药材品种也还不少呢。苏东坡先生有诗曰'旧闻草木皆仙药',看来不无道理。"

只见海面上荡悠一叶小船,一船人谈天说地、说说笑笑,也不觉时间长短,船渐渐地漂游到连岛的边缘。4 个人下得船来,将船系牢,便迈开大步登上了连岛。

来到镇海寺,早见庙门外挂着一个英文牌子,上面清楚地写着"Harbor Building Office"。王公玙念了一遍,对逯剑华和程厚之说:"这应该译为'建港局'较为确切吧?"

逯剑华和程厚之都笑了,反问王公玙道:"我们两个的英文程度,谁比你强? 建港局也好,海港测量处也好,反正就是这个意思,我们先进去问问再说吧。"东西连岛及老窑的百姓都称呼为"海港测量处",王公玙还保存着一张海港测量处当年绘制的规划图,标明了云台山北麓的地形和未来海港的位置。

连岛老镇海寺

进了镇海寺大门,便见大殿里走出来一个金发碧眼高个子的外国人,满脸的胡子,且多是黄白相交,看不出实际年龄,估计有 50 岁左右。王公玙上前鞠了个躬,用英语说了一句话,那个外国人便笑眯眯地望着他们,耸了耸肩膀,眉开眼笑地说:"OK,OK!"接着把他们带进大殿,原来他就是荷兰的测绘专家王敦伯洛克。王敦伯洛克对王公玙一行人的到访显得很高兴,热情地给他们倒水,还拿出一些水果款待他们。

落座之后,王公玙用汉语说:"我们是省立海州中学的学生,趁假期期间,前来建港测绘处参观学习,尤其是仰慕先生您的大名,请您多多指教我们。"

王敦伯洛克能听得懂汉语,他用还不太流利的汉语回答说:"谢谢你们的光临,见到你们这些年轻学生,我高兴……我们正在为你们……"他把建设海港的设计图纸,一一拿出来给他们看,还耐心地指示着图纸上的某处说:"由云台山的北麓涛练嘴(即桃连嘴)从东向西的海面上,计划建造 10 个以上的码头,其长宽度及距离,请你们看这里,都有明确的数字标记。这是个定型的规划图,尚待工程实施。"

王公玙问:"先生,这个计划,什么时候能付诸实施呢?"

王敦伯洛克先生耸了耸肩,摊开了两只胳膊,歪着头望着 4 个人,笑着说:"抱歉,我们的工作只是提供码头建设前期的规划和图纸,至于什么时候施工,这完全由你们政府决定。"

程厚之问:"王敦伯洛克先生,这个港口的建设,能达到一个什么样的标准呢?"

"哦,当然是一个大港口,不会比上海、青岛、广州港口差多少的,它很大呀……"王敦伯洛克双手挥动比画着,高兴地说道。

他又把测量的仪器拿出来,支在三脚架上,示范给他们看,教他们如何看测绘镜,如何使用测量工具和计算距离。王公玙一行4人,在镇海寺里待了个把小时,不好意思再打扰王敦伯洛克的工作,便告辞出了镇海寺。

旅居中国台湾的王公玙著有《畸园残稿·漫谈连云》一书,他在书中"海港的测量"一章里,回忆道:

> 民国九年(公元1920年),放暑假的时候,我和徐州两位同学逯剑华、程厚之,一起回到墟沟家里。父亲告诉我说,有一位国际知名建港专家荷兰籍的工程师王敦伯洛克正在连岛带领一些员工,对海港进行测量和计划,你们青年人应该去看看,学习人家栉风沐雨、吃苦耐劳的精神。
>
> 我们一行人乘船渡海到了镇海寺后,恰巧这位外国专家没有出海工作,他热情地接待了我们……

20世纪80年代,张树庄为撰写连云港地方志收集材料,在区政协查阅到一张海港测量处绘制的规划图纸。这张规划图纸有4开纸大小,与王公玙所藏的规划图纸略同,只是图纸上标注的铁路只铺到墟沟。图纸是按1∶25000的比例绘制,上面还有两部分文字说明,一部分是"墟沟地势略说";另一部分是永和公司地产部的启示。可惜的是这张很有价值的图纸,后来不慎遗失,万幸的是张树庄当年把图纸上的文字原封不动地抄录了下来,为后人研究连云港港史提供了一份珍贵的资料。

"墟沟地势略说"写道:

> 形势:墟沟位于云台之北部。背山临海,其西侧为南、北固山,蜿蜒数里,成平行线。两山之间,田畴棋布,更西盐圩错列,芳草平原,一望无际。墟沟以东,则愈趋狭。乱石山与孙家山之间,丘陵起伏。山东老窑,地势险隘,随处掘井,均有甘泉。山石亦取用不竭,有非他处海滨所能企及者。东西连岛孤悬海中,距陆地约八九里,一带可航。他若鸽岛、竹岛,以物得名,势亦幽秀。综观全境,重山裹其后,连岛蔽其前,实为东西数千里海岸不可多得之佳港也。

物产:(略)

交通:墟沟距灌云县治约 70 里,距东海之新浦约 50 里,海航至上海约一昼夜可达。他日铁道告成,萃陇、秦、豫、苏数省之精华,以发展太平洋之商业,与世界联声息,自西而东,由亚联欧,其将来盛况,正未可量也。

路线:陇海铁道,西起甘肃皋兰,中经长安潼关、洛阳、郑县、开封、徐州等处,以达海口,长 4000 多里,实为横贯东西之一大干线。

筑港:鹰游门内,两岸峰峦夹峙,形势绝胜,水深二丈七八,底无礁石,开浚极便,诚为天然避风之良港。然筑港地点,有谓在东连岛与黄窝之间者;有谓在水岛与孙家山之间者;有谓在龟山与海头湾之间者,迄今尚未确定。

永和公司地产部的启示写道:

一、"荷兰海港工程师格瑞奈决议陇海铁路终点墟沟优胜"的 6 条意见:(一)港深,可容吃水二十七八尺之船;(二)地广,可堆数十万吨之货;(三)海岸,巩固无变迁之虞;(四)水渡,长足少疏浚之费;(五)船舶,进出毫无危险;(六)货物,装卸深为便利。

二、总工程师薛马的预算:全港建筑费约 2000 万元。墟沟形势优于上海,胜于青岛,围地造物望厚息巨。设砖窑、开木行,承这一切工程,转售五金材料,尤为本轻利重之业。

永和公司地产部谨启。

对于王公玙回忆文章里提到的荷兰籍工程师王敦伯洛克,笔者多方查阅过大量资料,力求将当年参加建港前测绘工作的外国专家逐一弄清楚。在众多的资料中,涉及同一个荷兰人又有争议的名字有两个,一个是王敦伯洛克,另一个是荷兰公司代表陶普斯。资料显示两人都参加了海港前期测量、后期港口选址的工作,因此,笔者大胆猜测,这两个人可能就是同一个人。依据有二:一是外国人的名字翻译成汉字多数是音译,当年还没有普及普通话,中国地域辽阔,不同地方的人,因为方言的原因,发音也不尽相同,翻译出来的文字自然不同;二是外国人名字一般都比较长,此人可能名叫王敦伯洛克·陶普斯,有人选用前面部分,也有人选用后面部分,形成了不同的记录。

天有不测风云,人有旦夕祸福。

1920 年,年仅 39 岁的丁荫东因病去世。丁校长病重期间,王公玙天天到老师的病榻前照料。

一日,丁荫东精神特别好,也罕见地开口说话,王公玙很高兴,老师的病好了。丁荫东说:"公玙,我可能几日后就要见我父母大人了,老师想拜托你一件事。"

王公玙劝慰说:"校长,您千万可别这么说,看您脸色,今天就好多了。您对我有什么嘱咐,尽管吩咐就是。"王公玙接着说:"校长,不碍事的,人都说病来如山倒,病去如抽丝,要有个过程,慢慢来。您有什么事,尽管吩咐我和逯剑华,尤其我家在这里不远,诸事都方便得多。"

丁荫东望着王公玙点了点头,费力地说:"公玙,我长女儿少兰,在南京第一女师(女子师范学校)读书,校长是美国留学回来的张默君女士,辛亥革命时即有声誉,有'宁第一女师'之称,尤为江苏省教育界所重视。我那女儿,很有个性,聪明好学,为人善良,公玙,以后……有机会希望……希望你们能认识一下。"

丁荫东说这段话的时候,尤其到了最后,丝丝难过的表情流露出来,还吃力地伸出一只手,又似乎想托付什么。王公玙连忙握住他的手,点头答应:"校长,逯剑华曾对我说过少兰,我们会有机会见面的,请校长大人放心好了。"

此时的丁荫东所言是他的心愿,因为他从心里看好王公玙这个学生。年轻的王公玙以为恩师的病情已有所好转,殊不知,丁校长的生命已经进入倒计时。

1921 年冬季,王公玙在省立第十一中学读完了 4 年的全部课程。按照安排,在学生们毕业之前,学校要组织举行一次旅游活动。他们旅游的路线是南京、苏州、上海和杭州。

到达南京的那天是星期六。晚饭后,逯剑华对王公玙说:"公玙,还记得丁校长对你说过的话吗?"

王公玙说："记得呀,恩师的话怎么能不记得呢?"

逯剑华说："公玙,丁校长希望你和他在南京读书的女儿丁少兰认识一下,我们今天不是到南京吗? 明天你就和丁小姐见见面,怎么样?"

王公玙说："可惜丁校长……我们恩师病逝了,不然他一定会高兴的……"说到此处,王公玙顿觉心烦胸闷,大有悲戚之状,眼睛里饱含泪水,只是垂头沉思不语。

第二天,王公玙和丁少兰见了面,两人互有好感,两颗年轻的心已经碰撞出爱情的火花。有人说,年轻的异性一旦碰撞出爱的火花,就会产生核裂变的效果,随着时间的推移,总有一天会瓜熟蒂落,必修成正果。王公玙和丁少兰就是如此,这正应了一句古话"有情人终成眷属"。如此,了却了老校长的临终嘱托,更告慰了他的在天之灵。

1922 年秋,王公玙考取中国大学,在中文系学习。

中国大学初名是国民大学,1917 年改名为中国大学。该校系孙中山等人创办,宗旨是培养民主革命人才,于 1913 年 4 月 13 日正式开学,1949 年停办,历时 36 年。

1925 年,王公玙加入中国国民党。

1926 年,23 岁的王公玙和丁少兰在徐州花园饭店举行隆重婚礼,结为百年伉俪。

第三节 抬着棺材治水的县长

1927 年春夏之交,蒋介石统领的北伐革命军,以破竹之势席卷了长江下游,北洋军阀节节败退,革命形势一派大好。恰在这时,原本奉行国共合作的国民党在是否继续执行孙中山的"联俄、联共、扶助农工"三大政策的原则问题上发生了严重分歧,终于造成了"宁汉分裂"的政治局面。之后,国民政府定都南京。蒋介石于 5 月 1 日以南京政府军事委员会的名义,发布了继续北伐的命令。北伐军在光复了苏北徐州之后,停止了步伐,开始在党内厉行"肃清"共产党及国民党左派的"清党"行动。

面对波诡云谲的政治局势,王公玙等一批刚刚毕业的年轻人逃离北平,从天津到了上海,旋即又从上海转赴南京。之后,他被介绍到国民党江苏省党部工作。

"新来的这个小王,人品好,忠厚老成,很有事业心的。"

"是的,这小伙子工作也认真勤恳,不似那浮躁的青年!"

"嗯,海州的这个小王不错。"

"小王是行事稳妥之人,事情交给他做比较放心。"

这是党部同仁对他的评价。不久,党部要向各县下派一名特派员,职责是督导成立各县党部。王公玙被派到了丰县,很快中国国民党丰县党部成立,他任委员。在丰县,他遇到了老同学逯剑华、程厚之。

1928年1月,国民江苏省政府颁布公告:王公玙任丰县县长。

五叔王同显在他上海的恒慎申庄商行里得到了消息,高兴得甚至有些不知所措。他望着侄儿连连说道:"好极了,好极了! 我这就写信告诉海州家里,不,还是拍电报吧,电报快。公玙,这要是你爷爷还活着,看到老王家出了个县长,他老人家一定高兴,兴许还能再多活几年呢! 公玙,五叔祝贺你,你给我们老王家争脸了,今天,五叔要摆宴,庆贺……"

王公玙却一脸愁苦相,说道:"五叔,我想起小时候看到过'县太爷'坐大轿,捧着水烟袋那种神态和用惊堂木在公案上一拍,继而大喝一声'打'。那一连串动作,感觉就像小丑一般,既滑稽又恶心。我怎么能扮演这个角色,岂不是丢了咱王家的脸了吗?"

王同显收敛了笑容,正色道:"公玙啊,你能做到县长是我们老王家的荣耀,古话说得好'当官不为民做主,不如回家卖红薯',你首先要想到民生疾苦,你终日里要想着为民做事,千万不能欺压百姓。你到了丰县,需用钱之处,对我说一声,不管多少,五叔都全力支持你。咱老王家人,做人要做正直善良之人,做官要做清官。你绝对不能做那'三年清知府,十万雪花银'的贪官污吏呀! 记住了吗?"

王公玙连忙诚惶诚恐地接话道:"五叔,我记住了!"

笔者采访了王公玙部分直系后人,他们所言也是听长辈们讲述而来。

王公玙年少离家,在省立第十一中学、中国大学以及后来在丰县、萧县任职期间,每当他回连云港墟沟老家,无论乘坐什么交通工具,只要过黄九埝到了平山口,他都会下马、下车步行朝家里走。此时的王公玙,步行时都是弓着身子,很虔诚地迈着小步子,从来没有昂首挺胸、趾高气扬地大踏步走路。一个小小的细节,可见王公玙的为人。

黄九埝,位于今天的中云台山与后云台山中间的昆仑山路一带,相传北宋诗人、书法家黄庭坚在此看埝,当地人称他为黄九,故名。平山口,是从西面新浦、海州进入墟沟的一个便捷入口。

王公玙对生他养他的土地和土地上的父老乡亲心存敬畏!

王公玙拜谒过民政厅厅长茅祖权后,即走马上任。茅祖权对这位学者即将到土匪猖獗的县城主政,还是有些担心。这里需要说明的是,按国民政府的组织程序,县长都归民政厅管理,民政厅厅长权力很大,县长都由他直接委派,再补请省政府会议通过。出于历史原因,王公玙曾3次任职丰县县长,前后在县长岗位上干了3年。

民国时期,位于苏、鲁、豫、皖4省交界的丰县一带,连年匪患不断,民不聊生,生活无有宁日。奈何,部队忙着四处打仗,无暇顾及,县政府武力单薄,力不从心,无剿治之力,以致盘踞一方的土匪势力渐盛,越发肆无忌惮,祸害百姓,呈现出"土匪为刀俎,百姓为鱼肉"的局面。

王公玙在丰县任职期间,将"肃清土匪,还老百姓宁日"当成第一重任,成效斐然,获得了丰县百姓的衷心拥护。

丰县地处黄河多次泛滥形成的冲积平原,其地势是南高北低,西高东洼。按照水的自然流向,它的北面有山东境内南阳、昭阳、微山湖。1851年秋天,黄河在砀山境内的蟠龙集决口,北出四支,形成了其中一条河道,就是新河。新河因多年没有疏浚,早已淤塞严重,每年汛期,洪水肆虐,当地百姓苦不堪言。

丰县自古以来就是个农业生产大县,发展农业生产,治理水患是关键。王公玙深入一线调研,与老百姓谈心,掌握第一手资料。他清楚地认识到,要治理这条河道,必将遭到下游山东百姓的强烈反对。边界水利纠纷,由来已久,哪年不为此而双方都搭上几条性命!

和剿匪一样,治理水患无疑是一道极为棘手的难题。

新中国成立后的很长时间,丰县还流传着"王疯子"在工地上抬一口棺材开挖河道的故事。故事听起来类似于晚清重臣左宗棠"抬棺出征",一证其武力收回新疆伊犁、誓死捍卫国家领土完整的坚定决心。

为了早日疏通新河,消除水患,实现泄洪和农田灌溉的目标,王公玙决定于农闲季节在全县征用民工集中开挖河道,首先开挖的部分是和山东省接壤的下游处 7.5 千米河段。挖河方案制定后,王公玙腰插短枪,骑着高头大马,亲率全副武装的县警备大队,在两省交界处的河段威风凛凛地走了一趟,然后带着队伍驻扎在工地最前沿。最令人不可思议,也感到可怕的是,在他所住的工棚门口显眼处,赫然摆放着一口白茬大棺材。这番操作,不言而喻,表示王公玙已经做好了充分的思想准备,誓与挖河共存亡。此举表露的信号很强烈:这口白茬大棺材就是他的归宿!

开工之时,所有人都惊呆了,王公玙仿佛变了个人,一改往常的温文尔雅,他的举动完全是一个疯子。王公玙穿了一身皂衣(借指下级官吏的服装),全副武装,腰扎皮带,皮带上别着手枪,背后背着一把明晃晃的大刀,大刀把上的红缨子随风飘动,俨然凶神。现场动员大会会场上,他就站在棺材旁庄严地宣布:"我,王公玙治河的决心已定,今日,新河必须疏浚,才能泄水通畅,保一方百姓安居乐业。本希望与邻居山东鱼台县共同出人,一起挖河疏浚,消除水患,谁知山东的兄弟极力反对,因此我们只好单独'求生'。我王公玙已将个人生死置之度外,在疏浚挖河施工期间,如有人恶意阻挠,务须格杀!大家都听清楚了,不论闹出多少命案,都由我王公玙承担!这段河道疏浚务必完成,我们要把新河变成复新河,为丰县的父老乡亲造福!"

王公玙这番话,对民工们的鼓舞很大:"一个外地人在我们这里当县长,听说他家在海州,他也不可能在丰县干一辈子,却甘为百姓谋利益,连命都愿意搭上,咱们世世代代生活在这里的本地人,还瞻前顾后畏惧什么呢?我们大家伙跟着王县长拼啦!"民工兄弟们用不遗余力地拼命干,争分夺秒地干,来表达对王县长的感激之情。在王公玙的感召和全县民工的努力下,工程进展很快,7.5 千米长的河段,只用了短短 3 天时间就完工了。

出乎丰县人意料的是,这次丰县挖河民工"大军压境",山东鱼台县竟然没有"来犯"。挖河工程顺顺当当完成,民工们平平安安归家。

之后,鱼台县的绅士们以"阿Q式"自嘲说:"丰县来了个不要命的县长,叫王疯子,我们才不屑和一个疯子纠缠呢!"这番话传到王公玙的耳朵里,他只是不经意地笑了笑。

彼时的王公玙仅仅二十三四岁,一个文弱书生在关键时刻显露出的坚定意志,确实令人心惊。大事面前不糊涂,有措施、有定力,彰显出王公玙主政一方的能力。

与山东接壤的河段挖好后,王公玙带领民工又一鼓作气地挖通了余下的河段,新河全线胜利疏浚,全县人民无不拍手叫好,称这条河是利在当代、功在千秋的幸福河。后来,当地百姓为了纪念他,把这条长约50千米的新河改名为复新河。

1927年4月26日,南京国民政府任命钮永建、何应钦、叶楚伧、白崇禧等16人为江苏省政务委员会委员。5月2日,江苏省政府宣布正式成立,地点设在南京的湖南路。《省政府组织法》颁布后,政务委员会改为省政府委员会,钮永建为主席。此时,南京被定为国民政府首都,还被列为特别市,这样,江苏省政府必须在省辖境内另觅新址。

1928年7月27日,中华民国国民政府颁布第701号令,正式批准镇江为江苏省政府所在地。1928年底江苏省政府改组结束,1929年2月省政府即由南京迁往镇江,钮永建留任主席。之后,新任民政厅厅长缪斌就到徐州巡视。王公玙赶到徐州拜谒缪斌,陪同他到丰县巡视。

2月清晨的苏北大地,气温较低,天气阴暗,地上还有霜冻。缪厅长和王公玙同乘一车向丰县驶去,汽车在坑洼不平的道路上颠簸着行驶。缪厅长问王公玙道:"王县长是海州人,我是知道的,故土难离啊!每个人对故乡都是有感情的,我听说王县长也是,说明你对故乡的感情很深啊!"

王公玙吃惊地说道:"缪厅长,怎么知道我是海州人呢?"

缪斌笑着说:"我当然知道了,你一直以海州人自豪,不但我知晓,省政府的人也都知晓呢。公玙,你家住在海州什么地方呀?"

王公玙恭敬地答道:"是的,厅长,我家在海州东边的墟沟镇,那里紧靠海边上,不知缪厅长去过没有?"

缪斌笑了笑说:"日后有机会总是要去的,王县长可谓巨富门第的子弟呀,令尊还是你们那一带远近闻名的开明人士呢!不仅广交名士,与白宝山、陈调元、刘峙长官亦是挚友,还深得民心,难得啊,实属难得!"

王公玙赶紧接话说:"缪厅长,您过奖了,我家在墟沟开了小商铺,有些田产罢了,家父虽说也算得上开明,但至于说广交名贵,深得民心,那,还谈不上呢。"

颠簸的汽车突然平稳地行驶起来,缪斌的手从吉普车的把手上松开,转头望向车窗外。王公玙指着车外平坦宽阔的公路说:"缪厅长,我们已经进入丰县境内了。"

"啊,我感觉到了。"缪斌厅长高兴地说,"道路就是明显不一样嘛,坐在车里就能感觉到呢!"

缪斌不仅看到了车窗外平坦的公路,而且看见了整洁的市容、整齐划一的农田。"新年新气象啊!"他似乎感到有些出乎意外,嘴里喃喃地念叨了一句,脸上露出了笑容。

车窗外,阴云渐散,天空晴朗起来,气温依然寒冷,滚滚的车轮把冻土碾压得吱吱作响。缪斌突然说道:"在省府,我听说你年轻有为,有思路、有方法、能力强,丰县的工作干得不错,我这次来,便要亲自核实一下。"

……

缪斌在丰县的巡察结束,要回省政府了。临上车前,他握着前来送行的王公玙的手,哈哈大笑,说道:"王县长,我回镇江以后,要大力推广你的政绩,要在全省推广丰县的经验呢!"

果然,缪斌厅长回到省政府后,报纸在头版头条推出介绍丰县经验的大幅文章,称丰县为"苏省西北角的小上海"。

当年报纸如此宣传,可能是出于政治因素的考虑,宣传得有些夸张。试想一下,一个位于大平原中的纯农业小县城,基本没有工商业支撑,怎么能发展到"小上海"的繁荣程度呢?宣传是夸张一些,但王公玙在丰县施政,取得的成绩还是值得肯定。

一个施政者主政一方,功过不仅由老百姓评说,也被上级领导看在眼里。王公玙主政丰县取得的成绩,引起了国民党高层的关注。

1930 年夏天,王公玙再次受命,走马上任萧县县长。到了萧县后,他面临着两大棘手难题:一是匪患;二是水患。

徐州自古就是兵家必争之地,下辖 8 个县,有上 4 县——丰县、沛县、萧县、砀山,下 4 县——铜山、邳县、睢宁、宿迁(地处徐州、连云港、淮安 3 市中心,1996 年 7 月撤销县级市建立地级市前,归淮安府、淮海区、淮阴市)。这上下 4 县之说,主要是以地理位置而论,而并非以优劣大小排列。如果按当时的政治、经济、人文和面积在全省的分量而言,丰县仅为三等县,萧县则为二等县。王公玙从丰县调到萧县任县长,无疑是得到江苏省政府的重用。但是,主政萧县绝对不是一个肥缺美差。

直到 20 世纪 50 年代,萧县才被划入安徽宿州。它地处苏、豫、皖交界处,北靠陇海铁路,东北遮蔽徐州古城;东南毗邻洪泽湖,与安徽的宿县、灵璧遥遥相望;西南与河南省的永城县相连接。

兵荒马乱的年代是土匪滋生的"黄金时期",当地百姓称土匪为"杆子"。天一黑,萧县、豫东、淮北地区就是"杆子"的天下。到了晚上,当地百姓人家遇到小孩闹人不睡觉,会吓唬说"乖乖快睡觉,如果再闹腾,就会把'杆子'引来了"。

王公玙到萧县任职时,县境内盗匪十分猖獗。匪患一日不除,百姓生活朝夕不保,还怎么过日子!

摆在王公玙面前的,不仅是土匪的骚扰,连年的水患也给萧县这块土地上的人们带来了无穷的灾难。汛期洪水肆虐,水灾严重的年份,农民甚至颗粒无收,萧县人民长期贫困与水患是有直接关系的。

地处淮河流域中下游的萧县,古老的黄河流经此处,县城有 700 多年的历史。北宋时期,这里曾经是富庶之乡。后来,淮河夺黄而入,黄河改道,萧县原有的农业水系逐渐变得混乱了起来。淮河上游的客水,流入下游受阻,使得这里连年处于水患的威胁之中。

民国以来,由于军阀混战,盗匪肆虐,再加上萧县的水利设施年久失修,当地水系不仅失去灌溉能力,行洪能力也基本丧失。无助的百姓们束手无策,盼望着有朝一日能来个为民谋利益的县长,由政府层面发动群众根治水患。

王公玙自上任起,在一年的时间里亲率警队剿匪,共经历大小数十战,先后捕获匪首王留妮、谢瘸子、王套等298人。其中处决57人,宽大处理释放111人,移送省法院130人,缴获土匪长短枪170余支。至此,长期危害地方的土匪被基本剿清,萧县社会治安好了起来,社会秩序开始稳定,老百姓过上了安宁的日子。

时间过得很快,转眼到了1931年夏末,王公玙打算辞职出国求学。这个念头,他已经酝酿了一些时间。去年,省政府要员李明扬先生,代表萧县父老请他去萧县治匪,如今萧县境内外的土匪已剿清,辞职去国外求学,也还说得过去。屈指算来,他今年28岁,是深造的好时候! 可是,偏偏在这个时候,县内各方人士到县政府请愿,恳请他无论如何留任萧县,匪患虽已除去,还指望王县长根治水患,百姓才能过上太平日子。

李明扬(1891—1978年),国民党元老,曾用名健,字师广,安徽萧县人。肄业于陆军第四中学,后赴日本大森浩然学社、德国柏林大学哲学系留学。在袁世凯刺杀宋教仁时,担任江西陆军步兵第十团团长兼任湖口要塞司令的他,便随江西都督李烈钧发动湖口战役,打响了反袁世凯二次革命的第一枪,参加辛亥革命和北伐战争。在民主革命时期,做过有益于人民的工作。1927年“四·一二”政变时,掩护和帮助过一些中共党员脱险。抗日战争时期,配合新四军作战,取得黄桥战役的胜利。抗日战争和解放战争时期,先后出任李宗仁的第五战区(徐州)游击司令总指挥兼江苏省第九行政区督察专员、苏北第四游击区指挥官、鲁苏皖边区游击总指挥等职,参加了著名的台儿庄战役。他于新中国成立前夕起义,并留在苏北解放区工作。1949年,出席了中国人民政治协商会议,历任第一届全国政协委员,江苏省政协第一届副主席,江苏省人民政府委员兼农林厅厅长,华东军政委员会委员,第一、二、三、五届全国人大代表,中华人民共和国国防委员会委员。

李明扬一生都反封建、反军阀、反外敌侵略。他刚正不阿,在大是大非面前不糊涂,小事上却糊涂,所谓“能成大事者,不拘小节”。毛主席曾经称赞他是大事明白、小事糊涂之人。

王公玙犹豫了,他想起小时候,五叔王同显常对他说起的一句“金钱有了破费事小,人情有了亏损事大”的话来。是啊,盛情难却,如果一意孤行辞职而去,又辜负了萧县父老乡亲的厚望。

正当王公玙犹豫不决的时候,一件令他想象不到的事情发生了。

第四节　以连云人为自豪

1931 年夏末秋初的一天,王公玙忽然接到一封电报,陈立夫、罗家伦邀约他赴南京有要事商谈。手拿电报的王公玙感到震惊! 陈立夫在国民党党部担任要职,他也知道罗家伦这个人,但与他们素无交往,更不认识。这是怎么一回事呢? 王公玙百思不得其解。

陈立夫(1900 年 8 月 21 日—2001 年 2 月 8 日),名祖燕,浙江吴兴(现湖州市)人,毕业于美国匹兹堡大学,民国时期历任蒋介石机要秘书、国民党秘书长、教育部长、立法院副院长等要职。

罗家伦(1897 年 12 月 21 日—1969 年 12 月 25 日),字志希,出生于江西进贤,祖籍是浙江绍兴柯桥钱清镇江墅村,毕业于北京大学,中国近代教育家、思想家。民国时期,曾任国立中央大学校长。

王公玙心里直犯嘀咕:"哦,可能是我经江苏省各界党部代表推荐,被选任省党部监察委员。自当选后,我就未去省党部开过会,中央党部两位要员电约,自然是有重要的党务事情了。"

约好了时间,王公玙风尘仆仆赶往南京。在陈立夫的官邸会客厅里,望着进门的王公玙,坐在办公桌前的陈立夫站了起来,在桌上摊开一份英文报纸。他当着罗家伦的面,指着报纸问道:"公玙,你可曾见过这份报纸否?"

王公玙接过报纸一看,忽见上面赫然刊登着自己的照片,并有半个版面的篇幅,报道关于他治理萧县、丰县的政绩。如何剿匪、治水、搞基本建设,都叙述得十分详细。报上还配上大字标题,对他大加赞扬。王公玙并不知道这是何人撰写,实事求是地说道:"二位长官,我从未见过此报,也不知道这报纸上稿子出自何人之笔。文章中对我的溢美之辞,言过其实,公玙实在愧不敢当,惭愧,惭愧!"沉思片刻,王公玙接着说道:"难道是美国牧师 Hamilton 或 Brown 所撰文章,因为他们曾向我索取过相片呢!"

陈立夫没有言语,他重新坐回办公桌前,望着王公玙,面无表情地说道:

"公玙，江宁县靠近南京，是其重要的门户，为中外所关注的要害之地啊，党国及蒋委员长打算将江宁打造成改革实验县呢！"他端起桌上的茶杯喝了一口茶后，面部表情丰富了一些，略带微笑接着说道："公玙主政丰、萧两县取得的成绩，上上下下有目共睹啊，百姓对你也很拥护。今天约你前来，不为别的事，仅希望由你出任江宁县长一职，不知你意下如何呀？"

罗家伦又接过话茬儿，带着鼓励说道："公玙，若能出任此职，辅佐你的党政助手，可以任用中央政治学校的高才生，编制上我们不妨也适当增加一些。"说完话，随即将有相关的江宁资料，递给王公玙。

不知是夏末秋初的南京天气热，还是听到此消息紧张所致，王公玙身上直冒汗。一时间，有点发蒙，他诚惶诚恐地接过这些资料后，说了一番感谢领导栽培和谦虚的话，表示考虑成熟后即向二位长官汇报。

回到萧县的王公玙，就自己是否到江宁任职一事陷入了思考："凭我的资质才识，在边远的偏僻之地任职，尚可勤能补拙。可南京周围府县，本来就是个是非之地，那般政治旋涡，我岂能招架得了！罢了，罢了，还是远离是非，最好辞去职务，到国外求学为上策。可是，如果硬生生地拒绝了陈立夫……"想到这里，王公玙决定去省政府，听听省主席的意见。

是年12月，江苏省政府主席叶楚伧已经辞职，新主席由顾祝同接任。王公玙马不停蹄地驱车赶到省政府，晋谒顾祝同主席，将与陈、罗两位长官面谈的经过叙说了一遍，并请求顾主席批准他辞去萧县县长的职务，以了却他出国求学的心愿。

顾祝同听后，连连摆手说道："不可以，不可以！你在丰、萧两县声誉俱佳，我早有所闻。到江宁任职，那里离党部太近，这婆婆太多，媳妇自然就难做，故不去也罢。但你想离开苏北，那是万不能准之事。而今，萧县匪患刚刚剿清，农工业生产、各项社会事业正百废待兴之时，公玙怎么能走呢？萧县百姓对你敬佩有加，你怎能忍心离开那些拥戴你的乡亲呢？万望你打消留学之念，重返萧县，好自为之，继续为国为民做出一番事业来……"

顾祝同的一番话可以从两点来分析：第一，他是江苏涟水县人，和王公玙同属苏北老乡，他深知江宁的"活"不好干、"水太深"，从爱护老乡的角度来讲，不愿意王公玙"蹚浑水"；第二，他刚刚担任江苏省政府主席，从全省发展的大局出发,王公玙在丰、萧两县都干得风生水起,留任他继续主政一方,自然是上策之举。

顾祝同的一番话,王公玙听明白了,既然辞不去职务,还是老老实实干工作。已有3年主政丰县经验的王公玙知道,萧县是个农业大县,要想发展农业生产,治水是关键。治水,从大的方面来讲,就是着手疏浚河道,至于小的方面,不外乎完善农田水利的基本设施,如闸、站、桥、涵,大、中、小沟等。做到"旱能灌、涝能排",才能给农业生产丰收做好保障。

当时,流经萧县境内的主要河流是:从河南永城流入萧县的洪河;从铜山县流经萧县的奎河;发源于萧县境内的最长的两条河道龙河和岱河。王公玙在充分调研的基础上,召县政府会议研究决定:先整治龙河、岱河,后整治奎河、洪河。

萧县沿北部边缘为黄河故道,历史上由于淤沙堆积,形成了高阜。县境内的河流,多为西北东南流向,四河之水,均需流入安徽宿县境内的濉河,经下游沿岸的宿县、灵璧、泗县、五河等县,再汇入洪泽湖。

人往高处走,水往低处流。天下治水大同小异,无不是排水与阻水。

与丰县一样,萧县与上下游邻近各县因为过水,积怨甚深,两村、两乡、两县乃至两省间上下游的群众,各持大刀、棍棒和自制的土枪、土炮拼命,受伤甚至丧命也时有发生,诉讼事件连年不绝。治理水患,实际上也是解决接壤两地群众间的矛盾纠纷问题。

面对这种历史状况,根据丰县的治水经验和萧县的历史教训,王公玙采取"排蓄并重、上下游利益均沾"的治水方针,召集全县区、乡长和各界知名人士会商、制订治水规划,成立治河委员会,专司其事,根治水患,变水患为水利。

在此期间,王公玙深入百姓中调研,听取广大百姓对治理河道的意见,同时由治河委员会派专人前往下游各县协商共同治水大计,准备在冬季农闲季节,发动民工开挖河道。

由于萧县境内的龙河、岱河、洪河、奎河,都要流入安徽境内的濉河,其下游沿岸的宿县、灵璧、泗县、五河四县,都齐心坚决反对。他们还到处散布谣言,大肆妖言惑众,唯恐天下不乱,其目的就是把事情搞黄。

"听说了吧,县里真准备要挖大河!"

"不挖大河,当官的怎么捐派榨取百姓手中的钱财?这叫巧立名目,没事找事,分明是想榨干我们老百姓!"

"听说,这挖河道是小闹腾?那是预谋放水淹人呢,淹谁,谁也不会干。这不仅仅是要我们出钱出力,劳民伤财,到时候还真不知得搭上多少条百姓的小命呢!"

而下游沿岸4县的传言也是闹得沸沸扬扬,说萧县的龙河源于肖城外的龙湖,是大禹治水的时候就挖的河,龙河顾名思义,有龙在里面,挖了河道会破坏风水,还会殃及洪泽湖大堤。龙湖,虽然被称为湖,实际上却是一个遍植菱荷的水池,直径不过数十丈,方圆不过几十亩。其危害程度再大,也不至于如下游沿岸各县民众讹传,能涨破洪泽湖大堤。下游的人,只不过是故意危言耸听,蛊惑人心,制造恐怖,意在阻止疏浚龙河的工程罢了。

面对来自县内外的各种干扰、阻力,王公玙沉着冷静,他深知老百姓的思想很容易被别有用心的人左右。在丰县的治水经验告诉他,治理一项水利工程前前后后,群众的思想变化很大,会出现"开始告(指向上级告状),中间闹,最后笑"的3种现象。

王公玙心里明白,此一时彼一时,萧县非丰县,在萧县挖河,不能生搬硬套之前在丰县挖新河的方法。眼下,不是挖河"大军压境",也不是备着棺材、抱定必死的决心,就能达到目的。准备开挖的这条河,尚有河床,只需将河床挖宽、挖深就行,而当时丰县的新河,已经淤为平地,平地里开河,当然是难度更大。相同之处是,丰县之事属于两省之间的纠纷,萧县之河所涉下游宿县、灵璧、泗县、五河4县是安徽辖区,也涉及两个省。开工之日,必有大规模械斗事情发生,说不定就连地处下游150千米外洪泽湖畔的民众,也会和4县民众联合起来,加入反对疏浚龙河的行列。

王公玙在县政府党政会议上慷慨激昂地说:"治水大业,利在当代,功在千秋!俗话说:'好事多磨。'我们必须齐心协力,要有吃大苦、冒大险的思想准备。今天我负责任地告诉大家,出了再大的事,责任由我王公玙个人承担,望在座的同仁尽职尽责。"参加会议的人对王县长的一番话,特别是"出了再大的事,责任由我王公玙个人承担"之言,钦佩得五体投地,纷纷表示一定要团结在王县长身边,把治水工程干好。

看到同仁们如此团结,王公玙深受感动,他接着说:"我王公玙,一定和在座的同仁以及民工兄弟一道誓把萧县水患治理好!"

寒冬腊月里的疏浚工程现场,3万多名民工分工到位,责任到人,分散在各个开挖点位。站在高处远远望去,30多千米长的河道上,黑压压的一大片人群,在寒风呼啸的苏北大地上,正忙着"蚂蚁搬家"。响彻大地的劳动号子,轰轰烈烈的治河场面,蔚为壮观。

王公玙挽起裤腿,肩扛劳动工具,带头下到还浮着冰凌的河道里,在寒冷刺骨的河水里挥舞着铁锨挖垄沟,与民工们并肩作战。

一时间,"王县长赤脚下水挖垄沟"的消息,传遍了整个河道开挖工地,民工们倍受鼓舞。民工代表站在河岸慷慨激昂地发言:"民工兄弟们,我们抓紧时间干哪!你们快看啊,王县长都下到河里和我们并肩挖泥呢!难道县长的身子不比咱们娇贵吗?我们可是土生土长的本地人哪,一家老小都在这里生活呢!听说王县长是海州人,一个外乡能和我们一样下河干活,他为的是谁呀?这样的县长少啊!自古以来,我们萧县哪见过这样县长啊?咱百姓还有啥话可说!兄弟们,尽管地冻天寒,可我们心里热乎呢,大家伙就把身上的小袄棉袄,都脱下来吧,撒欢儿干起来吧……"

龙河、岱河,依着龙山、岱山向南流淌。两座山的半山腰、河道工地上遍插五色彩旗,声势造得很大。王公玙说,首先要在气势上压倒寻衅滋事之徒。县警备大队不时地向下游无人的河道里,放上一两炮以警示好事之徒,千万别轻举妄动,枪炮不长眼,落到谁的身上,轻则受伤,重则一命呜呼。他再三嘱咐说:"不到万不得已,不能开枪,即便开枪,也尽量朝天上鸣放,炮弹要朝远离人的空地上打,以吓退他们为目的,千万不能弄出人命来。"

当龙河、岱河的疏浚工程正顺利进行时,王公玙担心的事情还是发生了。安徽的宿县、灵璧、泗县、五河等地纠集了万人之众,到萧县疏浚河道工地寻衅滋事。王公玙早有准备,立刻组织了全县武装力量,荷枪实弹,山炮、迫击炮等武器全都派上了用场。工地之上枪炮齐鸣,王公玙率3000多名荷枪实弹的精兵强将严阵以待。两天两夜的对峙过去了,到了第三天傍晚,号称万人的阻止萧县挖河的民众纷纷溃散而去。来犯的好事之徒终于撤退了,王公玙悬着几天的心放了下来,他长长地舒了一口气。

再说这下游各县前来阻挠挖河的民众,达不到目的,又如何甘心呢?明的不行,便来暗的。待到夜静更深之时,他们悄悄地摸上来偷袭,焚烧民工的工棚,把火点燃就跑。累了一天的民工从睡梦中惊醒过来,发现他们早就逃得无影无踪。

为了应对夜半骚扰之徒,王公玙巧妙安排十几个民工在龙山、岱山上值班。他们将事先准备好了的鞭炮,放在铁桶里。等滋事的下游民众靠近,就一齐燃放,铁桶里的鞭炮声犹如连发的枪炮,把来偷袭的人吓得四散逃窜。连续几天后,不知道是偷袭人胆怯了,还是他们疲惫不堪,不想再折腾了,夜半里工地上竟然没有捣乱之徒。经过3万多人起早摸黑的工作,到了1932年开春,萧县龙河、岱河段基本疏浚结束。

龙河、岱河竣工以后,王公玙趁热打铁,又着手治理奎河及洪河。这时候,安徽各县的部分闹事者,再次到工地寻衅滋事,但一次次无功而返。疏浚施工进展得较为顺利。

但是,下游沿岸各县不乏好事之徒,对王公玙在萧县治水耿耿于怀,他们见武的不管用又来文的。于是,一群舞文弄墨者开始捏造事实,向江苏、安徽省政府控告王公玙"以邻为壑"、排水淹人之罪,以致造成两省大规模群众械斗事件。江苏省政府从大局出发,冷处理两省边界矛盾,不惜做出让步,违心地给王公玙记大过处分。之后,省政府立即委派负责水利建设的高厅长专程来萧县慰问王公玙,并给予嘉奖,还特别补充说按省政府本意,不是记大过,而是记大功,对他的处分不过是做做样子,应付邻省公文而已。

王公玙大度地对高厅长说:"功过赏罚,于我均不介意。所为之事,如能不负民众,或有利地方,公玙虽万死又何辞!"

王公玙铿锵有力之词,和晚清名臣林则徐遭到诬陷被革职发配伊犁时喊出的"苟利国家生死以,岂因祸福避趋之",如出一辙,强烈地表达了自己为了国家和人民的利益,不计个人得失、荣辱,甘愿献身,死而后已的崇高精神。

1932年春夏之交,正是青黄不接的时候,萧县闹春荒。如何弄到赈灾的粮食,可难倒了王公玙。全县不但大部分人家断顿,有的人家还有人饿死。

正在王公玙一筹莫展之际，父亲王同甫从新浦发来了电报，他从东北发来了1000麻袋高粱，正好从陇海铁路东运而来。王公玙手捧电报喜出望外，连连说道："太好了，真是太好了，想不到我大大还帮了我一个大忙呢！这1000麻袋的高粱，就是10万斤啊！我们萧县人有救了，能度过春荒了！"

度过春荒的老百姓，开始忙着春播春种。王公玙到任萧县两年，肃清匪患，治理水患后，下一步的工作重点转移到乡村建设和农业生产上去。萧县工作一环扣着一环，井然有序。工作理上了头绪，人不似之前忙碌，王公玙有了帮助妻子丁少兰完成办学心愿的想法。

丁少兰自1931年于北平师大毕业后，便受聘于北平孔德学校教书。王公玙在萧县任职，夫妻俩分居两地，结婚6年了，他和妻儿聚少离多。

1932年春，丁少兰在写给王公玙的信中提到，她和徐州籍同届同学卜惠蓂、张静秋、尹耕琴，计划好了想回到家乡办一所女子中学，并请他做个校董。王公玙见信后，心里非常高兴，学者出身的他，对办教育情有独钟，而且丁少兰到徐州办学，还能全家团圆，解决两地相思之苦。

夏天，丁少兰带着婆婆、两个孩子和同学一起从北平来到了徐州，在今天的泉山区夹河街道，筹划创办"徐州私立立达女子中学"。

一天，王公玙接到国民政府铁道部政务次长兼任北宁铁路局局长钱宗泽发来的电报，约他到徐州花园饭店共商要事。

因陇海铁路修通新浦至老窑港口一段，钱宗泽结识了王同甫，两人成了莫逆之交，以兄弟相称。因为这层关系，王公玙便把钱宗泽视为长辈，多次见面后两人也成了好朋友。又因陇海铁路经过萧县北境，而王公玙是萧县县长，在工作上交往也多。

王公玙接到电报后，马上赶到他下榻的花园饭店。

钱宗泽局长身材魁伟，做事有魄力，也很果断。两人见面一阵寒暄，看茶相对而坐，钱宗泽喝了一口茶，望着王公玙说："公玙，首先要感谢你父亲对铁路建设的付出，今天我代表陇海铁路局并以我个人的名义感谢你父亲，感谢你们王家！你可能听说了，你家乡海州陇海铁路西延至老窑建设港口的工程即将上马，在孙家山开凿的隧道也即将贯通。我想问你这个大才子，港口码头取什么名字呢？再叫老窑，显然不合适。"

王公玙说:"钱局长,我一直关注家乡的发展呢,这么大的喜事我当然知道了。港名叫海州、苍梧、云台、鹰游都不合适,老家依云台山、临黄海,港口又以海中的两座岛屿为门户,钱局长,小侄以为应从这几处综合考虑,以取名。"

钱宗泽笑着说:"公玙所言有理,应该把几处地名综合起来,取一个有涵盖性、代表性,又简单好记、能被老百姓接受的名字。"

王公玙说:"是呀,这一时半晌,还想不起叫什么名字好呢。"

一时间,两个人都不再说话,不约而同地端起了茶盏。王公玙边喝了口茶,似对钱宗泽说,又似喃喃自语道:"鹰游海峡、东西连岛、云台山、港口、码头,连云,连云港……"

钱宗泽手里端着茶盏正准备喝茶,听了王公玙的话,突然停在了半空中,望着王公玙提高了声音说:"连云,连云港,好,这个名字好!此名有味道、有内涵、有深义呢,到底是国立中央大学中文系毕业的大才子,果然名不虚传呀!今日,老夫受教,受教了……公玙,提到即将建设的老窑码头,我心里可激动了。你想想,我们既有预定的海港,为什么不利用起来?我知道困难重重,但无论怎样困难,我发誓要把海港的码头建起来,我们要自己努力起来,还要把山东台儿庄到邳县运河旁的赵墩,做成一条台赵支路,接上我们的陇海线。一定要把台儿庄中兴煤矿的煤争取过来由我们的海港出口,免得由津浦路再转京沪路那么周折。这样做,不但便民利国,并且到那时我们也可以扬眉吐气,令人刮目相看呢!"

王公玙朝着钱宗泽竖起大拇指,赞叹道:"钱局长在谋划工作上高人一筹,对我家乡的铁路、码头建设,可谓殚精竭虑,呕心沥血,令小侄钦佩不已。"

钱宗泽说:"公玙,如果'连云港'的名字被铁道部批准,被百姓认可,那你以后就以'连云人'为自豪了!"

王公玙高兴地说:"记得3年前我还在丰县当县长,那年元宵节后的一天,省民政厅缪斌厅长到丰县巡视。其间,缪厅长曾与我开玩笑说,他了解我,知道我是海州人,还知道我常以海州人自居。那,以后再提到我家乡,范围就要缩小了,我就是'连云人'了。"说完,两个人不禁哈哈大笑起来。

接着钱宗泽又笑嘻嘻地说:"公玙,我今天来找你这个县太爷,还有一事相求,就是想请你做做令尊大人的工作,这陇海线东延到老窑的铁路建设,之前已经占用你家一部分田地,你家在老窑港区一带,拥有良田啊,可是……"

王公玙听懂了钱宗泽的话,他此行的目的,港口取名只是其中之一,因为毕竟还没有开建。陇海铁路东延老窑,建车站、码头、路都要征地,钱宗泽想通过他,说服父亲王同甫给铁路征地再次提供方便。

对于这段历史,笔者查阅了资料,走访了部分"老土著"。原来,陇海铁路从朝阳经过新光西延至墟沟的路基,是从西小山与现在的西苑中学、农贸市场之间往东延伸到原北碳场再到墟沟火车站,那一大片土地都是王家的。

今天的陇海铁路从新光到原北碳场的路基,是在原路基的基础上整体北迁的结果。

钱宗泽这番气贯长虹的由衷之言,令王公玙很敬佩,他答应钱宗泽回到萧县即拍电报给父亲,小家利益做出点牺牲,服从服务家乡铁路建设。突然,他想起了丁少兰要创办女子中学的事。他寻思着:如果能邀请钱局长参与进来,不但名气上大大地提高,而且在经费上也能得到些支持,还能协调上上下下的关系,要比我区区一个七品县官,不知强出去多少倍呢!想到这里,他便笑了笑,认真地说:"钱局长,有件事情小侄可要向您老汇报呢,您老务必过问,不然小侄可要纠缠着您不放的。"

"公玙你这说的是什么话呢? 你堂堂一个大县长,难道还有多大难事需要找我呢?"

"钱局长,我妻子丁少兰和她的徐州籍同学,一心致力于家乡教育事业,从北平回到徐州来,创办一所女子中学,少兰还被推选为校长。我想请您做这所学校的董事长,您总不会驳了小侄的恳请吧?"王公玙态度恳切地说,笑眯眯地望着他。

钱宗泽哈哈大笑,说:"应该说,支持教育事业是一件很光荣的事,只不过,我一个修铁路的人,去做一所女子中学的董事长,这能行吗? 也不合适吧?"

"钱局长太谦虚了,有什么不合适的? 各行各业都应该支持教育事业,您老德高望重,我和您侄媳少兰,还全指望以您的威望来提高立达女子中学在徐州的地位呢! 您要是不答应我,我可要去找我老父亲了。"王公玙认真地说。

这样,钱宗泽就成了私立立达女子中学的董事长。

学校初办时,租用石牌坊三女师旧址,后由陇海铁路局捐助,在徐州西郊独立建设校园。创办人为4位女士,在江苏省立第三女子师范学校读书时,受到进步教师吴亚鲁(中共党员)等人爱国思想的熏陶,萌发了办学的念头。她们被徐州人誉为"四女杰",创办人之一张静秋,后来成为中国现代历史地理学和民俗学的开拓者、奠基人顾颉刚的妻子。

徐州解放后,立达女子中学等私立学校并入省立徐州中学,命名为"徐州市立第一中学"。

1932年下半年,王公玙对从政产生了厌倦感,对于妻子创办的私立学校,倒是产生了兴趣。

1933年初,钱宗泽由海州去郑州,途经徐州时,特地邀请在萧县任县长的王公玙到火车上一谈。钱宗泽兴致勃勃地对王公说:"公玙县长,你家乡的海港建设一切都进行得很顺利,尤其开掘孙家山的铁路山洞工程,从两面向中间同时施工,到中间点汇合处实现了完美对接,这可以证明我们的测量人员也很优异。至于这个港口,不可没有名字,去年下半年,我们在济南可是聊过港口的名字。这个港在云台山和东西连岛之间,我想将之定为'连云',上报定名。你是海州人,你家就在海港附近,今天,特征求你意见。假如有好的名字,你不妨趁此时提出,如何?"王公玙沉吟片刻,说道:"'连云'这两个字很好,不但字面美,也切入本地风光。'连云'乃'华夏连云',可预祝未来的远景!"

1933年秋天,厌倦了国民党政治和官场上尔虞我诈的王公玙决定辞职。在这个时候,江苏省政府改组,陈果夫任省主席。王公玙带着辞职报告赶赴南京,面见了陈果夫。他刚把辞职之意说了出来,还没等他掏出辞职报告,陈果夫就笑着朝他摆了摆手说:"公玙,辞职报告就不必给我了,你仍回县里去,听候命令。"

王公玙回到萧县不久,便接到省政府任命他为铜山县县长的命令。

省政府根据人口多少、面积大小、经济发展状况和政治的复杂程度来综合考虑,将全省各县分为三个等级。丰县地处江苏的最西北角,人口仅有30多万,经济落后,为三等县;萧县人口为50多万,为二等县;铜山县拥有100多万人口,自然是一等大县。

历史给王公玙开了个玩笑。这些年来,王公玙越想辞官不做,担子却越压越重。古话说"国小者易治",铜山县,岂能是一般平庸之辈所为之地!

"自古彭城列九州岛,龙争虎斗几千秋。"铜山为旧徐州府所在地,地理位置显赫,乃中原沃土,它北扼齐鲁,南屏江淮,东近黄海,西望中原,自古以来就是兵家争夺的要塞。

王公玙个子不高,健硕干练,精神饱满,有一股永远使不完的劲头,他气质不凡,平时不苟言笑,说出来的话,简短有力。此时的王公玙已过了而立之年,更加显出老成持重。

20世纪30年代初的铜山,贩卖和吸食鸦片,不仅在民间泛滥,还波及政界和军界。王公玙新官上任,烧的第一把火就是禁烟,与丰、萧两县一样,之后是治匪、治水。他在铜山县县长的任上治理水患,留下了浓墨重彩的一笔。翻开今天徐州档案馆馆藏的地方志,上面还记载着王公玙当年治理水患、造福人民的感人故事。

1936年春,国民江苏省政府颁布命令:王公玙任江苏省第三区行政公署督察专员,兼保安司令。这年他33岁。第三区行政公署驻松江,辖松江、上海、奉贤、南汇、川沙、金山、青浦、宝山及嘉定共9个县。

同事和朋友开玩笑说,王县长想辞职办教育,不但职务没有辞去,官却越做越大。官做大了,责任自然也大。

1937年8月13日,日军在沪市闸北发起攻击,主要战场在宝山一带。身兼保安司令的王公玙专员,把两个保安总队也加入了战斗序列,以一个总队的兵力防护境内京沪及沪杭两条铁路的交通安全,另一个总队则集中在松江行署作为预备队。沪郊的战斗中,王公玙亲自率队与日军浴血奋战。

1937年12月,江苏省政府再次改组,陈果夫升任国民政府总统侍从室主任,韩德勤新任市政府主席,王公玙升任省政府委员兼秘书长。

1939年3月,王公玙又由省政府秘书长,调任省民政厅厅长,按照组织规定,省民政厅厅长一职必须由市政府委员兼任。他同时还兼任徐海行署主任一职。

1944年5月,国民党军事委员会任命王公玙为侍从室第三处督导员,主要协助陈布雷处理公文、函件等,有时还陪同陈布雷面见蒋介石汇报工作。

秋天,王公玙任政务厅厅长,当时市政府的下设机构比较少,仅设政务厅、军事厅、总务厅和秘书处。

1945 年 8 月 15 日,日本无条件投降,抗战胜利。南京被接收后,王公玙奉命代表江苏省政府前往苏州接收伪省政府。

后来,政务厅撤销后,王公玙改任民政厅厅长。

年少得志、文人出身的王公玙,在国民党官场上待久了,再次萌生了退意。此时的他不无感慨地说:"国共两党合也罢,分也罢,不管怎么说我们中国人取得了抗日战争的胜利,这是可喜可贺的大喜事,但是如今的局面,内战在即,迟早要爆发,我估计为期不会太久。中华民族,炎黄子孙,打内战岂不是'萁豆相煎'自相残杀吗! 苦的还是天下的黎民百姓啊! 我王公玙,真的是厌倦了这政治斗争,当年我从丰县辞职时,若不是萧县籍的李明扬先生力劝我去萧县,我早就留学法国去了。"他重重地叹了一口气,接着即兴诵诗一首:

> 一着铸成当日错,
> 百年度得此生虚。
> 如何不自知天性,
> 钟鼎山林抉择初。

王公玙从南京回到镇江后,便下定决心辞职。怎么个辞法呢? 有了上几次辞职不成的经验,他知道辞职报告是没有用的。装病! 采用这一招,王公玙成功脱离了国民党政坛。

第五节　蒋介石签发聘书

1947 年,无官一身轻的王公玙回到了上海家中。这年夏天,父亲忽然胃出血,抢救不及而逝世。五叔王同显已于数年前病逝。这时王公玙夫妇和堂兄弟辈护送父母和五叔灵柩返乡,择地安葬。接着他得到家住青岛的四叔王同登允许,便和堂兄弟们商量分家,王公玙分得数十万美元和 500 亩土地。

商人家庭出身的王公玙展现了他经商的天赋,他用这笔钱在上海置了一处住宅,又和老朋友、上海南汇知名人士王艮仲在上海筹建阜丰银行。此时,恰逢当局要处理海州发电厂,王公玙抓住机会投资 20 多万美元,连同好友逯剑华投资的 2 万美元,买下了这座发电厂,还购买了部分设备,准备恢复发电,造福乡里。海州电厂创建于 1941 年,日军投降后,该电厂已经濒临倒闭。王公玙虽然将电厂的地买下来了,但在兵荒马乱的时期,要重新恢复发电,又谈何容易呀!王公玙还没来得及将电厂盘活发电,第二年,就随国民党政府部分溃逃的官员移居中国台湾。

在溃逃中国台湾之前,王公玙还得到他的旧友、时任青岛警备司令丁治磐的大力支持,筹建了国立新浦中学等,做了大大小小多项公益事业。他还积极参与知名学者顾颉刚主办的新中国图书出版社的工作。

丁治磐,国民党陆军中将,江苏省东海县城北富安村人。1911 年,考入江苏陆军讲武堂第一期学习,在国民革命军当兵、任职,曾经参加中原大战。1931 年,加入中国国民党。抗日战争胜利后,历任第十一绥靖区司令兼青岛警备司令、江苏省政府主席兼省保安司令、京沪杭警备司令部副司令等职。1950 年,到中国台湾后脱离军界,任中国台湾地区领导人办公室政策顾问。

1948 年,王公玙被连云港各界人士推选为国大代表,连云市代表有两个候选人,一位是新县的张松年,一位就是王公玙。

张松年(1902—1995 年),原名正筠,学名荣尧,字松年,后以字行,新县人。他是张学瀚的次子,也是海属地区有名的学者。

国大代表选举的结果是王公玙高票当选为"制宪国大代表",张松年却落选。

丁少兰,在抗战胜利后担任江苏省妇女联合会理事长职务,她被省妇女联合会推选为妇女职业团体的国大代表。夫妇俩都是国大代表,伉俪同列议坛,参政议政,实属罕见。

10 月底,王公玙忽然接到蒋介石签发的一份聘书,大吃一惊!他心想:我已辞职 1 年有余,怎么又委派职务呢?这时,丁少兰从外面走了进来,见王公玙手里拿着一张纸发呆,便走过去,轻声问道:"什么东西,让你这般模样?"她接过去轻轻展开一看,先"呀"地惊叫了一声,然后逐字念道:"兹聘请,王公玙先生为'戡乱建国动员委员会委员'。"

"这,这是怎么回事?这可如何是好?这可如何是好?"丁少兰急得团团转,脸涨得通红,头上也沁出汗来。一时间,她不知是高兴,还是害怕。

"少兰,还记得今年4月咱们参加'行宪国大'代表会吗?"王公玙表情凝重地说道。

"记得,怎么不记得?"丁少兰惊讶地望着丈夫,不明白王公玙说的是什么意思。

王公玙轻轻地摇着头说:"那天,我去看望陈果夫……"

1949年5月中旬起,待在上海家里的王公玙,明显听到外面的枪炮声越来越近。他深深地叹了口气,凝望着妻子,语气深沉地说:"少兰,我是国民党员,信奉三民主义,留下来怎能安生?虽然所有钱财都投入阜丰和海州电厂等,而今天翻地覆,也就顾不了了。我们到了台湾,即使两手空空,学点做烧饼油条的技术,也可糊口度日,有空时还能读书吟诗。至于孩子们,他们都大了,何去何从,孩子们有选择的自由和权利,我们还是不要给他们任何压力吧!"

人民解放军解放上海前的一个夜晚,王公玙、丁少兰夫妇,携着女儿蕴华、蕴茜和小儿子士元,搭上了一艘开往中国台湾的轮船。

天空中正淅淅沥沥地下着小雨。微微细雨中,随着惆怅的汽笛声鸣起,轮船缓缓驶离了黄浦江码头。轮船已经航行到公海上了,若明若暗的甲板上,王公玙和丁少兰的身影显得孤独、弱小、无助。

"公玙,甲板上冷,风也大,海风中还夹杂着小雨呢,还是回舱里吧。"丁少兰已两次轻声提醒丈夫回到船舱休息。

轮船,距离祖国大陆渐行渐远。风雨中的王公玙,默默地遥望着家乡连云港方向,久久不愿回到船舱……

第八章　国民政府特批的省辖市

第一节　上海大旅社

1935年,连云市设市,这是国民政府特批的一座省辖市。

自此,一座集"铁路、海运、舟楫、水运便捷,山水之秀、渔盐之利"之优势于一身的连云市横空出世,老街也华丽转身。老街上的石库门建筑——上海大旅社成了连云市政府所在地。这一建筑群因历史赋予的崭新使命被世人熟知,在此后的近百年历史中,成就了它的传奇。

2022年冬天的一个下午,笔者来到了位于连云街道胜利街47号的上海大旅社。

与连云港老街的众多建筑一样,上海大旅社依山势而建,为石木结构建筑群,占地面积约900平方米,由前后两进二层楼房合围组成一个四合院式院落,有客房近50间,庭院是由山坡平整而成。大旅社的建筑风格是典型的中西合璧式,中式起脊屋顶,屋面铺红瓦,内有回廊,入口顶部有栏杆。建筑有腰檐,二层窗上的装饰,横匾似的镶着一圈山花。立面、屋顶明显带有受巴洛克影响的简欧风格。

巴洛克一词,原指"不规则、怪异的珍珠",引申为"不合常规"的意思,是1600年至1750年间在欧洲盛行的一种艺术风格。它产生于反宗教改革时期的意大利,发展于欧洲信奉天主教的大部分地区,以后随着天主教的传播,其影响远及拉美和亚洲国家。巴洛克作为一种在时间、空间上影响都颇为深远的艺术风格,其兴起与当时的宗教有着紧密的联系。建筑外观简洁雅致、造型柔和,装饰不多,外墙平坦,同自然环境完美融合,是其典型的特征。

上海大旅社是典型的仿欧洲中西合璧式建筑,建筑的临街立面是经典的

民国时期的上海大旅社

巴洛克式建筑风格。仿巴洛克风格的建筑，往往会在立面上呈现出风格迥异的分段式形式特征，而上海大旅社立面背后空间，则是典型的中国四合院建筑。

正门上方显眼之处，用中国传统的"福禄寿"三星浮雕以及牡丹等花卉禽兽图案做装饰，前门两侧为盘龙柱，展现华夏古典风格之韵味。可惜的是盘龙柱于"文革"期间被人为毁坏。楼前的门窗则运用了爱奥尼亚柱式装饰，西式风格浓郁。因此，该建筑不仅有中国传统建筑的大气、雄浑、沉稳、厚重，还有爱奥尼柱式的纤细秀美，特别是柱身自带的 24 条凹槽，柱头一对向下的涡卷装饰，给这座唯美简约的建筑增添了一丝妩媚之气。

大旅社中心位置的屋面墙上，嵌着一颗褪去原色的五角星。1959 年，这里曾经作为连云港市第三招待所使用。

有学者说，一座建筑落成之时，就是它生命的开始。胜利路两旁的老房子都有八九十岁的"高龄"，是其生命的延展。在老街的老建筑中，上海大旅社于朴素中透着对往日的眷恋，给人以一种成熟的沧桑之感。正如 2012 年国际建筑界最高奖项"普利兹克奖"获得者王澍所说，"建筑最好的状态肯定不是在刚刚盖好的时候"。

经历岁月风霜的建筑，有了历史的沉淀，向世人展示的状态才更成熟、厚重。随着时间的推移，老街的老建筑越来越少，且大多不是自然离去，这就使得这些老建筑愈发显得弥足珍贵。

1933 年，陇海铁路东延终点定为老窑，连云港港口建设初始，人们期盼着海港能和上海一样成为新兴商埠。同年，上海马某在此兴建了大旅社，当地人渴望小镇的未来能和大上海一样繁华，上海大旅社因此得名。至 2023 年，历经 90 年的风雨洗礼，再加上年久失修，上海大旅社早已不复当年繁华，岁月在这栋建筑留下了斑驳的印记。从旅社前方立的一块大理石碑上写有"江苏省文物保护单位上海大旅社,江苏省人民政府二〇一九年三月二十日公布"的碑文上,人们方知这是一处文物。严格来说这是一处值得纪念的文物,因为这座建筑里曾经发生了太多太多的历史故事。

20世纪60—90年代,这里曾作为连云港市第三招待所使用。现在老街老住户还习惯称它为"三招"。这一建筑群名气很大,也很好找。只要外地人在老街随便问一个本地人"请问,上海大旅社在哪里",老街人都会热情地告诉他们:"哦,你想去大旅社呀,'三招'呢,瞧,就在那边胜利路上,百步天街的上面就是。"

上海大旅社,是一座渐渐被人们遗忘的建筑,不仅作为连云市市政厅所在地,知道的人并不多,它身上还披有一层红色的印记,知道的人也不多呢!上海大旅社,曾经是华东工商干部学校新海连分校(简称干校)所在。干校创建于1948年12月,隶属当年的连云港进出口管理局,干校校长由连云港进出口管理局局长赵丹辰兼任,共有教职员工10余人。时任中共连云市委书记李葵元、教育科长白汀,每周都到学校授课。

1949年初,华东军管会曾在此设华东青年干部学校,陈毅曾指示为了给即将解放的新中国培养人才,抓紧选调一批青年后备干部到上海大旅社学习。共产党组织青年干部在此集中学习,为新中国的解放事业紧锣密鼓培养人才。

李葵元,1909年出身于农民家庭,曾用名李魁元,山东临清市姚楼村(今属河北省临西县)人。在中学读书时,受进步教师、著名画家赵望云的熏陶以及鲁迅文学作品的启示,萌生了抗日救亡的愿望。因九一八事变后积极参加反日斗争而未能入学。其间,积极开展抗日救亡宣传工作。1936年12月加入中国共产党,之后,组建了他担任支部书记的共产党临清特别支部。1937年"七七事变"以后,共产党临清特别支部担当起临清县委的职责,领导全县人民开展抗日活动。1944年4月调山东工作,先后任

李葵元

255

山东滨海专员公署文教科副科长和战勤科科长、滨海建国学院教育长、滨海公学副校长兼党总支书记等职。1948年,调任滨海地委沿海党工委书记、连云市委书记。1949年下半年,李葵元转调教育系统工作,后到中央党校学习并留校任教,于1982年离休。

干校学员面向社会招收,来自连云市、新海市、云台办事处,赣榆、东海、灌云县以及山东的胶东地区,年龄大都在20岁左右,文化程度多数是初中、高中,高小者为少数。学习内容有政治课和业务课。每天上、下午讲课,晚上分组讨论。学习时间每天都在10小时以上,没有节假日。

干校对学员学习抓得很严,待遇采用供给制,因此学员学习很紧张,生活上很艰苦。伙食每人每日定时定量,早餐高粱粥、一个高粱馒头,中、晚餐是高粱饭及青菜汤,一个星期只有一天能吃上一餐小米干饭佐以猪肉炖粉条,算是改善一下生活。学员最盼望的是每逢两个星期吃一次水饺,大家聚在一起自己动手和面、剁馅包水饺。在他们看来,水饺就是那个特殊年代最奢侈的美食。干校采用军事化管理,每天早晨天麻麻亮出操,中午有午休时间,晚上点名后统一熄灯就寝。学员每人发两套土布灰军衣、一件白土布衬衫,睡的是铺着稻草的大通铺。尽管学业紧张,条件艰苦,但学员们学习热情高涨。

干校共举办了两期。第一期从1948年12月开学至1949年6月结业,共有学员60余人;第二期从1949年7月开学至1950年2月结业,有近40人。除第一期学员周涛、姜怡时、黄运鑫、赵铸、季兆春等5人分配到新海连地区外,其余学员则分配到徐州、济宁、济南、青岛等地商贸部门工作。

时值冬天,胜利街上的行人稀少。这里很安静,只有山下不远处海港里的巨轮偶尔响起的汽笛声划破了宁静。也许是靠近大海的原因,老街的风吹得人身上凉丝丝的。

由于年代久远,上海大旅社墙体上的石头表面已经发黄,部分墙体上爬满了爬山虎的枯藤蔓。旅社门前,几棵粗壮高大的法桐树迎着寒风不屈地挺立着,从外观上判断,它们的年龄和这栋建筑应该相仿。

寒风中,屹立在老街的上海大旅社建筑群显得寂寞又沧桑。它远眺山下的黄海,似乎要向我这个不约而至的访客,讲述那过去的故事……

我们把历史的长镜头聚焦到民国时期,从上海大旅社开始,回顾当年有"苏北小上海"之美誉的老街和受老街这块宝地辐射的地方。

连云港市在相当长的时间里叫"新海连市",实际上,在民国时期,其前身可追溯到"连云市"。成立于1935年11月的连云市,是我国较早的省辖市之一,在连云市成立之前,江苏只有一个南京特别市(1927年国民政府设置南京特别市,1930年改称南京市),南京是国民政府首都。

根据史料记载,在我国行政区划中,最晚出现的是市,至2024年只有103年的历史。1921年2月15日成立的广州市,是中国版图上出现的第一个地级市。在中国港口的发展史上,连云港港的建设与孙中山先生在《建国方略》中提出的在海州建设二等港的宏论不无关系。从1933年始,连云港港口建设拉开了序幕,连云港埠的市政规划建设问题引起了江苏省政府和一些有识之士的关注。

今天,在中国三级行政级别中,共同使用一个名字的,为数不多。不多之中,连云港市是其中之一。连云港市,连云区,连云街道办事处,市、区、街道同名"连云",实属少见。

是连云名字历史悠久,还是连云名字响亮? 其实都不是。

自唐代起,连云港市就称海州,并一直延续下来,因此,海州府叫响了上千年。

那么,为什么连云港市不叫海州市呢?

我们来说一说《苍梧晚报》创刊之始取名一事。2000年,《连云港日报》社准备创办晚报,在给晚报取名时,向社会公开征集报名,引起社会各界广泛参与,报名一度也引起了不小的争论,意见比较集中的是"连云港晚报""海州晚报""苍梧晚报"3个报名,最终定名《苍梧晚报》。为什么叫苍梧,而不叫海州呢? 当时,确实有人提议叫"海州晚报",理由当然很充分。最后综合各方面因素,还是用了个比海州更古老的名字:苍梧。

连云港为什么不叫海州港? 一是海州为古城,与港口没有多大关系;二是行政区划变更频繁,一会叫这,一会叫那。这里还有一个关键问题是,1933年在老窑建港时,港口所在地还隶属于灌云县管辖,后来才成立了连云市。当时的海州则属东海县管辖,县城就是海州。可以想象一下,在灌云的地盘上建设的港口,用东海地盘上的地名来命名,那么,建设方是无论如何也不会愿意的。而且,建港口的所在地也没有什么叫得响的地名,总不能叫老窑吧?那就太土气了。

"连云",是今天连云港市东部城区的一个区,位于后云台山与大海之间,由"连岛"和"云台山"各取一字而成。

在连云港市目前的 3 县 3 区行政区划中,"连云"是早于"灌南"、略晚于"灌云"的一个行政区。"连云"这一名称的历史,至今尚不足百年时间,是因港口而兴。

1932 年,国民政府铁道部核准陇海铁路局关于在老窑建港的报告,在官方批复老窑建港名称时,将"连云"作为"建议名称",首次出现在官方的公函上。

为此,开港之初,钱宗泽发动陇海局管理机关和铁道部领导机关有关人士议论老窑的港名,在"西连岛""临洪""云台"以及"连云"众多港名方案中,选择"连云"作为港名并获得铁道部同意。当时使用"连云"作为港地名称时,"连云"还不属于真正意义上的地名或行政区划名称。在港口建成后的 1935 年 1 月,国民政府做了一次区划调整,将东海县的部分沿海地区和灌云县的后云台、新县、墟沟、老窑等十几个乡镇合并建立"连云市",此后城市和港口合用一个名字,才诞生真正意义上的地名"连云"。

第二节　淮海东来第一楼

1933 年建设的老窑火车站,是整个陇海铁路东延建设的重点工程。火车站内设站线 4 股、岔线 2 股,站线有效长度 700 米,线路总延长 5000 米,行车使用单路签闭塞法。火车站设转盘 1 座,长度 220 米的旅客站台 1 座,面积 200 平方米的站房 1 栋。1935 年 6 月,老窑站投入营运,是客货两用车站。1937 年,老窑站更名为连云港站。

火车站的主要组成部分是钟楼。建成后的钟楼成为连云港港口的标志性建筑,有"淮海东来第一楼"之称,甚至有人一度认为钟楼就是火车站的代名词。

车站和钟楼由荷兰人设计,由国民政府陇海铁路局承包给南京复兴公司下属的方纪公司建造。钟楼位于码头东端,紧靠铁路,为钢架混凝土结构,西洋式平顶建筑。它总高 39 米,占地面积 1170 平方米,共 10 层(含地下一层),其中,第一层到第三层用于候车、托运、办公,内有楼梯上下;第七层外壁四面设计有自鸣钟;第八层四面开竖窗,转角处各有翅状装饰物;第九层是瞭望台,站在此处可俯视四面八方;第十层的最高处是灯塔,起给进港的船舶引航的作用。从第四层到第十层,内有挂梯通行,主要是给上面的时钟和灯塔维护、检修时使用。钟楼是连云港港口和连云火车站共用办公楼。

为什么给进港的船只引航的灯塔会设计在钟楼的上方?为什么港口与火车站会放在一起?

原来在 1935 年之前,连云港口还没有一座灯塔。连云港港口归属陇海铁路局管辖,铁路建设要花钱,港口建设也要花钱,花一份钱办成两样事,何乐不为呢?更何况,当年的陇海铁路局正处于"巧妇难为无米之炊"之时。于是,荷兰人别具匠心的设计,也给我们后人留下了一栋别具特色的建筑。

到了 1936 年,国民政府总税务司署东海关在港口建了两座灯塔,用于引航。一座在东连岛羊窝头山顶,其底部为白色铁架,从高潮面到灯光中心高度 121 米,塔上设置连闪灯具,光质为白色,灯光射程 6 海里;另一座灯塔在车牛山山顶,距港区 20 海里,其底部为高 8.2 米的白色质圆塔,从高潮面至灯光中心高度 72.2 米,晴天灯光射程为 22 海里,使用连闪灯具,光质亦为白色,每间隔 20 秒连续闪光 3 次,还安装了比较先进的雾号装置,遇有雾或晦暗天气时,每间隔两分钟鸣炮一次,提醒海面上的船只注意航行安全。随着两座专用灯塔投入使用,连云火车站钟楼的灯塔功能逐步减弱,最终完成了它的历史使命,退出了历史舞台。

这两座灯塔建好后即交给海军管理,1983 年中国人民海军东海舰队将此灯塔移交给交通运输部上海海事局连云港航标处管理,1987 年 12 月正式向国际、国内发航海通告,从此,车牛山灯塔成了连云港的标志性灯塔。

游客形象地比喻连云港站"恰似一艘正蓄势待发、扬帆启航的巨轮"。

设计师将火车站按功能分为若干区域,大厅像是一个船舱,用欧式的横线条装饰,给人以开阔感;二楼走廊设有栏杆,可以看到下面候车室全貌,旅客乘车情况一目了然;站房顶部是阳台,中间耸立着高高的瞭望塔,乘客凭栏远眺，眼前就是碧波万顷的大海，近海海面上停泊着的万吨巨轮，远海海面上飘逸着的点点帆影，令人心旷神怡；钟楼最高处设有巨型大钟，人们远远地就能望到它的倩影，近距离仔细观望，还能看到它的指针缓缓移动。特别是那贵宾室顶部垂落的西式吊灯、楼梯铜垫、扶手木门、木地板，无不彰显着它的雍容华贵。

这座"淮海东来第一楼"不大，其设计功能的含金量却不低。它为一站两场，客货兼顾，办理徐州方面客货列车的编解及港口专用线的取送作业，主要货物为陆海转运物资。车站设有一道旅客站台，供旅客上下车；建有长约 15 米、宽 10 余米，大约 160 平方米的候车室一间；另设有 70 余平方米行李房的一间，23 平方米的小件寄存处一间，150 平方米的贵宾室一处。

·座只有 3000 多平方米，实际用于客货业务办理面积仅仅 400 多平方米的火车站，在今天的人们看来，连一个县城车站都不及。是的，这话没有错。但是，千万不要忘记那是建于 20 世纪 30 年代初期的一座火车站，彼时放眼全国，又有多少火车站呢？荷兰位于欧洲西北部，其国土面积约 4.2 平方千米，只有重庆市的一半，人口不足 2000 万人，海岸线长达 1075 千米。可能是地域的原因，荷兰人的建筑设计理念是小而多，对铁路沿线车站的设计是站点密布，提倡就近候车，几十里，十几里就是个车站。这不失为一种设计理念。当然，荷兰人不可能考虑到几十年后中国的高速发展、城市的迅速扩张和人口的翻番增长。笔者查阅了今天荷兰的铁路火车站资料，其密集程度与连云港特别相似，规模也和连云港老火车站相差无几，别看都是小车站，但每座都小巧玲珑，个个都功能齐全，是精雕细琢的精品。

连云港火车站钟楼，距离北面的陇海线铁轨仅仅 10 米左右。钟楼下面的候车室北门通往车站的月牙站台设有一道铁栅栏，在铁栅栏中间有一道门，旅客出站检票和下车验票均在此完成。客车到达终点站，乘客下车向南仅仅步行十多步，就可通过与钟楼连成一体的月牙站台，经出站口离开。进站则反之。

令人称奇的是，陇海线上分布着中国众多著名的古都，而且这些古都几乎都位于同一个纬度，比如徐州、商丘、开封、郑州、洛阳、西安。不得不说这条陇海线真是太神奇了，中国八大古都，陇海线上就占了四个呢，游客只需坐着火车在陇海线上就可游览历朝历代的古都，都是不一样的享受。

在中国,很多人认识连云港火车站,是在连云港市陇东火柴厂出品的火柴盒上。那时候,家家户户用的火柴都是用粗糙的马类纸做的盒子,上面就印着连云港火车站的轮廓。学校里每个年级上美术课,老师会让学生用铅笔素描出钟楼的图案,还开展同年级素描画评比,把画得好的图画贴在学校的画报栏里,供全校师生欣赏,学生的帆布书包上印着连云火车站的钟楼图案。

那白墙红窗的高耸的钟楼,是 20 世纪 30 年代连云港的标志性建筑,其形态在全国火车站中独树一帜。该楼原为连云港港口和车站共用,中西合璧式建筑庄重而典雅,远远望去似一艘张帆行驶的航船,造型上简洁明快,色彩上清丽单纯,既有传统的魅力,又有历史的厚重感。生活在老街的人们听着钟楼的钟声一天天长大,他们把钟声作为上学、放学、吃饭、睡觉等日常生活的作息提示,在老街人的心里,钟楼报时的钟声就是连云港的"标准时间"。

中华人民共和国成立后的的数十年时间里,连云港留给人们深刻记忆的城市建筑中,连云港火车站是其中之一。那时,来连的旅客返程时,无不到车站里里外外走一遍、看个够,然后感叹道:"连云港还有这样的建筑啊!"熟悉车站的人,无论是乘车还是路过,总是停下匆匆的脚步,朝钟楼看一看,仿佛怎么看也没有看懂,也没有看够。

昔日的连云港火车站,如同出水芙蓉般楚楚动人。今天的她老了,但其风韵依然不减当年。有一副对联赞美她曰:"陇海西潜三千里,淮海东来第一楼。"淮海这个名称,最早出现在中国区域地理巨作《尚书·禹贡》里,主要是指以徐州为中心的淮河以北及海州(今连云港市)一带的地区。火车西出潼关,一路向东行驶,从徐州到连云港有"第一楼"的美誉,足以见得连云港火车站钟楼的历史地位。

连云港火车站开工建设时,时任国民政府铁道部政务次长的钱宗泽专程前来参加开工典礼,并亲手将奠基石上的红色绸缎揭开。之后,那块奠基石就镶嵌在大厅墙体之中,"文革"期间上面的文字被人为毁坏。

1937 年 9 月 20 日,钟楼遭侵华日军炮击,楼体两处中弹。1970 年和 1983 年钟楼曾经两次大规模修缮。

连云港火车站,一直是连云港的标志建筑。它不仅是连云港建港初期的大建筑之一,还是那个年代里整个陇海铁路最大、最气派的车站大楼之一,堪称万国建筑中的一部经典。

后来,相关的专家学者认为,连云港港口的连云火车站,是陇海铁路线上唯一保存下来的大型建筑艺术精品。它见证了连云港港发展的全部历程,浓缩了一个时代的印记,对研究连云港水运史、铁路史、经济开发史、中国海港史,都具有极其重要的参考价值。

2001年,连云港老火车站钟楼被连云港市政府列为第三批文物保护单位。

在连云港火车站东约600米的原连云港市渔业公司院内,有一座荷兰人于1934年建设的小型发电厂。该发电厂占地面积11835平方米,由方纪公司施工建设。发电厂主体建筑是一栋局部3层的楼房,由发电车间、办公楼、浴室3个部分组成,其中发电车间长21.7米、宽21.3米、高9.7米,钢架混凝土结构,青砖砌墙,平面屋顶,装配2台500千伏安柴油交流发电机。在发电厂一角还建有一座简易水塔,水塔上有管道和发电机组相连接,给发电机组工作时降温。1936年,发电厂建成发电,主要为第2码头的煤炭机械作业提供动力用电,也为老街及港口的部分单位提供照明用电。

1937年全国抗战爆发后,日军入侵连云港前夕,国民政府将发电设施拆卸运走。1940年,日本人恢复码头发电照明。电厂使用到连云港解放前夕。2010年8月,电厂确立为连云港市第一批文物控制保护单位。

1949年以后,发电厂相继变成原连云港市渔业公司、连云港港务局的资产,还一度用作港口集团修理厂的办公楼和金工车间,是区级文物保护单位。连云港东疏港通道、港口内部道路修建时,该电厂被拆除。

提到发电厂,不得不说到与其密切相关的孙运璿。他是山东蓬莱人,出生于1913年11月11日。很小的时候父亲孙蓉昌不在身边,幼年生活仰靠家族接济。1925年,一直梦想成为文学家的孙运璿接受了父亲孙蓉昌"中国需要工程与俄文人才"的意见,前往哈尔滨,进入专为俄侨子弟举办的俄侨实业中学。1927年,考入俄国主办的哈尔滨中俄工业大学预科后,开始了7年的大学生涯。1934年,以全系第一名的成绩毕业。1936年,进入国民政府资源委员会工作,参加过连云港、湘江、西宁等发电厂的建设。

23 岁的孙运璿毕业后的第一份工作是在连云港发电厂当工程师,建电厂、装电机是他的专业。他不仅如期完成电厂的设计安装,还为港口码头安装一台大型自动翻煤机,把煤直接从火车上卸下传送到港口码头的轮船上。1937 年"七七事变"后,孙运璿积极加入中国的抗日战争中,把连云港发电厂里面的发电设备(含 20 多吨重的大锅炉)拆下来,经过陇海铁路运到了陕西宝鸡,再运到四川大后方,最终完成了发电设备整体搬迁安装的任务。

1946 年孙运璿举家从青岛去了中国台湾。他是高层技术官僚,被誉为"工研院之父"。2000 年 6 月,孙运璿以中国台湾海基会名誉董事长的身份回到了祖国大陆,参加母校哈尔滨工业大学 80 周年校庆期间,他到家乡山东蓬莱扫墓祭祖,到曾经的工作地青岛怀旧。2006 年,孙运璿病逝于台北荣民总医院,享年 93 岁。

第三节　江苏省水库工程第一坝

在风景如画、风光旖旎的连云区海上云台山高公岛风景游览区龙潭涧上,有一座气势雄伟的混凝土大坝横卧在两山之间。这座建于 20 世纪 30 年代的大坝,叫凰窝水库大坝(简称凰窝水库)。它与美国胡佛水坝同期建设,号称江苏省水库工程第一坝,也是江苏省境内有史料记载,建设时间最早、保存最完整、海拔最高且至今仍发挥作用的一座混凝土重力坝。

2010 年 6 月,凰窝水库被连云港市政府列为连云港市第四批文物保护单位。

2021 年 12 月,凰窝水库被江苏省政府列为省级文物保护单位,并成功入选江苏省首批省级水利遗产名录,是江苏首批 117 处省级水利遗产之一。

其实在建设之初,它的名字并不叫凰窝水库,而叫山南水库。

1932 年 1 月,国民政府铁道部同意陇海铁路局建设老窑码头的计划。1933 年 4 月,荷兰建港公司拟定建港方案,同年 7 月 1 日,着手建设码头。在规划建港的过程中,荷兰籍工程师王敦伯洛克建议:必须解决好与港口运行配套的水、电等问题。王敦伯洛克的建议得到了陇海铁路局的支持,随后,陇海铁路局责成他带队对拟建设的水库进行选址。

经过一番实地考察,王敦伯洛克等人在老街山的南面,发现了一处非常理想的库址。因水库所处的位置在山的南面,故人们称之为山南水库,这个名字一直沿用到中华人民共和国成立之后。山南水库的地理位置在高公岛凰窝村的吕端山南坡,按照1949年后的行政区划,属于高公岛乡辖区,再加上水库的下方就是凰窝村,因此,人们还给它取了一个吉祥的名字:凰窝水库。

凰窝水库大坝为砾石混凝土重力坝,长160米,呈南北走向,坝高28.21米,坝顶宽度1.5米。大坝中部还建有宽6米、半径2.45米的弧形观察堡。

大坝坝体底部内设一纵一横检测检修廊道和取水廊道,顺大坝坝体走向廊道长80米、宽1.2米、高2米,为弧顶结构,迎水侧各设置21个直径为0.2米的竖井和横向冷却管道,底部管口搪瓷烧制,外凸约0.1米。廊道两头各分设0.8米×1.2米的检修井通向坝顶。垂直坝体方向廊道也为弧顶结构,长约20.7米、宽2米、高2.5米,直通坝中部弧形观察堡,廊道下部布设两条直径分别为0.3米和0.2米的铸铁取水管道,管道上"1932"和"CG&CO"字样清晰可见。弧形观察堡上下贯通,设置3层取水管道,便于分层取水。

1992年出版的《连云港口岸志》记载:

> 陇海铁路局首先在后云台山麓建设一座贮水池及配套供水设施。1933年,中兴煤矿有限公司连云分场正在筹建中,分厂经理浦禹峤与当地官商及乡绅关系较好,陇海铁路局辗转找到了浦禹峤(浦云),恳请他出面说服了当地乡绅。
>
> 1934年,荷兰工程师设计出大坝高程为204.8米,设计库容为24.5万立方米,对应设计水位为202.8米;1935年,南京复兴公司所属的方纪公司开工建设;1937年8月初建成;1939年5月,日伪华北交通公司在荷兰人建设的基础上完成了建设;1943年,日本国栗木等人对水库做了扩容改造,将坝体加高了2米,使大坝高程达到206.8米,容量提高到36万立方米,对应设计水位205.6米。

凰窝水库,随着连云港港开埠而兴建,是服务于东陇海铁路和连云港港口而兴建的主要供水设施,也是当年港区唯一的供水水源,对研究连云港建港史具有较大的历史参考价值。

　　原金陵大学理学院教授、影音部主任,有"中国影像高等教育拓荒者"之称的孙明经编著的《1937——万里猎影记(中国百年影像档案)》记录了七七事变前后,长城内外广袤大地上的芸芸众生,为我们今天研究和认知当时中国的状况留下了丰富的影像史料。

　　1937年6月16日,凰窝水库在大坝浇筑初成之时,恰好到达此处的孙明经为大坝内外拍摄了照片,也留下了不可多得的珍贵影像资料。照片显示,当时大坝虽然浇筑完成,可能是混凝土还处于凝固期,脚手架和模板都没有拆除。

　　据位于凰窝水库下游的凰窝村老人介绍,由于大坝建在山上,水泥、砂石等建筑材料都是从外地经船运至海边,再由人工转运到山上。建设之初,受运输条件所限,建筑材料运输基本是靠人挑肩扛和驴驮马运。附近很多村民为了能挣口饭吃,都愿意到此运送建筑材料,因山路崎岖加之山高林密,常有人因驮负过重,行走中不慎跌下山谷而丢掉性命,有的人因过度劳累生病,得不到及时医治而去世。

　　十三届全国人大代表、现任凰窝村党支部书记张立祥说,他父亲当年也被强制到凰窝水库工地上劳动过。日本监工对中国劳工态度很粗暴,强迫干活,稍有不慎,遭到鞭抽棒打是常事。

　　因此,建设过程的艰苦程度可想而知。但无论是荷兰人还是日本人,对工程的质量要求都很严格。在施工过程中,工程技术人员和监工们要求中国劳工必须把石子、黄沙等建筑材料全部用山涧里的清水反复淘洗,将里面的泥质淘干净,方可使用。在混凝土搅拌前,水泥、石子、黄沙要精确称重。浇灌时分层浇筑,保证了工程质量。

　　2013年,经南京水利科学研究院打孔取样检验,混凝土强度仍达到C50标准。自1937年初建成,凰窝水库历经76年风雨依然岿然不动。

　　笔者在凰窝村采访时,还听到修建水库时一个令人嘘唏不已的传说。在浇筑混凝土大坝时,为保证浇筑过程顺利,荷兰人还从穷苦人家买来一对童男童女,梳妆打扮后,将女童放在坝南面坡下的坝基上,将男童放到坝北面南坡下的坝基上。懵懂中,童男童女正在兴高采烈地吃着糖果,成吨的混凝土从天而降,把他们浇筑在混凝土大坝内。传说是真是假,到了今天已经无法考证,但也间接地揭示了旧社会的黑暗以及愚昧无知的一面。

大坝建成后,在上游形成了 0.66 平方千米的蓄水水面,在坝下游辅助铺设长 3.5 千米、直径 8 英寸的输水管道,通向港口码头和车站,重点是保障机车、船舶等生产用水和人员饮用水,为陇海铁路正常运行和连云港港口发展提供了水源保证。供水管道还安装了支线,向连云港码头和连云镇供水,这也是连云港市历史上第一次安装和使用自来水。

在坝基数十米深的圆弧廊道内,铺设了 DN200 输水管和 DN300 排水管道,管道接口采用先进的灌锡工艺防腐,管道内壁也有防腐措施,管道外壁上刻有制造年份"1932"的字样,见证了这座水库近百年的沧桑史。令人难以置信的是,此供水管道至今仍在使用。

1948 年 11 月,连云港解放后,凰窝水库由连云港市自来水公司负责管理。

中华人民共和国成立后,为保证大坝安全,连云港市政府根据大坝运行的实际情况,先后于 1951 年、1970 年、1974 年、1975 年、1986 年对大坝进行相应的除险加固。1999 年针对大坝渗漏情况,在防渗处理的同时,采取降低大坝运行控制条件的方法,将原溢流坝高程降低 0.6 米。为进一步保护和利用好这一水文化遗产,2018 年 8 月,办理了水库大坝注册登记手续,江苏省水利厅于 2019 年 3 月将其纳入小(2)型水库管理。2019 年以来,连云港市水利部门加大了监管力度,委托水利部大坝管理中心等单位对凰窝水库进行安全鉴定,发现大坝存在裂缝、渗漏等问题。

2021 年 5 月,连云港市水利局组织有关专家对凰窝水库进行安全鉴定,鉴定水库大坝为三类坝。为确保水库防洪安全和工程效益的发挥,做好文物保护工作,专家认为对水库进行除险加固都非常必要。2023 年 2 月,连云港市自来水有限责任公司对凰窝水库实施了排险、加固、改造工程,工程于同年汛期来临之前结束。

"天光云影共徘徊",凰窝水库向世人呈现出别致风景,到了 2024 年,历经近 90 年的风吹雨打,一直默默地耸立于云台山、惠泽山下的港区人民。水库外观简洁大方,设计者着力强调大坝的实用功能,更是水坝建筑力学和美学的完美体现。水库作为连云港地区早期重要的水利基础设施,具有独特的历史和文化价值。

凰窝水库,在云台山苍翠中更迭季节,在黄海风雨中延续厚重。

连云发电厂的修建时间与凰窝水库仅仅相差一年,属于和连云港开埠同时期规划设计的配套工程,可见当时的建设规划之缜密、细致、严谨。居民生活也好,工业生产也罢,水和电都是综合考虑的关键因素,不可缺一。

第四节　国民政府筹备连云设市

1933 年秋,陈果夫担任江苏省政府主席,到 1937 年离任,他当了 4 年江苏省政府主席。这是陈果夫一生中最自鸣得意的一段经历,而正是这段经历,让他跟连云港扯上了关系。

陈果夫刚就任江苏省政府主席一职,关于《连云港之市政规划问题》(简称《规划问题》)的报告就摆到了桌面上。应该说连云港的规划建设有他很大的功劳。陈果夫没有来过连云港,对孙中山在《实业计划》中谈到的这个地方比较陌生,但为了实现孙中山建设二等海港的遗愿,他还是不遗余力地为连云港发展发挥自己的作用。

《规划问题》还有一个明确的建议,"试设'新市政筹备机关'",建议的理由是仅仅以老窑小镇的市政设施,远不能承载港口建设的大任。报告还建议小镇的基础设施、社会治安、道路交通乃至土地功能划分等,应该以能够配合协调促进港口建设为考虑重点。陈果夫对《规划问题》很重视,在他的极力推动下,江苏省政府会议通过了《省政府决议连云港土地测量办法》。

彼时,江苏省农矿厅汪寿康等人撰写的《擘画墟沟商埠意见书》(简称《意见书》)呈上了陈果夫的案头。《意见书》中写道:"窃以为陇海铁路西起甘肃,中经陕豫,中贯平浦、平汉两大干线,四通八达。全国交通脉络,因之舒畅,将来向西北开发,即可同世界接轨,其事业之伟大,人所共识。中国之繁荣,胥于斯赖","试设一新市政筹备机关","企望其如初日之升,为吾苏(省)放一异彩也"。集官员的规划、专家学者的智慧于一体撰写的《意见书》,给陈果夫实现心中的抱负吃了一颗定心丸。

1934 年春天,陈果夫乘飞机视察了连云港。飞机在连云港的上空盘旋了3 圈,陈果夫从空中俯视了连云港的山海形势、海港位置、铁路轨迹、市政布局。眼前的一切证实了孙中山所描绘的宏伟蓝图的英明,促使陈果夫下了决心,要建设连云港,实现孙中山的遗愿。一个在"中国中部沿海建设一座二等海港港和一个滨海大都市"的构想,在陈果夫的心里越来越清晰。

6月1日,陈果夫主持召开国民党江苏省委员会第662次会议,通过了《省政府决议规划连云港埠市政案》。案中指出:"兹陇海铁路东端,已达于本省灌云县老窑镇,连云海港第一期工程亦将完竣。故港埠市政之规划刻不容缓,准将临洪河以南,烧香河以北,东西连岛以西,及新浦、板浦以东,水陆区域,均由土地局组队,测量土地状态,并派员办理土地查报,限3个月办竣,再定新市区规划。"

在做足了一系列准备工作之后,成竹在胸、踌躇满志的陈果夫,于1935年1月18日主持召开国民党江苏省委员会第718次会议,会议决定:"连云港埠设置普通市,定名为连云市。其水陆区域暂以临洪口以南,烧香河以北,东至东西连岛,西沿临洪河新浦、板浦以东为范围。先设市政筹备处,由建设、民政两厅,从速拟具组织规程投交委员会。"

2月5日的第723次会议,通过了《连云市政筹备处组织规程》,决定设市政筹备处,明确筹备处设主任1人,另设建设、土地、民政、总务4个组,筹建连云市的具体工作正式启动。

令陈果夫失望的是,在江苏省将"关于连云港埠设市的计划"上报到中央政府后,国民政府民政部给出的意见却是不同意。民政部的依据是中华民国国民政府于1930年5月颁布的《市组织法》规定:将"市"分为院辖市(亦称直辖市)和省辖市。院辖市即原来的特别市,与省同级。院辖市的条件是:一是首都;二是人口在100万以上者;三是在政治上、经济上有特殊情形者。省辖市则与县同级。民国初期,就有把县划分为若干等级的制度,但是,那时候各省县等级划分都不尽一样,各有各的说法,有一二三、甲乙丙丁戊等分级。到了1930年,国民政府才正式修正颁布《县组织法》,其中规定:各县按所辖区域大小、事务简繁、财富多寡分三等,由省府编定上报行政院核准公布。正是在这个政令之下,此后几年间,全国先后有14个省按此标准,陆续公布了各省属县的县等级划分。甲级县,则代表本县较其他县要富裕发达。

《市组织法》还规定,凡人口聚居地方有下述情形之一者可设省辖市:一是省会;二是人口在 20 万以上者;三是在政治、经济、文化上地位重要,其人口在 10 万以上者。纵观老窑镇的情况,人口规模和税收数额远未达到政府设市标准,而且民政部认为连云人口约有 10 万,税收也不多,尚未达到设市的标准,确实与《市组织法》的规定相差甚远。

计划转到了国民政府行政院审议时,却出现了有利的一面。该院在审议时则坚持认为,连云港埠为滨海重镇,港口建设初具规模,东陇海线已通车至老窑。港口建成后,中国中西部物资有了便捷的出海口,港埠之市政规划,基础设施建设已刻不容缓。于是,行政院复交内政、军政、财政三部门及江苏省政府再行审查。由于连云港埠区位特别重要,虽然不符合《组织法》中诸多的设市条件,但令人欢欣鼓舞的是 1935 年 11 月,连云港埠设市还是获得了行政院批准。

在今天的人们看来,连云设市是民国城市史上的一个特例,参照《市组织法》第 3 条第 4 款规定,"在政治经济文化上地位重要,其人口在 10 万以上者",还是勉强打了个"擦边球",因为那时候划定"连云"范围内的人口总数尚不足 10 万,足见重要的海港区位优势,是国民政府行政院批准江苏省政府在连云设市的一个重要因素。

陈果夫深知要建市,前期的规划筹备是关键,必须有一个合适的人选担当此项重任。正在求贤若渴之时,赖琏进入了他的视野。陈果夫选择赖琏,不仅仅希望他领衔筹备处,还寄希望于规范方案出台之后,赖琏能担任连云市市长一职。

赖琏(1900—1983 年),字真吾、景瑚,笔名觉仙,福建永定人,1919 年毕业于美国伊利诺伊大学机械工程专业,就读康奈尔大学研究院,获硕士学位。1932 年起历任南京市政府秘书长、财政局长,连云市筹备处主任。1939 年至 1944 年,历任西北工学院院长、国民政府教育部次长、国民政府中央海外部副部长。在美期间,创办《华美通讯社》《华美日报》,1953 年任联合国秘书处中文组主任。

1980 年 11 月,传记文学出版社出版《烟云思往录——赖景瑚回忆》,赖琏在书中的《连云忆语》一文中写道:

连和云这两个字，连接起来，很似骚人墨客做诗填词时所选用的文藻。事实上，它是一个具有国防意义和商业价值的地理名称。它既为我国江苏海州地区的优良海港，也是我政府计划多年的滨海大都市。笔者四十多年前，奉命筹备连云的市政。我也是当时拟任中的第一任市长。

1935年4月23日，江苏省政府委员会第737次会议任命赖琏为连云市政筹备处主任。筹备处主任是筹备建市的领导者。赖琏时年35岁，正是年富力强、有远大抱负的时候。他在与陈果夫谈话后，决心做一名连云设市的"开荒者"，不但要把孙中山在《建国方略》中规划的建设二等港的任务完成，还要把连云市迅速地、有计划地建成，"至少在经济和交通上，超过沿海以南的上海和以北青岛的滨海大城市"。可见，赖琏的决心之大。

在陈果夫的支持下，赖琏组建了一支34人的连云市筹备处，选调了一批既有技术专长又有工作实践经验的人担任各科室负责人。赖琏第一个邀请的人就是做过青岛、南京两市工务局局长的严宏湘。严宏湘曾留学美国，专攻土木及水利工程，是一位有着丰富经验的市政专家。赖琏让他具体负责工程，任连云市工务组主任。此外，他邀请刚从日本归国的军事专家徐佛观主持民政方面的工作，邀请曾在德国研究土地问题的中央政校教授张丕介主持地政方面的工作，邀请陈彝主持财务方面的工作，邀请同事曹剑萍担任秘书。筹备处还有几位得力的技术性专家：袁明道、李性良、柳靖宇、周慕瀛、周仲等。严宏湘还带来了十多名受过大学教育的勘测、规划、制图等方面的学生。

筹备处设秘书室、行政科、建设科、教育科、财政科、土地科等。仅仅用了短短两个月时间，就有针对性地出台了法规制度，并且训练了一支可以防御土匪、保卫地方的警卫队。财务科建立了预算系统和会计制度，工务科搞室内设计和野外测量。此时，刚刚搭起框架的连云市筹备处可谓人才济济、兵强马壮，他们以踌躇满志之势，筹划连云设市之宏伟大业。

连云市政筹备处就设在墟沟老东门外的一座两层小楼里。自此，连云市建市之初的筹备工作全面展开。

连云市政筹备处的同仁怀着"开辟新天地，建设新都市"的共同理想来到墟沟。他们发扬拓荒精神，誓以高质量完成建市规划，以"不问收获，只问耕耘"的格言激励自己。大家埋头苦干,排除一切困难,决意要把海港所在的市区迅速地、有计划地建设起来,向着远大宏伟的目标奋进!

连云市筹备处一班人,在赖琏的带领下立刻投入工作,他们忙碌不停,夜以继日地工作。当年在老街一带,人们经常能看到一队一队背着仪器、满头大汗的工程人员,他们跋山涉水,勘探、测绘,为连云市的开发和建设描绘着宏伟蓝图。当时的老窑还属于灌云县管辖,一切行政权都属于县政府。为了便于工作,在陈果夫的运作下,江苏省政府于 1935 年 8 月 1 日颁布政府令,将连云港埠的部分管辖权由灌云县移交给连云市政筹备处。

民国时期墟沟有一条东街,东街上建有东西两座城门,1949 年后,人们习惯称为老东街、老东门。筹备处两层小楼的周围都是低矮的草房子,因此显得很突兀,有鹤立鸡群的样子,是老百姓口中的"小洋楼"。如今,赖琏等人在连云市筹备处办公的小洋楼早已被拆除,在它的位置上建起了住宅小区,就是今天的郁海名郡小区。本来可作为连云港市建市遗址永久

连云市筹备处

保留的一处民国时期珍贵的历史文物,就这样消失在历史的尘埃中。

1937 年,孙明经来连云市时曾经拍摄了一张照片,将此栋建筑影像资料永久保留下来。

后来,连云港当地学者撰文认为,当年陈果夫之所以选择赖琏,也带有偶然因素。当时的省政府在镇江,时任南京市市长石瑛因为不满国民政府对日政策而愤然辞职,与石瑛同为班子成员、时任南京市委秘书长的赖琏也一起辞去了职务。得到这个消息后,陈果夫第一时间约见赖琏,与他有过一次推心置腹的长谈,两人畅谈了未来连云市的愿景。陈果夫激动地对赖琏说:高瞻远瞩的中山先生早已在所著的《建国方略》中指出,要在江苏东北角落的滨海地区,建设一座可与世界上任何一工业大国的海港相媲美的二等海港。我

们不但要完成先生的遗愿,而且还要把那海港所在地的新市区迅速地、有计划地建设起来,至少要在经济上及交通上,向南超过上海,向北超过青岛。从谈话中,赖琏已经感受到陈果夫胸中的这幅海港和滨海大都市的宏伟蓝图!

是想干大事业者心有灵犀,还是被陈果夫的热情感染,赖琏居然被他说服了。

晚年的赖琏,在其所著的《烟云思往录——赖景瑚回忆》一书中,详细地回记了他当年与陈果夫交往的一幕。陈果夫刚主政江苏时,赖琏应邀到镇江去看陈果夫,本来是想向陈果夫解释他为什么要随石瑛一起辞去职务。可是,陈果夫却对他讲了一通大道理,还把"我辈要完成先总理'建港设市的伟大理想'的遗愿"之类的话搬了出来,力劝赖琏前往连云担任市政筹备处主任一职。令赖琏自己也没有想到的是,陈果夫的一番"高论",居然打动了他。陈果夫留赖琏在省政府共进午餐,赖琏承诺可做为期一年的尝试,但他也要求陈果夫能满足他提出的"连云市筹备处组成人员的薪金待遇要与省政府各厅、处职员的待遇同等"的要求。陈果夫一一答应,而且鼓励赖琏放手去干,连云市筹备处的运行经费由省政府拨付,还让他不要担心连云市未来的建设费用。

对于在连云市筹备处期间工作、生活的点点滴滴,赖琏在他的《烟云思往录——赖景瑚回忆》"海滨山畔业余生活的片段"中,有如下描写:

> 我们的工作人员,来自南北各地,大多数是习惯于都市生活的。他们一旦走到这个号称城市,而实不过一个荒村的地方,又因房屋缺少,不能携带家眷,大家自然感觉不方便。即以日常伙食而言,就是带来厨子自办,也是不太可口的。我个人因须接洽公务,尚可往来京沪徐海之间,其他的职员便没有那个便利。工作一开始,大家就和繁华都市隔绝。除了偶至附近墟沟和新浦等小镇吃喝一番外,简直没有什么娱乐可言。
>
> 好在连云的天然风景,美丽异常。如我们把连云市照着计划建立起来,使它和上海、青岛一样的现代化,一定会令外来的人流连忘返,爱不忍释;尤其是筹备处附近那一望无垠、遍地铺满细沙的堤岸;那波涛汹涌、潮来即和万马奔腾一样的太平洋。好运动、喜游泳的张丕介,每天下

班后,必和我一道走到海滨,不是入海戏水,便是在岸上拾小石及蚌壳;苦中作乐,别有一种风味。我常常鼓励其他同事也和我们一同到海边消遣。

我从办公厅楼上远眺,可以看见高耸云霄的云台山。人家告诉我那是海州一座风景最好的名山。我到任后一月,选了一个星期天,邀同几个同事,一口气步行到山顶。果然,沿途树木扶疏,野花谷,游客稀少,既幽静而又秀丽。山顶的佛庙,也极整齐清洁。我们盘桓了很久,没有遇见甚么高僧,我在离开连云前,还到过那里好几次。连云这个名称,就是东西连岛和云台山而得来的。

从赖琏的文字中,不难看出他是个有血有肉、热爱生活的人。

经过赖琏等人近1年时间里的勤奋工作,连云市的城市设计、土地测量及绘图工作,有关民政和地政方面的规划方案,以老窑一带为港务区、墟沟为住宅风景区、大浦为工业区、黄九埝一带为市政中心区和商业区的《连云市政计划》方案,都跃然于纸上。

赖琏在建设连云市的规划中,有四点特别值得后人称道:一是以老窑为港区;二是以墟沟为住宅风景区;三是以大浦为工业区;四是以黄九埝一带为市政中心和商业区。这个规划,就是放在近百年后的今天评价,仍然不失为卓越远见。

1936年,随着陇海铁路终点日趋完善,老窑第1、2码头相继投入使用,连云市显现出繁荣的一面。在20世纪30年代,一个叫林藜的记者用充满诗情画意的笔触,抒写了老街的繁荣:

云台山自古享有大名,她的后山沿岸一带,有一大市镇名叫墟沟,是连云市的渔业中心,大小渔船平排密布,尤其傍晚时分,一片渔舟唱晚之声,响彻海面。

墟沟东边,有一地名叫老窑的地方,是陇海铁路的终点、连云市政府的驻地。这个连云市,不仅是渔业和交通的重镇,更是我国沿海军事基地之一,商业也不落后于别人。又因市区处于云台山下,故山产丰富,茶叶、柴胡、桔梗、何首乌等药草,遍地皆是。其余果品中以小棵樱桃最为有名。

连云市海产丰饶,鱼虾价格低廉,每逢旺季,可以经由陇海铁路运抵开封,中原之地亦可大尝海鲜。

林藜的文章写出了当年的老窑埠区及周边小镇一派渔业兴旺、交通发达、物产丰饶,社会经济繁荣、人们安居乐业、百姓生活蒸蒸日上的喜人局面。

宋绮云,江苏邳州人,1927年3月加入中国共产党,曾任中共邳县县委书记。1930年担任《西安日报》主编,1936年西北各界抗日救国联合会成立时,他被选为宣传部副部长,兼做总务联络工作,积极创办该会会刊《抗日救亡周刊》。

连云港开港之时,宋绮云在《西京日报》发文写道:

连云港开港,使国家有了自主港口,打开了中原物产出口通道,也使中原人可以大尝连云之海鲜。我受陇海铁路局局长邀请采访连云港,坐火车出郑州不久,就闻到了连云港飘来的海鲜味。

宋绮云的文章写出了开港后的连云港,西部的物流通往港口出海的便捷以及人们出行旅游观光、品尝美食的愉悦心情。

正当建市筹备工作紧张有序进行的时候,日军在华北各省步步紧逼,全国抗战即将爆发。国民党当局已经无暇顾及连云的设市和建港,刚刚起步的连云市筹备工作只得告一段落。赖琏把成熟、详细的规划方案呈给陈果夫,他看了之后十分满意,批示存档,以备时局稳定之后使用。

1935年底,赖琏向陈果夫提出辞呈后,陈果夫任命由东海行政督察专员郝国玺接管市政筹备处的工作。自此,筹备处实际上已经形同虚设。

创办于1904年3月《东方杂志》,是我国期刊史上首屈一指的大型综合性杂志。《东方杂志》初为月刊,后改半月刊,至1948年12月停刊,共出版了44卷。它忠实地记录了历史风云变迁,是名人发表作品的园地。梁启超、蔡元培、严复、鲁迅、陈独秀等著名思想家、作家都在该刊发表过文章,杜亚泉、胡愈之等出任过其主编。它于 1999 复刊,改名为《今日东方》。

1935 年,《东方杂志》第 32 卷发表了《世界杂志》主编杨哲明的《连云市的建设计划》,这个计划共分 8 个部分:

　　一、绪言。谈连云市当前的形势,市区的地理位置及建设连云市的意见。

　　二、连云市市区之范围。着重介绍了孙中山关于连云港建设的设想。

　　三、连云市政筹备处之组织。拟定了十四条组织章程大纲。

　　四、连云市市区之测量。

　　五、连云市市政计划。计划中将新市区划分为七个功能区,即行政区、商业区、工业区、渔业区、学校区、住宅区、劳工住宅区。

　　六、连云市交通计划大纲。首先是街道系统方式,分为棋盘式、放射式、棋盘放射混合式圆环式等,并确定了五大交通干线,对铁路交通、公路交通、河道交通均分别予以详述。

　　七、连云市土地之整理。确定了土地查报制度。

　　八、结论。

计划结尾写道:

　　连云市建设计划完成之日,即连云市握取远东工商业枢纽之时,望国人注意及之。

连云市筹备处的行政经费由省政府拨给,在经费保障上没有多大问题,但是建设经费却一点着落也没有,全靠赖琏自行筹措。在建设经费筹集上,赖琏主要从两个方面"打主意":一是待一般建设初具规模后,就从上海、香港各地,找人来连云投资。事实上,连云设市的消息一经传播,就有不少资本家、企业家到连云港埠区购买将来可作工业用途的廉价土地。二是连云市盛产海盐,时任两淮盐运使缪秋杰是一位眼光远大、事业心很强的新官吏,他预见了连云市的未来,曾经答应把盐运收入除去必解国库部分外,全部拨作建市费用。但是缪秋杰的权力是有限的,在盐运收入的分配上,他的话语权很弱。彼时,又恰逢时任财政部部长宋子文正在扩充配备精良的税警,其中就有万名以上税警驻扎在徐海一带,由缪秋杰筹付全部军费。再加上日军侵略华北已战云密布,打仗还打不过来,战争是烧钱的,财政部自然不肯把盐税的一部分拨归连云市建市之用。还有一个阻力来自军方。为什么军方不愿意呢?部队打仗要钱啊!因此,江苏省政府只得借口江北水灾严重,宣布暂时把建设连云市的计划停了下来。

《烟云思往录——赖景瑚回忆》一书中,收录了赖琏写于1979年的《四十多年后的追忆与展望》一文,深情回忆他定居中国台湾后与王公玙交往的细节、对当年连云市筹备处工作"壮志未酬"而感到惭愧以及对连云港未来发展的期望。

事隔四十多年,当时共尝艰苦的同仁,虽已星散,但我的记忆犹新。我尤其对于他们的忠诚、勇敢和干练,怀念不已。我因为那是我生命过程中,一个没有显著成果而仅为昙花一现的任务,早已认为没有详加记录的必要。可是,连云一位最有声望的市民——王公玙先生,寄给我一篇大作"漫谈连云",他如数家珍的叙述连云的沿革及地理形势,为我带来四十年前的若干景象。

他历任江苏萧县、铜山等县县长及抗战胜利后的民政厅长,和陇海铁路局长钱宗泽有深交,所以他能讲出许多关于连云建港设市的珍闻。我从他的叙述中,才知道钱氏对建港事有过贡献。就是连云这个名称,也是首先由钱氏叫出来的。孙中山先生实业计划称之为海州港。我到连云虽只看见一号和二号码头,但钱氏在他整个计划中,曾拟连筑十个码头。

公玙先生对我筹备市政一段史实,自言不太明了,要我对他在"连云漫谈"所讲的,加以补充。我虽完成了连云的测绘及一般市政计划,但自愧并无具体建树可言。唯我深信连云一定会占有很重要的地位。我们一定可以实现孙中山遗教,使它成为"既有名山生色,复有良港扬名,雄踞海疆，遥控中原”的大都市。

　　事实上，日据时代及胜利以后，日军和我们当局，都曾先后以连云为军事及交通的重镇。近闻徐海附近海域，发现大量石油，连云又已成为很繁盛的城市。我因而更加相信将来一定可以达成我们多年的愿望。到了那个时候，我也可以和连云的父老兄弟，共为吾乡连云而夸耀。

　　尽管时间不足1年，筹备处在赖琏的领导下还是做了大量细致入微的工作。他们严谨的工作态度、忘我的工作精神值得后人学习，其出色的工作成果，至今还令人们津津乐道。

　　在墟沟坊间，至今还流传着当年赖琏乘坐的小汽车开不上上元桥的有趣故事。

　　连云区中华东路大涧沟上有一座桥叫上元桥。现在的上元桥是一座平桥，而20世纪30年代的上元桥却是一座拱形桥。赖琏任连云市筹备处主任时，有一辆小汽车，他经常乘坐那辆小汽车外出办事。可能是由于汽车发动机技术不成熟，赖琏的小汽车朝上元桥开，当开到坡道一半的位置时，车就开不上去，小汽车会倒滑到桥下的路上。这时赖琏从车里下来，客气地招呼站在边上看热闹的人帮他推车。赖琏刚招呼完，一群孩子就一拥而上。只见他的小汽车周围站满了推车的小孩，结果不用说，赖琏的小汽车顺利过桥。

　　那个年代里，机动车不多，路上除了军车，民用车辆很少。久而久之，人们认识了赖琏的小汽车，远远地看见他的小汽车开过来，不用赖琏下车招呼，热心的市民都会自发地帮他推车。自古以来，在墟沟就流传着“初一十五潮，涨到上元桥”的民谚。赖琏的小汽车开不上上元桥，老百姓给他推车后，人们又编了个“赖琏小汽车，开不上上元桥”的顺口溜来调侃。

第五节　连云市市长张振汉

　　1945年9月，国民政府行政院任命张振汉为连云市市长。后出于种种原因，张振汉没有及时到任。

　　1946年1月，张振汉委派张雁秋先到连云市，做好成立连云市政府的筹备工作。连云市先下辖 5 个区,后改为 3 个区,第一区包括老窑(今连云街道)、宿城、连岛、墟沟、西石、盐场,第二区包括新县的山区,第三区包括大浦、南城、新龙镇。

是年 4 月 1 日,张振汉来连云市任职,这是连云市历史上第一位被正式任命的市长,市长办公室就设在上海大旅社二楼东北角的第一间,后迁至日本人建的白云寮里。

张振汉(1898—1967 年),徐州张圩人,出身寒门,3 岁丧父,与母亲相依为命,靠母亲替人家浆洗衣物、纳鞋垫拉扯长大。他 15 岁进北洋军阀办的陆军学校学习,北伐战争爆发后参加北伐军。1917 年保定军官学校第五期炮科毕业后,在北洋军阀部队中任职。1928 年任国民革命军四十八师二八三团团长,1930 年任旅长,1931 年加入中国国民党,同年任国民革命军第四十一师师长。1935 年夏,在湘、鄂、赣等地与红军作战,6 月 3 日,在湖南与红军作战时被俘,后随红军参加长征。红军到达陕北后,任红军大学及抗日军政大学教官。

张振汉

从赖琏的回忆录中可知晓,1933 年陈果夫力荐赖琏任职时,曾有意让他之后担任连云市市长一职。连云市规范方案出来后,赖琏就向陈果夫提出了请辞。赖琏是个学者出身的文人,20 世纪 30 年代末之后他一直致力于教学及创办报刊事业。至于之后的 1945 年,国民政府行政院任命张振汉为连云市市长,这并不难理解。翻开中国历史会发现,在兵荒马乱时期主政一方的大员,往往都是立下战功的军人或是有军方背景的人士,而文官则鲜见,这自然也是国民政府高层选择张振汉而非赖琏的原因。

后人说张振汉是一位传奇将军,此话不无道理。1935 年初,蒋介石调集 6 路纵队共 11 万人对红二、红六军团进行"围剿"。时任国民革命军第四十一师师长兼一纵队司令的张振汉,指挥军队同红军展开激烈战斗,并扬言要在战场上活捉贺龙。在一次交战中,占据有利地形的红军向国民革命军第四十一师师部发起猛烈炮击,张振汉中弹负伤,被贺龙的部队活捉。成为红军俘虏后,抱着必死之心的张振汉怎么也没有想到,贺龙并没有杀他,而是和他进行了彻夜长谈,引导、鼓励他带头停止内战,加入红军队伍。于是,张振汉留在红军阵营,在萧克将军任校长的红军学校任教员,协助红军组建了山炮营。

1935 年 11 月,张振汉随红军长征。长征开始前,贺龙、任弼时向他询问了国民党北方兵力的部署,张振汉如实告之。红二、红六军团正是参考张振汉提供的情报,果断地做出了南下湘中,突破沅江、澧水防线的决策,得以从容完成了从湘中向石阡地区实施战略转移的任务。红二、红六军团长征中的此次行动,被后人誉为"神来之笔"。

在长征的艰苦条件下,张振汉得到了红军较好的照顾。贺龙、任弼时、萧克等红军领导人把他当成朋友,经常一起谈古论今。红军为他配一头大骡子当坐骑,还派几个战士照料他的生活。也是在长征途中张振汉的思想起了变化,观念发生了转变,他开始对共产党、红军有了新的认识。

1937 年,第二次国共合作形成。在这个时间节点,毛泽东在枣园接见了张振汉,两个人交流了国共合作的前景、当前一致抗日的重要性,毛泽东希望张振汉回到国民党统治区,秘密为共产党做抗日统一战线工作。张振汉接受了毛泽东的安排。之后,张振汉因病离开延安,在汉口就医期间,受到了周恩来的资助,后来又辗转到重庆养病。

1938 年秋,张振汉任鄂西煤矿公司经理。1939 年任国民党军事委员会中将高级参谋,并兼任重庆大同贸易公司董事长。1940 年任华南印刷公司董事长,1941 年兼任光大酒精厂经理,1943 年开办五方铁工厂,任常务董事。1945 年,张振汉带着全家飞往上海,开办了云海渔业公司。他一边经营自己创办的实业,一边继续做统战策反工作。在上海期间,他单线和潘汉年联系,以国民党中将高级参谋的特殊身份和个人的影响力,为共产党隐蔽战线的同志做掩护,为共产党做了许多统战工作。

曾任北伐军前敌总指挥的唐生智将军,在上海与共产党第一次接头,他们秘密见面的地点就是张振汉家。

新中国成立后,张振汉任湖南省政协常委、全国政协委员、民革中央委员等。

"文革"中张振汉夫妇受到冲击,相继病死于狱中。1979年和1980年,张振汉夫妇先后被平反,恢复名誉。之后,全国政协举行追悼大会,隆重追悼张振汉等在"文革"中被迫害致死的委员。

张振汉是国民党高级将领中唯一跟随红军走完长征的人,他确实是一位颇具传奇色彩的将军。电影《长征》、电视剧《雄关漫道》中的张将军,其实就是以他为原型。

1946年4月1日,张振汉站在市政厅二楼办公室,推开朝北的窗户,俯视着远方的陇海铁路钟楼、港口以及浩瀚的黄海,情不自禁地高声说道:"壮哉,如此江山! 如果不是战火连年,此地建成一东方大港,必能造福中华民族!"

对于张振汉就任连云市市长,王公玙在其所著《畸园残稿·漫谈连云》一书中有着较为详细的记载:

> 任连云市第一任市长为张振汉,字,炎生。籍隶铜山,军人。彼系由行政院核准连云市为省辖市后,即由行政院提出院会通过加以任命的,时行政院长为宋子文先生,以一省辖市的市长,竟由行政院直接任命,无异将连云视为特别市了。这种特例,尚属罕见。假如认为这是连云一种"特荣"或"虚荣",都不牵强。

王公玙于1939年任江苏省民政厅厅长,1944年春,他辞职转赴重庆,追随陈果夫到蒋介石侍从室工作,于同年冬天,改任江苏省政务厅厅长。他和国民党要员宋子文、孔祥熙、陈果夫、陈立夫等人走得很近,对于国民党高层发生的事情比较清楚,因此,他晚年的回忆录是很有说服力的。

张振汉到连云市任职不久,在召开的市政会议说:"宋子文院长嘱我到连云市来是要建设好连云港,是做大事,不是做大官。"张振汉很有振兴连云港的宏愿,欲把连云市建设成现代化的海港城市。

张振汉到连云市任职自然是有备而来,对连云市的工商业、农牧渔业、教育和风土人情也是摸了底,做足了功课。

张振汉到任时,老街还是"三条马路九盏路灯"的城市格局。除了铁路码头及相关的配套设施,荷兰人于连云港开埠期间修建的发电厂和凰窝水库,主要服务于码头生产。荷兰人建设的三条马路亦是三条石板路，就是今天的胜利路、临海路、云台路，这三条路奠定了老城区的基本走向。三条路两旁就地取材、因地制宜陆续建起了石头房子，之后，逐步向外围扩展，就奠定了连云古镇的基本格局。在每条马路的中间及两头分别挂上三盏灯，就是"三条马路九盏路灯"的来历。当年的灯，还是以煤油为燃料的路灯，上面有防风罩，与后来的马灯相似。天黑时分，人爬上路灯杆给挂在上面的灯加注燃油，21 时左右还需要再加注一次，往往到了子时，灯就熄灭了。因此，也有了老街"半夜灯"的说法。

1948 年 4 月，张振汉离任后，国民党江苏省党部委派江苏省第八区专员兼保安司令朱祥符接替他的工作，但并没有以下发文件或发布公告的形式，明确他任市长一职。

朱祥符，徐州睢宁人，黄埔军校第 3 期毕业生，据说与顾祝同有同学和亲戚关系。他还兼任微山湖水上警察局局长。接替张振汉后，他还兼任连云港港口指挥部指挥官、连云市民众自卫队总队长、省立连云中学校长等职务。

国民党江苏省党部，没有明确朱祥符的连云市市长职务。这不外乎两个因素：一是张振汉离任后，因时间紧迫，一时半会还找不到一个更合适的市长人选，朱祥符只是一个临时的或者说是一个过渡性的人物；二是国共两党内战已趋白热化，战局对国民党极为不利，惶惶不可终日的国民党高层，已经无暇顾及连云市市长的接班人选。

在今天的连云街道办事处大门东侧一个不起眼的角落，静静地放着一块碑石以及几块与碑石相配套的黑色花岗岩底座。2023 年立秋第一天，笔者来到了连云街道，与《连云街道志》两位主要编著者周长岭、李宏雨，连云区文化馆原馆长、连云区文保所负责人苏贻勇一起走近这块石碑。

轻轻拨开碑石上厚厚的落叶，慢慢拂去碑石上布满的灰尘，上面密密麻麻的题刻变得清晰起来，沉睡了 10 年之久的石碑仿佛苏醒了过来，它带我们走进了张振汉任连云市市长期间的那段历史。

这块名叫《浚云河碑记》的石碑，原立于海州区云台街道东磊村"妇联河"北侧的河岸上，从东磊"镜湖"泄洪河岸边一直往前，朝烧香河方向走，到河边即可找到,此处现在又属于云台街道渔湾村。奇葩的是这块碑石被当成了桥板,铺在一座名叫"洪河桥"的农桥上多年。2010年底,该石碑被发现后,云台乡政府组织工匠将其运到乡政府大院,工匠们在碑石下面镶嵌花岗岩基座,立碑保护起来,供人们参观和研究民国历史。

2013年,连云老街大规模修缮时,在连云港老街建设指挥部的协调下,这块石碑连同基座一起被运到了连云老街,暂放于正在装修的连云街道院子里。

石碑长222厘米、宽90厘米、厚23厘米。石碑正面中间刻有"工赈纪念",隶书,字径30厘米×24厘米。上首刻"中华民国三十六年八月立",字径7厘米;下首刻"连云市市长张振汉题",字径7厘米×8厘米。

石碑背面的刻文《浚云河碑记》,就是张振汉所记。背面刻文共12行,其中标题1行,共5字;正文10行,每行33字,共330字;正文末行下接落款,共29字,加起来碑记刻文总共364字。石碑正面、背面文字都是隶书繁体汉字,体现了时代特征。全文是:

浚云河碑记

清季,两淮盐运副使徐星槎,尝礼佛云台山各寺观,掘渠行舟,自南城至大板艞入海,名曰"烧香河"。沿河土地渐肥沃,农民利之。民元后,地方官民复于其南辟新烧香河,即今之"云河"也。沦陷时期,伪盐警管理小板艞水闸,不以时宣泄,河床淤积,年苦水患,农民敢怒而不敢言。胜利后,振汉奉命长连云市政,以郊垒犹多,不得建设,思先有以利农村也。因请诸善后,救济总署苏宁分署郑西谷署长以赈粉四百吨兴工疏浚。三月竣事,计导云河及东磊、山东庄、关里三支河,长凡三十七公里,筑石桥三座,又承两淮盐务局局长费文尧、何维凝两先生先后协助,商定同管小板艞水闸启开事宜,四时盐运,两岸农田不复再蒙其灾矣。

主其事者,苏宁分署屠主任耀明、工程稽核丁技工文霖,其测绘、设计、监工,则本市工务局魏科长泽与其役。是时也,苏宁分署又拨赈粉三十三吨,修复小学校舍十六所、筑宋新段市道四公里。特附述焉,工即成,勒石志永,后之君子,倘恢宏斯义,从而扩大之,更所望也。

丁亥(1947年)仲秋月铜山张振汉记。

时任连云市市长张振汉争得善后款物,以工代赈,疏浚烧香河,建节制闸,解决盐、农用水矛盾,并立碑纪念。这块石碑记录了在内战连连的旧中国,张振汉凭一己之力为连云苍生修水利、建学校等,为黎民百姓谋福祉的辛劳。碑文的落款时间是1947年8月。张振汉从1946年4月到连云市就任市长,到1948年4月离任,他在连云市工作的时间只有2年。起码能证明的一点是,张振汉是为百姓做实事的市长。

张振汉在连云市的政绩,主要体现在通过考察、测量,整理出的连云市发展建设思路。在《连云市建设刍议》一文中,他淋漓尽致地提出了连云市建设的基本目标、市政建设和海港建设计划,还留下来一段感人至深的话:"振汉奉命,主持连,于登斯土之后,睹此祖先遗留于吾人伟大河山中天然形势,优良之港地埠,瞻瞩国家目前在事实上之迫切需要,深感责任重大,于经费拮据、困难重重中,督促同人,时刻勿懈,一尺一寸,日求累进,并拟于建设连市计划到草案,冀能按部实施,以赴事功。"

经过一年时间的考察、勘测,在赖琏等人发展连云市规划的基础上,张振汉率众人制定了《连云市政建设刍议》(简称《刍议》)。这是一部气势宏大、细致周密的规划,为人们展现了现代大港和滨海大都市的宏伟蓝图。规划的前瞻性很强,很多东西就是在今天都有很高的参考价值,有些地方仍值得人们去进一步思考和研究。如今连云港的建设,部分规划还是在张振汉这一规划的基础上加以发展和提高的。

张振汉在《刍议》的开始部分就写道:

> 将来如照国父计划,展筑是路(指陇海铁路)至新疆,与苏联之西伯利亚铁路相接,则连云不但为我国西北各省之重要门户,亦将成为国际交通之枢纽,东方重要之水陆联运站。

《刍议》共分两大部分:
第一部分是连云市区建设规划。
一、连云之现状及天然形势概述,列出了市区的面积、人口、海深、海流,地质、航路、水源等。

二、本市全部建设计划概要。这一部分是计划的重点,首先将市区划分成港埠区、商业区及行政区、渔业区、产盐区、工业区、住宅区、文化区、飞机场、风景区绿地共9个功能板块区。

三、水道交通,计划疏浚临洪河、盐河、烧香河、半边河。

四、公用事业,有电力厂、公共汽车、电车、飞机场、菜市场、屠宰厂、公墓、车站、邮局等。

五、下水道系统。

六、公共建筑,涉的民用公共建筑、绿化工程共14项之多,如学校、医院、教育馆、图书馆等。

该部分在296平方千米的范围内规划都市建设,进行功能定位:从老窑港区向西至墟沟车站凡铁路以北沿海一带填平之地,均划为港埠区;从铁路以南、墟沟以西至猴嘴广大平地为商业及行政区;高公岛、海头湾、西墅及西连岛为渔业区;墟沟至大浦一带沿海到烧香河出口之海滨为盐区;大浦一带临河与铁路间平原为工业区;港埠和商业区两旁山麓较高之地为住宅区;前云台之南,烧香河以北、大岛山至山东庄一带为文化区;新浦、刘艞以南至南城以北为飞机场。

该部分规划了连云市未来的三大风景区:一是黄窝风景区和海滨浴场;二是北固山风景区及海湾海滨浴场;三是连岛风景区。如今,这三大风景区都已成为海滨旅游城市的连云港市游览胜地的主要组成部分,特别是连岛景区已成为连云港市第2个5A级风景名胜区。

该部分还对道路进行了详细的规划:港口至新浦的中山路;新浦至南城的林森路;南城至大板艞的中正路;大板艞至港口的连云路;西小山至猴嘴的江苏路;猴嘴至大浦的天津路;西墅至大板艞的南京路;黄孟庄至大岛山凤凰嘴的北平路;猴嘴至南城的汉口路;大浦至宋艞的重庆路及广州路。从11条道路的命名来看,很有时代气息。

第二部分为海港建设计划,又分大港计划和小港与渔港计划。大港计划中的工程共有11项:栈桥、码头、装煤机、装卸机、铁道、仓储、防波堤、存煤及矿场、棚厂仓库用地及其他、建港工具、其他附属工程。

特别值得我们后人注意的是,张振汉在连云市建设规划中,兼顾了都市建设与海港建设的关联性。他在文中进一步写道:

> 都市建设与海港建设,两部门工作尤须适当配合与密切之联系……另外,市政建设与其他建设之互相配合联系,亦不可不重视如陇海铁路之继续发展,甘新铁路之与土西铁路衔接,主干线之改铺双轨……

张振汉在《刍议》的最后写道:

> 为谋国家未来之富强,必求建国之成功,如能使连云市成为——现代化都市,连云港成为——现代化海港,对于整个事业之促进,可谓大有裨助,国计民生,实利赖之!

然而,民国时期由于当局政治和制度上的不足,连云市的兴起只能是纸上谈兵。

研究连云港市的学者认为,《刍议》是一个使当代人受到启发的规划。可见张振汉对连云市的规划,气魄之大,影响之深。他看到了连云市的独到区位优势和巨大的发展空间,提出了用"三十年"时间,使港口吞吐量达每年"四千五百余万吨",城市居民"增至一百五十余万人","连云市成为一现代化都市,连云港成为一现代化海港"的宏大蓝图。关于海港规划,张振汉提出要将连云市建设成为"堪与上海相仲伯,以较青岛远过之"的大港。

城市发展规划必须有战略思维、世界眼光。

从连云设市,市政筹备处主任赖琏、连云市市长张振汉先后到任,他们首先抓的都是连云市的发展规划,给后人留下不少启迪:一是连云市的区位优势很重要,可以说是其核心价值。连云市不具备建市条件,但国民政府破例核准了,主要看重的是连云港的地理位置。二是无论是赖琏还是张振汉的规划,基本上以铁路、港口为中心来布局,也兼顾了一个未来大城市发展的方方面面,是不失水准的规划。虽然他们提出的都是概念性规划,缺陷是没有工业大布局,是一大遗憾,如两份规划中都未涉及产业规划等,但规划中体现的大手笔和开放性思维,都值得我们后人借鉴。如果从当时的大气候、大环境以及人们的思路和视野考虑,还是情有可原的,毕竟时间已经过去了近百年,国家的建设和人民的生活,都在动态的变化之中,出现变化,哪怕较大变化也是在所难免。三是在今天经济全球化、区域一体化的大潮中,规划设计者必须在更高层次上认识连云港的区位优势。作为东方桥头堡的连云港一面连接陆桥,一面临眺海洋,作为"一带一路"的交汇点,它拥有独特的区位优势:向西,由陆路可探中国西北部地区,顺着陇海、兰新铁路一直延伸至中亚、欧洲;向东,由海路联通东南亚、南亚等太平洋沿岸地区,外贸航线可达日韩、欧美。

1935年国民政府设市连云,设市之初成立的连云市筹备处随即到连展开工作,但在战事不断的年代里,一切只是纸上的规划罢了。张振汉离任不久,淮海战役就打响了。连云港解放后即成立了新海连公署,下辖的连云市成了县级市,到了1949年11月25日,连云市的名称被正式撤销,取而代之的是新海连市。而新成立的新海连市无论是区域界定,还是城市布局,其发展重心都与原来的连云市都差别较大。

回顾连云建市始末,我们至少可以得出这样的思考:一是和平稳定的环境对一个城市的发展至关重要;二是一个城市的地域界限、归属、管理乃至城市规划宜保持稳定,这样有利于经济重心、行政中心的形成,并发挥辐射作用,对于新建的城市而言尤其重要;三是形成一个大都市的最重要的因素是经济实力。

当年以赖琏为首的筹备处的同仁,虽殚精竭虑,日夜劳作,然而巧妇难为无米之炊,城市经费匮乏成为赖琏最为伤脑筋的事情。赖琏曾多次找钱宗泽和缪秋杰化缘,结果一次次都是无功而返。近代海属地区既没有外国资本的输入,也未形成真正意义上的民族工商业,自然缺乏雄厚的资金支撑。如此,想建设一个现代化、国际化大都市,显然不切合实际。

民国时,老窑建铁路、码头的悠悠岁月里,老街从小渔村逐渐步入繁华。公司、商铺、旅社、银行业的兴起,见证了一个时代的发展。每一个时代的发展,都会在历史的长河里留下烙印,而时代的烙印,恰恰见证了老街的变化。

连云市,虽然在连云港的建市时间并不长,但它却是江苏省第二个地级市,比南京设市仅仅晚了8年,比国民政府首设之市广州,仅仅相差14年。

因此,它在海属地区的发展史上具有重要意义。连云设市,为海属地区引进最早的具有现代理念的城市规划,初步建立了适应现代城市需要的一些法规章程和管理机构,对促进苏北鲁南地区的发展起到了积极作用,为大都市理想的最终实现做了积极有益的尝试。

日本侵略军占领连云后,于1939年8月设立连云市公署。

1940年9月18日,中共苏皖区党委在沭阳钱集召开士绅座谈会和各界代表会议,决定成立淮海区专员公署(曾一度与沭阳县抗日民主政府合署办公),辖涟水、淮阴、泗阳、沭阳、东海、灌云、宿迁、沭宿海、连灌阜9个县级抗日政权,机关驻张圩乡陈圩村。1941年5月,苏皖区党委改称淮海区党委。次年3月,淮海区专员公署撤销,成立淮海区行政公署。连云市先后称东海县连云特别区、大海州市连云特别区。

1945年,中共淮海区党委决定成立连云市政府,委派孙笃生为市长,同时成立新海连工作委员会,准备接管。而国民党先行接管新海连地区。也是在这一年里,国民政府谋划建设连云市,上海大旅社曾作为政府办公场所,是连云港市首个市政府所在地,国民政府任命的市长张振汉和一众政府组成人员就在此办公。

彼时的连云港是国民党模范区,国民党、共产党、日军都在争取这座城市,还几乎于同一时间都任命了市长。一个市同时出现了3个市长,这一现象在中国历史上也比较罕见,他们分别是:国民党任命的市长张振汉,共产党任命的市长孙笃生,日军任命的市长陶洪沛。

在连云港市革命纪念馆里,陈列着一个盒盖上刻着"笃生同志存建、明宣德、一九四三、一泯敬赠"字样的印章盒。1943年淮海行政公署主任李一泯,在调任苏北区党委副书记、行署主任之前,亲手制作了这个印章盒,赠予时任灌云抗日民主政府县长孙笃生。如今,这枚印章盒被定为三级文物。小小印章盒,情系苏北淮海大地,作为对下级的勉励,也作为朋友之间永久的纪念,见证了李一泯和孙笃生的友谊。

孙笃生(1898—1990年),灌云张店人(今属灌南县),出身于中小地主家庭。幼年读过私塾,毕业于江苏省立第八师范。1923年加入国民党,任灌云县农委主任。1929 年任灌云县第三区区长。1940 年,八路军挺进苏北建立抗日民主政权,孙笃生出任灌云县县长。他执行共产党的路线,团结抗战、严惩投敌分子,还将家中百余亩地全部献给政府。1944 年底,孙调任淮海区副专员兼工商局局长。1945 年 3 月,加入中国共产党,8 月,被任命为连云市市长,后因国民党军队抢先占领连云地区而没有到任。1945 年 9 月,孙笃生出任淮北盐务管理局局长。不久,两淮盐务总局成立,孙笃生任副局长兼任淮北盐务管理局局长。1949 年后,任华东盐务局副局长、轻工业部盐务总局产销处处长、全国盐业工会主席等职。

自 1935 年民国政府设市连云,经赖琏、张振汉等人的努力,连云市尽管改变不大,市政建设和经济发展多多少少还是有一点起色,也呈现了初步繁荣的一面。1948 年青州建设研究会编著的《新海连概况》记载了当时连云的金融机构、航业情况、报关行、盐号、糖果厂、旅馆、学校等。

金融机构有:中央银行、农民银行、中国银行、中央信托局、连云市银行。

航业情况:招商局有海康、蔡锷、小兴轮 3 艘货船;长记公司有永春轮 1 艘货船;实业公司有大上海、台安、安福 3 艘货船;顺丰报关行有裕昌轮 1 艘货船;太兴报关行有安顺轮 1 艘货船;同懋报关行有太平轮 1 艘货船。

商行有:大安、四泰、恒康、华兴、恒利、赣兴、庆云祥、惠永兴、信托、如兴、云兴、连云兴等 12 家。

报关行有:海关、大丰、新陆公司、大兴、荣华、顺丰、云康、宝丰、大华、大陆、竞业、民生、联益、联通、永利、恒懋、源康、中兴、中州、大中、荣海、大信、东兴、盛丰、长生、永祥、长记、新繁等。

盐号有:上海实业公司,该公司有农民银行做支撑,系陈果夫投资,也从事土特产交易。还有板浦人邱梦麟的五福盐号,王公玓的长降盐号,另外还有联益、蜀余、成德、建成、大陆、大业利通等盐号。

糖果厂:是日照人投资的三泰糖果厂。

旅馆中规模较大的是民生、东华、青年、连云、新生活 5 家,专住来往客商。另有平津远东二旅馆在半山上。

布业杂货业 39 家,以兴太、德泉、大华 3 家为最大;药业有 9 家;京货业 17 家;工艺业 41 家,包括修表、铁匠、理发、裁缝等;水产业 37 家,以祥生、大安两家为最大;饭店 10 家;肉菜业 11 家;承揽运输业 11 家。

学校有:位于墟沟酒精厂的省立连云中学;位于连云中山路的连云市私立东港初级中学;位于墟沟的私立蔚云中学、连云渔业师范高级学生进修班;位于朝阳的私立启新中学;位于连云老窑的公立连云港国民小学校。

报业有:《云台日报》社址在连云,该社还附设青年补习学校;《先锋日报》是连云市政府出版的油印报。

医院有:市立医院和青年医院两家。

1949 年 10 月 1 日,中华人民共和国成立。11 月 11 日,鲁中南行政公署奉山东省政府令,将新海连特别行政区更名为新海连市,成立新海连市政府,隶属于山东省临沂专署。1951 年 8 月,连云市改称连云港区。1952 年,更名为连云区。

1953 年 1 月 1 日,新海连市划归江苏省,隶属于徐州专区管辖。1954 年 11 月,新海连市改为省辖市,仍受徐州专区督导。1961 年 10 月 1 日,经国务院批准新海连市更名为连云港市。以“港”命名地级市,体现了人民“以港立市”乃至“以港兴市”的美好期望。

在陇海铁路建设终点老窑时,建设者在铁路东端的终点设置了一个圆圆的黄色金属球,其三分之一部分镶嵌在地下,标志着终点在此零千米处。后来,这个金属球被换成了一块石刻界碑,就立在陇海铁路钟楼的东面约 150 米处。

这,就是连云港市这座城市的原点。

城市原点,又称为“坐标原点”或者“零千米”标志,它代表一个城市核心区域所在的精确位置,人们以此为起点计算该城市与其他城市之间的位置关系。今天的连云港市城市原点,位于连云港市朝阳东路 69 号的市行政中心南广场上,位置是北纬 34°36′、东经 119°13′,与市政府同处于一条南北中轴线上。

连云港城市原点雕塑采用不锈钢材质制作,整体造型汲取中国传统文化中"天圆地方"的哲学思想,以圆球和浪花浮雕作为设计要素,添加了太阳、海鸥、船锚等元素,充分体现了连云港海、港、城交融的海滨城市特色,展现这座海港中心城市厚重的文化历史底蕴。

这块立于 1933 年的陇海铁路东端的"零千米"界碑,已被陇海铁路历史博物馆永久性馆藏,它就静静地躺在博物馆二楼楼梯转角处。界碑系花岗岩制作,长 40 厘米、高 50 厘米、宽 10 厘米,上方左右两侧被磨去了直角,碑体正面是一个被描成黑色的阿拉伯数字"0"。

中国改革开放后,陇海铁路和连云港港口火车站的建设都有了质的发展。昔日的老窑码头成了新亚欧大陆桥东端起点,人们把一半埋在地下的陇海铁路东端的"零千米"界碑,更换成了立于地面上的雕塑,如此,人们能够更直观地看到它。

如今,这个立在两节铁轨上,自带铁环、铁索的铁锚雕塑,就安放在陇海铁路历史博物馆的门前,雕塑下方的黑色大理石基台上写有"新亚欧大陆桥东端起点"10 个大字。

连云港这座城市,先有铁路,后有港口,进而成市。成市之初,连云港是中国东部沿海中段仅次于青岛港和上海港的一个新兴港口城市。

第九章 1949 年大港涅槃

第一节 军管会来接管

1948 年 11 月,新海连军管会接管了原系连云港务处所属的全部财产。由于连年内战,加上国民党军队溃逃前的大肆掠夺和破坏,刚接收的连云港港码头坍塌,船只凋零,生产完全陷于瘫痪状态,港口简直成了一个难以收拾的"烂摊子"。

连云港港口仅有 3 座固定码头,9 个停泊区。350 米长的第 1 码头因年久失修,已经发生坍塌,第 1、2、3 泊区,都不能靠船。第 2 码头原有 192 米长的混凝土框架木栈桥,接管时仅剩第 4、5 两区能勉强靠船,木质桥面还腐朽严重。北端第 6 区是木质桩基栈桥,也因腐朽严重成了危桥,基本失去了使用功能。此外,还有 60 米长的浮码头 1 座,浮筒锈迹斑斑,仅能勉强停靠船只。

港区有两道防波堤,东防波堤位于第 1 码头北端,端点有报潮所,堤长600 米,部分面层已被风浪冲毁;西防波堤位于第 2 码头西面约 700 米处,是日军所未建成的工程(计划全长为 1600 米,仅完成南端的 600 米和北端 1000米部分抛石)。

报潮所建在第 1 码头东防波堤的北端,是建港初期的港口配套设施之一,因所处位置偏东,故称东报潮所。报潮所用来测定潮位的水尺用钢板桩固定,立于防波堤里面,报潮员每隔 15 分钟观测潮位一次并记录在案。1949 年之前,报潮所的受风验潮资料全部丢失。1981 年 12 月起,在庙岭煤码头与报潮所的西北处建设了新的报潮所,称呼改为验潮所,与原报潮所相比较,其先进之处是可以自动记录潮水的变化。因所处位置偏西,人们也称其为西报潮所。

在第1、2码头及仓库区均铺设有铁道,作为货运的配套设施。在两座码头之间还有建设了2000米长的轻便铁道。码头之间的铁路、码头到仓库的铁路,在1948年之前损坏很严重。

港区内的航道,自1945年起就没有疏浚过,最浅处仅有负0.7米,1500吨级的船只只有趁着满潮时才能进出港。

连云港的航行标志本来就很简陋,加上长期缺乏维护,接收时多已毁坏,夜间行船只能靠人摇着小舢板(小船)举灯导航。航行标志毁坏前共有灯塔1座、灯桩1座,大、小浮标3具,陆上导标2组共4座,导航灯2个,汽油桶浮具1个。位于港区东面桃连嘴半山腰上的旗台,建筑面积约300平方米,设有1根20米的木制旗杆,顶部有个横木平台,可供工作人员立于其上用旗语操作,并配有风向仪。通信、导航设备很简陋,只有挂旗、手旗、信号灯等,夜间主要依靠灯光来导航,还有一架7.5倍望远镜,是较先进的设备,主要负责锚地附近海面的观察任务。以上设备担负着港口进出船舶的联络、通信和导航的任务,这就是当年的连云港仅有的家当。

港区仓库大多是日伪时期所建,主要用来存储日军从中国各地掠夺来的物资。有大小仓库共10座,总面积14294平方米,存放于仓库内的物资早已被洗劫一空。仓库损坏严重,墙壁脱落,木质门窗被撬走,屋顶漏雨,有一半失去了使用功能。

港口的作业船仅有19艘,勉强可以使用的只有内部编号为"3号"的一艘起重船和内部编号为"2号"的一艘打桩船。

除此之外,港口还有附属铁工厂1家、船台1个和滑船道2处。铁工厂的设备很简陋,有车床10台,电机、柴油机、变压器等7台,还有部分机械修理工具共13件。

接管时,港务管理机构名存实亡,大部分管理人员溃逃至杭州,留下的300多人中绝大多数是工人(不包括装卸工人),其中技术工人(包括船员)占57.5%。装卸工人没有组织,系社会闲散劳动力。因缺乏组织管理,整个港口遍体鳞伤,满目疮痍。

1948年11月,新海连军管会接管了连云港港,成立连云港务处军管委员会，按"不打乱原来企业结构"的原则，依照原结构模式逐步恢复港务管理机构。当时，港口管路、运行技术人才奇缺，虽然起用了部分懂管理、有技术的旧职人员，但仍然不能满足港口运行需要。

军管会接管一个月后，连云港务处军管委员会撤销。1949年1月，连云港由山东省政府工商部连云港进出口管理局领导，定名连云港务处。同年12月，连云港务处改为归口铁道部济南路局徐州铁路分局领导。此时的组织机构虽未变更，但许多管理制度却沿袭了铁路部门的模式，吸取了许多铁路运输的严密管理方法。如原港务处是按船舶费、码头货物费、仓储费、随身行李包裹搬运费4项标准计收费用，其中码头货物费分为三等（一等危险品、二等贵重品、三等普通品）。改隶济南铁路局后，港务处参照铁路货运物品等级，将码头货物费用除轮船论件计数外，其余划分20个等级计收。收费标准合理、公开，码头管理趋向合理，有力地促进了港口业务的发展。为了港口业务管理的"一元化、系统化"，按照财政部1950年6月"航政统一"的规定，铁道部决定将连云港港口移交青岛区航务局管辖。

第二节　东方大港凤凰涅槃

连云港港口真正发生脱胎换骨的变化，是中华人民共和国成立后。

1949年3月，在新海连特委的组织下，连云港码头工人第一次在码头召开职工代表会议，会议选举产生了连云港码头工会筹备委员会。8月，连云港码头正式成立了自己的工人组织——码头工会。从此，码头工人当家做主，开始成为港口的主人。连云港港口码头工会的成立时间，比同时期的连云港市特大型国有企业、国家"一五"计划项目之一、有"共和国化学矿山的摇篮"之称的锦屏磷矿，还早了整整1年。

1949年10月1日，是一个庄严又振奋人心的日子，这天，中华人民共和国中央人民政府成立典礼在北京天安门广场隆重举行，30万军民参加这一旷世盛典。1949年10月2日，新海连特委和特区公署举行社会各界庆贺中华人民共和国成立暨拥护国际和平斗争日大会。会场就设在钟楼东边、铁路以南、八台以北的空地上，背靠钟楼，面东搭了简易主席台，主席台的正中间挂着毛主席和朱德总司令的大幅相片,会场还架设了高音喇叭,会场内外有万余军民参加了大会。大会激发出全市人民紧密团结在中国共产党周围,医治战争创伤,建设美好家园的强烈愿望!

1949 年 10 月 2 日,新海连特委和新海连公署举行社会各界庆贺中华人民共和国成立暨拥护国际和平斗争日大会

1949 年 12 月 15 日,连云港务处改属济南铁铁路局徐州分局,内设秘书、储转、海事、会计、人事、工程 6 个科室及铁工厂、自来水事务所。职工总人数达到 296 人。

1950 年 6 月 30 日,济南铁路局徐州分局与青岛区航务局就连云港港口移交问题达成协议,对港界的划分、仓库、人事、预算材料、宿舍、铁路、自来水交接等问题都作了具体规定。7 月 14 日,路港移交工作开始,8 月 1 日交接完毕,即日成立青岛区航务局连云港港务分局。

至此,连云港港口管理机构结束了过渡阶段,向着港务管理的专业化、系统化方向迈进。

1950 年下半年,连云港港务局遵照中华人民共和国第二届航务会议的精神,将收费标准扩大到引水费、停治费、装卸费、港务费、堆存费、其他设备劳动力使用费等 6 项。但在海事管理上没有多大变动,只是简化了手续,还没有形成完善的海事管理制度。

10月,青岛海关连云港分关把有关港务方面的业务,交付给连云港港务分局管理。

1951年3月24日至4月14日,中央人民政府交通部第二次航务会议召开,会议决定:连云港、宁波、温州属上海港管理。6月23日,上海区港务管理局派人来连与青岛区航务局履行交接手续。7月1日,正式更名为上海区港务管理局连云港港务分局。27日,根据政务院第86次会议精神,撤销中央人民政府航务总局人民轮船公司,改组成立航运管理总局,设在连云港的原人民轮船公司海州分公司,从8月1日起也更名为华东区海运管理局海州办事处。

海州办事处以经营连云港地区的船舶运输为主,拥有船舶共6艘。

连云港港改由上海区港务局管辖后,分局的组织机构又有变更,共分8个科、3个装卸队和1个工厂。在政务院财政管理委员会统一航务管理方针的指导下,连云港港务分局于1951年6月至11月,接收了原淮北盐务局下辖的灌河口的陈家港、燕尾港、堆沟港。

经过3年的港口经济的恢复,连云港克服了底子薄、技术力量差、资金短缺等困难,在战争的废墟上恢复了港口生产,充分显示了中国共产党领导下的社会主义制度的优越性和劳动人民当家作主的巨大力量。连云港港口的业务经营全面展开,码头生产蒸蒸日上。随着国家对各个经济领域社会主义改造的深入,连云港也逐步地建立和完善社会主义的港口管理体制。

根据1952年10月召开的全国港湾会议中关于"港航合并"的决定和江苏省关于"整顿编制,精简行政机构,处理编外人员"的指示,连云港所在的海州办事处与连云港港务分局合并。

中华人民共和国成立后,还没有专门的军用港口为海军舰船提供驻泊、补给、修理等保障,大多数海军舰船要停靠到民用港口码头来完成保障任务。后来,国家在民用港口划分出部分区域给部队使用。连云港港自1953年始,在第1、2码头之间建了3个小浮码头,专为港口驻军舰船靠泊之用。1954年,连云港站在站内接轨增铺2股码头油库专用线。自10月15日起,码头的驻军舰船靠泊区域有了严格的划分,第3小浮码头是青岛海军基地后勤部专属,第2、第4小浮码头暂时作为驻港陆军专属。这样,连云港港就由单纯的民用港,逐步变成军、商混合,以商为主的综合性港口。

1954 年,连云港港口实行对外单程开放,主要接待东欧社会主义国家船只。

1955 年初,为了解决甘肃玉门油矿原油海运东北的难题,国家在连云港新建了年吞吐量 40 万吨的油库专用码头,并同期建设了油轮专用码头的航道配套工程,如挖深航道、增设航行标志等。其间,为了配合石油码头的建设,随之展开的是航道的疏浚工程,疏浚前航道深度 3.7 米,疏浚后航道深度 4.4 米,平均挖深了 0.7 米。此项工程也是连云港港自建港以来最大规模的一次航道疏浚。

建成后的油库专用码头,拥有 5000 立方米的储油罐 3 个、300 立方米的储油罐 2 个、1033 米铁路专用线 1 条,以及卸车台、油管堤、锅炉、泵房、消防、蒸汽加热系统等相关设备;码头总长 277 米,其中主体码头长度为 120 米、引桥长度为 57 米;码头为桩基栈桥靠船墩式,设计靠泊能力为同时停靠 2 艘 1250 吨级油轮或 1 艘 4500 吨级油轮。

油库专用码头,是连云港港第一个具有先进设备和完全机械化生产的码头,也是当时的中国最先进的港口原油中转码头之一。

1956 年初,苏联为了帮助中国改变海上运输的落后局面,曾派遣多艘小吨位的海轮来连云港协助海运。这些海轮以运盐为主,且均在国内沿海各港间往返,并不属真正意义上的外贸运输。

随着国际形势的变化,自 1956 年下半年起连云港外贸运输有了一定恢复,来港的船只数仍以英国籍居首,并第一次开始了与日本的贸易。同年 10 月,连云港港的外贸业务对外开放的力度加大,允许外国轮船来港靠泊,相关海事业务由上海海关派人来连云港进行联检,履行关贸政策。1956 年底,连云港成立外轮代理公司连云港分公司,对外正式挂牌营业。

1957 年,中国扩大了和日本的贸易,正式开辟了连云港至日本的航线。来连的日本货轮绝大多数是以进口肥料(化肥)为主,返航时带回煤炭。与日本外贸运输业务的开展,特别是煤炭出口对连云港的货运业有很大的促进作用。

第三节 东方大港梦在燃烧！

1958年9月20日，对连云港人来说是个好日子，时任中国共产党中央委员会副主席、全国人民代表大会常务委员会委员长刘少奇到连云港视察。

陪同视察的新海连市连云港务局书记宋鲁峰，在日记里记录了当年的一幕：

> 9月20日，是我终生难忘的日子。这天凌晨5时，我接到新海连市委第一书记冯克玉同志的电话通知：中央刘副主席来到我们连云港要和大家见面。听到这个通知我又惊又喜，惊的是预先不知道，早上脸都没洗，怎么去见刘副主席呢？喜的是，刘副主席来到我们这里，我们真是太幸福了。我马上通知局里其他的负责同志，一起到火车站迎接刘副主席。
>
> 穿着一身银灰色制服的刘副主席，面带微笑地从车厢里走了出来，他高高的身材，头发有些发白。我们大家感觉生活中的刘副主席和在荧幕上见到的一样，他是那么的和蔼可亲。这时，冯克玉同志立即走向前与刘副主席握手，随后一一介绍我们，同志们便依次上前有次序地与少奇同志握手，口中说道："刘副主席好！"
>
> 刚刚黎明的早上，新海连市港湾里的海水仿佛起得比人们还早，它们好像对刘副主席的莅临早有预知。那篮澄澄的海水一齐向岸上挤，击在岩石上激起来的浪花，似那千万只手，向刘副主席招手问好。

刘少奇来连云港视察期间的陪同人员有中共江苏省委书记陈光、中共徐州地委书记刘锡庚、中共新海连市委第一书记冯克玉、中共连云港委第一书记徐河均等10余人。

刘少奇首先参观的是港务局大楼。他一步不停地登上了3层楼顶的晾台，向北远眺，指着北面海上隐约可见的海岛，问道："北面就是连岛吗？为什么叫连岛呢？"冯克玉连忙回答说："刘副主席，是连岛，连岛原名叫鹰游山，因为海里有两座小岛。东边的叫东连岛，西边的叫西连岛，中间凹的地方叫大陆口,两山连接起来,因以为名。"刘少奇点点头,接着问道:"这个岛上有多少人家? 多少人口?"港委书记徐河均一一作了回答。

刘少奇指着下面码头,又问起了码头上的防浪堤:浪头能否冲上来? 港口水深多少? 有没有淤泥? 淤泥是从哪里来的? 怎样疏浚? 宋鲁峰一一回答。刘少奇沉思了一会儿,又问由码头到连岛最近的水路有多远,能否修一座合闸大桥。随同的人都为刘少奇的提议欢欣鼓舞,兴奋地齐声说道:"这样太好了!"

冯克玉见刘少奇对连云港建设的远景非常关心,便鼓起勇气说出了自己的想法,他说:"刘副主席,我以前曾这样想过,由连云港修一长堤至西连岛,上面通车、下面行船,又当码头又当港。"其他同志也分别发表了自己的感想。听完了大家的发言,刘少奇满意地说:"到那时,这个港口就便利了。"随后,刘少奇与大家详细地谈起了港口建设的远景规划。

初秋的连云港晴空万里,秋老虎还在"发威",连云港杂货码头一派繁忙。刘少奇健步走在码头上,一边走一边详细询问了港务局的任务、港口的吞吐量、工人的生活改善情况等。充满劳动热情的码头工人,正忙碌着把焦炭、白煤和各种货物装船。他们看到刘副主席来到码头,个个精神焕发,不约而同地向刘副主席致敬。

刘少奇走近一架正在装船的皮带运输机,细细观察了各个部件。他对码头上的皮带运输机很感兴趣,还赞许地说:"这个东西很好,节省人力,你们可以大力推广。"

刘少奇对新海连市人民的生活非常关心,问吃问穿问收入,连老百姓吃水的细节都问得很详细。刘少奇问:"连云群众吃哪里的水? 够不够吃的?"徐河均回答道:"南山顶上一个水库,夏秋还好,春天干旱的时候,水就有些不够吃了。"刘少奇听了便指着山头低凹的地方说:"那里可以修个水库,那里也可以修一个。"

西墅是个半农半渔地区,从连云港港口至西墅还需要乘坐汽车。刘副主席在车上看到沿路两侧的丰产稻田里插着红旗,看到人们正在积肥、搞卫生和深翻土地,满意地说:"这里群众很有干劲。"接着又问徐河均:"今年稻子可能大面积丰收,一亩能收多少?"徐河均回答道:"一亩能收一千六百斤。"

刘副主席看到有些稻子倒伏,他还提出了两条措施:第一,可用杆子架起来;第二,也可一簇一簇地绑起来。冯克玉说:"刘副主席提得很对,我们回去就这样办。"

汽车转过山头就到了西墅,刘少奇看到这个地方风景很好,便下车信步走了一段路。山上苍松翠柏,郁郁葱葱,山下就是一望无垠的淮北盐田,盐工们在紧张地劳动,车卤的风车在"咕咕"转着圈,一座座堆成小山似的海盐岭(长形的盐堆)白白的,显得晶莹剔透,在阳光的照映下闪闪发光,好像是千万双眼睛向刘副主席举行注目礼。这时,刘少奇问:"全市有多少工人?多少农民?盐场有多少工人?每年能产多少咸盐?"冯克玉一一回答。刘少奇对盐业生产问得特别仔细。他说:"现在怎样生产?能否不靠天,要和农业生产一样'双保险'?"冯克玉回答说:"现在力争这样。"

"二五"计划期间的1959年,连云港的外贸运输有了蓬勃发展,港口云集了世界各国货轮,有苏联、英国、日本、瑞士、芬兰、南斯拉夫、挪威等国,船员国籍除上述国家外还有比利时、西班牙、丹麦、西德、印度等10多个国家。载重1.08万吨的南斯拉夫籍"垂普卡号"货轮,是连云港港建港以来停靠的首艘万吨巨轮。不仅是外贸运输,连云港港的国内港口城市客货运输业也发展起来。同年,连云港至青岛客货轮航线开通。

当年的《连云日报》还刊登了图片新闻报道,图片是"鲁民一〇二号"客轮的外貌,还附有客轮的尺寸、排水量等文字说明。

其中的文字报道部分为:

为了适应旅客需要,山东省交通厅海运局决定自十一月一日起,开辟自青岛到本市连云港的客货运输航线。

在这个航线上行驶的"鲁民一〇二号"客轮是上海沪东造船厂新近制造的。该轮式样美观大方,可乘旅客214人,载货175吨。在安全设备和航行设备方面都是现代化的。它设有舒适的客舱及母子室。各个客舱旅客每人都有一个固定的铺位和相应的生活设备及卫生设备。在两舷的散步走廊上,还设有轻便的座位,以供旅客们旅途中饱览祖国的海上风光。此外,还设有旅客休息室、广播室、餐厅、小卖部、保健室等,应有尽有,使旅客感到十分舒适、愉快和便利。该轮从连云到青岛往返均当日到达。

兴旺发展的连云港海运事业,引起了国人的瞩目。1959 年冬天,苏北这座天然不冻港迎来了一批从南京来的文艺家,其中有中国山水画代表人物之一、"新金陵画派"创始人之一钱松嵒,还有宋文治、魏紫熙以及江苏省国画院的部分学生。

钱松嵒(1899 年 9 月 11 日—1985 年 9 月 4 日),江苏宜兴人。1950 年,当选无锡市第一届文联主席。1960 年,任江苏省国画院副院长,中国美术家协会江苏分会副主席。此后,历任江苏省国画院院长、名誉院长,江苏省美术家协会主席,中国美术家协会常务理事、顾问,第四、五、六届全国人大代表。

画家们画了很多反映连云港风光的中国画,其中有一幅《连云港山楼——海上观日出》,其题画诗曰:

金霞开曙色,

鸡唱破鸿冥。

海上一暾出,

世间万物醒。

化机胚大矩,

华景被园灵。

亿载争俄晷,

日车不肯停。

1960 年,钱松嵒满怀创作激情,与傅抱石等人赶赴洛阳、成都、广州等全国各地旅行写生,行程 1 万多千米。1965 年,他创作的一幅 126 厘米×188 厘米的山水画——《连云港》,特别具有代表性。画面左侧,一座高耸的山峰,山峰之上树木茂盛;远处,城市依山海而建,房屋密集,红旗飘扬。画面右侧,近处为港口码头,建于 1933 年的连云火车站钟楼临海矗立,引人注目;远处的鹰游门海面上，轮船、帆船来来往往，足见港口之繁荣忙碌。整幅作品如诗如画，宛如人间仙境，左侧山、城与右侧海、港几乎平分画幅，且对比强烈，给人以震撼的视觉效果。整幅画完美地凸显出连云港山、海、港、城相依相拥的城市特点，也令人不禁联想到曹操的一首四言乐府诗《观沧海》。

在"二五"计划初期，为了更好地调动地方积极性，国家把部分原属于中央部委管理的企业下放给地方管理。于是，1958年6月，交通部将连云港港务局下放给连云港市管理，成为市管企业。11月18日，原上海区港务管理局连云港港务局，正式更名为江苏省连云港港务局，并于1960年3月1日起，正式启用新印章。

在连云港港务局成为市管企业的时期，新海连市政府为了发展连云港地区渔业，利用港口的修理厂设备和人员基础，扩建成渔轮造船厂，准备发展渔轮制造工业。1961年5月，连云港港务局被收归交通部直接管理后，将该厂部分设备和人员收回，而大部分机械设备和技术工人作为骨干留给地方渔轮造船企业，成为后来市政府发展渔业造船工业的主要力量。1961年6月6日，江苏省连云港港务局更名为交通部连云港港务局。

1963年春，全国人大常委会委员长朱德到连云港港视察。7月1日，经上海港务局、连云港市卫生局同意，连云港港务局卫生所更名为连云港港务管理局职工医院。

从连云港港煤炭吞吐量增长情况来看，1963—1965年，年均约153万吨，比1958—1962年，年均约78万吨，增长96％。过快的煤炭业务增长，使得码头的吞吐量达到了饱和。纵观煤炭流向和经济效益，陇海铁路沿线产煤省区出口煤炭经连云港转运，具有运距短、时间省、运费少和车厢周转快等优点。仅以运费计，如山西晋城的块煤由连云港码头出口，较由青岛出口每吨节约运费7.64元，山东的枣庄煤由连云港出口，较由青岛出口每吨也可以节约运费4.14元，如果绕道秦皇岛，耗费则更大。

鉴于上述情况，1964年3月交通部下发文件要求连云港以煤炭运量为重点，编制港口总体扩建规划和近期任务书。1965年7月31日，连云港港口经过系统调研、缜密规划，上报了《连云港新建煤码头设计任务书》。任务书中称："必须新建一个机械化效率比较高的深水煤码头，来代替这旧的第2码头，使第 2 码头能腾出空来进行改建,作为杂货件码头使用,以满足本港杂货件任务增长的需要。"对于新建万吨级深水煤码头的选点和选址理由,任务书作了符合实际的分析,提出:"新建煤码头应建在西护岸前(第 2 码头西端),作突堤式布置,附近场地较宽广有发展余地,能远近结合,在本港发展布局上是合理的。"

1965 年底,交通部原则上批准了《连云港新建煤码头设计任务书》,并于 1966 年 3 月上旬下发通知,要求连云港港对总体设计按两个方案进行技术论证。

第一方案:将现有第 2 码头按年出口煤炭 200 万吨(其中外贸煤 40—60 万吨)进行改造、配套,新建 1 座年吞吐量 60 万吨左右的通用杂货码头。

第二方案:将现有第 2 码头改造成 60 万吨杂货码头,新建 1 座年出口煤 250 万吨(其中外贸煤 80—100 万吨)的专用码头。

同时,北方区海运局则提出第三方案:新建第 3 码头,年出口煤 390 万吨(其中外贸煤炭 120 万吨),改造第 2 码头,加上原来的第 1 码头,使杂货年通过能力为 113 万吨。

第三航务工程局提出第四方案:改造第 2 码头,年出口煤炭 390 万吨(其中外贸煤炭 120 万吨),扩建第 1 码头,使杂货年通过能力为 80—90 万吨。

1967 年 3 月,交通部同意选用第三方案,要求先行方案设计提出分期建设的项目投资报部审定后进行技术设计。受"文革"及其他主客观因素的影响,连云港港第一个万吨级煤码头于 1974 年元旦竣工,铁路等配套工程于 1980 年底才全部结束,从设计到全部建成投产,时间长达 15 年。

第四节　一瓢冷水当头浇下

连云港的发展不但牵动着刘少奇副主席的心,他亲自到连云港,深入港口码头、田间地头视察工作,还牵动着周恩来总理的心。鲜为人知的是,周恩来总理对连云港的发展也很关心。

1924 年出生的顾良建,是锦屏磷矿一个普通的井下采矿工人。1969 年,他有幸作为工农兵代表到北京参加国庆观礼,受到毛泽东主席等党和国家领导人的亲切接见。晚年的顾良建曾经深情地回忆起那次国庆观礼中遇到了周总理。他生前常说的一句话是"我和敬爱的周总理握过手,还谈过话呢"!

国庆观礼活动前召开一次座谈会,周总理也参了会。座谈会期间,周总理就连云港市的建设、发展等问题询问顾良健。顾良健向周总理汇报了锦屏磷矿的生产情况,周总理笑着对顾良建说,他知道锦屏磷矿,锦屏磷矿还是国家"一五"计划项目之一呢。顾良健马上接着向周总理汇报,磷矿一直在"大干快上",做技术革新,还开展对外交流呢。周总理听后很高兴。

20 世纪 60 年代末至 70 年代初,连云港(不包括灌河口的陈家港、燕尾港两个码头的泊位)有 2 座生产性码头,共 5 个泊位,其中第 1 码头(西侧)连浮筒在内为 3 个 3000—5000 吨级杂货泊位,第 2 码头(东侧)2 个 3000 吨级煤炭泊位。这 5 个泊位基础设施落后,技术状况差,规模小,配套功能不足,综合通过能力差,每年虽然勉强完成 200 万吨左右的吞吐量,但与日益增长的陇海铁路沿线内、外进出口物资相比,显然不相适应。

在 1972 年以前,连云港港煤码头工程由于工程项目单一、施工单位少、拆迁征地范围小,而且又在老港区进行,涉及面比较窄。受到这个因素影响,江苏省委、省政府一直想成立一个机构,在不影响港口生产的前提下,统筹谋划港口建设。起初,他们想把这项任务交给港务局成立的建港委员会来牵头运作。

1973 年春节前夕,粟裕受周恩来之托,前往天津港口展开实地调研。2 月 27 日,周恩来在中央政治局会议听取国民经济计划汇报时,粟裕向周总理提出要在全国增建 40 多个港口泊位的建议。周总理明确指出要把港口建设提上日程,"现在到了非解决不可的时候了",并作出了"三年改变港口面貌"的重要指示。同年 3 月,国务院成立了以粟裕、谷牧为首的港口建设领导小组。

周总理发出的"三年改变港口面貌"的重要指示,给连云港港口的建设提出了新的要求,同时也极大地鼓舞了江苏人建设大港的热情。国家确定对连云港进行一定规模的改造和新建,原来的领导体制显然已不适应又快又好地建设大港。在国务院港口建设领导小组指导下,1973 年 7 月,由江苏省委批准,连云港港口建设领导体制进行了调整,成立由省、市、管理局三方面的管理、技术、业务等人员组成的江苏省连云港建港指挥部。该指挥部为省属机构,定员 150 人,下设规划设计、工程管理计划财务、物资供应、政治工作和办事等组(后均改为处)。

1973 年,国务院港口工作会议确定,连云港自"四五"计划期间,于 1974 年到 1975 年,除应抓紧完成续建的万吨级煤码头外,同时还要把原港区的两个码头改造、扩建成 4 个万吨级、2 个 5000 吨级杂货泊位以及新建外轮航修站等,扩大港口吞吐能力,以适应国民经济发展的需要。在交通部、江苏省政府和连云港市政府的指导下,省建港指挥部统一组织,码头施工、机械安装、疏浚挖泥、科研设计,以 4 年时间打了一个攻坚战,陆续改造建成了 3 座码头、7 个泊位、17 万平方米的堆场和仓库,为万吨货轮停靠提供了便利,从基础硬件上改变了连云港港口的面貌。

是年 7 月 28 日,国务院港口建设领导小组组长粟裕视察连云港,对港口扩建问题作了指示。

连云港港口建设是在老港区的基础上进行的,根据不开辟新址,少影响港口的正常运输生产,采用合理先进的装卸工艺,提高机械的装卸水平,发挥港口效率等原则,结合连云港的实际运营情况,省建港指挥部与连云港港务管理局分别行使港口建设、规划工作和运输生产、经营管理的职能。彼时,连云港的建设工程主要压力是 1968 年开工的煤炭专用码头,受种种不可抗力影响,建设速度在全国沿海兄弟港口建设中比较滞后,不能如期完成建设任务。为了加强对港口建设的领导、促进老建设项目尽快竣工和推进大规模新工程有序开展,连云港市委、市政府于 1974 年 12 月决定,抽调全市各有关主管局负责人,组成支援建港工作组;抽调专业建筑安装技术队伍,动员全市各行各业支援建港工作。

针对建港所紧缺的机电设备,由省政府出面从全省各地调拨了上百台运往连云港,还调集各地建筑工人、技术干部加强连云港建设力量。连云港市组织了东海、赣榆、灌云 3 县民工参加建港工程,连云港港务管理局积极主动配合,除坚持日常港口运输生产外,又组织部分领导、业务干部以及技术熟练的职工直接参加港口建设。截至 1974 年底,港口共完成各项加工、制造、安装、平整、砌筑、架设等工程项目达 234 项之多。

　　1975 年 1 月，周恩来总理在第四届全国人民代表大会《政府工作报告》中号召全国各族人民于 20 世纪末"全面实现农业、工业、国防和科学技术的现代化，使我国国民经济走在世界的前列"。6 月 25 日，国务院港口建设领导小组召开全国港口建设规划会议，审定了建设连云港庙岭深水煤码头方案。1977 年 7 月 25 日，国家计委正式批复《连云港新建煤码头设计任务书》，要求连云港在 1981 年建成 2 个 2 万吨、1 个 3 万吨级，设计吞吐能力为 1000 万吨的深水煤炭泊位，共 3 个。

　　1977 年 8 月，新华社记者廖原来、通讯员沈绍平来连采访了连云港港口几年来取得的成绩和发生的变化，并在新华社内参上刊发了题为《连云港港口建设取得很大成绩》的报道，全面介绍连云港港所取得的建设成果和发展变化，以及未来发展中存在的困难和问题。9 月 16 日，中共中央副主席李先念对连云港港的建设作了重要批示。

　　连云港港口的建设牵动着党和国家领导人的心。1949 年后，谷牧 4 次来连云港视察指导工作，对于连云港的各项事业发展都作出了重要的指示和批示。特别是从 1973 年 3 月担任国务院港口建设领导小组副组长，到 20 世纪七八十年代主管中国对外开放工作期间，谷牧关心连云港港口建设，1973 年 4 月到 1988 年 11 月间 3 次视察连云港，指导连云港港口建设和发展工作。

　　中央文献出版社于 2014 年 9 月出版的《大海扬波——怀念谷牧同志》一书记载：

　　　　1977 年 11 月 21 日，时任国务院总理谷牧在参加国务院港口领导小组办公室的一个会议。会上，谷牧就贯彻落实李先念副主席的批示，加快连云港港口建设讲了话。他要求港口领导小组办公室尽快摸清连云港港口情况，提出具体落实意见。

　　　　会议刚开始，谷牧就问："你们知道要大闹连云港吗？谁分管连云港的？研究了没有，有什么意见？"当他听到港口办近日即将安排研究时，接着说："你们要抓紧研究。连云港是中国的重要港口，位于我国沿海的脐部，地位非常重要。铁路从东到西，横的有陇海铁路，纵的有津浦铁路,还有京广铁路,可以向南北疏散物资。还有宝成铁路通四川,陇海铁路最后通新疆,涉及9个省区,经济腹地广阔。军队同志积极性很高。从经济上、军事上都很需要。中央考虑要大闹连云港,不是小打小闹,也不是中打中闹,而是大打大闹。江苏省对连云港建设气魄很大,要建5万、10万吨级码头,要大搞,还要把铁路大桥搬去连接东西连岛。"

谷牧曾任新海连特区委员会第一任书记,他对连云港是有感情的,他的心里有连云港情愫。

1977年11月29日—12月8日,交通部专门召开了连云港建设规划座谈会。江苏省政府、连云港市政府、南京水利科学研究所、天津水运工程科学研究所、青岛海洋研究所、华东水利学院、上海师范大学、上海航道局、第三航务工程局、交通部水运规划设计院等14个有关单位的负责同志和长期从事连云港港口建设研究工作的专家、工程技术人员40多人参加会议。会议一致认为连云港的回淤问题已经搞清楚,可以建设现代化深水大港。

会议还建议:根据当今世界大港的发展特点,连云港的建设应当向综合性、专业化方向发展,码头泊位要大中小结合、远近结合;码头装卸机械要使用世界最先进的装备,要实现港口管理、装卸作业、通信导航电子化,大宗散货装卸自动化,杂货成组、集装、滚装化;发展内河航运、高速公路、铁路运输等综合集疏运方式;港口建设与主体工程同时设计、同时施工、同时投产。

这一建议方案,立足长远,计划分期、分批逐步将连云港建成"工农结合、城乡结合、拥有先进技术装备的现代化深水大港的港口城市"。就是在此次会议上,建设连云港深水大港的方案被提了出来。

连云港港区的总体规划,设想从连云港西端的黄莺嘴修建6.7千米海堤,与西连岛的小龟山相连,围海造地15平方千米,可布置码头泊位100个左右,年吞吐能力为8000—9000万吨。港池最大水深达到负17米,航道水深达到负14米,10万吨级的货轮可趁潮水自由进出港口。为了防止封堵海峡西口后东口进出港的航道会出现淤积的不利后果,可在海峡东口修建2000米左右的防波堤。未来视发展需要,可以在连岛外侧修筑防波堤,形成一个巨大的外港池,并向岚山头和灌河口方向扩展。为了提高港口集疏运能力,除铁路建设外,可修建高速公路通往徐州、郑州;修建徐海运河,扩建运、盐河与南北大运河,贯通内河水网。

整个港区初步计划按四个部分布置:一、老港区以杂货为主,并发展客运码头;二、庙岭地区以散货为主,发展木材、钢铁、集装、滚装码头;三、连岛地区,发展散货、集装箱和各种辅助码头,墟沟地区,则以中小泊位为主;四、庙岭地区,以发展10万吨级的大型深水泊位为主。

未来可在旗台嘴或连岛地区发展,将港口建设布局与国防工程、铁路车站、水产码头的矛盾统筹兼顾,合理安排,妥善解决。完成这一规划,初步估算共挖泥1亿立方米。要维护这个深水大港,每年维护挖泥量600—700万立方米(包括航道和港池),相当于当时上海港的黄浦江全年维护的航道挖泥量。

总体规划实现后,连云港港将跻身世界现代化大港之列。为了完成这项宏大规划,设计者计划用3个阶段予以实施。

第一阶段计划用7年时间(1978—1985年),基本建成庙岭新港区;第二阶段计划用9年时间(1986—1995年),建成连岛港区,修建连云港至郑州高速公路;第三阶段完成墟沟港区建设,实现规划总目标。

之后,交通部党组听取了连云港建设规划座谈会的专题汇报,肯定了这一规划,进一步明确了近期工程的建设规模和时间部署,要求整个工程于1995年前全部完成。

1978年1月14日,连云港港口科研工作协调会议召开。国内14个科研、设计、大专院校和工程部门的代表参加会议,重点讨论了港口泥沙回淤软基处理、导航技术等科研课题,并根据港口发展和工程要求,确定了5个方面25个科研项目,制订了科研计划。4月14日,交通部、江苏省革命委员会联名向国务院上报《关于连云港港口建设规划的报告》。

4月,交通部、江苏省革委会共同上报国务院《关于连云港港口建设规划的报告》。报告分析了连云港的地理位置、腹地货源疏运条件和经过"三年改变港口面貌"建设后的状况,阐述了人们担心的连云港能否建成深水大港关键在于回淤情况的问题。报告认为经过5年来的建港实践和近10年来的水文、地质调查,波浪潮流观测,局部模型试验,积累了一定的技术资料,基本摸清了泥沙运动的规律。之后,又3次召开了专业技术人员参加的讨论会,对连云港的回淤问题进行了专题分析研究,得出了"连云港泥沙主要废黄河(即改道前的黄河),黄河改道后,泥沙来源枯竭,海峡冲淤平衡,路有冲刷"的结论。这就为在连云港建设10万吨级的深水泊位提供了技术理论依据。报告还提出,拟从连云港修建一条6.7千米的拦海大堤与西连岛相连接,如此可防浪、挡沙,还可以利用港池、航道挖出的泥沙围海造出15平方千米的陆地。这样,就可形成东西长10千米、南北宽1.5千米的港池,可布置各种码头泊位100个左右,年吞吐能力可达1亿吨。

为了提高港口集疏运能力,报告还提出,除相应地建设铁路外,拟按统一航道水深,首先疏通盐河,进一步修建徐海运河,使连云港有一两条内河水道与京杭大运河相连接,并贯通长江水网,未来还计划修建连云港至郑州、西安的高速公路。这样,连云港港将成为一个江海衔接、水陆联运、四通八达的大型枢纽大港。

21日,李先念副主席看了江苏省革委会、交通部联名上报的《关于连云港港口建设规划的报告》后,作了计划于5月下旬在北京听取详细汇报的批示。

得到中央领导的批示后,地方准备工作旋即紧锣密鼓地展开。5月,交通部水运规划设计院、江苏省连云港建港指挥部、江苏省地理研究所、连云港市外贸局、连云港港务局派出工程技术人员,对西北、中原、华东地区11个省区的自然资源、经济状况和进出口货物运量,进行为期1个月的联合调查后,编写了《连云港腹地调查报告》。6月6日,时任中华人民共和国副主席李先念、国务院副总理康世恩,在北京听取了江苏省委、连云港建港指挥部关于连云港港口建设的汇报。李先念、康世恩等领导同志在听取汇报后,认为连云港地理位置适中,水陆联运条件好,有连岛作天然屏障,从国民经济发展和国防建设角度来看,有扩建的必要,扩建后对国民经济的拉动意义重大,并对港口规划提出了一些意见,还建议邀请荷兰港口专家来连协助规划。

仅仅过了3天,国家计委就在北京召开连云港港口建设规划会议。会议重点研究了连云港建设总体规划,并根据国民经济综合平衡的原则,对1985年前的建设规模提出了意见。7月9日,连云港港务局不再设立革命委员会,实行党委领导下的局长分工负责制,并将全称由"连云港港务管理局"改为

"交通部连云港港务管理局"。

11日,为加快连云港港口建设和整治长江口航道,交通部向国务院提出《关于邀请荷兰专家(或企业家)来华协助建设连云港和整治长江口航道》的报告。同日,中央领导同志批准了该报告。到了8月1日,交通部批准连云港新建燕尾港建设1个中型泊位的计划。27日,应交通部邀请,荷兰运输、水利、公共工程部派出的筑港技术代表团一行5人来华,就建设连云港、整治长江口工程,进行了现场考察和会谈。

9月15日,李先念副主席,余秋里、康世恩副总理以及国家计委经委、财政部、铁道部、交通部的领导就连云港建港,听取了交通部中荷筑港工作小组与荷兰筑港技术代表团,拟建连云港港情况的汇报。8天后,国务院批准连云港扩建工程委托给荷兰承包建设的方案,但要求于1982年底前,必须建成能进出5万吨级货船和吞吐量达2000万吨杂货的深水港。

11月底,以荷兰贸易促进会副主席韦斯曼、财团总经理斯底赫特为首的7人代表团抵达北京。31日起,韦斯曼、斯底赫特在北京与交通部谈判小组进行第2次磋商谈判,双方就签订连云港工程总体合同和进行勘测、模型试验、规划等问题深入交换了意见,并商定在控制价格没有提出之前,双方暂不签订总体合同。

连云港港,距离孙中山建"二等海港"的设想越来越近!

历史出现了惊人相似的一幕。至少在1908年,甚至更早的时间里,荷兰筑港专家就到西连岛就建筑老窑港口进行测量。70年后,就连云港建设深水大港,荷兰建港专家再次来到同一地点,进行建港前期的测量工作。1978年12月22—30日,荷兰港口建设专家迈达一行抵达连云港港口。他们在码头附近安装了测波仪器等设备,对港口的水文、潮汐、回淤等项目展开测量。

就在迈达一行夜以继日、紧锣密鼓地对连云港码头展开测量之时,一份呈送中央的上书,却悄悄地改变了连云港港的命运。

24日,山东海洋学院、中国科学院海洋研究所两位学者联名上书中央领导,提出了连云港不宜建深水大港的建议。他们提出的理由是:连云港水域面积小,水深不够;引航道是在淤泥质海滩上挖浚出来的,经不起一场"灾难性"的风浪袭击;陆地区域内是很深的淤泥层,有的建筑经常滑坡沉陷,会给建设带来困难;当地缺乏建港必需的砂石材料。两位学者建议在山东省日照县的岚山头建造深水大港。他们认为,在连云港建深水大港"妨碍了人尽其才,地尽其利","为现代化的港口工程树立了一个既浪费又不负责的目标"。

1979 年 4 月 6—25 日,由交通部会同国家计委、经委、建委,中国科学院,铁道部、煤炭部、外贸部等部和山东省、江苏省,共同组织了港址座谈会。参加会议的有来自全国建港领域的科研、院校派出的规划、设计、施工等部门的专家和科技人员 81 人,他们先后勘察山东岚山头、石臼所和江苏的连云港等地。之后,在北京召开了学术讨论会,部分代表认为连云港基本具备建设深水大港的条件,科研证实开挖深水航道不仅维护量不大,也不会出现骤淤,而且现有腹地广阔,疏运条件良好,有港口掩护和城市依托。与石臼所相比,港口水深条件和陆域地势是不足之处。从中国国情出发,专家们建议:为充分利用连云港的现有基础,应集中力量先行建设已被国家批准的庙岭煤码头工程,待条件成熟后再建设西拦海大堤,开挖 5 万吨级深水航道,并逐步将连云港建成 10 万吨级的深水大港。

参会的建港领域专家还建议:"交通部组织有关方面力量,进一步开展工作,从港口建设、疏运条件和营运维护等方面进行综合比较,提出两港建设方案。"

由于连云港的建设在技术方面存在争议,加之国家财力困难,以及随着 20 世纪 70 年代以来世界经济的发展变化,中国及时调整了国民经济建设战略和外汇政策等,1979 年 5 月 4 日,交通部给国务院打报告请求转呈谷牧副总理,报告提出正式终止委托荷兰财团承建连云港港口项目的谈判,改为自己建设。谷牧于 5 月 21 日批复同意,但批示要求做好善后工作。后来出于种种原因,连云港港口建设改为使用日本国际协力基金贷款。

这样,原定在连云港先建 5 万吨级后建 10 万吨级的综合性深水大港的规划方案遂搁置,就连 1977 年被批准的庙岭煤码头工程,也因此推迟了 3 年多才开工建设。

梦想很美好,现实却狠狠地打了梦想一记响亮的耳光。连云港港未来一切的美好,都随着两位学者的上书成了雾里看花、水中捞月。连云港人的东方大港梦想变得遥遥无期！

事实上，这份上书不仅改变了连云港港的命运，也如一瓢冷水当头浇灭了连云港人建设深水大港的梦想。

第五节　东方大港梦再次燃烧！

党的十一届三中全会胜利召开，不仅确立了"实践是检验真理的唯一标准"这一马克思主义认识论的基本原理，而且国家坚定地把工作重心转移到经济建设上来。蓬勃开展的社会主义经济建设，在全国范围铺开。过快的铁路、海运等交通运输业发展，暴露出基础设施配套不足的短板，中国沿海港口码头出现严重压港、压船的情况，加快沿海港口码头建设被摆上了决策者的议事日程。

连云港人的东方大港梦再次燃烧！

1981年5月，交通部恢复了对连云港庙岭煤码头的设计方案。1982年2月26日，国家计委对该设计方案予以最后确定。

根据建设方案，庙岭港区最终可建万吨级以上泊位22个，其中煤码头为庙岭东港区第一期工程，建设规模为3.5万吨级、1.6万吨级泊位各1个，年出口煤炭900万吨，外贸煤占40%。整个工程位于老港区西2800米的海滩上，南依陇海铁路，为庙岭东港区西部起始点。

庙岭煤码头，设计年吞吐量900万吨，总投资3.77亿元，其中码头工程2.4亿元。码头由交通部第三航务工程局设计院设计。该工程设计布局合理、工艺先进，不仅考虑了码头泊位、堆场、铁路卸车线的衔接，统筹了铁路、水工、陆域设备、工人作业区、生活辅助区，还把绿化带、排洪沟等环境保护实施也统筹纳入其中。

煤码头水工工程由交通部三航五公司承担施工；航道施工由上海航道局一、四处负责开挖，铁道部第四工程局负责施工；劈山填海工程由化工部锦屏磷矿承担；其余工程由连云港市第二建工处、市政工程公司等单位负责施工。

考虑到庙岭东港区从煤码头由西向东发展，铁路线必须穿越煤码头的堆场,所以陇海铁路进入码头专线的设计,从煤堆场以北通过与皮带机立体交叉进线的方案。如此的设计为之后的二期、三期建设,预留了空间、创造了条件。

1982年4月,庙岭港区一期工程开始劈山填海造陆。12月,航道工程开始开挖。1983年5月,主体工程全面开工。

1984年10月27日下午,时任中共中央总书记胡耀邦一路风尘仆仆赶到连云港。他不顾旅途劳累,于16时20分,在云台宾馆前厅会议室主持召开会议,听取江苏省、连云港市负责同志的工作汇报。会议上,在连云港港口的过海大堤问题上,胡耀邦启发大家进一步解放思想,大胆探索,他强调说:"提问题,不怕提宽一点。"

28日,胡耀邦在时任中共中央委员、中央办公厅主任王兆国和交通部等中央有关部门的负责人、江苏省委书记韩培信、连云港市委书记季允石、市长何仁华、市委副书记李登先、副市长徐沙等同志的陪同下,视察了连云港口、连云港海滨浴场、宿城乡以及花果山和孔望山两个景区。

上午8时40分,胡耀邦登上海军舰艇,在海上视察港口建设。深秋的黄海海面上,刮着三四级冷风,舰艇在海面上乘风破浪。69岁的总书记仍然精神矍铄,兴致勃勃。在舰艇上,胡耀邦对陪同的江苏省建港指挥部负责人说:"全国建港哪些地方有经验,你们都去考察过吗?""我们要到实际中去,这是积几十年的经验。"

离开舰艇后,胡耀邦先后到连云港第1码头和庙岭新港区视察。在第1码头上,胡耀邦仔细询问了港务局的经济体制改革情况,他说:"分配上不要搞平均,要搞浮动工资,拉开档次,拉开距离!"

上午10时,在宿城乡政府大院里,胡耀邦参观了陶渊明祠堂的门额刻石。刻石上隶书阴刻的"晋镇军参军陶靖节先生祠堂"12个大字特别引人注目,有人对其中的"陶靖节"3个字感到费解。胡耀邦笑着说道:"陶靖节,就是陶渊明嘛。"他边说边抚摸着碑石,然后问陪同的同志:"此碑石是什么时间发现的? 是不是当地的石头?"陪同的同志一一作了回答。

在宿城水库旁,韩培信向胡耀邦介绍说:"这里环境不错,三面靠山,一面临海。"胡耀邦说:"这里以后可以搞个索道嘛,可以搞花卉种植,还可以搞娱

乐场。"胡耀邦还详细询问了从宿城到对面的连云港马腰开凿过山隧道的
情况。

　　胡总书记关心的隧道,是 1984 年 4 月 1 日开凿的连云港通往宿城的云台
山隧道,也是"八五"期间国家、省、市重点人防、交通两用工程,代号"841"工
程。此条隧道是一项平战工程,已于 1993 年 12 月 28 日通车,现更名为连宿
公路隧道。

　　在乘车途经连云港经济技术开发区时,胡耀邦对开发区的建设讲了很重
要的意见,他说:"开发区的布局不要太散,与外国人商谈,要搞信息。要把外
商拉来转一圈,听听他们的意见。"

　　下午,胡耀邦在驱车前往花果山的途中,听取了连云港市文物古迹保护
以及与文学名著《西游记》关联的汇报。10 月 28 日这天,正好是星期天,花果
山景区的游客很多,正在山上游览的徐州医学院、徐州工业大学的学生认出
了胡耀邦总书记。大学生对能与胡耀邦总书记一起游览花果山,感到非常高
兴。他们自发地列队鼓掌,大声喊道:"欢迎总书记,总书记好,总书记辛苦
了!"胡耀邦微笑着向大家挥手致意。

　　1985 年 4 月 25 日,时任国务院副总理李鹏视察连云港。在连期间,李鹏
视察了港口码头,就连云港的发展和港口的中期建设、近期疏港等问题作了
讲话。李鹏还为连云港港题写了"连云港港"港名,为正在编写的《连云港港
史》题写了书名。

　　1986 年 12 月 5 日,历时 3 年 7 个月的连云港港煤码头工程通过国家
验收。

　　连云港港自 1956 年对外开放以来,接待外轮和外籍船员诸多,50 年代平
均每年进出连云港的外轮为 46 艘、外籍船员 1943 人次,60 年代为 75 艘次、
2109 人次。随着 70 年代中国国际地位的提高,对外交往扩大,对外贸易额增
加,来到连云港的外贸船舶和外籍海员也相应增多。从 1970 年到 1976 年,每
年平均进出外轮增加至 159 艘次、外籍船员达 4156 人次。

　　连云港港口积极拓展对外海运业务。如何建立健全一个务实有序的外
贸运输机构,加强港口涉外工作管理,被提上了议事日程。

在这种形势下,1977年,连云港市政府决定把原属市革命委员会办事组下设的外事组改为市政府下属的职能机构——市外事组,由市政府一名副市长分管口岸外事和口岸运输生产。1978年,又把外事组与口岸管理划为市政府辖下的市外事办公室、市口岸办公室管理。此外,连云港又先后建立、健全了一些涉外管理机构和对外运输专业分支机构,以适应连云港涉外工作、对外贸易的发展。如将连云港市外贸公司改建为"江苏省连云港市对外贸易局""中国对外贸易运输公司连云港分公司",成立"南京商品检验局连云港商品检验处""中国五金矿产进出口公司连云港分公司""中国粮油食品进出口公司江苏省连云港支公司""中国轻工工艺品进出口公司江苏省连云港支公司""外贸连云港冷库""中国银行连云港分行""连云港外贸仓库"等9个单位。经国家相关部委办局和江苏省委、省政府同意,扩编了连云港边防检查站、连云港港务监督、连云港海关、连云港卫生检疫所等机构,增加了业务和管理人员,新建了动植物检疫所。与此同时,涉外服务性机构、单位也进行了充实,如外轮代理公司、外轮理货公司、燃料供应公司、国际海员俱乐部等相继成立。

这些涉外机构的建立健全,使连云港口岸涉外与运输生产的管理和协调纳入正轨,驶入快车道。

自1980年起,运抵连云港港口的散糖、散粮、散盐等散装货物大量增加,仅1980年就有200多万吨,占当年港口杂货的60%以上。针对散杂货装卸作业连续性强、机械化程度要求高的特点,连云港重点抓了散货装卸工艺的配套。比如盐的运输,历来以袋装进行装卸作业为主,但大量涌入港口的散盐来不及装袋,只能通过先集港、后装船的作业程序。连云港港码头装卸作业队采用码头门机配以重型抓斗、船机改配轻型抓斗的方法,进行装卸作业,提高了装船效率、缩短了船期、降低了劳动强度。对于进口散粮、散糖的卸船、转运、存贮、灌包、装车等环节,不仅作业计划严密,而且有一整套进库、清扫、灌包、缝包等作业程序,严格检验标准,环环相扣,既保证了运输效率,也保证了货运质量稳定。

1980年9月,国务院领导同志在新华社动态清样第3437期《陇海各省有关部门建议合资扩建连云港》的清样上作了批示。1980年9月4日,时任中央书记处书记的谷牧对此作了"这件事不简单,计委、进出口委要组织研究一下这个问题,能办成当然很好"的批示。应该说,是这一批示揭开了连云港集资建港的序幕。同年 10 月,国家计委交通局提交了《关于陇海铁路各省联合建设连云港问题》的签报,主张由陇海沿线各省集资建设连云港煤码头和陇海铁路东段。

1981 年注定是个好年份,国民经济"调整、改革、整顿、提高"方针的贯彻刚刚起步,全国农业、轻工业和有关人民生活的日用品生产、能源、交通建设以及教育科学文化卫生事业都在有序发展。连云港港也迎来了自建港以来的发展好势头,这年初,抵达连云港的船舶出现了井喷态势,日均在港停泊 20 多艘,且大多为外贸商船,是连云港港正常靠泊量的 3 倍,码头不堪重负,出现了疏港困难、压船压货的被动局面,给港口的装卸作业带来了极大挑战。

3 月 31 日,时任国务院副总理万里带领国家有关部委负责同志来连云港调研,对港口建设和"六五"期间港口规划等问题听取了江苏省委省政府、连云港市委市政府、连云港建港指挥部、连云港港务管理局负责同志的意见。在连期间,万里深入码头一线调查研究,与广大干部职工座谈,就港口发展、突击疏港压船、压货等大家关心的问题进行了交流。

连云港市政府立下"军令状",成立了由市经委港务、铁路、外贸等单位参加的疏港领导小组,自 4 月 1 日起用 1 个月时间,分两个阶段突击疏港。疏港领导小组对车船衔接和装卸业务实行统一指挥,处理疏港中出现的问题,打破了"部门所有""条块分割"的扯皮状态。连云港港务局领导深入第一线,靠前指挥;铁路部门增开装卸线和重载列车,努力调集篷布和空车皮;外贸部门加快了报关、报验制单手续和集运疏运速度;各物资接运单位及时提供物资流向,积极筹集疏运工具;驻连云港部队主动支援;商业等部门及时上门服务,各自履行自己的职责,出现了"分工虽不同,思想一条龙"的团结协作的工作局面。

由于各方的努力,连云港码头全月共装卸杂货船 30 艘,创造了连云港港自建港以来,日均装(卸)1 艘货船、1 个月共装卸杂货近 32 万吨(其中外贸杂货近 28.5 万吨)、日均杂货作业突破万吨、全月装车 5582 辆、日均装车 186 辆的历史纪录,提前 8 天完成紧急疏港任务,创造了连云港港奇迹。

连云港是谷牧早年战斗和工作过的地方,连云港境内的陇海铁路和港口码头在他的心里有分量。

1984年,分管对外开放工作的谷牧在调查研究的基础上主持起草了《沿海部分城市座谈会纪要》,国务院决定进一步开放14个沿海港口城市。在时任江苏省省长顾秀莲的提议下,增设了江苏南通、连云港两个城市,连云港进入了对外开放加快发展的新阶段。

为了适应外销盐(转口)增长的需要,连云港还投资40多万元在第1码头一角,建成一个面积4000平方米、年通过能力10万吨的堆场,缓解了散盐运输中集港与装船的矛盾。

1984年5月,连云港被列为全国第一批14个沿海港口城市之一。

1985年10月19日至22日,"七省区联合开发利用连云港座谈会"在连云港举行。这是连云港集资建港过程中富有历史意义的会议。时任交通部部长钱永昌、江苏省省长顾秀莲到会讲话,连云港市市长何仁华在会上作了汇报交流。与会代表听取了连云港建港指挥部关于连云港建港现状和港口规划建设情况,参观了新老港区,审议了《集资建港试行办法》(讨论稿),通过了《七省区联合开发利用连云港座谈会会议纪要》。到会的交通部和七省区政府相关负责人对"谁投资、谁使用、谁受益"和"联合开发,统一管理"作为集资建港的基本政策表示认同,座谈会取得了实质性成效。此后,由交通部牵头在连云港连续3次召开了集资建设连云港协调小组会议,极力推进连云港集资建港事宜。一番卓有成效的努力,缓解了连云港港口建设的资金压力,加快了连云港港口发展。

连云港港口充分发挥自己的优势和口岸的窗口作用,为经济腹地的振兴、发展提供便利条件,扩大港口的吸引力和辐射力,社会经济效益十分明显。"六五"期间,为苏、鲁、豫、皖4省承运的进出口物资1295.5万吨,仅1986年就为上述4省进出口货物393.3万吨。自1954年连云港港装卸外贸物资以来,港口外贸吞吐量的比重一直保持上升势头。整个"六五"期间,连云港港外贸物资达到全港吞吐量总数的近一半之多,其中1985年、1986年连续两年都超过50%。自"六五"期间以来,连云港港口又一直被列为国家重点建设项目,从1981年到1986年,连云港完成国家对港口建设的投资额达4.78亿元,占了自1949年以来,国家对连云港投资总额的51%以上。

截至1986年,连云港港口已经建成了可达日本、东南亚、朝鲜、孟加拉湾、波斯湾、东非、红海、西非、苏联、地中海、西北欧、大洋洲、美国东岸、美国西岸、加拿大中南美等173个港口的国际航线18条。国内物资联运西沿陇海铁路可达11个省区,沿海可抵南北10个省、市的港口城市,初步形成了一个以连云港为中心的内、外贸易辐射区。

1987年,连云港港发生的几件具有里程碑意义的大事,将永载连云港建港史册:1月25日,连云港—香港定期货运班船"华盛号"抵港靠泊装货。这是连云港通往香港的第一条定期班轮。7月20日,连云港港务局铁路管理处与济南铁路局徐州分局连云港西站就货车交接、路港行车等问题,签订了《关于中运站与墟沟北站铁道货车交接协议》。21日上午8时,一列货车缓缓进站,标志着中运站正式开通。8月15日,天津远洋运输公司的"寿昌海号"货船,从澳大利亚满载4.28万吨散装小麦抵达连云港码头,该船是连云港港自开港以来接卸实载货物中最大的一艘商船。10月20日,上海海运局"风采号"货轮载满13946吨煤炭,由连云港首航长江,在江阴港码头靠泊,开创了连云港港"陆、海、江、铁"联航联运的先河。为了庆祝此次首航,相关单位于20日在江阴码头进行盛大的庆典仪式。

1988年1月,江苏、河南、陕西、甘肃、安徽五省和交通部向国家计委联合上报了《连云港港墟沟港区一期工程计划任务书》,计划以集资方式建设6个万吨级通用杂货泊位,年设计吞吐能力210万吨,投资估算为4.2亿元。

11月7日,谷牧再次来到他曾经战斗和工作过的连云港视察,时任连云港港务局党委书记赵泳全程参加了接待陪同工作。谷牧那次连云港之行,给赵泳留下了深刻印象。

初冬时节的连云港港庙岭煤炭专用码头,海面上吹来的海风很寒冷,仿佛要把人浑身上下吹个透。74岁高龄的谷牧就迎着凛冽海风,站在码头最靠近大海的位置,向陪同的交通部、江苏省、连云港市、连云港港务局的负责同志详细询问:庙岭煤炭专用码头的煤炭是从哪里来的?再经过连云港的铁路、码头运往哪里去?码头的煤炭出口能力有多大?港口使用日本协力基金贷款有多少个项目？资金额度是多少？陇海腹地各省市不是来建港吗，来了多少个？

赵泳都——回答。

看完码头后，谷牧在港务局办公楼休息室休息时，他继续关切地询问道："陇海一线想在这里搞集资建港，最积极的是河南吧？他们一共搞了几个泊位？"赵泳回答说："是的，河南在连云港设立专门的办事机构，分别在庙岭二期和三期建设3个专业化泊位，都是万吨级的，在墟沟港区建设两个泊位，他们的投资热情很高呢。"听到赵泳的这番话，谷牧开心地笑了。

在连云港视察期间，谷牧一直关心连云港集资建港进展情况。9日下午的一次会议上，赵泳向谷牧汇报连云港港口集资建港问题和未来建设规划。谷牧听得很认真。赵泳汇报完后，谷牧关切地问道："人家愿意来干是好事，可以解决国家能源、交通方面的问题，有什么不可以干。假如是搞消费的，当然不能搞，搞港口建设是好事。这个问题你们要很好研究一下。因为腹地省区有建设你们港口的积极性，大家都想利用你们这条横贯中华、桥架欧亚的铁路线，将来就热闹起来了。

"我觉得应该总结几条，立些规矩，报国务院批一下。我搞港口建设多少年了，对于这一块工作，我还是清楚的。港口建设，水下部分投资多，回收慢，这是谁都懂的道理，我们能不能把70%的水下部分拿出来，也让大家来投资？这个港口只要不违反国家政策，运什么物资，完全由自己决定。如果70%靠国家投资，一下子就把你自己控制死了。

"我来连云港多次了，我看内地积极性是可以的，非来不可，但政策、做法不落实，还是落空。连云港发展起来了，神气起来了，大家尊重你们。但要统一管理，到时候（指内陆省区集资建成的泊位）就跑不了啦。连云港的很大一篇文章就是调动内地的积极性，你们要把内地各个省区的积极性充分调动起来。"

谷牧这次到连云港，看到港口日新月异的变化很高兴。他说：港口前天已经看了，新港口（指庙岭新港区）工程还没清理完，规模比老港口大得多。将来拦海大堤建成，港口里可以摆几十个泊位甚至上百个泊位。在全国还未看到像你们这样摆得满满的港口呢。在国内，将来你们这里的泊位密度可以算是最高的一个,连云港港口有了很大的发展。

陪同的地方同志就从连云港码头西出新疆的铁路路线名称叫"大陆桥",征求他的意见时,谷牧说:"将来港口发展和铁路运输适不适应? 要充分利用陇海铁路,东面找出海口,西面新疆几个口岸也对外开放,要和苏联做生意。形势摆在这,叫大陆桥也好,不叫大陆桥也好,反正这条铁路线唯一出海口是连云港,那一头是南疆、苏联。不要看暂时发展还不能很快,规模不是很大,我看将来这里是很有前途的,摆在那呢,因为这里地理位置很重要。连云港是我国沿海中部不冻港,防风条件也很好,沿路各省积极性调动起来,这里将大有作为!"

1948年底谷牧率部接管新海连,先后任军管会主任、特委书记等职务,于1949年离任,是真正意义上的连云港市委书记。谷牧把"滨海十年"最后部分的时间留在连云港这片热土。在新海连工作期间,谷牧为连云港早日摆脱战争阴影、医治战争创伤、恢复农工商业生产、改善百姓福祉等做出了很大贡献。

让我们翻开新中国的历史画卷,重温中央领导对连云港的关注之情,会发现1949年后较早关心连云港发展的当数毛主席。

1952年底,中共新海连市委向朝阳乡派驻工作组,开始初级社的试办工作。土地改革后的1953年春,以劳动模范杨琴亭的常年组为基础建立新海连市的第一个初级社——前进农业生产合作社,有16户农民参加。成立当年,粮食产量就比互助组、单干户分别增长15.7%和25.4%,成为带动初级社发展的示范,使互助组、初级社的合作形式得到了广大贫苦农民的欢迎,很多农户产生了要求入社的积极性。当年冬,这个社扩大到132户。到1954年冬,扩大到578户,成为一个规模很大的初级社。这件事很快被上报党中央,引起毛主席的重视。毛主席看过原文件,随即提笔将标题《社越大优越性越大》改为《大社的优越性》,接着写了259个字的"按语"。

毛主席关心连云港,不仅要求离京到地方调研的胡耀邦路过江苏,到连云港看看,还不忘嘱托向他汇报工作的地方官员有空去看看。

1959年7月下旬,毛主席的专列停在徐州火车站,徐州地委书记胡宏、专员梁汝仁到专列向毛主席汇报工作,毛主席说:"花果山、水帘洞就在你们管辖的新海连市,有空可以去看看。"由此可见毛主席对当时还名不见经传的新海连市、新海连市的花果山及前进农业生产合作社的关注。

20世纪90年代后,党和国家领导人多次到连云港视察。

1991年11月20日,时任国务院副总理的朱镕基来连视察。在连云港港码头,朱镕基对陪同的交通部、江苏省和连云港市同志说:"连云港的发展前景很大,有很多优越条件,主要是港口好,城市要为港口服务,城以港兴。连云港可以发展为更大的港口。"

1992年1月19日至20日,中共中央总书记、中央军委主席江泽民,在中共江苏省委书记深达仁、省长陈焕友,南京军区政委史玉孝的陪同下,来连云港视察。

1993年9月14日,时任中共中央政治局委员、书记处书记,中纪委常委、书记尉健行来连云港市检查工作,听取了连云港海关的工作汇报,视察了港口和连云港市经济技术开发区,肯定了连云港市以港兴市的工作思路。

1997年4月12日,时任国务委员李铁映视察连云港。

1999年10月8日,时任国务院副总理李岚清视察连云港。

1999年10月20日,时任国务院副总理吴邦国视察连云港。

2007年1月2日,时任国务院总理温家宝视察连云港港口。他仔细询问陪同的江苏省、连云港市的相关同志连云港跟天津、青岛、上海相比的优势所在,还勉励他们说:"连云港南连长三角,北接渤海湾,隔海东临东北亚,又通过陇海铁路西连中西部地区及至中亚,是连接东西南北的纽带,在我国区域经济协调发展中具有重要战略地位。连云港港小而言之是带动苏北发展的龙头,大而言之可以带动江苏全省的发展;再大一点从全国区域范围可能带动经济协调发展。搞好连云港港口建设任务重大,前途光明,要做好规划,加快发展。"

2007年10月16日上午,时任中共中央总书记胡锦涛在与江苏代表团一起审议十七大报告时指出:"连云港的位置重要,是涉及全局的问题,要好好发展。"

2009年6月25日,时任国务院副总理张德江视察连云港。

中华人民共和国成立后，连云港获得了新生，这座东方大港也凤凰涅槃，浴火重生。有了一代又一代大港建设者前仆后继的接力奋斗，连云港港紧紧围绕"一带一路"倡议，积极发挥国际枢纽海港的东西双向开放作用，致力于"班列＋海运"联动发展，发展的步伐迈得越来越坚实、越来越大、越来越磅礴！

今天的连云港，从昔日的老窑渔村小码头，华丽变身为新亚欧大陆桥东方桥头堡、中欧班列的东端始发站和探路者、"一带一路"重要节点城市、国家东中西合作示范区、国家综合交通枢纽。连云港对外开放的脚步不断向前迈进，与世界的联系也愈发密切，连云港人的东方大港梦将梦想成真，这座城市的发展前景一定会焕发出更加璀璨夺目的光芒！

第十章 "江苏最高中学"

第一节 市长兼任小学校长

人类历史的发展离不开教育,教育的发展离不开学校。中国学校的发展和国家的命运总是紧紧相连的,当某个地区的经济发展到一定程度时,教育就显得特别重要。连云港埠区的教育就是从无到有,从简单到完善。位于老街的临海路小学、连云中学的办学历程也是如此。

要说起连云中学来,肯定要先说一说临海路小学。

1932年之前,在连云港埠区的老窑、陶庵一带,只有陶庵有两家私塾馆,好歹能给附近的孩童提供学堂。日伪期间,私塾馆基本停办,学龄儿童不能入学。1932年,一个一心想办一所学校的人站了出来,他就是《连云日报》驻港口记者李翘欧。

民国时期,在中国大地上曾时兴过一段教师办报做记者、记者改行办学校的热潮。一些在文化界有影响力的大家以及有抱负的青年知识分子,或办报发出革命的声音,点燃革命的火种;或创办学校,参与办学。他们是当年社会上目光长远的有为之士,秉承教育兴则国家兴的理念,梦想教育救国。虽然老窑地处偏僻,远离繁华的大都市,却也有教育救国的梦想者来此办学。

李翘欧,1905年出身于新浦市化路一个小手工业者家庭,毕业于旧制中学。20世纪30年代初,李翘欧满怀爱国热情,走出家门,积极参加共产党的地下活动,受进步思想的影响,他加入了中国共产党。当时的新浦,是海州地区政治、经济、文化中心,交通比较便利,人口也相对集中。为了实现自己的革命理想,1932年,李翘欧联合了同学武葆岑,发起创办了《连云报》。此时,武葆岑正担任国民党东海县党部监察委员。他让武葆岑担任主编,自己担任副刊编辑兼外勤记者。凭借武葆岑的身份，《连云报》得以顺利登记注册。

当时经济困难，办报纸还属于新兴事业，资金筹措很难，李翘欧在报纸上辟出专版给商人做广告，收取广告费作为办报纸的经费。报社的主编、编辑、记者都不领薪水，每月只领取少许生活费。

李翘欧是连云港早期报业的先驱。李翘欧主编副刊，利用编辑、记者的身份和工作之便，联络团结一部分共产党人和进步青年，为副刊撰写文章。他在《连云报》副刊上开辟"艺舟""海市"等各种专栏、专刊，甚至

李翘欧

有李石华和戏剧大师曹禺的"戏剧周刊"、孙佳讯的"海国诗抄"、女诗人蔻红的"蔻红唾余"、陈新民的新体诗"梦陀罗"等栏目，特别受到读者的欢迎。在五四运动、"一二·九"运动的影响下，《连云报》在传播科学文化、宣传民主、反映群众呼声、动员和鼓舞群众抗日救国等方面，发挥了鼓舞呼吁的积极作用。

李翘欧利用报纸阵地启发海州民众的抗日思想，以文艺作武器进行宣传，与敌人展开斗争，为抗日斗争做出了很大贡献，甚至一度影响到整个苏北地区。

1935 年，连云港港即将建成的时候，李翘欧被派为驻港口的特派记者，在地下党的领导下，继续开展革命斗争。他采写了大量反帝反封建的新闻报道，还秘密把码头工人组织起来，成立自己的工会。据临海路小学校史资料记载，李翘欧自 1932 年着手创办私立连云小学，自任校长后，就义无反顾地投入到办学中去。无钱建校舍，只好借用位于连云医院上方教堂的两间房子。教师只有两个人，一个是雇来的，另一个就是他自己。就这样，两个教师办了两个复式班小学，接收老窑渔民子弟就近入学。

李翘鸥之子李明欣，曾于 20 世纪 90 年代中后期，任连云港市连云区科委主任。

私立连云小学，是老窑历史上第一所与旧私塾迥然不同的新式学堂小学。

创办之初的私立连云小学，困难重重，难以继续办下去。1935年秋天，灌云县政府接收这所学校，由私立改为公立，校名定为灌云县立老窑初级小学。校址没变，教师由2人增加到3人，校长为朱俊林，直到1944年卸任。

扶轮小学校徽

是年秋，灌云县在连云港设立老窑初级小学，私立小学撤销；在孙家山开办灌云县立孙家山小学，并由铁路系统在孙家山创办扶轮小学。彼时，铁路职工的宿舍就建在孙家山。

20世纪初期，受西方文化思潮影响，"扶轮"一词在国内较为流行。"扶轮"在汉语语境中具有"扶持、扶助、辅佐、护佑、施恩报效"的含义，与发端于西方世界的扶轮社"专业、亲善、爱心、和平"的宗旨相结合，赋予"扶轮"一词新的时代意义。当年铁路学校采用此名，一是取其"公益教益"的公德意识，二是寓意培养学生"扶助火车轮，为铁路效力"，富有"兴办铁路员工子弟学校，以扶持、扶助铁路事业"的内涵。早在民国初，国内已有京奉、京汉等一些铁路学校冠名"扶轮"，此举得到主管铁路的交通部的支持。铁路部门曾经建有多所扶轮学校，有小学也有中学，只招收铁路系统职工子弟。

在陇海线上，最出名的是徐州扶轮中学。学校始建于1947年春，1948年2月，交通部部立徐州扶轮中学成立。学校的校旗是白布黑字，校徽是蓝底白字三角形。校旗、校徽简洁质朴，散发着清新的气息。1965年，招生范围北起兖州，南达蚌埠，东到连云港，西至商丘。"文革"后，只在市内招生。铁路工人严守纪律、组织严密、吃苦耐劳、勇当先行的优良传统，对学生有着较大的影响，也深刻地影响了学校的校风建设。1960年7月，时任中国科学院院长的郭沫若为学校题写了"徐州铁路职工子弟学校"校名。

1944—1945年，老窑小学更名连云市立连云小学，校址迁到胜利路邮电局东边的民房，曹达生担任校长。1945年，张振汉到任市长后，连云市政府设立教育科,统管全市的教育工作,年底,任命白汀为连云市教育科科长。彼时的校名为连云教育实验区立连云国民学校,学校班级增加到4个,教师发展到6人,由张振汉兼任校长。学校尽管变化不大,但毕竟在慢慢成长,仿佛是黎明前的一丝微弱亮光,人们还是看到这所学校的希望。

1946—1947年,学校更名为连云市港口中心国民学校,辖宿城、高公岛、连岛等小学,中心国民学校由市政府聘请当地绅士若干人组成建校委员会,另外设立教育会,教师皆为会员,朱俊林、曹达生先后担任校长。1948—1949年,更名为连云市港口小学,白汀任校长。

白汀与其他官员的不同之处,就是他能俯下身子,亲力亲为,给老百姓办实实在在的事情。在刚刚赶走日军的土地上,由市长兼任小学校长,无疑能给关闭几年的学校注入希望,事实也证明这个学校很快有了起色。此时的学校从教堂搬出来,借用公房办学,学生、教师人数都有所增加。

1949—1954年,学校更名为连云港港口小学,金儒立、张涵平、徐治平、汪超然、李鸣瑗先后担任校长;1954—1959年,学校更名新海连市临海路小学,朱杰、董淑贞先后担任校长;1959—1962年,学校更名连云港市临海路小学,江希汉担任校长。

时间再回到1946年5月,国民党江苏省党部开始在连云市筹建国民党连云市党部,任命潘闵如为连云市党部筹备处秘书长,下设总务干事、宣传干事、秘书、录事(在旧机关中负责记录、缮写文件的官员)各1人。连云市党部筹备处成立后,积极发展党员,利用暑假在连云港口小学出版《连云电讯》小报,小报主要在连云地区发行。

是年冬,国民党江苏省党部又委派孙守桂,来到连云市筹建国民党连云市党部,孙守桂任书记长(即书记)。连云市党部设常务委员会,有委员11人,市代表4人,内设组织、宣传、秘书等职。国民政府连云市党部先后在连云、墟沟及其他地区发展国民党员500余人。党部党员一度增加至1800余名。党员人数之所以出现井喷式增加,是因为在竞选"国大代表"期间搞突击集体入党,实际申请入党者很少。孙守桂于1948年1月离任。

在连云老街胜利路边上,距离上海大旅社不远处,有一幢二层旧小楼和部分民房的建筑群,它就是原国民党连云市港口小学旧址(现连云邮电局东民房),至今尚有部分校址遗存,它就是连云港市临海路小学的前身。

1947年春季开学,连云市在连云市港口小学组建了规模较大的小学生童子军队伍。童子军队伍统一服装,实行军事化管理,除了日常学习,重点安排了有针对性的训练。训练内容有:纪律、礼节、操法、旗语、结绳、侦察、救护、露营、野炊等。学校每天早读课之前,课间,课外活动和晚读课期间,都由"学生军人"上岗执勤。童子军队伍大约持续了两年时间,就停止活动。暑假期间,连云市党部在港口小学借用学校的刻字钢板、手推油印刷机,出版油印《先锋日报》,并在连云发行。

是年秋,国民党与三青团合并,按4个行政区建立国民政府连云市区分部。1948年春,张振汉任连云市国民党书记长,建立20个区分部,连云市的政府机关、港口小学、警察局、总工会、后方医院、洞山街盐务管理局等均设分部。市党部组织健全后,组建连云市工商会、教育工会、农工会、渔工会、民船工会等分支团体。

在抗日战争以及解放战争期间,李翘欧、张振汉等人怀揣着一腔报国热忱,穷尽其能,呕心沥血办学校、办教育,实属难得。连云港市的教育史永远留下他们的名字。

校歌,是校园文化的重要组成部分。她凝结着办学育人者的理念、使命和抱负,承载着受教育者的感悟、追求和成长的心声。临海路小学老校歌的词作者,就是曾两次担任校长的朱俊林。

老校歌的歌词是:

云台苍苍,
黄海茫茫,
我们的学校偎依其旁。
环境秀丽,
港口美风光,
在此读书乐无疆。
愿各勉励探讨,
学业莫怠荒,

锻炼身体，

品行要端庄，

向上，向上！

莫愧父母和师长，前程万里浩荡！

这是临海路小学从 1945 年抗战胜利后到 1948 年学生必唱的校歌。临海路小学退休老校长张治国已年逾九旬，他深情地说："时至今日，每当我唱起这支以学报国的校歌，一腔爱国之心、报国之情、强国之志，便油然而生，从头到脚都热血沸腾！"

连云港埠区，有铁路、公路、码头，交通方便，四通八达，历来为海防军事要塞。解放战争时期，连云又作为江苏省的模范区，受统治当局重视，也受共产党重视，国民党当局派出便衣特务、共产党派出地下组织在此活动，双方势力在此博弈。

朱泗林，连云港市第八届政协委员、连云中学原工会主席。他于 1951 年毕业于港口小学，也是更名后的港口小学第二届毕业生。据他生前回忆，当年的连云港港口小学仅有的 9 名正式教师中，就有 3 名国民党员、3 名地下党员。3 名地下党员教师分别是来自山东的丁亚华、湖南的刘秋贤和江苏的章家乐，他们都是以教师的身份作掩护，秘密从事党的地下工作。他们利用课堂内授课、课外辅导的形式，向学生宣讲祖国疆土之辽阔，幅员之广大，物产之丰富，中国人应团结起来捍卫国家，还利用音乐课教唱《黄河大合唱》《义勇军进行曲》《大刀歌》《毕业歌》等爱国主义歌曲。3 人平易近人，和学生、学生家长的关系都很密切。

后来，章家乐调到淮安工作，任原江苏淮阴中学校长、书记。

说起丁亚华，她还是名将之后呢！她是北洋水师提督丁汝昌的曾孙女，其曾祖父丁汝昌在甲午海战中宁死不降，服毒自尽，以身殉国。

丁亚华，1922 年 1 月 3 日出生于安徽巢县，1939 年 1 月参加革命，1942 年 1 月加入中国共产党，同年参加新四军。抗日战争时期，丁亚华参加过多次皖江反"扫荡"斗争，解放战争时期，曾参加过鲁南、孟良崮、莱芜、济南、解放上海等战役战斗，为中华民族的独立解放事业做出了贡献。丁亚华于 1956 年荣获国防部颁发的独立自由奖章和解放奖章,1988 年被授予中国人民解放军独立功勋荣誉章。

丁亚华还是开国少将张铚秀的夫人,张铚秀曾担任昆明军区司令员,他参加了抗日战争、解放战争、抗美援朝战争等,在 1979 年对越反击战中,他 3 次指挥作战,取得了重大战果。特别值得一书的是,丁亚华、张铚秀夫妇共生育了四男四女,其中有 3 个子女参加了对越自卫反击战,都在战场上荣立战功。

抗战胜利后至连云港解放前夕的港口小学,共两届(47 届、48 届)学生毕业,每届一个班 30 余人,共计 70 余人。

这些毕业的学生又进一步学习,先后以不同的方式投身建设新中国的事业。1949 年后,在建设社会主义新中国的仁人志士中,出现了他们的身影:原轻工业部部长办公室主任肖同万、东北某拖拉机学校负责人张兆礼、山东省临沂地区长期从事党务工作的李家斗均为第 47 届学生;连云港市国家安全局原局长兼党组书记宋廉臣、市教育学院原副教授掌家治均为第 48 届学生。

港口小学多磨难,步履蹒跚办教育。从 1935 年至 1948 年底,基本上由朱俊林担任校长,其间,只更迭过一次,由曹达任校长,但曹校长任职时间很短。学校也因属从关系的变化,而多次更改校名,港口小学经历了办校初期的举步维艰、战争动乱年代的艰难岁月,以及中华人民共和国成立后稳定、快速发展的大好时代。

1948 年至 1980 年,学校多次更名:

1948 年,连云港口小学。

1968 年,连云港市育红学校。

1971 年,在学校调整中,临海路小学一部分并入连云中学,更名为连云港市东方红学校,校址在连云中学;留下的部分和连云中学部分学生合并,更名为连云港市育红学校,校址在临海路小学。仅仅从学校名称来看,就带有明显的时代烙印。两校都设有初中部。1972 年,连云港市东方红学校设高中部。

1973 年,东方红学校、育红学校小学部合并,更名为连云港市临海路中心小学。1974 年 2 月,春季始业改为秋季始业。

临海路小学师生举行文艺演出,庆祝中华人民共和国成立 35 周年

1975 年,临海路中心小学、陶庵小学开设初中班,更名为临海路学校、陶庵学校。

1980 年 7 月,撤销临海路学校、陶庵学校的"戴帽子"初中班。同年 8 月 19 日,恢复原校名。

1982 年,临海路、陶庵小学为中心小学。是年秋,小学恢复六年制。

1962—1980 年,连云港市临海路中心小学、连云港市育红学校、连云港市临海路中心小学、连云港市临海路学校的校长均由张名贵担任。

1980 年,学校又将名称改为连云港市临海路中心小学。1980—2018 年,校长先后由张名贵、朱炳美、张治国、李爱月、李宏雨、闫能合、翟新梅、付海洋、张士军、黄海玲担任。

1994 年,临海路小学创建"少年海军学校",探索对学生进行国防教育和纪律教育,《文汇报》《人民海军》《解放军画报》《新华日报》《江苏教育》等媒体报道他们"军民共建"的经验做法。1989—2006 年,临海路小学被评为"江苏省德育工作先进校",两次获得江苏省教育委员会授予"江苏省模范学校"称号,被共青团江苏省委、省教委、省军区、省少工委联合授予"江苏省先进少年军校",获得"江苏省军民共建社会主义精神文明先进单位"荣誉,还获得了

"江苏省级德育先进学校""江苏省防震减灾科普示范学校""江苏省功勋少先大队""江苏省文明单位"等集体荣誉称号。

连云市港口小学的发展经历了 5 个时期：1932—1935 年私立时期，1935—1937 年连云市接收时期，1937—1945 年抗日战争时期，1945—1949 解放战争时期，1949 年以后的建设发展时期。

洒下园丁千滴汗，赢来花卉万般娇。

截至 2024 年，临海路小学建校 92 年，连云中学建校 66 年。这两所学校为国家和社会培养了各类人才。他们在共和国不同的工作岗位上，栉风沐雨，踏实工作，砥砺奋进，发挥着自己的光和热，为国家社会主义建设奉献力量。知名校友有：

杨同本，1952 年 2 月在连云港港口小学上学，1990 年后历任连云区人大常委会主任兼党组书记、区政协主席等职；

宋开智，1956 年毕业于临海路小学，曾担任连云港市委常委兼秘书长、连云港市委副书记、连云港市人大常委会主任等职；

雷成堂，1957 年毕业于临海路小学，曾担任市委常委兼交通局党委书记、市政协副主席兼统战部部长等职，他还是中国共产党第十一次党代会代表；

张连云，1964 年毕业于连云中学，曾担任连云港市委办公室主任、原新浦区（2001 年因区划调整并入海州区）委书记、连云港经济技术开发区管委会主任等职；

王恒金，青少年时在连云港口小学、连云中学读书，曾担任连云区委办公室主任、区委常委兼宣传部部长、区人大常委会常务副主任等职；

高毓林，青少年时在临海路小学、连云中学读书，曾担任连岛海滨旅游度假区管委会主任、连云区副区长，区人大常委会副主任等职；

刘毅，青少年时在临海路小学、连云中学读书，曾担任连云区副区长、区人大常委会副主任等职；

邸占山，出生于 1963 年 5 月，河南洛阳市，自幼随军人父亲生活，在临海路小学、连云中学读书，曾担任连云港市委办公室主任、连云港日报社社长、连云港市政协副主席等职；

杨公鼎，河南孟津人，1963 年 11 月出生于胜利社区，曾就读于连云中学，北京大学社会专业研究生毕业,法学硕士、高级政工师,曾任中共北京市委组织部办公室主任、市委巡视组副组长、市委市直属机关工作委员会副书记、北京开放大学党委书记等职;

李君生,青少年时就读于临海路小学、连云中学,曾任连云区常委兼办公室主任、常务副区长、连云区政协主席等职;

薛建东,毕业于临海路小学、连云中学,曾任中国人民银行连云港市中心支行党委委员、副行长兼国家外汇管理局连云港支局副局长、中国银行业监督管理委员会连云港监管分局党委书记、渤海银行南京分行行长等职;

安仲利,就读于临海路小学、连云中学,北京外交学院毕业,曾在外交部工作,分别在索马里使馆、埃及使馆、外交部国际司、中组部党政外事干部局、外交部办公厅(正处级)、国务院办公厅(正司级)、外交部政策规划司工作,外交部中国太平洋经济合作全国委员会副秘书长、秘书长;

吴海云,就读于临海路小学、连云中学,曾任连云港市人民政府副市长,现任江苏省商务厅副厅长;

孟凡德,就读于临海路小学、连云中学,现任连云区副区长;

金大雪,就读于临海路小学,1960年考入江苏省国画院,随张文俊、亚明、钱松喦、宋文治、魏紫熙学画,成为傅抱石的入室弟子,20世纪80年代曾为中南海作国画《金陵十二钗》,著有《金大雪画集》(人民美术出版社出版),曾任连云港市美术研究会会长、连云港江海书画会会长、市政协委员、南京名画院画师、北京华洋书画院院长;

李明波,于2010年被连云港市人民政府授予市根雕制作技艺的非物质文化遗产代表性传承人之一,在连云老街民俗工艺馆设有李明波根艺馆。

临海路小学,是连云港市建校比较早的小学之一。自1933年荷兰人来老窑建火车站、码头之后,连云港港掀起了建设"二等海港"的浪潮,无数仁人志士、普通劳动者在连云老街这片热土上荡涤着青春,挥洒着汗水。他们来自祖国的天南地北,四面八方,有的是从部队转业到地方参加了连云港港口建设,有的是建港时人才所需,从其他单位来连云码头参加建设。建设者拖家带口来连云港建码头,他们的孩子到了上学的年龄,自然要到学校学习。如此,临海路小学、连云中学成了孩子们追求知识、树立远大理想的摇篮。

有部分参加建港的建设者,工作单位发生了变化,要到新的单位继续工作。父母亲的工作单位变更了,他们正在上学的孩子要随父母到新的环境生活、新的学校学习。因此,到底有多少学生在求学的途中,从这两所学校转学到其他学校,没有人具体统计过,但这应该不是一个小数字。至于当年的那些学生,后来具体从事什么样的工作,两所学校的档案室均没有这方面的资料记载。

2002年临海路小学70年校庆活动过后,一天上午11时15分左右,两辆商务车一前一后开进了校园,从车上下来七八个人。其中一个文质彬彬的青年和时任校长李宏雨握手时,自我介绍是市政府接待办的工作人员,接着他指着站着的六七个人对李宏雨说:"他们都曾经在这里上过学,是昔日的校友,在母校建校70周年之际,来这里怀旧。"

李宏雨连忙表示欢迎。来访者在校园里四处走走,有人还用手摸摸教室的门和课桌,一个脖子上挂着照相机的人"咔嚓咔嚓"不停地按动快门,为他们拍照。

见时间不早了,李宏雨热情地邀请说:"快到吃中午饭的时间了,我们一起吃顿饭好吗?"青年婉拒说道:"吃饭就免了吧,一会领导们还要到上面的连云中学参观呢。"之后,一行人上了车,径直向山上的连云中学开去。

时至今日,李宏雨每每回忆起那段往事,都懊悔不已:当时怎么没有提出来和他们合拍一张照片呢?怎么就没有请他们签个名字、留点笔墨下来呢?如果拍了合影,再有笔墨留言,那现在的校史就丰富了!

讲述到这里,李宏雨长叹一声道:"当时啊,临近晌午了,就想着要留客人吃饭呢!哎……"

临海路小学,近百年的老校,严谨的校风、良好的传承,成就了求索笃行、怀瑾握瑜的学子。

2010年春天的一天,临海路小学校友、时任市人大常委会主任宋开智到临海路小学调研,时任临海路小学校友、连云港市日报社社长邸占山,连云区人大常委会副主任马连贵,区政府副区长程晓红,区教育局局长王家乾随同,临海路小学原校长张治国受邀陪同调研。

从左至右依次是李宏雨、王家乾、程晓红、邸占山、宋开智、马连贵、张治国

调研活动有一个环节是合影,校长李宏雨在合影前,已经交代好拍照片的老师,要注意合影人的具体站位。拍照的老师可能是不熟悉,把领导的站位弄错了。7个人合影照相,应该让宋开智站在中间,结果邸占山站在了中间。

大家高高兴兴地拍完了合影,有说有笑地向会议室走去,准备开座谈会。突然,邸占山停下了脚步,拍着脑袋说:"坏了,坏了……"大家也停下了脚步,都一脸惊讶地望着他。

待大家听明白了邸占山的意思,都笑了起来。邸占山说:"不行呢,这张合影,我们重新照一张。宋主任是我学长,又是我领导,我怎么能站中间呢!"说着话,他拉着宋开智的手,就要回到操场上重拍合影。宋开智笑着说:"占山,我看,就不用再拍照了吧? 不就是合影留个念吗? 不用讲究那么多呢。"

瞧瞧,从老街学校走出来的学子是如此低调。从老街学校走出来的学生成为建设社会主义祖国的劳动者,在各行各业、社会各条战线上默默地发挥着他们的光和热。

2012年11月25日,临海路小学迎来了建校80年华诞,宋开智等校友及师生代表 800 余人欢聚一堂,参加了"临小,有你真好!"校庆活动。其间,一名校友现场赋诗《贺临海路小学八十年校庆》以表祝贺。

　　　　临海依山绿影稠,春风和煦振旗旒。
　　　　莘莘学子情偏笃,朗朗书声韵独悠。
　　　　燃烛生光甘作蜡,启蒙化雨愿为牛。
　　　　国家昌盛科研兴,共庆辉煌八十秋。

　　这首七言律诗,开篇即写出了母校的位置、环境,寄托了学子对母校的美好期望;中间部分描述了校园景象,学生奋发图强学习,老师事无巨细教学;最后是学子对母校的感恩和祝福,衷心祝福母校 80 年华诞!

第二节 "江苏最高中学"

　　连云港市有很多中学。提起连云中学,它和新海中学、海州中学等相比历史不算长,因此,熟悉这所学校的人也不多。而在东部城区,如果有人打听"江苏最高中学"在哪里,当地人肯定会莞尔一笑,告诉他,那是连云中学,位于连云街道。这所中学建于 1958 年,民国期间连云市也有一所与它同名的中学,建校时间要早 11 年,两校相距 10 千米。

　　民国时期的连云中学有着非同寻常的办学历程,它是在时任国民政府江苏省民政厅厅长王公玙的关心下发展起来的。这所学校还有着非同寻常的过去,连云港解放后,连云市委书记李葵元曾兼任过校长。

　　花开两朵,各表一枝。还是先来表一表建校时间较早的连云中学吧。

　　位于今天连云港市海州区的江苏省新海高级中学,历史上是由普爱中学、东海县立初级中学、新民中学、江苏省立连云中学(含山东省立连云中学)、启新中学等 5 所学校合并成立的山东省立新海中学,改名而来的。

　　原江苏省立连云中学的前身,是 1942 年 3 月抗战时期在安徽太和县创建的苏鲁豫皖四省边区的临时中学。9 月,奉民国教育部令,更名为国立第二十一中学。日军战败投降后,1946 年 6 月,国立第二十一中学暂时迁回徐州。

当年的墟沟有一所仅有初中部的蔚云中学,时任江苏省政府民政厅厅长的王公玙,看到家乡没有一所像样的高级中学,出于对家乡教育事业的关心,决定为家乡的教育事业做点事。在王公玙的努力争取下,7 月 24 日,江苏省政府决定将国立第二十一中学的部分班级迁往连云港建校,同时批准其更名为江苏省立连云中学。

学校是争取来了,办学校没有校址怎么办? 此时,恰逢日军在墟沟开办的日华酒精厂被国民政府没收。日华酒精厂是日军占领连云地区后,于 1911 年建成的以生产战略物资酒精为主的小型化工厂,厂址设在原墟沟镇的海棠路东侧、陇海铁路以北,是一个呈方形的院子,主厂房为一座 4 层楼高的水泥结构的长方体建筑,占地约 29 亩。院子的围墙上拉着铁丝网,在西南、东南角各建有一座钢筋水泥的碉堡,碉堡上还安装探照灯,有荷枪实弹的日军昼夜值班站岗。西边大门有两间房子是门卫室,在大门口站岗的日军一手持枪、一手牵着狼狗"威风凛凛",对进出院子的行人和车辆检查很严格。在院子东南角的碉堡下面,还挖了一口直径七八米、深度十几米的大水井。

日华酒精厂规模较大,建有房屋百余间,主要设备有以煤炭为燃料的蒸汽锅炉 2 台、糖化罐 4 个、锤子锅 2 台,以山芋干为原料,年产酒精 500 吨左右。酒精厂设备比较先进,有配电设备,还建有独立的发电系统,生产所用的煤炭就来自海棠路西侧、陇海铁路以南,与之直线距离仅 1.5 公里的北碳场。说起来,这座小型化工厂也是战争期间,日军开在中国的一座兵工厂。

王公玙再次利用自己的影响力,为家乡办实事。在他的运作下,1947 年 7 月,连云中学以法币 3 亿元的价格,从国民党中央信托局买下了酒精厂。将厂房简单改造后,用作学校的教室。这样,暂驻徐州的国立第二十一中学,便部分搬迁至墟沟办学。

新成立的连云中学于 1947 年夏季初、高中同时招生,因学校是部分搬迁,校长黄佩寅名义上是江苏省立连云中学的校长,但他仍在徐州主持本部学校的工作。黄佩寅只在连云中学开学典礼时,从徐州乘坐火车沿陇海线来过学校一次。之后,李简斋被任命为校长(任期短暂)。

李简斋,河南省驻马店市西平县人,幼年聪颖好学,考入河南省留学欧美预备学校。后任高中数学教师,曾经在多所学校任教,教学成绩显著,桃李满天下。他躬耕于教育事业 60 个寒暑,一生不治产业,不涉足宦途,于 1981 年离职休养。

连云中学实际负责运行的是教导主任孙杰,孙杰的爱人刘自禾任总务主任,夫妻俩既是学校领导,也是学校的兼职教师。学校有会计、语文教师、数学教师、英语教师、地理教师等十几名教职员工。他们大多是南京大学、北师大、复旦大学的毕业生,教学能力强。学校仅限于文科教学,理化课程因无教师授课而迟迟没有开课。教师们立志投身教育事业,教学的热情很高涨,不仅文化课开展得好,学校的文体活动也搞得有声有色。学校定期出版校报,经常组织演讲活动、篮球比赛,有的学生球员还被选拔参加市"试试看"篮球队。从招生规模和师资力量配置上来看,这是旧连云中学的鼎盛时期。

1948 年,连云中学继续招生。4 月,朱祥符兼校长。11 月,全校已达到 9 个班级约 400 名学生的规模。

在王公玙的努力下,墟沟有了第一所省属完全中学。如此,蔚云中学的初中生毕业后,可以就近到江苏省立连云中学继续学习高中的课程。这所学校也是连云地区有史以来第一所高级中学。此后,连云地区有了本土学校培养出来的高中毕业生。

连云港解放前夕,国民党撤退前进行了大量的反共宣传,连云中学师生在旧学校接受了太多的反共教育,再加上师生们对共产党了解不多,大部分师生还是心存顾忌,他们以躲避战火为由,纷纷跑到连云港码头,准备乘船南逃。此时,港口陷于瘫痪状态,准备南逃的师生无奈之下只能选择陆路。他们中一部分徐州籍的学生,改由陆路过长江辗转到无锡梁溪中学读书。没有走的高中学生不足 20 人、初中学生不足 100 人,他们只好辍学回家。

1948 年 11 月 7 日,解放军进入海州、新浦。9 日,中国人民解放军新海连军事管制委员会宣布成立,旋即对旧连云中学进行了接管,拉开了学校初步改造的序幕。28 日,中国共产党新海连特区委员会、新海连特区行政专员公署成立。之后,新海连市成立。

1948 年秋,人民解放战争发展到战略决战阶段。继辽沈战役之后,11 月,人民解放军又发动了规模空前的淮海战役。是月初,华东滨海地委发出通知,要求各县做好解放和接收新海连的准备同时,调集了日照等县的公安部队和滨海爆炸队等地方武装及部分干部,向新海连进发。

盘踞在新海连地区的国民统治者,预感到末日即将来临,惶惶不可终日。在准备弃城逃跑前,他们开始四处抢掠破坏,盗运工厂器材、物资,焚烧文件,杀害革命群众。这时,新海连地区的地下党组织接到上级指示,配合即将到来的大部队,积极准备迎接解放。

11月6日,淮海战役正式打响。驻守新海连的国民党四十四师未闻枪声便如丧家之犬向西狼狈逃窜。国民党的党、政、警、特机关人员也随之纷纷逃跑。11月7日,滨海地方武装不费一枪一弹,解放了新浦、海州。当天中午,滨海地委部分干部进入了新浦市区。与此同时,华中淮海独立旅和部分地方武装,经南城向猴嘴、墟沟、连云进击,歼敌3000余名,于9日解放连云港。新海连人民从此获得了新生。

刚解放的新海连,社会秩序比较混乱,出现了聚众抢掠的现象。

11月9日,新海连军管会成立,谷牧为主任,王晓为副主任。军管会成立后,首先全力恢复城市秩序,制止抢掠,并派出干部深入基层,利用各种形式对群众进行形势教育,宣传我党城市政策,使社会秩序逐步好转。不久,山东鲁中南行政公署转山东省政府命令,成立新海连公署,任命李云鹤为专员。新海连公署下设两市一处,即新海市、连云市、云台办事处,任命张云樹为新海市市长、周子虹为副市长,刘洪若为连云市市长,李国栋为云台办事处主任。

12月12日,新海连特区为期一个多月的军管宣告结束,军管会撤销,与此同时,在中共鲁中南区委的领导下,中共新海连特委成立,谷牧任特委书记,委员有李云鹤、张洪涛、苏羽、王晓、杨心培、刁一民等人。根据山东省政府命令,新海连特区行署成立,李云鹤任专员,下辖新海市、连云市和云台办事处,隶属于山东省鲁中南行署管辖。新海市、连云市和云台办事处分别成立了党委及党的工作委员会,刁一民任新海市委书记、李葵元任连云市委书记、梁如仁任云台办事处工委书记。

1949年1月10日,新海连公署又任命李葵元为连云中学校长。李葵元亲临学校,为师生作关于新民主主义革命理论的报告。他从太平天国、辛亥革命,一直讲到中国共产党领导的人民解放战争,对师生进行革命启蒙教育。

由市委书记亲自兼任连云中学校长,无疑给学校的重建工作提供了强有力的保障。随后新海连公署又任命徐杰为教导主任(后任副校长)。李葵元深知发展教育必须先加快师资队伍建设,在他呼吁下,新海连公署又从山东解放区调来一批教师。有了师资团队,学校教学很快走上正轨。

令人遗憾的是,学期结束后,学校就因生源不足、办学硬件设施差等,不具备继续办学的条件。经新海连公署统一调整,高中部学生全部转入新海连公署新办的建国学校学习。建国学校,主要是为解放后的新海连培养地方建设急需的干部。初中部学生,则转入新海中学等初级中学就读。

至此,江苏省立连云中学结束了办学使命。

中华人民共和国成立后,厂房里还有锅炉2座、炉水泵1台、铁磔子9只、制丝机1套、压水机1个(已坏)、打水机1台、电器设备1套、变压器3台(报废),还有磅秤、胶皮管、破铁筒等一些破旧杂乱的物件。人民政府相关部门曾对酒精厂能否恢复生产进行了研究,认为该厂已停产多年,主要机器设备已受到严重破坏,其生产的酒精又非国家急需之物,关键是在那个百废待兴的年代里,工厂生产的主要原料山芋干是老百姓迫切需要的果腹之物,再加上当时国家经济困难,便决定暂不恢复生产。之后,酒精厂被军队接管,改造后一度用作营房,直到1963年经省政府批准,里面的锅炉等设备才全部调运至徐州一家企业。

今天的一四九医院宿舍区,就建在日华酒精厂的原址上。据连云区地方志研究者、《墟沟街道志》《海州湾街道志》主要编者陈圣余介绍,日华酒精厂依山势而建,用连云港的俗语讲叫"顺山向",近乎正方体,楼房基础系条石码砌,基础以上约80厘米高的墙体部分是块石砌筑,再朝上部分都是红砖墙,里外用水泥砂浆粉刷。一眼望去,有点像现在的直筒式砖混楼房,窗户窄而高,叫刀条窗,与中国的窗户略有不同,其整体风格接近于中国的传统建筑,老百姓叫它小洋楼。1963—1965年,陈圣余在墟沟中学读书期间,班上有几个同学的父母在一四九医院工作,他经常随那几个同学到医院玩耍。

现已年逾七旬的陈圣余,至今还清楚地记得酒精厂一楼的厂房里没有生产设备,一四九医院的职工在里面摆了乒乓球桌,他和同学经常在此打乒乓球娱乐。楼梯设在建筑的里面,陈圣余和同学想到楼上一窥究竟,他们从楼梯爬上去,上面3个楼层都空空如也。此栋建筑在当时属于危房,大人不允许小孩到楼上玩耍,之后,通往楼上的入口就被封住了。

2023年中秋时节,笔者采访时年80岁的阎祥富。当得知我的来意,他高兴地从书橱里翻出一本发黄的日记本递给了我,还详细地为我描述那天早晨他看到的一幕。阎祥富说:"我对1948年11月7日,有着深刻的记忆。"

阎祥富,1943年出身于宿城的一户贫苦农民家庭。因贫穷,一家人在宿城老家待不下去了,只好逃荒要饭到了老窑老娘舅朱家,为朱家看护南山的那一大片山林,混口饭吃。那年,阎祥富才8个月大。

父亲的娘舅就是朱家大户,阎祥富说舅爷爷家就住在白云寮下面的大宅院里,那座深宅大院还有一座高高的石头墙到顶的炮楼,尽显大户人家的威严和霸气。那时候的老街,从白云寮朝山下、山上望去都是低矮的小草房子,望山下的大海一览无余,山上的风景也无遮无挡。

1950年,阎祥富在港口小学就读半年级(类似于现在的学前班)。宿城土地改革,每户人家需要按人头分土地,阎祥富就和姐姐回老家上学,参加土改,顶人口地,阎祥富就转学离开了港口小学。父母和哥嫂则留在老街开家小饭店维持生计。巧合的是,阎祥富参加工作后,辗转回到了连云中学教书,又回到了他幼年生活过的地方。

翻开阎祥富已经泛黄的日记本,字迹清晰可辨:

> 天刚蒙蒙亮,大人(父母亲)就起床了,听着"沙沙"的扫地声,知道大大(当地俗语父亲的意思)又在打扫家天了。深秋初冬时节,家天(住宅前的空地)里落叶很多,每天早起第一件事是扫落叶,是大大的"必修课"。闻着沙沙声我们小孩也起床了,此时天已大亮,刚来到家天,就看到通往山下的小路上、岩石边、墙脚边,都有全副武装的解放军战士。他们怀抱长枪或坐在背包上,或依着墙体上,或靠着岩石,或顺着树干。显然,这些解放军战士都是半夜到来的,他们没有惊动我们老百姓。
>
> 我朝山下的海上望去,只见海面上停着一艘国民党部队的大军舰,军舰不是停在港口,也不是靠在码头,而是停在距离码头不远处的海上,舰首朝东南方向。军舰上挤满了人,黑压压的都是人头,连抛在海上的

缆绳上都有人。事后才知道那是国民党军队乘坐军舰,准备逃亡到中国台湾去。

我站在山上看得清清楚楚,岸上的解放军、停在海里的军舰都没有开一枪一炮。过了一会儿,军舰开走了。之后,听人讲述才知道,想逃亡台湾的人太多了,军舰装得满满当当的,实在装不下了,不少拽着缆绳想往上挤的人,是被舰上的人用棍棒赶下海里的。

1948年11月7日晨的那一天、那一幕,我永远不会忘记!

……

今天,是来到连云中学教书的日子,记下多年前的往事,以此留念。

位于现在的连云街道环山路西端新址的连云中学,则始建于1958年。建设之初的校址并不在这里,而是在临海路小学。说白了,就是借用临海路小学的校园来开办的。所借临海路小学的两间平房,就在现在的连云饭店。学校共招初一两个班,100名学生,有教职工7人,与临海路小学共处一院。有些科目缺少专业教师,就采用中、小学换课的方式予以解决。比如,小学的自然课由中学教师来教授,中学的音乐、体育课由小学教师来教授。就这样,几名教师在第一任校长李觉生带领下,硬是教起课来。

《连云街道志》记载:

1958年8月,新海连市连云初级中学成立,校址暂时在临海路小学院内。

第二年,连云中学建了两层石头墙小楼,学生才搬到里面上课,中学与小学用一道篱笆墙隔开。学校的大门极具民国特色,那是一道两边由石头砌成的高大圆门。校园里,操场面积较大,跑道、篮球场、足球场一应俱全。

学校一边在临海路小学开课,一边在云台路上方半山坡处的"万人广场"建设新校址。万人广场是1956年到1958年,连云区政府累计投入万余工日,计划在此修建容纳1万人集会的广场,后因不可抗力停工。万人广场就位于老街的大乱孔下方。大乱孔在二桅尖下面的东坡,这里乱石成堆,邪风徐徐,阴气逼人,特别是在阴天此处更让人不寒而栗。

有诗形容大乱孔:

> 峭壁挂帘乱石崆,
> 阴风回荡空山中。
> 藏虫纳兽树梢动,
> 绝路无从飞鸟翅。
> 野藤锁路无去处,
> 岩梯搭进云天冲。

说起这块场地,还有故事呢。日军占领连云港时,曾经在这里建一个广场,在广场中间立一个示众台,起威慑中国人的作用。此处场地,后来被改作连云中学操场。

连云港镇可用之地一共才 1 平方千米多,除了山坡、涧沟、岩石,想找块巴掌大平地都难,更何况建学校。人们想到了劈山整地,于是跑到云台路上面,在大乱孔下面的山坡择址建校。回想当年选址建校,参与建设的教师和学生都觉得不可思议。

政府一声令下,民工、师生一起上,市、区机关单位和驻镇厂矿企业单位协助建设。每天都投入大量的劳动力,人们凿岩、打孔、放炮、开山、运石、平整场地,凭着双肩、双手和双腿,硬是从陡峭的山坡上开辟出一片大平地,来建设美好校园。

经过两年时间的建设,连云中学终于在海拔 141 米处的半山腰完成了一期工程,含两层教学楼、教师办公楼、教师宿舍等 4 栋建筑。1960 年,学校移至现在的校址,挂上了"连云港市连云中学"的牌子,但是,学生还是在下面的临海路小学上课。之后,连云中学新校园建设加速,陆续建设了学生操场、食堂以及其他的配套设施。

1958—1964 年,连云中学的校名为连云初级中学,学校位于临海街 2 号的临海路小学校园的南侧,李觉生、姜永南先后担任校长。1965 年秋季招生时,连云中学才从山下的临海路小学迁至新址,曹玉山担任校长。1971—

2018 年,学校先后更名为连云港市东方红学校、连云港市连云中学、连云港市十二中、连云港市连云中学;李觉生、沙恒山、张铭铮、杨俊富、王继澍、赵绍友、耿万春、叶绍亭、张祖生、孙玉勤、徐东红、郭志斌、邵泽平、邱新远、张国涵先后担任校长。出于特殊原因,1993—1995 年和 1998—2000 年间,连云区教育局副局长冷学成、董文华曾主持该校工作。

　　连云中学,是江苏省所有的中学中海拔最高的学校,而被人们戏称为"江苏最高中学"。这所建设在半山腰上的学校,背倚云台山,面朝浩瀚的黄海,常年处在云雾笼罩之中,也被人们称为"云端上的学校"。

冬天里,连云中学学生在操场上跳绳(拍摄于 1984 年)

　　1987 年,由北京电影学院青年电影制片厂出品的电影《公民从这里诞生》上映,影片由汪岁寒执导,程景楷、古亦寒编剧,俞平、王欣、贺松寿主演。这是选景于连云老街及老街下面的铁路码头,以连云中学为原型拍摄的一部反映现代教育和校园生活的剧情片。

　　《公民从这里诞生》演绎的是在中国东海岸一个美丽的港口城市的港城中学发生的故事。港城中学校长韩琼为了探索教学新模式,稳定教学质量、提高升学率,把初二年级 6 个班的差生集中起来,成立了初二(七)班。她以为会在七班中形成"你追我赶,力争上游"的好学范围,"差生"会变成"好生","差班"会变成"好班",不仅教学质量得以稳定,升学率也会随之提高。可是事与愿违,初二(七)班的学生汪海洋和柳叶眉早恋,两人去旅游区搞个体照相,因无营业执照,被工商管理人员没收了照相机,又因考试作弊,被教导主任赶出考场;吴大伟因为挨了班主任一巴掌,骗走了韩校长10块钱,聚赌斗殴,被公安局拘留;班长梁珊珊是个好学生,学习很刻苦,对自己要求也高,但由于受其母亲犯有经济罪的影响,也被教导主任编进初二(七)班,她受到不应有的冷嘲热讽,对前途一片茫然;耿大鲁是渔民万元户,他不甘心儿子小鲁被编入"差班",干脆把小鲁留在船上打鱼,并向老师表示,如能把小鲁调出"差班",他愿意给学校以资助。韩校长赶到拘留所,为吴大伟一个人举行一场特殊的考试,想以感化教育的方法感动吴大伟,遗憾的是并未收到预期效果。她又马不停蹄地找到夜不归宿的柳叶眉,慈母般的爱护和教诲,换来的却是孩子酣睡的呼噜声。韩校长的儿子、初二(七)班班主任林萌,因打了吴大伟而受处分,被撤销了班主任职务,他反而庆幸自己卸掉了包袱。林萌不愿意再帮助母亲搞"差班"实验,而主动去渔岛小学搞基础教育。韩校长的女儿林芽,师范学院毕业后,也不愿去母亲所在的中学报到。毕业生的辩论会,令韩校长震惊……

　　一次次失败,一个个打击,都是办"差班"带来的结果。在事实面前,韩校长终于承认自己教学新模式的实验失败了,宣布初二(七)班解散。影片通过剧情激烈的矛盾冲突,探讨了"如何走进20世纪80年代青少年的情感世界?怎样与学生沟通?什么样的教育方法是行之有效的?"的问题,提出了"学校不单单要走出诺贝尔奖获得者,还要走出大批合格公民"的命题。

　　码头靠泊的万吨巨轮,从轮仓里驶向码头的卡车,装卸木材的专用装载机械;船坞上一群群正有条不紊地工作的修船师傅;码头对面宛在海里的东西连岛;鹰游门上一艘行驶在海面上的小木船;块石砌就的门垛上挂着港城中学的牌子,身穿夏季服装的师生们正从高高的台阶步入校门;镜头拉近,山海相拥的老街一派生机盎然;学校举行升旗仪式,在嘹亮的国歌声中,4层教学楼楼顶旗杆上的一面五星红旗,在升旗手、护旗手的配合下冉冉升起,楼下的操场上学生列队整齐地站立……

——这是电影刚拉开序幕的一组镜头。

曾经熟悉的画面,久违又亲切,怀旧感爆棚。

一部反映时代生活的影视作品,在某地取景是作品所需,不足为奇,一部影视作品往往会在多处取景拍摄。而整部作品集中在某地拍摄,恰恰表明此处的地域文化、科技发展、百姓生活、时代气息等在那个年代里具有代表性,能体现岁月脉搏跳动的音符。

《公民从这里诞生》拍摄的时间至少在1985年左右,毫无疑问,20世纪80年代中期是连云老街的高光时期之一!

第三节　长大后我就成了你

与连云街道所有建筑一样,连云中学也是依山分层而建。最上面的大平地上建起了操场,从操场到下面的平地,是一块块梯田,依次向下的梯田里栽上了苹果树。住在老街的连云中学老校友说,到了秋天,苹果的香味弥漫了整个校园。

苹果树是建校初期的植物,李宏雨说那校园里的苹果香,他至今也没有忘记。校园里还有一种植物是常青藤,这种生命力顽强的植物不仅绿化了校园、改善了校园环境,还成就了校园精神。常青藤是连云中学最具特色的木质藤本植物,这种原产于欧洲、北非的植物在连云中学这片肥沃的土地上茁壮成长。深耕于校园的常青藤,凭借自己顽强的生命力,将大自然馈赠给它的风、阳光、空气、雨水转化为绿色的活力,默默点缀着校园春色,给学生们创造出诗意的学习环境。常青藤的藤系扎根泥土、石缝、岩壁,吸取养分后不断向四周蔓延拓展,努力将一抹青色常驻人间。平凡中追求卓越,脚踏实地追求极致,就是执着致远、奋发向上的"常青藤精神",而"常青藤精神"就是连云中学精神。

从学校的建筑物、配套设施看,连云中学的确有别于其他学校,甚至是一个奇葩的学校。操场位于学校的最高处,教学楼在它的下方,是其奇葩之一;4层的教学楼,第3层的走廊和上方操场同处于一个平面,是其奇葩之二。在配套设施还不完善的建校之初的那些年,学生们在操场上打篮球要格外小心。如果一不小心,篮球就飞到了下方的校园里,有时还直接飞到走廊上、飞进教室里,就是飞到校园外面也是常有的事。

学校建在半山腰,师生们去学校就是一个爬山的过程,特别是住在山下的学生,每天要往返4趟很辛苦。事情往往有它的两面性,建在半山腰的学校,海拔是高了一些,但高有高的好处。校园环境幽雅,绿树成荫,溪水潺潺,鲜花盛开,鸟语花香,空气清新,云雾缭绕,风景如画,是港城最美丽的校园之一。

李宏雨和周长岭上初一、初二年级,是在下面的连云中学,1965年秋季开学时,才搬到上面的连云中学上了初三年级。回忆起新校址建校时期,他们对那年暑假里参加建校义务劳动,至今记忆犹新。当年的云台路,路面上的块石仅仅铺到连云港人民影剧院处,再朝上一直到连云中学校门,还是砂石路。运输建筑材料的汽车,只将建材运到影剧院门前的空地上,是因为从影剧院到学校这段路坡度大,是当年的汽车动力不足,还是出于安全因素考虑,就不知道了。从影剧院到学校那段路程的运输,是全靠人力来完成的,两个学生一副抬筐,个头高的两个学生抬22块砖。周长岭说他个头矮小,和他配对的同学也不高,他们只抬20块红砖。

建设伊始的连云中学,在西面进入上面操场的八台的位置,建了两层集教学、办公功能于一体的红砖楼,在东面建了食堂。学校有来自连岛、高公岛等地的学生以及单身教师,这些人要有住宿和吃饭的地方。后来,学校又建了两层石头墙楼房,离家远而需要住校的教师、学生就住在里面。

1965年秋季开学,搬到新校址的只有初二、初三年级的学生,因学校尚未完工,初一学生还是在下面的中学学习。新址不是一次性竣工,它的建设周期比较长,在每年的暑假里,学校都有新的基础建设工程在不断地完善。学校的护坡工程建设周期较长,所有的护坡都是就地开山取料,经石匠现场加工后,再垒砌而成。一直到20世纪90年代末期,一所设施、设备比较齐全的校园才建成。学校最终占地20000平方米,教学楼、食堂等建筑面积9054平方米,有水泥球场2个、5000平方米的运动场1个。

政府对教育非常重视,硬是靠肩挑人抬,在山坡上开出了比区政府大院还要大上10倍的校园。连云中学的生源,在当年主要是国家部门、国企、港务局、渔业公司、区政府等大单位职工的子女。一批教师毕业于全国各地的名校,几任校长励精图治,学校办学质量蒸蒸日上。学校很快声名鹊起。

周长岭至今还记得,他和李宏雨的教室是红砖楼,初三年级的3个班级在楼上的教室,初二年级的3个班级在楼下。1966年5月,毕业考试结束后,没有来得及继续考高中,"文革"开始了,学校停止招生。

1974年,连云中学有初、高中27个班,学生1500多人。

1978年5月,连云中学和1975年建校的海滨中学由连云港市教育局移交连云区管理,学制从"二二制"逐步过渡到"三三制",并使用全国统一教材。9月20日,连云中学更名为连云港市第十二中学。1980年8月19日,恢复原校名。

1993年,连接连岛的西大堤刚刚合龙。之前,在交通不便、陆地活动半径很小的渔民那里,一水之隔是陌生的世界。

连云中学第85届毕业生、连云港作家蒋建春,在回忆父亲的散文《父爱如山》里写道:

> 我出身在连岛一渔民家庭,祖祖辈辈靠下海捕鱼讨生活。
>
> 1982年9月,我漂洋过海(当年拦海大堤还没有修,靠水路通行)来到城里的连云中学念高中,我们路远的学生是寄宿制。父亲担心初出远门的我吃不饱饭,有一次他出海归来,把船临时停泊在八台口下面的码头,就气喘吁吁地爬到了半山腰的连云中学。当时,父亲怕自己找不到学校,还恳请了当地的一个熟人给他当向导,一路赶到学校找到了我。
>
> 父亲塞给我10块钱,叮嘱我到食堂买饭不要省,要吃饱饭……

1996年,连云中学高中部停止招生。1998年到2003年,高公岛学校初中部、宿城中学、海滨中学初中部、徐圩盐场中学相继并入连云中学。

20世纪90年代初期和中期,是连云中学发展的最好时期。1990年,连云中学有初中15个班、高中6个班,共有21个班,在校学生1130人,教职工55人。

随着连云街道人口逐步向西(墟沟)迁移,老街由昔日的热闹,变得冷清起来。到2005年,连云中学在校学生只有770人,教职工53人。从2020年至今,在校学生维持在300人左右,教职工30人左右。

连云中学先后获得教育部"德育科研先进校"和"江苏省素质教育先进

校""江苏省和谐教育实验学校""江苏省百日锻炼先进学校""江苏省中小学歌咏比赛二等奖""江苏省依法治校示范学校""连云港市综合治理和平安校园创建工作先进集体""连云区文明单位"等荣誉;第二课堂"标本制作"独具特色,海生物标本数千件,地方中草药标本种类齐全。

站在山下远远向上望去,一座美丽的校园就呈现在你的眼前。沿着近30度陡坡的云台路拾阶而上,走进连云中学。路面全是青石铺成,光滑而洁净。一路向上,向上,再向上。一直走到路的尽头,几乎到达山顶位置。

石路青青,台阶层层。山峰巍巍,黄海茫茫。所有这些,都让这所拥山抱海的校园别有一番韵味,饱蘸浓浓的诗意。

昔日的学子站在连云中学的大操场向北远眺大海,那"海阔天高凭栏得,日升川至举眸收"的豁达便油然而生,那"云起莲蓬阙,霞归伴彩鸾"的意境会荡涤乡音,会与900多年前,苏东坡在云游海州观海时留下的"郁郁苍梧海上山,蓬莱方丈有无间"的人间仙境之叹共鸣。

在连云中学工作过的老师说,每次走进连云中学,他们都会有不一样的感受,都会不由自主地产生肃然起敬之感。

连云中学校友、连云港市新港中学朱建华老师在《你的光照亮了我的世界》一文中,深情地回忆母校老师的点点滴滴:

> 慈母般的数学江老师,探望过生病的我,为数学短腿的我补课,给我鼓励。在她的关心帮助下,我高考数学取得了优异的成绩。捧着成绩单,老师的脸上笑开了花。
>
> 严厉的英语倪老师,在我多次回答不出问题时,没有暴风骤雨般地批评,是他失望的眼神刺痛了我。后来我成了英语学习标兵,老师看我的目光变为了赞许、欣慰。我知道,是老师无声地督促,让我燃起心中的火焰,绝不轻易认输。
>
> 还有和蔼可亲、宽厚温润的语文李老师;循循善诱、不厌其烦的历史叶老师;指点江山、激扬文字的政治张老师……
>
> 在连云中学学习期间,他们都给了我莫大的鼓励和帮助。老师们的敬业、善举和大爱,不仅令我没齿难忘,更深刻地影响着我的人生,"长大

后做一名老师的愿望"变得愈发强烈!

朱建华在连云中学完成了中学 6 年的学业,她说那段时光在她生命中最为宝贵。老师们所做的一切,看似平凡却散发着光亮,温暖着她的心灵,照亮了她的世界。老师们的言传身教、举手投足,在花香浸润的校园里自带芬芳。朱建华耳濡目染,在心中渐渐地升腾起一种渴望,渴望成为他们那样的人,做老师,做一个好老师,把自己感受到的光亮传递下去!

2023 年底,朱建华和连云中学同学聚会时,就择定了来年春暖花开时一起到母校怀旧的日子。转眼到了 2024 年,在"人间四月芳菲尽"的一天,朱建华和几个同学一起踏进了母校的大门。

校园的木香花开了,墙壁上、花坛中,开满了瀑布般洒下的簇簇花朵,层层叠叠紫如白雪,多么美丽、壮观啊! 看着,看着,朱建华仿佛闻到那沁人心脾的清香,好像回到那如花似梦的青春年华。

从懵懂少年到不惑中年一路走来,连云中学留下了朱建华人生最美好的年华。忘不了母校的一草一木,那是她成长的印迹;忘不了母校的日日夜夜,那是她歌唱的音符;更忘不了母校的老师,那是她前行的明灯。无论何时,走到何地,朱建华都记得老师们的出众风采,谆谆教诲,悉心关爱……

幸运的是,朱建华师范毕业后如愿走上了三尺讲台,终于圆了学生时"长大后,我就成了你"的梦想。更幸运的是,回到母校工作的朱建华就像当年老师对她一样,对自己的学生悉心教导,让学生们也感受到老师的关爱。在母校积累的教学经验,也为她日后到新学校任教打下了基础。

朱建华感叹道,走在校园里,迎面而来的是孩子们朝气蓬勃的脸庞,她仿佛看到了从前的自己。几十年时间不过弹指一挥,如今,朱建华的老师们大多已退休,过上了安度晚年的幸福生活。而朱建华的学生中,有不少人也当上了老师,还有人与朱建华成了同事。朱建华的学生正延续着她的青春,持之以恒地做着与她相似的教学工作,把平凡之光一代一代传递下去。

这,就是中国教育的青蓝相继,弦歌不辍!

岁月有情,草木生香。"春蚕到死丝方尽,蜡炬成灰泪始干。"年过半百的朱建华也可谓桃李满天下。再回首,岁月已远走,青春已逝去,朱建华无悔当初的选择。她说能成为中国教育界的一员,能在平凡的岗位上坚守初心,她感到无上荣幸。老师对学生的爱是灯塔、火炬,朱建华坦言她坚信无数老师的付出,一定会温暖孩子们的心灵、引领孩子们成长的方向。

离开母校 20 多年,朱建华欣喜地看到母校在成长、成熟。母校变了面貌,但那熟悉的味道亦如从前,一切是那么亲切,一切是那么温馨。朱建华信步走进教室,站到讲台前,仿佛回到 1990 年在母校的第一次讲课,她习惯性拿起一支粉笔,在黑板上写下了"长大后我就成了你"8 个大字。

此时此刻,一首《长大后我就成了你》那舒展优美的旋律,在连云中学的校园缓缓响起……

这首歌唱出了莘莘学子对老师的感恩与怀念。

> 小时候我以为你很美丽,领着一群小鸟飞来飞去。
> 小时候我以为你很神奇,说上一句话也惊天动地。
> 长大后我就成了你,才知道那间教室。
> 放飞的是希望,守巢的总是你。
> 长大后我就成了你,才知道那块黑板,
> 写下的是真理,擦去的是功利……

连云中学不仅有着诗情画意的校园,还走出了许多如朱建华这样优秀的校友。连云中学曾经有过无数的辉煌,她是一部厚重的书籍,需要后人好好研读。如今,一大批教师成长为连云区的骨干,遍布连云区初中和高中,他们是连云区教育界的中流砥柱,引领着连云教育的发展。特别是 2003 年前后,连云区半数以上的初高中校长都有在这所学校工作的经历,因而,连云中学也被人们赞誉为"连云区的黄埔军校"。

尽管今天的连云中学受到"城市虹吸效应"的影响,生源不断在萎缩,但连云中学教师们从来没有放弃过,他们一直努力向上。学校针对"三困生"教育问题积极开展"三亲三帮"活动。"三亲"即教师视学校亲如家园,视同事亲如兄弟姐妹,视学生亲如子女,尤其是教师视学生如同自己的孩子般,用自己的人格魅力,提高人与人之间的亲和力,增加教育的感召力。"帮经济、帮学习、帮思想"的"三帮"活动,不仅提供了加强未成年人思想道德建设的育人载体,而且优化了未成年人思想道德建设的育人环境,形成了"三亲三帮"优良传统,源源不断地为师生成长、学校发展输送坚实动力。

李立飞是连云区委教育工委委员,自 2020 年起,挂职新疆巩留县教育局,任主抓教学工作的副局长,有在边疆支教一年半时间的经历。

2023 年春天的一天,他代表区教育工委,带队到连云中学调研。这位有着 32 年从教经验、18 年校长经历的教育工作者,对祖国东西部教育的差距感慨万千。那次调研期间,站在连云中学田径场上的李立飞仰望南麓郁郁葱葱的云台山,再俯望山下的老街、铁路、钟楼、码头及黄海,心情久久难以平静。他有感而发,随口吟出"涛声、钟声、汽笛声,声声入耳。家事、校事、学习事,事事尽心"的诗句。

每天早晨,临海路小学校园里孩子们朗朗的读书声、码头铁路上电气化机车行驶时的咔嚓咔嚓声、海上远洋巨轮的汽笛声、黄海的涛声,是一首奏响在老街人耳畔的唯美晨曲。

老街临海路小学校史馆里,陈列着李翘欧当年不辞辛劳、呕心沥血创办学校的感人事迹,那一幅幅图片、一段段文字、一件件实物,生动地记录着这所学校艰难曲折的办学历程。校史育人,学校师生感悟校史文化,铭记学校历史,增进他们的家国情怀、文化自信。

拂晓,掩映于云台山青山绿水之中的"江苏最高中学",静谧而美好。晨曦温柔地洒向连云中学,将校园渲染得如诗如画、如梦如幻,大自然的馈赠、教师们的辛勤付出和莘莘学子的青春烂漫交织,崭新而美好……

第十一章　连云石匠

第一节　大巷石匠

连云区墟沟街道大巷社区,位于后云台山北麓。它依山而建,整个社区呈坡形,南至云台山,北至中山中路,南北长度不足 1.5 千米,东起萝卜涧,西至石门沟,东西宽不足 1 千米,面积约 2.1 平方千米。人们形容这个社区"满目皆石头,地无三尺平"。

清代"复海"后大巷陆续有人居住,到乾隆年间居住的人逐渐多了起来。大巷居民最早是从东海境内的石榴树迁来的王姓,占据东半边萝卜涧一带。随后,从山东公鸡岭迁来的龚氏占据大巷中心地带,从赣榆迁来的张姓占据石门沟西侧大片土地、草场、山林。后迁来的李姓、耿姓、吴姓等,见好的地块都没有了,就只能在边缘地块和山林边缘处安家。如此,就形成了一个自然村落——大巷村。

人们聚集于此,开垦山地,种植粮食,过日出而作、日落而息的生活。大巷满山皆是石头,农闲之时,人们在附近就地取材采石建房,大巷从事石工的匠人由此诞生。

石工匠人,在连云港当地人的口中又称石工、石工匠、石匠。如果追溯到"复海",大巷的石匠历史有 300 多年。

传说石匠的祖师爷是彭石先祖,他的知名徒弟是补天的女娲娘娘。民间也普遍尊鲁班为石匠鼻祖。传说鲁班祖师将丈尺技艺传授给他的徒弟,木匠分得 5 尺,篾匠分得 3 尺,裁缝分得 1 尺,石匠分得 8 寸,还有 2 寸分给了"种痘师"。于是乎,石匠有"石八寸"的绰号。

种痘师种痘时,在人的肩膀向下胳膊的两寸处用小刀划开一个十字形刀口,再搽上药,为古法"种牛痘"。种痘师,类似于今天的预防医学人员。

说起云台山石工艺术的传承,不得不先说一说云台山造山活动而形成的片麻岩。早在12亿年前云台山岩层就在黄海深水下形成,经过12亿年的海水压力和地球自转引力的影响发生了物理性演变,加之古云台的造山活动,形成了云台山特有的片麻岩。其中主要矿物为钾长石、斜长石、石英、云母、闪石、辉石等。

连云港山海相依,在漫漫的历史长河中,这座有山的港城曾出产过优质的石头,也曾有过优秀的石匠。在过去的许多年里,港城建造房子主要的建筑材料就是石头,一块一块修整成方形的石头,有些精致的房子上还有许多雕工精致的吉祥图案,这都出自石工之手。

那时的大巷人烟稀少,第一批石匠来到墟沟时,他们发现漫山遍野都是单体孤石,可以任意开采。一开始,石匠师祖沿用山东的工艺,开采的岩石不是打不开,就是打开了也没有平整的石面。经过不断地观察,他们发现本地的岩石和山东的不一样,细看有片麻状纹理和结晶体,这是云台山的片麻岩。

石匠的先辈们根据石头的质地、纹理,经过不断摸索总结出经验,开始尝试沿着纹理明显的方向开凿,收到了意想不到的效果:不仅开凿顺利,凿出的岩石还整齐划一、表面平整。于是他们把这个平面起名叫划流面,开凿线口叫划流口。垂直于平整面开凿则难度较大,开凿面粗糙,同时还能看到划流的纹理,这个面起名为疏流面,开凿口叫疏流口。与疏流横向90度、垂直于划流面的岩面开凿难度更大,而且因崩塌形成大型棱形坡面,该断面叫折流面,开凿口叫折流口。

折流形成的长条叫横流,中间为划流面聚合体,比较容易断裂,因此,在岩面上进行雕琢的难度就更大,不便用于建筑;疏流一般根据划流面体密度画线开凿;划流在疏流裁料上基本依据实用厚度开凿,可以凿成条石,其承载力较强,如果使用宽度立面,其承载力更强,可以制作上窗盖、门过梁、桥板等。

大巷石匠经过几代人的繁衍,不但子孙相传,而且遇到机会就拜师学习。民国时期,在旧连云地区就形成了以大巷石匠为主体的石工匠群体,人们也称之为"连云石匠"。

民国末年,白宝山在现连云港市海州区新市路35号建白公馆,就专门从青岛高薪聘请一批技艺高超的石匠参建。在白公馆的建设过程中，连云石匠也和他们一起工作，其间，连云石匠们学到了一些先进的石工技术以及新颖的石工理念，这是连云地区石匠第一次与外来的同行切磋技艺，取长补短。后来，在建设连云港火车站、码头的过程中，连云石匠又从外来的同行手里学会了爆破技术。自此，连云地区的岩石开采，由传统的徒手工锤敲錾凿，改为火药开采，工作效率明显提高，匠人劳动强度明显减少。

在日积月累的摸索中，石匠们逐步掌握了码头防护堤施工技术，于是成就了这个地区石匠的一项绝活。随着连云区人口逐渐增多，家家户户建房子，民房建筑开始得到蓬勃发展，石匠群体也逐步发展壮大。慢慢地，石匠的收入有了提高，他们也成了收入较高的劳动者之一。因此，当年的石匠是个吃香的行业。

那个年代里，经验丰富的石匠，通常会随身携带一个没有上盖的木箱子或是用竹篾制的工具篮子，后来也出现过用帆布制作的大包，用来放置工具。里面有大锤、牛角锤、团锤（受力处有眼，嵌铁砣，能更换）、排锤、錾子（条錾、扁錾）、钢钎、字钎（錾字留记号用）、斫斧（平石面用）、石操、"千斤"、曲尺（"7"字直角形）、墨斗、风箱、铁砧、蒲枕等。

王世杭也有一只家藏旧木箱，那是石匠的"百宝箱"呢，里面的工具都是跟随他多年的"老伙计"。尽管已经多年不用，他还是舍不得弃置，隔三岔五把工具拿出来擦拭一番，摆在眼前细细端详，那眼神仿佛是在望着他孩子一样。铁质的工具容易生锈，他还不忘抹上油。老伴龚维霞笑着说："每当老头子捣鼓这些旧物件，就没完没了，喊他吃饭也不吃，就一个人蹲在地上看着那些破玩意，真不知道那堆旧物件有什么好看的。有一段时间，我见他发呆的样子，好像人也变傻了，还以为他患上了老年痴呆症呢。"

王世杭习惯性摸着自己的脑袋，略带无奈地笑着说："小杨，你不知道，她还非要拉我去医院做体检呢。"

龚维霞说："去年，他年轻时上山采大石头落下的腰痛病犯了，不能负重，还硬让我把那些铁家伙搬出来，他就坐在边上看，这一看就是半天，好像那堆破玩意有花有朵似的。"

王世杭高兴地望着老伴，大笑着说："是哟，你人高马大能干活哟。你是女汉子，行了吧！"

龚维霞也乐了，笑着说："哈哈……你这老头子，到今天还说这话。小杨，不怕你笑话，他小时候个头矮小，到十三四岁的时候个头还没有我高呢。都是大巷人，难道我还不知道他底细？1956年大巷石匠到锦屏磷矿打石头，他非要闹着跟去挑茶，人家看他瘦瘦小小的样子，不想带他去。我婆婆精明着呢，她就是看中我身大力不亏，能干农活，才托媒婆上门说亲的。"

笔者端详龚维霞阿姨，尽管岁月的风霜无情地洗礼了这位79岁的老人，但端坐在椅子上的她还是显示出高挑个头，阿姨皮肤白净，慈眉善目，身材略显得壮实。笔者感叹，阿姨肯定家里家外都是一把好手。

在大巷社区，有一条巷子被人们称为大巷、龚大巷。对于龚大巷的具体位置、起源，王世杭可谓如数家珍。龚大巷就位于中山路连云港出入境检验检疫局海港办事处院墙外东的一条巷子。"复海"时，此巷子只有不足20米长、3米宽，两架独轮车勉强并排走，一龚姓石匠亲兄弟俩分别在巷子的东西两侧居住。兄弟俩石工技艺远近闻名，是当地石工匠人中的翘楚，龚大巷因此得名，后来也有人称为大巷，最早的大巷就位于此。如今的龚大巷已经演变为宽度能容纳两辆家用小汽车并排通行、长度200余米的一条路巷。

这条巷子里不但出现过有名望的石匠，还出了个当官的石匠呢！

据大巷龚氏族谱记载，龚守业（1857—1929年），家境贫寒，自幼聪明好学，能文能武，善于在石材上雕刻，是个技艺高超的石匠。龚守业年轻时曾在墟沟清东海营炮船上当兵，善用火器。他勇猛善战，臂力过人，又嫉恶如仇，有墟沟城守备"铜牌军"军人之美誉。有一次，土匪大当家刘大绕带着几个手下，在老窖、墟沟一带抢劫财物后驾船从海上逃逸，龚守业立刻带着龚建业驾船奋起直追，兄弟二人追至临洪口才将刘大绕截获。两船在海上对峙、交锋时，龚建业不慎被土匪火器打伤。龚守业见自家兄弟被打伤，异常愤怒。他只身跳上刘大绕的船，凭借一己之力和船上的人搏斗。擒贼先擒王，龚守业首先把刘大绕制服，并当着众人的面把他扔到海里。"群龙无首"的土匪见头头都被扔进大海，自然不敢再轻举妄动，只有听龚守业指挥，乖乖地把船开了回来，抢劫的财物也"完璧归赵"。

此举令他声誉大振,还荣获上司赏赐的金牌一面。之后,在北城、南城两地举行的东海营士兵大比武中,他拔得头筹;在盐城千总调阅时又一举夺魁,被呈报封赐六品顶戴。此官有名无实,营中有事召集,便佩戴花翎应卯,事完回家,继续干石工匠营生。

位于海州区花果山街道飞泉村郁林观遗址狮子岩西侧,北距大圣湖约200米处的一块孤立的巨石东北壁上有一处黄道传题刻。题刻壁面光滑平整,刻文距地面约3米,刻石面北,正文隶书,落款楷书。刻面宽190厘米、高92厘米,字径25厘米×20厘米、落款字径11厘米×9厘米。这处题刻就是龚守业所刻。在墟沟后大门棺材山东壁黄道传书的"云水荡胸"石刻,也是龚守业偕其弟龚士业于1899年春所刻。

大巷还有一位有名望的石工匠人叫龚晁业,小龚守业10岁左右,因满脸胡须,人送外号"龚大胡子"。龚晁业从小就聪明伶俐,读过两年私塾,写得一手好字,跟随族叔、族兄学艺,悟性好,属于眼里有活、腿脚闲不住的勤快人。历经多年的刻苦习艺,龚晁业对石匠活的开山劈石、洗石、放线、砌墙、上梁、抹灰、烧制钢钎、錾等工种样样精通,后来成了连云地区"祖师爷"级的石匠大师傅。自20世纪初起,龚晁业广收门徒,直到1944年去世,具体收了多少徒弟,恐怕他自己也记不清了。

早在民国初期,连云地区的石工匠人就建造了"子午亭",全部为条石垒砌。到了今天,坚如磐石的"子午亭",还静静立于宿城街道虎口岭上面的留云岭,成为连云港市东部城区重要的文物地标之一。北固山顶紫阳观(旧址)的摩崖石刻,大桅尖东北面山崖上錾刻的"白宝山"3个大字,以及北固山公园的留下庄园拱门、向若亭、荷花池等遗址遗迹,都是他们的杰作。

大巷的龚氏祖先以采石为生。19世纪40年代初期,大巷石匠群体形成了气候,其中又以龚氏族人为主导。在那时,墟沟石工会就成立了,是连云港市第一家石业开采、加工的行业协会。石工会的办公地点就位于现在的中山路石门桥下的基督教堂,当年的教堂还是草屋面的平房,有3间堂屋,2间东屋。在房子的拐角处,还建有一座两层小楼。两层小楼在今天的人们看来毫不起眼,但当年的它立在一片低矮的草房子中,就显得很特别,可谓"鹤立鸡群"。

王世杭说："传教士就住在二楼，他会简单的汉语，平时出来走动时也很和善地与周围的居民交谈，只是他的中国话很蹩脚，要边说边手舞足蹈地比画。在我八九岁时，一个邻居带我到教堂听牧师传道，牧师传道结束后，会拿一个黄色的布袋，虔诚地走到每个人面前，双手撑开布袋口，略微弯下腰，等着人们朝袋子里放钱。听说牧师传道收取的钱是建设新教堂之用。现在位于石门桥的那座教堂，是中云街道魏庵村关义流于1987年垫资建设。"

1933年连云港开埠后，老街也同步建设，为车辆行人方便，开始陆陆续续铺设石板路。据笔者考证，老街的石板路铺设的时间跨度有20多年之久，1945年以前铺设的路石是毛石，石头不大，为开山建房后留下的余料。1959年第二次铺设，使用的是新开采的40厘米×60厘米的方块石，每一块石头都经石工匠人洗过，在大师傅检验合格后，才可用于铺路。

1935年，国民革命军建设大桅尖路时，大巷石匠就参加了路基石坡部分的砌筑。

连云地区最早于1942年成立了石工会，也叫"17工会"。

1952年墟沟石工会成立时，有人就对1942年成立的石工会产生疑问：当年，是什么组织什么人在连云地区成立了石工会？为什么叫"17工会"呢？但人们找不到留存的档案资料。直到1965年，四清工作队进驻大巷大队时，人们的疑惑才迎刃而解。原来当时的江苏省政府在海赣沭灌地区各行业都成立了工会组织，为了统一管理，他们将工会都编上了号。

大巷石匠干活，从采石到加工，再到制作一系列石头制品，都有一套属于自己的独特的技艺传承。根据建筑所需的成品规格，石匠要上山寻找个体孤石，经两个或更多的石匠共同确认后，选定母体石材，也称为母料石材。然后，石匠师傅商定开凿方案，是先凿划流，还是先凿疏流。一般划流在母石的侧面，而母石依附山体呈一头高一头低状，挎锤使不上劲又累人，石匠们往往选择的是疏流。

母料石材确定后，要在上面画线，再计算出使用多少话窝，才能打开母石。话窝，是石匠的专用名词，就是在一块石料上用字钎錾上字，留记号，通常是一个圆点的石窝。这个石窝，就是石匠师傅在石料上开凿的点位。话窝在母石上摆开,然后石匠抡起 15 千克以上的大锤开始击打钢钎,如果击打了 3 趟,还不见岩石裂开石纹,一是表明击打的力度不够,二是表明母体上的话窝布置得少了,多数是计算出了问题,需要在两头添加话窝,继续击打。如果击打一趟开裂了,说明这山石好开采,以后可少打几个话窝。岩石凿开裂纹,接下来就简单了,一般只需要用钢撬,从侧面将之撬开移位。余下的工作是简单的雕琢,把棱棱角角去掉,方便运输。石料运到工地之后,可根据工程所需,再精雕细刻。这些就属于石料加工的工序,还包括弹线、錾凿,扑锤、剁斧、打磨等工艺。

云台山的岩石不但有划流、疏流、折流的特性,在加工中还有戗流、背流等特征。为了保证墙体和石块边缘不破损,保证石料棱角完好,加工时就要小心保护背流口。石工匠师祖创造了塑造牙口的技术,首先在背流口进行粗整,然后复线进行牙口,从当头线找出平面,沿着平面牙口,深线和当头线平齐,不能有凹凸,牙口不能太长,一般以 2 厘米为宜;如果遇到剁斧加工,牙线要凸出一些,以便剁斧清理牙纵线。牙口线完成后,从其他三面劈线向中心顺着戗流进行錾凿,先要留一点鼓,还不能戗出凹塘,第二遍是凿平,要下座稳定、上座不向里面泛水才合格。

大巷石匠不但会建房子,还会制作许多石头制品,如石磨、石磙、门枕石等,这些都是难得的手工工艺品。如今,会这样手艺的石匠已经很少了,行业辛苦,挣钱又少,自然没有年轻人愿意学,已经面临失传的困境。今天的人们看到的石头工艺制品,大多数是借助机械来加工完成的。

石头制品的加工有自己的特点。比如说常见的石磨,本地的石磨偏大,直径一般 45 厘米到 50 厘米,厚度大约 15 厘米,而且多数是连槽磨。首先开打一块平面石,粗画出磨盘、磨槽及槽边磨嘴的雏形。磨嘴部分略伸出,是用于出料雏形,然后继续清理外围,底面粗找平,再留出下盘,錾凿磨槽雏形,用圆规精确画出下磨盘、磨槽,进行錾凿,一个完整的石磨盘基本成形,还要在下磨盘的中心凿一个圆孔,安装上钢柱。

在上磨盘放上单独加工好的磨圈,经多次试盘旋转,直到全部有磨痕出现。还要在磨盘上布上磨齿,这是最考验水平的活儿,通常需要技术高超的大师傅在边上把关才行。石匠将磨盘平均分成 8 等分,弹出齿线,每份先錾出一条长沟,再沿着长沟从右至左依次錾出短沟,沟深约 1 厘米,边缘留 2 厘米部分不錾沟。接下来,开始试磨,借助人力或者牛、马、骡子的力量转动磨盘,磨后掀开看磨痕的均匀度,再复錾沟,进行修复调整。上盘有加料孔、磨架孔,边缘凿一个磨棒孔,加料孔是穿透的,要面线精准,采用两面凿打的工艺,位置还不能有丝毫错位,如果错位了,加料孔就是斜着的或者是中间有台阶,磨盘到最后一道工序却报废了。

云台山一带的石磙分为牛拉石磙和碾压滑皮磙两种。牛拉磙,主要用于打稻、麦,长度 80 厘米到 90 厘米,大头直径 50 厘米左右,小头直径 45 厘米左右,磙身錾雷脊齿。此磙制作关键是布齿均匀,所选石料需质地坚密,不能有划流瑕纹。石磙加工成型后进行布脊齿,先按 5 厘米到 6 厘米的距离排线,然后在两线之间"刷"(当地石匠专用俗语,开凿的意思)出沟,留出脊,当钢錾刷到划流面时,要小心锤头的轻重,千万不能让钢錾崩脱掉脊,否则就功亏一篑。两头錾方孔便于安装磙轴,滑皮磙长约 80 厘米,直径 30 厘米左右,用扑锤粗扑,先錾出花纹,再用剁斧细细剁平,达到表面平滑的效果,有时需要用砂轮磨光。磙的两头要打孔,便于安装磙轴。

开凿也好,刷也罢,所有这些雕刻石头的工艺,在大巷石匠的口中统称为"洗",也叫"洗石"。瞧瞧,洗,是一个多么优雅的名称呢!铁锤、钢錾与坚硬的岩石硬碰硬的一项工艺,在大巷石匠的眼里,就好比西施浣纱般的轻柔、惬意、浪漫。因此,有一句古话"石匠做细活如绣花",石工可是个精细活呢,马虎不得。

过去人家建房,房子门枕石的制作也是有独特工艺的。门枕石,就是搁置门槛的石头,也叫门槛石,左右两边各一块。古时一般人家的房子门槛高,一是为了防鼠,二是显示地位。俗话说"这家人家门槛高",门槛的高度是根据两边门槛石的高度来决定的,这是身份和地位的象征。有钱人家、做官人家的门槛特别高,就是这个道理。

门枕石分为 3 类:通枕,一半和外墙平齐;半枕,就是到墙一半,是民间常用的样式;鼓枕,凸出墙外,上面雕有图案等,通常为立式扁鼓形状,常见于庙宇及大富大贵人家。中华人民共和国成立前,云台山附近老百姓的房屋多为高门槛,门枕石尺寸一般为长 50 厘米、宽 30 厘米、高 18 厘米;1949 年以后多采用矮门槛，门枕石尺寸一般为长 45 厘米、宽 25 厘米、高 14 厘米。门枕石居于墙体的中间，一半镶嵌在墙里，一半露在墙外，用一道长长的门槛压在上面。

在门槛下，里外各有两个门枕面，面朝外的部分根据屋主家资厚薄进行浮雕、雕花、雕动物、划纵、雨点纹、粗上正等各种加工。最关键在于门胆槽和天海錾凿，门胆是门槛下那块封闭板，厚约 3 厘米，两头要嵌入门胆槽内，槽宽 3 厘米、深 2.5 厘米。开凿这个槽要格外小心，特别是外面槽边的上下两个角，如果不小心被钢錾挤掉了一个角，那么这块门枕石就报废了。

砌筑技艺中有一项叫"干槎"，是大巷石匠的拿手好活。这项技艺适用于护坡、围墙等，使用的原材料多为毛石。石匠在现场根据砌墙之需，灵活加工使用。挡土坡一般用扁石码砌，摆好外皮石，要求高矮一致，便于一层石块错缝搭压。在填嵌里口石时，大面朝下，挤紧密，碎石填缝，填平一层后，才能再砌下一层。

"干槎"砌筑墙体时，一个人不方便干活，需要两个人里外协作才行。外面竖高陡石，里面要竖矮陡石，陡石要底座宽大，保证稳定性，每块要用小片石找正、垫牢，中间填充的石要大头朝下，小头朝上。表面小石填缝后，要砌一层扁石，高度和外墙持平，可矮不可高，然后再竖一层高陡石，让外墙放平时再竖陡石。在实际操作中，石匠师傅会对眼前的石材灵活运用，也可以不用扁石。两面同高，陡石采用立石，这样相互勾拉、相互咬合，类似于榫卯结构。这样的墙体不仅看起来整洁、美观，整体结构也非常好。

在使用过墙石时，两个外立面要与墙面平整。上下要错缝搭砌，不允许出现重缝，遇到高低不平时可用小块石找平。

泥砌石墙一般用于民间建筑，因为砂浆成本比较高，老百姓只能用黄黏土和成糊状代替砂浆填充缝隙。墙外面多为整毛石，墙内面用毛石辅助，外面竖陡石扶正、垫稳，带泥糊石片嵌缝加固。内面用扁石顶住砌，一刀泥、一块石，用锤夯实，砌到与外面同高停下。外墙上扁石，砌里口墙的工人辅助填垫，垫到外墙面平整后再用碎石填补好缺口。

"泥糊做陷的缺点是抗渗差，容易透水，所以砌外面墙要特别注意泛水，陡石上口不得留刀边口，在 5 厘米内要外坡略斜，平扁石上面必须里高外低，防止下雨时泛水内透。"王世杭说。

　　在石匠传统技艺里，还有梅花丁墙的砌筑。这项技艺的难度系数较高，对石匠是个挑战。选用块整石，陡石、丁石统一高度，丁石宽度是陡石的三分之一，每行高度必须一致。砌墙的师傅分成两组，人数较多的一组加工錾留，人数较少的一组安砌。一块陡、一块丁，砌出隔行丁石都在一条垂直线上，中间夹一块陡石，形成"梅花丁"状图案，特别漂亮。

　　而砌筑凹缝牙边毛鼓墙时，所用的陡石要在錾凿上下功夫，凹缝墙石块的缝口都要经剁斧加工，才能保证缝隙平直。砌筑时墙缝嵌木条，砌好墙后勾缝时要剔掉木条，用水泥砂浆加墨色染料混合后的"美浆"勾缝。如此勾出来的缝夹杂在横竖石块的中间，既有立体感又有色差的视觉冲击，很美观，就不难明白人们为什么称为美浆，勾出的缝也叫黑美缝了。

　　在进行坝体、桥墩、闸墩砌筑时，考虑到这些建筑不但要有承载力，还要能承受水的水平推力及有抗透水性，砌筑质量要求很高。砌筑砂浆按砂浆设计比例配制，随配随用，每块石块要先进行试安，确认垂直、平整后掀起来，铺上砂浆再放回原位，修正就位后不得再移动，中间空隙先铺砂浆再填充碎石块，大面朝下，再用小砌块和水泥砂浆填平，所有石块不得有污泥、水锈、滑皮，二次砌上层之前，要用清水清洗污渍湿润，再进行下道工序。

　　石匠分大工和小工。大工，自然是能独当一面、技术娴熟的人，在石匠群体中也称师傅。当然了，技术水平最高，能看懂图纸、能放线、会设计，组织施工者，就称大师傅。大工干活凭的是技术，小工干活靠的是力气，一个技术全面的大工干活，后面需要有两个或三个小工忙碌。当地石匠有一句俗话"大工上了墙，小工乱慌忙"，就是这个意思。

　　1949年后，在大巷众多石匠中，名望最高的是龚维岭。他无疑是墟沟乃至连云地区石匠中的大师傅。龚维岭上过私塾，写得一手好字，为人忠厚，擅长建筑工程设计和施工。从中华人民共和国成立后到20世纪70年代，连云港市许多重点工程都有他参与设计以及带着大巷石匠参加施工的身影，如云台山洞拱门工程，就是他任技术员和施工员在现场负责施工，渔业公司码头、宿城街道水漫桥等工程就是他设计并负责施工的。

　　龚维岭带领石匠干活放线，从来不用尺测量，而是手持一根5尺长的木杆，一杆一杆丈量。他对工程质量要求很高，他经手的活从没出过差错。龚维岭在分配活、报酬时,能做到"一碗水端平",大家对他的技术、为人都服气,因此,龚维岭在石匠群体中威望很高。

还有一件事,说起来也挺有意思。出身于富农家庭的龚维岭,曾是国民党党员,又当过伪保长。1949年前,他辞去伪保长一职回到大巷家里与族人一起以干石匠活来养家糊口。一天早上天刚蒙蒙亮,走在干活途中的龚维岭就被抬了财神。

抬财神,是民国时期海州地区存在的一种索讨方式。过去的老百姓生活普遍比较贫穷,吃不上饭的人家很多。几个人或更多的人凑到一起,商量怎样弄些吃的,家里老人孩子还都饿着肚子呢。于是,人们分头行动,打听附近的大户人家,回来后聚在一起计划好"绑票"的方案,择一个日子,乘其不备把人掠走。因把人掠走的方式是将其五花大绑后,几个人协力用扁担抬着走,故称抬财神。

抬财神的时间一般在每年的春节前后和春天青黄不接时。抬财神的对象一般是在当地有钱、有土地的大户人家以及有一官半职的人。抬财神者并不是土匪,他们都是普通老百姓,只是为生活所迫,想用此方法讨点钱财、粮食罢了。俗话说"家有黄金,外有秤",每户人家有多少家当底,邻居心知肚明。抬财神的人发出话来,让那户人家送多少钱粮到指定的地方,钱粮就类似于赎金,赎金可以通过双方各派一名代表或通过中间人协商。经过一番讨价还价,赎金协商好后,就择个日子,双方到场,一手交钱,一手放人。

龚维岭是被灌云县穆圩村人抬去的,两天后,家人花了一块银圆和几升玉米,才把他赎了回来。

1949年以后,连云石匠在成立石工工会的基础上走集体化发展的道路。那时的连云石匠已遍及前、后云台山,有100多人。1956年,连云港市采石公司成立,连云石匠和海州区锦屏镇的刘顶村石匠汇集成一个石工大家庭。

1950年,连云石匠建设西墅抽水站。石工们在岩石上锤打錾凿,硬是凭着一双双手挖出了进水道,建起抽水站,为台北盐场提供了晒盐的海水。

1953年春天,连云石匠(主要是由后云台山南麓云山、平山的匠人组成)随3.2万名民工一起,赴山东参加"导沭整沂"工程建设。匠人们在参加沂水坝建设中的卓越表现,得到了山东省政府的嘉奖。夏天里,匠人载誉归来,那天正下着雨,平山乡政府组织了一支数百人的欢迎队伍,冒着雨一路敲锣打鼓夹道欢迎他们。

1956 年,连云石匠赴海州锦屏山,为锦屏磷矿建设选矿厂开采石料。

1958 年,连云石匠在宿城枫树湾上游建设国防公路 13 号石拱桥,此桥成为通向海上云台山的道路之一。

1958 年至 1960 年,连云石匠建设庞沟桥、程庄桥、砚台桥、陶庵东桥、乱头东桥等石拱券桥。

在建程庄桥、砚台桥时,正值三年困难时期,水泥特别匮乏。最终人们决定采用干砌施工方法,每块石头都是石匠们一锤一錾敲凿出来的,中间及两侧的丁头面没有用水泥砂浆填充。如今 60 多年过去了,这两座桥在中山路上依然固若金汤。

1961 年,连云石匠在原宿城水库(现唐王水库)东北角上游处的原西山村(现留云岭村)、顾后村(现宝山村)建设了两座水漫石桥。之所以叫水漫桥,一是因为这两座桥是平面桥,高度较低,二是因为旱季时水从桥下流过,汛期时水会漫过桥面,从桥上流过。建设桥梁的石料都是从附近的山上人工开采而来。当年,参加工程建设的王世杭刚刚年满 20 周岁。他说从山上开打下的长条石,整齐划一,长度、厚度、宽度一致,是做桥面的理想石料,运到施工现场经匠人凿洗后,就是最好的桥面石。

那时候,从大板艞到宿城乡的路还没有开通,人们往返宿城要经虎口岭的通道。这两座桥梁在当年还属于国防工程,施工期间,几个身穿军装的解放军全程在现场监工,年龄偏大的那个人是指导员,至于他姓什么,大家都不知道,称呼他为指导员。20 世纪 90 年代初,人们早已在那两座桥的基础上建了宽大平坦、气势恢宏的钢筋混凝土大桥。新桥建起来了,位于宝山村的这座桥,名字还叫水漫桥。

1958 年,连云石匠划归连云采石厂管理。此后,连云石匠队伍逐渐发展壮大,不但承接采石、加工工程,而且兼做建筑装饰工程。

1969 年,建设连云港市渔业公司桥梁时,所用的石头还是徐州产的,是用火车从东陇海线运到连云火车站,再辗转运到施工现场。这座桥梁的设计和施工负责人是龚维岭。

1970 年,连云区组建连云采石建筑公司,连云地区石匠有 600 余人。整个 70 年代是这个公司发展最好的时期。

1976 年,连云石匠打破了在淤滩上不能建石头楼的"魔咒"。他们在原新浦区解放西路建起 4 层石油公司办公楼,整个墙体全部由五花丁块石砌筑而成。

1980 年,连云石匠在连云港旗台山建起连云港港口导航台塔楼,该建筑成为港口的标志性建筑。

1981 年,连云石匠承接水产学校(现属于江苏海洋大学东部校区)教学楼、生活区工程。

1984 年,连云石匠承接化工部连云港疗养院工程。

1984 年,连云石匠承接连云大厦、一四九医院门诊楼、病房楼、人民商场工程。是年 4 月 1 日,连云港通往宿城的云台山隧道(代号"841"工程)正式开工时,连云石匠承接部分工程。

……

俗话说"没有金刚钻,别揽瓷器活",学门手艺,要靠手艺吃饭。为了建房架桥而开山劈石,进而对开采出来的石料进行加工雕琢,是大巷石匠们用以谋生的手艺。这门手艺经过长期的摸索和艰苦的磨炼,代代石匠的青蓝相继、薪火相传,日趋成熟,甚至达到炉火纯青的程度,深得当地百姓广泛认可和称赞。中华人民共和国成立后,大巷石匠以精湛的手艺、吃苦耐劳的精神,在国家、省市级重点工程建设中,都留下了身影。

第二节 大巷最后一个石匠

自"复海"以来的 300 多年历史中,经大巷石匠之手的活不计其数。他们在连云港市及周边地区留下了许多精品工程,时至今日,人们提到其中一些工程还禁不住竖大拇指。但真正让大巷石匠"小试牛刀"的,是 1952 年云台山洞加固排险工程。自那时起,大巷石匠在陇海铁路沿线城市声名鹊起。

1933 年 7 月 1 日,孙家山隧道全部打通通车。隧道在没有完善附属设施的情况下一直运行了 19 年。云台山洞洞口的东侧石质坚硬,西侧则是黄土碎石坡。在运行期间,云台山洞发生了几次险情,每遇大雨,常有泥石流,护坡曾多处塌落,对铁路安全运营造成威胁。特别是山洞两头,还是当年开凿时光秃秃的样子,汛期常有滚石落下,一度造成火车停运事件。洞口向西 1500 米的路段亟须修筑护坡。

云台山洞加固排险工程刻不容缓。

1951 年,铁路部门决定对云台山洞加固排险,在原有土坡的基础上建造护坡、在山洞两端的洞口建造拱门。铁道部将此项工程定为部重点工程,责成陇海铁路局负责落实。本着属地管理的原则,陇海铁路局指定由新浦工务段组织施工。工程采用分段分期施工的方法有序推进,从 1951 年到 1953 年,新浦工务段在墟沟、陶庵、院前、大巷等地招募工人,先后有 1100 多人投入这项在当时看来十分浩大的工程。

中华人民共和国成立后,渴望早日建成一条横贯祖国东西的铁路大动脉的中国人,以极大的热情投入陇海铁路东端"第一洞"地路基础设施建设中去。

1952 年,大巷有近 20 名石匠参加了云台山洞拱门建设工程,这项工程是整个云台山洞排险加固工程的重中之重。当年参加工程建设的那批石匠,到了今天仍然健在的,只剩下一位名叫龚维通的老人,他也被人们称为"大巷最后一个石匠"。

得知笔者准备采访龚维通老人,热心的王世杭自告奋勇说:"维通二哥是我小孩舅舅呢,他家就在大巷上面半山坡住,我知道他家在什么地方。小杨啊,那地方可好了,家家户户两层小洋楼,都是 20 世纪八九十年代建的,独门独户,自带小院子,院子里面和外面的洞沟边、山坡上都种上了各种果树呢。现在正是春天里,上面花儿竞相开放,可漂亮了。我带你去看看。那里,还真是个百花园呢!"

按王世杭与龚维通小儿子约好的时间,笔者随着他一起走进了龚维通老人家里。尽管是初春时节,1932 年出生的龚维通还是穿着棉袄、棉裤盘坐在床上。他小儿子说,父亲年纪大了,行动多有不便,一个冬天除了出来吃饭和去卫生间,其余时间基本上都在床上度过,老人现在耳朵很背,跟他说话,声音要大一些。

大巷最后一个石匠龚维通老人
（2023 年春笔者采访时拍摄）

王世杭向龚维通介绍笔者时,他缓缓地点点头,笑着说:"哦,今天来了一位作家呢。春节前,社区张书记带来了一个写地方志的人呢。"

龚维通点燃一支烟,深吸了一口,缓缓吐出一口烟雾,陷入了沉思。我想,老人一定是在回忆往事。

笔者问:"老爷子,当年的云台山洞排险加固工程,您是第几批去的?"

龚维通:"第几批,我不知道。反正我们去的时候庙岭隧道南边的排洪沟已经挖出样子了,那条沟有 3000 米多长呢。工地上人可多了,足足有七八百口人,每个人都在自己的岗位上劳动,有挖沟的,有运输土方的,有开石头的,有洗石头的,有运输石头的,有码坡(在沟坡上砌石头)的,有带队的技术员,还有给工人做饭的厨子。"

"老爷子,那些石头从哪里来的呢?"

"就在附近的山上现打的。"

"老爷子,当年你们一共去了多少人?"

"连云地区石匠一共去了三十七八个人呢,其中我们大巷石匠占了一半,以龚姓、王姓石匠为主,可能还有两个耿姓石匠和一个叫陈同香的石匠。东哨石匠以张姓为多,有张正千、张正万、张正汉、张正立和张名池。"

"您记得是哪一年去的吗?"

"1952 年。"

"当年去的时间还记得吗?"

老人吸了一口烟,转过头,望着院子里一棵开满花儿的桃树,说道:"比现在时间还早,我们干了个把月时间,桃花才开呢。"

从龚维通老人的讲述中,当年的一幕幕慢慢清晰起来……

1951 年,工人先建设了洞口向西 1500 米护坡工程。那时的中国正处于国民经济恢复时期,群众生活困难。工程实行以工代赈,工人每天工作 9 小时,经过 3 个月的艰苦劳动,山洞两边共 3000 米长的护坡终于建成,且没有伤亡事故发生。工程结束后,新浦工务段还给参建工人发放了安全奖。

为了纪念这项维护铁路运输安全的工程,记录刚刚当家作主的劳动人民建设新中国这一历史瞬间,负责施工的新浦工务段请大巷石匠在施工现场刻了一座石碑,作为永久的纪念。这块石碑就位于云台山隧道西侧洞口向西约 300 米处的北护坡上。碑宽 2.16 米,高 0.99 米,带有 0.1 米宽的边框。碑面中间刻有铁路路徽,两旁刻有万年青和两面交叉的国旗。2010 年 12 月,连云区文旅部门发现这块石碑时,石面风化严重,部分石皮已脱落,文字表述不完整。经仔细辨认,碑文记载了政府和铁路部门动员新浦、墟沟、陶庵、大巷等处 1100 多人参加抢修,高温季节人力苦战 3 个月,新修 3000 米护坡的经过。正面刻文字径 6 厘米,上面刻有"云台山洞护坡修建工程落成纪念""群众力量是我们人民铁路运输安全的有力保证",背面还刻有 21 行小字,每行最多 11 字,字径 3 厘米,写的是参加这项工程的 5 家单位主要负责人和工人。立碑的时间为 1951 年 10 月 15 日。

墟沟地区的石匠于 1952 年再次进场。他们的任务单一,就是修建云台山洞西边的拱门工程。此项工程如果放在今天,仅仅是一项小的基建工程罢了,模板支撑好、钢筋绑扎好,混凝土运输车将成品混凝土运到现场,再通过泵车由管道直接将混凝土打上去,就妥妥完工,而且整个建设过程都不会影响到下面铁路的运行。彼时新中国刚成立 3 年,各种工程机械设备都很缺乏,就连一台像样的起重设备都很难找到,更不用说成品混凝土和混凝土运输车、泵车了。

龚维岭是工程技术员,他负责放线以及组织施工。石匠们进场后,先对运到场地的大石头进行粗加工,这道工序也称为"初洗"。施工现场最忙碌的人就是龚维岭,他要先与木工组的师傅对接,和他们一起测量山洞门的尺寸,为接下来支模板做好准备。石工和木工必须配合好,木工把模板支好后,就是石工上场,木工支好的模板必须方便石工干活。那个时候,山洞的拱门是一块块洗好的块石码砌出来的,还不是现在的钢筋混凝土现场浇灌。木工模板的质量,将直接影响石工干活的质量。

模板支好后,石工还要以1∶1的实际尺寸,在地上放一个大大的模型,俗称放大样,以此来计算出所需石料的尺寸、形状、用量等。下一步是"精洗",把粗洗过的石料洗成"里凹外凸"带弧形的样子,类似于古建筑小瓦片的形状。尺寸一般是长40厘米、高30—35厘米、宽30厘米,人们称为瓦、瓦石。一块瓦石的重量在140千克左右,中间的那块更大,有210千克左右。当年,建设云台山洞西侧拱门,没有使用一根钢筋,都是采用块石码成拱形而成。石料按照地上放的大样分解,一块块洗好后,再按照顺序编上号,逐一码放好。此项工艺,在当地石匠的口中称为"活璇"。

在缺乏起重设备的年代里,所有砌筑拱门的瓦石都靠人抬着运输到高处,人们事先用土结石修出一条长长的斜坡道。一块瓦石要4个壮劳力朝上面抬,途中还要停下来休息,换换肩,再继续。中间的那块瓦石更重,需要6个人抬。瓦石与瓦石之间的间隙,必须严格控制在1厘米到2厘米之间。瓦石都安装到位,紧接着的工序是灌浆,在瓦石之间的缝隙里注入高标号的水泥砂浆,这也是一项争分夺秒的工作。当年施工期间,为了避免火车通过造成的震动影响水泥砂浆的凝固,火车停运了6小时。这也是在整个施工过程中,火车唯一停运的一次。

拱门从洞口向外延伸出四五米,石匠们在拱门上方修建了一个方方正正的大平台。工程结束后,连云港火车站安排两名铁路职工在大平台上面,面对面站岗,以防止别有用心的人搞破坏。整个山洞上方的山体都用钢丝网围起来,不允许人上去。在山洞西面拱门上方站岗的人,先是身着铁路制服的铁路人员,之后有身着码头工作服的港口人员、身着警察制服的港口公安,在特殊年代里,还有民兵、人民解放军以及武警战士在上面站过岗。

那个年代里,开山劈石的炸药还是黑火药,其威力较之后来的黄火药要小得多。锤钎开石、石料运输、建材起重等都没有任何机械辅助,全凭工人的一双手,肩挑人扛来完成,对工人的体力是个不小的挑战。

在那个贫穷但激情飞扬的年代,工人的劳动热情特别高涨,人们荡涤在用劳动建设新中国的快乐之中!

大巷石匠租用山洞附近一吴姓人家和另外两家的民房,吴姓人家的房子是瓦屋面的3间堂屋和2间配房,龚维通的办公室、寝室和工人吃饭的食堂设在此,其余人住在另外两家草屋面的房子里。工地食堂是大锅饭,由专职做饭的厨子负责一日三餐,早晚饭有稀饭馒头佐以咸菜,有时也做米饭佐以菜汤,中午饭雷打不动的是大米饭、青菜烧豆腐、菜汤。一个星期有一次五花肉吃,那是他们最惬意的一餐饭。

两家草屋面的房子里,铺上芦苇和稻草就是大通铺,石匠都睡在上面。到了夏天,草屋面漏雨,石匠们还要给出租房屋的人家义务修理房子。

龚维通说:"大米饭浇上五花肉烧白菜粉条,满满当当盛在蓝边大瓷碗里。呼呲呼呲一大碗下肚,根本没有吃饱,再来一碗,还没有饱呢,第三碗下肚,才感觉胃里有点东西,吃上四大碗的人比比皆是,那饭吃得真过瘾。有了猪肉吃,我们下午干活也带劲,出活也多呢!小杨,你不知道,那五花肉,香着呢,现在的人吃瘦肉不吃肥肉,我们那时正相反呢,专找肥肉吃。"

可能是正沉浸在过去的回忆里,老人一口气说完后,自己先笑了。看到他似顽童般的可爱,我们也忍不住笑了起来。

工程属于点工制,当年叫计时工,还没有承包这一说法。石匠工人分为5个等级,每个等级工资不一样:一级工(也称壮工)0.97元/日,二级工1.25元/日,三级工1.48元/日,四级工2.09元/日,五级工2.48元/日。

说好是每天8小时工作时间,但是工人们的劳动热情高涨,每天的工作时间都在9小时以上。上、下午各休息一次,时间为15分钟,以带队者的哨声通知为准。

刚开始,人们都在工地居住,时间长了,大巷的石匠傍晚下班都回家。一是大巷与工地相距不足5千米,步行也就40分钟左右;二是工地上有个不成文的规矩,晚饭吃剩下的馒头都分给工人带回家。西墅、东哨的石匠相距要远得多,一来一回花在路途的时间要将近4个小时,故只能一个星期回家一趟。在馒头分配上,他们把夏天的分配指标让给大巷同行,到了秋冬季节他们就多分一些,大巷石匠则主动少分一些。都是出门在外干苦力活来养家糊口,工友们相互体谅、帮衬,关系融洽。

龚维通说,老街的云台路于1954年左右铺设过。最苦时是1959年,他第二次参与铺设石板路,大巷石匠上午到西山采石塘口的山上开采石料,下午洗石。夜里,再赶去铺石板路,每晚要在路灯下干到22点才收工。工人没有加班费,能享受的待遇是收工后每人一碗青菜豆腐汤,喝完汤就往家里赶,洗洗上床休息,时间就快到 24 点了,第二天还要起早干活呢。他们从初夏一直干到国庆前才完工了一条街。

大巷石匠还参加了"一五"计划的国家重点工程建设。1956 年,被列入"一五"计划的锦屏磷矿开始大规模建设,其中的中山选矿厂建设是重点之一。锦屏磷矿位于今天的海州区锦屏山南麓山坡。建设选矿厂,首先要从山上向山下打一口直径 4 米的竖井。按照工程建设要求,要在准备开打的竖井四周整理出一块平地来,有了平地才能方便下一步机械设备进场。石匠将山坡上的石头开采下来,再填充到坡下面,属于就地取材,石料采下后直接码放到下面,运输距离虽短,但对码砌石料的技术要求很高。

当年,参加锦屏磷矿选矿厂前期建设开山采石工作的石匠,由来自后云台山的墟沟一带的 60 多人、前云台山的云台乡一带的 40 多人组成,这 100 多口人都集中住在蚂蟥涧的柴笆房里。到了今天,参加锦屏磷矿建设的墟沟一带的石匠,仍然健在的已经所剩无几,王世杭就是其中之一。按说以王世杭的年龄是没有机会参加那次工程的,他之所以能参加,是因为他很执着地想做一名石匠。他知道做一名石匠挣钱多,不仅能养家还能吃饱饭。大巷石匠多,王世杭左邻右舍从事石工的匠人也多,在大巷,龚、王两家既是大姓又是表亲。打记事起,他就发现石匠人家的饭食要好于一般人家,间隔一段时间,石匠人家的餐桌上会有白面馒头。

石匠不出去干活时,和家人一起吃的自然是简单的饭食。有活干时饭食就不一样了,请石匠建房子的主家为了使匠人们在干活时不懈怠,往往会做好吃的饭菜招待他们,逢到奠基、上梁的环节,饭桌上还有好烟好酒招待。集体干活时一日三餐都在工地上吃,每天吃了中午饭后,伙房师傅就开始准备晚饭,会用面粉多做一些馒头,大家吃不完,就按人头平均分配带回家吃。

1956 年,大巷实行初级农业合作社,1957 年转高级社,后又改为人民公社,大巷村也改为大巷大队。大队按地缘划分 5 个生产队,大队土地归集体所有,村民变成了社员,实行工分制,一个工分 8 分钱,每天 10 个工分封顶,每人每天 4—6 分工不等,生产队为核算单位。王世杭父亲是盲人,不能干活,母亲一个人每天只能挣得 4—5 分工,换算成钱也是三四角,根本不能养活一家 3

口人。得知到锦屏磷矿打石头的队伍里还缺一个挑茶水的人,王世杭坐不住了,他找了农业合作社社长龚学树,还找了带队的大师傅张树森,哭着闹着要去挑茶水。龚学树、张树森对他说:你四伢子(王世杭乳名)才15岁,正是上学的年龄,你身体单薄、个头不高,不上学却要到工地上挑水,这怎么行呢!他的族叔、族兄也劝他继续上学。

十四五岁的少年对家里的情况自然清楚,母亲一个人挣工分,一家人连饭都吃不饱,如果继续上学,母亲的负担就更重了。正长身体的小男孩特别能吃,那时候,还是16两秤,1斤是16两,一个馒头是2.7两,4个馒头算1斤,1斤馒头下肚,他才吃半饱呢。王世杭说他好歹也是个小小男子汉,要为母亲分忧解愁。也许这就是俗话说的"穷人的孩子早当家"吧。

墟沟、云台两支石工队伍于1956年9月到锦屏磷矿,到了磷矿才知道那是一个从来没有见过的大场面、大工地,各种各样的工程队就有十几支。墟沟、云台的两支石匠队伍都集中住在蚂蟥涧,伙房也设在那里。蚂蟥涧位于今天的桃花涧景区大门东侧,与选矿厂工地相距将近2千米远。说是挑茶水,其实挑的就是白开水。白铁皮制作的水桶,分大小两个型号,大桶盛水25千克左右、小桶12.5千克左右。平常挑水的桶都是大桶,小桶是用来"带桶"的,所谓带桶,是在挑子的一头再挂上一只小桶。王世杭上午挑茶水五六挑,下午七八挑,下午天气热的时间长,有时候挑的水供不上工人喝,就需要带桶。4个月的工期,王世杭就挑了4个月的茶水。

随着笔者查阅文献资料以及采访的深入,20世纪50年代初,云台山洞排险加固工程现场施工的一幕幕,逐渐清晰起来。想到云台山洞遗址怀旧的愿望,在心里酝酿越久,越强烈。

2023年桃花盛开季节的一天下午,王世杭给笔者当向导,我们来到了原云台山洞的遗址。山洞被炸毁了13年之久,昔日的陇海铁路"第一洞"已经面目全非,没有了曾经的辉煌。隧道顶部全部被炸毁,只有铁道两侧还保留着的部分山体在夕阳的照耀下,泛着略带金色的余晖,仿佛在向世人展示当年的岁月峥嵘。

云台山洞两侧起泄洪排涝作用的沟,叫铁路沟。这两条铁路沟,自山洞建好就存在,只是又窄又浅,每到夏季汛期来临之前和汛期里,连云港火车站都要几次组织工人清理沟里的落石、泥土、树叶等杂物。山洞南面还有一条排洪沟,它距离铁路沟有五六米远。我们眼前的排洪沟,呈梯形,上口有八九米宽,下口有三四米宽,高度有六七米,整个排洪沟被水泥砂浆粉抹得严严实实,虽然汛期还没有到来,沟里依然有很多水,只是水流量不大。紧邻铁道北面就是一个面积巨大的堆货场,完全不似资料上描述的山洞北侧就是大海,还有铁路沟。

我们在铁路南侧一处制高点,近距离向北观察了好久,原云台山洞北侧的货场、码头上各种作业车辆来来往往,一切显得有条不紊、按部就班,现场却不见一个工人。

望着眼前的一切,王世杭连连咋舌,感慨道:"变化真大呀,简直是天翻地覆啊!"

对于王世杭的所言所指,笔者一无所知,只能满脸疑惑地望着他。

王世杭接着说道:"小杨,你可能不知道,我十来岁时就和小伙伴一起来过码头看热闹,那时候的码头上干活的工人可多了,到处都是人呢,可以用黑压压的人群来形容呢!现在,你瞧瞧,你瞧瞧,我们在这儿站了大半天了,都没看到一个干活的工人呢!"

笔者指着眼前的排洪沟,说道:"这大沟还是混凝土的,看样子时间也不长,应该是后建的,不像是当年的东西?"

王世杭听了,连连摆手说:"不是,不是,你看到的排洪沟就是 20 世纪 50 年代初建设的,沟底、沟坡和沟堤岸都是块石砌筑,那块石与老街铺路的块石一般尺寸,每一块都是经过石匠洗出来的,标准可高了。"

"沟底部,也砌了块石吗?"

"那当然了,你朝南面中山路方向望,这条排洪沟的水是从中山路南侧部队加油站边上的一条涧沟下来,经过中山路下面的涵洞流入下游的东陶庄涧沟,再入海。排洪沟长年累月有水流过,特别是汛期水量特别大,沟底不铺上块石怎么能行呢?"

"可是,眼前的这条大沟怎么看不到一块石头呀?"

"我们现在看到的排洪沟,是十几年前涧沟整治期间,人们在排洪沟原来的基础上加上了一层混凝土。"

接着,王世杭带着笔者步行到中山路下的一处排洪沟。这条排洪沟与北面下穿中山路的一座涵洞相连接,这座涵洞的作用是将路北面山上涧沟里流下的水引入大海。涧沟东侧高 20 多米、西侧高五六米,全部是块石砌成,涧沟宽 10 多米,没有上盖,呈"八"字形,上口稍大,底部略窄。令人称奇的是,涧沟是混凝土地面,靠东约三分之二处立有一排铁道钢轨焊接的挡石桩。挡石桩由 8 根插入地下的铁轨、2 道横着的铁轨、3 道斜着的铁轨焊接而成。那竖起来的留在地面上的铁轨有一米多高。

建港期间建设的涧沟挡石桩

王世杭指着那铁轨焊成的挡石桩,介绍道:"这就是挡石桩。小杨,你可千万别小看这锈迹斑斑、黑乎乎的铁家伙,它可有年代了,还是荷兰人当年在这里修铁路的时候做的。今天,你看到的铁轨还是从国外进口来的,有人曾经下到涧沟底部查看过这些铁轨,上面的标记显示还是德国制造的,瞧瞧,快百年了,这铁轨基本上还是老样子,可见那个时候铁轨质量之好!那斜着向下的铁轨与竖着插入地下的铁轨形成三角形,起着支撑作用。20 世纪六七十年代,我也多次来过这里,那挡石桩上还被人涂抹上厚厚的黄油(润滑脂)起防腐蚀作用。

"刚才看到的老云台山洞遗址,就是从庙岭山硬生生开凿出来的一条铁路隧道,铁轨紧赶慢赶铺好后就通车了。开采后的山体没有做加固、排险等后续工程,因此每逢汛期,从上面山体上滑落的石头就会随着雨水一起冲到下面的铁路路基甚至铁轨上,给铁路运输造成安全隐患。于是,人们就采用了这个办法,并且一直沿用到现在,到了今天还发挥着作用呢。

"之前,这涧沟沟底部分也是用块石铺成的,后来才硬化成混凝土地坪。建设之初的涧沟没有现在宽,就是挡石桩的宽度,现在我们看到的涧沟是在原来的基础上,向西拓展了近一倍,这也是为什么挡石桩只占了涧沟一半。"

实地观看了云台山洞旧址,听了王世杭的介绍,再综合之前的资料,笔者不禁感慨万物的变化。在这个世界,变化是绝对的,不变是相对的。在动态的变化中,自然界在不停地变化,人在不停地变化,事物在不停地变化,事事物物变化之快,令人应接不暇。

春去秋来,寒来暑往,岁月更迭,四季轮回。

时光荏苒中,世间万物有在这颗星球上存在的时间,也有它谢幕的日子。一条开挖于 20 世纪 30 年代初的山洞,仅仅存在了 70 多年时间,就完成了时代赋予它的使命。

在历史的长河里,云台山洞不过是留下了一瞬间的身影,但是,它却见证了一段中国人走在民族复兴道路上的铁路建设史!

第三节 参建毛主席纪念堂

如果说1952年云台山洞加固排险工程,让大巷石匠在陇海铁路沿线城市声名鹊起,那么真正使大巷石匠扬名全国的,则是 1976 年参加毛主席纪念堂的建设。

毛主席逝世后,党中央决定建设一座纪念堂。11 月 9 日,毛主席纪念堂工程现场指挥部(简称指挥部)成立,时任国务院副总理谷牧负责纪念堂建设的领导工作,北京市建委副主任李瑞环担任指挥部党委书记兼总指挥。

毛主席纪念堂于 1976 年 11 月 24 日奠基,1977 年 5 月 24 日竣工,工期仅仅半年。9 月 9 日,毛主席逝世一周年,纪念堂正式开放。

为了修建毛主席纪念堂,来自全国各地的多支建筑工程队伍云集到北京,工程施工采用换人不歇工的方法昼夜赶工。鲜为人知的是,当年连云港市组织了一支近50人的工程队伍参与了毛主席纪念堂的建设。工匠们以忘我的劳动、精湛的技艺,获得毛主席纪念堂建设指挥部的多次表彰和嘉奖。

江苏省派出的工程队伍共有88人,其中连云港市49人、徐州39人。江苏省工程队是由从苏北两个市选派的工匠组成,也有人开玩笑说这支队伍是"苏北帮"组成的。连云港市选派的工匠,以连云建筑安装公司为主,去了44人,另有东海3人、赣榆2人。

大巷龚氏家族有着历史较长的建筑手艺传承。家族中,不仅祖传的石匠活为人所称道,木匠活、瓦工活、铁匠活、银匠活、篾匠活等也远近闻名。

当年,连云建筑安装公司选派的44人中,大巷龚氏家族"维"字辈的族人就有12人,分别是:龚维品、龚维鼎、龚维江、龚维益、龚维田、龚维祝、龚维德、龚维余、龚维才、龚维民、龚维运、龚维宝。他们都是从大巷走出去的优秀石匠,龚维江担任技术员一职,龚维宝是匠人中年龄最小的,时年仅仅23岁。

连云建筑安装公司成立于20世纪70年代初,是以连云地区石匠为主体发展起来的建筑安装企业,在连云港市以及苏北鲁南地区具有一定影响力。这家公司曾为连云港市尤其是东部城区的城市建设做出了卓越贡献,如原连云区人民政府办公大楼、连云港守备区军人礼堂、连云税务局营业楼、墟沟农业银行办公楼、旗台山导航台、墟沟影剧院等,可以说那个年代的东部城区标志性建筑和重点工程均出自这家公司。20世纪90年代,该公司改制,更名为连云港东方建设工程集团有限公司。

相传,中国建筑业的鼻祖是春秋时期的鲁班,他发明了中国人早期建筑房子的工具如铲、刨、钻、曲尺、锛、凿、斧、锯等。鲁班有3个徒弟,大徒弟张大,是石匠,二徒弟陈齐,是木匠,三徒弟李春,是瓦匠。

内行人不用问匠人是干什么活的,从他们所用的木尺上就能看出来。石匠用的是二尺杆,木匠用的是三尺杆,而瓦匠用的是五尺杆。前文讲过的龚维岭在施工放线时,使用的就是五尺长杆。

不管是石匠、木匠、瓦匠,在实际工作中都是用单眼调线来找建筑物各部件的垂直度。这里还有一个非常有趣的故事。

传说,鲁班带着他的3个徒弟到处"投简历,找工作",一天,他们来到赵州城南的洨水河边,看到河面宽阔、水流湍急,使船载人运输,既不方便也不安全。为了解决人们的渡河困难,师徒4人就动手修起了石桥。一夜之间,一架崭新的拱形长桥横跨两岸,这就是赵州桥。第二天,当地百姓见了无不拍手称快。

这件事让"八仙"之一的张果老知道了,他想试试石桥的质量如何,就约上仙人柴荣(周世宗)来到赵州桥。张果老倒骑着驴,驴背的褡裢里放着"太阳"和"月亮",柴荣的独轮车上载着"五岳名山"。二人一上桥,就把桥面上震得尘土飞扬,偌大的石桥也摇摇晃晃起来。眼看桥就要有坍塌的危险,鲁班大喊一声"大事不妙",就急忙跳下河里,用双手将桥身紧紧托住,巧合的是扬起的尘土一下子迷住了他的一只眼睛。

从此,石匠、木匠、瓦匠在调线时,总是闭着一只眼。老百姓有一句调侃的话,"石、木、瓦匠调线,睁一只眼闭一只眼"。大巷石匠调线个个都是好样的,龚维岭、龚维江就有一手单眼调线的绝活。

2023年盛夏的一天,笔者到大巷采访,在大巷社区党委书记张红艳的引荐下,寻访当年参加毛主席纪念堂建设工作的大巷石匠。令人遗憾的是龚维江老人于2022年去世,万幸的是他的日记还保存着。

翻开龚维江已泛黄的日记,上面详细地记录着各省派出的工程队负责的片区范围:

> 江苏、山东、浙江、福建4个省的工程队,以主体建筑为中心,分别负责4个方向的施工。北门向东、东门向北部分,是我们江苏队的施工范围;北门向西、西门向北部分,是山东人的施工范围;西门向南,南门向西部分,是福建人的施工范围;南门向东,东门向南部分,是浙江人的施工范围。

龚维江76岁那年,在接受媒体记者的一次采访时说,那时听闻毛主席逝世的消息,全国人民都很悲痛。之后隆冬的一天,他们一群石匠正在山塘里打石头,在休息时,石匠们从架在塘口的广播喇叭里,听到国家要建毛主席纪念堂的消息。当时大家兴奋地说:建设毛主席纪念堂如果需要石匠,我们都要去,我们这辈子能参加纪念堂的建设,那该有多么荣幸啊!没想到,几个月后的春天里,他们竟然接到了通知,还真的到北京参加毛主席纪念堂建设了!

2023 年 10 月 27 日下午,笔者采访了 1977 年进京参加毛主席纪念堂建设的大巷石匠龚维民。龚维民出生于 1950 年 12 月 27 日,进京时是 27 岁。尽管时隔 46 年,回忆当年出发进京的一幕,他依然历历在目。

进京参加毛主席纪念堂建设的连云石匠队伍共由 44 人组成,其中大巷石匠占了一半还多。1977 年 3 月 19 日,墟沟公社领导班子全部出动,把连云石匠召集到公社会议室开会。中午,招待了石匠师傅一顿饭。3 月 20 日早晨,石匠师傅到连云火车站乘车,到新浦火车站下车后,就马不停蹄地赶到市政府一间会议室,与东海县、赣榆县和连云港市第一、三建筑公司分别派出的 3 名石匠共 12 人汇合。一名副市长给师傅们开会,在重点强调进京后的组织纪律后,副市长说能进京参加毛主席纪念堂建设,是每个人的荣耀,鼓励他们努力工作,发挥石工技艺,把活干好,为江苏人民争光,为家乡人民争光。中午在市第一招待所用餐后,于 14 时,一行 56 人在连云港市建工局夏运江、李长征的带领下,从新浦火车站乘坐火车再次出发,大约 19 时到达徐州火车站。徐州市政府安排石匠师傅晚餐以及住宿,21 日上午,与铜山县派出的十几名石匠汇合,一起乘坐火车赶赴北京。

石匠们乘坐的车厢,是在普列客车的最后面增挂了一节,连云港和徐州两市的石匠都集中在一起。石匠的车厢和前面车厢的通道被阻隔起来,晚餐由专人送到车厢里,石匠们就在本车厢吃饭。石匠想去卫生间要排队挨着去,一次只能一个人,而且由专人陪同,过程中不与任何人交流。龚维民说,晚上 10 点左右,火车停靠在北京站,他们下车后立刻体会到北方夜晚的寒冷,尽管临行前有了充分的思想准备,也随身穿了御寒的棉衣,但还是冷得直跺脚。

时隔多年后,石匠们聚在一起谈到当年的一幕,还开玩笑地说:"我们还乘坐过专列呢。"对于去、返北京的时间节点,龚维民说,他清楚地记得,他们是农历年二月初二龙抬头那天去的北京,五月初二回到家,到家后的第四天就是端午节。石匠们一来一去,正好是 3 个月时间。

江苏省派出的石匠到北京的时候,毛主席纪念堂已经开始施工,每天都有三四万人在工地上劳动,施工现场人山人海,人头攒动,热火朝天,工人们

1977年5月24日,参建毛主席纪念堂的江苏部分石匠(78名)在新落成的纪念堂前合影留念

干劲十足,那激情劳动的场面特别壮观、宏大。

连云港工程队主要承担毛主席纪念堂装饰工程,包括墙壁外立面装修、路牙石安装以及地面大理石的铺装等。除了东海去的3个匠人因为年龄偏大,被安排去看守仓库,其余人都在施工一线。

在进行纪念堂东墙和北墙花岗岩贴面工程时,其他班组几个人装一块花岗岩,而连云石匠两个人就能把一块花岗岩轻松安装到位,为下一道工序提前进入施工提供了充足的时间。连云石匠贴面砖的质量,在垂直度和平整度方面均不超过2毫米误差,每次都能顺利通过验收组的验收,被纪念堂指挥部表扬为"速度快、质量高"的工程小组。

在纪念堂花岗岩台阶施工时,指挥部一再强调,那些石料是从福建运来的,成本很高,工作中务必要小心仔细,不能出废品。按规定,每块台阶石的加工周期要控制在7个工作日以内,而连云石工只用4个工作日,就保质保量地完成了任务,并且没有出现一丝一毫的差错,得到了纪念堂指挥部的表扬。这是因为:一是连云石工对技术要求非常高;二是他们有多年加工石料的经验,已经掌握了相当成熟的一套方法,积累了丰富的经验。花岗岩石的加工工艺、流程、技术规范与他们在家乡加工云台山岩石大同小异,因此在毛主席纪念堂施工时,大巷石匠能做到"标准高、速度快、质量好"的要求。

那个时候,工匠们干活不仅凭体力、技术,还有对伟大领袖毛主席的一腔热爱。纪念堂建设大工地上,人们忘我劳动,埋头苦干,"比学赶超帮"的劳动氛围特别浓郁。

与连云港市的石匠分在一组"茬"路牙石的,还有浙江、辽宁的石匠。路牙茬得如何,关键看"茬"出来的石头条纹,如果条纹似灯草绒,就像砧出来的一样,那可是漂亮极了,行家里手只需一眼望去就知道"有没有"。质检的工程师来了后,只要望上一眼,脸上的表情如果不再严肃,就说明质检合格了;如果望上一眼后,一言不发,再阴沉着脸,不用问肯定要返工重来。验收组每次验收连云石匠茬的路牙石,脸上都挂着笑容。龚维江小组在完成一天工作的情况下,还帮"邻居"兄弟小组干些活。指挥部还召开现场会,表扬江苏工程队不仅外墙、外檐装修的质量和工艺效果都好,还能在完成自己的工作任务后,积极主动帮助兄弟省市工程队干活,这样的互帮互助精神非常值得提倡。

龚维江在日记中写道:

> 我们连云石匠在花岗岩墙体贴面的垂直度、平整度、速度上都要优先于别的小组,特别是我这个小组,不仅能提前完成任务,还帮别的小组贴一面墙呢。到了晚上,指挥部会安排质检的工程师来验收,验收过程中小组组长要全程跟随,不仅要检验垂直度、平整度,还要求门、窗套两个角和对角的误差必须小于 2 毫米。一面墙、一扇窗户的每一个组成构件都标注在图纸上,我们工人的名字也标在上面,哪个构件是哪个匠人所做,一目了然。
>
> 当时还有综合测评打分,我们江苏工程队是所有省级工程队中得分最高的,满分 100 分,我们得了 99 分呢!

江苏工程队 6 月完成任务后,指挥部还特意给他们开了总结表彰大会,谷牧和李瑞环在会上还讲了话,表扬他们在建设毛主席纪念堂过程中的辛苦付出,肯定他们的工作。

龚维江参建毛主席纪念堂时,他的儿子才 6 周岁,到 2024 年已 53 周岁了。龚维江留下的纪念品就由他儿子珍藏着,那是一个红色封面的笔记本,上书"毛主席纪念堂工程现场指挥部1977年6月"字样,扉页上还有几张图片,包括华国锋为纪念堂奠基的情景。还有一枚纪念章、几张车票(月票)单据,以及附有他照片的出入证。照片上的龚维江,年轻帅气,英气逼人,神采飞扬。但当时为了赶工期,加班加点干活,体力消耗大,3个月的时间里,龚维江瘦了整整28斤呢!

"那个时候,我们对毛主席都充满了崇敬之情,能为他老人家修建纪念堂,是我们大巷石匠一生的荣耀!我吃了点苦、瘦了几斤肉,根本不算什么!"这是龚维江生前接受媒体采访时说的话。

龚维江儿子说,他父亲的纪念物还不止这几件,还有一张镶了框的奖状以及一只纪念水杯等,都捐给连云港市相关文物部门了。

据龚维才介绍,他因为工作突出,还被奖励了3张奖状,但后来都遗失了。另一位已去世的石匠龚维祝,留下了一张奖状和一只水杯。奖状明显具有20世纪70年代的典型风格,上书一些嘉奖的话语,杯子则是白瓷制,上面用靛蓝色写着"毛主席纪念堂建设留念"几个字。

据大巷部分上了年纪的老人回忆,当年完成毛主席纪念堂建设任务,载誉归来时,连云区政府组织了盛大的欢迎仪式,热情的人们在连云火车站敲锣打鼓,迎接石匠们回家。

石匠们踏实的劳动、精湛的技艺得到了国家、省、市、区领导的高度赞扬,成为人们心中的英雄和骄傲!

在建设毛主席纪念堂期间,大巷石匠经常看到谷牧和李瑞环到施工现场来,他们的身后有时候跟着两三个人,一行人边走边看,还不时小声地交谈着;有时候谷牧或李瑞环就独自一个人出现在工地上。因为有严格的工作纪律规定,工人们干活期间没有主动向他们问好,除非领导主动问他们问题,但这样的情况很少出现。

纪念堂要赶在当年9月9日毛主席逝世一周年纪念日投入使用,所以工期极其紧张。建设者按照时间节点夜以继日地赶工期,工人的劳动强度也比较大。指挥部出于对国家重点工程施工的严密保护,现场管理也非常严格,各个关卡都有部队官兵在站岗,任何人都需要随身携带工作证才能进出。一次,29岁的龚维才不小心把工作证弄丢了,工作期间,工作证是挂在衣服上的,他可能没挂好。江苏省工程队临时停工,所有人员的工作证都上交,经保卫部门逐一核实后,将原工作证集中销毁,又重新做了一套工作证。

龚维才说:"我们最大的遗憾是没有看到毛主席遗容,但能参加建设,我们倍感荣幸!"

大巷石匠也好,连云地区石匠也好,能参与建设纪念堂,是连云港人的骄傲和自豪!

1977年,是大巷石匠群体的高光时刻,他们拥有了属于他们的光荣!

历史的车轮滚滚向前,时代的潮流浩浩荡荡。

随着时代的进步,科技的发展、工业化进程的不断加速,传统的纯手工劳动逐渐被机械取代,各种各样的建筑材料实现了工厂化生产。新型的建筑材料问世,加上环境保护的需要,建造房屋已经不再需要单一的石料。石头的切割与雕刻也都由大型数控车床实现工厂化生产,因此,传统的石工匠人逐渐减少,他们所传承的手工技艺也逐渐萎缩,面临着消亡的局面。

有了脱粒机就淘汰了石磙;有了打夯机就淘汰了滑皮石磙;有了粮食加工机就淘汰了石磨、石碓;有了钢栅栏杆就淘汰了石砌墙体;有了红砖、各种轻质砌块以及钢筋混凝土就淘汰了条石过梁;有了工厂化生产的轻型、环保型墙体就淘汰了石头墙;有了落地防盗门、玻璃门,门枕石也不见了踪影。

山场上开山采石由空压机、风钻打眼放炮,传统的人工轮大锤打錾,消耗体力的时代一去不复返。

王世杭无可奈何,伤感地说:"俗话说'长木匠,短铁匠,不长不短是石匠'。在过去,木匠、石匠、铁匠都是在农村里很受欢迎的职业,工匠们很受老百姓的敬重。我们大巷石工前辈几代人才积累了这些处理片麻岩的开打、錾凿、砌筑等技艺,随着新机械、新工艺的不断兴起,都将渐渐退出历史舞台。"

1990年后,连云区政府本着"发展经济和保护绿水青山"两手抓,两手都要硬的发展理念,开始封山育林,关停了所有采石场,石工们都相继转行。从此,连云石匠的石工技艺留在了老石工匠人的记忆中。

石头是地球的年轮,石器是文明的鉴证。

中国人敬石、爱石,留下了石与人的不解之缘,演绎着"女娲补天""精卫填海""猴王裂石"等美丽的神话。中国自古便认为石头有灵性,《莲社高贤传》中就有佛祖讲《涅槃经》而使得顽石点头的故事。《红楼梦》中也有顽石幻化人形,经历人世沧桑的故事,宋代杜绾在《云林石谱》的序言中,开篇第一句就写道:"石者,天地至精之气也。"可见,中国人一直将石头奉为物之极致。

石匠,是历史传承悠久的职业。他们将顽石或凿或磨或雕刻加工成具有实用性和观赏性的物件,比如过去日常生活中使用的门墩、础石、石磨、石碾、兑窝、碌碡等等,无不出自石匠之手。大巷社区有个工匠馆,这个集文物展览、图片说明、视频观看于一体的小型工匠馆,为参观者娓娓道来中国石匠的前世今生,大巷石匠的过去、现在、将来。大巷石匠精神的传承,是这座工匠馆永恒的主题!

奖状,在过去的年代里曾经有不同的叫法,如褒奖状、褒状等,其样式也各不相同。

龚维佳奖状原件

2023年金秋十月的大巷社区秋高气爽,丹桂飘香。一天下午,笔者和王世杭一起走进大巷社区大巷工匠馆,刚刚大学毕业到社区参加工作的小姑娘樊思茹热情地接待了我们。

在工匠馆展区,一张镶嵌在木框里的奖状特别引人注目。奖状设计很独特，整张奖状以米色为底色，红色为主体色，金色为辅助色，全对称设计，长 37 厘米，宽 28 厘米。两边各插有旗杆上方带金属圆球的 3 面红旗，最上面一行是华国锋书写的颜体楷书"毛主席纪念堂"6 个鎏金大字，下面写有：

龚维佳同志：

　　在毛主席纪念堂工程建设中，你以实际行动作出了贡献，特此予以表扬。

毛主席纪念堂工程现场指挥部

分指挥部

一九七七年五月二十四日

奖状正中间下方是冉冉升起的太阳照耀着金色的纪念堂，最下面的中间是一朵配有彩带的光荣花，两边各插有 9 面缩小版的红旗。

笔者问正客串讲解员角色的社区党委书记、居委会主任张红艳："张书记，这张奖状很珍贵呀，是工匠馆镇馆之物吧？"张红艳笑着说："可不是嘛！龚维佳觉悟挺高的，建石工匠馆时我和社区的同志到他家，动员他把这张奖状捐给馆里，作为馆藏文物永久收藏。没想到，他毫不犹豫地答应了。"

王世杭一本正经地问张红艳道："红艳书记，老夫今年已 82 岁，再过几年也许就无暇顾及我'百宝箱'里的那些'老伙计'了，如果把它捐给博物馆，不知道你们是否愿意收藏？"

张红艳笑着说："当然愿意收藏了，您的那些'老伙计'，可是代表着一个时代的记忆呢！"

大巷人杰地灵，大巷石匠勤学苦练，人才辈出，在新中国初期的建设中，涌现出一批勤劳、担当、奉献的劳动模范、行业精英。大巷工匠精神传承着艰苦奋斗、迎难而上的精神，秉承着精益求精、一丝不苟的态度。

工匠馆以时间为主线，通过人、事、物的贯穿，淋漓尽致地展现了大巷石匠不同历史时期为国家和人民做出的积极贡献，也为中国石匠的发展提供了完美注脚。

今天的人们不应该忘记，在中国大地上曾经有这样一群石匠。他们用独具的匠心丈量生活,用勤劳的双手建设祖国,用精益求精的追求,为中华民族的伟大复兴奉献力量,这也许就是我们这个火热的时代最需要的品质。

张红艳深情地说:"大巷这一方水土是大自然的馈赠,美丽大巷,土地肥沃、泉水清澈、人杰地灵。大巷工匠精神青蓝相继,薪火相传,传承新时代的使命担当。大巷工匠馆是珍藏大巷工匠初心的地方,是把工匠精神浓缩、弘扬和传承的地方。我们建设工匠馆,为的是让人们记住历史,记住乡愁,不忘初心,砥砺奋进!"

第十二章　民国符号，城市记忆

第一节　果城里，苏北石库门

坐落于后云台山北麓的连云街道办事处胜利社区果城里巷，有一座独立的小城，其建筑风格类似于上海石库门的民国建筑群。它就是20世纪30年代初由上海中兴公司兴建的果城里。

初来乍到的游客，沿着老街曲径通幽的小街巷，踏着古旧沧桑、光影斑驳的石板路，不经意间一抬头："咦，上海石库门怎么搬到了这座苏北小城呢？"带着心里的疑惑，游客走进这座建筑群。

果城里建筑群布局精妙，工艺考究，院中有院，房檐、房顶通透的圆窗均为青砖砌成，彰显江南气息；立柱、窗户及门框则是西洋的格调。建筑群共由4座相同的四合院落组合而成，其独特的建筑样式似天外飞仙，飘落于山脚下，给人以超凡脱俗之感。在每个院落外，设计师又独具匠心地设计了一个小巧、狭长、别致的石木结构小院落。4座院落分为两排，每排占地面积1300平方米左右，两两相对，中间有一条从南到北3米宽的石板路。南北院落间距1.2米，中间留有一条窄窄的小巷，从小巷向上面望去好像一线天。每座院落面宽17.2米，进深21.8米。建筑平面由三合式连体两坡屋面平房和面向石板路的围墙组成，围墙上置镶有雕琢精致的石门框，院内房屋廊檐由木质檐柱支撑，那刷着油漆的木质支撑，有江南商贾显贵之大家风范。山墙上还留有砖砌的圆形百叶气窗，如此建筑风格在长江以北的苏北沿海地区是很罕见的。

果城里每个单独的院落都留有进户门，住户可以从朝南面临山的南门、朝北面临海的北门自由进出。住户之间能够互不打扰，私密性比较好。

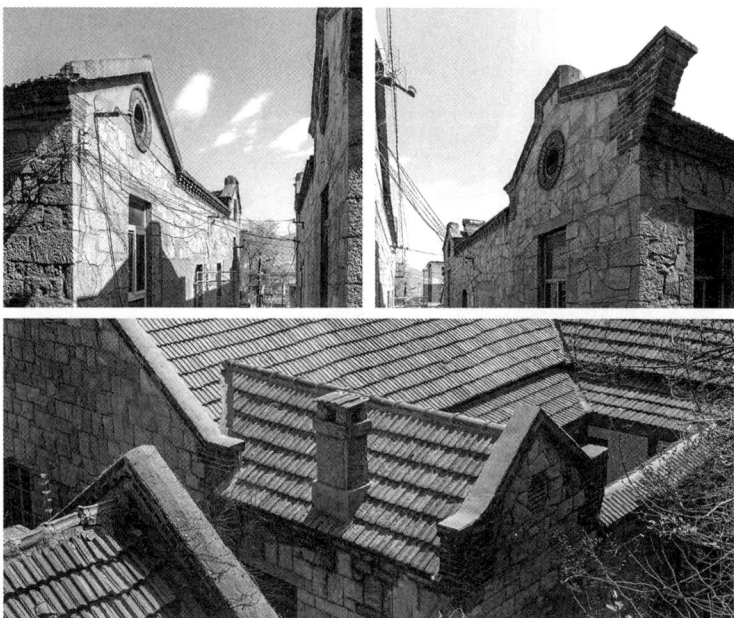

果城里建筑群掠影

这栋占地面积2300多平方米,融合了江南气息和西洋风格的建筑群,无论是整体布局还是局部细节,都是那个年代建筑中的精品佳作。

有人说这不是一座普通的建筑群,它是20世纪30年代初连云港建港伊始,荷兰工程师、银行家、高级职员以及国民政府要员的办公场所和寓所,也有人说它是连云老街开埠初期连云港建港口码头、铁路、火车站的指挥中心。历经近一个世纪的风雨飘摇,完成历史使命的果城里建筑群,就像一位世纪老人默默地伫立在云台山脚下。

1925年,北洋政府一度有意将陇海铁路终点定在大浦,并在大浦建设港口,后来因为黄河夺淮入海带来的潮汐、水流、地理的变化,大浦港航道淤塞严重,船只经常搁浅,而不能使用。尽管陇海铁路当局于1932年在航道疏浚方面做了许多努力,令人遗憾的是疏浚的速度远远赶不上淤塞,最终才决定建设老窑码头。

早在沈云沛转任邮传部右侍郎一个月后,他就提出在老窑建港的计划,但此计划却受到了外国工程师格瑞奈等人的否定。

从时间节点来分析,沈云沛转任邮传部署理右侍郎是1908年春天,那么,在 1908 年甚至更早时间,法国、荷兰、比利时等外国工程师就对老窑码头测量过。随着后来定址老窑,建港的勘测工作又加快了步伐。东连岛镇海寺的一个角落曾经建有几间房屋,用于满足海港勘测期间外国专家的工作、起居之需。东西连岛与老窑码头有着一条宽阔的海峡阻隔,无论是日常工作还是生活都不方便,鉴于此,在码头北侧的山坡上建设一座集办公、生活一体化的指挥中心就迫在眉睫。

历史往往就是如此神奇,于是在老街开埠之时,果城里就诞生了。

荷兰人在老窑港湾承包建码头工程,下面还有多支工程施工队。老窑码头挡浪堤的建筑承包商是河南郑州人董方成,他曾经在上海担任过建港设计工程师。说起董方成的名字,人们大多数都不知道,如果说到董把头,那可是无人不知无人不晓。老窑码头开埠之时,老街云集了众多资金雄厚的有钱人到此淘金。铁路、码头的建设是靠借荷兰的贷款来完成的,之所以贷款,说白了政府的兜里没有钱。建设铁路、码头主体的钱有了着落,但与之相配套的生产、生活设施的支出,钱从何来?答案是需要依靠民间资本。于是,大量的民间资本开始涌入老窑埠区,建设上海大旅社的马某、果城里的董方成等人,都是带着不菲的资金到老窑搞建设,埠区老百姓就称这批搞建设的头头为"把头",是当家人的意思,与茶马古道马帮的头领"大锅头"、走镖的"镖头"相似,是个带队的领导人,但是,它和旧社会剥削劳工甚至控制劳工的把头有区别。

老街山坡上建港初期的四大典型建筑分别是:上海大旅社、果城里、福利社、十三道房。

建设上海大旅社的马某号称第一大把头,他从荷兰人手里承包了老窑第 1 码头的建设;第二大把头就是董方成董把头,他建设了果城里。至于福利社和十三道房是哪个把头所建,已经查阅不到,就连口耳相传的信息也没有。这四大建筑都属于私人所有。

果城里地理位置特别好。它头顶蓝天,脚踏大海,向南可仰望郁郁葱葱的云台山,向北可俯视一望无际的黄海。

董方成来到老窑后,会同陇海铁路局派出的官员、专家一起选址。他们以专业的眼光对老窑进行实地考察,努力寻找适合码头设计者、建设者居住和办公的地方。经过一番考察以后，他相中了半山腰的一块地方，就是现在的果城里那片区域。此处面积较大，山势也相对平坦，有几间房屋，还有一个天然的大水塘。这块山地为朱家所有，于是陇海铁路局要求董方成出资买下了这片田地和房产。

建港刻不容缓，建设一所供建港的设计、施工方办公、居住的房子更要先行。董方成马不停蹄地请专家因地制宜设计出了图纸，把大水塘填为平地后，建设了中西风格珠联璧合的两栋相对的排楼，这就是今天的果城里建筑群。

果城里这个名字，最早于 20 世纪 60 年代末 70 年代初才出现，至于建设之初这栋建筑叫什么，档案资料查阅不到。带着这个疑问，笔者走访了连云港市地方志专家学者，他们均表示不知晓。在今天的老街，年龄在 70 岁左右的"土著"居民的口中，此栋建筑叫"大仓裕""盐行""大粮行""部队大院""大杂院"等。据他们听父辈口耳相传，当年，陇海铁路局和董方成之所以买下果城里的那片山地，是没有更好的适合建设如此规模的建筑群的地方。

在 20 世纪 50 年代之前，整个老窑一带的山坡基本上以松树为主，以楸树、苦楝树等其他的杂树为辅，成气候的果树唯有小粒樱桃。连云港埠区果树的广泛栽植，应该是 1952 年以后的事。从那时起，在政府的引导下，人们才开始在山上山下、家前屋后大量栽种板栗树、橡子树及其他各种果树。

20 世纪 50 年代末 60 年代初，果城里的墙上曾经出现过"裹城裏"的繁体字，至于这个名字是不是出自这栋建筑群建设之初，已经无法考证。从"裹城裏"到"果城里"的名称演变，给我们留下了较多遐想的空间。

首先，"裏"和"裹"是两个不同的字。"裏"是"里"的繁体字，表示里面、内部的意思。而"裹"的意思与"裏"完全不同，但写法很相似，容易混淆。在我们今天的日常工作和学习中，谁也不会把"里"和"裹"写错，但在书法创作时，如果稍不注意，就会将"裹"字写成"裏"字。裹的释义是"包，缠绕"，带有强行卷入的意思。一个"裹"字是否寓意着在山坡上低矮的草房子包裹着的一栋建筑、一座小城呢？

可能是随着时间的推移，简化字慢慢取代繁体字，也许是人们嫌弃"裹城裏"3 个字有点不伦不类，甚至看起来也不是令人很舒服，也许是人们喊习惯了,就演变成"果城里"。"裹"与"果"是同音字,如此也不难理解。

20世纪50年代到60年代,那座建筑群在老街人的口中就叫"部队大院"。之后,连云镇为了将镇上的建筑统一编号,便于邮电局邮递员送报刊和人们拍电报,在墙上钉了一块"果城里"的小牌子,仿佛一夜之间有了此名称。老街上的部分老人肯定地说:"那块牌子是街道居委会(今天的社区居委会)的人钉上去的。"

一栋建筑总要取个名,特别是有厚重历史文化沉淀的建筑物。这座建筑群为什么取名叫果城里? 自然是公说公有理,婆说婆有理。连云街道退休干部,从事地方志研究、老街文物保护工作多年的张华南坚持的观点,有一定道理,也比较符合历史及连云港的民风民俗。

张华南认为,今天的人们如果从这一建筑群的设计理念和当时的大环境去思考,完全可以这样理解:里,作为街巷的通名由来已久,《周礼·地官》曾以"五家为邻,五邻为里"来表述。中国被称为里的地方,以苏州为多,如"怡园里""桑园里""苏绣里""崇安里""同德里"等,是江浙一带常见的民居形式,由连排的老房子(包括石库门)构成,并与石库门建筑有着密切的关系。这些建筑代表着近代以来海派城市文化的典型特征,创造了形形色色风情独具的地域文化。而连云老街的这一建筑群,设计者正是按照江南民居的设计风格和上海及江浙一带的设计理念来通盘设计。

1949年后,老窑、墟沟一带居民就有在家前屋后种植花草果树的传统,体现这一传统的地名很多,如连云街道有果园南巷、果园北巷、荷花社区、桃林社区等,墟沟街道有花园巷、棠梨巷、院前社区、桃园社区等,后云台山南麓还有一个自然村落,叫白果树村。

此乃花的海洋、果的世界,一年四季花开花落、果实累累,这一建筑群就耸立在花草果树中间。

排楼是当时的江浙一带典型的城市建筑,两栋排楼相对而立,中间留有小巷道,这样的民居在上海叫里弄,在有花有果的地方取名为"果城里",自然有一定道理。也有人带着疑问说:为什么不叫"花城里"呢? 俗话说"花无百日红",取"花城里"的名字,无论从哪方面来讲,都不如"果城里"。果,乃果实,代表丰收。果城里,也许是寓意开埠的老窑码头硕果累累,寄托着人们对老窑码头未来的美好期盼。因此，后人给它取了一个诗情画意的名字：果城里。毫无疑问，果城里这个名字，不是建设之初的名字，它一定是若干年之后的名字。

也有地方志专家学者认为，果城里建筑群带有中国古典建筑中经常出现的一种八卦象。这个观点指出民国时期，中国建筑设计师虽然受西方建筑理念之影响，但他们传统基因里还固存着中国人传统。

后来，有老街的研究者撰文认为"果城里那片地方是个风水宝地"，这也是后人根据历史发展而做出的猜测罢了。

果城里，见证着连云港历史的变迁，荷兰人、日本人，国民党、共产党等不同的人都曾经住过这里。这些，无疑都给这栋建筑群添上了一抹神秘的色彩。

在果城里客居时间最长的外国人，是法国工程师格瑞奈。家住墟沟火车站附近的尹大爷当年就跟随格瑞奈，干扛测量仪、背工具、拉拉皮尺等跑腿、打杂之类的活计。据尹大爷生前回忆，格瑞奈出生于 1890 年前后。那时，格瑞奈带着他的母亲、妻子还有小女儿一家 4 口人，就住在上海大旅社下边的洋房（果城里）里。格瑞奈不但会说汉语，还知晓中国的风土人情，他对中国人很友善，尽管他的中国话说得有些蹩脚，但尹大爷以及随他干活的中国人能听懂。与格瑞奈接触的中国人都称他为洋工程师，他的女儿特别漂亮，很讨人喜欢，中国人都称她为洋姑娘。他们一家人在果城里，一直住到抗战爆发后才回国。

在 2009 年第三次全国文物普查中，果城里被列为江苏省"十大新发现"。2010 年，果城里被连云港市政府列为"连云港市第四批文物保护单位"。2011 年 12 月 19 日，果城里被江苏省政府列为"江苏省第七批文物保护单位"。

2023 年 7 月 19 日上午，按照与胜利社区党委书记张丽约定的时间，笔者在连云环卫所所长张贻亮的陪同下，来到果城里采访有"果城里最后一位老人"之称的朱炳华。

朱炳华住在果城里进大门第一家，截止到现在，他是在里面居住时间最长的老住户。我们沿着胜利路从西向东，一路下坡走到与临海路交会处，拐了个弯，上了一段斜坡路，踏着石板铺就的台阶进入了果城里。但见，西北角

果城里最后一位老人朱炳华

靠近大门的第一户人家却大门紧锁。"说好了8点在家等采访的,怎么锁门了呢?"笔者站在大门前心里正犯嘀咕时,一位身材消瘦,身穿短袖蓝衫、脚蹬布鞋的老人正健步而来,远远地,老人就朝我们挥手。可能是平时来访者不多,此时又逢头伏季节,天热出门的人比较少,昨天下午张书记又电话与他沟通过,他能猜到我们是采访他的人。

张贻亮对我说:"来人就是朱炳华。咦,说好的时间,他怎么又出去了呢?"

朱炳华向笔者热情地伸出了双手,笑着说:"你是来采访我的作家吧?欢迎,欢迎,欢迎来果城里,欢迎来我家。"

朱炳华与张贻亮握手时,愣了一下说道:"你就是老街环卫所小张所长吧?你在老街干了不短时间了吧?"

张贻亮笑着说:"是的,是的,朱叔叔您可是果城里的'活字典'呢!今天您老可要对杨作家好好说道说道呢。"

"好,好啊,我今天可要知无不言,言无不尽呢,哈哈……"

"这敢情好啊,我可要代表杨作家先谢谢朱叔叔呢。"

"小张,定国大哥身体可好?"

"家父身体尚好,感谢朱叔叔关心。"

朱炳华指着张贻亮笑呵呵地告诉我:"杨作家,我1966年到连云镇煤球厂参加工作时,小张的奶奶还是我师父呢。这一晃快60年了,我现在还记得我师父的名字叫刘庆兰。"

张贻亮感动地说:"是的,是的,是我奶奶,感谢您还记得我奶奶。"

朱炳华望着我们,解释说:"年龄大了,把意思理解错了,张书记让我8点在家里等你们,我错听成了8点到社区等。瞧瞧,我刚刚跑到了社区,又跑回来了。"说完话,老人自嘲地哈哈大笑起来,我们也跟着笑了起来。

朱炳华掏出随身携带的钥匙开了大门,他指着院子介绍道:"这是一个院落，你们看到中间这堵墙了吗？这是后砌的墙，把一个院子分成了两个，住了两户人家呢。"笔者注意观察，院里的墙上钉有"果城里 29 号"的蓝底白字的一块小铁牌。

夏天的果城里，沐浴着黄海吹来的风，高大的法桐树上，蝉儿正不知疲倦地欢唱。简陋的客厅里，老式的八仙桌，两杯开水，笔者与朱炳华相对而坐。朱炳华点燃一支香烟，惬意地吸了一口，如烟的往事涌上心头。家族的往事、果城里的故事，从他的口中娓娓道来……

朱炳华讲述，他们老朱家原来也是官宦之家，因为祖上得罪了当朝权贵，被从江南充军发配到老窑，这些历史连云区志里应该有记载。这些年，有文化人陆续来找过他，打听的事情都大同小异。

朱炳华家老太祖在飞来石以东的磨刀塘居住，老太祖共有五个儿子，他们都是朱炳华的老太。俗话说"树大分枝"，五个老太成家立业后，按照中国的传统要分家，五家就是五大支。大老太一支在磨刀塘居住；二老太、三老太都在果城里上面的南山居住；四老太一支在东山居住；五老太一支在紧靠果城里下面居住。到了朱炳华这辈人，每一支都有七八十口人，是实足的大家族。

朱家在连云老街是一个大家族，族人星罗棋布，居住于老街各处。按居住地划分，基本可分为东山（也称东街）朱姓、西山（也称西街）朱姓、南山朱姓、草房朱姓等。支脉较多的朱姓家族中，以西山朱姓最为富裕，这支朱姓家族以经商为主。东山朱姓以出苦力、打工谋生；南山及草房朱姓以做手艺为营生。因此，东山、南山、草房三大朱姓的生活相对要贫穷些。

朱炳华兄弟姐妹 6 个人，父亲主要以在海里养海带、捕鱼为营生，母亲除了在家带孩子，偶尔也跟随父亲下海帮衬一下。遇到不养海带、海里不适合捕鱼的淡季，父亲则四处打零工挣钱养家。

朱炳华这支老太是最小的五老太，他们居住的地方也叫朱家大家天。说起朱家大家天，在老街那是无人不知无人不晓。大家天有 1 亩多地，有大大小小几十间房屋，住着一个家族。那房子的墙体是石头墙到顶，屋面都是一色的小瓦铺面，有一个面积很大的略呈三角形的大坪场，从果城里朝下望去，是很壮观、很别具特色的一座石城建筑。

笔者问大家天在老街什么地方。只见朱炳华根本就没有起身，用手向窗外一指说，看，就在下面与果城里北大门相距不足 10 米。笔者仔细观察，下面的建筑根本不是什么大家天，而是一座自来水厂，原来，水厂就是 2013 年在大家天的位置上建设而成的。

20 世纪 80 年代初，随着朱家子孙枝繁叶茂，到了朱炳华这辈，第三代已经陆续出生，人丁兴旺的朱家大家天里，老宅的房子愈发不够居住。于是朱炳华和妻子就带着十五六岁的女儿、十一二岁的儿子举家搬到果城里，那时还不是住在现在的这套房子里，而是在果城里东南角的二层楼下面相对偏僻的房子里。与现在不同的是，那个时候的果城里全部住满了人家，热闹得很呢。20 世纪 90 年代，邻居贾义平一家搬出了果城里后，朱炳华一家才搬到现在的果城里西北角、从北门入户的第一家居住。

1948 年连云港解放后，果城里被部队接收，变成了驻连部队的资产。后来，被连云港市房管局接收，一起接收的还有老街以及连云地区的历史遗留资产。为此，市房管局专门成立一个机构"连云房产科"，来统筹管理连云地区的国有资产。

朱炳华于 1946 年在大家天出生，他在大家天长大，因此，他对近在咫尺的果城里特别熟悉。朱炳华七八岁时，就经常到果城里玩，那个时候的果城里住的都是军人及其家属。部队家属拖家带口，海运大队在果城里共住有七八户人家，每家都至少有三四个小孩，找年纪相仿的孩子一起玩耍，是童年的朱炳华喜欢去果城里的原因。

1948 年后，果城里一直住有部队家属，陆军、海军都有，其中前山岛上的驻军家属，在果城里居住时间最长。一段时间后，东边的海军部队家属搬出了果城里，一部分房子就成了陆军海运大队的仓库。前三岛之前是原济南军驻防，后来改由江苏省边防武警总队驻防，直到 20 世纪 80 年代中期，前三岛的驻军家属才陆续搬走。

据李宏雨回忆，他家 1976 年搬到果城里居住时，果城里东北角的四合院是海军部队的仓库，24 小时都有身穿海军军服的军人手持长枪在门前站岗。那个年代里，因为驻军部队多，整个连云镇治安都好，其中最好之处就是果城里了。

在果城里西南角,还有一个带两层小楼的大四合院,那里就住着海运大队刘大队长一家。刘大队长是安徽人,至于他叫什么名字,知道的人不多。刘大队长头上的毛发不多,头顶部分更是光秃秃的,没有一根毛发,人们背地里都叫他刘秃大队长。可能是头发比较少的原因吧,刘大队长一年四季都戴着军帽。果城里的住家户里就数他职务最高,因此他家居住的条件也最好。他家的几个孩子中有一个孩子和朱炳华同龄,朱炳华常去他家玩,对他家印象也最深。果城里还有军官叫王中汉、徐凯等,他们中有些人转业后就选择留在了连云港本地工作,其中徐凯到连云港市海运公司任总经理。

20世纪70年代,随着连云港港发展步伐的加快,与港口职工生活配套的住房、休闲娱乐设施也相继建设,生活设施完善的职工宿舍楼,在连云镇拔地而起。相比较而言,没有独立卫生间的果城里,就显得落后了许多。到了80年代,当地人的居住条件更好了一些,果城里的住家户陆陆续续搬了出去。可是在东北角的一个院子里,仍然住着一位独居的老军人,他每天都身穿军装、头戴军帽,腰板挺得笔直,走起路来"呼呼"带风。老军人很严肃,也不苟言笑,好像也没有朋友。平日里,总是一个人坐在岩石上,默默地望着山下的黄海,呆呆地出神,一个姿势能保持好半天。

老军人的妻子和子女会隔三岔五来看望他,给他带来米面、副食品以及馒头、包子等食物,还帮他收拾房间、缝洗衣物。这位老军人是谁? 他之前经历过什么事? 没有人知道,因为他总是一副严肃的面孔,从来不与人交流,也没有人敢问他。

在朱炳华家的院落里,有一条地下通道,通向西面与果城里房屋基础下面的一扇门,这是一条应急逃生通道。出了这扇门就是一个30多米长的山洞,山洞下方是个不大的水塘。

果城里的建筑群是依山势直接建在山坡的岩石之上,南面高,北面低,因此,为了保持建筑物的水平,通常的办法是把南面山体向下开采一些,或是把北面的基础用石块垫高一些。果城里建筑群建设,就是采用了在南面开山、北面垫高基础相结合的方法,保持了建筑物的基础找平。北面的山体在基础找平用岩石垫高作业时,人为地预留了一条逃生通道,设计者的智慧可见一斑。

朱炳华说他现在坐的椅子下面就是地下通道,这条地下通道他下去过,有2米高、1.5米宽,一直向西通往山脚下的出口。20世纪90年代,他在果城里下面开过小饭店,因为地方狭小,他把客人喝过的空啤酒瓶,集中放在地道的入口处,过了一段时间再取上来一起卖掉。现在,他还清楚地记得当年的啤酒商标是"花果山"牌。连云港港区一带居民的住宅很少建有地下室,当地人认为只有逝去的人才埋在地下。朱炳华说住宅下面有地下通道、地下室,总感觉怪怪的,晚上睡觉也不踏实,于是他就把地下室给填平,重新硬化了水泥地坪。

朱炳华还指着他家的水泥地坪告诉我说:"这是我后打的地坪,杨作家,你仔细看,它的颜色有些发乌、发黑,建设之时的水泥地坪颜色是显黄色。"接着他又带着我来到他家隔壁院子的入户门前,指着和大门的直径相同,宽度有五六十厘米,上面还打着交叉线条,在阳光下泛着黄颜色的一块水泥块说:"杨作家,你瞧一瞧,这处进户门的地坪,可就是当年的老地坪呢。小杨,你再仔细看看这块地坪的颜色,与北边我家门前的地坪颜色是不一样的,我家门前的那块是我后打的,样式虽然是我仿造原来的,但是从地坪颜色上还是一眼就能分辨出来。哈哈,到底是假的真不了,真的假不了啊!"

我们来到果城里院外的西北角,朱炳华指着一处位置说道:"此处下方就有一扇门,由此门出了果城里后,一直通向西边的一个山洞,那个山洞长20米、宽3米、高5米。小杨作家,你想一想,在山洞北头砌了一道墙,把水阻挡住,这样,在洞里就形成了一个约两米深的蓄水塘。据我父辈人讲,里面的水特别甘甜。平时为生活在果城里面的人提供饮用水,遇到空袭等紧急事件发生时,只需要把下面的矮墙扒开,水流了下去,山洞就变成了一处临时避难所,洞里能容纳七八十口人呢!"

这处山洞改造的蓄水塘,是与果城里同期建设的配套设施之一,它既是生活设施,也是临时避难所。

听着朱炳华的介绍,笔者望着眼前一切,疑惑地问道:"我看到的可都是建筑物呀,您说到的山洞和水塘呢?"

朱炳华笑着说道:"你看,山洞就在我们站的位置西侧偏上一点处,可惜的是与果城里紧挨着的原连云港市交通局第五运输公司,因发展建设所需把它毁掉了,那口水塘也被填平了。"

果城里的设计容纳人口是六七十人，设计者又利用一处天然山洞，设计了一个避难所，还在院子里设计一条逃生通道和避难所相通。如此设计，不仅是匠心独运、因地制宜，而且满足了安全逃生的需要。毕竟那个时候的中国，政局不稳定，人心惶惶，整个社会动荡不堪。

历经 90 年的风雨洗礼，加之年久失修，果城里愈发显得老态龙钟。

第二节　留在老街记忆里的"福利社"

福利社，是和老窑码头同时建设的建筑之一，位于果城里下面偏东。福利社也是一个把头所建，至于这个把头的名字，与这栋建筑物以及建筑物的名字一样，随着时光的交替，永远消失在历史的长河里。在今天的老街，如果你提到福利社，年轻人不知道还有这个地方，他们会睁大眼睛一脸疑惑地望着你。

建设之初，这栋建筑也不叫福利社。福利社是人们给它后取的名字。至于之前叫什么名字？史志没有记载，民间也没有人知道。为了行文方便，以下称此建筑为福利社。

那，此栋建筑为什么叫"福利社"呢？

新海连解放后，尚有部分旧职员，如邮局 10 人、银行 13 人、港务处（港务局前身）301 人。这些旧职员都愿意回到原单位工作，党和政府也愿意接收他们，毕竟刚解放的连云港埠区百废待兴，改变此种局面需要人干活，更何况他们中不乏专业知识丰富、实践经验娴熟的技术工人。接收旧职员，需要有住房来安置他们，这批旧职员以已婚者居多，他们身后拖家带口跟着一家人呢，除了少部分人在港区附近有自建房屋，大部分人的住房还需要政府来提供。于是政府本着方便上下班、就近安置的原则，将港务处的部分旧职员安排到这栋建筑中居住。如此的安置方法，多多少少带有一些共产党对主动留下来参加新中国建设的旧职员的人文关怀色彩，令他们体会到党和政府的温暖。于是，福利社这个名字就叫开了。

福利社是典型的江南民居，整栋建筑全部系石头建造，占地面积比一个标准的篮球场还大。沿口高 5 米左右，比连云港本地民宅要高出许多，再加上石头门楼,因此就显得特别高大气派。房子起脊,中间高,两边低,呈坡形红瓦屋面,中间是两米多宽的内走廊,走廊两边是对开门的一间间宽大敞亮的房间。块石垒砌的房基沉稳敦厚,在主屋的四分之一处,建有一道四五米长的大穿堂,穿堂下面有长条石铺就的台阶,人们拾级而上,经过穿堂到达内走廊,或左转或右转即可进入房间。

1958年"大跃进"的时候,福利社成立了大食堂,主要供胜利街一带的居民一日三餐之需。

在连云老街,有一条名叫福利巷的小巷子,福利巷的名字是跟着福利社取的,先有福利社,后有福利巷,并一直沿用至今。连云港建港初期老街的四大建筑,第一个也是迄今唯一被拆除的建筑,就是福利社。1966年,福利社被拆除,原连云港港务局在原址上建了一栋4层单身职工宿舍楼,也称"4号楼"。有意思的是,新建的宿舍楼也是带内走廊,房间在两边。2007年,连云港建设东疏港通道时,4层单身职工宿舍楼被拆除。到了今天,福利社已经荡然无存,连遗址都没有留下。如果要寻找它过去的身影,用参照物来描述,是在原港务局于1975年左右建设的两栋职工宿舍楼,即今天的胜利社区26号、27号楼朝东方向,顺着福利巷东延,在今疏港通道的西隧道靠近中山路的位置。

与福利社一样,十三道房也是老窑码头开埠时一个不知姓名的把头所建。十三道房从建设港口码头工人居住的劳工房,变成了日军侵华时压榨中国劳工的"牢工房"。日军投降后,十三道房成了到连云港码头挑煤做苦力劳工的栖身之处。1950年9月,中国人民解放军华东军区海军在连云港组建华东军区海军第四海校,十三道房以及港口修理厂的部分厂房成了海校学员学习和生活用房。当年,海校有学员700余人,在十三道房的下面还建有一个大操场。

中兴公司就在十三道房的东北角、中山东路最东端的位置。1948年连云港解放时,中兴公司的员工不清楚共产党的政策,全部跑路,组建华东军区海军第四海校时,人去楼空的办公用房就成了海校教员的办公室。到了1950年底,中兴公司部分员工又返回,和海校教员挤在一处办公。

同样在1950年,时任华东军区海军司令员兼政委张爱萍签署命令,撤销解放战争时期华东野战军设在连云港的海上巡防队,组建海军连云港巡防大队。新组建的海军连云港巡防大队，设巡逻艇中队、旗台观通站两个单位，由华东军区海军领导。1952 年，撤销海军连云港巡防大队，组建中国人民解放军海军连云港巡防区。1955 年 5 月，设在连云港的华东军区海军第四海校撤销，学校教官、学员迁往海军青岛基地继续学习。但隶属于青岛海军训练团的训练大队还留守，直到 1957 年，训练团才全部调到山东威海刘公岛。之后，有一支陆军部队驻扎在十三道房。

1957 年，连云港市渔业公司在那块大操场上建设了冷库等企业配套设施。此冷库，拥有当年连云港市最先进的制冷设备，市渔业公司也是那个年代里拥有该市最大冷冻库房的企业。位于中山中路 482 号的省属企业连云港外贸冷库的建设时间，则在渔业公司冷库之后。

每天早上，海校的学员在教员的带领下，列队到海边大操场上出操训练。官兵们个个神情庄严，意气风发，斗志昂扬。整齐划一的步伐铿锵有力，他们踏着同一个节奏前进。教员简短的口号声、学员们响亮回答声响彻云台山谷！

海校食堂设在港务局修理厂西边的厂房，在大操场东边场地上，学员们一天三顿饭要到食堂吃。每次到食堂吃饭，学员们都是身着军装列队来，列队回。一般都是露天吃饭。海校隔三岔五会放映露天电影，学员们自带小板凳，和吃饭时一样，也是列着队伍到操场，在教员"立正""稍息""向右看齐"等一系列口令的指挥下，腰杆挺直地坐在小板凳上观看电影。

那个年代，大操场放映的影片有《中华儿女》《无形的战线》《刘胡兰》《白毛女》《南征北战》《智取华山》《渡江侦察记》等。

年轻的水兵，一个个身躯健硕挺拔，一张张黑里透红的脸充满着活力，写满着自信；一身身海军蓝耀眼迷人，满盈着无法抵挡的魅力。飒爽英姿的人民海军威武雄壮，他们是李宏雨的偶像。"长大后一定要当兵，成为一名光荣的海军战士"，成了年幼的李宏雨最渴望的梦想。可是造化弄人，一心想当一名海军战士的李宏雨，却成了一名光荣的人民教师。了却他心愿的是，他的儿子长大后当兵入伍，成了人民解放军的一员。

海校每年都在大操场上举行学员毕业典礼（暨阅兵式）。那"军号响，歌声亮"和步伐整齐的场面，庄严肃穆，令人震撼。身穿水兵服装和海军军官礼服的海校学员和教员，个个威武雄壮。

　　附近赶来看检阅的老百姓,大都在大操场南边高坡上观看,那处位置比较容易看得清楚,观看的人群远望去好比一道长长的人墙,人头攒动,比逢集赶庙会的人还多。

　　李宏雨大姐李洪英出生于 1942 年,年长弟弟李宏雨 8 岁。直至今日,李洪英对当年的一幕记忆犹新。她笑着说:"宏雨那时候还小,他特别喜欢看海校的军人出操,部队官兵列队走正步等一系列动作,他都看得很入神。小宏雨多少次俯在我耳边说,他长大了也要当兵,要成为和眼前的解放军叔叔一样的人。"

　　尽管已经过去了半个多世纪,李宏雨对华东军区海军第四海校、海校官兵还是记忆犹新。当年烙在他脑海里的一幕幕,怎么也挥之不去……

　　1978 年,撤销中国人民解放军海军连云港巡防区,组建连云港水警区。1985 年水警区撤销,只保留猎潜艇大队。2011 年后,驻地海军陆续迁出,到了 2018 年,连云港境内尚存观通站、机务分队等。

　　在连云老街,朱氏族人留下了多栋别致、气派、颇具特色的建筑。朱家号称老窑第一大姓,也是第一大富人家,自然有经济实力建造住宅,为家人提供较好的起居条件。这些建筑被后人称为"朱家大家天""朱家老宅""朱家别墅""朱氏别墅""朱家大院"等。

　　位于胜利路海峡巷 14—16 号的朱家大院,是与上海大旅社、果城里同一时期的建筑。大院分东西两个宅院,相距 3.2 米,为石木结构,建筑面积共 520平方米,系依山而建的别墅式建筑。按照中国民俗习惯,东为上首,人们一般都把东宅当主屋使用,西宅当配房使用。东宅的建筑呈中西结合的风格,前门面东西长 13 米、侧面南北长 16.32 米、高 6 米,外墙用精加工青石筑就,屋面瓦呈灰白带黄色;正门朝北设有宽 2.3 米、高 5 米的门廊,基础用 15 厘米见方的小块青石镶砌,有廊柱撑起;西宅为四合院,东西长 16.6 米,南北长 20.7米,高 5 米,因依山势而建,部分基高 3.2 米,屋面以黑瓦为主,掺杂少许红瓦。室内吊顶、地板均为木质,门、窗都用条石搭跨,檐口用砖走沿,屋山头高处设有气窗。整栋建筑尽显朱家乃老街第一大户的奢华。现产权归市房管局所有,2010 年被列为连云港市第四批文物保护单位。

2021 年 9 月，连云港市重点文物保护研究所对朱氏民居（东宅）的木梁架、平瓦屋面、砖檐、斜沟、墙面、地面、门窗、地板等进行了更换修缮保护。

其实，此处朱家大院的主人并不姓朱，而是姓郭，人称郭把头，是广西南宁人。他是随荷兰人来建港的一个小把头，投资建设了此处宅院。郭把头的儿子娶了当地朱家小姐为妻，这位小姐出生在建设上海大旅社那年，因为是家里长女，故取名"大女"。大女是朱炳华亲堂叔伯姐姐，年长朱炳华 13 岁，个头高挑、眉清目秀，如出水芙蓉般漂亮，是个戏剧演员。童年的朱炳华经常屁颠屁颠地跟在堂姐后面，为的是进同乐戏院看戏不要钱。20 世纪 50 年代初，大女随丈夫回到南宁定居，大女娘家人就搬到此处居住，久而久之，人们也称其为朱家大院。

连云老街，最初是在胜利街发展起来的，荷兰人来建港时建设的十三道房，主要是供建港工人居住。一个房间住了多名单身汉，整个十三道房容纳了七八百名工人，高峰时有上千名工人。日常生活中，他们也要买些肥皂之类的日用品，下班后也要有娱乐活动，或许两三人聚在一起，买点廉价的白酒，一盘花生米小酌一下。这样，在十三道房就出现了最早的小集市，卖点烟酒百货等，晚上此处要热闹一些，这是因为工人都下班回来了。时间长了就形成了气候，不仅建码头的工人在此消费，集市也吸引了附近的人。人气旺盛后，一条街满足不了人们消费需求，又后开了一条小街。十三道房是建在山坡之上，久而久之，人们就把上面的街称为上小街，后建的、位于下面的街称为下小街。

走在今天的老街上，如果游客细心观察，会发现东边胜利街一带的建筑比较没落，而西边临海街一带的建筑明显要好得多。为什么会这样呢？这是因为早期建港时，主要在胜利街一带发展，日军占领连云港后则主要在临海街一带发展。

位于云台路 23 号的朱家大院，建于 1931 年，原为朱姓人家宅院，二层全石结构楼房，面积 280 平方米。2013 年改建民俗工艺展览馆，面积向东扩展至 1824 平方米。

位于临海社区利华巷的日军疗养院，建设时间是 1939 年。这座宅院是典型的日式民居，分上下两层，硬山坡屋面，块石墙裙，粗砂拉毛墙面，西式风格檐口。室内设有木地板、榻榻米、木隔断等。建筑面积 125.17 平方米。此建筑一直都保存完好,1949 年后改变用途为利华旅社、朝阳旅社。

如今的利华巷北侧的利华旅社院内有一个以平房为主、局部二层的小院子。院子的门朝西,院子里面的平房门朝南,整个院落坐北朝南,是典型的中国传统风格。院落内部是两进四合院格局,木格扇门窗、石头墙、歇山顶、红瓦面,凸显中国传统建筑特色。在 20 世纪 30 年代还是一片草房的半山坡,这座宅院特别显眼,也被人们称为朱家大院。这座宅院还有一个特色,是在大门的一侧有一块天然形成的、比一张床还要略大一些、高出路面约 20 厘米的大石头,这块石头呈西高东低状。街坊邻居外出干活、串门走累了,都喜欢到这块石头上坐一坐,歇歇脚聊聊天,久而久之,朱家大院大门外的那块石头也成了人们喜欢去的地方。如今,这座大院的一部分已经被改造为商务酒店。昔日显赫一时的朱家的大院只保留了朝南的一个门楼和一座两层小楼,它与位置偏下的商务酒店成了人们口中的上下家天。此门楼和小楼在今天的人们看来是多么渺小、不起眼,可是在当年却是豪宅大院。小楼通往二楼的露天台阶以及边上的铁质楼梯扶手还保存完好,那楼梯扶手是用粗细不一的钢筋焊接而成,扶手的造型设计、钢筋上面的螺纹,与果城里建筑群里的一模一样,它们是最能代表时代烙印的历史遗留。

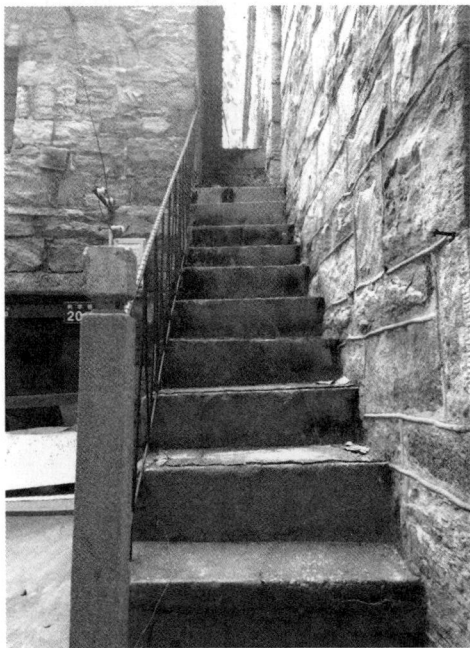

利华巷朱家大院遗留的露天台阶及铁质楼梯扶手

陪同的张华南,指着比成年男人大拇指还粗的钢筋对笔者说:"小杨,你看这钢筋的造型并不是光圆的,其纹理像竹子身上的竹节一样呢,它和现在建房子钢筋的造型、纹理都不一样,听老辈人讲述,这些钢筋还是从德国进口的呢,你看，在室外遭受近百年的风吹雨打，建成初期是否上过油漆，我不知道，但至少在 20 世纪六七十年代后就没有上油漆。时至今日，这些铁扶手依然光亮光亮的，没有腐蚀。要知道，这里紧靠海边，空气中咸湿的气体对它是有腐蚀性的，可见 20 世纪 30 年代德国的冶金、制造业技术的先进。"

这座大院的主人叫朱泗林。1957 年，大院里诞生了一个女孩，她就是朱泗林的女儿朱雅丽。

朱雅丽，中共党员，国家一级演员，中国歌剧舞剧院女高音歌唱家，中国音协会员，江苏省第四届政协委员。她在老街的临海路小学、连云中学读完了小学和初中的课程。

1973 年，朱雅丽在连云中学毕业后，到连云港市文工团工作。1978 年，调入江苏省歌舞团，同年调入北京中国歌舞剧院。曾在中国音乐学院歌剧系等专业学习深造。先后主演大型歌剧《小二黑结婚》《伤逝》《救救她》《白毛女》等。1984 年，应邀参加美国副总统蒙代尔访华告别宴会演出。1985 年，以中国艺术家小组成员身份参加意大利撒丁岛国际艺术演出活动。同年，获全国专业剧团会演青年演员二等奖。

1945 年 5 月，新编歌剧《白毛女》在延安公演，取得极大的成功后。自剧中第一代喜儿的扮演者王昆、孟于算起，到今天已经传承了 4 代。《中国妇女》杂志载文称誉朱雅丽为"中国第四代喜儿""中国歌剧表演艺术家"。

在连云老街，与果城里同时期的建筑除了上海大旅社、老窑发电厂、凰窝水库，还有许多和码头生产、铁路运行以及人们的学习、生活、娱乐等相配套的设施。

位于云台社区云台路 30 号的连云港人民影剧院的前身，就是老窑码头开埠后所建设的同乐戏院。

随着陇海铁路终点定在老窑，建港口码头工程拉开序幕，老街商业日渐繁荣。在文化娱乐方面，老街出现了歌舞、杂技等表演，都是在室外露天地进行，群众或站立围观，或席地而坐。这样简陋、粗犷的露天看戏，显然不适合达官贵人和建设码头的国内外工程技术人员，于是供他们及群众休闲娱乐的戏院就应运而生，它就是同乐戏院。

关于同乐戏院建设的具体时间，史志没有记载，但是可以肯定的是较上海大旅社、果城里要迟一些，大约建于1937年前后。同乐戏院系石木结构，其建筑风格如同南京的总统府。局部二楼系实木制作，有木柱、木椅、木地板、木走廊。早期的同乐戏院内设经理室、售票处、化妆室等。观众席，也叫池座，建设之初是长条木头靠背椅，长条椅上能坐七八个人，后来又改成单独的座位。木质的二楼只有整个戏院的一半，呈"U"字形，最前排只到舞台对面的二楼设有八九排座位，两边设有五六排座位，两边设有木楼梯通向二楼。二楼两边最前面的一个座位，是灯光师傅的专用位置，他们根据剧情的需要或者导演在下面的舞台上打手势，朝舞台上的演员、标语上打灯光。

戏院门票随座位的不同，价格也不同，一楼靠前、中间以及二楼对着舞台中间位置的票价最高；一楼靠后、两边以及二楼靠后两侧位置的票价最低。之后戏院在改造时，出于安全考虑，把二楼木质建筑全部拆除。

戏院门前的云台路一条街就是繁华闹市，逢有演出，人来人往，叫买叫卖，好不热闹。

民国时期，同乐戏院的演出以京剧、吕剧、山东梆子为主，1948年后，以黄梅戏、淮海戏、豫剧为主，传统剧目《催租》《戏班子》《三拜堂》《皮秀英四告》《樊梨花点兵》在戏院轮番上演，淮海戏名家单维礼、谷广发、刘长珍、陈玉梅、朱桂州、杨云发、杨秀英等人相继领衔在此演出。1953年2月，杨祖彤从扬州奉调新组建的省辖新海连市任市长，她是连云港市历史上第一位经人代会民主选举出来的女市长。杨祖彤一到任，马上就组织全市人民为抗美援朝募捐。她要求全市各界做到有人出人，有钱出钱，有粮出粮，为抗美援朝前方的志愿军战士捐款捐物。杨祖彤还向全国文艺界发出来连义演的邀请，当年就有众多的中国表演艺术家到同乐戏院义演过。

杨祖彤（1915—1985年），又名杨玖、李文瑾，祖籍安徽寿县，1915年生于扬州，祖父是清末抗法民族英雄、福建水师提督杨岐珍。她年幼即勤奋好学，15岁时就学完四书，初步打下了坚实的国学基础。17岁时考取私立扬州中学高中部，因对校领导抽鸦片不满，遭报复而被开除，后转入镇江师范读书。

1935年"一二·九"运动发生后，杨祖彤与同学准备组织学生罢课，要求抗日，遭当局逮捕。曾就读于私立扬州中学、镇江师范。毕业后，到江都仙女庙小学当教师。全国抗战爆发后，杨祖彤在上海社会科学讲问所（旧称，类似于讲习所）学习期间，为了革命工作需要改名为"杨玖"，继续参加抗日救国救亡活动。

杨祖彤 1939 年入党，历任区长、区委书记、县长、扬州市市长。1953 年 2 月至 1955 年 4 月，任新海连市市长。她工作雷厉风行、泼辣硬朗，有"戎装女侠"之称。

在扬州工作期间，她十分关心扬州广大工人兄弟的疾苦。为工人谋福利，建立工人新村，兴办工人业余学校，建立工人文化宫和工人俱乐部，丰富工人业余文化生活，给扬州人民留下深刻印象。

在连云港工作期间，她为中国第一座化学矿山锦屏磷矿的建设，立下了汗马功劳。

后来，杨祖彤调入江苏省妇联工作，于 1985 年在南京逝世。

同乐戏院，在当地老百姓口中也称为大戏院，于 1953 年改建为连云港港务局职工剧场。1958 年，由连云港市政府投资建成石木结构的人民影剧院，建成后呈正方形，前厅为两层楼房，门面块石砌筑，4 根高大圆石柱支撑 3 个拱形门洞，十分壮观。观众席分上下两层，楼下共长条椅座位 800 个。楼上后高前低，呈坡状，两侧沿左右墙壁向舞台延伸，共 230 个长条椅座位。1967 年舞台扩建并更换楼下的观众座椅，改造后有 784 个席位。1978 年影剧院再次全面整修，拆除了二楼原观众席，扩建了舞台、化妆室、演员休息厅、观众厅，座位达 838 个。

同乐戏院是 20 世纪七八十年代老港城不多的娱乐场所之一。该戏院不仅是当时的海州地区建设时间较早、设施较先进、功能较完善的戏院，也是江苏省建设时间较早的戏院，和南京的大华戏院属于同时期的建筑。同乐戏院的内部虽然历经多次改造，但外立面还是保留着原貌，尽管门头的招牌换了一茬又一茬，但人们还是一眼就能从轮廓中看出它昔日的不同寻常。

2010 年 6 月，同乐戏院被连云港市政府列为连云港市文物保护单位。2014 年影剧院列入老街旅游开发项目，现已改造成有 200 多个座位的娱乐会堂。

第三节　白云寮，日军侵华的铁证

位于临海社区胜利路上海大旅社西后侧的白云寮，是一座典型的、颇具规模的日本协和式建筑群。白云寮建筑群占地 3000 多平方米，比果城里的建设规模要大一些。1938 年日军占领连云港后，在老街建设的第一栋建筑就是白云寮。

日本文化部分源于中国，在古汉语中，"寮"指的是小屋、窝棚。"寮"同"僚"，官亦僚，僚亦官，所谓官僚，在中国古代寮也是官的署名，在日语中称公寓为"寮"。自古以来，逢阴天下雨之时，云台山会出现烟雾缭绕的胜景，白云寮正取名于此。

我们把历史的长镜头，再缓缓拉回到 1937 年。

9 月，日军航空兵部队轰炸连云港，拉开了侵略连云港的序幕。整个侵略期间，日军对连云港的军用、民用设施采取了多轮次的空中轰炸和近海炮击，连云港大部分有些规模的建筑都毁于日军炮火，连寺庙都没有幸免于难。火力打击之密集、覆盖面积之广、轰炸程度之深前所未有，几乎是毁灭性的。但是，连云老街的果城里和上海大旅社却毫发无损。要知道这两处建筑在当时是标志性的，特别高大、醒目。那么，日军为什么要留下果城里和上海大旅社呢？直到占领连云港后他们的所作所为，才让人们领教了日军侵略连云港计划之缜密，简直是机关算尽，处心积虑。

日军从连云港登陆后，先把果城里和上海大旅社利用起来，当作侵略连云港的部队大本营和军官居住地。荷兰人建港时的指挥枢纽中心——果城里，变成了日军指挥部队侵略连云港的指挥中心；荷兰人建港时期的政要和外国使节的下榻处——上海大旅社，变成了侵华日军军政大员的集聚地。

大约在 1939 年前后，日军在紧靠上海大旅社的西北角建设了一栋建筑，这就是白云寮。白云寮这片区域原是朱家一块地皮，朱家在此处山地上建有房屋、栽有果树，日军相中后，即对朱家连哄带吓，之后只象征性地花了点钱就买下了。

白云寮依山势建设，主体两层、局部一层，占地 800 多平方米。它是日军侵华部队高级军官的居住地。

白云寮建筑群坐南朝北，呈 U 字形，南边带内走廊，大门朝北。起居室、会客室、厨房等都设计在一起，内设房间全部采用推拉格子的平移门来分割，设计合理，构造简单，内外通透，可开可合，不占空间。门、窗的设计集采光、通风等多种功能于一体。

白云寮自带茶室，这是日本民居建筑中比较常见的形式，也是最具协和式传统风格特征的住宅类型。茶室最初与禅宗有关，禅师们常用饮茶来保持自己在打禅沉思时的清醒。如此设计是受中国文化的熏陶，追求的是一种淡雅、清寂的趣向，体现了传统的禅宗精神。茶室室内最为明显的特征，就是在实木铺就的"榻榻米"上放上一种草编的席子，人们跪在上面边品茶边谈天论地。

小小的茶室里，那深色边框限定的几何外形地坪，以及木本色的柱子与房梁，就以清晰的线条勾勒出那别具一格的空间。茶室上面的天花板是一种轻巧的木格子，上面铺着不加修饰的薄板，在有限的空间顶部画上不规则的几何图形，这使得茶社在优雅、简洁方面又突出了一种几何美感。茶室中还都设有壁盒，它作为室内的视觉主体与审美中心，用来挂装饰轴画和摆放装饰品等。"小、精、巧"的造型模式，清雅的环境，清晰的线条，利用檐、龛空间，创造特定的幽柔润泽的光影，展现浓郁的时代特征。光线夹杂着阴影，寂寞仿佛笼罩其中，给人以一丝丝神秘又压抑的感觉。

受资源匮乏的制约，日本民居多数因地制宜，就地取材，追求人与自然环境协调的宜居理念。日本建筑外墙也有石头结构，门、窗、地板等为木结构，室内空间不大，小巧玲珑，却得到充分的利用，建筑造型别致简洁，大多是独门独户。日本是多地震国家，日本民居建筑的最大特点是采用木结构，为防震抗震形成具有日本独特风格的木结构建筑，有的为上下两层的平房且大多是独门独户。日本人如此的建筑设计理念，在白云寮建筑群体现得淋漓尽致。

在东边门朝东的二楼有一个 80 平方米左右的会议室，那是日军在此召开会议的地方，后来成了连云区委、区政府的档案室。

走进昔日的白云寮，虽然经过重建，由于地理位置的限制，整个新建工程还是在原址进行，只是将两层改建为 3 层。主体建筑物的布局、大厅、上楼的室外"八"字形楼梯踏步，还明显带有以前的影子。立在院子东南一角的 6 间石头墙瓦屋面房子，是唯一一处日军当年建设的老建筑，那起脊的屋顶以及屋顶两边的气窗，与中国民居还是有很大的差别。虽然历经多次改造，其后面墙体还是原来的老样子，那泛着黄颜色的一块块石头，无言地展露了它的沧桑。那墙体上挂着的空调外机和后更换的铝合金窗户，倒是给了此栋建筑一些现代的元素。

原白云寮唯一遗存的老建筑

1945 年，连云市政厅在上海大旅社短暂办公后，就搬到此处办公。1948年 11 月，新海连解放后是连云区委、区政府的办公场所。1985 年连云区委、区政府搬出，1986 年被化学工业部华东石油公司买去后，即开始大规模拆毁重建。1990 年左右成为华东石油指挥部所在，后来又改造为华联宾馆。之后，徐州市政府设在连云港的办事处租赁此处办公。2015 年至今，是连云街道办事处所在地。

与白云寮相似，民国期间的日本协和式建筑，也称日式民居，零星散落于老街，我们一一道来。

东窑乡政府旧址在临海路 9 号，它建于 20 世纪 30 年代初，共 12 间屋，分为 4 个院落，各院有门互通，是典型的四合院建筑。1945 年，东窑乡政府办公地点就设在最东边，曾担任连云港市人大常委会主任宋开智的老家就在乡政府边上。连云港解放前，这里同时设有海关、大兴报关行。西院在 20 世纪 50 年代到 70 年代，是连云公安局、连云区公安分局驻地。1966 年 2 月 28 日，连云港市海运公司就在东院成立。此院成了海运公司的遗址，原有格局和风貌一直保持较好，产权归属连云区。该建筑被列入全国第二次文物普查名单。

位于临海社区云台路的原港城医院，民国期间是连云市农民银行。该栋建筑布局精妙，院中有院，窗户下沿有条形窗沿、上沿多设有红砖券拱。整栋建筑外观素雅，青色的砖墙镶嵌以红砖线，是这栋建筑的特色。在窗上发券并嵌线，红砖的运用既起着分隔立面的作用，又以一种形式元素统一了整个建筑的立面，形成了砖的色彩。砖的色彩又使建筑的表面变得立体而生动，而非排砌的方式、砖缝的大小等因素，也同样赋予建筑细微的差别。青红相间的砖墙面被风雨吹染出岁月的色彩，看似同一的颜色基调，却有着细微的变化与差别，层次丰富，时代感十足，具有较强的视觉冲击效果。

此时，如果用手去触摸墙壁，那粗糙的墙皮则会让人感觉到岁月的沧桑厚重，进而会产生对历史的感叹。

据连云区民俗学者考证，红砖的运用成为那一时期的建筑特色之一，同时期，红砖也出现在殖民风格建筑和仿西式的建筑上。

原港城医院港城医院旧址

老街胜利路上日本"协和式"民居

此处,1953年改为民康联合诊所,1967年改为连云区联合诊所,1975年改为连云区诊所,1990年改为港城医院。2012年,被连云港市政府列为连云港市第四批文物保护单位。

位于临海社区高原街解放巷40号的一处建筑,也是日式民居。在它的附近还有两处类似的建筑,建筑内的生活设施,如厕所、厨房、客厅、浴室、榻榻米等,在样式上基本一样,但规格大小不一。

在临海社区高原路连云邮政局职工宿舍后面,编号为高原路86-18号的一处两排房子,是典型的日式民居。建筑的墙面如同豆腐块和麻将牌一样,做工非常精细,室内是木地板、榻榻米、推拉门等。连云邮政局宿舍是日军侵略连云港时建造的3排平房,日军投降,国民党接管时,将此房屋当成国民政府连云市邮电局职工宿舍使用,1948年军管会接收后,对码头埠区实行军管,按归口管理的原则,还是将其划归连云邮电局使用。此处原有3排日式民居。1978年,连云港市邮电局把最前面的一排推倒后,重新建设了一栋3层楼房,供职工居住。

位于临海社区胜利路原新华书店对面的一处日本协和式民居,1948年后被海军接管,现属危房。此处建筑边上还有一处日式民居,现在成了私人住宅。

在1939年日军占领连云港期间,先后修建了一批协和风格的日式建筑,用来作为商人、军官及来华家属的宿舍住所。中华人民共和国成立后,这批建筑有的被移作他用,有的拆除,有的年久失修,自然坍塌。至2012年,尚存10多处。2020年3月27日,连云港市市政府将西藏路5-7至5-14号的侵华日军军官宿舍旧址、胜利路115号原市政府办公场所(现连云街道办事处院里)的石木结构的一层平房、西山路6号、工艺巷4号、工艺巷11号侵华日军工人宿舍旧址、云台路38-7至38-12号原基督教堂旧址(日军占领时作青年公寓)编进《连云港市第二批历史建筑名录》。

位于临海社区的原工商银行后院职工宿舍,以及附近四五处类似建筑,都是日式民居。那时候,这些建筑大门醒目位置还写有"山田""小泉""村山""桥本""伊藤"等日本姓氏。

如果把山下码头上的建筑也计算在内,那么1933年建港之初,老窑埠区的连云老街共有五大经典建筑，分别是：连云火车站及钟楼、上海大旅社、果城里建筑群、福利社、十三道房。其中，连云火车站及钟楼的作用不言而喻，主要是为乘客提供购票、候车以及为货运提供中转物流、业务办理等服务。连云港火车站钟楼不仅起报时作用，还有一个作用是世界上其他火车站所少有的，是为海上的轮船引航；上海大旅社，主要供民国期间来连的政要、外国使节等人居住；果城里建筑群，主要供荷兰建港专家、经济学家、银行家、高级工程师、高级员工工作和居住，使这里成为连云港港的规划设计、建设指挥中心；福利社，主要供建设海港码头的各施工队队长、施工员等人和家眷居住；十三道房，主要供建设海港码头的工人及家眷居住。

荷兰人建港期间设计修建的火车站，虽经过翻修，依然保留着原貌，白墙红窗、高处的钟楼，无不散发着西式风情。车站现已经改造成陇海铁路历史博物馆。

建港后，港口建设从未停歇过，昔日的车站已经变成历史的标本，铁轨依旧在延续它的使命。

农民银行旧址已经改造成民俗工艺馆，"农民银行"4个大字还清晰地印在墙上。

上海大旅社是20世纪30年代的代表性建筑，曾作为民国时期市政府驻地。虽被列为市文物保护单位，也挡不住它的落败、荒凉。

果城里，最具有神秘色彩的建筑群，作为一个生活区，是建港的荷兰人设计并居住在此。院墙封闭，高屋低房错落有致，房屋的柱头、浮雕现在依然残留。在此居住生活的人来了又走，换了一茬又一茬，它最初的辉煌湮没在时间的长河中，变成现在平凡却又不寻常的模样。

一提起连云区，大家很容易就想到碧海蓝天、沙鸥满地的海滨胜景，还有塔吊林立、川流不息的港口码头。择一个寂静的时间，来到具有近百年历史的连云老街，沿着依山势铺就的青石板路而上，细细品味老街上那些具有中西合璧风格的民国建筑，也不失为一种享受。完好的石屋、斑驳的石墙、蜿蜒的石路，置身其中，仿佛触摸到了岁月的脉络，让人不禁产生一种历史与现实的时空交错感。

连云老街，是连云港市最具民国符号的一张城市名片。

　　民国时期，连云港作为中国近代较早开埠的城市之一，城市近代化历程曲折而艰辛，但城市各方面事业均获得了一定的发展。1934 年 3 月，陇海铁路修至老窑村。1935 年 4 月，连云市政筹备处成立，确立了以新浦为经济中心、墟沟为政治中心的城市基本格局。大批学有所成、受到西方建筑设计理念影响的设计师，开始向连云港云集。他们在这片崭新的土地上挥洒着汗水，勾勒自己心中的美好蓝图。

　　时至今日，近一个世纪前活跃在历史舞台上的风云人物，大多已经作古，他们的辛勤劳作亦成过眼云烟，随风而逝。他们当年的杰作，到了今天已经成为一座座搬不走的建筑，历经时代的变迁和人事的兴衰，或多或少有一些保存下来。在今天的连云港，这些保存至今的民国建筑从某种意义上来说，不仅是城市的组成部分，而且是城市的灵魂，是有形的资产，是无形的财富，是社会发展的标志。

　　近百年风雨沧桑，时间与空间不断变幻流转，给别具山城风貌的连云老街上的建筑，刷上了历史的斑驳旧痕和岁月变迁的时代印痕，也让古镇虽然渐渐苍老，却更显历久弥新的醇美魅力。

　　民国时期的中国建筑，既饱含中国古典建筑的元素，又融合了欧洲现代建筑风格。其多姿多彩的造型，呈现出中国特色的新型建筑色彩，代表着中国建筑特定历史时期的发展风格。

　　民国建筑风格的特点主要表现在建筑结构、装饰和空间内部结构 3 个方面：民国建筑的外观通常是一种中西合璧的风格，中国传统建筑结构和欧洲现代建筑结构相得益彰；民国建筑的装饰带有浓郁的中国元素，结合中国的折中主义思想，融了中西文化，常见的民国建筑外观多有中式四角檐、五里楼和欧洲香槟石柱等装饰特色，给建筑增添了独特的民国风情；民国建筑的内部空间结构也融合了中西方的特色，以舒适的空间布局、丰富的装潢、民国式的装饰风格和西洋的情调而著称。

　　由于民国建筑风格的这些特点，它在中国的建筑史上占有重要的地位。民国时期，由于中国文化和西方文化交融，催生了一种全新的建筑风格，使具有中国特色的建筑得以抬头，受到全世界的关注。

　　民国时期，中国出现了许多优秀的建筑设计大师，如吕彦直、梁思成、刘敦桢、童寯、杨廷宝、林徽因等人。他们以忘我的劳动、出色的工作、名垂史册的作品，为后人留下了许多造型别致、充满情趣又极具历史文化价值的民国建筑。

有研究中国建筑学的学者说："民国建筑风格，是中国建筑设计从传统走向现代的过渡，也是中国现代建筑的象征，它代表了中国建筑设计领域的一座丰碑。"连云老街上遗留的民国建筑，就是深受大师们杰作的设计风格影响的同时代作品。

传统中式建筑的形体特征是"三分"。《木经》中说："凡屋有三分，自梁以上为上分；地以上为中分；阶为下分。"其主要以水平方式划分建筑，"上分"可以看作屋顶部分；"中分"可看作墙柱和外烩装修部分；"下分"则可看作台基。综合连云老街所处的地理位置和其建筑的形态特征，可以看出，这一时期的传统中式建筑有苏鲁一带建筑风格的影子。而老街在民国时期建造的传统中式建筑中，以单体形式出现的并不多，更多的是以合院式、院落或者连体的群组形式出现，主要用于旧式商会、会馆、公所、民宅等。就单体中式建筑的风格上，其立面造型仍以传统的"三分"为主，果城里建筑群就最具代表性。

中西合璧式的建筑形体，是老街民国建筑的特点之一。建筑的立面犹如人的外衣，给人以直观的印象。它是建筑和建筑的外部空间直接接触的界面，是其展现出来的形象和构成的方式，呈现出建筑的时代特征。老街的民国建筑式样复杂，风格突出，在立面的处理上也以外墙面、窗户和大门的形状及其构成关系为主要变化的因素。山墙高大气派，多为封闭式，也有部分留有气窗。大门一般开在建筑第一进外墙面的中间部位，形成对称式布局，如此设计具有中国传统的设计风格。窗户均以长方形为基本形状，也有圆形，或窗户的上半部分是椭圆形，这样的造型属于西方的风格。

根据不同建筑功能以及中式、西式相结合的不同手法，建筑在形体造型上也各具特色，如天井和院落等开放性空间的设计，在建筑的整体布局中多数采用了中国传统建筑的空间元素。

中西合璧的建筑形式，大约于 20 世纪 30 年代出现在连云港地区。这类建筑将传统的建筑布局与现代建筑的设计构思有机结合，有钢筋混凝土平屋顶、歇山顶瓦屋面以及现代屋架的西式屋面，造型简洁对称，在檐口、墙面、门窗、入口部分和室内的处理常施以中国传统建筑装饰,并适当增加了西方元素,达到中西方文化有机结合、和谐统一。在屋顶处理上,也显出西方的建筑特点,在门窗设计上拱形样式较为普遍,金属窗饰的运用使得建筑具有西方情调。将墙体进行有机分割,使建筑增加了尺度感、几何感、节奏感,墙基大量采用块石,结构牢固,使建筑物显得雄浑、坚固、沉稳。在阳台、室外楼梯、天窗、烟道的设计上,也都别具匠心,表现出独到之处。在这些建筑上又保留了中国建筑的传统表现手法,显现出古朴而浓郁的乡情。

老街的民国建筑如果按照使用功能分类,可分为军事、工商、民生等建筑。涉及政治、军事机关的建筑,如陇海公寓、东亚旅社、中兴公司等;工商、金融、服务、休憩场所建筑,如银行大厦、交通银行、稽核所、大兴报关行、上海大旅社、陇西旅社;别墅民居的建筑,如朱家大院、果城里建筑群等;市政、交通、水利、电力的建筑,如胜利街石板路、连云港火车站、凰窝水库大坝、港口、连云发电厂等。

建筑风格是一个时代政治、经济、科技、文化、气候、地理及民族心理等诸多因素合力的产物,流派纷呈。老街的民国建筑风格多表现为石木结构或砖木结构,大多是单层,少数为二层,民居多为蝴蝶瓦双坡屋面。民国时期,这一形式的建筑基本上沿袭旧有的功能布局、技术体系和风格风貌,依然保持着因地制宜、因材施用的传统风格和乡土特色。老街位于半山坡,其建筑多为全石结构、木质门窗、硬山、蝴蝶瓦屋面,少数为干槎瓦屋面。办公、商铺、旅馆等服务设施,一般为前店后宅或前店后坊,多数为中国传统的四合院布局。

受西方建筑的影响,连云老街的临街立面多为仿欧式风格拱形木门窗,西式立柱,柱头雕以卷叶堆纹浮雕,女儿墙饰花草图案或"福禄寿"三星浮雕,最具代表性的是上海大旅社。屋面形式多样,硬山、蝴蝶瓦屋面,机制红平瓦、黑平瓦屋面,有的屋面为现浇钢筋混凝土平顶屋面或四坡屋顶。院内以整条长石铺作地坪,临街立面墙体大拉毛墙(俗称鸡爪墙),是当时连云港地区最为流行的建筑外墙装饰之一,这些建筑凝聚了特定年代的时尚和特色,有的至今风韵犹存,风貌依旧。仔细分析研究,我们能够从一个侧面审视那段风云变幻的历史,填补民国建筑资料史上的空白。

民国时期,中国人吸纳了大量西方建筑设计理念。在与传统建筑设计理念的融会贯通中，老街的民国建筑从单一的传统中式建筑逐步走向多元化、现代化。这期间，连云老街的建筑式样日趋丰富，这也是为什么初游老街的游客会有到了南京、上海的感觉。老街的民国建筑与南京、扬州、无锡、苏州、镇江等地同时期的建筑一道成为中华民国史中诸多实体要素之一，有着重要的社会、文化和思想内涵。

1972 年 11 月 16 日，联合国教科文组织第十七届会议在巴黎通过了《保护世界文化遗产公约》。公约规定文化遗产为"从历史、艺术和科学观点来看具有突出的普遍价值的建筑物、碑雕和碑画，具有考古性质成分或结构、铭文、窟洞以及联合体"，例如中国的故宫；"从历史、艺术和科学角度看在建筑式样、分布均匀或环境风景结合方面具有突出的普遍价值的单立或连接的建筑群"；"从历史、审美、人种学或人类学角度看具有突出的普遍价值的人类工程或自然与人联合工程及考古地址等"，例如中国的长城、秦始皇陵。

文化遗产保护区包括历史建筑、历史名城、重要考古遗址和有永久纪念价值的巨型雕塑及绘画作品。

文化遗产，也被世人称为老祖宗留下来的东西。我们仅从文化遗产的界定，就可以看出民国建筑是人类文化遗产的重要组成部分，在文化遗产中具有很高的地位和价值，不容忽视。

随着时间的推移，前人留下的文化遗产受时间、气候的影响，甚至是不可抗力因素的影响，将不可避免地走向衰落。人类文化遗产保护成了世界各国政府关注的大事。中国人对老祖宗留下来的东西，更是用心加以保护。中华人民共和国成立后，国务院不仅出台了相关保护政策，各级政府也根据地方的文化遗产留存情况，制定符合本地文化遗产保护情况的政策。

为了更好地保护民国建筑，增强旅游资源的历史延续感，2009 年，连云区政府出台了《连云镇区保护与旅游发展规划》（简称《规划》）。《规划》前瞻性地提出通过旅游开发、保护和利用相结合，通过旅游资源的整合，将连云街道独特的文化遗产留住，让其成为一张响亮的城市名片。

《规划》尽可能保护历史建筑原有生态，通过保护性的修缮和复原休整，使之能够保留传统的山城海滨小镇风貌和连云古街道的特点。通过拆除违章建筑和修缮一些具有传统符号的建筑，复古一些建筑的立面，达到"新旧协调,恢复原貌",符合历史文化老镇要求。按照《规划》,建筑文化的保护与复兴,以延续老的建筑风格和传统的空间机理作为定位,传统的手工业、小作坊,一些传统的民俗文化、民间曲艺,尽可能恢复原有的业态和功能。

连云街道老街区整体控制范围为 70 公顷,面积相对较大。在如此地域面积的街区,民国建筑集中的地方是胜利、临海、云台社区。从其地形地貌和建筑的特色来看,山坡石路、石墙瓦房、中西合璧风格的建筑等保存下来的比较多,有相对完整的,有残缺的,也有濒临塌陷的。

连云区政府于 2013 年大规模修缮连云老街,对老城区进行改造,因地制宜开发老街旅游,建设宜居老街、人文老街。对老街的民国期间建筑遵循"修旧如故、保持原貌、以存其真"的维修原则,保持现有的实物原状与历史信息,既较好地保护文物建筑,延长其寿命,又能使其得到合理利用。

连云区政府在对老街民国建筑的修缮保护中,对原有的砖、石构件,尽量采取修补的方式。随着社会的发展,人们对于生活环境也有新的要求,对文物建筑的保护方式也有新的认识。文物建筑的保护,主要是保护文物古迹,保护建筑风貌,保护是目的,利用是途径,主要是服务于当前使用功能,向世人真实地展示其自身的历史形象及价值,通过合理利用,充分保护和展示文物古迹的价值。

民国建筑作为连云港市历史变迁最为真实的见证者之一,记录着城市变化发展的点点滴滴。这一时期的建筑风格多样,时代烙印明显,有着较高的历史价值和艺术价值。为了尊重历史,延承文脉,更好地保存、保护这些为数不多的历史建筑,连云区政府已采取行之有效的方法和措施,做好城区改造工作,努力让老街文化与人们生活有机结合。

第四节　文化遗产,发展与保护并存

2019 年 2 月 1 日,习近平总书记在北京看望慰问基层干部群众时指出:

> 一个城市的历史遗迹、文化古迹、人文底蕴,是城市生命的一部分。文化底蕴毁掉了,城市建得再新再好,也是缺乏生命力的。要把老城区

改造提升同保护历史遗迹、保存历史文脉统一起来，既要改善人居环境，又要保护历史文化底蕴，让历史文化和现代生活融为一体。

每一处历史遗迹都是文化遗产，它是地方特色和文化多样性的体现，作为重要的旅游资源，有利于旅游业的发展和社会的进步。在保护的前提下进行合理的旅游开发是必要的。下面笔者将从旅游开发的角度对连云镇的民国建筑进行分析研究，探讨如何实现在保护的前提下，将民国建筑应用到我市旅游事业的发展中去，实现民国建筑和旅游发展的良性互动，在保护中促进连云港旅游业的发展，彰显连云港的文化特色，提升连云港的品位。

连云区政府将历史文化遗产保护和商业、文化的发展有机结合，以老街的"点"带动全区的"面"，不仅较好地解决了"既要发展又要保护"的难题，还成功地推进了连云区全域旅游健康发展。

民国建筑是连云区旅游开发的核心资源。把民国建筑作为资源进行规划、保护和开发，使其成为广大旅游者向往的"天堂"，是连云区文体旅游规划者需要考虑的问题。出于历史因素，连云港的民国文化在我市乃至苏北地区可谓独树一帜。现存的民国建筑只要保护利用好，很容易吸引广大旅游者。民国建筑的形成是一个历史的演变过程，属于历史文化遗产的一部分。在中国并不是所有的城市都有丰富的民国建筑，连云港作为中国近代较早开埠的城市之一，其民国建筑在中国建筑史上具有独特的历史地位。它是特定历史时期文化的特征，代表着一定地域、时期的民风习俗和审美情趣，记录着城市的形态，见证了城市的发展。

连云老街的民国建筑，还有一个特别之处是每栋建筑还与当时的历史事件、历史人物息息相关。有了与历史事件的因果关系，老街的民国建筑从一座座冰冷的砖块混凝土，变成了有温度、有历史文化底蕴的文物，对研究连云港地区民国时期的经济发展有一定的价值。这一地区的历史建筑，对研究连云港建港史、铁路史和民国时期城市建筑风格的演变有着重要的价值，是连云港市特别是连云区城市发展文脉延续的重要实物。

集中在老街的民国建筑，有传统中国民居式、中西合璧式、欧洲古典式、日本协和式等。老街的民国建筑古镇的存在，是中国人对西洋文化接受过程中的一次创造,在中国建筑史上留下了浓墨重彩的一笔。

老街的民国建筑都占有一定的空间位置,这个空间可以是自然形成的,也有的是人为划分出来的。建筑空间是城市特性和特征的物质表现,是城市中最容易识别和记忆的部分,也是城市能吸引人"一探究竟"的魅力所在。可能是相对独立的整体空间,也可能是相互有联系的序列空间。

2022年12月19日,连云港市人民政府发布第11号令《连云港市非物质文化遗产保护办法》,自2023年2月1日起施行。自此,连云港市以地方立法的方法,将该市非物质文化遗产加以保护。此办法中所称的非物质文化遗产,是指在本地世代相传并视为其文化遗产组成部分的山海丝路文化、西游文化、岩画文化、淮盐文化、徐福文化等各种传统文化表现形式,以及与传统文化表现形式相关的实物和场所。属于非物质文化遗产组成部分的实物和场所,凡属文物的都适用文物保护法律法规等有关规定。

非物质文化遗产保护坚持保护为主、抢救第一,合理利用、传承发展的方针,遵循政府主导、社会参与、统筹规划分类保护的原则,注重非物质文化遗产的原真性、整体性和传承性。

2023年5月17日,市文物局、市文物考古所对上海大旅社进行修缮保护。这次修缮保护工程将排除文物建筑安全隐患,恢复建筑历史形态和风貌,切实维护建筑物文物安全和特有的历史环境风貌,最大限度保持历史真实性、风貌完整性和文化延续性,为后人留下一笔宝贵的历史财富。

老街上昔日的所谓豪宅华庭,时至今日有的没落荒废,有的挪作他用,多数成了民居。行走在老街的游客,可以在目光所及之处随时寻觅民国建筑的身影,果城里、上海大旅社、人民影剧院、连云火车站及钟楼……石墙、青砖、红瓦、石板路、法桐树都记载了这座古镇的岁月沧桑,标注了它有不同寻常的过往。

陋室空堂,当年笏满床;衰草枯杨,曾为歌舞场。是的,如今的空堂陋室,就是当年高官显贵们摆着满床笏板的华屋豪宅。岁月轮转,时过境迁。也许是旧时王谢堂前燕,也飞入寻常百姓家。

历史无论距离我们有多远,总会留下一些可以辨别的痕迹,这些遗痕就成为后人探究历史古风遗韵的重要资料。

连云老街民国时期建筑，是连云港市建港早期那段沧桑历史的真实写照，是中国近代开埠城市曲折发展的珍贵见证。城市因一些历史斑驳的身影的存在而愈趋生动，也因一些残垣断壁的形体的留存而更加深邃。这些，在不经意间造就了老街的文化底蕴。民国期间的连云老街，深受中国社会的动荡背景和建筑文化发展变革的深刻影响，形成了融合中西建筑文化的艺术特色。不同流派、不同风格、不同韵味的建筑共处一城，展现了建筑多元化的城市状态。

"空为人用，实为人感"，建筑的造型艺术与建筑的空间艺术一样，是建筑艺术的重要组成部分。二者的共同作用便是筑成既具有使用价值又具有审美价值的综合体，如此，就有力地说明了建筑的空间艺术、造型艺术与人类的相互关系，体现了人与建筑、建筑与自然和谐融合的最佳境界。

连云港在推进城市建设进程的同时，打造历史文化名城，改变和提高连云港旅游的人文质量。开展具有连云港特色的、融合原有历史文化基础和现代化气息的、和谐的民国建筑旅游，具有多方面的积极意义。

在 20 世纪 20 年代末，新旧思路，东西方文化的冲击、融合、碰撞、沉淀，形成了连云古镇独特的文化品格和山城海滨小镇的风貌。

连云港市的史志学者认为，连云老街的民国建筑是一个难得的历史符号，是中国近代史的一个缩影，它的旅游资源具有很高的历史人文内涵。

连云老街的民国建筑、历史街区大部分为石头建筑、块石铺作的庭院、条石铺筑的道路。合理的民国建筑旅游开发，是为了增强连云港旅游资源的历史延续感，有助于连云港民国建筑的保护。将保护和利用结合起来、将连云镇这种独特的文化遗产留住，让其成为一处别具特色的旅游胜地。

切实可行地推进民国建筑旅游开发，可以优化城市的旅游功能，提升城市旅游的整体质量。通过对民国建筑的修缮保护，可以挖掘民国建筑的旅游价值，形成具有吸引力的旅游资源合力。完善连云老街民国建筑的整体风貌，以凸显连云港的历史文化内涵，打造连云港旅游精品和旅游特色线路，使得连云老街成为中国旅游业一张带有民国烙印的亮丽的名片。

可以说，老街的民国建筑风格，是中国现代建筑的象征，它不仅体现了中西文化的融合,也是那个时代的符号,更是一个时期中国人的集体记忆。难能可贵的是,得到了保护的老街民国建筑,仍然在继承、延续着昔日那种精湛的设计风格,给人以极大的视觉冲击和感官享受。今天的老街民国期间的建筑,无论是设计的特色还是建筑的风格,仍然对中国以后的建筑设计、风格产生了极其深远的影响。

古镇存留的遗迹,奠定了沿山而上的原始骨架脉络。

人有过往,建筑有记忆,过去的发生的事情都将成为历史。历史有了时代的烙印,会根植于人们的记忆中,就从来不会走远。

历史的车轮悠悠荡荡,载着几多荣辱,带着几缕沉思,驶入了一个新的纪元。民国期间的中国建筑设计者,演绎了中国设计师的智慧,为连云老街留下了珍贵建筑,是历史留给连云港人的宝贵财富。

截至 2023 年,整整 90 年的时间过去,老街的民国建筑依然屹立于云台山北麓的山坡之上,向世人无声地诉说中国人的铁路史、海运史、抗战史、建城史。

连云老街的民国建筑,体现了中西方文化融合的理念,不仅为我们后人留存了许多独具特色的建筑作品,还留下了教科书般的珍贵史料。这座建在连云港港口的半山式历史古镇,它满身的时光印记,让人无法忽略它的历史。

90 年的时光交错、春夏秋冬,连云港最具民国原生态的老街,多少荣华风吹雨打去……斗转星移间,老街的民国建筑已经成了历史文物,它们都凝聚着时光的记忆,蕴藏着历史的风雨,磅礴着时代的步伐。

铁路港口,风雨沧桑。历史烟火,生生不息!

这座山海石城是历史最好的见证与注脚,令我们后人萌生出对历史的敬畏与慨叹。

今天,它们已经成了国人研究那段历史的一部生动教材,成了连云港市旅游业一个打着民国烙印的文化符号。

仰望历史的天空,跨过时间的长河,人们会发现有些历史就镌刻在石砾中,有些时间就停留在砖瓦上。连云古镇的民国建筑是连云港城建史上的符号和记忆,其中相当一部分建筑被列入江苏省历史文化遗产保护名录,彰显这些建筑的不平凡之处。它们不仅记录了一个逝去的时代,也见证了连云港市的今天，从中我们可以看到个人命运、时代命运以及国家命运的跌宕起伏，是历史变迁的真实写照。老街的民国建筑无论是过去、现在或将来，永远是连云港城市景观的一抹亮色！

"历史有根""文化有脉""商业有魂"，可喜的是连云老街并没有淹没在时代发展的大潮中，而是完成了从凋敝到"涅槃"的历史性华丽转身。留住连云老街，就是为连云港市保存了一座"博物馆"。我们既要保护老街的物质实体，又要传承老街的历史文脉，还要让老街老而弥新，愈老愈有味道、愈老愈有生机。如此，才能让它真正成为城市可持续发展的宝贵资源。

连云区委、区政府一直致力于将连云街道的旅游业与连岛旅游度假区、高公岛风景区、宿城风景区、田湾核电站旅游观光区、徐圩新区现代化工业园区以及连云港港口、铁路工业遗产文物点融为一体，形成全区域大旅游。将文化遗产、文化活动与旅游相结合，可以更好地保护和传承文化遗产，同时也可以让更多的人参与和了解文化的传承、发展与保护，增强中国人的文化自信！

第十三章 峥嵘老街

第一节 老街故事多

光阴的故事里,尽是岁月变迁。

在泛黄的连云老街影像里,总有一段段美好回忆。老街记录着泛黄的故事,故事里藏着属于老街的秘密,也是老街人的记忆。那些沿街的商店、银行、菜市场、理发店里,曾经包容着老街人的职场生涯。那些石屋、大院、街巷、法桐树、石板路,曾经收纳着老街几辈人的平凡生活,述说着老街的岁月峥嵘……

老街人说,它们是从老街石头缝里蹦出来的故事。

上海大旅社下李家涧边上有一铁匠铺。民国年间,铁匠铺里住着一位李姓老铁匠,街坊邻居都叫他李铁匠。李铁匠一家三代人靠打铁为生,李铁匠打铁手艺那是杠杠的,闻名方圆几十里呢!街坊邻居还知道,李铁匠的脾气和他的手艺一样,也是杠杠的。

李铁匠做生意有个特别之处,就是他不讲价,顾客打什么铁质器物,只要说出形状、尺寸,他立刻就报出价格,而且是一口价,顾客爱打不打。就是脾气如此倔强的人,生意竟然很红火。李铁匠一边打铁,一边在铺子外面卖些自己手工打制的铁锅、斧头以及拴小狗的铁链子等铁器。他人在屋里坐,货摊门外摆,一不吆喝,二不还价,晚上也不用收摊,顾客都知道他卖货也不讲价。

古话讲"有艺不为贫",凭借打铁的一门好手艺,李铁匠的小日子过得还算滋润。没人来打铁器活时,他就躺在铺子外面的竹椅上,乐哈哈地端着一把紫砂壶,半眯着眼睛惬意地喝着茶水。来来去去的人经过李铁匠的门口时，他总是声如洪钟地和他们打着招呼。

一天，一个文物商人经过铁匠铺，一眼瞧上了李铁匠手里的紫砂壶。商人停下了脚步，他仔细看罢后，认定此壶出自早清年间一名家之手，是紫砂壶中的精品。商人惊喜不已，准备出价10块银圆买下。李铁匠吃了一惊："一把小茶壶值这么多钱？"然后他毅然拒绝了，说这把壶是他爷爷留下的传家宝，他爷爷、他爸爸和他在打铁时都用这把壶泡茶喝。这把紫砂壶传承了李家祖孙三代人，它承载着家族的兴盛、风雨和情感，如今，传到他手里，怎么能卖呢？

几天后的一个早上，李铁匠刚打开门，准备做生意，街坊邻居就纷纷上门打听那把古董紫砂壶。有人说做了这么多年邻居才知道他家有宝贝，还问他家是否还有其他的古董，平时看不出来呢，老李是个深藏不露的有钱人呢。有人开始向他借钱，借钱的理由五花八门，也很充分。当然了，仿佛都是老李应该帮衬的。当天晚上，还有不请自来的人，提了一壶散酒鬼鬼祟祟地来到他家，要和他"交流交流"。

平日里晚饭后倒头就睡的李铁匠，平生第一次失眠了，一把用了近60年的紫砂壶，一直以为是一把普普通通的壶，现在有人居然要以10块银圆的价钱买下。过去，他躺在椅子上喝水都是将茶壶这么随手一放的。李铁匠想闭着眼睛睡觉，可是刚要睡着，只要听到屋里有响声，就要坐起来看看茶壶还在不在。

"唉……"李铁匠长叹一声。

李铁匠很不舒服，不仅是外人惦记着这把茶壶，儿女们也在盘算：宝贝到底能卖多少钱？父亲不卖，是不是准备坐地起价？这把壶要卖了，做儿女的每个人能分到多少钱？还有平时不怎么来往的亲戚朋友，也不请自来，成了他家的座上客。

李铁匠的生活规律给彻底打乱了。当那个文物商人带着20块银圆，满脸堆笑再次登门拜访的时候，老铁匠再也坐不住了。他当着前来看热闹的街坊邻居的面，拿起一把铁锤高高举起，只听"啪"的一声脆响后，紫砂壶已粉身碎骨。

从此，李铁匠家的日子渐渐地恢复了平静。街坊邻居看到李铁匠依旧在打铁、卖铁器、躺在躺椅上。只不过他喝水时，手里端着的是一只黑乎乎的小碗。

1956 年公私合营时,在李铁匠打铁兼卖铁器的小作坊的基础上成立了社办企业——连云渔具厂。李铁匠是老街高寿之人,他安详地度过了 100 岁。

出生于荷兰人建老窑码头之前的庄茂林,算得上是连云老街最早的站柜台人之一。

连云港解放前,庄茂林家庭生活贫苦,父母在他十三四岁那年,求爷爷拜奶奶,好不容易找到个保人,介绍到新浦德丰和食品店当学徒。介绍人对庄茂林说:"孩子,你去的这家,店铺的掌柜也是东家,到东家跟人学徒。掌柜的说什么就是什么,要骂不还嘴,打不还手,学手艺嘴巴要甜,手脚要放勤快点,不然掌柜的不但要把你赶走,还要让你赔饭钱呢!"

到店里学徒头一天,见到掌柜,先向他磕了几个响头,又去给先生、大师傅们一一磕头,恳请他们以后能多加管教。然后垂首站回到掌柜面前,恭等他安排工作。掌柜不屑一顾地看着庄茂林,语气冷冰冰地说道:"要学会做生意,先要学会打水扫地,铺床叠被。从今往后,店里的杂活也是你的事。记住了吗?"

庄茂林点点头,小心翼翼地回答道:"记住了。"掌柜望了庄茂林一眼,随即指着外面的院子,说道:"去把那里扫扫吧。"

从那以后,庄茂林每天早上都在天还没有亮时,就抹黑扫院子,再点着马灯扫店里的地面、抹柜台。过一会儿,掌柜也起床了。他在前面营业,庄茂林再去后面伙房烧水。后来,老板又不让他烧水,叫他每天到河里淘芝麻、上酱缸里翻酱菜。冬天,手在冷卤水里浸泡特别难受,西北风一吹,再一受冻,满手都是一道道血口子,又疼又痒。有时实在难以忍受,想把手擦干,刚放到腋下暖和暖和,掌柜看到了,眼睛一瞪,厉声说:"懒鬼,光吃饭,不干活。"

每天早上除了干这些活,还有额外的"功课"是给掌柜倒尿壶、打洗脸水、叠被子。

夜晚,掌柜家常常有人赌博,庄茂林也不能睡觉,要站在赌桌边给他们端茶倒水。稍稍有一点照顾不到,就要挨骂。有次端茶,庄茂林端着茶杯把子。掌柜脸色马上就变了,眼一瞪,沉声说道:"连端个茶也不会,你端着茶壶把子,那我还怎么接茶壶? 你这小子真是个驴脑子!"

等赌钱的人走了,掌柜睡下了,庄茂林还有一项任务需要完成。他要伏在柜台上搓煤头纸(点旱烟用的引火纸),把第二天早上需要用的煤头纸都搓够数了,才能搬块木板到柜台外边顶着门睡觉。

夏天里,掌柜家盖房子,使唤庄茂林去做小工。庄茂林一不小心,从脚手架上摔了下来,把腿摔破了,伤口受了感染,迟迟不愈合。过了几天,伤口化脓了,路都不能走。老板不但不给一分钱治病,每天还逼着他干活,后来实在不能行走了,是庄茂林家人把他接回家治病。

干了一年多以后,庄茂林心里琢磨着:"照这样干下去,哪天才能学会做柜台上的生意啊?"于是他就去找掌柜。刚听庄茂林说了一半,掌柜用手里的旱烟袋指着他,劈头盖脸地骂道:"看看你,爬还没学会呢,就要学走路呢? 学不到真本领,你能站什么柜台?"庄茂林心里一肚子苦水:"天天干的活与站柜台搭不上边,能学到什么真本领呢?"别看庄茂林小小年纪,也有自己的想法,"你不教我,我自己主动学"。他嘴巴甜甜地说着好话,主动请先生和大师傅们教他如何打算盘、包点心和记账,可是,任凭他说多少好话,那些人就是不肯教。有时候,他们实在被庄茂林"缠"得没办法了,也就蜻蜓点水般地教一遍,绝不教第二遍。他们怕庄茂林学会了技术,会顶了他们的饭碗,"教会徒弟饿死师傅"的观念,在旧社会人的思想里,可谓根深蒂固。庄茂林还不死心,他每天都赶着时间把手里的杂活干完,就去站柜台的师父边上偷艺,看他们怎么算账、打算盘。晚上,等掌柜睡觉了,他就在柜台上偷偷练习,不会包点心,就用事先准备好的假点心包。包好后再拆开,拆开后再包好,如此反复练习。

到了第三年,庄茂林终于能自己站柜台了。可是有些"贵客"来,掌柜却不要他接待,怕庄茂林得罪了他们。有时,当地的地痞流氓来店里胡搅蛮缠,掌柜不分青红皂白,当面就把庄茂林呵斥一顿。那个年代里,有些商家做生意不地道,经常欺骗顾客。每一批糖进店后,就要向里掺面、掺水。老板事先准备两个同样的杯子,一个放在里屋的桌子上,在里面装上好糖;一个是空杯,放在外面柜台上。当有些顾客说糖里有假,老板就说:"我当面试验给你看看。"说完拿过杯子放些糖进去,快速走到里屋,在事先装好糖的杯子里倒进开水冲泡,把有好糖的杯子端到顾客面前。庄茂林是个实在人,在作假时心里发慌,手发抖,由于"技术不高明",往往会被顾客看破,引来一阵责骂。不久,掌柜借口店里买卖不好,庄茂林被辞退了,就这样结束了3年学徒工生活。

1949年后,庄茂林当上了连云镇上国营百货公司的营业员。工作几年来,庄茂林看到一批又一批新营业员进店,为了帮助他们尽快地提高技术,公司主任定期向他们讲解商品知识;公司会计主动教他们记账、打算盘,老营业员主动给他们传授经验;公司鼓励老营业员和新营业员结对子,两人一组包教包学包会;每年一次开展技术大练兵,旨在提高新营业员的业务水平。

有个新营业员在销售布匹时,工作不认真,用尺子量布时就没有按照要求做。布量好,扯下后,也没有叠好,随便窝成一团,随手朝柜台上一扔,就算交给顾客。在柜台上参加劳动的老师傅看见了,随即走过去教他怎样拿尺,怎样卡住布,心里怎样记数,一边讲还一边做示范动作,最后还不忘叮嘱一句:"扯下的布料,要叠得四方四正、整整齐齐,才能交到顾客手中,随手窝成一团放柜台上是不对的。我们是服务行业,要服务好顾客,对待顾客的态度要热情。"这一切庄茂林都看在眼里,他心里嘀咕:这要放在旧社会,掌柜的巴掌早打到脸上了!

1952年处于国民经济恢复时期,为1953年"一五"计划的实施创造了条件。整个"一五"期间,连云港港口的面貌变化很大,港口吞吐量增长迅速,码头工人生活水准有了明显提高,是连云港港口现代发展史中令人瞩目的一个阶段。1958年,连云港站实施站场改造,铁轨线路得到延长,同时增加客、货设施,使得车站的各项配套设施日趋完善。

真正使连云港港发生的变化的是1973年,为适应港口建设发展的需要,连云港站实施了自建港以来最大规模改造,码头、航道等配套设施都提档升级。仅仅到了1974年3月,连云港站9股道新车场及12条企业专用线相继建成投入使用。

改革开放后,随着国民经济的发展,中国铁路建设也得到了突飞猛进的发展。在连云港市境内,原连云港(老窑)火车站,更名为连云港港口火车站

（老百姓习惯称之为老连云港站）。自东向西,依次有位于开发区的连云港东
站、连云港西站,位于海州区的连云港火车站。

1985年,连云港站建成货场装卸专用线1股。

1992年,连云港站拥有东西两个站场区,站线及专用线总计40余条,总
有效长度22.5千米。站场使用电锁器联锁。客运站房总面积848平方米,其
中候车室356平方米,售票处36平方米,行包房和小件行李寄存处为97平方
米和22平方米。长317米、宽11米,建筑面积3487平方米的旅客站台1座。
货场总面积达10005平方米,其中货物仓库5座共计1490平方米,215平方
米的货物雨棚1座,货物站台3座共计1777平方米,装卸线2条,有效长度
381米,同时还配备5吨电动吊车1座。

2001年9月,连云港市政府将陇海铁路连云港港口火车站列为市级文物
保护单位。

2004年1月1日,连云港站更名为连云港东站。

2009年9月,连云港东站随陇海铁路中云至连云港东段电气化改造工程
进行改造,拆除客运车场。同年11月,陇海铁路徐州至中云段电气化改造工
程开通,连云港东站更名为连云站并停办客运业务,改为港口专一货运站。

2010年3月,连云站为客、货纵列式车站。其中,西站场为货运场,站场
规模为14线,主要办理连云港港货运业务,连云港港马腰作业区各专用线均
在此站场北侧接轨,东站场为客运场。

2013年,连云港市对连云老街的民国建筑实施系统性开发保护,有着70
年历史的连云港站作为文物,是开发保护重点之一。7月,连云站站房改建为
连云港港口历史博物馆与陇海铁路历史博物馆。

同年,连云港港迎来开港80周年,为此,连云港市投入6000万元,重点打
造总建筑面积2000多平方米、设计布展面积1400多平方米的特色鲜明的港
口历史博物馆。

港口历史博物馆建于连云港老火车站西半部,在展示内容规划上,以时
间为主线,以重大事件和史料实物展陈为内容,体现世界港口、中国港口历史
脉络史以及连云港地区港口的历史由来,特别是开港80年以来的发展道路和
历程。博物馆还将运用现代科技,复原历史场景和模型制作,将港口历史博

物馆打造成为集展示、收藏、教育、科技、旅游、学术研究于一体,传承港口历史、港口文化的馆藏基地,体现国际性、专业性、互动性、娱乐性的国际国内领先的专题性现代博物馆。

建设之初,港口面向社会通过捐赠、收购、代管、借用等方式征集与连云港港建设和发展历史有关的实物资料。征集到的实物有文献、文件、手稿、信函、照片、音像、书刊、标语、布告、传单、徽章、纪念章、印章、奖状、证章、证书、证件、牌匾、旗帜等。

港口历史博物馆共有港口源起(秦汉至 1905 年)、大港初建(1905—1948 年)、港通天下(1933—2013 年)、跨越未来 4 个展区,分布于一层、二层、三层。除了上述 4 个展区,连云港港口历史博物馆还将配套游客商品服务中心、文化创意展示区以及相关的办公设施,集中于展馆一层东侧。

港口历史博物馆是传承港城文明、传播港口文化、彰显新亚欧大陆桥东方桥头堡独特魅力的重要载体,其功能有展示、教育、收藏、旅游、科研等。该博物馆对研究连云港港史、连云港市经济发展史和中国海运史都具有重要的参考价值。

2017 年 11 月,陇海铁路连云至连云港东段增建第二线工程竣工,连云站货运车场 4 条到发线改建为正线第二线并引出,经墟沟站引入连云港东站,陇海铁路连云站至连云港东站段单线变为双线。

2018 年 9 月 14 日,《既有铁路陇海线连云港至连云段开行市郊列车预可行性研究方案》获得中国铁路上海局集团有限公司批复,其中设有连云站。

2019 年 2 月,连云港市郊列车工程开工建设,新建的连云站站房位于原陇海铁路历史博物馆的露天陈列区。工程在原陇海铁路连云机务折返所上面新建 2 条到发线、220 米站台及雨棚,并通过跨轨道天桥与站房连接。如此设计,可以将峰值期间的旅客,从老八台、跨轨道天桥两个通行方式引至北面的老街区域。

2019 年 12 月 30 日,连云站新站房随连云港城市动车开通投入运营,车站重新开放办理客运业务。同月,连云港通高铁后,连云港火车站又更名为连云港高铁站。

历经 86 年的发展,从最初的老窑火车站,到如今的连云港高铁站,连云港

火车站几易其名。从历史不断向前变化的角度来看，这是中国国民经济持续
发展以及交通运输业磅礴发展的一个缩影。

　　2009 年 6 月，陇海铁路连云港东段实施电气化工程改造，云台山隧道将
拆除。2009 年 10 月 29 日，庙岭铁路隧道及庙岭山体拆除工程施工二次招标
公告发布，庙岭山隧道计划开工日期为 2009 年 11 月 23 日，计划交工日期为
2010 年 4 月 23 日，并特别说明在 2010 年 2 月 23 日之前，必须完成一期工程
的爆破拆除。

　　公告发布后，来云台山隧道参观的游人开始多了起来，有的单位还组团
来隧道参观，我和同事一起亦于 2009 年下半年的一天前往参观。由于年代久
远，历经近 80 年的风吹雨打，隧道破旧不堪，隧道顶上的石刻沧桑厚重，尽管
题刻的上下款均被一层薄薄的石灰盖住，但上面的字迹依然清晰可辨，令人
震撼不已。那天的游客特别多，人们争相拥到钱宗泽的题款前拍照留影，都
想在隧道拆除之前留下关于这段历史的记忆。

　　2010 年初，这座存在了 77 年的隧道和隧道上面钱宗泽的题款，将一起消
失在世人的眼前。听同事说隧道定向爆破拆除那天，现场外围聚集了相当多
的人，许多人甚至热泪长流，用此种方式来表达他们心中对隧道的难舍。

　　在隧道拆除之前，当地文物保护部门将钱宗泽题写的"云台山洞"石刻和
"云台山洞护坡工程"纪念碑石刻小心翼翼地取下，作为文物永久保存，现保
存在连云港市博物馆。

　　峥嵘老街，老街故事多，岁月峥嵘尽在老街。

第二节　老街是见证者

　　连云港市革命纪念馆收藏了一幅油画。画面上，一艘泛着金光的军舰停
泊在码头，蓝蓝的海水与灰蒙蒙的天空氤氲出肃穆的气氛。码头上站满了围
观的人群，红色的旗帜、高扬的手臂，喜悦和兴奋的热情在这里荡漾。油画的
落款时间是：1949 年 2 月 13 日。

　　1949 年初，一艘从青岛驶向解放区的国民党海军护航驱逐舰演绎着风起

云涌,惊心动魄地奔向光明的起义。这艘军舰经老街下面的西连岛海面一路驶来,最终靠泊在连云港码头,彼时,新海连特区成立刚刚3个月。

1949年2月13日凌晨4时许,驻守在连云港港口的海防部队值班官兵从望远镜里发现,雾色中,西连岛附近海面上出现了一艘军舰。彼时,人民解放军还没有海军,由陆军承担海防部任务,他们判断肯定是敌舰无疑,眼见海面上一个黑色的庞然大物,径直向码头驶来。值班官兵立即喊话,对方竟然毫无反应,军舰没有减速,继续朝码头驶来。随即,海防部队的海岸炮兵对军舰实施了警示炮击,8发炮弹落在军舰的前方爆炸。此时,港口守军从望远镜里发现军舰主桅杆处悬挂一面白旗,舰载探照灯反复向"白旗"上照射,以示"投诚"。驶向连云港码头的军舰是一艘国民党海军护航驱逐舰,叫"黄安号"舰(简称黄安舰),按国民党军队逃亡中国台湾的计划,黄安舰由黄海从青岛开往中国台湾。舰上官兵却选在12日农历正月十五元宵节的夜晚见机起义,将军舰驶往连云港,奔向光明。军舰主桅杆处悬挂的一面"白旗",其实是舰长鞠庆珍情急之中命人找来的一床白床单。

凌晨5时许,黄安舰靠泊解放区连云港码头,费了一番周折后终于与解放军接上了头。上午10时,中共新海连特委社会部部长苏羽(后接任谷牧担任新海连第二任书记)、公安局局长朱礼泉代表特委到码头欢迎。

14日,新海连特区特委书记兼警备区政委谷牧、司令员王晓接见了鞠庆珍、刘增厚等黄安舰起义领导人员,并为全体起义官兵召开了隆重的欢迎大会,庆贺黄安舰起义的重大胜利,并向毛主席、朱总司令电报报喜,得到中央的通电嘉奖。

根据中央军委指示,新海连特区警备司令部向起义有功人员鞠庆珍、王子良、刘增厚、孙露山等颁发了嘉奖状,舰上全体官兵每人发给一枚首创起义纪念章。

中国军队,先有战舰后有海军,连云港是中国海军第一艘战舰诞生地。

1949年2月13日,黄安舰在连云港码头被共产党接收,成为中国人民海军拥有的第一艘正规军舰,它比海军军种成立的时间还要早。直到两个多月后中国海军才在泰州诞生。

4月23日13时30分,在江苏泰县(现泰州市)白马庙一个破旧的房间里，十几个人正准备开会，张爱萍站了起来，他清点了到会人数共 13 人后，庄严地宣布："今天我们自己的人民海军终于诞生了！"是日，就成了中国人民海军的诞生日。

自此，黄安舰正式编入人民海军战斗序列，成为人民解放军建军以来的第一艘战舰。

在全国重点文物保护单位——位于江苏省泰州市高港区白马村的中国人民解放军海军诞生地纪念馆，有一张"中国共产党中央军事委员会"批复的"关于海军成立日期问题"复印件。

档案的复印件原文是：

(1989)军字第 5 号
中国共产党中央军事委员会（批复）
关于海军成立日期问题

海军：

　　(1989)司务第 30 号请示悉。同意以一九四九年四月二十三日成立华东军区海军的日期为中国人民解放军海军的成立日期。

中国共产党中央军事委员会
一九八九年二月十七日

批复上面盖有"中国共产党中央军事委员会"的红色印章，还标有"秘密""海军此件一份"的字样、相关领导的签名、文件的接收日期以及存档编号、时间等。

1949 年 4 月 15 日 6 时许，满载国民党伞兵三团起义官兵的一〇二艇减慢速度，缓缓驶向连云港港口，岸上的房子清晰可辨。新海连特区驻港警备部队事先并不知道这艘国民党登陆艇的来意，遂命令开炮射击。而舰上并没有还击，旋即发出起义的信号。在请示新海连特委后，港口派领港员把登陆舰引进港内，靠上码头。

旋即，中共中央军委来电："国民党伞兵三团起义，驶入连云港，望做好准备迎接。"

4月15日晚,连云港港口灯火通明,新海连特区书记谷牧,特区警备司令员王晓,特区副书记兼保卫部长苏羽及滨海二团团长鄢世甲等人,乘坐军用吉普车一直开上停泊在港口登陆艇的甲板,伞兵三团全体起义官兵列队接受检阅。团长刘农畯、副团长姜健、团副李贵田及伞兵三团地下党支部的周其昌、陈家懋、段伯宇等站在前面。谷牧、王晓、苏羽等走上前去,与他们一一握手拥抱。

10月1日,伞兵三团全体官兵与新海连特区军民一起列队游行,庆祝中华人民共和国成立。

数十年后,在一次原伞兵三团起义人员举行的纪念会上,时任新海连特委书记的谷牧满怀深情地回忆说:"至今我还清楚地记得,你们是1949年4月15日清晨在刘农畯团长率领下乘坐'一〇二'登陆舰抵达连云港的……"

黄安舰起义、伞兵三团起义,其靠岸的码头都是连云港港口。而处于港口北麓的连云老街,无疑是这两个重大历史事件的见证者!

第三节　岁月峥嵘尽在老街

20世纪60年代的连云港百货商店,服务的对象主要是乘坐火车来连的天南海北的游客、停靠在码头的外国水手、部队驻军以及驻军家属、来码头做铁路港口生意的生意人及镇上的居民。因此,它是那个年代里连云港市最热闹的商店之一。连云港百货商店以货品齐全、注重精品名牌而闻名。商店卖的食品糕点如徽子、麻花、小麻饼、三道酥、大头果子等,主要是老街的食品店生产的。食品店生产的糖果糕点,不但供应老街的食品店铺,还供应附近乡镇的食品店铺。

那年月,人们的最爱是上海货,而这里像上海产的高档香烟如中华、红双喜、牡丹,中档的大前门、恒大、飞马、墨菊,糖果类的大白兔奶糖,还有太妃糖、话梅糖、麦芽糖都有货供应,尤其是名品糕点,什么芙蓉糕、茯苓饼、沙琪玛、云片糕、天鹅蛋、白脱酥、杏仁酥、凤梨酥,都具有上海风味。

大家都说一走进连云港百货商店,就像来到了自己的家一样,营业员会热情地接待客户,介绍商品的品种、质量、产地、价格。售布的营业员会告诉你做一身制服需要多少布;售鞋子的营业员会告诉你穿哪一种鞋子最经济。货架上有货时就让客户随意挑选,直到客户买到心满意足的商品;货源暂缺时,营业员也会向客户细心解释,告知到货的大致时间。

1966 年,连云港市文史、地方志专家张学贤在市人委(即现在的市政府)办公室工作。他当年采写过一篇题为《踏遍连云街,服务红花朵朵开——连云百货商店纪行》的新闻通讯,刊登在《连云日报》上:

> 2 月 17 日上午,市人委赵金铸路过连云港百货商店,他信步来到柜台前,想买一双低帮力士球鞋。
>
> 15 号营业员周桂春,满面笑容地告诉赵金铸说,下个月 8 日就是妇女节。近期,很多单位都开展了庆祝活动。37、38 码的小码回力鞋,最近销量大增,店里货源暂缺。赵金铸表示理解,周桂春接着又问赵金铸,我们店里有高帮的力士球鞋,您要不要?说着话,转身就拿出一双 37 码高帮球鞋。赵金铸还有事情没有办完,付了款后拿着鞋就准备离开。
>
> 周桂春说:"同志,你还是试一试鞋,看看合不合脚。"赵金铸试穿了球鞋后,感觉倒不是很舒服,于是他对周桂春说:"刚刚试穿了一下,感觉不舒服,我不习惯穿高帮球鞋,能不能退货?"周桂春和颜悦色地说:"鞋合不合脚,只有您自己会感觉到,当您感到不满意的时候,就不要勉强。还好,你想要的低帮球鞋很快就有货,这样吧,您过几天再来看看。"说着就把鞋钱退给了赵金铸。最后,她还笑容可掬地说:"欢迎再次光临。"
>
> 周桂春同志,是连云港百货商店一个普通营业员。由于她服务态度好,服务质量高,顾客在商店服务监督台上,给她插了好多面小红旗。仅仅 17 日上午 11 时,她姓名上方的格子里就被顾客插上了 10 面红旗呢!

"进连云港百货商店,服务员笑脸相迎。热情的服务,令顾客有宾至如归般的感觉!"这是那个时期连云百货商店的口碑。

2023 年 11 月,笔者如约来到东部城区阳光丽景大厦陈瑞德夫妇的寓所。两位年逾古稀的老人把居室收拾得干干净净,室内的摆设井井有条。透过朝北大阳台的玻璃,外面的黄海一览无余。据笔者目测,大厦到海边的直线距离不足 200 米。陈瑞德笑着告诉笔者,这套房子是他退休前就买下的。之所以选择在这里买房子,就是因为这里离大海近,方便他每天下海游泳。

1958 年 12 月,石梁河水库要动工开挖,陈瑞德的出生地赣榆县欢墩人民公社(今赣榆县班庄镇)欢墩埠要整体搬迁。时年,不足 6 岁的陈瑞德随家人一起搬迁到连云镇。那批从赣榆举家搬迁到市区的移民户,分别被政府分配到锦屏磷矿、新浦农场、锦屏镇酒店村和港务局 4 家单位安置。陈瑞德父亲被安排到连云港港务局当一名码头工人,自那时起,从没见过大海的陈瑞德第一次看到了大海的模样,注定了他一生都和大海结缘。

当年的连云镇驻军部队多,每天早上,部队出操列队训练的口号声、喊声响彻小镇上空。童年的陈瑞德也跟在部队后面,模仿解放军叔叔的样子,听着立正、稍息、齐步走等口令,随着他们一起训练。时间长了,那站姿、动作倒也有模有样。时至今日,陈瑞德已年逾七旬,他的举手投足还带着明显的军人痕迹。

夏日里,连云港警备区海防二团的侦察连、防化连在海里搞海训。陈瑞德和小伙伴一起去观摩,战士们在前面训练,他们就在后面模仿,一个暑假下来,孩子们也模仿得有模有样。那个时候的鹰游门,出现了特别有趣的一幕,全副武装参加海训的侦察连、防化连战士,一群光着身子只穿一条短裤的孩子,同台演绎着一幅温馨的画面。

战士们全副武装泅渡海峡训练时,每个人要背着一把冲锋枪、4 颗手榴弹,为了减少水的阻力,在下海水之前,军装的口袋都要翻到外面。陈瑞德也学着解放军叔叔的样子,和小伙伴们找来与手榴弹长度、重量相当的 4 根小铁棍绑在身上,再手拿一根与冲锋枪重量差不多的铁棍,下到海里,朝连岛方向奋力游去。

侦察连的海训科目中,还有一种高难度的,在今天的人们看来,比较苛刻甚至是极端的项目,是把人的双手捆绑住泅渡。在下水之前,把人的双手别在后背处捆起来,把上肢固定住,在海里游动时就只能凭下肢用力。看到解放军叔叔如此"酷"的训练方法,小伙伴都惊呆了,一个个跃跃欲试,但就是没有人敢第一个"吃螃蟹"。陈瑞德说:"你们把我双手从后面绑起来,我先游一下试试,你们再游。"小伙伴们不放心,都随陈瑞德下到海里,自发地在他的四周形成包围圈,准备随时随地应对突发事件。被绑住双手的陈瑞德,第一次游了 15 米,之后是 20 米……随着一次一次练习,他游泳的距离不断延长,最终,他能一口气游完 150 米。

陈瑞德的"英雄事迹"在他的学校和港务局家属院传开了,自然也让他母亲知道了。在暑期的余下时间里,他母亲把他关在家里,再也不敢让他下海游泳。两三天后,陈瑞德找了个机会,在母亲的眼皮下从窗户里爬了出来,又跑到大海里"海阔凭鱼跃"去了。

陈瑞德母亲无可奈何地说:"不听话的小崽子,长大了,为娘追也追不上他,跑也跑不过他!唉……只要孩子不干歪门邪道之事,就随他做自己喜欢的事去吧!"

是啊,一扇窗户,怎么能关得住这个十二三岁的小小少年呢?

从 20 世纪 60 年代初开始,连云港港务局就利用得天独厚的海峡资源,于每年夏季组织一次职工游泳比赛。此项体育赛事,也成了港务局广大职工传统体育竞技项目之一。1966 年 7 月 16 日,73 岁高龄的毛主席再次畅游长江,这一天,被确定为毛泽东畅游长江纪念日。此后,港务局把每年夏季全局职工畅游鹰游门海峡的竞技比赛的日期定在 7 月 16 日。比赛这天,连云港码头新开辟的游泳比赛区域的场地上,人山人海、锣鼓喧天、彩旗招展,高音喇叭播送着欢快的乐曲。海面上停泊着指挥船、保障船、应急船等多艘船只。对面的沙滩上插着彩旗,还有体积较大的各种颜色的气球隐约可见。

正式比赛开始之前,两艘小船驶入比赛水域。船上的人向海里扔手榴弹,其作用是驱赶海里的鲨鱼。

第一次游泳比赛那年,还在上学的陈瑞德也参加了,尽管职工子弟参加比赛不算名次,他也乐此不疲。自 18 岁在港务局外轮船舶公司参加工作后,陈瑞德成了港务局体育运动队伍中的健将之一,经常代表港务局游泳队参加全市以及与当地驻军部队开展的游泳比赛。

海里与河里、湖里游泳区别较大,大海的暗流、浪涌会给选手带来挑战,而比赛时选定的河、湖基本没有暗涌,在无风的天气里,水面上平静得很。每次参加港务局职工游泳比赛,陈瑞德都能取得好成绩,这与他少年时打下的基础有关,凭借他多年经验,以智慧取胜也是关键。从连云港码头入海的赛道是呈"一"字形的长条状,参赛选手整齐站在一条线上,等待发令枪响。

陈瑞德往往提前到场观察海水的情况,他会根据潮汐、浪涌的变化,来选择最佳入水点。对岸插红旗的地点就是比赛的终点,如果当时浪涌向东流,他会从西边入海,如此,人就能顺着潮水斜着游向终点,叫顺流游,从而节省体力。缺乏海游经验的人,往往会选择相反的方向,人顶着潮水游,叫逆水游,体力消耗会较大,等他们游到对岸时,和终点的位置距离短的会差十几、二十几米,距离长的会有两三千米远。

因为经常在本单位组织的游泳比赛中取得好成绩,陈瑞德被选为港务局游泳队的成员。20 世纪六七十年代,连云港市体育局经常组织全民体育竞技赛事,其中由全市各大局、企事业单位组队参加的游泳比赛,是多项赛事中的亮点之一。陈瑞德是港务局游泳队的主力选手,那个时候的游泳比赛还不正规,赛事的游泳姿势不统一,选手可以根据自己的特长选用蛙泳、蝶泳、自由泳等泳姿。一个选手占一条赛道,发令枪一响入水,泳姿可以不统一,但入水后中途不能更换姿势,下水时是什么泳姿,必须保持到终点。

20 世纪 70 年代中期,连云港市体育局曾经在锦屏磷矿组织由连云港市商业局、交通局、建设局、港务局、盐务局、锦屏磷矿等单位参加的游泳比赛。受当时硬件设施的限制,游泳的比赛场地设在室外的一个人工湖里。说是人工湖,只是好听些罢了,其实就是一个弃置了的、蓄满了雨水的人工露天采矿塘口。远远望去,塘口里面的水黑乎乎的,大家都在里面比赛。之所以把比赛场地选择在此,一是这个所谓的人工湖能基本满足赛事的要求;二是湖里是死水,不存在暗流、浪涌之类的不利因素;三是此处有山遮挡,湖面风平浪静,可以给选手们创造公平竞争的条件;四是那时的连云港市,根本就没有满足比赛要求的室外游泳池。

比赛成绩取前 6 名。

陈瑞德屡屡获奖,显示出他在游泳竞技方面的专长。1976 年,陈瑞德还因此由港务局轮驳公司港务监督科被调到局武装部,专门带领民兵游泳队的选手训练呢。

当时的轮驳公司下面有一个科室叫港务监督科,职能是给进出港的外轮领航。后来,在这个科室的基础上成立海监局。海监局成立之初,从轮驳公司及港务监督科抽调了部分人员充实队伍,陈瑞德是其中之一。可是,无论船舶公司领导,还是港务局领导,就是不放他走。他们的理由是陈瑞德是个难得的人才,要把他留下继续发挥作用,民兵游泳队的日常训练可就靠他呢。

"军民一家亲,军民鱼水情。"军民共建,一直是连云港港务局和当地驻军部队保持的优良传统。他们每年都要组织多次军民共建活动,在海里组织游泳比赛是传统项目之一。他们与驻港口附近的多支部队开展游泳比赛。除了开展游泳比赛,民兵和部队还开展海上打靶、爆破等演练。

陈瑞德除了带领队员在海里游泳训练,还负责与连云港警备区联络,协调港务局民兵和驻军部队举行比赛、演练的相关事宜。那个时间的陈瑞德,是连云港警备区的常客,时常忙得不亦乐乎。

当陈瑞德与笔者聊到这段家常时,阿姨在一边接话说:"老头子,不走时运呢。"

笔者问:"阿姨,您何以此言?"

陈瑞德笑着说道:"小杨,是这样的,如果当年领导放我走,我就随大家一起到海监局工作了。那时,港务监督科基本上是整建制划入海监局。后来,他们的身份都随海监局的工作性质转成了公务员。而我呢,因为领导不让走,留在原单位工作,身份还是工人,退休后,工资差距就大了。为这事,你阿姨耿耿于怀呢!我退休都 10 多年了,这些年她也渐渐淡忘不提了,瞧瞧,今天你来了,我们提到这茬,她又愤愤不平了,哈哈……"

"陈叔叔,您当过兵吧?"

"没有,好多人都这样问过我。我初中毕业那年,有部队带兵的领导来我家动员我当兵,我妈不让我去。家里兄弟姊妹多,想让我早点工作,赚钱养家。我本人确实向往军营生活,小时候遇有部队训练,我就跟在后面模仿,军人的举手投足对我影响很大。"

陈瑞德年轻时,是户外健身运动的爱好者,他喜欢游泳、跑步、登山、攀岩。退休后,大运动量的健身项目逐步放弃了,无论春夏秋冬,坚持晨泳已经成了陈瑞德生活中的一部分。

每天晨曦,迎着黄海海面露出的鱼肚白,陈瑞德来到黄海游泳,他晚年慢节奏生活的一天,从此时开始。

陈瑞德与有共同爱好的"泳伴"一起下海游泳健身,他们还建有微信群,相互间交流在海里游泳的心得体会,既愉悦了心情,日子也过得充实。

1948 年连云港解放前,连云埠区的诊所都是私人开办,主要有三类:一是行医者自己开办的诊所,诊所里有药铺;二是只看病不卖药的诊所,病人在诊所问诊后,需前往指定的某一药店取药,药店从卖药收入中分一部分给医生;三是受雇于业主的医生,按营业额提取工钱。

连云港铁路开通、港口通商后,开业行医者增多。1938 年春,日军侵略连云港时,大部分诊所停业,行医者远走他乡。到了抗日战争结束后的 1946 年,老街上还有振华、青年、善成、其光 4 家诊所营业,都于 1948 年停业。1948 年李加贵开办慈善海诊所,于 1951 年加入连云联合诊所。

1933 年 11 月,陇海铁路局连云医院由墟沟迁入老街。该医院占地面积 600 平方米,有医务人员 8 人、病床 2 张、10 余间房屋,房屋面积 500 平方米,内设内、外、妇科及手术室、化验室、药房等,主要服务于铁路、港口职工及其家属,是连云港埠区第一所采用西医治疗的公立医院。连云港沦陷后,医院被日军侵占,改名连云诊疗所,隶属连云港港湾局(彼时的名称)。连云诊疗所由日籍医生高桥照明任院长,职工 10 人,其中日本籍 7 人,病床 2 张,主要负责港湾局人员的医疗及防疫工作。抗战胜利后,改称连云港港湾办事处医院,留用日籍人员,高桥照明留任院长。1947 年 5 月,日籍人员遣返回国,由外科医师张炳南任代理院长。10 月,调郑州铁路医院院长郑盛贤担任院长,病床增至 5 张,增设观察室。1949 年下半年港湾办事处医院部分人员撤往台湾,留下 7 人坚守。

1939 年日军在临海街设同仁会医院,抗战胜利后,改名更生医院,仍由日本人经营,院长山平铁三朗。1947 年 3 月,国民革命军五十七师接管后更名雨隆医院。1948 年春,改称连云市立医院,由连云市政府管辖,并任命张国基为院长,医院有 10 余人,设内、外、妇等科,有病床 20 张。

1948 年 11 月,新海连公署接管连云市立医院后,人员和医院名称都沿用之前的,那时医院有平房 15 间。1950 年春更名连云区卫生所,12 月更名新海连市连云港诊疗所,院址迁云台路 43 号,占地 1000 平方米,有 10 多间平房共 190 平方米、员工 9 人(其中医生 1 人、护士 4 人、护理员 1 人、其他人员 3 人), 仅设门诊,没有分科,也没有病床,日门诊量仅仅 30—50 人次。1951 年更名新海连市连云区卫生所,兼理区内卫生行政、卫生防疫、妇幼保健。1958 年秋更名连云港医院。1959 年,建成 800 平方米的两层层门诊楼,设病床 20 张,门诊分设内儿、外、妇产、化验等科室;职工增至 20 人,日门诊量 50 到 70 人次。1963 年,连云港医院开始接手外国船员的医疗工作,1977 年更名连云港市第四人民医院,1980 年 9 月更名连云港市连云医院,1984 年新建了 5 层、共 1600 多平方米的外轮船员病房楼。1985 年 3 月,被市政府命名为"连云港市红十字医院"。1986 年 9 月,更名连云港市第三人民医院,保留"红十字医院"名称。1980 年至 1990 年,日均门诊量 200—300 人次,每年入院治疗 1600 多人次。1994 年 4 月上旬,市第三人民医院与连云区人民医院合并,院址迁至墟沟中华西路 57 号,称连云港市红十字医院。

1950 年 8 月初,青岛区航务局连云港务分局在胜利街设立职工诊疗所,医助 2 名,护士 2 名。1957 年为卫生所。1963 年 7 月 1 日为港务局职工医院,建筑面积 1000 平方米,开设床位 20 张。1972 年,搬迁到孙家山,医院建筑面积 3000 平方米,设床位 50 张,设内科、外科、理疗科、检验科、药房和大内科、大外科两个病区,科室 11 个,员工 60 人。1980 年 12 月迁往陶庵,新院址占地近 3.6 万平方米,建筑面积 2.2 万平方米,设计床位 310 张。1993 年,港务局职工医院更名连云港海港医院,2008 年 6 月 24 日,整体移交给连云港市东方医院,成了东方医院一个分部。陶庵的原址,现为连云港市东方医院东部院区。

中华人民共和国成立后,港口有个外供商店,就开在连云港火车站钟楼,从钟楼外踏步走十几级台阶上去门朝南的房间。商店很小,但里面销售的船员需要的商品却上档次,有布匹、水果、糕点、字画等,应该说是同年代的高端商品甚至是奢侈品,绝对不是工薪阶层消费得起的东西。此商店就是连云港海员俱乐部的前身,当地老百姓称之为外供小卖部。

1956 年,连云港国际海员俱乐部成立,由中国海员工会连云港港务分局领导。

1964 年 6 月 21 日,对外供应公司与连云港国际海员俱乐部共用综合楼建成,连云港国际海员俱乐部有了气派的院落,位于临海路与云台路路口中间。小院子小巧玲珑、布局合理、错落有致,闹中有静,在几棵雪松的映衬下显得庄重典雅。主楼是 4 层,在辅楼 2 层里面设有舞台和放映厅,在一层混凝土平顶房子里面设有酒店、台球厅、厨房、餐厅、杂物间等。俱乐部员工高峰时达到 100 多人,还拥有一支人数较多的翻译队伍,有翻译长年累月在此工作,语种涵盖英语、俄语、日语、朝鲜语、西班牙语等。

是年,连云港国际海员俱乐部由中华全国总工会海员建设工会管理,之后又移交给江苏省总工会管理。彼时,连云港国际海员俱乐部是连云港市外事活动的亮点单位之一。

那个年代里,连云港是江苏唯一海港,中外轮船靠港频繁,水手和游人不断。连云港国际海员俱乐部非常了不起,用当地人的话说“里面什么没有啊”! 南京中山陵美龄宫里有一套斯诺克台球桌,据说此台球桌档次较高,系从外国进口的,而且台球全是用纯象牙制作。这套体育器械专供宋美龄平时消遣,江苏省政府将此从南京调拨到连云港国际海员俱乐部,供海员们娱乐。后出于多方面原因,俱乐部关闭。这套体育器械被运到连云港市总工会仓库存放,现已成为连云港市博物馆馆藏文物,系文化部门确定的民国时期历史文物。

1997 年,连云港国际海员俱乐部由江苏省总工会移交给连云港市总工会管理。鲜为人知的是俱乐部院子的后花园,还隐藏着一个山洞,它直通原连云区区政府、原连云百货商店及现在的八台口东侧,临海路北路口直下的位置。

1977 年 9 月,连云饭店开业,它是连云港市历史上第一家外事接待宾馆,比当时位于新浦区的全市规模最大、服务设施最好的饮食服务企业龙头——陇海饭店建成开业,还早了整整 1 年呢!

第四节　穿喇叭裤跳迪斯科的年轻人

防空洞,最早出现在欧洲,其用途是避难。1911 年意大利和土耳其的空战,是人类历史上飞机首次用于战争,自那时起,人们开始产生防空意识,才有了防空洞。我国最早的防空洞，出现的时间是抗战时期，当时更多是采取找洞防空的方式，大多是借山势找洞或挖简易洞穴。防空洞早已经淡出人们视线，对于今天的人们来说，多多少少有些陌生。如今的"00 后""90 后"甚至"80 后"，都不知道挖防空洞是何物，它的用途是什么。

20 世纪 60 年代末，一场为抵御外来侵略而席卷全国的"深挖洞，广积粮"运动在中国轰轰烈烈展开。深挖洞，是曾经发生在中国大地上的一场真正的全民运动。

在今天的连云街道大门入口处，有一个能开进一辆中型卡车的洞口，这个洞口就是老街下面的连云港防

老街防空洞一角

空洞的地下入口之一。站在洞口，那暗淡了刀光剑影，远去了鼓角铮鸣的挖山洞的画面，仿佛正徐徐向人们走来……

据笔者采访当年参与老街防空洞开挖工程的人回忆，其开挖时间大约在 1969 年底到 1970 年初，由连云区政府组织实施，以从连云镇镇办企业采石场、建筑站、设备厂等抽调的人员为主，还组织过各乡镇的民兵轮流参与。防空洞开挖采取班组作业和三班倒的方法，一个班十几个人。刚开始挖时，只有一个班作业，因为洞口不大，人多反而不好干活。向里面拓展空间后，作业班组才增加。现场有专门做饭的厨师，工人干活时的伙食标准不低。每个单位只干满一个月，再由下一个单位接上，工人干活期间除了单位的工资照发，还能拿到补助，其中又以大夜班的补助最高。

参加山洞开挖的人，各单位又以从部队退伍回来的战士、民兵、青壮年为主力。人们用铁锤、钢钎与坚硬的岩石搏斗，每天加班加点地挖防空洞。当时提出的口号是"备战备荒为人民"，因此大家伙都干劲十足。

那个时候，家家户户也挖防空洞。老街建在山腰上，多数人家挖了一两米就挖到了岩石，无法再挖下去，所以一两米、两三米深的防空洞在老街比比皆是。后来，一两米的短洞口就被家家户户用于堆放柴草。老街的防空洞短的两三米，长的十几米二十几米，可见，老街的人防建设是何等的遍地开花、

如火如荼。

"深挖洞"运动影响了一个年代,整个20世纪70年代都没有停止。老街的人防工程于1980年左右结束,到了1982年夏天,洞口附近的居民陆陆续续到防空洞纳凉。

老街山体下面的防空系统,规模宏大,纵横交错,按说这么大体量的工程项目,在《连云街道志》里应该有记载。令人意外的是志书里没有相关的只字片语,在大事记一栏里,仅仅留下了当年连云镇居民挖自家防空洞的文字记录:"1969年11月下旬,在'加强战备、准备打仗的思想指导下',连云地区加紧修筑人防工事,靠山居住的家家户户挖防空洞。"

此防空洞具体是何年开挖?何年结束?洞内结构等相关数据等都查阅不到。这应该和当时工程的保密性质有关。老街防空洞的文字资料没有找到,笔者在连云港港口集团档案馆却找到了如下一段文字记载:

> 连云港港务局人防工程,始建于1969年10月1日,于1981年结束,历时12年。工程共开挖隧道3条,总掘进进尺3416米,形成面积12694平方米。

从这段留有岁月清晰痕迹的文字,可以大致间接地推算出连云老街防空洞的开挖和竣工时间。

随着国际形势的转变,防空洞挖好后并没有发挥其原先设计的用途,一段时间以后改为民用。

1980年起,人防建设贯彻落实国家关于结合民用建筑实施修建防空地下室的精神,贯彻落实国家关于人防战备建设"全国规划,突出重点,平战结合,质量第一"的16字方针,连云港镇利用老街下面的防空洞开办"地下游乐场",防空洞成了人们地下娱乐休闲的好去处。

自此,老街的防空洞里先后开过歌舞厅、乒乓球厅、录像厅、台球厅,里面最热闹的时间是春节。同一时期的七一广场开办起溜冰场,兴起一股溜旱冰热潮。后来七一广场添置了许多台球桌,又掀起一股台球热,七一广场逐渐成了人们地上娱乐的好去处,直到今天成了人们休闲健身跳舞的露天文化大舞台。

　　1963 年出生的阎建刚，是土生土长的老街人，他父亲是最早建设老窑码头的那批工人之一。20 世纪八九十年代，在七一广场溜旱冰、打台球，在防空洞里唱歌、跳舞、看录像，与年龄相仿的小青年一起练习单双杠、哑铃等所有流行的年轻人赶时髦事，阎建刚都亲身经历过。

　　18 岁的阎建刚到商店买来最便宜的劳动布，一个人闷在家里，他把自己的一条旧裤子拆开，将布料放在上面，依葫芦画瓢裁剪起来，他要为自己做一条喇叭裤。为了凸显出时代效果，凸显出帅哥风采，阎建刚把臀部、腿部的布料裁剪得小一点，尺寸收紧一点，裤脚部分裁剪得大一些，尺寸要达到一尺才行。他怕第一次裁剪裤子失败了，还找来了薄纸板先放个样子。喇叭裤裁剪与普通裤子不一样，裤脚比较长，2.8 尺、3 尺、3.2 尺都有。受男青年热捧的还有高跟鞋，喇叭裤下面要配套穿高跟皮鞋，那高跟皮鞋的鞋跟就有 3 寸高，关键是喇叭裤的裤脚一定要把皮鞋包裹住才行。裤脚尺寸大，又紧贴路面，走路时能将地面上的灰尘荡起来，因此，"扫地裤"成了人们对喇叭裤的形象称呼。

　　1949 年后，中国电影市场比较单一，除了国产片就是苏联时期的红色电影，20 世纪 70 年代末，中国政府开放了国外电影在中国上映，其中印度电影《流浪者》成为第一批进入中国的外国电影，当时中国电影市场为这部电影的火爆提供了契机。影片中的异国情调与新奇剧情，令看惯了样板戏、战争电影和苏联电影的中国人耳目一新，特别受到中国年轻观众的最爱。年轻人中流行的喇叭裤，就是从学电影《流浪者》"拉兹"的着装开始的。电影男主人公拉兹生动的形象被视为"浪子回头"的楷模，那时，穿着喇叭裤去看《流浪者》对于年轻人来说是十分新潮且激动的事情。

　　影片中，大法官拉贡纳特说的一句"好人的儿子一定是好人，贼的儿子定是贼"，以血缘关系来判断一个人德行的谬论，给阎建刚留下了深刻的印象，还有丽达那天使般的容颜，也深深打动了阎建刚的心。相比于哼哼《拉兹之歌》"阿巴拉古"，《丽达之歌》则是阎建刚的最爱，除了睡着了不哼，走路、吃饭都哼哼个没完。《拉兹之歌》在全中国的年轻人中间流传甚广，大街小巷都是《拉兹之歌》。印度电影里"一言不合就跳舞"，在视觉和听觉上冲击着青年人的灵魂，《流浪者》是阎建刚的成长记忆之一。

《大西洋底来的人》出现在国内的银幕上，开始引入新的潮流，蛤蟆镜、喇叭裤、留着长头发再拎着卡式收录机，是那个年代青年的标配。女青年也把头发烫卷起来，穿着喇叭裤，那时候的女人，不化妆，拍照更没有美颜，她们的美丽是天生丽质的纯真之美，穿着前卫、时髦、新潮，展现的是当代东方女性最自然的美。还有香港电影《霹雳舞》，也深深震撼着年轻一代人。扛录音机，穿着喇叭裤，留着长头发的青年男女，配着动感强烈的舞曲，夸张地扭着身体跳迪斯科。

迪斯科在连云镇并没有流行多少年，当荷东猛士盒带开始流行后，阎建刚与伙伴们就改跳霹雳舞了。迪斯科流行时，很多人观看后还可以加入其中跳跳，但霹雳舞这个动作难度比较高，不下一点功夫是学不来的，尽管动作难一些，参与其中甚至跳得好的青年也比比皆是，其中不乏女青年。

一个时代有一个时代的文化印记，刘文正的《三月里的小雨》《迟到》《雨中即景》，张蔷的《好好爱我》《爱你在心口难开》《路灯下的小姑娘》等歌曲响遍街道。彼时的老街七一广场、防空洞里，会聚了无数追赶时代潮流的青年男女的倩影。

阎建刚说20世纪80年代初到90年代中期，不仅新浦的年轻人经常到连云镇来玩，因为彼时处于市中心的新浦可供年轻人娱乐的场所很少，远在徐州的年轻人也乘坐火车来玩，从终点站下车，只需步行10分钟左右就到了七一广场。当然，他们的娱乐是互动性的，阎建刚和伙伴们也时常坐火车到徐州玩，连云港和徐州两个城市的年轻人处成了好朋友。

喇叭裤、蛤蟆镜、格子衫、披肩长发还烫着波浪卷儿，这就是那个年代里阎建刚的标配，那样的装扮也成了他留在人们脑海里的印记。阎建刚属于走在时代流行潮头的人，他与一帮"志同道合"的兄弟玩得很"嗨"，以至于老街的人都叫他五哥，真正的名字还没有人叫。

20世纪90年代初，连云港码头的航道受进港航道吃水线较浅的影响，3万吨级的远洋货轮进港，要趁着涨满潮水的时间。一天24小时，满潮时间只有两个节点。一条进港航道不可能同时开进多艘远洋巨轮，亟待进港靠码头卸货的货轮只能待在锚地等待统一调度。为解决这个难题，港务局港口装卸部门会派出小吨位船只开到锚地，和货轮对驳。所谓的对驳，就是小船靠上大船后，两艘船上的工人协同工作，把大船上的货物以最快的速度转移一部分到小船上来，以确保大船进港时在航道里行驶不搁浅。一艘大吨位的远洋巨轮，往往需要多艘小吨位的船只对驳。

阎建刚也随着在小船上工作的哥哥阎建林一起去，一船上的人只有他不是去工作的，而是到远洋轮上买信鸽。那时的阎建刚已经养起了信鸽，他和靠泊连云港码头的远洋轮"青远号"上的水手有联系，水手的鸽子是从国外带过来的，一羽信鸽需要100多块钱呢。阎建林说弟弟是个玩家，对自己喜欢的东西真舍得花钱。当时买一羽鸽子的钱，就抵阎建刚一个月的工资。哥哥说得没错，阎建刚确实是个玩家。

到了今天，阎建刚养过多少羽鸽子，养的鸽子参加过多次大赛，取得多少个好成绩，就连他自己也记不清楚了。他老街家中客厅一角摆放的奖杯和奖状是有力的说明，这些奖杯只是其中的一部分，大部分奖状都已经失落了。阎建刚指着这些奖杯，笑着说："我现在每天来老宅，除了喂养鸽子，打扫鸽笼的卫生，就是擦拭这些奖杯，他们可是伴随我多年的'老伙计'呢。"

2003年，阎建刚从连云老街搬家到墟沟居住，工作单位在老街没有变。他每天早上从墟沟乘公交车到单位上班，中午休

阎建刚收藏的部分奖杯

息时间就到老宅里侍弄鸽子，傍晚下班先要和他心爱的鸽子"见面"后，再乘坐最后一班公交车回家。2023年退休后的阎建刚，每天早饭后乘坐公交车慢慢悠悠晃到老街，他要去老宅呢。老宅里，有一群仅仅离别了一宿的"老朋友"在等着他，侍弄完鸽子，擦拭完一个个奖杯，再去固定的地方和老朋友喝茶聊天，是退休后的阎建刚悠闲、惬意生活的一天。他说再过10年，他就可以办理老年人免费公交卡了，到时候坐公交车就不用花钱了。

曾跻身 20 世纪六七十年代的"三转一响"四大件的手表,到了今天已被电子表和手机逐渐取代。俗话说:"穷戴金,富戴表。"价格昂贵的名表成了人们身份地位和财富的象征,但是,普通手表的销量逐渐萎缩确是事实,之前散落街头巷尾的修表店,也同样受到了冲击。

连云港市东部城区一大型连锁超市的一角,有一个不起眼的钟表修理摊位,一个眉目清秀、满头乌发的白净女子,每天都坐在那里忙碌。

"姐姐,我这遥控器里的电池可能没电了,请给我换块电池。"一个 30 多岁的大小伙子手拿汽车遥控器,对正修理手表的女子说道。

女子抬起头,摘下修表的专用眼镜,望着小伙子笑着说道:"不是姐姐,是阿姨。"

"是阿姨,不可能吧?"

"是你阿姨,我已过了花甲之年,难道从年龄上不是你阿姨吗?"

这位修表师傅叫李亚。

李亚,1960 年 1 月 29 日出生在连云镇,是码头工人的后代。她在镇上的港口小学读完了小学,又在连云中学读完了初中。1977 年,李亚初中毕业,父亲对她说:"闺女,你下面还有 4 个弟弟妹妹,高中,你就不要再继续读下去了。说你小也不小,说你大也不大,又是家里的长女,该是赚钱养家的时候,俗话说'有艺在身不为贫'。闺女,我看遇到合适的机会,你还是学门手艺养家糊口吧,有手艺在身,至少不会像我这样,靠出大力气挣钱。"

笔者采访李亚,当讲述到这段经历时,她笑着说:"那年,我正好 17 岁,花一样年华,同伴们在快快乐乐地读书,而我却进了连云钟表店当一名学徒工。"接着,她又不无感慨地说道:"不出去挣钱,也不行啊,我爸一个人工作要养活一家 7 口人呢。我是穷人的孩子,当然知道父母挣钱养家不容易!"

第一天上班,师父庄建明给李亚安排的活,是让她到镇上的脚踏车修理行,看那里的师傅修理脚踏车。庄建明还告诉他这个女徒弟,修理行那边都说好了,她去了只管看就行。如果她愿意,主动上手帮他们修车,那是她自己的事。

当年的钟表店、脚踏车修理行都是国营的。李亚怎么也想不明白,自己是来钟表店上班,从学徒工干起,以后成为一名修表工人。可是,师父偏偏让她去脚踏车修理行,看别人修车?

晚上回到家,和父亲说这件事,原以为父亲会义愤填膺地说"我闺女到钟表店学徒,怎么能到修车行去呢? 这是风马牛不相及的事呢! 我这就去找你师父说理去",但令李亚失望的是,父亲的反应仅仅是淡淡的一句话:"孩子,听庄师父的安排,没有错。"

那个年月,自行车也是个金贵的东西,修自行车确实挺吃香的。在修车行,李亚见证了修车老师傅的手艺,从拿轮、扳叉到焊大梁,用的都是土办法,但是那活儿干得漂亮、件件地道。庄建明硬是让李亚在修车行待了两个月,才叫她回来。刚开始时,从小闹钟修起,店里有小闹钟送修,庄建明手把手教她修理。之后是大挂钟、座钟,然后才开始学修手表。大半年时间下来,李亚能独立修理小闹钟,大挂钟了,就连座钟修理,在师父的指导下,也能一个人独立完成。给手表简单的上油保养,师父有时也放心地交给她做。此时,李亚才恍然大悟,原来观摩了脚踏车行师傅们修车这段经历,对她修表的帮助真是太大了。观摩的过程,让李亚对机械有了解,知道公制和英制;对机械原理有了一定的认识,明白各个零部件之间的配合、传动等。潜移默化中,李亚懂得了动手的方法和技巧,为她日后的钟表修理,打下了基础。

自从进了钟表店,李亚一直把庄建明当父亲一样尊重。"师父,师父,师父就是父亲,他把自己平生所学的技术都传给你,你就要把他当父亲一样看待。一日为师,终身为父!"这是成为学徒那天早上,父亲对李亚的叮嘱。

李亚在钟表店工作期间,勤快又虚心好学,不仅师父庄建明悉心传授修表技术,她师父的师父杨庆元也很喜欢她,经常指导李亚。杨庆元师爷是徐州人,可是个了不起的人物呢,据说他年少时在上海的十里洋场,跟着一个故宫出来的师傅学习修表。

师父告诉李亚:"修表讲究眼到手到,一点也马虎不得;修表要凭良心,良心不能走偏!"她把师父的话铭记在心。

过去修表全凭眼看、耳听、手摸。不像现在,大的修表工作室都引进了先进的检测设备,哪个地方有问题,通过检测就能发现。学徒时,庄建明告诉李亚:"一块表修好后你要把表贴到耳朵上仔细听,听了正面再听反面,两边的声音一样了才算修好了。"李亚不以为然地说:"修没修好,看看针走不走不就知道了吗?"庄建明说:"不是,我们修表工匠不能光凭眼睛观察。修好的表你拿着贴在耳朵上,能听它走动的声音,你的注意力就集中了。你要记住,工匠意念全在表上,只有意念到了,注意力才能集中,才能听出这块表在你手里安装得准确与否!"

手表中有很多小零件,每只手表大约有几十个甚至几百个零件。每个小结构都需要熟悉,知道它的位置、用途,才能够准确判断客户送修手表的问题并尽快修复。修钟表不是容易活,许多人认为修理手表就是简单地拆卸、组装和更换零件。事实上,修理手表是一项心细如发的工作,它考验着人的耐心、细心和毅力。有时,连接表芯、修理齿轮和制造零件的工作通常要做很长时间,眼睛会发涩、发痛。修理手表的工作必须能忍受孤独和寂寞,不能静下心来的人,不容易干好这个职业。

李亚购买、订阅了大量的专业书籍来充实自己,平时注意练习自己的基本功。这样,在独立工作中遇到多个零件、坏零件和严重损坏时,她可以熟练地运用自己掌握的技术来修理,拆卸、修补、翻新、抛光、更换等一丝不苟。李亚学习各种手表如机械表、电子表、石英表、自动表,连计算器和计时器也纳入了她的修理范围,在长期的行业历练中,她努力成为一名合格的钟表维修师傅。

李亚一直沉下心来刻苦学习。多年后,李亚能自己独当一面修表了,此时的她才体会到,为什么当年对父亲诉苦,父亲没有理会;为什么师父要她先到修车行观摩师傅们修车;为什么师父对她要求一直很严格。

那时,人们手腕上戴的手表通常是南京产的中山牌手表,价格有 30 元一块的,也有 40 元一块的,价格 40 元的带防震功能。在计划经济时代里,如果有人戴上了中山表,就好比现在的人们开着名牌豪车一样拉风,既时尚又抢眼。进口表如梅花、罗马、英格,就更吃香得不得了,要凭票、托关系才能买上。国产表也紧俏得要命,上海的上海牌、钻石牌,天津的五一牌、东风牌,北京的北京牌等,不托人是不可能买到的。

没过几年,国营店竞争不过雨后春笋般的个体商店,生意变得不好了。钟表这个行业的行情,也随着石英表流行,来修表的人越来越少。石英表走时精准,还不用天天上弦和校对时间,既方便又轻巧,机械表的优势荡然无存。过去人们结婚都要想尽办法买一块梅花表或罗马表，没多久就被电视机、电冰箱、录音机新三大件代替了。

1997年，国营连云钟表店破产倒闭，李亚下岗了。下岗后的李亚在家人的鼓励下，在老街钟表店不远处摆了个修钟表的摊位。李亚说不摆摊位挣钱也不行啊，上有老，下有小，自己的养老金还需要缴纳。在钟表店工作了20年，日积月累，李亚有一手钟表修理的好技术。她服务态度好，也积累了一些人脉，以前的老顾客都愿意找她修理钟表。

一个月下来，她和丈夫苏贻成盘算一下收入，挣的钱比之前在钟表店里还略多呢。良好的开端是成功的一半，"首战告捷"也让这对夫妻对未来的生活满怀信心。

多年后，苏贻成对当年的一幕记忆犹新，那是迎春花盛开季节的一个夜晚，第一个月出摊就有了意想不到的收入，李亚和苏贻成都挺高兴。望着正在小饭桌上写家庭作业的女儿，李亚说："贻成，我们凭自己的双手劳动，能把女儿养大，能过上好日子！"苏贻成鼓励妻子说："能，肯定能！李亚，你还记得参加工作时，爸爸对你说的话吗？"李亚说："记得，这怎么能忘呢？当年，爸爸叮嘱我'有艺在身不为贫'。"

2000年后，连云区城市中心西移速度加快，老街变得愈发萧条，在老街修理钟表的收入日渐减少。2002年，李亚、苏贻成夫妻在墟沟买了一套商品房。女儿上学，老公工作，李亚在超市钟表专柜修理钟表。苏贻成退休后，又被单位返聘，2023年笔者采访他时，苏贻成笑着说："我工资不高，20年前我家买商品房的钱以及房贷钱，都靠李亚修钟表的收入。还是老岳父说的对，学一门手艺好歹能混口饭吃。

李亚说修钟表时间长了，也是特别有意思的事情。现在年轻人戴手表的少了，家里即使有个老一点的表也不值钱。有那擦油泥修表的钱，还不如买块新的石英表呢，又时髦又准确。但老年人就不一样了，家里的一个座钟或挂钟陪伴了几十年，每天耳朵里听到的是"滴滴答答"的声响，那"铛铛"的报点声已经融入了他们的生活，伴他们起床，伴他们入睡。这钟一旦坏了，搞得老人们吃不下饭，睡不着觉，花点钱也得修好。钟表成了老人们解除寂寞的工具、寄托乡愁的载体。隔一段时间就有老人，让孩子们抱着钟来找李亚修理。

2008年刚过完春节上班的第一天，一个老人找到了李亚。老人从手腕上摘下一块老式机械表，对李亚说："这块手表是先父留给我的遗物，如今，我随孩子在国外生活。再过些日子就要跟孩子一起回去。今天，我是慕名而来，请李师傅无论如何帮帮忙，把家父留下来的表修好。"

遇到这样的客户，一定要尽心尽力服务好他们。一块老表在外人看来只不过是一个老物件，但在持表人的心里，它却比什么都重要。

2019年夏天，一位年逾八旬的阿姨辗转找到了李亚。阿姨打开包裹得里三层外三层的手绢，一块手表露了出来。李亚一看，那是块年代挺远的老表，此表修起来挺费事。于是，她就对老人说："阿姨，您这表太老了，没啥修的必要了。您有修表这两个钱，还不如去买一块新表呢。"

阿姨激动地拽着李亚的胳膊说："孩子，你可别这么说，我是费了周折从东边的连云老街一路打听，才知道你在这呢。不容易呀！孩子，不瞒你说，我找了好几个修钟表的师傅，他们都说修不了。今儿，好不容易找到你，你就给修修吧！孩子，这块表啊，还是我当年随文工团到新疆生产建设兵团慰问演出，与你叔叔在部队的定情之物呢！如今，你叔叔不在了……"说着说着，老人的眼角湿润了。

李亚赶紧说："阿姨，您这块表不是不能修，就是修理费要贵一些，估计要300多块钱呢。"

阿姨再次拽着李亚的胳膊，高兴地大声说道："孩子，阿姨不谈钱，只要能修好这块表，多少钱也行！"

300多块钱，是李亚估算的最高数字。具体需要多少钱，一时半会，李亚也说不准，因为这批次的手表早就停产了，配件很难找。李亚的备件箱里有一些以前同款表拆下来的零部件，如果能用上，就不花什么钱了。但是如果没有配件，就要找同行调配，配件的价格自然要高。是那个阿姨的运气好，或许她逝去的丈夫在天有灵，冥冥之中庇佑了此事，李亚有那块表损坏的配件。

李亚是个心地善良的人，她被来修表阿姨的爱情故事感动，修理费加上擦油保养费，一共收了那个阿姨80元钱。

阿姨仔细戴上老花镜，望着手表的秒针"跑"得正欢，又小心地把手表贴在耳朵上听。突然,阿姨泪流满面地哭着喊道:"老头子,你可回来了,我们又在一起了!"

自 1977 年入行以来,李亚就秉承着行业操守,她常说匠人做事做人要凭良心。

一块价值 10 多万的江诗丹顿表,在别处给手表擦油保养要 400 元起步,李亚只收 150 元。她说:"手表的价格虽然昂贵,不代表主人就该当冤大头。做人做事,全凭良心。手表的机芯最值钱,有一些品行不太好的修表工,习惯以货易货。这是对一个匠人人品最大的践踏,换了别人手表里的机芯,能对得住自己的良心吗?"

一个男士拿着一块名牌手表找到了李亚。"李师傅,我这手表罢工了,可能是经常戴表沾了水,把机芯腐蚀了。请务必修好,多少钱? 你说算!"

李亚把手表拆开后,笑了,她说:"你这块表,在找我之前曾找别的师傅修过吧?"

"是找人修过呢。"

"你这块表的零部件,我这里没有,但是,我要告诉你,你之前找师傅修理,给更换的配件有问题。此表的配件特别昂贵,还好,市场上还能买到,我把零部件拆下后,再给你个地址,你自己去买回来,我再给你装上。"

那个顾客简直不相信自己的耳朵,世上还有这样的修表师傅。

几根用刀修得很尖细的柳木棍、一盏酒精灯、无数常见的修表工具,这就是李亚钟表修理工作台上的全部家当。工作台面上摆放着十几块手表,一块表面刻有毛主席像的手表,特别引人注目,它应该是众多手表中时间最久的。

李亚严格遵从老修表师傅的传统,一切以不伤原件、精准为原则。洗表一定得用柳木,柳木质地柔软,吸附力强,用刀片削尖了,在细如发丝的零件转上几圈,轻松沾出里面的污垢。洗钟表的油一定要用航空煤油,不能用汽油,否则容易使零件氧化生锈。用头发做成刷子,鹿皮做抹布,不让零件沾上半点灰尘。

简陋的工作台偏居高档商场的一隅,略显寒酸,但李亚精湛的技术,却让那些戴着价值几十万、上百万元手表的顾客,开着豪车来找她修表。许多价格昂贵的名牌表都在她的手中重获新生。

工作台前的李亚，正聚精会神地工作，常用工具总摆在随手方便拿的地方。她不时地拿起工具，又放下。一阵忙碌后，李亚把手表贴在耳朵上，极微的齿轮转动声清脆地传出，均匀、有力、有节奏。听到这样声音，预示着手里的这块表修好了，李亚的脸颊露出了笑容。

修表师傅必须经过技术培训，才能获取修表专业资格证书。当年参加培训的证书，她都仔细保存着。李亚修过的表，除了国内的，也有来自瑞士、法国、日本、德国等国家的。李亚还有一项绝活是，一些旧手表的零件很难找到，她能借助于简单的工具，给再造出来，让一些已被宣判为"死刑"的手表，也能起死回生。一根头发的直径约80微米，而制表精度要达到7微米，那么修表也要同样精细。修理钟表很有技术含量，在过去，是很受尊重的手艺活。一块表100多个零件1000多道工序，要学这门技术，必须耐得住寂寞，沉得下心。

"一般的手表，只要摇一摇，看一看，再贴到耳朵上听听声音，我就能大概判断出毛病出在哪儿。"坐在工作台前的李亚，轻描淡写地对笔者说。

几十年的行业磨炼，钟表修理已经成为李亚生命中不可或缺的一部分，铸就了她那颗"匠人之心"。李亚用匠人精神打磨钟表，成就永恒。她说她特别喜欢听钟表发出的那清脆的"嘀嗒嘀嗒"声，那声音，简直就是天籁，特别有节奏感、有韵律。

钟表修理行业的兴衰，见证时代的发展。钟表修理行业的发展，是社会经济的晴雨表，它间接折射出老百姓生活水平的变化。

李亚告诉笔者，这两年，她岁数大了，眼神也不济了，但还没有到干不动的时候。她是个闲不住的人，领着3000多元的退休金，在超市一角开个修表的小摊子，打发打发时间，还能满足她修表的爱好。在连云港市东部城区，知道的人都说："家里有钟表修找李亚，她修表的技术真不赖！"李亚说："冲着这句话，我知足了！"

笔者问："李师傅也是60多岁的人了，您带徒弟了吗？"

李亚的脸色变得好无奈，她说："没有，不是我不愿意带，而是根本没有人愿意学。我也希望这门手艺能传承下去，可……"

第五节　他们沿陇海线徒步横穿中国

1990 年 9 月 12 日,中国兰新铁路西段与苏联土西铁路接轨,标志着世界上横贯亚欧大陆的第二座大陆桥贯通。大陆桥东起中国连云港,西至荷兰鹿特丹港,铁路全长共 10800 千米。

第二座亚欧大陆桥能否适应发展的需要? 还存在哪些迫切需要解决的问题? 它沿线情况是什么样的? 有哪些风土人情?《人民铁道报》决定组织记者沿大陆桥中国境内沿线徒步采风,向关注陆桥运行的世人,做一个时代的报告。徒步考察采访大陆桥沿线的使命,落在了《人民铁道报》社记者罗朝清和杨剑波身上,他们也成了第一批徒步报道陇海线沿线风光和风土人情的中国记者。

1991 年 11 月 1 日上午,已进入深秋季节的连云港,天空格外的蓝,朵朵飘浮的白云,似羊群在旷野里漫步。此时,在陇海铁路“零千米”标志处,一个简单、低调又不失庄重的仪式正在举行,《人民铁道报》社社长向即将出征的罗朝清和杨剑波,赠送代表祝福和关爱的手杖。

是年,47 岁的罗朝清有着丰富的新闻摄影报道经验,29 岁的杨剑波还是个从学校毕业在基层锻炼后,刚到报社机关工作不久的年轻人。面对即将开启的徒步采访新任务,两个人信心满满、蓄势待发。

10 时 01 分,罗朝清、杨剑波在陇海铁路“零千米”标志处接过了报社社长赠送的手杖。两个人挥动双手,做着胜利的手势,向亲人、同事告别后,义无反顾地踏上了西去的征途。

长时间徒步采访可不是一个轻松的活,3 天后他们就进入了疲劳期,算了一下路途,两个人走的路程还不到 100 千米。此时的两个人感到全身关节僵硬,身上酸痛难忍,两条腿就像灌了铅一样沉重,肿胀的双脚脱下鞋子后,要费好大劲才能重新穿上。出发的第一天晚上,杨剑波的两只脚板便打起了血泡,他一直坚持到阿拉山口,整个行程血泡不断,据他说徒步结束后双脚的血泡有百十个之多。就连一向身体素质好、能吃苦有耐力的罗朝清,也明显变得疲惫起来。

勇士从陇海线东端"零千米"出发

多年后,杨剑波回忆起那一幕,还开玩笑地说:"我们当年是痛苦并快乐着,坚持边徒步边采风呢。"开始时,两人一天能走20多千米,往后30多千米,最多时走40千米。一天行程下来,人疲惫不堪,浑身酸痛,歇下来坐在地上,屁股都不想挪一下。与一般的休闲娱乐性徒步不一样,他们还要到宿营地附近搞调查采访,每天为报社发回一到两篇见闻式报道。采访回来再写见闻稿件,等稿子写出来后,往往到了下半夜,当时还没有互联网络,不可能像今天这样,把一篇稿件以电子文档形式传输,只能用电话一个字一个字地往报社传。陇海线大车站之间相距较远,小车站则相距较近,他们是徒步采访,常常住在小车站里。小车站的电话受区域和硬件条件限制,还没有和北京报社的直通专线,往往要先打到大车站,再通过分局和路局的总机往北京报社转。那个时候,上半夜的电话很难打,可能是后半夜电话线路不繁忙的原因,通话比较畅通、清晰,他们常常工作到凌晨两三点钟,打电话倒也方便了起来。

自踏上西征之路那一刻起,罗朝清和杨剑波要应对不同气候和地形、水土不服等各方面的挑战。长途徒步采风,时时刻刻考验着他们的体力、毅力。

如果把中国境内全长4134千米的西征采风路程,分为两个阶段去征服,那么,陕西宝鸡以东1150千米的路程,仅仅是做准备活动的一个"热身"罢了,真正的较量是在充满奇险的宝鸡以西半段。

宝鸡至天水段的铁路修建在崇山峻岭之中,短短153千米的铁路线,便有146个隧道、300多座桥梁。被人们称为"地下铁道"的宝天线,找不出一条500米以上的直线,几乎都是弯道,奇葩的是,隧道里的线路也都是弯的。隧道条件简陋,不像今天的公路、铁路隧道里面会安装有照明灯或者反光折射灯。二三百米长的隧道里,黑漆漆的一片,伸手不见五指。这段线路用电力机车牵引,车速很快,罗朝清、杨剑波心里很清楚,走这样的隧道必须小心翼翼,稍不留神就可能出事。

1992 年 1 月 12 日,在 85 号长达 700 多米的隧道里,罗朝清手中的电筒突然断了电,不亮。附近没有避车洞,失去照明会很危险,他知道此时此刻不能停下来,一定要加快徒步的速度,赶着和杨剑波汇合。罗朝清正摸索着前行,走在前边的杨剑波突然大喊了声"有车",罗朝清急忙跳到铁轨左侧,他全身紧贴着洞壁,双手死死扣着石缝。一列高速行驶的货车带着劲风呼啸而至,在他身后一米之外隆隆驶过。虽然只有短短的三四十秒时间,而罗朝清却感觉像过了一个世纪那般漫长。那险情过后,他在日记里记下了这样一段文字:

> 远远就听到火车轰隆隆的行驶声,声音由远而近……呼啸而过的火车撕裂空气形成的气流仿佛要把我吹走。那一刻,倘若车厢上有根绳头甩出来,我可能就呜呼哀哉了。

如果不是两位记者留下的文字资料,人们也许不会想到和平年代里,在没有战场硝烟和区域冲突的国度采访的记者,会直面如此的"凶险"。

历时 6 天,他们把宝天隧道甩在了身后。

当一个人在嘈杂拥挤的城市环境里生活久了,也许会觉得心烦。然而,换了一个环境,当他来到一个空旷、静寂、单调的不见人烟的世界,感受的却是另外一种孤独甚至是恐惧的滋味。

3 月 11 日中午,罗朝清、杨剑波跨过疏勒河大桥进入了乌鲁木齐铁路局管理区,这意味着长达两个半月的戈壁行军开始。两人站在路基旁,举目四望,茫茫千里戈壁大多是黑褐色的鹅卵石,没有绿色,天空中也不见一只飞鸟,除了荒凉,还是荒凉。一天,他们正在艰难行进,迎面走来几个蓬头垢面、满脸血迹的人,通红的双眼直勾勾地盯过来。"这是一群什么人呢?"两位见过世面的记者心里也不禁一阵发毛,两人对视一下眼神,匆匆走了过去。

罗朝清的影集里，那一张张照片就是一个个动人的故事：

　　行进在风雪交加的 800 里秦川，口袋里装着三四双袜子，湿透一双换一双。

　　海拔 2930 米的乌鞘岭，当地气温常在三四十摄氏度，两位在平原长大的记者挺进时，只觉得胸闷气短，心跳加快，两腿无力。

　　侧着身、猫着腰，挂着手杖奋力前行的是在闻名全国的百里风区，亚洲三大风口之。这里流传着一首令人胆寒的民谣"一年一场风，从春刮到冬，天上无飞鸟，风吹石头跑"。据说有一年，一名巡道工在这里工作时，没有做好防护措施，居然被狂风刮得无影无踪。

4 月 9 日，两人到了三墩火车站，此时，兰新线上吐鲁番到哈密交邻地区红旗坎站的百里风区刮起 8 级大风。在这种天气里，巡道工都得暂停上路。按预定计划两个人要到车站休息，等风小了以后再出发，两人商量后，却想感受一下极端的天气："来到风区不遇到大风，就像到了雪山看不到雪一样，会令人终身遗憾。既然遇到了就感受一把。"

罗朝清、杨剑波决定"明知山有虎，偏向虎山行"。人站在野外根本直不起身子，肆虐的狂风夹杂黄沙像无情的鞭子抽打在人的身上，他们每行走一步都异常艰难。罗朝清的伤腿隐隐作痛，杨剑波的耳膜隐隐作响。虽然每迈出一步都付出了巨大的努力，但他们依然顽强地向前挺进！

12 千米的路，比他们平时走 30 千米都累。如果不是亲身体验，他们怎么也想象不到，百里风区的野外跋涉是如此艰难！

罗朝清、杨剑波在徒步采访途中，既有风餐露宿的艰辛，甚至有直面生死的挑战，也有被同行关注、惦念，那激动人心的温馨一刻。

1992 年 3 月 12 日，两人徒步到乌鲁木齐铁路局的疏勒河站站台时，突然，从北京开往乌鲁木齐的 69 次特快列车尾部车厢的一扇窗户里，扔出一个包裹着石子的小纸团。展开后的纸条上写着："乌鲁木齐铁路局客运段京三组全体乘务员向《人民铁道报》记者罗朝清、杨剑波致敬！"当罗朝清和杨剑波看到这张纸条时，莫名的惊讶和感动在心里交织。"这张纸条是谁写的呢？

又是如何计算出这么巧时间和地点,想出这个好办法辗转交到给我们手里?"两个人一起摇摇头,疑惑地笑了。

这个疑惑终于在9天后有了答案。21日,当罗朝清和杨剑波走到柳园车站时,正好遇到了京三组在柳园车站停车,戏剧性的一幕出现了,他们邂逅了扔小纸条的王秀霞。谜底终于揭开,原来,这趟列车第三包乘组的列车长王秀霞一直关注着罗、杨两人的动向,当她得知两位记者在陇海线的大约位置后,出于对同事的关爱也为了表达敬意,就把事先写好的纸条,包上一颗小石子装在兜里,当发现徒步采访的记者时,迅速从列车尾部扔给他们。

这张带着铁路工人浓浓爱心的小纸条被保存了下来,随着保存下来的还有30多年蹉跎岁月里,那永远也抹不去的故事……

1992年5月30日上午11时,阿拉山口站候车大楼的钟声响了。历史竟然这样巧合,欢迎仪式结束,刚好是两位记者从连云港出发的时间。

罗朝清、杨剑波在庄严的国门口伫立了许久许久。转身回首东望,两个人禁不住热泪盈眶,罗朝清喃喃自语道:"剑波,一切就像做梦一样……"

罗朝清展示"横穿中国"横幅(2013年8月拍摄)

中国的新闻史和铁路建设史上,将永远记下这难忘的一页。罗朝清、杨剑波以自己坚实的脚步,用7个月时间,完成了横穿中国4134千米的伟大壮举。

彼时,哈萨克斯坦共和国铁路代表团正在中国访问,为了一睹徒步采访亚欧大陆桥中国记者的英姿,他们推迟了回国的时间。在接见罗朝清和杨剑波时,阿拉木图铁路局局长奥卫洛夫十分钦佩地竖起了大拇指,连连称赞道:"中国记者了不起,了不起!"他诚恳地邀请罗朝清、杨剑波到阿拉木图去采访。

只要不停下行走的脚步,就没有比人更高的山、比脚更长的路。

笔者以时间为节点整理出罗朝清、杨剑波,从连云港至阿拉山口的徒步行程:

1991 年 11 月 1 日上午 11 时 1 分从陇海铁路"零千米"出发；

1991 年 11 月 11 日到达徐州站(224 千米)；

1991 年 12 月 2 日到达郑州站(567 千米)；

1991 年 12 月 30 日到达西安站(1053 千米)；

1992 年 1 月 9 日到达天水站(1380 千米)；

1992 年 2 月 2 日到达兰州站(1746 千米)；

1992 年 4 月 29 日到达乌鲁木齐站(3638 千米)；

1992 年 5 月 30 日到达阿拉山口站(4115 千米)；

1992 年 5 月 30 日上午 11 时,两人手执"横穿中国"的横幅,抵达阿拉山口神圣的国门,圆满完成了徒步采访任务。

正如罗朝清所说,一切就像做梦一样！

回想 1992 年,罗朝清、杨剑波从连云港港口铁路"零千米"出发,沿着陇海铁路和兰新铁路徒步采访。一路向西,他们穿越淮海战役旧战场、中华民族发源地黄河流域和古丝绸之路,途经八百里秦川和古城西安,翻秦岭,过兰州,越乌鞘岭,经嘉峪关,出玉门,穿百里风区,跨沙漠戈壁,吃千般苦,行万里路。他们在每个车站前都留下了影像资料和文字资料,沿途 400 多个车站,一个都不少,得到了所经铁路职工的欢迎和敬佩。"八千里(从连云港至阿拉山口 4130 多千米,计 8000 多里)路云和月",212 个日日夜夜,罗朝清、杨剑波迎风雪,斗严寒,过火洲(吐鲁番),穿戈壁。他们用自己坚实的脚步一段一段丈量完了贯穿 6 个省区、8 个铁路分局、400 多个大小火车站的亚欧大陆桥中国段。

徒步采访期间,罗朝清、杨剑波共向《人民铁道报》报社发回了 100 多篇稿件、1000 多张照片、20 多万字的采访见闻。这些凝结着两人汗水和心血、凝聚着沿途铁路职工深情厚谊的照片和笔记,详细解读了这条铁路的历史、现状和将来,让更多的读者能直观、清楚地认识这座大陆桥的前世今生以及它指日可期的光明坦途。

罗朝清、杨剑波当年徒步沿陇海线采访的壮举,给中国铁路史上留下了一个传奇。他们拍摄的照片、写下的文字,到了今天就成了珍贵的铁路建筑史料。今天的人们看到这些照片和文字,都会不由自主地对他们的壮举给予一个大大的"赞"!

随着铁路的一次次提速和之后的电气化发展,陇海线上大型的火车站已经全部改建、扩建,许多区间小站因不适应时代的发展已经被拆除。罗朝清、杨剑波留下的史料就显得弥足珍贵,那一张张老照片给人们提供视觉上的印记,那一篇篇采访稿向人们述说着过去的故事。

而连云港,正是这段传奇的起点。

时光荏苒,岁月如歌。

峥嵘老街是一座城市的灵魂,它见证着时代的变迁,承载着历史的厚重,凝聚着岁月的沧桑,沉淀着几代人挥之不去的记忆。

第十四章　三代人的步班邮路

第一节　"海岛鸿雁"

1948 年 11 月，淮海战役打响。听闻因战役需要，前线指挥部要从地方招收部分通信员，时年 18 岁的葛云怀，从日照县巨峰公社梁家桃园村，跑到县政府想当一名前线通信员。遗憾的是前线通信员的名额已满，只能留他在县政府当一名通信员。淮海战役胜利后，葛云怀在日照县政府干了一段时间后，转到了当地邮局送报刊信函等，继续干通信员。

葛云怀和同事开玩笑地说，他的前世可能就是个驿站里的邮差，再加上自己是属马的，马儿善跑，所以他命中注定今世要干邮递员的差事。果然，葛云怀 1953 年到东海县石榴邮局，1957 年到新浦邮电局，1959 年到墟沟邮电局，1962 年底到连云港市邮电局连云支局，干的都是邮递员。

刚刚而立之年的葛云怀，从日照到东海、到新浦、到墟沟再到连云镇，辗转多地，干的工作一直是投递。连云支局是他投递员工作的最后一站，他把家也安在了连云老街高原路 86 号邮电局宿舍。

邮政局的前身叫邮电局，拥有电话、电报、邮政三大业务，根据邮电分营的体制改革要求，于 1998 年成立了国家邮政局，把电话、电报业务剥离给了电信。

葛云怀到连云邮电局干投递员，他的投递范围是宿城、连岛两个乡镇。宿城和连岛，当时叫人民公社。两个公社，连云邮电局在山北麓的连云公社，宿城公社在山的南麓，中间隔着一座高高的云台山，连岛公社又和连云公社隔海相望。

葛云怀的投递顺序是今天宿城，明天连岛，轮着来。投递宿城时，他从局里出发,经磨刀塘一路向东到凰窝、高公岛、柳河,再经大板艒从高庄、夏庄进入宿城,再过虎口岭、留云岭、大竹园等,最后从宿城的云台山南麓到达大桅尖,再从大桅尖经过二桅尖,回到连云邮电局,都是山路,一趟下来要走 25 千米;投递连岛时,要乘坐连云港市海运公司的轮渡(那时拦海大堤还没有建设),轮渡每天有 4 个航班,他都是早上乘坐第一班船去,傍晚乘坐最后一班船回。从东连岛到西连岛绕一圈要 20 多千米,也是山路,但相对于宿城山路的坡度要小很多。到宿城投递那天,中午饭要在公社机关食堂吃,到连岛投递那天,则在驻连岛海军部队食堂吃,都需要饭票,每顿午饭一角五分钱。

葛云怀干投递时,不仅是个邮差的角色,还充当义务送货员的角色。当年的连岛,因为没有陆路相通,生活日用品比较匮乏,张家需要打一瓶散装酱油,王家大闺女要扯二尺红头绳,江家儿媳妇生产了,需要挂面、馓子、红砂糖,都要请葛云怀帮忙代买。只要对他说一声,第三天准会捎到。帮助连岛渔民、宿城山民代寄邮包,就更多了。

2023 年,笔者采访葛云怀老伴赵其珍时,老人说:"想想那个年头,老头子的邮包就是个'百宝箱',里面杂七杂八的什么都有。他送邮件都是步行,从连岛乘船到家,夏天天长还好说,冬天天短,黑得也早,他到家了,镇上的店

20 世纪 70 年代葛云怀
在连岛投递

铺早关门了。老头子就把他随身携带的小本上记下的物品,再抄写到一张纸上交给我。第二天,就由我早早买好,晚上他从宿城回来,就开始把我买好的东西装好在邮包里。他的邮包总是比同事们多两个,每天出发送邮件,都是满满当当的 4 个大邮包,背上背着、肩上扛着、手里提着。"

61 年过去了,赵其珍回想起以前的事依然历历在目。

每逢海面上有 5 级大风,连云港市海运公司的轮渡就停运,葛云怀只能搭乘渔民打鱼的小渔船,小渔船靠小功率柴油机驱动,俗称小舢板、小挂浆。小渔船上只能乘坐五六个人,起风的海面上,风急浪高,小船在海里如一片树

叶,飘过来,飘过去。那些年里,海水打湿了多少身衣服、海风刮走了多少顶帽子、掉进海里多少双鞋子,葛云怀自己也记不清楚。

笔者采访邮政系统退休职工,他们每每讲述到葛云怀,都钦佩不已。是的,海风到了一定风级,公家的轮渡都停运了,葛云怀完全可以原地返回,回家休息一天。可是,为了岛上渔民的报刊、信函包裹,葛云怀冒着生命危险搭乘渔民的私人小船,到岛上投递。葛云怀是中国千百万普通劳动者的杰出代表,他代表的是中国邮政职工忠于职守、立足岗位、乐于奉献的担当和情怀。

葛云怀常年跋山涉水,来回奔波在连岛崎岖的山路上,被连岛百姓亲切地称为"海岛鸿雁"。

到了 20 世纪 70 年代后,随着连岛、宿城人口逐渐增加,一个投递员不能满足两个乡镇的投递量,葛云怀才专职投递宿城乡邮件包裹。

在赵其珍记忆里,尽管 59 年时间过去了,1964 年冬天的一场大雪还是那么刻骨铭心。

那年"三九"里的一天,和平常一样,葛云怀早早来到单位,接邮包、分拣信件杂志包裹、盖邮戳、装包。一番"武装到牙齿"后,葛云怀顶着凛冽的寒风出发了,那天的邮路是宿城,刚走到磨刀塘,风刮得大了起来,云台山上,银灰色的云块在天空中奔跑驰骋,寒流滚滚,天气变得阴暗发灰。凭借多年的经验,葛云怀知道,一场大雪将会如期而至,他不由得加快了脚下的步伐。出了磨刀塘,天空中就飘起了雪花,洁白无瑕的小雪纷纷扬扬地从天空中飘落下来,宛如美丽的银色蝴蝶在翩翩起舞。葛云怀无心欣赏眼前的美景,一心想把邮件包裹早点赶在大雪封路前,送到百姓的手里。

葛云怀紧赶慢赶,终于在午饭前把宿城的信件送完了。在宿城公社食堂吃了午饭,葛云怀决定趁早往大桅尖赶,还有大桅尖驻军部队的信件包裹在邮包里呢,如果雪下个不停,上山的路就更难攀登了。

葛云怀刚攀登到大桅尖半山腰,雪突然越下越大。天地间,大雪漫天飞舞,似烟非烟,似雾非雾,顷刻间整个世界都笼罩在茫茫雪海之中。

大桅尖雷达站的驻军哨兵看到浑身落满了雪花、迈着企鹅一样步伐,身上还搭着 4 个大邮包的葛云怀,惊呆了。哨兵怎么也想不到,如此恶劣的天气,葛云怀还坚持送邮件。他暴风雪里坚持送邮件的壮举,惊动了驻军部队首长,部队首长说暴风雪没有停止的迹象,葛邮递员还是在部队住一夜,由部队与连云镇邮电局联系,说明葛云怀面临的实际情况,明天视天气情况再下山。

葛云怀谢绝了首长的好意,他说明天还有去连岛送邮件的任务,现在还能看到下山路的踪迹,而且这一带他很熟悉,下山没有关系。

风越来越凛冽,雪越下越大,刚刚下到一半的山路,厚厚的积雪就覆盖住了下山的羊肠小道。葛云怀只能凭经验辨别下山的路,小心翼翼地踏着厚厚的积雪前行,可是一不小心,他还是摔进了一个四五米深的大坑里。摔进坑里后,葛云怀明白此坑的位置、周围的情况,毕竟一年里有半年时间要经过这个大坑。葛云怀没有慌乱,他知道这是一个石头坑,四周虽然陡峭,但一块块叠加的大石头留有缝隙。"必须要赶在身体没有冻僵之前爬出石坑",他在心里暗暗地提醒自己。沉着冷静的葛云怀,依靠邮包里的防身之物,一把匕首、一根防狼木棍,交叉插在石头缝隙里,奋力向上攀登,硬是从坑底爬了出来。

天已经黑了,暴风雪似乎更猛烈了一些。连云镇邮电局职工家属区葛云怀的家里,赵其珍把取暖的燃煤炉,烧得旺旺的。燃煤炉上的茶水壶"呼呼"地冒着热气,锅里的饭已经热了又热。6 岁的大女儿葛丽,4 岁的二女儿葛华,坐在摇篮里、年仅 1 岁的儿子葛军,在等着晚归的爸爸回家吃晚饭。"按说这个点,云怀早到家了,外面的风雪真大! 难道云怀会……"赵其珍心里嘀咕着。自打下雪起,她心里就忐忑起来,她的云怀还奔波在送邮件的路上呢! 赵其珍已经到路口张望了多趟,那个熟悉的身影一直没有出现。一丝丝不祥的预感涌上赵其珍的心头。

赵其珍回到屋里,刚刚给儿子军军披了披被角。猛一抬头,一个熟悉的身影站在了门外。赵其珍连忙起身开了门,门外的风雪夜归人正是丈夫葛云怀。

赵其珍脱去了丈夫身上的雨衣,两件毛线衣(葛云怀系步行投递,还需要爬山,就没有穿过棉袄)也湿透了,脱下水靴,从里面倒出来的是半靴子雪水和冰凌凌。一双因长时间在雪水里浸泡,已经发白的脚,被冰凌凌摩擦而出现道道血痕,脚趾已经失去了知觉,不能自行弯曲。下巴冻得直打哆嗦,双手僵硬得连一碗姜茶水都端不起来。望着差点丢了性命的丈夫,赵其珍失声痛哭,两个女儿见妈妈哭了,也跟着哭了起来。

赵其珍说:"云怀,我们跟组织上说说,你换个工种,咱们不干这投递员,好吗?"

葛云怀说:"不干投递,我又能干什么呢?我也没有什么文化。"

"别人干投递都是平路,可你这投递路线要翻山越岭。"

"反正,这条线要有人送呀!"

"那让别人送,你看看我们家,最大的孩子丽丽才6岁,军军刚断奶呢。你干这两条投递线路,一条要渡海,一条要翻越高山,南边的大桅尖太高了,还是江苏省第二高峰呢!我们是从日照老家来到这里过日子的,云怀,你要是有什么三长两短的,这一家人还……"

"现在送邮件,比起淮海战役时,要安全多了。当年,我们庄上与我一起长大的一个伙伴,在前线指挥部当通信员,就被流弹击中后牺牲了。"

"反正,说什么,咱也不干这条线路!"赵其珍哭着说。

第二天一早,葛云怀拿起了妻子在燃煤炉边烤干的邮包,还有连岛的乡亲们委托代买的物品,出了家门。

"云怀,就不能换个投递线路吗?"

"其珍,工作是靠大家齐心协力完成的,一个单位的工作不可能都一样。不好干的工作,你不干,我不干,大家都不干,怎么能行呢?"

"那……云怀,你可千万要小心呀!"

此后,每天黄昏,高原路86号楼邮电局职工宿舍的小巷入口,总有一个身影单薄的女性站在那里。她就是在等晚归的丈夫回家的赵其珍。

第二节　接过父亲的邮包

三面环山、一面临海的连云街道,有一条江苏省境内唯一的步班邮路。山上的邮路道路崎岖,台阶绵延,九曲十八弯。

山坡上零散分布着5000多户人家。通往这些人家的路都是青石板铺就的狭窄的石阶,时间久远,青石板早已被时光打磨得十分光滑,陡峭石阶斜坡又高,又陡,又长。由于山路陡峭,山上人家的邮件无法通过脚踏车、电瓶车等交通工具投送,步行是唯一的投送方式。

在这部作品的创作期间,笔者最早采访的人是葛军,那是 2022 年 11 月 17 日下午,深秋的老街枫叶红了。走在西街青石板路上,两边高大粗壮的法桐树不时地飘落下一两片树叶。在这午后的时光,十月的夕阳,把老街都染成了金红色。

微信里我们说好了见面的时间、地点,葛军比约好的时间迟了一刻钟。在连云邮政支局业务大厅,葛军握着笔者的手一个劲地道歉,解释说今天早上市邮政总公司的送件邮车因车辆出了点故障,没有到连云支局,他是骑电动三轮车到墟沟支局取的邮件,这样就耽误了时间。送完了邮件后,回到家匆匆吃了口饭,就赶来了。

穿邮政工作服的葛军,中等个头,身材显得稍瘦,脸上写着岁月的痕迹。脱下帽子,后移的发际线,露出亮亮的脑壳。仔细观察,他的两条腿不能并拢,常年徒步崎岖的山路,他的半月板损伤严重,还患有膝关节炎。时光在葛军的身上留下了深深的烙印。

秋天的连云老街层林尽染,在连云邮政支局的邮件收发室里,笔者与葛军相对而坐。远望窗外的云台山北麓,秋景美不胜收,笔者的心情愉悦了起来,采访还没有开始,仿佛已经收获了满满果实。

"明年 1 月你就退休了,在步班邮路投递岗位上坚守了 43 年,你后悔过吗?"

"能从父亲的手里接过邮包,我无怨无悔。"

"是什么力量,激励着你在平凡的投递岗位上工作了这么多年?"

"我承诺过父亲,会以他为榜样,把这份工作干好!"

葛军说他永远也不会忘记,接过父亲邮包的那天早晨,父亲对他的殷切希望。父亲双手举着邮包,对他说:"孩子,跟随我 32 年的邮包,今天就要交到你的手里了。记住,当好一名投递员心中就要时常想着客户,获得客户信任,才是合格的投递员。孩子,如今你要在生你养你的土地上工作,你要珍惜这份工作、珍惜这片土地。"

你不爱惜你的土地吗？

土地是世界上最值得卖力、最值得奋斗卖命的东西，因为它是世界上唯一永久的东西……

自己居住的土地应视作母亲……

你还是孩子，你将来会爱惜这片土地的！

这是 1939 年上映、荣获第十二届奥斯卡金像奖最佳影片的电影《乱世佳人》中，父亲杰拉尔德对女儿斯嘉丽说的一段话。

葛军说，观看这部影片时，已经是他工作多年后，也就是观看了这部影片，他才明白什么叫"父爱如山"！

1980 年 12 月 1 日，葛军顶父亲的职，到连云镇邮电局当一名投递员。

顶职，是中国劳动用工制度的一个特殊现象。1962 年，国家要求精简职工，为了妥善安置生产一线的老弱病残职工，国家推出一项政策，年老退休的职工，其家庭生活困难的，允许一名子女顶替干他原来的工作。

1978 年，国家规定，工人退职退休后，家庭生活确实困难的，或多子女上山下乡、子女就业少的，原则上可招收一名子女。由于上山下乡知青人数较多，子女顶替开始成为普遍现象。之后，这一制度在很多地方不仅限于工人，也扩大到了干部。也就从那时起，全国各行各业、各地区普遍形成了子女顶替制度和内部招收职工子女的办法。1983 年，国家开始对子女顶替进行清理整顿，截至 1986 年，才全面取消了子女顶替和内部招收职工子女的办法。

葛云怀从事投递工作 32 年，常年翻山越岭投递邮件，落下了严重的腿部疾病。他妻子没有工作，最小的孩子葛军顶职，符合政策条件，这样葛军成为自 1949 年中华人民共和国成立后，中国第二代邮政投递员。在其投递生涯中，葛云怀多次获得省劳模、邮政系统先进工作者等荣誉称号。

葛军回忆说在决定顶职时，父亲曾经对他说干投递很辛苦，无论寒来暑往，刮风下雨，都要在崎岖的山路上行走。父亲问他：这个苦能不能吃？如果能吃得了这份苦，这条步班邮路才能让他顶！葛军望着父亲，语气肯定地说："爸爸，请您放心，我能吃得了这份辛苦，既然我选择步班邮路，我会以您为榜样，把这份工作干好！"

其实，葛军对父亲的这条步班邮路并不陌生。他十三四岁时，每当学校放寒暑假就随着父亲走步班邮路。赵其珍说葛军除了学校就是家，过着两点一线的生活，多到野外走走看看，亲近大自然，有利于孩子的健康成长。赵其珍之所以这样说，还有一个原因，是她一直没有忘记 1964 年冬天里，那个风雪交加的一天，丈夫掉进雪坑里的事故。赵其珍想让儿子给年龄渐长的丈夫做个伴儿。

跟随父亲走在步班邮路上的小小少年葛军，自认为是个男子汉。他望着身穿邮政工作服，背着两个大邮包的父亲，健步如飞地行走在山路上，心里不由自主地萌生了羡慕之情。以父亲为榜样，父亲在葛军的眼中一直是高大挺拔的形象。

葛军先到连云港市邮电局参加了为期 10 天的培训班，回到连云镇邮电局先送了一段时间的电报和保价信，当时的电报与邮政信件、杂志、包裹还是分开投递。

保价信，是内装邮局准寄的有价证券、寄件人认为重要的文件、贵重物品等，并要求对内件能给予保价的信函，也是那时的特色信件，时至今日已经不存在了。保价信函的封志处要加盖日戳、营业员名章、寄件人签章等，投递时需要特别小心，不能出现丝毫差错。

1980 年 12 月的一天晚饭后，葛云怀从身上掏出了一张纸，递给了葛军，他说："小军，明天你就要独立走宿城的投递线路，承担投递任务，你把这张纸随时带上，没有坏处。"那是一份手写的宿城投递路线的投递户名单，详细地标明了投递户的地理位置、报纸杂志的份数等。葛军说父亲把一张大白纸写得满满当当，父亲的字还是繁体字呢。那张纸，葛军一直细心保存，可惜，经历两次搬家不慎遗失。

葛军从父亲手里接过了接力棒，像父亲一样，背起了沉甸甸的投递邮包，开始了他的徒步投递生涯，这一走就是 43 年。葛军投递的那条步班邮路成了山里人家的绿色邮路，他成了山里人家每天都盼望的人，被人们称为"老街信使"。为了山里人的那份期待，葛军每天用脚板丈量着崎岖的山路，把一件件邮件送到每家每户手中。

一年四季，寒来暑往，邮政投递员最难熬的是夏天和冬天。酷暑中，走在

正在投递中的葛军

被太阳晒得滚烫的石板路上,身上的衣服干了又湿,湿了又干。寒冬里,凛冽的寒风毫无遮挡地吹在人的脸上,就像刀割一样难受。下雪天,在这条邮路上,葛军究竟摔了多少次跤,他自己也不知道。

对于冬天在邮路上摔跤,葛军笑着说:"下大雪天里,我摔的跤和父亲当年摔在大桅尖下面的大坑里比起来,那可是小巫见大巫了。我刚记事起,每年冬天晚上,一家人围炉烤火取暖拉家常时,母亲都会给我和两个姐姐讲述父亲的那次遭遇。母亲说那是父亲'史上最危险的一次投递',差点还搭上了性命。"

从葛军接过父亲的邮包上第一天班起,母亲赵其珍每天傍晚准点站在高原路86号楼邮电局职工宿舍的小巷入口,她在等晚归的儿子回家吃晚饭。后来,他们搬了新家,每天傍晚到巷口等儿子下班,是赵其珍雷打不动的"必修课",从1964年等晚归的丈夫,到1980年等同样晚归的儿子,一直到2023年葛军退休,赵其珍站在巷口整整等了59年。

出于邮政投递员的职责,对责任的担当,对父亲的承诺,葛军没有打退堂鼓,他用坚强的信念执着地行走在山区邮路上。每天早上8时30分,随着邮车的到来,葛军开始整理早上到达邮局的邮件、包裹。除去报纸,装不下的邮件就拎着、扛着,挨家挨户投递。

葛军的投递区域横跨 3 个社区,位置直线交叉。葛军要不厌其烦地沿着蜿蜒曲折的山路,走上几个来回,直到把所有的邮件全部准确投递完毕。

整理好邮件并一一盖戳后,早上 10 点,葛军准时出发。"送一趟要大半天时间,遇见邮件多的时候还要拖延时间。一天来回两趟,要走 20 多千米的山路。"就是住在深山里的人家,葛军也要保证在当天将邮件准时送达。

连云老街山上的居民说"老街信使"名不虚传,葛军就是步班邮路上的爱心投递员。跟随葛军行走在步班邮路上,山上的住户见到葛军都微笑着打招呼。

"葛军来啦!"年逾八旬的李家英老人每次见到葛军,都如同家人一般亲切。"葛军这孩子,真是好人! 他遇见每个人都很客气,对人很实诚,又有爱心。看到年龄大的人拎重物爬坡,他会不顾自己肩上沉重的邮包,马上上前帮着拎到家里。"李家英赞许地说道。

家住连云老街临海社区公寓 4 号的朱炳金,是葛军的投递对象。1997年,葛军第一次见到朱炳金时,不禁惊呆了。不大的一间房子,床上躺着的那个瘦小的人,就像一个弱小的儿童。取暖的燃煤炉、吃饭的桌子、地上的尿壶,还有一把中间有个椭圆形洞的椅子,房子里弥漫着一股大小便的味道。时年 37 岁的朱炳金在 8 岁那年,因一场大病而全身瘫痪、肌肉萎缩,双手也扭曲变形,只能长期卧床不起。

朱炳金一个人独居,其日常生活由他哥哥朱炳美和嫂子照料。葛军送邮件时和他结缘,经常帮助他干些小零活。冬天,把他家的燃煤炉引燃,供他取暖之需;夏天,帮他维修纱窗、纱门。

平时,朱炳金解小便在床上用尿壶接;解大便时,朱炳美把他抱到床边的专用椅子上。遇到朱炳美夫妇外出有事,葛军就义务照顾朱炳金的生活,包括帮他倒便桶。葛军说朱炳金体重只有 35 千克左右,轻轻就能抱到椅子上。需要解大便又逢没有人在场,朱炳金就自己挪到椅子上,解在下面垫有塑料袋的大便容器里,葛军进屋后就把塑料袋系好,放在外面的环卫生活垃圾粪便专用收集容器里。

朱炳金以常人难以想象的毅力,坚持修完了函授大学的汉语言文学专业。多年来,朱炳金一直通过葛军与外界取得联系。葛军不仅每天给他送去报刊、书籍,还帮助他拆下书籍上的塑封,放在朱炳金伸手可及的地方。有几次,朱炳金订阅报刊的钱不够,葛军就用自己的钱先垫上。

精神世界的丰富,使久病卧床的朱炳金对生活充满信心。朱炳金的床上堆满了报纸杂志,躺在报刊堆里的他,对前去看望他的每一个人重复说的几句话是:"葛军是上天派给我的忘年之交,是我每天必见的亲人。他每天都给我送来精神食粮,伴我度过了孤独,让我修完了大学的课程,我的人生才如此充满乐趣。我非常感激葛军,如果我哪天去了另一个世界,是他让我没有带着遗憾离开这个世界。"

除了帮助他订阅报刊,葛军还会购买一些朱炳金需要的米面油等物资、肥皂洗衣粉等生活用品和书籍送给他,一直到朱炳金去世。

朱炳金的侄儿朱勇对葛军一直心存感激,他说:"我们一家人特别感谢葛军,他与我们朱家非亲非故,却20多年如一日照顾我叔叔。"

葛军所做的一切,早已超出了一名普通投递员的工作范畴。社区的干部评价葛军说:"葛军是一个有坦荡心胸的人,他的所作所为,是一种善良情怀的体现,作为一名普通劳动者,这种精神实属难能可贵。"

在葛军43年投递生涯中,经常遇到地址不详或查无此人的信件。这些信件到了葛军手中,葛军总是千方百计地寻找收件人,无论多么费周折,他都会想尽办法将这些信件投递到收件人手中。

1999年夏天,葛军接收到一封来自中国台湾的信件。信件上收件人地址写着"老窑小南山李素霞收"。这样的地址,在1949年以后根本就不存在。拿着这封地址不详的信,葛军找了好几次都没有找到收信人,按常规这样的信件可以作退回处理。但是葛军心里知道,邮寄信件的人一定心急如焚地期待大陆亲人的回音。

为了寻找收件人,葛军找到了地方派出所,连着两天利用下班后的休息时间查找李素霞的地址。在一本厚厚的泛黄的户口底册上,葛军查到了5个50岁以上的叫李素霞的人。就这样,葛军按照5个地址,一个一个上门核实。功夫不负有心人,葛军终于在高原路中巷的一户民宅里,找到了收件人李素霞。当李素霞接过这封来自宝岛台湾的、失散多年的亲人来信时,激动得双手直颤抖,她眼含热泪,拉着葛军的手连连道谢,一个劲地说:"谢谢你,葛军,太感谢你了,你真是一位人民的好投递员! 要不是你,我远在台湾失散多年的亲人可能再也找不到了。"

还有一封从中国台湾邮来的信件,寄信人叫金传培,信封上没有门牌号码,仅标明"连云镇金传培家人收"。葛军试投了几次,均没有找到收信人,他没有立刻作退回处理。他多方打听,一家一户地跑,跑遍了他投递辖区一大半居民家,经过半月的时间,终于在西山街找到了收信人。当金传培年近90岁的老母亲听说多年生死不明的儿子从台湾来信了,老人竟然不相信是真的。当葛军把信件递到她手里,她把信紧紧地贴在心口,激动得老泪纵横,继而喃喃自语道:"儿呀,儿呀,我的儿呀,妈妈可盼到你了!"葛军说,那一刻他也禁不住流泪了,那时、那刻、那景,太感动人了。

葛军为这个风烛残年的老人,在经历近半个世纪的时间里,能找到失散的亲人而感动地流泪,葛军为自己历经半个月的辛苦努力,终于找到收信人而欣然地流泪。

凭着这份执着、责任感和对邮政投递工作的热心,葛军在工作中能使这些看似无法投递的邮件"死件"一一"复活"。一次,云台路一个老人在老伴去世后搬到了女儿家住。一张200元的汇款单寄来后,在原住址却找不到人签收。葛军反复送了好几趟,都找不到签收人,直到打听到老人女儿家地址,费尽周折才把汇款单交到老人手上。

葛军正常的投递时间,是上午、下午各一次。有时候,葛军晚上还要投递一次,他要将白天没送出去的汇款单、包裹等,送到那些早出晚归居民的手中。

在山上居住的居民刘玲一家人,白天在外上班,只有到了晚上家中才有人。葛军是个有心人,凡是来了刘玲的邮件,他都是利用晚上休息时间给她送上门。葛军将责任付诸行动,将爱心融入邮件。葛军的举动让刘玲特别感激,她动情地说:"葛军真是我们山区居民的贴心人啊!"

老街的居民说,葛军是老街信使,是让住户放心的亲人投递员。

葛军走出的这条"爱心邮路",少不了他那招牌式的笑容。"如果要给所有人拍摄一张笑脸,最经典的应该是葛军的笑脸。因为葛军的笑容最富有感染力。"这是老街的老住户、退休教师董一说的话。董一还说："无论什么时候，只要见到葛军，他总是面带微笑，这笑是真诚的、发自内心的。山上山下的住户都知道，那是因为葛军的心里装着爱。"葛军的脸上挂着的笑容，是爱的真情流露。

葛军投递的片区属于连云社区，这里居住的大部分是老年人，他们的子女大都在外工作，葛军把投递客户当成自己的亲人，给他们带来了如子女般的关爱。

80岁的掌家宝是临海路小学退休教师，他患有小儿麻痹症，从小腿脚一直不好。退休后的掌家宝就住在山上，他喜欢那里优美的环境和清新的空气，掌家宝说："每次下山买东西，回来时只要碰到小葛，他总会接过我手里的东西，帮我送回家。他不仅对我，对这片山区的每一个残疾人和老年人都这样。除了送报纸，因为这些琐事，葛军就要多上几趟山。"在别人看来，葛军所做的只是很平常的事，但是就是这些举手之劳，在不经意间实实在在地帮助了别人，他用行动温暖了很多老人的心。

葛军没有让父亲失望，2006年，他光荣地加入了中国共产党。从业43年，他经手的邮件从来没有出现丢失或误投。

步班邮路上的很多居民，早已把葛军当成值得信赖的亲人。他们订报刊要找葛军，买彩票要找葛军，从山下带生活用品也要找葛军。不仅如此，老人们还特别愿意把儿女给的零花钱交给葛军代存，他们无需任何字据，直接把钱款交到葛军手里，少则数百，多则数万，凭的全是信任。

家住高原巷的退休医生李玉娥，每年的报纸和医学杂志都是葛军帮订阅、投递。有时，李阿姨家里没人，为了便于葛军投递，家里就为葛军留了一扇窗户，每当没人在家时，葛军就可以直接打开窗户，将报纸放在屋里的桌子上。李阿姨说："我们这里的人信任葛师傅，他办事我们都放心呢！"开烟酒店的刘宝兰说，她每天都能看到葛军从她的店门前经过。她已经订阅了几十年的报纸，葛军从来都是按时送达，风雨无阻。

掌家宝说："有好几次，葛军为了一份报纸，到晚上，我家都吃过晚饭了，也要送到我家中。"

葛军和连云派出所的户籍警付安国是老朋友了。付安国说，葛军是老街的活地图,只要碰到地址或姓名不详的信件,葛军总要千方百计地寻找收件人。派出所遇到不清楚的地址,也要请教他才行。

在葛军随身携带的笔记本里,密密麻麻地记满了储户的姓名和存款金额、日期。每逢哪户人家存款到期,葛军总会出现在储户家里,带去本金和利息。

葛军的爱心,不仅体现在对待乡亲们身上,对待投递班的同事也是如此。在班里,葛军是年龄最大的一个,跑的是最艰苦的步班邮路,但他从不计较这些。

支局投递班,除了他一条步班邮路,还有 3 条脚踏车、电瓶车和步行混合的邮路。山区地理环境特殊,山高路陡,骑脚踏车、电瓶车,如果刹车出现问题,投递员不仅容易摔伤,而且后果相当严重。葛军为此自备了修理工具,甚至自己花钱买脚踏车、电瓶车配件,在出班前和归班后,义务帮助同事检查和维修车辆。

葛军还常常把自己的休息时间花在了代同事替班上,同事张新柱的母亲生病,家里来电话让他回去,葛军听到后二话没说,主动帮他顶上;小翟身体不舒服,葛军知道了,劝他回家休息,主动接过他未投完的邮件。可是葛军就连妻子坐月子、岳父生病住院两次,甚至抢救,都没有顾得上请假去医院陪伴。工作多年来,葛军从没有向局里请过一次事假。他常说:"我们投递班是一个萝卜顶一个缨,如果我请假了,别人就要帮我顶班,那别人就无法休息了。"

人生,总有不期而遇的温暖和生生不息的希望。人与人之间的善意守护,总是能带给我们最真实的感动。看似有条不紊地投递,都是投递员劳动付出的每一天。每个人总是为梦想和生计,马不停蹄地忙碌着,忙忙碌碌的人总是自带温度。老街的人说葛军是个自带温度的人,他以自身的温度温暖他人,被温暖过的人,在未来的生活里也会变成温暖的传递者。他的同事说,这是源自他父亲葛云怀的家风。

什么是家风?对于葛军来说,家风就是父亲交给他的传承。从父亲手里接过邮包的那一刻起,葛军就在心里立下誓言"要成为像父亲那样的人"!

葛军没有食言,在这条布满石阶的邮路上,他不停地向上攀登。为了这一句承诺,葛军整整坚守了43年。

一双胶鞋,一个投递包,两条腿,投递人间温暖。有人说,葛军43年如一日重复着步班邮路,这是一种不平凡的信仰,一份很纯粹的责任心。有人说,葛军是一个坚守生命方式的人,他已经把邮政投递工作当成了自己生命中的一部分。

葛军对工作几十年如一日的执着精神令人折服。

无论春夏秋冬,老街的连云社区,每天都能看到身穿墨绿色制服的葛军徒步投送邮件。葛军每天背着近30千克的邮件,按时出班两次,往返崎岖山路20多千米,挨家挨户地将信件和包裹送到收件人的手中。他43年累计徒步32万多千米,准确投送邮件620万多份。好人好事做了多少,已经无法统计。

董一是葛军的投递对象,他性格开朗,也特别健谈。葛军每天给他送报纸时,他们都要乐呵呵地聊上几句话,两人因投递结缘成了忘年交,葛军称他"大朋友",他称葛军"小朋友"。2018年,85岁的董一大叔要离开他生活了近一辈子的老街,搬到市区的儿子家生活。临行前,"大朋友"给"小朋友"作了一首《致邮递员葛军》的诗:

> 雷锋式的邮递员,
> 葛军无愧是模范。
> 沉重邮包天天背,
> 崎岖山路铁脚板。
> 暴雨洪水如淋浴,
> 冰天雪地走泥丸。
> 悠悠三十八载过,
> 默默奉献英雄汉。

坚守"走进千家万户,投递人间温暖"的信念,葛军的投递区域横跨3个社区,位置直线交叉。葛军要不厌其烦地沿着九曲十八弯的山路走上几个来回,直到把所有的邮件全部准确投递完毕。

夏天,葛军走在山路上,烈日的暴晒下,青石板路散发出灼人的热量,脚下的胶鞋底踩在上面仿佛被熔化般地发烫。这样的山路,就算没有任何负重,对于常人而言也是一种折磨。葛军身穿的绿色职业装,一天要被汗水浸湿若干遍。脖子上的毛巾和手中的大号水杯,是他唯一的解暑用品。炎热的夏季里,葛军的皮肤常常被晒脱几层皮,中暑也是经常发生的事。

冬天,海风毫无遮拦地在山路上肆虐,葛军身上的衣服时常被吹透。上山还好,能出一身汗;下山时,湿透的内衣被冷风吹过,阵阵透心凉。

遇到下雪天,青石板路经过多年的踩踏,光洁如镜。一层雪铺在上面,特别容易打滑,堪称步步险象环生。稍不留神,脚下打滑或一脚踩空,经常是一个跟头摔得半天也爬不起来。

"再冷的天,我都不敢穿得太多。"葛军说冬天里,自己也就一件衬衫、外衣,外加一件工作服。天气特别冷的时候,会多加一件保暖内衣,仅此而已。

连云邮政支局投递班共有4个投递段,其他投递段地势平坦,可以骑着电动车投递,只有葛军的投递线路是步行。葛军调侃说道:"他们是越骑越冷,我是越走越热,还是我的步班邮路好。"

在这条崎岖的路上,洒满了葛军的汗水,也洒满了他的深情。

默默坚守,只为了那一份忠诚和责任。

葛军说,苦不怕、累不怕。从父亲的身上,他看到了什么叫责任,什么叫忠诚。葛军走的是一条青石板铺成的山路,他每天背负的不仅是沉重的邮件,还有沉甸甸的责任和忠诚。

43年来,葛军身上背的邮包换了一个又一个,究竟换了多少个,连他自己都记不清了。别人的邮件都是车载的,他还是肩背的。直到全市邮政局再也找不到这样的邮包了,市局领导只好向省局求援,发动全省邮政局来查找,好不容易才在兄弟邮政局的仓库里,找到两个"古董级"肩背式邮包。由于每天要走山路,每次买了新鞋,妻子胡月梅做的第一件事,就是找鞋匠为鞋子加一层鞋底。刚干投递工作时,几十斤的邮包沉重不堪,每天回到家,都感觉浑身像散了架。

"为什么黄山挑夫能够挑着一百来斤的物品在山路上行走自如呢?那可

都是常年锻炼的结果吧。"葛军心里暗暗给自己打气。

"日复一日，年复一年，平平常常就过来了。"葛军笑着说道。

自儿子上幼儿园、小学、中学，葛军从未接送过一次，也没参加过一次家长会。胡月梅有时候忍不住埋怨他："你光顾忙着投递工作，连这个家也不要了！"埋怨归埋怨，每当恶劣天气，胡月梅最揪心。

一年冬天的下午，就在葛军投递的过程中，天气突变，乌云卷着狂风和雨雪，瞬间席卷了云台山。此时的葛军正走在山路上，前不着村后不着店，连一棵能遮挡雨雪的树都找不到。在这样恶劣的天气下，葛军的第一反应是迅速脱下外套，将邮包包裹好。就这样，葛军用双手紧紧抱着用自己外套包裹住的邮包，一步一步小心向前挪动。此刻，葛军心系的是怀中的邮包："就算雨雪打湿全身，我也不能让邮包里的邮件受潮。"这是他的一贯做法。

夜色渐浓，雨雪却越下越大。葛军的家中，胡月梅正在焦急地等待丈夫的归来。桌上的饭菜热了一遍又一遍，依然不见葛军的身影，胡月梅坐不住了，她摸黑赶到支局求援。正当大伙儿要分头寻找时，只见落汤鸡般的葛军踉跄着跨进了大门。大家发现他的脸上被树枝划出了几道血印，手也被枝条划破了，正在滴着血呢。

葛军的人生就是这样风雨兼程。步班邮路见证世间真情，也见证人间大爱。

2012年，曾经有媒体记者采访葛军。记者问他："你每个月到手的工资才2000多块钱，要走那么多山路，辛苦不说，对人的膝关节损伤也大，还时常伴有崴脚、被山路上的枝条划伤等险情。你的付出和收获不成正比，你觉得值得吗？"

葛军笑着说道："值不值得，我没有想过。不管拿多少钱，这活总得有人干，这条邮路总得有人走吧？"

支局领导考虑到葛军年龄大了，不再适合步班邮路的投递工作，准备调整他到别的投递路线上去。局里安排了一个年轻的投递员来顶替他。可是，那个同事刚刚干了两天，就打了退堂鼓，说什么也不到这条投递线上工作。

第一次接触葛军的人，会被他那始终挂在脸上的经典式微笑感动。每天背着邮包攀爬石阶，劳动强度大、工作辛苦，可他的脸上始终挂着微笑，这份微笑源自他对工作的热爱,对辖区居民的热爱。老街人说葛军脸上的笑容是真诚的,是发自内心的。山上山下的居民都知道,那是因为葛军心中装着对客户的爱。这微笑,是爱的流露。

葛军所做的一切,早已超出了一名邮递员的工作范围。一次当地学校请他去给学生作报告,报告席上的葛军动情地说:"在我的投递工作中,每天都会遇到形形色色不同的人。只要我见到他们需要帮助,我都会停下脚步,给他们以自己力所能及的帮助。"

老街西山路26号201室,住着一个叫王德营的退休老人。退休前,他是港务局派出所所长,脑血栓后遗症导致腿脚不便,整天坐在轮椅上。

2015年一个冬天的上午,葛军投递途中路过老人的楼下,突然听到撕心裂肺的喊叫声,他向邻居问明情况,立即打了110报警电话,然后又打了120急救电话。民警很快赶到现场,从二楼阳台翻进老人家中,把门打开。这时,120急救车也及时赶到了楼下。

其间,葛军向老人的邻居询问他老伴和女儿的电话,同时打电话给他的徒弟谭红,让她在投递途中寻找老人的家属和联系方式。

葛军找到老人家属的电话,赶紧打电话给他们,王德营的家人也很快赶回家。经医生检查,老人所幸没有伤到筋骨,无大碍,葛军这才松了一口气。王德营的老伴和女儿握着他的手,不停地感谢。

责任、承诺、忠诚、奉献、大爱,大山深处的一条条崎岖山路,记录了葛军的无数个脚印,也记录了他无数的故事。那些被汗水浸湿的岁月,那些无法忘却的举动,彰显了江苏省唯一一条步班邮路投递员的最美情怀。

人的一生会遇到不同的机会,面临着不同的选择。从一而终做一件事,并不容易。能够把简单的事情天天做、重复做,做好、做到极致,无疑会成为此行业的翘楚。

凭着那份执着和信念,葛军硬是将步班邮路走成一条"爱心邮路"。沿着崎岖的山路拾级而上,葛军一路投递,一路撒下爱心的种子,为数千户百姓家庭送去一个普通投递员的温暖与关爱。

这是一种由骨子里萌发出的使命感。葛军的精神在百姓心中生根发芽,为各行各业的人树立了一面飘扬的旗帜。一分耕耘一分收获,党和国家没有

忘记这位普通劳动者,没忘记平凡的步班投递员43年来的付出,先后授予了他多种荣誉称号:

2003年1月,全国"百优青年乡村投递员"。

2003年4月,连云港市劳动模范。

2004年4月,江苏省十佳文明职工。

2005年6月,全国邮政系统"模范投递员"。

2005年12月,全国"用户满意服务明星"。

2006年4月,江苏省劳动模范。

2011年8月,入选"中国好人榜"。

2012年4月,全国"五一劳动奖章"。

2012年6月,江苏省创先争优"优秀共产党员"、并获"江苏省道德模范"提名奖。

2015年3月,江苏省"岗位学雷锋标兵"。

2016年3月,全国"岗位学雷锋标兵"。

荣誉的背后,往往是常人难以想象的艰辛和付出。

葛军的工作平凡,但他执着而坚守。无需惊天动地、慷慨激昂,平凡的邮路上,见证着他爱岗敬业、助人为乐的高尚情怀。一句承诺,一生坚守,山路崎岖的步班邮路,洒满葛军的汗水,也洒下他的深情,其中的酸甜苦辣也只有他自己体会最深。

葛云怀说他是属马的,马儿能跑路,他命中注定今世要干邮递员的差事。葛军说他是属兔的,兔子也能跑,他天生就是干投递员的命。瞧瞧,这父子俩多么诙谐,多会调侃自己呀!

能跑,只能说明自己能吃苦,步班邮递员的工作就是每天奔波于山间小路。随着工作时间越久,取得的成绩越多,葛军越来越体会父亲的不易,"父爱如山"这部书,他也渐渐读懂。

2012年五一国际劳动节前夕,葛军接受一家市级新闻媒体采访,采访的地点就是他的步班邮路。记者问他:"父亲是你工作的领路人,自参加工作至今,你也取得了好多荣誉。此时此刻,你想对你的父亲说点什么吗?"

当工作人员将麦克风递到葛军手上,手拿麦克风的葛军没有说话,眼圈先红了。他稳定一下情绪,满怀深情地说:"爸爸,跟随您 32 年的邮包交到我手上,您放心!"大家都看得出来葛军努力想稳定情绪,最后,他还是留下了两行热泪。他接着说:"今天,我还想对我妈妈说,'妈妈孩儿懂你!'"

一首《懂你》的优美旋律,隐约在后云台山北麓的连云老街缓缓响起:

> 花静静地绽放,在我忽然想你的夜里。
>
> 多想靠近你,告诉你我心里一直都懂你。
>
> 一年一年,风霜遮盖了笑脸。
>
> 你寂寞的心有谁还能够体会,是不是春花秋月无情。
>
> 春去秋来你的爱已无声,把爱全给了我,把世界给了我。
>
> 从此不知你心中苦与乐,多想靠近你,告诉你我其实一直都懂你。
>
> 把爱全给了我,把世界给了我,从此不知你心中苦与乐。
>
> 多想靠近你,
>
> 依偎在你温暖寂寞的怀里。
>
> 多想告诉你,
>
> 你的寂寞我的心痛在一起。

《懂你》是一首歌颂母爱伟大的歌曲,旋律优美,歌词感人至深,每每听来,如同一个孩子对母亲的怀念和热爱,那种发自心底的共鸣震撼每一个听者的心灵。葛军对母亲的爱就深藏在这首歌曲之中。

第三节　"老街女儿"

2003 年,年轻的谭红来到连云邮政支局干投递员。谭红的工作是顶班,遇有哪条投递线路有人轮休,她就顶替上来。支局领导对葛军说:"小谭刚来工作,你是我们局里资格最老的投递员,谭红就跟着你先实习一段时间。"望着消瘦、单薄的谭红,葛军从心里对她能否坚持下来不抱希望。这些年来,先后到连云支局干投递员的人也不在少数,来的这些人都是跟着他实习,少则个把星期,多则半年,就想办法调离,新来的投递员对葛军走的那条步班邮路心有忌惮,谁都不想吃那苦。

"先带她实习一段时间看看吧,男人都干不长,估计谭红也坚持不了几天。过了些日子,又会有新人顶上来,哎……"葛军边想边叹了口气,他比谁都清楚步班邮路的艰苦,是个不好干的活呢。

葛军收了个女徒弟,从邮车来了接邮包、分拣邮件开始,葛军手把手教徒弟投递,师傅教得认真,徒弟学得虚心。走步班邮路时,葛军有意放慢步伐,他担心谭红赶不上趟,会产生懈怠,甚至放弃的念头,他要把节奏慢下来,干投递工作也要循序渐进。令葛军欣慰的是谭红不仅能吃苦,还是个有追求、有事业心的女同志,只要思想上没有大波动,一定是投递的一把好手。

渐渐地,老街居民发现,石板路上出现了一个身穿邮政工作服、身背邮包、面带微笑的姑娘。她上坡、下坡、过涧、上阶,逐一投递邮件,遇到每个人都微笑着打招呼。这个绿色的身影穿梭、忙碌在这片热土上。

在大部分人的印象里,送邮件是个固化的动作,是一份枯燥无味的职业,就是从一个投递点到下一个投递点的不断重复罢了。在谭红的眼里,却不是这样,她把投递当作一种使命,把工作当成实现人生目标、不断完善自我的过程。谭红带着一颗常人之心,她待人友善,对人有礼貌,对投递对象极力做好服务,以她的真诚、善良和不计个人得失的态度,赢得了老街居民的认可。

每天背着邮包行走在大街小巷,小鸟在头顶上歌唱,树枝在路边招手,脚下的青石板传递着岁月的温度,空气中浸透着植物的清香。

太阳每天都是新的,一切都是美好的,美好一天的生活从谭红投递开始。

工作了半年后,投递工作中遇到的问题接踵而至,工作之初的喜悦和自豪感,那种工作热情渐渐消退,苦恼渐渐多了起来。于是,谭红找到了师傅葛军,未曾想,葛军望着徒弟先笑了起来。

谭红看着师傅先笑了,她有点纳闷地问道:"师傅,您怎么笑了啊?"

葛军笑着说:"我能知道你因什么事找我,我看出这两天你情绪不太好,说来听听,是投递时遇到什么委屈了吧?"

"前天有个小包件,我冒着雨送了两趟,客户家里都没有人,下午电话联系,客户要求等他晚上下班,再送到。等我送到时,客户又说我送迟了,朝我发了一通火,那个人的态度不好,我太委屈了。"

"谭红,干投递工作,你遇到的事是很正常的,客户也是正常人,可能是我们把邮件送达时,他的心情正处于不太好或者是糟糕的状态,把心里的怨气都发在我们投递员身上了。遇到这样的事,你也不要太往心里去。我们投递员要向客户解释清楚,做好沟通……"

"师傅,您看……我能不能调换个岗位?我不想跑这条步班邮路了。"

"谭红,你遇到的情况对于投递员来讲,是很正常的。特别是我们这条步班邮路,需要送的邮件本来就多,再加上受刮风下雨天气变化等不可抗因素的影响,有时候迟一点时间,也是正常的。我们局里投递员本来就不多,没有可以机动的人替换。你要调换到其他岗位,那么你现在的岗位谁来干呢?再说了,这一时半晌也找不到人呢。"

"师傅,您干了这么多年,工作中遇到过这种情况吗?"

"遇到,遇到过太多了。"

"师傅,您是怎么走过来的?"

"要学会自我调节。遇到这样的事不要太往心里去,及时与客户沟通很重要,客户的心也是肉做的,将心比心,我们也要相信,这世界绝大部分都是善良的人。谭红,我们邮政投递工作就是全心全意为人民服务,做投递工作就要不怕苦、不怕累、不怕脏,还要不怕受委屈才行。能做到这些,你就能把投递工作干好了,就能成为一个人民满意的投递员。"

"师傅,那我干着再看看。"

"谭红,热情、周到地服务客户,就能把投递工作做扎实、做好。只要坚持下去,客户会理解你的。谭红,我建议你放下心理包袱,背好肩上的邮包,轻装上阵,师傅相信你这条步班邮路会越走越顺。"

"师傅,我明白了,放下心理包袱,轻装上阵。"

沿着老街的步班邮路,人们看到的是老人迟缓的脚步,小板凳、小马扎上上演着"八卦会",不时钻出来的小猫、小狗也是懒懒散散。与之形成鲜明反差的是谭红矫健、快捷的脚步,她背着近20千克的邮包,总是步履匆匆,有时还带点小跑。她每天要爬多少个台阶,过多少个弯道,下多少个大坡,没有统计过。"宁投山下十户,不投山上一户。"这也是投递员不愿意干山上步班邮路的原因。山上的邮件少,但住户之间距离较远,往返时间较多,往往为了一件邮件，哪怕是一份报纸，也要爬很多台阶。谭红还为山上交通不便的客户代缴电话费、电费（许多年龄大的老人不会手机缴费）、代寄信件包裹，正是这些平凡得不能再平凡的一件件小事，温暖了一方百姓的心，赢得了他们的交口称赞。

一纸纸长短信笺，春夏秋冬，一声声温暖问候，寒来暑往。邮政投递牵动着多少家庭的人间温暖，辛劳的投递员彰显普通劳动者时代精神。谭红用真诚、善良、朴实、付出，践行着一个步班投递员对邮政工作的忠诚。每天行走在老街步班邮路上的谭红，已经成了老街这个大家族中的一员。在谭红爬陡坡、上大坎时，总会有热心的居民帮她背一段邮包，与她边走边亲切地交谈，这是一幅美好的人间画卷。

"谭红啊，今天来得这么早，我和你叔叔都是退休的人呢，我们生活节奏慢，这不，刚准备吃早饭呢。孩子，来家里吃碗饭，再去送报纸。"

"谭红，来大娘家坐一会，歇歇脚再走。"

"小谭姑娘，这大热天的，叔叔家里有凉白开，你喝杯水再走。"

"谭红来了，真是个勤快的好姑娘呀。"

"陈大爷，在看书呢，这段时间，您身体怎么样？怎么前两天没有看到您呀？"

"这几天呀，儿子带我去他家小住几天，还带我去医院检查了身体呢。"

"大爷，身体好着吧？"

"还可以，除了血糖偏高，其他各项身体指标都正常。"

"谭红，现在跑哪条邮路？"

"大爷，3条线路都跑呢。"

"哦，那就忙了。谭红，你是个闲不住的孩子，瞧瞧，晒黑了，和你阿姨一起跳广场舞的那些舞伴说你是'黑小丫'，又说你是'黑玫瑰'。我说他们说的都不对，你呀，应该是我们的'老街女儿'才对呢！"

……

这样动人的一幕幕，几乎天天都在上演。谭红的辛苦付出，人们看在眼里，疼在心里，年纪大的人把她当成自己的女儿一样看待，人们亲切地称她是"老街女儿"。这是老街的街坊邻居对谭红的爱，这样的爱也是对她工作的认可。

随着时代的发展，收信的人少了，收快件的人多了，发到邮局的各种账单挺多。全身心投入工作的谭红，是连云邮政支局的投递员，也是营业员、报账员、信息系统处理员、营销员、邮件接发员、邮政志愿者等。支局的工作涉及面广，谭红兼职的"杂事"也多，大支局往往需要几个人干的活，在小支局一个人就包了。

谭红与来访的中国共产党第十八次全国代表大会代表、第七届"全国道德模范"、江苏省洪泽县邮政局老子山支局投递员唐真亚交流

谭红，很平凡，却并不平凡，她不是英雄，却胜似英雄。

谭红每天总是带着爱和希望，孑然沐浴着阳光砥砺前行。风雨阻挡不住她行走在邮路上的脚步，严寒酷暑阻挡不住她对工作的满腔热情，道路的泥泞和坎坷阻止不了她对邮政事业的初心。在老街的邮路上，谭红反复沿着自己的足迹，寻找每天的不一样。

春夏秋冬，四季轮回。风雨邮路，家园情怀。

不变的是谭红对邮政的初心，变化的是老街每天不一样的风景。

谭红咀嚼着艰辛，挥洒着汗水，怀揣着责任和信念。她用自己的双脚，丈量出属于自己的绿色人生之路。

谭红先后荣获连云港市"五一巾帼标兵"、"岗位学雷锋标兵"、"港城叶欣仁"、江苏省邮政"优秀投递员"、连云港市邮政"十佳投递员"等荣誉称号。

葛军说工作这么多年,他带过的徒弟有几个。谭红,无疑是其中的佼佼者。

2023年春天,笔者又一次采访葛军。笔者问:"您一辈子坚持步班邮路投递,人生中有遗憾吗?"

葛军说:"我今年刚刚办理了退休手续,要说人生中的遗憾,我有两个。一是希望我的儿子能接过我肩上的邮包,能够把这条步班邮路传承下去。遗憾的是孩子嫌弃步班投递员工资低,整天风里来雨里去,走山路送邮件,太辛苦,不愿意干。二是我计划1月退休后,能在家里多陪陪父亲。我已经和两个姐姐说好了,我们开车带父亲到宿城、连岛转一转,让父亲感受一下他43年前送邮件的山乡,在经过改革开放45年后发生的天翻地覆的变化。遗憾的是父亲却于23日永远离开了我们。"

葛云怀生前最引以为豪的是,他的家庭被人们称为"邮政之家"。葛云怀一家三代从事邮政工作,除大女儿葛丽不在邮政系统工作,二女儿葛华在邮政系统工作,葛华还干过邮政支局局长。最令葛云怀欣慰的是,他的外孙诸葛明亮、外孙媳王慧也在邮政系统工作,他的第三代已经接了班。

一家三代人从事邮政工作,实属难得。此外,诸葛明亮的爷爷诸葛振奎、奶奶王秀道、大姑诸葛铃、岳父王春雨也在邮政系统工作。瞧瞧,这一大家子,是多么幸福的邮政一家人呢!

路是脚踏出来的,历史是人写出来的。人的每一步行动都在书写自己的历史。

从中国第一代邮政投递员"海岛鸿雁"葛云怀,到第二代投递员"老街信使"葛军,到第三代投递员"老街女儿"谭红,中国邮政投递的接力棒青蓝相继,薪火相传,一代接着一代,生生不息。

我们有理由相信,在这条"江苏省最后一条步班邮路"上,还会出现和葛云怀一样身穿绿色邮政制服、背着绿色邮包的中国邮政投递员那步履坚定、勇往直前的身影。

第十五章　"一带一路"先导

第一节　副总理出席论坛开幕式

2023年9月15日,主题为"深化互联互通,促进合作共赢"的中欧班列国际合作论坛,在江苏连云港开幕。中共中央政治局常委、国务院副总理丁薛祥出席开幕式,宣读习近平主席贺信并致辞。

中欧班列国际合作论坛在连云港召开,是连云港打造"一带一路"强支点,深化高水平对外开放、高质量发展的生动实践。

2024年1月1日,满载汽车配件、家用电器、机械设备等货物的X9014次连云港中欧班列,从中哈(连云港)物流合作基地出发,由霍尔果斯出境,驶往哈萨克斯坦、乌兹别克斯坦等中亚国家。这是连云港2024年开行的第一趟中欧班列。

日出东方,霞光万丈。紫气东来,一路向西。

万物苏醒季节的连云港,晨曦中,坐落于中国江苏省的中哈连云港物流合作基地(简称中哈物流基地)一派繁忙景象。满载出口货物的中欧班列静静地停在铁轨上,正听着指令蓄势待发。一会儿,列车缓缓启动,披着万道霞光,一路向西,朝目的地——欧洲及中亚飞驰而去。

让我们回首看去——

2013年,"一带一路"倡议提出,新的机遇在向连云港招手。

中国,就是哈萨克斯坦的大海。一个平台将出海口搬到中亚五国"家门口",地处中亚的哈萨克斯坦是世界最大内陆国,大海一直是哈萨克斯坦人的向往。2014年,"一带一路"首个实体平台项目中哈物流合作基地落地连云港,哈萨克斯坦从此有了通向太平洋的出海口。

古今丝路商旅,车马驼队,铃声悠扬,绵延不息。钢铁驼队,铁甲洪流,奔腾不止。承前启后,继往开来,古今辉映。

遥想两千多年前的亚欧大陆腹地那壮丽的一幕,大地如同洪水过后,恢复勃勃生机,花朵簇簇,汩汩泉涌。商旅驼队往来,驼铃声声悠扬,一条源于中国腹地经新疆西延,横跨亚欧大陆的交流通道——驼铃古道丝绸之路,开始造福人类。

千年后的历史,出现了惊人相似的一幕,"西行使者"的钢铁驼队,满载希望与梦想在新亚欧大陆桥上奔腾不息。1990年9月12日,横穿亚欧两大洲的新亚欧大陆桥全线贯通,一座连接太平洋和大西洋的新亚欧大陆桥,走出了画在图纸上的蓝图,终于变为现实。

1992年12月1日凌晨1时20分,一辆"东风1808"机车牵引首列国际集装箱列车,从江苏连云港出发开往中亚和欧洲,标志着新亚欧大陆桥正式开通运营。这条从中国连云港到荷兰鹿特丹的新亚欧大陆桥,将世界上最大的陆地板块和最大的海洋联通,为亚欧合作注入了磅礴的动力。

在连云港港口新亚欧大陆桥东端起点,矗立着一尊高5.6米、宽4.8米,结构简单又充满着时代元素的钢铁雕塑。雕塑上半部分为铁锚,下半部分为两条工字形铁轨,象征着"铁路与码头在这里交汇"的陆海联运,寓意着新亚欧大陆桥与海上丝绸之路在这里无缝衔接。

雕塑后方停着一个充满年代感的"功勋火车头"。1992年12月1日,正是这个火车头拉动全国沿海港口首个国际班列离开连云港港,驰骋在新亚欧大陆桥上,将东亚、中亚和欧洲更加紧密相连。由此,铁路通到港口,接上巨轮,一个高效便捷的陆海联运体系在海天之间运行,在时代的交响乐中走向磅礴。

自古以来,连云港就是中国对外开放与合作的重要窗口之一。随着国家高质量共建"一带一路"倡议、江苏沿海地区发展等国家战略的不断推进,作为新亚欧大陆桥东方桥头堡的连云港,紧紧围绕"一带一路"交汇点强支点城市的目标定位,积极拓展东西双向开放新领域新空间,推动全方位区域合作,提升陆海联运通道新能级,推进更高水平对外开放。

2021年4月,笔者有幸参加由江苏省作家协会和省总工会联合组织的"劳动创造幸福"江苏产业工人时代风貌主题创作活动。活动期间,笔者和来

中哈(连云港)物流合作基地一景

自全省的部分作家走进中哈物流基地。透过基地控制室一面面巨大的落地玻璃,室内一排显示屏上清晰地显示着连云港码头、码头停泊的货轮、码头的作业区、亚欧大陆桥一个个节点铁轨、哈萨克斯坦的口岸作业现场,从东到西现场作业和列车行驶的轨迹一览无余。中哈(连云港)物流合作基地在全世界首次实现了铁路装卸场站的智能化远程无人操控。在基地数字化调度中心,几个操控人员坐在电脑前,即可完成远距离作业指令。

龙门吊司机目不转睛地盯着电脑屏幕,熟练地用操纵杆远程进行集装箱装卸作业。随着一串指令的输入,庞大的龙门吊便运行到目标集装箱的位置,进行吊运、提放箱。一名司机可以同时操作 3 台龙门吊作业,高峰期,一人一天最多可以操作 200 个集装箱,装卸效率非常高。

调度中心大屏幕上不仅清楚地显示了从连云港港发出和抵达连云港港的班列目的地、货源地及货物等信息,还能查看"霍尔果斯—东门"无水港的现场实时画面,调度员能够与无水港实现信息共享、业务联动。所有动态实时更新,一目了然。

在中哈物流基地内,凭借将理货、海关、铁路等申报手续由"串联"变成"并联",过去运作模式的"落场—提箱—进场—等待"中间环节被省去,集装箱货轮靠港后,吊车就能将集装箱直接转移到一旁的卡车、火车上。之前,从集装箱到港再到装车发运往往需要 4 天,现在压缩到 1 天以内,效率很高。

中哈物流基地是连云港港口深水大港、远洋干线、中欧中亚班列、物流场站的无缝对接组合的一个环节。基地拥有集装箱堆场 22 万平方米、铁路专用线 3.8 千米、年最大装卸能力 41 万标箱。以连云港为起点的新亚欧大陆桥将变得更加畅通快捷，陆海跨境联运更加高效便利，不仅惠及中哈两国人民，而且为"一带一路"沿线的其他国家也创造了更多的运输便利和合作机遇，给人民带来福祉。

"这是'一带一路'倡议提出后首个落地的实体项目。"

这是手拿话筒在现场给我们讲解的连云港港口股份有限公司新闻中心负责人说的第一句话。

他接着介绍道：

"各位作家朋友正在观摩的是中哈物流合作基地，设在连云港的远程智能龙门吊的操作中心，也是全港'一体两翼'的数字化调度指挥中心，还可与哈萨克斯坦霍尔果斯—东门无水港进行信息实时互动。大家从眼前的屏幕上可以看到中国口岸和哈萨克斯坦口岸货场上，像搭积木一样的一堆堆集装箱、一道道铁轨、一台台龙门吊、一列列洲际列车以及铁轨上面的电气化设施。无论是中方还是哈方作业现场基本上看不到人，全都是机械化作业。

"首先要告诉作家朋友的是，中欧班列 2014 年 7 月正式运营。在外面的实际操作中，中欧班列可以开进基地，从基地步行到码头仅需十几分钟。借助这样的便利条件，连云港港发挥自贸试验区先行先试的效应，首创推出国际贸易'单一窗口'、口岸'一站式'订舱、国际集装箱集拼出口业务'先报后装'等 18 项新模式，提高了全程物流效率和便利化水平。其中，国际班列"船车直取"零等待模式，使中转作业时间节约 75%，企业转运、仓储、装卸等费用节约 60%。中欧班列'保税＋出口'货物混拼，有效解决了凑整发运的漫长交货期和等待时间。多式联运'一站式'监管服务模式，实现了海关、铁路、场站等系统的数据资源共享。

"我们为连云港港在'一带一路'的建设，而感到自豪。我们更骄傲，因为共建'一带一路'倡议正在不断走深走实！"

在参加产业工人采风互动期间，笔者了解到这个数字化调度指挥中心，是一个以大数据支撑的网络平台。它具有"陆海联运通道线路""港口生产业务""在港车辆监控""船舶 AIS 监控"等信息系统功能,可实时查看港口各种数据信息。

看得见的成绩背后,是无数建设者的智慧和汗水的默默付出。

生活为什么如此之美好,那是因为有他们。

连云港在 1984 年就被确立为国家 14 个沿海开放城市之一。发挥海港优势、向海图强一直是连云港市委、市政府的首要任务。

历史出现了戏剧性雷同的一幕。1985 年 5 月 1 日,兰新铁路西段(南起新疆维吾尔自治区乌鲁木齐市头屯河区,北到该自治区博乐市边境集镇阿拉山口站)动工修建时,就吸引了国际国内有关方面和人士的关注。人们在关心兰新铁路西延的同时,也关心东桥头堡的确立,于是,到底确立在何处,就摆在了国家相关部门、专家和沿海港口的面前。这与 20 世纪初,陇海铁路东延时,终点港口确定在何处,沈云沛与张謇之争一样,也是一波三折后,又峰回路转、柳暗花明。

我们把载入史册的画面,再推回到 32 年前。

1992 年 12 月 1 日凌晨,国内外关注的新亚欧大陆桥,从东桥头堡连云港发出了第一列过境国际集装箱专列。至此,一座横贯亚欧、连接太平洋与大西洋的国际海陆联运的新亚欧大陆桥宣告正式开通。

新亚欧大陆桥东起中国连云港,西至荷兰鹿特丹,是亚欧第二座大陆桥,故名"新亚欧大陆桥"。这座大陆桥沿着举世闻名的古丝绸之路,直接穿越江苏、安徽、河南、陕西、甘肃、新疆等省区,沿途经过郑州、西安、兰州、乌鲁木齐等 10 多个经济和历史文化名城。

这座大陆桥出中国西部边境阿拉山口后,经过哈萨克斯坦、俄罗斯、乌兹别克斯坦、土库曼斯坦、波兰、德国等国家,直抵荷兰鹿特丹。欧洲、中东各国运往亚太地区的货物也可通过大陆桥运至连云港,再转船运至日本、韩国、菲律宾、新加坡、泰国、马来西亚和中国香港、中国台湾等国家和地区,使远东至西欧货物经大陆桥运输,比经苏伊士运河的海上运输航线缩短运距 8000 千米,比通过巴拿马运河和绕道好望角的海上运输航线,分别缩短运距 11000 千米和 15000 千米。

相关专家们认为,新亚欧大陆桥的开通运行,不仅可以缩短亚欧之间的运时、运费,还对陇兰经济带的大发展、西北广大地区的开发、提高东桥头堡连云港在国际海陆联运中的战略地位等方面,都将起到不可估量的作用。

第二节 一切为了东方桥头堡

1991年12月31日上午8时,连云港市委、市政府在神州宾馆举行了新闻发布会,市长王稳卿、市委副书记龚来宝、副市长程智培向新闻记者介绍了首列开通的有关情况。

上午10时,新亚欧大陆桥运输首列庆典仪式在连云港集装箱码头隆重举行。庆典仪式由连云港市常务副市长吴炳裔主持,市长王稳卿致开幕辞。国务院经贸办公室调度局副局长夏元卿、铁道部运输局副局长刘园夫与会。日新株式会社副社长筒井博作为外宾代表、江苏省政府蒋田杰副秘书长作为国内代表分别讲了话。

新亚欧大陆桥"零千米"标志

首列开通之前,连云港海关向连云港西站交接关封。接着,夏元卿副局长、刘国夫副局长、蒋田杰副秘书长和中共连云港市委书记秦兆桢为首列开通剪彩。

下午4时,市政府又举行了运输业务洽谈会。国务院经贸办、口岸办、铁道部、交通部、经贸部、海关总署等8个部门、江苏省、河南省、青海省等有关部门,市委、市人大常委会、市政府、市政协等部门负责人和口岸单位人员,以及日本、美国、韩国、中国香港等国家和地区的宾客共1000多人参加了庆典仪式。国内外148个部门和单位向连云港市发来了贺电。国家及地方46个新闻单位68名记者到现场采访。

新亚欧大陆桥第一列过境国际专列,从东桥头堡连云港驶上了大陆桥。世界国际海陆联运史由此揭开了崭新的一页,一条沉寂多年、贯通东西的古丝绸之路首次响起"东方快车"的车轮滚滚之声。

遥想起2000多年前,一群群载着丝绸的骆驼商队,从长安出发,经过新疆的南路和北路。长长的驼队不惜跋山涉水,穿过人迹罕至的茫茫戈壁,先后到达了中亚、西亚、南亚、北非和欧洲,人们用脚板和驼掌踏出了一条举世闻名的"丝绸之路"。

历史不是简单的重复,而是时代的发展。

中国现代"丝绸之路"的修筑之始,可追溯至1905年修筑汴洛铁路(开封到洛阳段)。在这条铁路的基础上逐步向东西方向延展,横贯中国东西的大动脉铁路——陇海、兰新铁路渐渐形成,而这条铁路大动脉正是沿着昔日的陆上丝绸之路修筑完成的。

1918年,孙中山先生在《建国方略》中提出了以中国沿海北方、东方、南方三大港口体系以及东西北、东西南、中央三大铁路为骨架的港路相结,贯通全国,连接世界的交通运输网络的实业计划。他还曾特别提出修建乌鲁木齐到伊犁的铁路,与欧亚各国铁路贯通,发展中国的对外交流。

20世纪30年代,中国许多有识之士曾大胆设想将陇海铁路"展筑到新疆与苏联之西伯利亚铁路相接,使连云港不但为我国西北各省之重要门户,亦将为国际交通之枢纽,东方之水陆联运站"。然而,在军阀混战的旧中国,那些仁人志士谋划国家发展的宏图大略,想从描绘在纸的蓝图变成现实是不可能的。

新中国成立初期,陇海铁路从天水筑到兰州时,毛泽东曾题词要求"继续修筑兰新铁路"。1956年中苏两国签订了修建兰新铁路到苏联阿克斗卡的协定。以后,出于历史原因,兰新铁路西段(北疆铁路)下马。

随着改革开放后中国经济复苏，国内一些运输、经济领域的专家学者提出了重新建设北疆铁路，接通苏联，在亚欧之间形成一个新的大陆桥，为国民经济发展增加新引擎的构想。

国务院经济技术社会发展研究中心总干事马洪曾预言"在当前世界性经济结构调整的大变动中，陇海—兰新铁路于不远的将来，可能成为连结亚欧的大陆桥，这是必须预见的"，并称它是装点我国经济的"金腰带"。

经济学家童大林称这条"新丝绸之路"是希望之路，是中国现代化的希望之路，也是世界经济发展的希望之路。

中国的"东方快车"能通过古丝绸之路驶向西部、驶向欧洲大陆，开辟"新丝绸之路"，成就了国人的"丝路梦想"！

然而，借助大陆桥的建设实现中国西部经济和社会事业的腾飞，在当时来看是一项史无前例的大工程。此项工程需要巨额的投资，又没有成功的经验可以借鉴。在重重困难面前，人们还不敢想象它的现实性。高瞻远瞩的中国决策层最终还是走出了卓有远见的一着大棋。1985 年，经国务院批准，北疆铁路乌鲁木齐至乌苏段正式开始兴建。

经过中国筑路大军 5 年的紧张建设，中国人终于在当年驼铃声声的古丝绸之路上，打通了与欧洲连接的北疆铁路。

1990 年 9 月 1 日上午，乌鲁木齐至阿拉山口段正式通车，时任中共中央总书记江泽民到场祝贺，并为首趟列车剪彩。

12 日 12 时 12 分，中国铁道部副部长孙永福和苏联交通部副部长尼基金同时拧紧双方两侧的最后一颗螺栓并互赠扳手，实现了中国兰新铁路西段与苏联土西铁路的胜利接轨。至此，在亚欧大陆，一座横贯我国东西，跨越苏联、波兰、德国、荷兰等国家，连接太平洋和大西洋以及波罗的海、黑海的新亚欧大陆桥宣告全线贯通。

当第一列"东方快车"鸣着长长的汽笛，沿着古丝绸之路呼啸向大西北疾驰而去，进而奔向欧洲的时候，一个开辟"新丝绸之路"的伟大梦想终于变成了现实！

大陆桥（land bridge）是个外来词，指连接两个海洋之间的陆上通道，是横贯大陆的、以铁路为骨干的、避开海上绕道运输的便捷运输大通道。从运输概念上说,是指跨越大陆、连接海洋的铁路或公路通道,主要功能是便于开展海陆联运。

大陆桥运输,指的是把国际标准集装箱,装载在过境专用列车上,利用贯通大陆的铁路作为桥梁,并与大陆两边海上运输线连接起来,而形成的跨越大陆、连接海洋的国际集装箱连贯运输方式。它的主要特点是运输里程缩短,运输时间减少,运输费用降低,安全、简便,能够"门到门",因而受到了世界上越来越多的贸易商的青睐。

世界上有两条较早跨越洲际的大陆桥,第一条是起始于 20 世纪 50 年代、横跨北美洲的美国大陆桥,另一条是兴起于 20 世纪 70 年代,从苏联东部符拉迪沃斯托克到荷兰鹿特丹的亚欧大陆桥。最新的一条就是东起中国连云港、西至荷兰鹿特丹的新亚欧大陆桥。

早在兰新铁路西段建设帷幕拉开之时,国际国内有关方面和人士就予以高度重视。他们关心兰新铁路的展筑,同时也关心东桥头堡的确立,于是,谁是桥头堡的问题摆到了国家有关部门、专家和沿海港口的面前。

最早,由铁道部组织了铁道部科学研究院运输经济研究所研究员徐淑芬等专家,对这个问题进行考察、论证。他们经过几年的考察和论证,先后发表了《新海大陆桥运输的前期研究》《关于新海大陆桥东桥头堡——连云港的探讨》等有一定影响力的研究报告。报告提出了两个重要观点:一是启用新海大陆桥;二是连云港是新亚欧大陆桥东端的主桥头堡。

徐淑芬认为,连云港处于西太平洋东岸,亚洲大陆中部,地理位置适中,这是连云港将发展成为大陆桥东桥头堡的先决条件。连云港为终年不冻港,气候自然条件好,一年四季可不间断地进行作业,这是现有西伯利亚大陆桥东端港口无法相比的。连云港经济腹地广阔,可直接连接我国中原和西北 11个省区,承担出口运输任务。她还把连云港与大连港、天津港、上海港和黄埔港进行了充分的比较,最终认为连云港可作为大陆桥东端的一个重要桥头堡。

徐淑芬的研究成果,得到了国内许多专家的肯定。连云港市经济研究中心的学者罗栋生、周子文等人,从纵深的角度进行调查并撰文论证,认为连云港是大陆桥最理想的东桥头堡。

无论区位优势多么明显、重要，如果没有国家层面的确认，一切论证都不能成为定论。要想真正确立连云港东桥头堡的地位，还必须进行艰苦的工作和不懈的努力。

1990年4月23日的港城，迎春花绽露芯蕊，预示着连云港的春天即将来临。下午，连云港市政府101会议室里，一次不寻常的会议正在紧张举行。

王稳卿听完程智培的情况汇报后，左手习惯地向上推了推眼镜，表情严肃、语气坚定地说："亚欧大陆桥将于明年开通，这对我市来说是一个千载难逢的契机。虽然有许多专家学者通过撰文、开座谈会等形式认为桥头堡定在连云港最合适，但面对当前这种多家竞争激烈的局面，我们必须要通过扎扎实实的努力，将我市建设成名副其实的'东桥头堡'。"

在这次会议上，一个对连云港最终能否成为东桥头堡起着一定作用的非常设机构——确定连云港为新亚欧大陆桥东桥头堡争取工作领导小组诞生了。组长由王稳卿挂帅，程智培担任副组长。两三天后，从市委、市政府各相关部门抽调来的9名工作人员到位，新的"工作领导小组"办事机构正式运转。

同年6月，江苏省省长陈焕友的办公桌上摆放着两份文件，一份是省计经委送过来的报告，另一份是连云港市市长王稳卿的信函。当陈焕友阅读完两份文件后，感到很惊讶，省计经委的报告和王稳卿的信函说的都是同一个问题，希望能得到省政府支持，争取确定连云港为新亚欧大陆桥东桥头堡。

陈焕友欣然在王稳卿的信函上批示："王稳卿同志建议很好，请抓紧起草报告，由省府转报国务院或中央有关部委。"

1990年6月19日，刚从省里开完"争取确定连云港为亚欧新大陆桥东桥头堡工作会议"回连的市委书记秦兆桢、副市长程智培等一行9人，又匆匆登上了飞往北京的飞机。

在京期间，围绕大陆桥工作，秦兆桢、程智培先后拜访了铁道部副部长石希玉、交通部副部长林祖乙，铁道部运输科学研究院、外运总公司、交通部集装箱处等领导同志和有关部门。秦兆桢、程智培等人一路带着小跑来到了成立刚满一个多月的国家亚欧大陆桥集装箱运输研究和试运小组，惊异于连云港人的办事速度和务实的工作作风，于绍儒组长热情地接待了秦兆桢一行。

于绍儒阅读了他们带来的材料又听完汇报后,称赞道:"连云港市工作很主动,做了许多超前工作。"

1991年刚过完元旦,国家亚欧大陆桥运输试运工作小组第四次会议在连召开。会议听取了连云港市副市长高有为关于连云港市的情况介绍、市大陆桥办主任葛新华关于试运准备情况及下一步工作打算。会议讨论了《中国大陆桥过境运输管理试行办法》,并对新亚欧大陆桥的运量、运价等问题作了专题研究。

1991年7月9日,由国家计委、铁道部、交通部、对外经济贸易部、海关总署、卫生部、农业部等部委联合印发了《关于亚欧大陆桥国际集装箱过境运输管理试行办法》。这是我国关于大陆桥运输的第一个法规性文件。这个文件把连云港排列为办理过境箱的中国口岸之首。从此,连云港作为亚欧大陆桥东桥头堡被载入史册。正像时任总理李鹏视察连云港所说的那样,"连云港这个港和别的港不一样,它的作用没有别的港可以代替,陇海铁路如果没有连云港,它的意义也就没有现在这样大"。

时间过得很快,转眼到了1992年国家要开通新亚欧大陆桥运输的年头。连云港市开通第一列集装箱专列的准备工作,也进入了紧锣密鼓的"备战"阶段。

1月21日,市政府副秘书长龚维卓一行3人,带着市政府报告《关于请求承担新亚欧大陆桥过境运输首列试运任务的请示》进京。龚维卓此行的任务是到国务院生产办公室,向办公室的负责同志专题汇报大陆桥过境运输首列试运任务的相关问题。

3月下旬,铁道部专门召开会议,决定开行连云港至阿拉山口集装箱直达列车,并将这一车次纳入了铁道部的全国铁路运行线路网络图,初定正式运行的时间是9月1日。

5月15日至17日,国务院生产办公室生产调度局在连云港市召开了亚欧大陆桥运输工作座谈会。会议通报了各有关方面围绕新亚欧大陆桥运输开展所做的准备工作情况,就开展大陆桥运输有关的政策、措施、价格、规章等问题进行了认真的讨论,取得了共识。会议确定,新亚欧大陆桥国际过境集装箱运输以连云港为主。

新亚欧大陆桥开通的号角已吹响。为了让"东方快车"的车轮早日转动起来,连云港人付出了艰辛的努力。

1991年7月,连云港市政府决定,把大陆桥运输业务交给中国对外贸易运输公司连云港分公司、中国外轮代理公司连云港分公司、连云港远洋船务企业公司、铁外服办事处4家共同承担新亚欧大陆桥的运营。这4家经营单位为了承担起经营的重任,组成了专门的工作班子,添置了陆桥运输所需的机械、设备、通信器材,配备了货运、翻译、单证缮制等各种专业人才;并通过出国考察和邀请外商来访,与日本、朝鲜、荷兰、瑞典、法国和中国香港、中国台湾等国家和地区的几十家客商、国际多式联运经营人建立了联系,签订了意向性协议。

为了把工作做实、做稳,承担主经营任务的外运连云港分公司提前谋划工作,于1991年设立陆运部,这个部门专门负责过境运输的工作。1992年4月,陆运部又主动同阿拉山口外运公司对接,就陆桥运输中的相互协作问题进行交流,促成了外运连云港分公司和阿拉山口外运公司运输协议的签订。此外,外运连云港分公司还在总公司的支持下,确定了在国外的业务代理机构,和日本客商达成了在连云港建立租代储集装箱站的协议。

港口建设部门为了确保大陆桥运输的需要,积极加快集装箱专用泊位的施工建设。1991年8月1日,第1个泊位建成并投产,1992年第2个泊位已经建成。

为了保证东亚、东南亚地区货源上"桥"的需要,口岸各单位协同努力,继开通至日本神户、大阪、名古屋、横滨和香港集装箱班轮航线之后,又新开辟了至马来西亚、新加坡、泰国和朝鲜的集装箱班轮航线,并增加了香港、日本航线的班轮密度。1992年,又开通了直达日本的集装箱班轮。

与此同时,市里还组织了大陆桥运输所需的专业人才培训,组团对日本、香港、新加坡、朝鲜、荷兰、比利时、法国等地进行货源调查和大陆桥运输考察,编制了《国际集装箱过境运输试运方案》,进行了大陆桥运输有关的政策研究。

1992年6月6日,在连云港市口岸委一间会议室里,正召开一场推进会。

坐在主席台上的秦兆桢书记对坐在台下的 80 多位来自全市有关部、委、办、局主要负责人说:"同志们,9 月 1 日大陆桥开通,我们要做一篇大文章。不要小看这陆桥,如果陆桥上去了,就是连云港发展史上的一个转折,可以说,为我们的子孙后代做了一件好事。"据参加那次会议的部分同志回忆,他们坐在会场听到主席台上的秦书记满怀豪情、振奋人心的讲话时,大家都特别高兴,会场上响起了长时间热烈的掌声。

7 月 24 日,龚维卓再次专程进京,就新亚欧大陆桥首列运输开通时间安排等问题,向国家有关部门进行汇报。国家有关部门极为重视,铁道部就新亚欧大陆桥首列运输开通时间,连续召开了几次大的会议,每次会议都明确指出,从连云港经阿拉山口的大陆桥运输必须于 9 月 1 日开通。

龚维卓一直待在北京等消息,直到有了确切的消息才于 27 日返连。

8 月上旬的一天,连云港市委一间会议室里,正在召开市委常委会,那是一个为迎接首列开通的专题会议。对还有不足一个月时间就要开通的大陆桥首列运输,与会者心里都充满着期待,人们的脸上都洋溢着笑容,毫无疑问,会场的气氛很好。突然,墙角的电话铃声骤然响起,电话是去北京到相关部委汇报工作的程智培打来的。他说国务院经贸办决定推迟原定 9 月 1 日开通的陆桥首列运输时间,计划到 12 月 1 日再开通。

这个电话无疑给会场里的人当头浇了一盆凉水。人们面面相觑,失望和沮丧写在脸上。当会议室的人弄明白推迟的原因后,都长长地舒了一口气。

原来,推迟开通时间主要有 3 个方面原因:一是哈萨克斯坦国的领导人对 9 月 1 日开通首列还存在分歧意见,换装设施尚未建成,目前不具备接车条件;二是目前中国和哈萨克斯坦国在陆桥运输上原定的 4 个协议均没有正式签订,在法律手续上尚不完备;三是阿拉山口联检设施还没有通过国务院口岸办的验收。

10 月 27 日,正在北京参加会议的程智培,听说国务院经贸办亚欧大陆桥第三次工作会议在铁道部铁道公寓召开。中午,他匆忙吃点饭,丢下饭碗就往会场赶,等他 1 点多钟赶到了会场时,会议还没有开始。

程智培了解到上午的会议就连云港首列开通问题,形成了两种意见。一种是暂时不开,另一种是只开到新疆的哈萨克。下午的会议上,程智培的发言充满自信,他说:"中央 2 号文件发表后,连云港市进一步加大改革开放力度,在陆桥开通这件事上,上下形成一个共识,就是只能进不能退。一定要开,困难再大也要开。我们手头有货,各方面条件也基本具备。有全市人民的努力,我们一定会克服困难,保证亚欧大陆桥上的首列过境集装箱专列试开成功。"

主持会议的国务院经贸办生产调度局顾问夏元卿、铁道部运输局副局长刘国夫从程智培的发言中了解连云港市做的具体工作,对连云港市做的前期工作表示肯定。

会议决定,从连云港经阿拉山口的新亚欧大陆桥运输仍定于 12 月 1 日开通,待报送国务院领导同志批准后执行。会议还决定,于 11 月 26 日左右,由夏元卿、刘国夫带队,国务院经贸办、铁道部、中铁外服、济南路局、徐州分局派人组成工作小组,到连云港现场办公,解决通行前的问题,确保万无一失。

驶至"零千米"的东方快车

今天的我们有理由说,这次会议将作为我国铁路史上具有鲜明意义的会议被与会者铭记,它由此揭开了开通新"丝绸之路"的新篇章。

东方渐渐亮起来了,从东桥头堡连云港始发的东方快车即将行驶在新丝绸之路上……

第三节 "劳动者之歌"唱响连云港

在东方快车驰骋在新丝绸之路上的两年前,20岁的唐艳带着对未来美好的憧憬来到连云港港口,成为码头上生产一线的一名铲车司机。在港口,装卸司机是苦脏累的岗位之一,三大班露天作业,白班要工作12小时,夜班要工作13小时。

码头紧靠大海,无遮无挡,夏季烈日炎炎,在气温近40℃的酷暑,唐艳钻进蒸笼一样的驾驶室里工作,一干就是12小时,汗水湿透了工装,座椅也湿了一片。冬季寒风刺骨,特别是夜晚,即使在厚厚的棉衣外再穿上工作服作业,凛冽的寒风也能把衣服吹透。平凡的岗位上,也能一路生花。在这样一个极其艰苦的岗位上,唐艳一干就是30年多年,无论寒冬还是酷暑,面对高强度工作和艰苦的环境,她从不叫一声苦,不说一声累,始终出满勤干满点,出色地完成各项生产任务。

开铲车容易,但开好铲车绝非易事。唐艳刚开始开铲车的时候,总是铲不稳,一个工班下来汗流得不少,人也累得半死,活却没干多少,这让她很着急。"别人就能干,我就不行?我要加倍苦练,做一名称职的装卸司机!"不服输的唐艳给自己定下了奋斗目标。在接下来的时间里,她没日没夜地苦练驾驶铲车装卸技术,虚心地跟着自己的师父学习,夜班时,别人会忙里偷闲找个机会打个盹,她却时刻围着师父转,认真观察每一个操作细节。

"开铲车,不仅要多吃苦,还要多动脑筋,不仅要多学习,还要多练习。"要做到"一铲准",铲车不能开得太快,铲车停的位置是关键,这就需要锻炼司机的眼力,做到目测的路线要与合理的路线相一致。"二确认"是司机起吊、落放货物首先确认装卸工人发出可以作业的手势也即"指挥信号",再次确认人员、货物、机械等生产要素安全之后才开始装卸作业。

在连云港港,女装卸司机一般只开载重5吨的铲车,而唐艳发现,随着港口新货种的不断增加,吞吐量的不断攀升,对司机的要求也越来越高,只有"一岗多能"的技术工人,才能不断适应港口新变化、新发展的需要。于是,她就利用业余时间,主动向开特种铲车的司机师傅学习操作技能。经过一番虚心学习和苦心练习,唐艳能娴熟地驾驶从 2.5 吨至 30 吨大小 5 种不同车型的铲车,进行多个货种的高难度装卸作业,成为连云港港装卸司机岗位上的"技术多面手"。

唐艳能掌握码头上多种作业机械的操作,不仅能熟练地操作铲车,对叉车的操作也是一名行家里手,被同事亲切地称为码头上的"叉车一姐"。长年累月的摸爬滚打,令她从一名叉车司机成长为"技能专家"。

唐艳是连云港港口第一位能娴熟地驾驶 3 吨、5 吨、16 吨、25 吨、45 吨等车型的铲车、进行不同货种的高难度装卸作业的女司机。唐艳驾驶一台车跑氧化铝灌包机两个下料口,穿梭奔忙,平均每天要踩刹踏板 1500 次到 2000 次,下班后,人累得连腿都站不直。"虽然辛苦,可是内心感觉很满足,因为不仅保质保量地完成工作,而且技术熟练程度不断提高。"唐艳笑着说。经过持续的技术技能改进升级,唐艳一个白班作业量突破 1470 吨氧化铝,创下港口白班单车氧化铝作业量的最高纪录。

"开好码头专用作业车辆,要多吃苦更要动脑筋。"这是唐艳的座右铭。这些方法在全国交通运输系统推广应用,有效地提高了码头整体装卸效率。

一次,连云港港接卸一批国家重点建设项目的箱装设备,装卸任务不仅时间紧,任务重,而且箱子的尺寸大小不一,这就要求装卸过程不能有丝毫差错。唐艳是那次装卸突击队的唯一女司机,与全装卸队精选出的 9 名男司机并肩作战。她和突击队的同事们通力合作,默契配合,连续工作了 6 个小时,最终以精湛技术出色地完成了任务。在现场监督的甲方监理以及观摩的外籍船员,对如此敬业的中国港口工人,也禁不住伸出双手频频打着"点赞"的手势,用蹩脚的汉语夹杂着英文,连声称赞道:"中国工人 OK! OK!"

在连云港港口股份有限公司,如果你提到唐艳,那可是无人不知无人不晓,人们都竖起大拇指说道:"你说唐艳啊,好样的,她是我们码头工人的领头雁!"

唐艳曾经所在的东联分公司的领导自豪地说:"要是我们公司的铲车司机都像唐艳那样就好了!"与她一起在班组工作过的同事带着赞许的口吻说:"唐艳的铲车操作技术在东联分公司乃至全港作业区的工人中都是最棒的!跟她一起作业时,她是很容易配合的人,一些看起来有难度的大件活,只要和她配合,就像小孩过家家、搭积木一样容易完成。和唐艳一起配班作业,一个班次下来,工作效率高,出活多,会给我们带来成就感、荣誉感!"

工作这么多年来,唐艳坚持出满勤、干满点。放弃了多少个休班,她已经记不清楚了。

在码头作业中,唐艳还注意与协作的同事配合好,多为下道工序着想,宁愿自己多忙些,尽量减轻装卸工人的劳动强度。因此,在遇到重点、难点车船作业时,装卸班组和生产调度都点名要唐艳上岗作业。

"团队强才能创造最大价值,一个人强并不能代表一个团队强,只有团队强,才能创造最大的生产价值。"唐艳至今记得当学徒期间,师父对自己说的话。

唐艳说港口职工每年都有一批到龄退休人员,通过"传帮带"培养更多技能人才就显得尤为重要。面对船舶集中到港时繁重的生产任务,唯有一大批技术过硬、作风优良的职工团结一心,才能打赢这场硬仗。榜样的力量是无穷的,在唐艳的带领和影响下,港口集团越来越多的"唐艳"涌现出来。

阎丽是唐艳带的第一个女徒弟。她动情地说过这样的话:"师父非常严厉又善于教育人、体贴人。师父传授技术先传授爱岗敬业的思想,她向我传授操作技术时,不是简单地示范一遍,而是从车辆原理、性能、车辆的维护保养、装卸技巧、安全生产教起,事无巨细,面面俱到,倾囊相授,使我在较短的时间里能掌握更多的技能。夏天里她会嘱咐我防暑降温,还亲手把我水杯里倒满凉白开。冬天里,特别是上夜班时,她每次都会提醒我码头上夜里很冷,要穿好御寒的棉衣。一年四季,师父提醒我最多的是安全生产。总之,在我的心里,师父不仅严厉,更是一个有温度的人。"

在连云港港口股份有限公司组织的"名师带高徒"活动中,唐艳先后带出多个徒弟。她每带一个徒弟,总是手把手地教,亲自示范,毫无保留地把自己多年摸索和感悟出的驾驶技术、作业技巧传授给徒弟。"名师出高徒",她带的徒弟都成为港口装卸司机岗位的能手,在公司组织的技术比武中,多次获得优异成绩。

别看唐艳个子小,干起活来真有股虎劲。码头上30吨装载机体积大、马力强劲,一般都由男同志操作。可她不服气,勤学苦练驾驶该机装卸货物,与男同志一样出色。每次港口技术比武,她都主动请缨,与男同志同场竞技。

2003 年,她参加连云港市"节能技术比武",获实践操作第一名,被连云港市劳动保障局授予"技术状元"称号。2004—2005 年,在港口股份有限公司"岗位精英赛"技术比武中,她战胜 30 多名对手,两次夺得第一名,被评为连云港市"十大技术能手"、江苏省"技术能手",并破格荣获"高级技师"职称。

唐艳与工友们在一起

2010 年 1 月,"唐艳劳模创新工作室"挂牌。唐艳的干劲更足了。"用好工作室这个阵地,和同事们攻关技术难题,开展技术创新,就能更好地解决生产实际中的问题。"唐艳信心满满地说。

针对"散改集"发运作业效率低、吨袋破损率较高问题,唐艳和工作室的同事一起反复试验,在车辆货架上加装防护板,用报废轮胎做缓冲,根据数据制作专用叉具。令唐艳感到欣慰的是,这项技术改进后,吨袋破损率大幅降低,装卸效率和装卸质量大幅提升,铁路运输过程中的不安全因素减少的同时,生产效率提升近 2.5 倍。

诸如此类的技术创新,唐艳和她的工作室日复一日用心攻关。针对在氧化铝作业中存在人机配合不到位而造成的伤害事故,唐艳和工作室成员创新出吨袋快速摘钩装置,使得东方港务分公司氧化铝货种装卸效率提升近 20%,且未出现一起安全事故。唐艳工作室制定的"人机配合 369"工作法实施以来,职工主动沟通、确认率达 100%,各类事故隐患大幅下降,人机配合作业中的意外伤害得到有效控制。

在长期的一线工作摸索中,唐艳摸索出了一套"脚轻、手快、少刹、多滑、一铲准"的简单易懂的叉车实操方法。这个叉车实操方法在全公司推广后以"唐艳叉车节能操作法"命名。唐艳还代表连云港港先后抵达青岛、上海、天津、大连等兄弟港口交流。她摸索出的装卸氧化铝、胶合板等 15 个货种的先进操作法以及"一铲准""二确认"的先进操作法,在全国交通系统推广。

该操作法较好地解决生产难题,有效地提高了装卸效率,在确保了港口安全生产的同时,每年还为公司节约燃油价值 800 余万元。

2012 年 11 月 8 日上午,唐艳作为 2270 名党代表中的一员步入人民大会堂,参加党的十八大开幕式。在接受媒体采访时,唐艳说:"我是一名普普通通的港口一线工人,能当选为党的十八大代表,是广大群众和党组织的信任。作为一名亿吨大港的建设者,我倍感骄傲。"

2014 年,"唐艳劳模创新工作室"成为连云港首个省级技能大师创新工作室。2019 年,工作室被国家人社部授予"唐艳技能大师工作室"称号,成为连云港首个国家级技能大师工作室。

除了钻研解决生产中的实际技术难题,唐艳还带领工作承担着技能人才培训工作。唐艳工作室制定完善的培养计划,启动技能人才孵化计划,选拔队内省市级技术能手、省市级技术比武状元担任指导老师。利用网络开展"技能交流"微课堂,定期举办线下"技能交流"大讲堂,还利用报废零部件制作教学模具,强化职工业务技能的提升。

在"唐艳技能大师工作室"的带领下,更多港口技术工人充分发挥自己的创新能力,解决现场作业中的实际问题。"胶合板、吨袋专用货叉研究,以进一步提升作业效率,确保铲车作业安全性"是唐艳的劳模创新工作研究的课题之一。针对装卸作业中发现货物很容易"侧摔"出去,造成货损和安全隐患的问题,唐艳劳模创新工作室组织技术攻关,发明"碳阳极接卸专用夹具和货叉",一举攻克了这个难题。这个"神器"能把货物牢牢抓紧、抓牢,曾经居高不下的货损率直线下降。2020 年货损率降到零,作业区的装卸作业效率提高整整 3 倍。

2022 年,机械一队共完成作业 4900 万吨,较 2021 年上升 10%,全年未发生安全生产事故。生产繁忙时期,全队职工多次打破单车接卸的全港记录,节约材耗能耗等各项经济指标均走在公司内部同级单位前列。

作为国家级技能大师工作室领头人,唐艳以工作室为平台,以"职工技术比武""名师带高徒"等活动为载体,带领团队开展技术创新,解决生产实际中的问题。年均培训各类技能人才 600 余人次,其中 6 人获得江苏省"技术能手"称号、2 人荣获"江苏省首席技师"称号、12 人获得"连云港市技术能手"称号,全队职工"技师"证书覆盖率达 30%。先后申报科技进步奖项 80 多项,6项获国家专利,累计为港口创造效益 2000 余万元。

早在 1992 年,连云港就确立了新亚欧大陆桥东方桥头堡的地位,形成了良好的中亚集装箱过境班列运行态势,当年,经过新亚欧大陆桥运输的货物中,有 60% 从连云港过境。从最初的"桥头堡"到如今的"强支点",离不开一代代连云港人矢志不渝、接力奔跑的踔厉奋发。

敬业爱业精业,也必将给个人带来饱满的人生。1970 年出生的唐艳,拥有太多同龄人羡慕的光环:党的十八大代表、十一届全国人大代表、全国劳动模范,全国"五一劳动奖章"获得者,全国"三八红旗手",国务院特殊津贴专家,国家级技能大师领头人,2008 年北京奥运会火炬手,江苏省优秀共产党员,江苏省"青年五四奖章"获得者,江苏省"三八红旗手",江苏省"十大女杰",江苏大工匠,江苏省交通行业"十大巾帼标兵",连云港市"感动港城十大人物"。她任江苏连云港港口股份有限公司东方港务分公司马腰作业区机械一队副队长。

"自 1990 年参加工作以来,我就没有离开过码头,我目睹了连云港港的变化,如果用一个词概括这些年,那就是"变化"。作为新亚欧大陆桥东端起点,连云港港口航道等级在提档升级,靠泊码头的货轮越来越大、码头上的作业机械越来越先进、码头上的设备越来越完善、工人的劳动热情越来越高,港口的货物吞吐量、集装箱运量连创新高!

"回望过去,我们从港口的变化上,能看到这座城市日新月异的发展变化。习近平总书记曾指出,'技术工人队伍是支撑中国制造、中国创造的重要力量'。

"希望国家能够出台相关政策,为工人队伍的学习培训、职业发展提供针对性举措,帮助产业工人更好、更快地成长。"

这是唐艳的心声!

第四节 从"桥头堡"到"强支点"

2013年金秋十月,习近平主席先后提出共建"丝绸之路经济带"和"二十一世纪海上丝绸之路"的倡议。从此,"一带一路"掀开了中国与世界发展的新篇章。

2017年6月8日,习近平总书记在中哈亚欧跨境运输视频连线仪式上作出"将连云港—霍尔果斯串联起的新亚欧陆海联运通道打造为'一带一路'合作倡议的标杆和示范项目"的重要指示。

"我市将全力打造'一带一路'强支点,在深化高水平开放、打造'一带一路'标杆和示范项目上狠下实功,为推进中国式现代化连云港新实践奠定更坚实支撑、注入更强劲动能、打开更广阔空间。"这是连云港市委书记、市人大常委会主任马士光在一次会议上的发言。

江苏是中国最早开行中欧班列的省份之一,1992年12月,连云港率先开出首列国际货运班列。随后,苏州、南京、徐州等地纷纷开行品牌线路。

新亚欧大陆桥运输开通30多年来,连云港港依托国际枢纽海港的东西双向开放作用,始终致力于"班列＋海运"联动发展,推进连云港国际多式联运国家级示范工程建设,拓展中欧班列通道运输,已成为亚欧国际多式联运的重要品牌之一。

哈萨克斯坦是"一带一路"的首倡之地,中国和哈萨克斯坦共建"一带一路"结出累累硕果。在哈萨克斯坦"霍尔果斯—东门"经济特区,由连云港港口参与管理运营的无水港项目是中哈共建"一带一路"合作倡议的典范之作。

据连云港海关统计,从2014年中哈连云港物流合作基地运营以来,到2023年6月底,累计开行中欧班列超过5218列,完成运量46万标箱,过境运量全国领先,班列线路覆盖了104个国际货运站点。

2014年12月,作为哈萨克斯坦"光明之路"新经济政策和"一带一路"倡议对接的重要部分的无水港项目启动。就在中哈(连云港)物流合作基地启动后的第二年的2015年,远在4000千米之外的中哈边境,一个关键枢纽拔地而起,为哈萨克斯坦的入海大通道打开了一扇更大的窗口。

从中国的霍尔果斯口岸入境哈萨克斯坦之后,驱车20多分钟就可以抵达位于哈萨克斯坦境内的霍尔果斯—东门经济特区,中亚地区最大的无水港就坐落于此。

中哈两国共同建设的霍尔果斯—东门无水港,就位于中哈边境15千米处。据史料记载,这里曾是古丝绸之路的一处驿站,而千年之后"钢铁驼队"在这里交汇。产自中亚的小麦、矿石等货物在这里换乘中国的窄轨列车驶向连云港港,扬帆出海;而来自中日韩等国的机电产品和汽车等货物,则在这里换乘哈国的宽轨列车,带着太平洋的风一路向西深入亚洲内陆。

无水港促进了哈萨克斯坦的经济增长,也给当地带来大量就业机会。

更具有划时代意义的是,"霍尔果斯—东门"无水港与中哈(连云港)物流合作基地遥相呼应,串联起了一条新亚欧陆海联运大通道,不仅为哈萨克斯坦从传统内陆国向亚欧大陆关键运输枢纽转型做出贡献,还成为中亚五国过境运输的平台。

今天,依托中哈海陆"双枢纽",哈萨克斯坦过境中国进口的日用消费品、出口的矿产品、粮食等优势贸易商品80%以上通过连云港口岸集散分拨,运输货物品类从最初的汽车配件、电子元器件等产品,扩大到建材、家居、机电、粮食、矿产等各色货物,并形成海铁联运、铁空联运、铁公联运等国际多式联运模式,以新亚欧大陆桥为轴心的物流链网进一步织密。以连云港港为出海口、以中哈(连云港)物流合作基地和霍尔果斯—东门无水港为中转平台、以班轮航线和中欧班列为运输载体的全程物流实现无缝衔接,港、航、路、园的陆海联运全程物流合作体系基本形成。

哈萨克斯坦与中国等东亚国家的联系更加紧密。在中亚"潮流之都"——阿拉木图市,市内共有上百家韩国化妆品商店,东亚系化妆品在当地很受欢迎。由于出色的质量和亲民的价格,中国与韩国的电子产品在哈国也广泛销售。

"相通则共进",从连云港口岸转运过来的中日韩品牌汽车及零配件、太阳能光伏板促进了哈国产业发展,哈萨克斯坦面粉、亚麻籽、驼奶粉也通过连云港口岸分拨,走进中国千家万户,100多家哈萨克斯坦企业看准商机入驻中国电商平台。

连云港港与哈国相关部门的合作模式实现了双赢,中国与哈萨克斯坦间巨大的贸易潜力得以充分释放。霍尔果斯—东门无水港的经验将被复制到阿克套港,乌兹别克斯坦、塔吉克斯坦、吉尔吉斯斯坦等国也向连云港港抛出了橄榄枝,寻求深度合作。

金秋十月,港城天高气爽,丹桂飘香,云台山上的板栗熟了,又是一个丰收年。

连云港港主港区,天高云淡,海岸线蜿蜒曲折一望无际。蔚蓝的大海上,停泊着一艘艘巨轮,一只只海鸥在轮船和海天间飞舞盘旋。码头上看不到工人忙碌的身影,只有塔吊、门机、斗车、运输车辆等各种机械设备在按部就班、有条不紊地运行。

一艘艘满载集装箱的巨轮驶向世界各地的同时,一条装满电子配件的集装箱班列正由连云港中哈物流基地开往乌兹别克斯坦,这些从日、韩进口的配件8天后就能到达。运输时间大大缩短、效率大大提高,带动了海铁联运的红火,中哈物流基地建设也成为两国合作的典范项目。

"一带一路"倡议提出以来,作为新亚欧大陆桥东方桥头堡的连云港被赋予了更重要的时代使命。连云港港紧随"一带一路"倡议,全力建设强支点城市,持续畅通东西开放"双通道",积极融入国内国际"双循环",更好服务构建新发展格局。在服务中西部地区上也持续发力,上合组织(连云港)国际物流园获批国家级示范物流园。与中西部和中亚等地合作建成多个"无水港"、共建共享出海口,连云港港已成为中西部进出口货源的关键门户。同时,港口服务中西部地区的粮食中转基地功能、汽车进出口集散能力、集装箱中转功能也不断增强,已成为推进东中西区域间资源优化配置的新引擎。充分发挥自身优势,积极融入长三角,港口与上海国际港务(集团)股份有限公司合作开发的"连申快航"班轮,实现每周4班的常态运行。

中哈物流基地自正式启用以来,先后有10多名哈方员工在这里工作。29

岁的马合江就是其中之一。马合江曾在位于陕西的西北农林科技大学留学，流利的汉语让他对翻译来函、物流报批等日常工作应对自如。

马合江由衷地说道："哈萨克斯坦是内陆国家。但得益于中哈物流基地，哈萨克斯坦连上了从太平洋扬帆起航的出海口。这为哈萨克斯坦与中国乃至亚太地区其他国家加强经贸联系提供了重要枢纽。

"共建'一带一路'倡议不仅为中亚国家与中国合作提供强劲动力，也为青年带来跨国工作机会和更广阔的发展机遇。

"火车拉动的不仅是商品。贸易大通道的开辟，让中外企业焕发生机，为'一带一路'合作伙伴催生出新的商业合作机会。在哈萨克斯坦，我们不仅能买到经连云港运来的汽车、建筑材料等过去少见的货品，还有更多机会参与电子商务等新业态，对于我们年轻人来说意味着更多发展机遇……"

中国外运陆桥运输有限公司多式联运事业部副总经理肖法樑，在连云港从事多年的国际货运代理业务，他深有感触地说："以前货物从连云港运到哈萨克斯坦最大城市阿拉木图需要 20 天以上，如今最快只需七八天。这得益于中国与共建'一带一路'国家不断加强互联互通，完善相关沟通机制，中欧班列运行效率也因此不断提高。"

乌兹别克斯坦巴比坎物流公司总经理米尔科米尔·米尔哈米多夫，感慨地说道："乌兹别克斯坦是中亚内陆国家，没有出海口。在连云港，货物从乌兹别克斯坦抵达中哈物流基地后，再经海运发往东南亚等地区。这为乌兹别克斯坦提供了与世界更多国家和地区进行贸易往来的平台。中哈物流基地为我们公司的业务提供了陆海联运的新选择。"

清华大学"一带一路"研究院研究员陆洋撰文认为，中哈物流基地的成功运作不仅促进中哈两国互利合作，而且对于中国同其他共建"一带一路"国家和地区开展合作具有示范效应。中国与共建"一带一路"国家和地区不断拓展经贸关系、深化互联互通，不仅有助于联通国内国际双循环，也为共建"一带一路"国家带来更多发展机遇。

汉堡货运代理公司经理约书亚认为，中欧班列开启亚欧之间全新物流通道，成为"一带一路"倡议下维系中欧关系的重要桥梁，书写中欧贸易新篇章。

中国社会科学院世界经济与政治研究所研究员倪月菊认为，在国际贸易增长乏力背景下,中国与"一带一路"合作伙伴贸易增长依然强劲,经贸关系通过中欧班列的连接日益紧密,韧性不断加强。

连云港市力达实业有限公司(简称力达公司),位于中国(江苏)自由贸易实验区连云港片区经济开发区,是一家主营国际海运集装箱堆存、货运代理、检修以及拆装箱等业务为一体的综合性服务企业。1994年出生的张庭睿是个土生土长的连云港人,大学毕业后就到力达公司工作,现在已成为该公司经理助理。

在力达公司箱站调度室,张庭睿深有感触地对笔者说:"2018年我到公司工作,那时与海运箱相比较,我们公司铁运箱的占比不足5%。从2019年起,铁运箱占比逐年增高,2023年春以来,铁运箱占比在20%以上,并且还有上升的趋势。每当熟悉的卡车司机向我竖起大拇指,骄傲地对我说'我提的箱子是发往哈萨克斯坦的铁运箱'时,我会感到特别自豪!"

中国国家铁路集团有限公司数据显示,中国境内已铺画时速120千米的中欧班列运行线86条,联通中国境内112个城市,通达欧洲25个国家和地区超过200个城市,以及沿线11个亚洲国家和地区超过100个城市。

"铁轨上奔驰的中欧班列,成为一个鲜明的贸易符号,拉近了中国和欧洲的时空距离。"德国杜伊斯堡市经济促进局相关负责人克里丝汀说。

东行的小麦、化肥与西行的家电、日用品等随中欧班列往来驰骋。从韩国印刷的50车书籍经连云港中转后,通过中欧班列运往乌兹别克斯坦;同时,一批由乌兹别克斯坦生产的钾肥通过中欧班列运抵连云港后,经海路运往东南亚。从哈萨克斯坦过境中国进口的日用消费品,从哈国出口的矿产品、粮食等商品,逾八成在连云港集散分拨。通过海关、港口、铁路等多部门高效协同,卸船通关装车最快能在6小时内完成,效率国内领先。

中欧班列赋能,"一带一路"合作伙伴居民生活呈现新面貌。如今,在欧洲,居民通过跨境电商平台下单,最快第二天就能收到由中欧班列发运、储存在海外仓的中国制造小家电。同样,中欧班列源源不断运来欧洲的红酒、中亚的面粉等,也满足了中国人的消费需求。

港口控股集团副总裁王新文感慨万千地说道:"我在港口工作了30多年,对这里的一切都很熟悉,对港口充满了感情。10多年前,我们连云港港口只有现在的主港区,海河联运业务才刚刚起步,国际班列仅仅开通了到中亚、阿拉木图的'五定班列',功能配套明显短缺,古话说'短腿走路走不快',更不要说加快速度奔跑了。现在,随着中哈物流基地建成,连云港中欧班列运行稳定、运量大,班列设有中哈物流场站、无水港和多个内陆场站,还积极联动上合组织国际物流园开发建设,实现了深水大港、海上航线、国际班列、特色园区的陆海联运无缝对接。"

"海内存知己,天涯若比邻",万里新亚欧大陆桥正帮助中国人实现古人的愿望。

连云港港积极推动航线向"一带一路"沿线国家港口覆盖,如今,已新开通包括中东波斯湾、美西南、南非等3条远洋干线。

今天的连云港港海上累计开辟集装箱航线86条,其中近远洋航线44条,内河航线12条;陆向开通23条海铁联运通道,打造出铁、公、水、海、河、江的多式联运品牌。

港口班列已经布局阿拉山口、霍尔果斯、喀什、二连浩特、满洲里5个过境口岸,实现对中亚地区主要站点的全覆盖,至土耳其、波兰、德国和日中蒙、中吉乌等班列线路稳定运营,满载率基本达到100%。形成中亚五国、中吉乌、中蒙、中土、中德、中俄6条国际班列线路。连云港港已基本构建形成"深水大港、班轮航线、国际班列、物流场站"无缝衔接格局。

未来的连云港港,将建设班轮航线总数达到120条、多式联运量突破150万标箱,构建起向东连接环太平洋、向西贯通亚欧内陆、沿海串联南北港口、内河通达苏鲁豫皖的物流大通道,基本形成自贸区港航发展中心、国际粮食集散中心、大型智能化集装箱中心、绿色专业化大众商品集散中心、液体散货中心,重点推动主体港区枢纽功能提质增效。连云港港口现已形成以连云港区为主体、以赣榆港区为北翼、以徐圩港区和灌河港区为南翼的"一体两翼"组合大港,全面建成30万吨级航道,万吨级以上泊位85个、设计能力超过2亿吨,正在向"千万标箱、东方大港"的国际枢纽港目标大步迈进。

海上丝绸之路,一艘艘东方巨轮披荆斩浪驶向远方;陆上丝绸之路,一列列班列疾驰而过、一辆辆集装箱货柜运输卡车来来往往。

"志合者,不以山海为远",人类的友谊不以千里之远而受到阻隔,人类的合作不以山高路远海阔而受到影响,合作共赢、互利互惠是永恒的主题。

港口的发展变化,折射了一座城市对外开放的步伐,连云港人正奋力奔跑。

2023年11月1日,笔者从连云港港股份有限公司生产业务部门获悉,1—10月,连云港港累计完成货物吞吐量2.59亿吨,同比增长8.13%;集装箱完成495.49万标箱,同比增长11.51%。其中,10月完成吞吐量2793.08万吨。连云港港中欧班列累计开行676列,同比增长9.8%,超序时进度51列。一组组数据显示的是港口的发展,港口吞吐量的增长成绩喜人,中欧班列无论是在开行规模、货源组织,还是在国际中转功能方面都展示出强大生命力,为连云港的经济发展注入了活力,有效地保障了国际产业供应链的稳步畅通。

12月19日,连云港港口捷报频传。连云港市交通运输局召开新闻发布会,宣布连云港港30万吨级航道二期工程通过竣工验收。凭借该航道,连云港港成功跻身国际深水大港行列。上午11时,满载约40万吨铁矿石的"巴西矿石"轮顺利靠泊连云港港88号泊位。这是江苏省首次靠泊40万吨满载巨轮,一举刷新了连云港港自1933年开港来,进港船舶最大吃水深度和单船作业量纪录,标志着连云港港正式具备40万吨超大型散货船靠泊接卸能力,是全国第7个实现40万吨级巨轮进出港的深水大港,对进一步优化国家外贸进口铁矿石运输系统战略布局,提升连云港港服务长三角以及陇海铁路沿线地区能力具有巨大的推动作用。

这艘比航母还长的"巨无霸"长362米,进港吃水深度达22.9米,船上所载的39.09万吨铁矿石在连云港港口全部完成卸载后,将通过海铁联运等方式运往长三角以及陇海铁路沿线地区。

近代,连云港市工商企业的发展、城市规模的扩大,大部分是沿着东陇海线由西向东逐步蔓延。1933年在连云老窑建港,改变原来的南北运河运输为东西铁路运输和海洋运输,铁路和海洋运输一跃成为城市发展的有力推手,城市的发展和区位优势的叠加又促进了连云港港的发展壮大。

从连云港区域沿革中可以明显看出城市的发展轨迹是从海州到大浦、新浦进而又发展到墟沟、连云港口,明显反映出由河口到陆域再到海港的逐步变化的过程,对外运输通道,也相应由内河航运到海陆并用,再到海上运输。

而这种转变的产生,除了海岸线东移等自然原因,陇海铁路的通车运行是一个主要因素。

从近代城市的崛起、发展到东部现代化港城的建成,东陇海铁路就如同整个连云港市发展史上的一根链条,是这座城市发展的历史见证。研究近代交通史的学者说如果没有陇海铁路,连云港的城市化发展进程会放慢许多。在连云港的城市化过程中,东陇海铁路起到了巨大的促进和推动作用。世界范围内各类中心城市的形成与发展,其原因可能千差万别,但都离不开两个基本条件,那就是独特的区位优势、良好的地理环境。这给交通建设提供了条件。

近代以来,在铁路、公路甚至航空等新式交通方式出现之前,地理的优越主要体现为地处大河、大江两岸。新式交通出现后,中心城市往往就是一个地区的交通枢纽。城市的发展与交通的发展互为因果关系,方便的交通条件促进了城市的发展,同时,城市货物、人员的集散又刺激交通的进一步发展。交通越方便,城市发展越迅速。纵观中国近代交通史、城建史,交通枢纽城市是旧中国城市群体中近代化程度最高的城市,可以说如果没有近代交通运输事业的发展和交通中心的形成,就没有这些城市的近代化,而中国城市的近代化本身也包含了交通运输的近代化。

随着新亚欧大陆桥的贯通以及中欧班列的开通,作为其中一部分的东陇海铁路不仅对连云港、苏北、江苏,就是对整个中国甚至对全世界的经济、技术、文化、社会发展的融合交流都会产生越来越大的影响。作为新亚欧大陆桥东方桥头堡的连云港,其战略地位不言而喻,未来发展的空间和潜力之大,更是不可估量!

连云港港口集团公布的一组数据显示,2023 年连云港中欧班列累计完成班列到发 806 列,同比增长 10.7%,超额完成年度开行任务指标。中哈(连云港)物流合作基地,全年完成货物进出库量 434 万吨,同比增长 3.61%,集装箱空重箱进出场量完成 24.3 万标箱,同比增长 10%。

沧海桑田,唯变不变。位于东桥头堡上方的连云老街,每天都在注目着山下黄海海面一艘艘远洋巨轮、陇海铁路线上一列列中欧班列、铁路码头的忙忙碌碌。她在静静聆听这座城市依托新亚欧陆海联运通道,助力东西双向开放的山海交响乐。

　　老街在看,在听,也在想。她也许在想:20世纪初,"铁路大臣"力主将陇海铁路东延的终点站建在老窑时,他会想到百年后的今天,这里会成为东方桥头堡、中哈物流中欧班列的始发站吗?近百年前在此建设海港的建设者,他们会想到吗?也许不会想到。但无论怎么说,我们今天的连云港人应该记住沈云沛,记住那些老窑海港码头的早期建设者!

第十六章　云海荡胸老街情

第一节　圆仁从这里入海州

千年海州,素以山水秀美、人杰地灵而闻名,历史文化源远流长。这片大地孕育了一代又一代光耀史册的仁人志士,这方水土成就了一批又一批百世流芳的英雄豪杰,这块土地留下了历朝历代先贤圣哲们铿锵厚重的历史步伐。

《连云港赋》赞美连云港:

> 山海形胜,秀美绝伦。东濒黄海,西倚九州。亚欧陆桥之东堡,一虹飞架两万里;中国脐部之锁钥,航路连通五大洲。背依云台,山峨峨耸翠;面对连岛,峰郁郁而列屏。斯为连云港也。

翻开连云港历史,这里曾有个叫"澳"的地方。

澳,是江海边的凹陷处,后引申为可以停船的港湾,多用于地名,东汉经学家、文字学家许慎编著的语文工具书《说文解字》释曰:"澳,隈厓也,其内曰澳,其外曰隈。"中国比较出名的地名是澳门(简称"澳")。在中国香港的新界大屿山有一个著名的渔村,叫大澳村,多年前还上了中央电视台的美食纪录片《舌尖上的中国》,现在成了旅游胜地。

连云港古称澳的地方,就在老街下面的鹰游门港湾里,当地人也称为"大澳"。云台山北麓一个山脉,从东边磨刀塘向下延伸入海。在西面庙岭,也有同样的山脉延伸到海里。如此,在鹰游门南岸,云台山两个延伸入海的小山脉,形成面积巨大的簸箕口海域,被当地人称为"大澳"。磨刀塘、庙岭延伸到海里的两条山脉,就被人们称为东西两条"澳爪"。

　　唐朝，日本为了加强与中国的文化交流、吸收先进文明，曾多次派遣使节到中国，派遣使节被称为"遣唐使"。因使臣的人数以及在中国逗留的时间限制，他们在中国不可能学得过深过细，所以日本就在每批遣唐使的船队中，安排四五个留学生和学问僧随行。这些人来到中国后，并不随遣唐使一同回国，而是留了下来，等待下一批遣唐使来时，再一道随船返回。这样一来，他们在中国生活的时间往往为一两年。留学生和学问僧在中国期间，主要在民间生活。他们活动自由，接触广泛，因而能学到不少中国的先进文化。唐朝的灿烂文化被带到日本后，在异国土地生根发芽，开花结果。直至今日，人们仍然可从日本的风俗、仪礼、节令、文字、服饰等各方面看到这种源远流长的文明影响。这是历史上两国文化交流，中华文化在日本盛开的文明之花。

　　日本高僧圆仁慈觉大师(793—864 年)，日本佛教天台宗山门派创始人，俗姓壬生，下野国(今栃木县)人，幼丧父，在家乡都贺的大慈寺由名僧广智落发。广智的师傅道忠，则是中国鉴真大和尚的亲传弟子。受师父的影响，圆仁自幼对中国非常景仰，渴望能到中国巡行礼佛。圆仁一生 18 次随唐使西渡入唐，由于受交通工具、海上气候环境影响，实际成行的只有 13 次。

　　圆仁在《入唐求法巡礼行记》一书中，记录了他在入唐求法巡礼近 10 年时间，曾 3 次来过海州，两次赞誉海州的山海风光、风土人情。

　　唐文宗开成四年(公元 839 年)乙未三月二十九日，46 岁的圆仁第一次来到海州。他在《行记》中写道：

> 　　平明，九个船县帆发行。卯后，从淮口出，至海口，指北直行。送客军将缘浪狼，不得相随。水手稻益驾便船向海州去。望见东南两方大海玄远，始自西北山岛相连，即是海州管内东极矣。申时，到海州管内东海县东海山东边，入澳停住。从澳近东看胡洪岛。南风切吹，摇动无喻。其东海山纯是高石重岩，临海险峻，松树丽美，甚可爱怜。自此山头有陆路到东海县，百里之程。

　　圆仁初到"海州管内东海县东海山东边，入澳停住"，向四周环顾，从近东看到的是胡洪岛，谐音葫芦岛，再看面前的东海山，纯是"高石重岩，临海险峻",再看满山的松树,他赞美道:"松树丽美,甚可爱怜。"这是圆仁刚到海州地界,第一次发出对海州的山和山上松树的赞美。

这天的日记里,圆仁又写道,他们一行4人上了岸,跋涉到一条很深的涧沟里取水做饭。过了一会儿,他们听到一阵嘈杂声,一艘载着10多人的小船,由远而近驶来,船靠泊,人下岸。船上下来的是新罗水手,见面才发现圆仁一行是日本人,便诧异地询问他们为什么到这里,还进一步说明这里是人迹罕至的深山,没有人家居住,只有在海里捕鱼的船只需要补给淡水时才有人来。圆仁向新罗人表明了身份,他们当务之急是想找个村子落脚。刚刚下船的新罗人水手善意地告诉圆仁:"从此南行,逾一重山,廿余里,方到村里。"怕圆仁一行迷路,新罗水手还专门派了一个人给他们做向导。

路上"石岩险峻,下溪登岭。未知人心好恶,疑虑无极。涉浦过泥。申时,到宿城村新罗人宅"。此处,圆仁在日记里记录下一个村名——宿城。1000多年后,这个小小的村落依然还叫宿城,她以"世外桃源"的美誉而为海内外旅游者所赞赏。

圆仁笔下的新罗人宅,也称新罗人村,是唐朝时期唐属国新罗移民在中国东部沿海一带,特别是在山东、江苏沿海一带形成的聚居区。今天的宿城街道就有新罗人村遗址。

按照圆仁日记里记录的路程和方向,他们泊船的"澳",恰恰是今天的连云港港口的海域。"澳近东有胡洪岛"的"岛",就是今天的连岛,站在澳南边的岸上远眺北面的东西连岛,其形状似一个漂在海里的葫芦,因此,连岛也被称为葫芦岛。瞧一瞧,历史往往就是这样的神奇。

老窑建港时把磨刀塘向海里延伸的澳爪,也是当地人口中的东澳爪凿去,将里面的石料用来填海建码头。1982年连云港建设煤炭专用码头时,把庙岭延伸向海里的澳爪,也是当地人口中的西澳爪凿去,也是为了填海建码头。今天,人们如果分别站在不远处观察,会发现两条被开凿后的山体特别陡峭。那是澳爪被齐崭崭地开凿后,留下来的明显印迹。

连云港作家王跃在她的散文集《小街连云》中《庙岭山,一座不沉的山》一文写道:

轰轰的炮声,伴随我童年的记忆。1982 年 6 月,庙岭新港区第一期煤码头,劈山填海工程全面开工,庙岭山首次大爆破获得成功。

"轰,轰……"庙岭山变瘦了。

"轰,轰……"庙岭山变小了。

王跃笔下的庙岭山,就是延伸到海里的西澳爪,是庙岭山向北面延伸的小山脉。

圆仁和尚从连云港码头登陆后,顺着云台山北麓经吕端山来到南麓宿城的一条线路,被后人称为"圆仁入海州之路"。圆仁从云台山自北向南到新罗人村的路线是:澳一(从此南行)果城里一上海大旅社一小马腰一(石岩险峻)一大马腰一(下溪登岭)北大岭一(涉浦过泥)游泳池一语录碑一(从此下山)夏庄。

10 千米的山路,根据 4 个关键词"从此南行""石岩险峻""下溪登岭""涉浦过泥"描述出具体位置。特别是"从此南行",表明了圆仁一行人徒步的方向。

在连云区全域旅游的今天,这条 1184 年前的圆仁入海州之路,成了徒步旅行爱好者的神往之路。2023 年 5 月 20 日,已经 80 岁高龄的阎祥富与连云港市历史文化研究会部分会员一起重走了圆仁入海州之路。

第二节 尽显昔日辉煌的"国字号"

1933 年开港时,在连云港火车站北面海滩建设了第 1、第 2 码头,同时期的标志性建筑有连云火车站钟楼、上海大旅社、果城里、福利社、十三道房,还有稍后建设的朱家大院、同乐戏院、海军司令部、电报局、文化馆等建筑,以及青岩石铺设的东街、西街、胜利路,大八台,路两边的法桐树,等等,构成了老街的早期画卷。

如果不是建设连云港港口,云台山北麓的连云老街很难有如此规模的人气聚集。随着连云老街经济、政治、文化中心的确立,它的山南邻居、昔日热闹非凡的宿城遂被冷落了近百年。

老街虽然不大，却井井有条，山城特色，独具一格。西山涧、云台涧、高原涧、临海涧、环山涧，条条涧沟汇通李家涧；临海路、云台路、胜利路，条条石板路都往中山路上牵；小西山、云台山、小团山，三山就把老窑连；石铺路、路铺石，条条道路石头铺；坡建房、房上坡，座座房屋建在半山坡；老码头、老钟楼，陇海铁路最东头；荷花池、磨刀塘，东西两头扛；大旅社、果城里、七一广场，坐在山窝里。这些简简单单的描述，勾画了连云老街的基本概况和特征。连云老街就是这么简单，将山坡上的石头采来，就地取材，取个平面或坡面之处铺上，就成了青石路。因此人们说老街的路不怕压，不怕砸，压不坏，也砸不坏。

老街里的"国字号"，显示出它过去的辉煌。如"中华人民共和国连云港海关""中华人民共和国连云港边防检查站""中华人民共和国连云港卫生检疫检验所""交通部连云港港务局"等都是国家机关涉外单位。过去海关、边检只有港口涉外地区才有，改革开放后江苏省一些地级市相继建立海关，建关伊始，都是在海关总署的统筹下，从连云港海关抽调人员过去帮助筹建。这些"国字号"单位之所以存在，主要是和占区位优势的连云港港口有关，连云老街是服务港口和铁路建设的承载地。

过去连云港市涉外单位只有9家，其中有8家在老街，它们是：连云港海关、连云港边检、连云港港口、连云港外供、连云港海员俱乐部、连云港卫检所、连云港市第三人民医院、连云港外办。而作为现在的连云港市政府所在地的海州区，当年的涉外单位只有连云港市工人文化宫1家。

一片港湾孕育出一条老街，老街人海纳百川的包容胸怀，也塑造了他们淳厚朴实的性格。走进连云港老街历史文化馆，从民国时期建市到日军占领和解放战争，不同时期老街的风雨沧桑被一一展现，不同时期的人们留下的印迹，给这座山海石城增添了一抹神秘的色彩。

据史料记载，1958年连云港镇成立。200多家商店陆续开业，商务活动日益发达。随着港口的发展，一批批与港口相关的单位逐步设立，连云港老街显得格外热闹。海关、商检、边防、外贸、外代、外运、铁路、理货等相关部门机构纷纷进驻；连云区政府、连云港市水产局、连云港市海运公司等区级政府、市属部门、大企业也分布在连云老街的各路各巷。

苏贻勇站在环山路上，指着山下的老街，自信满满又豪迈地说："看，山下这一大片地方,屈指一算,那时候得有百十来个政府机关、企事业单位和驻军部队驻扎在老街呢!完全可以用车水马龙、熙熙攘攘,来形容其热闹程度!"

从事码头、港口相关工作的人,工作时在岗位,休闲时都集中在老街,再加上每天来来往往的外轮、火车,把世界各地船员、旅客带到老街,那时的老街有苏北"小上海"之称。"走在街上,看来来往往的人群、形形色色的服装,很快就能认出行人是做什么的。金发碧眼、穿奇装异服的人,根本不需要问肯定是外轮水手;身穿工作服、戴着安全帽的人,肯定是码头工人;身上带着腥味的,一定是渔业公司的船员;穿着海魂衫,或穿绿军装的,一看就知道是军人。"苏贻勇回忆道,"那时我们在连云港工作的人,所见所闻都十分丰富呢,总是能先接触到流行的前沿的东西。"

老街道路两旁两个人合抱粗的梧桐树,初冬时节依然枝繁叶茂,路遇一去农贸市场买菜回家的大妈,问之:"大妈,您每天这样爬坡回家累不累呢?"大妈笑笑说:"这么多年已经习惯了,感觉不到累,只是年纪大了,腿脚没以前利索了,花在路上的时间要比以前长了。"

往街道的深巷里走,走到一个叫李家涧的地方,这里的房屋由一块块方形石头砌成,因建造时间久远,屋内没有卫生间,住在这里的人生活上不方便。从屋内电视机传出的音乐声就知道,屋里放着老年人看的节目。老街下面海滨大道上的公路立交桥、人行天桥把老街人带出去,把外面的人带进来,无论人们带着或探寻或观赏的眼光看老街,它都平静地矗立在山坡上。

时节在悠悠更迭,光阴在恍然跨越。漫步老街如同穿越,仅仅是街道两边那高大的法桐树,就一下子把游客拉回了久远的年代。继续步行,曾经的繁华扑面而来。

连云老街汇聚了民国时期的各种建筑风格,这些建筑均体现了中西建筑艺术的精华,使老街成为一条民国建筑艺术长廊。街道上民国元素随处可见,中西合璧的小洋楼,皆由石头所建,造型独特,厚重踏实,充满民国风情。石路、石阶、石房错落有致。道路两旁的梧桐树历经近百年风雨,如今早已郁郁葱葱,枝叶交织在一起,构成了相对独立的清幽空间。

法桐树下的云台路全部由石板铺成,路面上镶嵌黑色的下水道窨井盖,这个很不起眼的窨井盖见证了中国城市较早的建设。窨井盖为长方形,长约

60 厘米，宽约 40 厘米，厚度约 3 厘米，井盖的表面布满斜纹网格，应该是起防滑作用的，井盖的上端写着"新海自来水厂"，中间写着"止水阀"，表明用途，下端写着"一九五五年制"，全部为繁体字写就。井盖下端留一个孔，那是方便起井盖而预留。从铸造时间分析，它历经近 70 年风雨，时至今日，不仅完好无损，还能正常使用。在老连云火车站前的车站路，也发现了一块制作于 1955 年的井盖，除表面字迹较为模糊外，其他地方也完好无损，关键是仍然在发挥作用。

民国时期的老街窨井盖

连云老街上的老井盖还有很多，它们的铸造时间分别是：1955 年、1965 年、1972 年、1980 年、1982 年、1984 年。"年龄"最小的是锻造于 1984 年的一块井盖，就是这块井盖到 2023 年，也已有 39 年的时间。这些老井盖锻造时间不同，大小也有些差别，但是全部为方形，与现在使用的多为圆形的窨井盖不同。它们的构造和表面上的斜纹网格也基本相同，表面上的字迹有的就简单写着一个"水"字，有的则标明了用途。这些老井盖外形简洁大方，其设计的图案和风格在今天看来也不落伍。这些井盖的质量非常好，从外表上看到的只有上部的一个井盖子，实际上下面还有一个底座，也是铸铁的，它们是一套组合，浑然一体，非常坚固。

老街居民、原在连云运输队工作的柯祥华回忆，他曾经参与了云台路的修建，当时条件艰苦，铺路所用的石头都是工人们用独轮车从不远处的西山石塘运过来的。修路的时间应该是 1954 年前后，路面上 1955 年的井盖应该是修路的时候同步铺设的。

为何连云老街为什么会出现老窨井盖，而且井盖保存完好呢？

据张华南介绍，自 1933 年开港到 20 世纪五六十年代，连云老街一直比较繁华，市政府、区政府都曾设立在此，市政建设自然比其他地方要早，发现

1955年的井盖并不奇怪，如果慢慢寻找，有可能会找到时间更早的窨井盖。连云老街通自来水远在1955年之前，自老街铺设了石板路之后，道路基本上就没有大动过，再加上老街大规模的城市建设比较少，所以，窨井盖都得以完好保留下来。当地民风淳朴，没有发生过井盖被盗的情况。建在山坡上的老街行驶的载重车辆较少，也是窨井盖保存完好的原因之一。

如今的老街虽然有商业的介入，但依然住着很多居民，他们每日在这里上上下下，习以为常。老人们坐在墙角晒着太阳，一些街坊邻居聚在一起打牌下棋，消遣时光。"儿童散学归来早，忙趁东风放纸鸢"，孩子们追逐打闹，快乐地放着纸鸢。对于来访的外地游客，老街人总是笑脸相迎，向他们如数家珍地介绍老街曾经的辉煌。

白天时，这里是文艺打卡地，到了夜晚则灯火通明、流光四溅，烟火气弥漫在老街上空，老街成了美食的主场。这里有全国各地的特色美食，烧烤鱿鱼，冒烟气的凉粉，琳琅满目的海鲜，还有许多未见过的创意美食，物美价廉，可以尽情吃个够，堪称"吃货的天堂"。

《连云街道志》记载：

> 1986年7月9日下午2时15分至2时45分，海州湾海面出现海市蜃楼景象。
>
> 8月9日18时，连云港东面海面上出现海市蜃楼。金光笼罩着连绵群山，上面白云缭绕，连绵的群山下是淡黄色的沙滩，排排房屋依山而建，错落有致，房屋间隐约有绿树摇动。18时20分，奇观逐渐消失。

还有一次出现海市蜃楼的时间，是2007年上半年的一天，10时至11时许。当时，老街的人发现山下的海面上出现了海市蜃楼景象，而且画面还特别清晰。热心的居民立刻向连云港市电视台打电话。市电视台与老街相距近30千米，台里领导担心派记者赶到老街会耽误了拍摄的最佳时间，于是电话通知距离较近的连云区新闻中心派记者前往拍摄。连云区新闻中心记者拍到了时间较长、画面清晰的海市蜃楼胜景的视频。之后，许多人也在老街看到过在山下的码头、海域、连岛附近出现过多次海市蜃楼胜景，但时间都没有那次长久。

彼时，一家大型企业集团老总带队来连云区考察，参加接待工作的连云区委宣传部常务副部长李成均和他谈起此事，并将拍摄的视频制作成的光盘播放给他们观看。老总说海市蜃楼奇景是出现在天空中的自然现象，海市蜃楼景象的出现是好事，说明这里有瑞祥之光，预示此处必是福地，实在不可多得，是大有发展前途之地。

连云港，港连云，低头见云飘，抬眼见天庭，海市蜃楼时常有，是人们美誉的仙境"海上山"。乘船在海面上观山的感觉，恰如白居易的两句诗，"忽闻海上有仙山，山在虚无缥缈间"。登山观海，眼前浮现的是"云在眼前过，海在云中飘，岛在画中游"的人间之仙境。

连云老街上的房子都是依山而建，鱼鳞般地挤在一起。山上产石头，青石是建房的最基本材料，墙基是石头垫的，墙壁是石头立的，连伸向天空的烟囱也是石头做的。山是石头山，房是石头房，房子和山连在一起，整个连云街道就像在石头里长出来一样，浑然一体。

这是一座平常的山，山坡裸露着岩石，长些松树草木。山脚下是民房，平房和楼房。穿过一条名叫中山路的两车道马路，便是距离海边不远的港口码头和铁路线。看起来稀松平常的一景，却是文人墨客笔下一幅有着岁月印痕的水墨画卷。

也许从小在城市长大的人，在记忆深处都有一条老街。学者冯骥才曾说："一个城市由于有了几条老街，便会有一种自我的历史之厚重、经验之独有，以及一种丰富感和深切的乡恋。"

对连云港人来说，连云港老街便是这样的存在。这条与城市同名的老街，坐落于山坡之上，面朝大海，是连云港港口老港区所在地，也是横贯中国大地的陇海铁路东端起点。漫步老街，空气中夹杂着咸咸的海水味，那一座座带着浓郁民国风格的建筑物，仿佛在向人们诉说着历史的变迁……

在连云港老街历史文化馆红色文化宣传展柜里，静静地摆放着十几枚军功章，军功章上赫然刻着一个普通而又伟大的名字——薛兆禧。

薛兆禧，1924年出生，连云区连云街道临海社区居民。他是一名久经沙场、功勋卓著的老共产党员。年仅 16 岁就参加革命工作的薛兆禧,怀揣报国热情,为了新中国的第一缕曙光冲锋陷阵。战争年代,他英勇杀敌,屡立战功,身体多处受伤。他生前曾担任远大(连云港)海洋集团有限公司党委书记。

在 1946 年的长春小黑龙江战斗中,薛兆禧奋勇杀敌,子弹打完了就和敌人拼刺刀,在拼杀了 3 名敌人后,不幸左肩中弹。转到战地医疗队后,他伤势严重,必须立刻做手术。由于当时麻药稀缺,薛兆禧主动提出将麻药留给更需要的伤员使用,他让战友协助军医把他绑在一块木板上,咬紧牙关,硬是在无麻药的状态下取出了身体里的子弹头。手术过程中薛兆禧疼得晕了过去,手术后醒来,发现汗水竟然湿透了军装。

在 1948 年的永丰战役中,当薛兆禧炸毁敌军的一座碉堡时,头顶上传来一阵剧痛,头部流下的鲜血顿时迷住他的双眼,用手一摸才知道,原来是一颗弹片擦着头顶飞过,头皮被掀开了一大块。他是提着脑袋闹革命的人。从抗日战争到解放战争,薛兆禧从苏北一路打到浙江又折到黑龙江,脚步踏遍半个中国,可谓九死一生。

1949 年后,薛兆禧默默地把军功章锁进了箱子。只有老伴知道,他腋下被燃烧弹烧成炭黑的皮肤,口中被炮弹震掉的牙齿,和手上因为包扎不及时而变形的关节,那深深镌刻在身上的印痕,何尝不是另一种"军功章"。

2011 年,87 岁的薛兆禧写了一篇回忆文章,笔者节录如下:

> 16 岁的我,初识日本帝国主义用残忍的铁蹄蹂躏我中华民族的疆域,便毅然参加革命,开启了人生生死卓绝和辉煌历史的启端。责任与正义感,促使我在抗日战争的烈火中生死以赴,为国为民建下战功,直至日军战败,阜宁大地的上空响彻胜利的欢呼声……

> 在解放战争中,我响应毛主席的战略部署,军出山海关,血滴锦州城。攻辽地,战沈阳,苦战小黑龙,让红旗在东北战场上扬出了一个新天地……

薛兆禧一生参加过大大小小两百多次战斗,立过十几次战功。在 1946 年的长春小黑龙江战斗中,获团一等功,1948 年 11 月永丰城战役获团二等功。

1974 年离休后,薛兆禧仍心系国家经济建设和社会发展,2008 年汶川发生大地震,他带头捐款、捐物。2011 年初,薛兆禧到社区领取了国家发放的第一笔伤残军人补助金 3500 元钱,办好领取手续后,他对社区负责人说:"我的养老金已经足够我和老伴的生活所需,我把这些钱留在社区,请社区酌情处理,给有困难、需要帮助的孩子吧。"此后,薛兆禧每年领到伤残补助金后都全额捐出。临海社区成立了以薛兆禧的名字命名的"薛兆禧基金会",用助学基金帮助社区困难家庭的孩子。基金会成立以来,已累计助力 16 个孩子完成学业,他也被人们尊称为"爱心老革命"。

薛兆禧还到各中小学校、驻地部队等单位义务宣讲爱国主义、革命传统故事,被人们誉为老街的"红色宣讲员"。这个红色宣讲员的角色,他坚持了40 年,宣讲近 1200 场次。薛兆禧的事迹经过《新华日报》《连云港日报》《苍梧晚报》及人民网、新浪网各大媒体报道后,在社会上产生强烈反响。薛兆禧锁在箱子里的不仅仅是功劳和名利,更是一份弥足珍贵的精神财富,是最值得珍视的"传家宝"。

连云老街不仅有薛兆禧这样的抗战老兵,离休后把自己的光和热无私地回馈社会,还有不同年代里各行各业的老街人,他们是:

杨福兰,1906 年 6 月出生,江苏赣榆人,曾任连云港镇临海居委会妇女主任,被誉为"铁妈妈"。1960 年 3 月获全国"三八红旗手"荣誉称号,并赴南京参加"江苏省纪念三八国际劳动妇女节 50 周年大会",1979 年再获全国"三八红旗手"荣誉称号,《人民日报》《新华日报》等都报道过她的先进事迹。孟繁英,1934 年 2 月生于山东牟平,连云服装厂工人。1977 年江苏省劳动模范,1979 年连云港市劳动模范。李忠兰,1942 年 1 月出生,连云橡胶厂(连云港市第二橡胶厂)工人,1977 年江苏省劳动模范。张玉兰,1943 年 1 月出生,原荷花居委会主任、党支部书记,1986 年连云港市劳动模范,1991 年江苏省劳动模范,1995 年经荐参加"全国十佳居委会主任"评选,获"全国调解工作 30 年"荣誉证书。吴同登,1943 年 11 月出生,2001 年江苏省劳动模范。程巨霞,1945 年 9 月出生,江苏省劳动模范。孙红,1978 年出生,现任荷花社区党委书记、主任。2021 年 3 月,被授予 2020 年度江苏省"三八红旗手"荣誉称号。2021 年 6 月 22 日,被中共江苏省委授予"江苏省优秀党务工作者"荣誉称号。

2022年4月,被列入江苏好人榜。2023年7月,被江苏省委宣传部授予"最美基层共产党员"荣誉称号,12月,被江苏省委授予第三批"百名示范村(社区书记)"荣誉称号。

第三节　始建于1935年的大桅尖路

有"全国美丽乡村路""江苏最美小康路"之誉的大桅尖路,南起宿城街道,沿海上云台山盘山绕行,途径夏庄、高庄、宝山、大竹园4个村庄,北至连云老街。大桅尖路全长18.7千米,宽6—8米,双车道四级公路,蜿蜒36道弯,宛如一条彩带缠绕于崇山峻岭之间。

大桅尖路始建于1935年,被人们称为"上大桅尖马路"。翻开89年前的那段历史,人们会惊讶地发现,这条路是国民党当局为了战备之需开凿的一条上山马道,是专为马和行人修建的路,类似于茶马古道马帮行走之路。

大桅尖路由国民党军队里的工兵营规划设计,筑路主力是军队的工兵,在当地雇用了大量的民工参加。因为山高坡陡、炸药紧缺,道路修筑十分困难。工兵在标有记号的岩石上打好炮眼,炮眼有几十厘米深,把炮眼清理干净,并保证干燥。在打好的炮眼里放上适量的炸药,那个时候的炸药是工兵自制的黑火药,与老百姓土枪打猎用的枪药一样,火药的威力不大。放炮时,没有导火索,也没有雷管,点燃一颗"高升"或"小鞭"扔进炮眼里,引爆里面的炸药,把岩石炸裂。炸药爆炸力小,只能把岩石炸出道道裂缝,然后用钢钎沿着裂缝把石头撬开,再一点点运走。运输石块,主要依靠肩挑人扛,在路没有修筑完工之前,马、骡子、牛起不到丝毫作用。

在当地雇佣中,要数石工匠最吃香,爆破出来的石块主要靠他们完成修凿、砌基础、码大坡。今天我们看到的大桅尖路的石头路基和一道道大坡,都是大巷石匠的杰作,经历近90年的风吹雨打,依然完好无损。

这条马路开始修筑时的宽度仅有2米,只能通行一列马队。只靠一列马队运送战备物资就太慢了,国民党军队工兵营及时调整了设计方案,把马路宽度拓展为4米,可以同时通行2—3列马队,大大提高了运输能力,为山上守军战备物资储备和及时补给,提供了有力保障。

为了使马蹄不受损伤,负责施工的工兵还要求在路面上垫加一层20厘米厚的黄土保护层,然后淋上水,再用两头大水牛拉着大石碌,从下往上一趟趟碾压,直到把黄土碾压结实。垫上黄土的路面避免了马蹄和岩石接触,马走在上面很舒服,不会伤到蹄子。

大桅尖路于当年施工,当年竣工,其实是还没来得及修整完,仅仅是一条毛坯路罢了。这条毛坯马路,是通往山顶唯一一条能走马队的路,在连云港保卫战中,对山上的守军后勤补给起到了重要作用。

今天的大桅尖路,是整个云台山最美的山间公路之一。车行其中,仿佛进入仙境,既有满山梯田的云雾茶,也有漫山遍野的油菜花,还有竹林、松树覆盖群山。山路十八弯处,还建有多处观海、观山、观港、观云雾的最佳观望台。

大桅尖路从89年前的一条战备路,蜕变为服务于乡村振兴的康庄大道,成为山民们的致富之路。令当年筑路的建设者没有想到的是,一条匆忙修筑的战备之路,成了今天连接乡村与城市、打通现在与未来、串联一路风景、带动一片产业、造福一方百姓的幸福之路。

老街人对吃的要求既简单又质朴,那卖了几十年凉粉的单姐凉粉摊子,是老街一道亮丽的风景线。绿豆做的凉粉,爽滑弹牙,浇上自制的蒜汁,满满当当一碗,仅6元。每天吃上一碗,怎么吃都吃不够。也许是用老街的水制作的凉粉,再加上黄海吹来咸湿的风,单姐凉粉让远归的游子吃出家的味道、妈妈的味道,令远方的客人吃出黄海的味道、老街的味道。

单姐的凉粉摊一年四季营业,每天都有食客围着粉摊,站着吃粉的人比坐着的人要多上好几倍。食客说单姐凉粉适合站着吃,站在带着坡度的石板路边上,边吃边欣赏身边的风景,那滋味,除了在连云老街,在别的地方绝对吃不出来。特别是夏天最甚,经常出现一碗粉难求、卖断档的情况。

夏天,对许多老街居民来讲,一天的生活是从单姐的一碗凉粉开始。一碗凉粉下肚,人苏醒过来,老街也苏醒过来。冬天里,热乎乎的油煎凉粉是单姐拿手活,食客端着一碗冒着丝丝热气的热粉,边吃边吹边跺脚,一碗热粉下肚后,浑身微热,鼻尖冒汗,通体舒服,脚也不那么冷了。既能补充热量又不让人长胖的热煎凉粉,是女孩子的最爱,朝单姐的凉粉摊望去,那是一群明眸皓齿、如花似玉、出水芙蓉般的窈窕淑女呢。

临海路小学的学生背着书包,从一条条蜿蜒的小巷里七拐八绕钻出来,他们蹦蹦跳跳地向着学校而去,上下坡对这些孩子来说是如履平地,根本不是难题。远远地,童真无邪的孩子们就相互打着招呼,奔跑跳跃着聚集在一起,相互打闹着,嘻嘻哈哈地结伴而行,稚嫩的脸上洋溢着天真的笑容。在游客看来如迷宫一样的小街巷,他们总能找到一条从家到学校最便捷的路线。上学前、放学后的孩子们喜欢到单姐凉粉摊前,冒尖的一碗凉粉端在手里摇摇晃晃的,再佐以早已吃习惯的调料,那是他们百吃不厌的美食。

与求学的孩子们在路上嬉戏打闹正相反,单姐凉粉摊不远的台阶上,坐着两位头戴礼帽、身穿长袍的老爷爷,他们仿佛从 20 世纪 30 年代穿越而来。阳光静静落在他们身上,两个人静静地喝着茶、小声地聊着天,除了偶尔端起茶盏喝口茶,再无肢体动作。岁月静好,任由时间流转,这是老街老人的慢生活。

单姐凉粉是否从 1933 年建港时就流行至今,《连云街道志》中没有记载。出生在宿城、幼年在老街生活过一段时间的阎祥富,对老街的记忆不仅仅是 1948 年 11 月 7 日连云港解放那天清晨在老街看到的纪律严明、荷枪实弹、威武雄壮的解放军以及黄海海面上即将溃逃的国民党军舰,还有老街美食。

当年老街最繁华的地方,就是现在的七一广场,实际上是从七一广场东门往西北角斜过去的一条土路,路中间北侧有一座比较大的土坟,坟两边的空地上,开有几家水果店、小饭店、果子铺、裁缝店、理发店等。这条斜路两边摆的地摊都是卖生活必需品的,还有各种海鲜、鱼虾干货、茶叶、葛藤粉、何首乌、山药、山芋以及各种新鲜蔬菜、瓜枣水果,真是琳琅满目、应有尽有。每天早上,连云港的居民、码头上的工人都到这里来赶早市,买回各自需要的生活用品。

20 世纪 40 年代的老街美食,给阎祥富留下的味蕾记忆,时至今日都难以消除。

1945 年 8 月后,由于码头煤炭出口量大增,装卸工人短缺,因此从河南、山东等地招募了大批装卸煤炭的壮工，俗称"挑大煤的"。他们是来打工的单身汉，只好到老街的小吃部买饭吃，一天吃三顿或两顿饭，剩下的钱积攒起来以养家糊口。当时流行一句话："码头挣钱码头消费，离开码头饿断腰。"因此，到老街吃饭的人络绎不绝。阎祥富父亲看准了这个商机，果断辞去了看护山林的差事，到老街上租了一块地皮，一家人经营饭馆，做饭卖给挑大煤的工人，以谋生计。当然了，那时老街七一广场位置的地皮比较紧张，幸亏朱家人出力帮忙，才得以租到。

摆上几条小板凳，两张小方桌子，桌上放些碗筷，做好稀饭和馒头，再放上小菜，就可接待客人吃饭了，一天早中晚三顿饭。吃饭的大多数是挑大煤的码头工人，吃饱付钱就走人，时间一长，大家都熟悉了。俗话说"一熟三宝"，有的人吃完饭就付款，有的人赊账。随着资金的积累，阎家的小饭馆经营的品种慢慢多了起来，除了稀饭、馒头、面条、米饭，还有烤牌饼、炒菜以及手工水饺。阎祥富父亲掌勺炒菜，他母亲打下手及招呼客人，他14岁的哥哥也学会了做烤牌饼，一家人的小本生意越做越红火。

之后，阎祥富家在小南山买了地皮盖了几间房子，也算安下家来。阎祥富说当年他家开饭店，靠的是在码头上挑大煤的工人来吃饭才挣了钱。连云港解放之前，码头货运业的繁荣与成千上万名挑大煤的工人是分不开的。1949年后，这些挑大煤当中的不少人成了港务局的正式工人，有的还当了干部。

待客人走了，阎祥富一家人才在饭店里吃饭，母亲熬的小米粥最香，父亲腌制的山马菜最下饭。儿时的阎祥富还喜欢用一张千张卷上一根油条，这千张和油条必须是刚出锅热乎乎的，卷在一起吃起来才香。哥哥现打的烤牌饼卷上一根油条，趁热吃，既脆爽又香喷喷。

阎祥富家小饭馆左右两边，一家是周三爷爷经营的馒头铺子，一家是陶佃富叔叔经营的炸油条铺子。周三爷爷做的馒头吃起来筋道有嚼头，陶叔叔炸的油条酥膨香脆，都特别好吃。还有摆地摊经营海干货的山东人郭大伯和郭大妈，郭大伯和郭大妈是实在人，他们人缘好，卖的海货质量好，销量大，挣钱多。老两口一天三顿饭都在阎祥富家饭店吃，夫妻两人膝下无子，郭大妈还认阎祥富姐姐做干女儿。郭大妈对阎祥富也特别好，经常抓一小把虾米放阎祥富兜里。无论是母亲熬的小米粥、父亲腌制的山马菜、周三爷爷做的馒头、陶佃富叔叔炸的油条，还是郭大娘的一把虾米都令阎祥富记忆犹新，那停留在他味蕾上的记忆随着时间的流逝而愈发鲜活。

第四节 悠悠岁月，老街情深

在作家王跃的童年记忆里，妈妈工作的报潮所是她难忘的地方。报潮所在挡浪坝北端，那是一所不大的小房子，门朝北，门前的海水里插有一根木桩即水尺，水尺上面标有刻度，写有数字，水位多高，看水尺刻度线上的数字便一目了然。王跃第一次去报潮所，是爸爸牵着她的手步行去的。

如今报潮所早已拆除，消失在人们的视野中，在报潮所之后消失的还有庙岭山。老街的变化对于王跃来说不仅是报潮所、庙岭山的消失，还有那八台下面海鲜一条街的消失。当年，在长度不足 1000 米的八台下面，云集着几十家海鲜小餐馆，室内没有包间，只摆有几张小桌子，有时还把餐桌摆在外面，妥妥的大排档。餐馆没有菜谱，海鲜都在菜馆进门两侧的一溜墙边的地上摆着，其中大部分海鲜都在水里养着，是活的食材，食客看菜点菜。那个年代里，冰箱、冰柜还没有普及，海鲜一条街距离北面的渔港码头，直线距离不到 500 米，海鲜从渔船上岸，到餐馆烹饪，再端上食客餐桌，也就需要 30 分钟。新鲜的食材再加上低廉的价格，海鲜一条街吸引八方食客涌入，特别是到春夏两季，小餐馆更是一座难求。

那消失的海鲜一条街，承载着王跃的记忆。大学暑假里，远方的同学来连云港找她玩。尽地主之谊、品食当地海鲜的首选之地，就是八台口下面的小餐馆，经济实惠不说，关键是能原汁原味地呈现连云港当地海鲜所固有的"大海"味道。

20 世纪 50 年代中期，连云港务局在果城里北侧新建起一个职工住宅小区（中山路 25 号），这个小区就形成了一个大家院，时间长了大家都称为"港务局大家院"。大家院的建筑风格有点像果城里的建筑风格，但是院里边简单多了，整个院子由南北向两排石头砌成的平房组成，两排房子北边有石头围墙、石头砌成的两个大门跺，大门跺前面有十几级台阶和下面的中山路相连。整个大院南北长 36 米，东西长 26 米，两排房中间形成 400 多平方米的院内开阔地。两排房子在大院人的口中，分别是东屋和西屋。家家的大门都是相对而开，每排 7 户人家，共有 14 户。每户人家只有 20 多平方米，院内无厕所、自来水。在院外东北边有自来水销售点，院外东南边有座公共厕所，这样的居住条件在那个年代里算是比较好的。当时，"港务局大家院"的建筑虽然不如果城里宏大、气派，但是人气、名气比果城里的"部队大家院"要大得多。

搬进这个大家院的居民，都是港务局没有房子住或者是住房条件比较差的职工。李宏雨的父亲是连云港解放时，码头留下的 300 多名老工人之一，享受离休待遇。那时，他家从第 2 码头西侧孙家山西盐场海边的一个破厂库房里搬来，和李宏雨家一前一后共搬来了 13 户人家。大家院还专门留有一套住房，给从大连海运学院毕业分配到港务局工作的新职工居住。

住在西北角第一家的张同举是港务局引航员，大家称为"张领港"，他是中华人民共和国成立之前的港务局第一代引航员。"杨领港"住东北角第一家，也是引航员，有高级引航员职称，历任港务局引航处副处长、处长等职务，还获得交通部先进工作者荣誉称号。"杨领港"是"张领港"的徒弟，他们两人在家就能看到大海锚地停船的情况，组织刻意这样安排是为了方便他们工作。

李宏雨家是西北往南数第二家，对门是张三叔家。大家院里还有年龄较大的马爷爷，他是港务局的木工老师傅；有装卸工赵大叔和其父赵大爷爷，赵大爷爷教过私塾，有学问，经常捧着一部竖排繁体字版的《三国志》看；有修理厂的修理工刘大叔、港警队的贺大叔等。当然，在大家院里居住的还是港务局码头装卸工人偏多。这些人每天都在一个大家院里出出进进，在自家的屋内就能看到对面两三家情况，见面相互打招呼，有时也相互开玩笑，人们都相处和睦，住在一起，其乐融融。

港务局大家院民风淳朴，家家户户用水都是到院外买自来水，一分钱一桶。白天里大人都去码头上班，小孩在家负责买水、抬水，每天抬的水要把水缸装满，够一家人一天使用才行，到了第二天，还要去抬水，重复昨天的工作。大家院中港务局老工人马爷爷老两口无儿无女，马奶奶又是小脚老太，他们年龄大行走也不方便，院里的孩子便常去马家，看缸里有没有水，如果没有便帮助抬水。孩子们每次路过门前,慈祥的马奶奶会拿些糖果零食给他们吃,还打白砂糖水给他们喝,逢抬水时,孩子们的小嘴就没有停过。李宏雨说他这一辈子喝过最甘甜的白糖水,就是童年在大家院里马奶奶家喝的。

　　夏天,在电风扇没有普及的年代里,大家院的房间比较小,经过一天暴晒后,屋里闷热,大家院场地比较开阔,人们习惯吃晚饭时把饭桌抬到家门口吃。站在山坡上向下望去,一个大家院就好像一大家人一样,非常热闹。那时候,家家户户的生活条件都差不多,饭菜几乎一样,也没什么特别的菜肴。有时,谁家有什么稀罕的菜和主食,一个院子的小孩子都能够分享一点,虽然不多,但都能有那么一小点,孩子们吃在嘴里,幸福洋溢在脸上。

　　张三叔在港务局船队工作。他善于海钓,逢休息日去山下的码头边海钓从不空手,手气好的时候还能钓好几条大鲈鱼、铜头鱼(大踏板头鱼)等。尤其是那大铜头鱼的长度,要超过10岁左右孩子的身高。张三叔一脸得意,两只手抱着鱼头站在院子里,大家院里上小学的孩子,每个人都和张三叔手里抱着的大鱼比比高度,孩子们像一群小麻雀似的围着张三叔叽叽喳喳地嬉闹着,这是属于孩子们的快乐时光。接下来,美味在晚饭时分呈现,红烧鱼的鲜香味儿会弥漫整个大院,那顿晚饭,大院里的每个孩子都会品尝到红烧鱼。孩子们端着碗儿兴高采烈地往张三叔家跑去,不用担心谁先到谁后到,每个孩子都有份,大家院里有多少孩子,张三婶心里最清楚呢。

　　那时,连云镇的胜利街道居委会开居民大会,都放在这个大家院里开,居委会王秀兰书记、路月兰主任也住在大家院里。晚上放映露天电影,是那个年代老百姓文娱生活的一部分,大院里的居民足不出户,坐在家门口就可以观看。街道居委会和港务局评选支持港口工作的先进家属、勤俭持家先进个人时,港务局大家院里获评的职工家属最多。大家院里的港务局职工及家属还积极参加居委会组织的公益活动,如送肥料到陶庵生产队,响应"深挖洞广积粮"的号召挖防空洞,参加居委会组织的踩高跷、扭秧歌、淮海戏小分队春节慰问演出活动等。

　　冬天下大雪,院内各家都自觉出来扫雪,把雪铲到院外大门两边,还一边一个堆起雪人矗立在大门两边。那造型别致的雪人,吸引着中山路过往行人的目光,可惜的是太阳出来后,雪人渐渐变小,并最终消失在人们的视线里。

大家院里最热闹的时间是夏日的晚上,只要不是风雨天,各家都在门前放一张小饭桌,一家人边吃饭边乘凉。同一个时间点的大家院,家家一起吃饭,像大食堂一样热闹非凡。饭后,洗完锅碗瓢盆的妇女忙着烧水给孩子们洗澡,洗完澡的孩子或坐在小板凳上,或坐在地上的芦苇席子上,聚在一起,对面的位置就是简陋的小舞台,舞台上的刘大叔拉着二胡、张大哥弹着三弦琴,他们在合奏。音乐声就是最好的"集结号",邻居们拎着小板凳走出家门,陆陆续续聚集而来,人越聚越多,大院外的人也时不时参与其中,好不热闹。

音乐声停下后,男人们聚在一起边抽着香烟、扇着芭蕉扇、喝着茶水,边讲着码头上发生的趣闻轶事。他们讲着解放前码头工人的工作状况,讲着过去日军的军舰在北面的黄海里肆意妄为侵略中国的行径,讲着南面的云台山大桅尖、二桅尖争夺战和孙家山保卫战的故事,讲着"七仙女下凡""哪吒闹海""清风大仙捉小白龙""老窑朱大的'猪吃飞来石(食)'"等传奇故事。孩子们听着听着就睡着了,是妈妈把他们抱回家。

一般情况下,每晚聚会到21时左右结束,久而久之就成了不成文的惯例。后来,这一片居民把港务局大家院夏天晚饭后的聚会,称为"大家院乘凉晚会"。

"乘凉晚会"对晚上没有什么娱乐生活的小孩来说,是非常有吸引力的。因此每天吃过晚饭,孩子们就早早端着小板凳坐在固定处等待。大家院里的孩子,童年汲取的好多知识都来自彼时。第二天到学校上学,孩子们还能把头天晚上听来的故事,再绘声绘色地讲给同学们听,同学们竟然也听得很入迷。

最会讲故事的人是刘大叔。他会拉二胡,讲起故事来绘声绘色,特别引人入胜,颇有说书人的范儿呢!每逢讲到高潮,他会用力地拍一下自己的大腿或是面前的小桌面,就听"啪"的一声脆响,"要知后事如何,且到明晚再听",吊足了孩子们的胃口。到第二天傍晚,放学回到家的孩子赶着写家庭作业,吃过晚饭,一群小孩就迫不及待地从家里搬来了小板凳,聚集在老地方等刘大叔讲故事。那个时候,孩子们对刘大叔崇拜极了,"大叔知识渊博,他上知天文下知地理,通晓天地万物,是个妥妥的文化人"。

李宏雨自小喜欢阅读,上初中时阅读比较广泛,当他看过古代白话短篇小说集《三言二拍》后才知道，原来童年时听刘大叔讲的故事，大部分都出自这本书里呢。

暑假里，不用担心第二天要上课，乘凉结束后，李宏雨和小伙伴就在家门前地上放一张芦苇编织的席子，人挨着人躺在席子上，望着头顶上那灿烂的星空，回味故事的内容，相互间讲着悄悄话，慢慢地进入了梦乡。当大家院里年龄相仿的孩子长到十四五岁的时候，男孩、女孩需要分房间睡觉，或者有了弟弟妹妹、家里人口逐渐增多，各家都出现了房间不够住的现象，于是各家便在家门前搭建个小厨房，以解燃眉之急。每家每户新建的小厨房占的是公共地方，如此一来，大家院里的室外活动场地就变得狭窄了，乘凉时聚在一起的人变得少了，再后来，可能是家家有了电风扇，几乎没有人到外面乘凉了。李宏雨说，一晃 60 多年过去了，他还是时常怀念童年的港务局大家院里的"乘凉晚会"。

港务局大家院对于李宏雨来说，是充满着浓浓的亲情、承载着温馨记忆的地方。由于院子大、人家多、孩子也多，那时候的港务局职工各家生活都不太富裕，因此各家玩具也不多，如果谁家有玩具，也拿出来和大家一起玩。平时，男孩子会聚在一起弹玻璃球、拍纸牌、打陀螺、捣拐、砸钢碑、下石子棋、滚铁环、看连环画等，女孩们跳绳、踢毽子、挖弹子、玩过家家。有时男孩女孩聚在一起玩捉迷藏、老鹰捉小鸡等游戏。

夏天里，男孩聚集在一起下海洗澡，赶海捉螃蟹，上山捉蝗虫（草螂婆、蹬倒山等）、粘知了（蝉）、捉蜻蜓；冬天一起到冰面上打陀螺，用自己制作的雪橇在坡道上滑雪，好不惬意。

大家院里的童年，最令人难忘的还是浓厚的节日气氛。在那物资匮乏的年代，大部分港口职工家庭也只有到了过年时，生活才会改善。过年就能穿新衣、放鞭炮、贴对联，痛快吃一顿红烧炖肉、饺子、元宵。除了穿新衣、吃美食，令李宏雨难忘的是他们在春节时忙碌的情景。除夕下午，孩子们在大院里聚在一起，谁家热闹，就围到谁家。赵爷爷写得一手好毛笔字，他义务为大家写对联，孩子们就去帮忙拿纸、研墨。天黑了，谁家放鞭炮，孩子们急忙拿起手电筒跑出去，一起寻找地上未燃尽的鞭炮，小心地把一枚枚没有爆炸的鞭炮装进口袋里，捡鞭炮的小伙伴多，有时为一枚鞭炮还出现你争我抢的局面。除夕当晚,大家还到各家串门,看邻居家包饺子、包元宵。天越来越黑了,余兴未尽的孩子们回到家,接下来的过年环节,按当地风俗习惯是守岁,要领取父母给的寓意着辟邪驱鬼、保佑平安的压岁钱。尽管压岁钱只有几毛钱,孩子们拿在手里还是感觉沉甸甸的。

第二天早上,孩子们穿上新衣服,吃完饺子和元宵,就到各家给长辈磕头拜年。先到院子里年龄最大的马爷爷家拜年,马奶奶都会事先准备糖果,有时还给压岁钱,压岁钱不多,孩子们人手一份。拜完年后,就进入到小伙伴一起快乐地燃放鞭炮的游戏环节。那时候放鞭炮的花样也很多,李宏雨和小伙伴把一挂鞭炮分成一枚枚装在兜里,一手拿棉线火,一手拿小鞭炮,点燃后立即抛向空中,再饶有兴趣地观看燃爆后的大红炮纸纷扬飘落;有时用破面盆、旧盒子盖住点燃的鞭炮,听鞭炮爆炸后的效果;有时把鞭炮埋进泥土里,只留炮芯,点燃后看其威力有多大;有时把小鞭炮放在自己制造的手枪管内,前面套上子弹壳,点燃小鞭芯,试试子弹壳能射出多远。无论是哪种玩法,小伙伴们都乐在其中,舍不得把兜里的小鞭炮一次性放完,往往是你燃放一个,我再燃放一个。大家轮流着来,一个人燃放鞭炮,一群人围着欣赏,那是属于大家院里的孩子们无忧无虑的快乐童年。

春节的大院内,港务局爱好活动的年轻职工和家属都是街道居委会文艺骨干,他们积极参加居委会组织的春节踩高跷、玩花船游行表演。大家往往提前好几天就在家院里准备好表演需要的道具,准备工作做得仔细又谨慎,没有丝毫马虎。戏装打扮有《西游记》《水浒传》等,小说中人物有唐僧、丑婆、猪八戒、孙悟空等。当他们在腰鼓、小镲锣、大小钗的打击乐中,从大院十几级台阶踩着高跷走下来时,那一幕却让年幼的李宏雨胆战心惊,担心他们一不小心会摔跤。踩着高跷的一行人走到大街上,手持道具舞来舞去,诙谐有趣的表演,赢得人们翘首仰望;粗犷又接地气的家乡话对白,获得了欢呼声一片。观众的鼓掌声、喝彩声,是对表演队辛勤付出最好的肯定。孩子们在人群中钻来钻去,一直尾随观看到演出结束才回家吃中午饭。到家后,母亲看着孩子们小脸上挂着的汗迹,再瞧瞧他们早上出门才穿的新衣服沾上了灰尘,禁不住怜爱地笑了。

港务局大家院的港口职工子女,长大后大多数在港务局不同岗位上工作,也有人考上大学,其中还有连云区中考状元呢!有的人当兵到部队里锻炼。有的人当上领导,有厂长、处长、校长、总经理、船长等。老街的居民骄傲地说:"港务局大家院出人才!"对于这样的说法,李宏雨一直认为,这不仅是大家院职工子女子自身努力、相互促进成长的结果,还和大家院里团结和谐的院风、老码头职工勤劳淳朴的民风和积极向上的精神是分不开的。如今,昔日港务局大家院里的子女都已退休了,但大家院里那有趣的童年、热闹的乘凉晚会,却令人永远难以忘怀!

"年年岁岁花相似,岁岁年年人不同",相似的一幕幕"剧本"演绎了多年。时光匆匆,光阴荏苒,转眼已几十年过去,变化的是光阴,不变的是留在人们心里的,那永恒的"大家院"!

港务局大家院于 20 世纪 70 年代中期改建成了楼房,大院里原有的居民,有的回迁到新建的楼房,有的搬到其他地方居住。回迁到楼房的大院居民感慨地说道:"已经感受不到原来大家院的那种味道了。"后来,只要是原大院的人偶遇彼此,就感到特别亲切。久别重逢的人们仿佛有说不完的话,他们最回味的就是那久远的"大家院"味道。

港务局大家院,是老街留在李宏雨记忆深处的地方。老街给李成均留下特别记忆的地方,却是海军司令部大院。

位于老街中山东路 77-1 号的原海军司令部大院,是国民党时期的海防团所在地。1949 年后,李成均父亲李玉先所在的中国人民解放军第四野战军第五一八团,奉命在西峡口整训准备入朝鲜参战,1952 年底,忽然接到命令说,朝鲜战争即将结束,部队要南下转为海军。团里大部分军人分到了舟山,少数人到了连云港组建北海舰队连云港巡防区,李玉先是分到连云港的军人之一。1954 年李玉先要转业到地方工作,组织安排他去青岛的一家棉麻厂工作,李玉先说不打仗了,还是回河南南阳老家种地吧。对丈夫李玉先的决定,妻子王素珍不愿意。王素珍是连云港人,自然希望丈夫转业后能就近在连云港安家落户。

1960 年李成均 6 岁,那年河南闹很严重的荒灾。王素珍担心一家人都待在河南会熬不过去,又思念家乡连云港,说服了李玉先,夫妻两人带着次子李成均和三子李成良一起回到了阔别 6 年多的家乡。经组织安排,李玉先到洞山街的石灰窑厂工作。

随着时间的推移,北海舰队连云港巡防区变成了海军司令部,司令部有个面积不小的院子,那是李玉先曾经工作过的地方。在李成均的记忆里,司令部院子里经常放电影,而且大多数是对群众开放。每到这时,李成均和小伙伴们不仅能进去看电影,还可以乘机在里面玩一下操场边上的沙塘、平衡木、转轮、木马、单杠、双杠、吊环等。因此直至今日,李成均对海军司令部大院一直有着特殊的情怀。

老街给李成均留下的记忆,不仅是儿时的海军司令部大院,还有夏天夜宿沙滩那温馨、难忘的时刻。1972 年,李成均正在江苏省海州师范学校上学,那年暑假的一天,李成均班主任李福兴老师到他家家访。那个年代里,交通工具较少,人们出行很不方便,海州与老街又相距较远,李福兴老师早上从海州出发,等他来到老街经过一番打听后,找到李成均家已经是下午时分了。家访结束,李老师准备回海州,可是末班车早开走了。

李福兴老师只得留宿学生家。晚饭后,李成均父亲陪着老师喝茶聊天,大家提议不如到海边沙滩上去睡觉,吹着海风还凉快。于是,带上凉席来到了海边的沙滩上,老师和家人以凉席当床而眠。李成均和老师头挨着头,边讲着话,边望着星空,听着海面上阵阵颇有规律的细浪声音,感觉平时严厉的老师,此时此刻就和父亲一样。李福兴见李成均迟迟不能入眠,轻声对他说:"成均,你望着天空数星星,数着数着就能睡着。"听了老师的话,李成均数着正向他眨着眼睛的星星:"一颗,两颗,三颗……"数着,数着,他真的睡着了。

周长岭与李宏雨、李成均是同龄人,对于连云老街,他最念念不忘的是曾经用来掉转火车头的转车盘。

火车头转车盘,位于现在的连宿公路隧道北出口下方,于 1979 年 12 月开工建设,1980 年 1 月建成并投入使用。在转车盘建成之前,驶进连云火车站的客车、港口的货车需要调头时,必须经过第 1 码头的三角转头区。火车头是经过如下的运行轨迹来完成一次转头转向:火车头尾部朝西、头部朝东,从主线行驶到渔业公司内部铁路上;然后倒车行驶到第 1 码头的铁路上,向北行驶一段距离,此时火车头尾部朝北、头部朝南;再向北行驶到主线上,此时火车头尾部朝东、头部朝西,完成一次 360 度转向。整个过程消耗的时间约 40 分钟,占用时间长,行驶的路线长,影响城市和港口交通。火车运行的方向调整全靠铁路上的扳道工,以手动调节两段铁轨的连接位置来完成。

转车盘

　　火车头转车盘,是那个年代里建设工期短、时间紧、任务重的一项重要工程。连云港港务局和铁路部门明确了分工:转盘基础部分施工由铁路部门负责;机械部分安装由港务局负责。历史上,港务局接收了一大批从大三线调入的工程管理人员和技术工人,他们责任心强、经验丰富,对工程质量要求高。为了保质保量完成任务,港务局从中抽调了几十人参加转盘建设。

　　为了顺利完成转车盘的建设,港务局不仅精心组织工程技术人员,还从机关里抽调人员充实到建设一线参加劳动。周长岭当年是港务局第二作业区机关的一名干事,他到转车盘工地参加了为期一个月的劳动。

　　周长岭至今还记得转车盘工地上机械安装的负责人叫刘作秀,他是 1949 年后连云港港务局培养出的第一代工人技术员。当年,四十七八岁的刘作秀正是年富力强之时,他是港务局第二作业区技术科副科长。为了赶工期,刘作秀天天待在工地上,连家也不回。大家伙心往一处想,劲往一处使,没日没夜扑在安装现场,没有人叫一声苦,喊一声累。

建成后的转车盘完成一次火车头调头,仅需要 10 分钟。转盘运行是程序控制,只需远程操作即可,不需要工人在现场操作。

2012 年 11 月 22 日,连云港市史上规模最大的一项城区道路交通工程——海滨大道建设工程拉开序幕,因建设之需和客运车站西移以及转盘实际运行功能的日趋减弱,运行了 32 年的转车盘被拆除。周长岭说他在连云老街长大,工作在港务局直到退休,晚年虽然搬离老街,但因编著《连云街道志》,这些年来就没有离开过老街。如果有人问他对连云老街的记忆,那就是已被拆除了的火车转车盘。

连云港港区进入 20 世纪 80 年代,不仅与港口建设配套的基础建设工程快速推进,附近居民的住房和居住环境都得到了改善。

1982 年 9 月 11 日的《连云港报》刊登了一篇署名阿德的文章《李家涧的变迁》。阿德可能在连云老街生活或工作过,文章记录了那个年代连云港的飞跃发展,把彼时连云镇李家涧的变化,生动地呈现在读者的面前:

前不久,我在连云中山路遇到一位早年的学生,我问他忙什么?他说正在李家涧盖一栋七层宿舍楼。李家涧?地名这样熟悉又这样陌生,一时我竟然想不起是什么地方。经他一解释,我才恍然大悟……

李家涧是一条蜿蜒于连云镇中心的大涧沟。从海拔 600 米的大桅尖顶峰逶迤通达黄海边。早年,这里住着几家李姓的铁匠师傅,大概李家涧这个名字就从这里来的吧。解放前,涧沟无人治理,两岸水土流失严重,每逢雨季,山洪暴发,浊流滚滚,裹挟着泥沙巨石,翻江倒海似的从山巅直泻下来,那情景真是骇人。一场暴雨过后,涧沟两侧不知多少户人家破人亡。

解放后,涧沟两侧砌成了石壁,沟底也铺上了块石,涧沟一侧办起了一间铁匠作坊,住户逐渐多起来。涧沟两侧绿柳依依涧水清澈见底,水声潺潺,伴着叮叮当当的打铁声,倒有几分诗情画意。

再看今日李家涧,面目更是大变了。我的学生把我带到即将竣工的七层楼顶,鸟瞰李家涧全景,涧沟完全看不见了,变成宽敞的下水道,一幢幢拔地而起的高楼大厦把涧沟覆盖得严严实实。学生指着楼群说那淡绿的五层楼是工厂,那淡黄色的七层楼是工人宿舍,那正在安装霓虹灯的是一家商店……

一幢幢新楼,依次从山腰排列下来,在碧峰绿树的掩映下,把整个海港山城装点得格外壮观!啊,李家涧,真是旧貌换新颜了!

20世纪60年代初,徐广兵的父亲徐凯从青岛海军部队调防到连云港。1966年徐广兵出生在西街的海军司令部部队大院,后来一家人先后搬到十三道房、果城里居住。徐广兵在老街读完了小学、中学的课程,儿时的记忆里,部队大院大门口有军装整齐、手握钢枪的海军战士站岗,一进大门就是一个篮球场,海军官兵早上在此出操,傍晚在此打篮球。司令部院内还有一个通信班,专门负责外勤送信函等,通信班里还饲养着几匹马儿,送外勤的战士骑着马从司令部大门进进出出,这一幕与其他部队送外勤开着吉普车或是骑着脚踏车,截然不同。马蹄上还包裹着厚厚的布条,其作用是避免马掌与岩石接触,而伤及马蹄。马蹄上裹着布,马儿跑在石板路上听不到马掌敲击石头的"哒哒"声,在徐广兵儿时的记忆里,"老街的马儿跑起来,都是悄无声息的"。

1982年,徐广兵在老街下面的连云港市渔业公司参加工作,直到1990年因工作调动,才与妻子孙怀荣带着女儿一起搬离生活了24年的老街。与阎祥富对七一广场的记忆不一样,徐广兵对七一广场的记忆,是广场上的旱冰场。

那是1980年前后,七一广场有个旱冰场,生意特别红火,溜旱冰的都是年轻人。到溜冰场一角的小房子窗口前缴纳10块钱押金,领取一双旱冰鞋,再把旱冰鞋穿在脚上(脚上的鞋不用脱下),5角钱溜一个小时,起溜之前音乐响起,那是计时开始的提示。年轻人一起溜,技术好的人还不时地做着完美的肢体动作。音乐结束,代表时间到了。

每逢退潮,老街下面码头的沙滩上,能徒手捡到许多海货,轻轻搬移一小块石头,下面露出的梭子蟹又肥又大。那半陷在沙子里的大海螺、麻螺,相距不远就有一个,满沙滩爬行的小龟蟹(一种体型很小的海蟹的俗称)根本没有人愿意捉。徐广兵和他的童年小伙伴是赶海的"小能手"呢。

退潮后的沙滩上,鸡蛋大小、铜钱大小的鹅卵石,一小堆、一小堆地聚在一起,色彩斑斓,特别漂亮。当年的老街人家,都喜欢用鹅卵石铺设庭院的小路以及放在桂花树根处,也是老街的时代一景。当然了,那些鹅卵石都是从海里捡上来的,可能也是今天的连云港沙滩上鹅卵石比较少的原因。

2023年秋,喜欢户外旅行的徐广兵、孙怀荣夫妻俩到新疆、青海、西藏旅游,祖国西部的大好河山和壮美风景深深地吸引了他们,以至于中秋节都没有回家。初冬时节的一个周末,夫妻俩相约一起到老街故地重游。

孙怀荣说:"广兵,自搬离老街后就很少回去过,今天我们回去看看吧?"

徐广兵说:"是啊,好多年没有回老街了,他乡的风景固然美丽,家乡的风景也要欣赏啊。

"这次去了,我们重点去看看那久违的七一广场,还要去看看老连云港市海运公司的遗址。怀荣,你还记得侯仁峰叔叔吗? 到现在我还没有忘记和我爸搭班子的侯叔叔呢。

"我爸爸曾经给我讲过,侯仁峰叔叔生于1930年,16岁从山东文登老家参加革命工作,参加过抗日战争,解放战争的四大战役他参加了3个。中华人民共和国成立后,1950年入朝参加抗美援朝战争,1979年参加对越自卫反击战,一生战功赫赫。1980年12月转业到原云台区板桥镇任镇长,1983年7月调到连云港市交通局工作,时间不长即调任连云港市海运公司担任党委书记,并在书记的任上离休。侯仁峰叔叔一身正气,光明磊落,刚正不阿,我特别尊敬他!"

因为不是旅游旺季,周末的七一广场上,游人不是很多,人们悠闲地享受着属于自己的慢生活。徐光兵和孙怀荣边走边欣赏眼前的美景,毕竟离开的时间较长,眼前的一切既熟悉又陌生。广场舞台背景"格兰诺克号"邮轮模型宏大、壮观,是游客们必到的"网红"打卡点。镌刻在"格兰诺克号"邮轮模型的基座上的铭文记录着:1879年5月2日,孙中山从家乡出发,搭乘"格兰诺克号"邮轮第一次走出国门,到美国檀香山伊奥拉尼学校开始系统学习西方文明,在国外的学习、生活体验,使他感受到国之不强之可耻可痛!

徐广兵夫妻两人饶有兴趣地围着"格兰诺克号"邮轮模型仔细参观,突然,孙怀荣皱着眉头对徐广兵说:"广兵,我感觉这里好像还缺少了什么呢?"徐广兵望着邮轮模型也若有所思地说道:"是呀,好像是缺少了什么呢?"接着两个人不约而同地说:"是铜像,是中山先生铜像!"

原来,那尊原置于邮轮模型左侧的铸造于 2017 年 9 月的孙中山铜像,已经被迁至老街历史文化馆门前。

2023 年春天,出门踏青的人一下子多了起来,连云老街更是游人如织。一天午后,一辆外地牌照的商务车停在了果城里下面的马路上。车里下来了几个人,一张轮椅放在了地上,一位老人被从车里抱出,放了轮椅上。坐在轮椅上的老人头顶上仅有少许银发,一副瘦小又弱不禁风的样子。老人默默地看着山下的钟楼、铁路、码头、黄海。

轮椅停在了果城里北门前,老人静静地凝望着果城里。一会儿,他似乎做了一个动作,示意身边的人他要干什么。身边的人心领神会,把他连轮椅带人一起抬进了果城里。轮椅在果城里中间的露天过道上缓缓向南门移动,老人小心、仔细地左右观望果城里内部的一切,他的目光似乎带着久别重逢之情,于虔诚中带着深深的眷恋。轮椅在南门前的台阶处停了下来,望着已被一堵墙堵住的南门和过道尽头搭建的一间小平房,老人停留了许久许久。

轮椅上的老人,枯瘦如柴,岁月在他的脸上刻下深深的皱纹,像一道道沟壑,仿佛在诉说着生命的沧桑。老人是建港初期的建设者,还是建设者的子女? 他曾经随他的父母在果城里居住过? 是什么时期呢? 不知道他与果城里有着什么样的渊源,在风烛残年、生命已进入倒计时的日子里,亲临连云老街看上一眼。但毋庸置疑,他一定属于与果城里、与连云老街血脉相连的人。

第五节　"超光速乌龟"将从连云港再出发

时序轮替中,亘古不变的是老街;历史坐标上,清晰镌刻的是老街;人们记忆中,念念不忘的还是老街。

回望连云港老街,她犹如一位端坐的历史老人,见证了"东方大港"的崛起,见证了从"桥头堡"的出发,奔向"千万标箱、东方大港"的目标,目送着熙熙攘攘的过客。

人生有跌宕起伏,城市有兴衰起落。每个城市都有自己的故事,每段故事都是一代人的青春回忆。如今,走进新的时代,这条老街仍在奋进崛起,在吐故纳新中不断蓄积着前行的力量,焕发出勃勃生机。

诞生于 1933 年的连云老街,民国的风吹动了她的长发,牵引着她的梦想。在不知不觉中,城市的历史已记取了她的倩影。

老街是一个由石头构造的世界,石头给人们的生活增加了古朴的气息。

临海路上的铁艺大门,浓浓的民国风,醒目的"1933"的数字,标记着老街的历史。

连云老街曾作为连云港市政府的所在,一度是连云港市最繁华的地方。如今,老街历经风云变幻,洗去铅尘浮华,漫步其中,我们能够感受每一座建筑的历史沧桑。

这个小镇,从清苦到繁荣,一切都归于平静。中国近代史沉重的脚步踏在了街道的青石板上,把青石板打滑磨圆。这里的人就像脚下的石板路一样,默默承受着外面世界带来的一切,日复一日地过着属于他们自己的生活。

深秋的老街,长长的上坡路,依山匍匐。路口街边的商家售卖着本地特色小商品,东海的水晶,孙悟空元素饰品,各式各样的海螺壳。卖小吃的木质小屋,只有两家开着门,其他都拉上竹帘上了锁,街上偶有几个游客经过。这个时节,是老街的旅游淡季,商家的生意自然不景气,有的店已经关门落锁。

自 2013 年连云区政府大规模修缮连云老街以来,老街的人气渐渐有了回暖的迹象。有部分空房户回来后,把闲置的房子改造成民宿,旺季对外营业,淡季回来短暂居住,一是给自己放个假休闲放松一下,二是回来怀旧。还有一些外地人在此买房居住,或创业,或养老。如老街的"网红达人"代表杰秋夫妇,就是从一座北方城市搬迁到这里的自媒体人。

2021 年夏末的一天,杰秋夫妇与老街有一次邂逅。不知是冥冥中的一段缘分,还是那天滂沱的大雨中,那顺着青石板路自上而下流淌的雨水给了他们心灵的震撼,"婉立在雨中的这座石城,就是隐藏在山北麓的大家闺秀",于是,夫妻两人决定:不问归期,在老街暂住。杰秋夫妇在老街买下石头房子,将其打造成他们梦想中的"温暖小窝"。他们通过自媒体平台如博客、微信公众号、抖音等,以短视频为主要形式宣传老街,还和当地人合伙经营民宿,彻底融入老街。

今天的连云老街开始聚集人气。城市发展是大趋势,还有两个"推手"也不容小觑,一是国家东中西区域合作示范区(连云港徐圩新区)的建设,二是全球最大核电基地、中俄两国核能领域合作的典范项目——田湾核电站的蓬勃发展。随着江苏省第一座跨海大桥——连云港田湾跨海大桥建成,通往连云港徐圩新区及田湾核电站的交通瓶颈被突破,人们不再如桥梁建成前出行需要经历登山涉海之辛苦。老街也由之前通往东南方向的"截头路",变成了东连徐圩新区与西接连云区的一个关键节点。

20世纪30年代,陇海铁路终点设在老窑。说不定百年后的某天,连云港高铁站会从今天海州区人民路1号,东移至现在的连云港港口火车站。届时,历史又会出现惊人的一幕,我们期待着!期待着!!

到那时,老街的明天会更好!

山城特色的老街还开发出了新的事业,石街石屋石板路是拍婚纱照的理想取景地。彼此凝望的眼眸中,是一眼百年的柔情脉脉,缠绵情意似风柔。它与风景无关,但与浪漫有染。

一边是一望无垠的大海,一边是风景如画的海上云台山。老街的后山有木栈道可以徒步通向海上云台山,枫叶渐红的季节,喜欢爬山的朋友登上山顶去体验一把曹操的"东临碣石,以观沧海。水何澹澹,山岛竦峙。树木丛生,百草丰茂。秋风萧瑟,洪波涌起"的意境,何其豪放!

一条老街就是一段历史、几代人的记忆,承载着种种过往。时光冲刷下的古街道,总是藏有许多往事。伫立在历经沧桑巨变的老街上,曾经的繁华扑面而来,深藏在小巷里的一栋石头旧宅,旧宅前的一段青石板路,青石板路边上的一条涧沟,都能令人想起好多好多往事。

老街小巷的一头连着幽静古朴的上小街路,一头连着鼎沸喧哗的都市街道,有着大隐于市的感觉,又依稀有世外桃源的影子,一切恬静而平淡。画家拿起画笔,只需要寥寥数笔就勾勒出了她的神韵。

老街的旧巷、石板路都被岁月磨砺过,经历了时间的沉淀,透露出厚重的文化底蕴。如果说被岁月磨砺过的东西是老古董,那么老古董就是连接古今的媒介,也是悠悠岁月的见证者。但也有部分老古董,因为未加保护而雄姿不存,这些曾经是连云港市的标志性建筑,已湮没在历史的洪流中。

风雨霜雪的无情洗礼,给别具山城风貌的连云老街披上了一件古朴的外衣,古镇上的石屋、石墙、石街、石路,还有那路边即将百年高龄的法桐树,都刷上了一抹历史的斑驳和锈痕。这一切,都令低调、静谧的老街,在岁月的年轮里,愈发显示出历久弥新的醇美魅力。无论游客什么时间去,随意走进石巷里的一条石板路,都能感受到老旧街巷背后的家国情怀。

有学者说走进连云老街,她的魅力在于它承载着的种种过往。是的,这条老街承载的历史很厚重!

谁曾在这里为民族图强振臂高呼,在一寸寸土地上留下了中国人不屈不挠的坚实足迹;谁曾在这里铁血丹心,以血为墨,在一块块岩石上写下了中国人抗击日军侵略的铮铮誓言;谁曾在这里以弱搏强,殊死拼杀,慷慨激昂地唱着《国际歌》《战地工作团团歌》《六六七团团歌》!

踏入陇海铁路历史博物馆一楼展厅,迎面是由3个巨大的火车车轮构成的立体造型,寓意火车改变世界。在展厅的正中间立着一块展牌,上面写着:

将连云港—霍尔果斯串联起的新亚欧陆海联运通道打造为"一带一路"合作倡议的标杆和示范项目。

习近平

2017年6月8日

20世纪初,有一条铁路贯穿中国东西,有一座城市因铁路港口而成"名"。在连云港陇海铁路"零千米"处,有一个陇海线的起始点,那是连云港市建市的城市原点。在城市原点的一侧有一座造型别致的火车站,它就是连云港火车站。连云港火车站屹立于黄海之滨,枕山听涛近百年,见证了连云港市的发展变迁,见证着中国最早也最重要的铁路大动脉那艰难建设的光辉历程。

陇海铁路历史博物馆为保护铁路历史遗产做了有益的探索,为延续历史文脉注入新的生命,赋予城市以新的内涵。走进陇海铁路历史博物馆,仿佛走进过去的年代,浓郁的"老陇海"气息扑面而来。博物馆用图片、文字、实物等来展示陇海铁路连云港段在筹备、修建、带动城市发展等方面的历史。人们边走边看边听,直观的图片、详细的文字、李静雯声情并茂的讲解,让人们渐渐了解了陇海铁路、连云港港、连云港市……身临其中,会感受到排山倒海般的火车轰鸣,会聆听到一个时代的宏大足音!

回看历史,近代中国国家蒙辱,人民蒙难,文明蒙尘。甲午战争后,中国国力一落千丈,列强用鸦片和大炮打开了中国国门。中国人意识到修建铁路对国家发展的重要性,但官款拮据,商资难筹,所以一度求助于洋人,用洋款修铁路。西方列强趁机对软弱无能的晚清政府施压,通过贷款控制中国铁路,陇海铁路就诞生在这样一个耻辱的年代。

当时,陇海铁路工人在中外反动势力的统治下,过着暗无天日的生活。1921年11月,因为不满洋人对工人的虐待侮辱,陇海铁路工人们在李大钊、游天洋等人的领导下组织罢工。铁路工人们众志成城开大会,发传单,打电报,四面八方请援兵。经过激烈斗争,大罢工最终以工人的胜利而结束,这也是中国共产党成立之后,党领导铁路工人初显身手的重大事件,在中国现代工运史上留下了浓墨重彩的一页!

与旧中国的卢汉、正太等铁路一样,陇海铁路也充满了半封建半殖民地色彩,从勘探、建设到正常运营,是靠对外借债和对内集资的方法来支撑着它孱弱的病体。

陇海铁路的修建始于汴洛铁路,之后向东、西延伸,逐段修建通车——

　　　　汴洛段,全长183.8千米,1910年1月通车。

　　　　洛潼段,全长253.2千米,1932年8月通车。

　　　　开徐段,全长276.8千米,1915年5月通车。

　　　　徐海段,全长198.3千米,1925年7月通车。

　　　　潼西段,全长132.9千米,1934年12月通车。

　　　　新浦至连云港段,全长27.8千米,1935年6月通车。

　　　　西宝段,全长174.1千米,1937年7月通车。

　　　　宝天段,全长154千米,1945年初通车。

1942年,从春天开始,河南全省就滴雨未下,夏秋之交,天灾开始出现,遮天蔽日的蝗虫席卷河南全省,至此,河南爆发了有史以来最大的饥荒。而统治当局却没有采取任何措施,任其发展,置之不理,导致河南尸横遍野,因饥荒死亡的人数高达 300 万,灾民们沿着陇海线逃生,成了当时河南人民活下去的唯一希望。河南人民或扒火车或沿着陇海铁路西行前往大西北,为的是能闯出一条生路。

中华人民共和国成立后,陇海铁路掀起了轰轰烈烈的建设热潮。尽管当时国家财政还相当困难,但为了建设大西北,中央人民政府还是动员了大量的人力、物力、财力来建设。1952 年 9 月 29 日,全长 376 千米的天兰段正式通车,自此,全长 1759 千米的陇海铁路全线通车,陇海铁路成为唯一的一条横贯中国东西的铁路交通大动脉。

陇海铁路从羸弱的清王朝走来,历经百年磨难,跨入了亚欧大陆桥新时代。新的历史时期,陇海铁路被赋予了崭新的历史使命。

1992 年 12 月,我国第一列国际班列,从新亚欧大陆桥东端起点——连云港港口,沿着陇海铁路线穿过国门一路驶向欧洲。

陇海铁路,作为东起连云港、西至荷兰鹿特丹的新亚欧大陆桥的主动脉,担负起了新的历史重任。连云港既是新亚欧大陆桥东桥头堡,也是中欧班列东端起点。"孙悟空的故事,如果说有现实版的写照,应该就是我们连云港在新的世纪后发先至,构建新亚欧大陆桥,完成我们新时代的'西游记'。"这是 2009 年 4 月 20 日,时任国家副主席的习近平视察连云港时对连云港的殷切希望。

品读陇海铁路,这是一条大气磅礴、诗情画意的铁路。它诞生于风云突变的 20 世纪,承载着中国人的苦难,留下民族复兴的印记。如今的陇海铁路不仅仅是贯穿中国东中西最主要的铁路干线,还是从中国连云港至荷兰鹿特丹的新亚欧大陆桥的主动脉,更是一条新的丝绸之路。

站在陇海铁路东端起点的"零千米"处,展望未来,驰骋在神州大地上的铁路,必将以前所未有的"加速度"打通大动脉,推动社会经济发展"换道超车"。

一幅幅"人享其行,货畅其流"的美好图景正徐徐展开。"一个流动的中国,充满了繁荣发展的活力。"世界上最大的高速铁路网,将为建设交通强国提供强大支撑,为全面建成社会主义现代化强国汇聚磅礴力量!

　　古老的丝绸之路,跨过沙漠海洋,绵亘万里河山,穿越千年时空,闪耀在人类文明持续前进的宏大历史进程中。

　　复兴路上风笛扬,新时代里凯歌奏。从绿皮火车到"复兴号",从普通铁路到高速铁路再到中欧班列,一路驶向远方……

　　随着游客渐行渐远的脚步,展厅又恢复了宁静。那静静立在博物馆一角的浑身染满岁月风霜的界碑,仿佛还在回忆着过去的峥嵘岁月。

　　一座古镇,十里老街,百年铁路,千载文脉。一座石城,承载近百年智慧;一段石路,历经近百年变迁;一代代人,见证近百年历史。

　　一条铁路,横跨亚欧大陆。一座港口,雄开万里奔流。

　　至 2024 年,91 年的时间仅仅是弹指一挥,昔日的老窑港口码头已凤凰涅槃,发生了翻天覆地的变化,成了连云港港。令沈云沛和建港初期的建设者想象不到的是,今天的连云港港已被列为全国沿海 27 个主要港口之一,是江苏最大海港、新亚欧大陆桥东桥头堡、国际枢纽海港。

　　从新亚欧大陆桥东方桥头堡,到被国家正式确定为国际枢纽海港,连云港港成为连云港高质量发展鲜明的时代标杆。

　　凭海而生,以海为兴,向海而荣,是连云港人持之以恒的追求。

　　多年来,连云港强化以港兴市,坚持陆海统筹,着力打造服务中西部地区对外开放的重要门户、陆海通道战略枢纽,港口已成为连云港对外开放的前沿和重要平台。

　　"雄关漫道真如铁,而今迈步从头越。"

　　连云港港发展势不可挡,港口资源已成为连云港经济"高质发展,后发先至"大发展的强大引擎。"港产城一体化"加速融合,各项工作有序推进,东方大港焕发出勃勃生机。

　　令代代港口建设者欣慰的是,作为江苏最大的海港,连云港港已跻身"十四五"首批港口型国家物流枢纽。目前,连云港港已经形成连云港区、徐圩港区、赣榆港区、灌河港区"一港四区"的大格局,港口拥有万吨级以上海港泊位 79 个、千吨级以上内河泊位 35 个,其中,最大泊位等级 30 万吨级。连云港港正着力推进"五大中心"建设,加快推动形成连云港海港、徐州国际陆港、淮安空港"物流金三角",提升以新亚欧大陆桥为主轴的跨境物流通道功能,增强国际枢纽海港能级,剑指"千万标箱、东方大港"的大目标。

历史上,古丝绸之路促进了欧亚大陆各国互联互通,推动了东西方文明交流互鉴,见证了相关区域的发展与繁荣。

昨天,驼铃声声,舳舻千里。

今天,班列飞驰,巨轮劈波。

明天,在中欧班列的基础上开启的中欧高铁,也会梦想成真!

到那时,在中欧高铁的规划蓝图上,人们会看到静态的一条条铁路线上,正在演绎着中国版的"速度与激情"。如果把飞机比喻成空中的"白兔",那么这条中欧高铁,将无疑是行走在地面上的"乌龟"。我们畅想未来:一只只搭载着商贸往来、文化交流、技术创新,集中国人智慧于一体的"超光速乌龟"钢铁驼队,以更快的速度穿越城市、村庄、山川、河流、沙漠、森林、海洋、湖泊,缩短亚欧两个大陆板块的时空。

今天的中国人正跋涉在实现中华民族伟大复兴的新征程上,"强富美高"新江苏建设如火如荼,连云港人栉风沐雨,砥砺奋进,建设美好家园,连云区勇担使命,高质量发展,加速"美丽连云"建设。

立于云台山北麓的连云老街,就像一道绚丽的彩虹,架在近代与现代之间。她,天生丽质,繁花似锦,风华绝代,集古典韵味和现代气息于一身,彰显这座山海石城的风花雪月。

日暮乡关,此处是风情。

耸立在老街历史文化馆门前的孙中山铜像,目光深邃地凝望着西行东往的一列列中欧班列。中山先生百年前的"容航洋巨舶……建二等海港""西出新疆、连通欧洲建设国际铁路"的宏大设想,新时代的连云港人早已完成。

今天的连云港人,在高质建设"千万标箱、东方大港"和"一带一路"强支点城市的磅礴之路上正逐梦前行!

后　记

连云老街，城市原点

连云港的城市原点在连云老街。

一部连云老街史，就是一部连云港城市早期建设史。

这是属于连云老街的传奇。

历史上，连云港市第一个城市原点已经被许多人遗忘了。那颗圆圆的金属球安放的位置很有讲究：一是当年陇海铁路的东端点铁轨就铺设到那里，正好代表"零千米"标志；二是1935年国民政府在老街设市时，就将这里定为连云市的城市原点。

如今，之前发生的一切都成了过往，变成了人们口中的一个个故事。故事需要一代代人来讲述，这也许就是历史的血脉传承。如果没有了传承，许多故事将会消失在历史的长河里，而永远不为后人所知。

静静立于陇海铁路历史博物馆角落的小小界碑，仿佛在无声地告诉世人，它，不仅是陇海铁路东端"零千米"标志，还是连云港市最早建市的城市原点！

从历史中缓步走来的连云港，不应该忘记当年设在老窑码头的城市原点。

我是土生土长的连云港人，站在老街南麓的大桅尖向南俯眺，我出生的小村庄一览无余。历史的车轮总是向前滚动，随着时代的发展，家乡的村庄被整体拆迁后，变成了位于中国（江苏）自由贸易试验区连云港片区的中哈（连云港）物流合作基地的组成部分。已经与中欧班列接轨的物流园内部铁路，正穿越原村庄而过。

连云港是我家乡，我对她的情结很深。人至中年，对家乡的热恋之情愈发浓烈，因此，我创作了这部长篇报告文学。

　　本以为创作这部作品我会有很大优势，可是当进入创作之后，却时时生出力不从心之感。我难以尽述这座古镇的岁月峥嵘，难以参透这片土地的丰赡与厚重。在此过程中，是家乡的朋友们给了我无私的帮助和热情的鼓励。他们帮我寻找资料，陪我采访、实地考察，给我讲述老街的故事。民间收藏家主动给我提供文字、图片、实物等原始资料和他们的研究成果。倚傍他们的帮助，这部书的创作得以顺利推进。由于需要感谢的人太多，因而没有列出名单，仅注明封面图片由武心龙拍摄。这部作品即将付梓，在此，我谨对他们表示由衷的谢忱！

　　感谢的单位还有中共连云港市委宣传部、连云港市革命纪念馆、中共连云区委宣传部、连云区连云街道办事处、连云区教育局、连云区文化馆。书中部分插图源于中国第二历史档案馆、连云港市革命纪念馆、连云港市档案馆、连云区档案馆、陇海铁路历史博物馆、连云港港口控股集团档案管理中心。

　　对于书中所述某些事件的时间，因查阅资料不同时有偏差，笔者经过大量调研、考证，选择了更为信服的表述，但仍然欢迎方家商榷。

　　对于本书付梓后，读者是否认可，会做出什么样的评价，我不好预测，但是有一点我相信，只要读者阅读了此书，一定会看出我的用心、用情。也希望读者阅读此书时，能从中找到一些岁月失散的痕迹，内心留下一点感动和温暖。

　　今天，我以我的写作，向连云老街致敬，向家乡致敬。我深藏已久的真情，终于得以吐露。这，就是赤子对母亲的爱。那么，这对于我来说，已足够欣慰。

　　最后，我还是满怀着期待，期待广大读者随着我的文字认识这座老街，走进我的家乡连云港！

2024 年 5 月 28 日